Ganz viel Freude
beim Lesen
wünscht

Holly Adams

The Mainsfield Sisters
Holly Adams

Über das Buch

Dieses Buch ist eine Gesamtausgabe der „The Mainsfield Sisters"-Reihe von Holly Adams. Die Reihe besteht aus drei Bänden und ist abgeschlossen. Die Bände können unabhängig voneinander gelesen werden. Für das größtmögliche Lesevergnügen empfiehlt es sich jedoch, die Reihenfolge einzuhalten.

Folgende Bände sind in diesem Werk enthalten:
Ein Earl in der Winternacht, Band 1, 2019
Orchideen für die Lady, Band 2, 2020
Verhängnisvolles Spiel einer Lady, Band 3, 2021

Über Holly Adams

Aus einer Zufallsbegegnung wurde die große (Schreib-)Liebe. Holly Adams ist das gemeinsame Pseudonym von einem deutsch-österreichischen Autorinnenduo, das seit mehreren Jahren Geschichten schreibt und veröffentlicht. Schottland, die Farbe Blau und Himbeerschokolade sind nicht die einzigen Dinge, die die beiden miteinander verbinden.

Holly Adams

The Mainsfield Sisters

Sammelband

Regency Romance

Bibliografische Information der Deutschen Nationalbibliothek:
Die Deutsche Nationalbibliothek verzeichnet diese Publikation in der Deutschen Nationalbibliografie; detaillierte bibliografische Daten sind im Internet über http://dnb.dnb.de abrufbar.

Alle Rechte vorbehalten. Vervielfältigungen, auch auszugsweise, bedürfen der offiziellen Erlaubnis durch die Autorin.

Dies ist eine fiktive Geschichte. Ähnlichkeiten oder mögliche Übereinstimmungen mit real existierenden Personen oder Gegebenheiten sind rein zufällig und nicht beabsichtigt.

© 2022 Holly Adams

Lektorat: M. Pöltl
Korrektorat, Buchsatz: J. Droullier
Bildnachweise: www.freepik.com - ©orchidart, ©pch.vector
Covergestaltung: Constanze Kramer - www.coverboutique.de
Bildnachweise: www.depositphotos.de - ©titoOnz, ©Olga_Lebedeva
www.rawpixel.com, www.freepik.com

Herstellung und Verlag: BoD – Books on Demand, Norderstedt

ISBN Hardcover: 978-3-756-81930-0

Ein Earl in der Winternacht

Charlotte und Heath
Band 1

1. Kapitel

London, Dezember 1817

Von einer unvermählten Lady, die neben einer gewissen Schönheit auch einen guten Ruf zu besitzen hatte, erwartete man stets ein angenehmes Auftreten in der Öffentlichkeit. Mit einer gesunden Mischung aus Zurückhaltung, ohne ermüdend zu wirken, und Begeisterung, ohne zu viel Aufmerksamkeit auf sich zu ziehen. Nicht anders verhielt sich Lady Charlotte Mainsfield, die, abgesehen von ihrer ungewöhnlichen Leidenschaft für Orchideen, dem geschriebenen Wort sehr zugetan war, doch wenn es um das Wohl ihrer Schwestern ging, durchaus bereit war, ihre Meinung kundzutun. So saß sie auch an diesem kühlen Wintertag an dem Sekretär aus dunklem Kirschholz, um ihrer geliebten Tante Jane in Hampshire zu schreiben, als ein unangekündigter Besucher an die Eingangstür des Anwesens klopfte.

»Seine Lordschaft, der Earl of Murray, wünscht Sie zu sprechen.«

Lady Charlottes Butler Mr. Froggs neigte nicht dazu, auch nur den Hauch einer Emotion in das Gesagte zu legen, aber heute vernahm sie eine pikierte Note darin. Es war ihm nicht recht.

»Er wünscht, mich zu sprechen?«, wiederholte sie langgezogen und nahm ihre Lesebrille von der Nase. Der Brief an Tante Jane konnte warten. »Ich kann mich nicht daran erinnern, dass er sich angemeldet hat.«

Mr. Froggs rümpfte die Nase. »Das hat er auch nicht. Mir war nicht bekannt, dass er gedenkt, Sie heute aufzusuchen.«

Charlotte seufzte leise und legte die Schreibfeder beiseite. Sie strich über die filigranen Verzierungen. »Ihrem Unmut nach zu urteilen, Mr. Froggs, gehe ich davon aus, dass Seine Lordschaft auch keine Karte hiergelassen hat.«

Er räusperte sich und nahm eine straffere Haltung an, als müsste er beweisen, dass er seine Emotionen durchaus im Griff hatte. »Nein, Mylady. Er nannte auch keine genaue Uhrzeit, zu der er erscheinen wolle. Wie dem auch sei ... er wartet im Grünen Salon auf Sie und verlangt Ihr sofortiges Erscheinen.«

Das wiederum wunderte sie nicht. Lord Heath Andrews, der siebte Earl of Murray, war ein vielbeschäftigter Mann und scheute sich nicht, etwas zu *verlangen*. Zu ihrem größten Bedauern war er zudem der neue Vormund von ihr und ihren beiden Schwestern Alexandra und Ophelia. Wer hätte auch ahnen können, dass ihr Onkel auf einer Expeditionsreise verstarb und in seinem Testament bereits vorsorglich einen neuen Vormund für die drei Schwestern auserkoren hatte. Das war ungerecht, schließlich konnten sie mit den Pachten des Landsitzes, der nun auch an Lord Murray übergegangen war, durchaus überleben.

Hätten sie können, verbesserte sich Charlotte im Geiste.

Nun wagte es dieser Earl, erst sechs Monate nach Onkel James' Tod, hier aufzutauchen, ohne sich zuvor anzukündigen. Das konnte nichts Gutes bedeuten. Die Trauerzeit war letzte Woche zu Ende gegangen, sodass sich die Schwestern nicht mehr in diesem grässlichen Schwarz blicken lassen mussten und auch wieder an gesellschaftlichen Ereignissen teilnehmen durften.

»Vielen Dank, Froggs. Richten Sie der Köchin aus, sie solle doch die letzten Butterküchlein bereitstellen, ich möchte dem Lord nicht mit leeren Händen begegnen.«

»Natürlich, Mylady. Kann ich Ihnen sonst noch etwas Gutes tun?«

Sie schenkte ihm ein gequältes Lächeln. »Zu meinem Bedauern

nicht. Ich werde mich nach dem Besuch in das Orchideenhaus zurückziehen, das dürfte Ablenkung genug sein.«

Er verneigte sich. »Selbstverständlich. Es wird Sie erfreuen, zu hören, dass eine neue Lieferung eingetroffen ist. Der Gärtner hat sie bereits ins Gewächshaus gebracht.«

Das war in der Tat eine Nachricht, die sie zumindest ein wenig aufheiterte. Ihre Orchideensammlung vermochte eine Freude in ihr zu entfachen, die sie sonst nur bei dem Genuss von Mrs. Giggles legendären Butterküchlein empfand. Ihre Köchin hatte ein wahres Händchen für Küchlein und Konfekt, was sich zu Charlottes Bedauern auf ihren eigenen Hüften widerspiegelte.

Sie stand auf und trat zum messingverzierten Spiegel. Sie wünschte, sie hätte sich heute nicht für dieses grässliche Sergekleid aus Wolle entschieden, das zwar durchaus bequem war, aber das Gegenüber womöglich daran erinnern könnte, einer Trauerzeremonie beizuwohnen. Sie kontrollierte jeden einzelnen Knopf und strich sich über die mit Rüschen besetzten Aufschläge. Anschließend drehte sie mit ihrem Finger eine der lockigen Strähnen ihres rotblonden Haares nach, die ihr blasses Gesicht einrahmten.

»Ich bin eine erwachsene Frau, die Schlimmeres überstanden hat als ein unangenehmes Gespräch mit einem Earl«, sagte sie ihrem Spiegelbild und straffte dabei die Schultern. Mit ihren dreiundzwanzig Jahren sollte man annehmen, dass es ihr nicht an Erfahrung mangelte, was eine Konversation mit einem Earl anbelangte. Zu ihrem Bedauern hatten allerdings auch zwei Saisons nicht viel dazu beigetragen, sich in der Nähe eines einflussreichen Mannes nicht klein zu fühlen. Da Onkel James meist auf irgendwelchen Expeditionen war und sie zurückgelassen hatte, war ihre Tante mit der Aufgabe betraut worden, die drei Schwestern in die Gesellschaft einzuführen. Bei Charlotte lag es nun bereits fünf Jahre zurück und nach der zweiten desaströsen Saison, in der sie keinen einzigen Antrag erhalten hatte, war sie zu dem Entschluss gekommen, unvermählt zu bleiben. Das Schicksal schien es so vorgesehen zu haben.

»Du schaffst das, Charlotte, du schaffst das«, sprach sie ihrem Spiegelbild Mut zu, bevor sie sich umdrehte und den Raum verließ. Sie schritt die Treppe zur Eingangshalle hinab und spähte durch die glasbesetzte Eingangstür, durch die sie einen hervorragenden Blick auf die prunkvolle Kutsche hatte. Ein schwarzes Gefährt, dessen polierte Oberfläche keinen einzigen Makel aufwies. Zwei schwarze Rappen warteten geduldig, bis der Earl wiederkehren würde, tänzelten mit den Hufen auf den leicht schneebedeckten Pflastersteinen. Charlotte nahm einen letzten tiefen Atemzug, bevor sie den Grünen Salon betrat. Sie spürte, dass etwas anders war. Es war die unverkennbare Präsenz des Earls, die den Raum füllte. Der Hauch eines maskulinen Dufts, den sie wahrnahm und der ihr kurz den Atem raubte. Eine Mischung aus Moschus und Rasierwasser.

Als sie zur Sitzgruppe blickte, auf die der Earl wie selbstverständlich Platz genommen hatte, rieselte ein Schauer über ihren Rücken.

»Sie sind spät«, lautete sein einziger Kommentar, als er sie bemerkte. Er stand vermutlich nur der Höflichkeit halber auf und kam mit langen, eleganten Schritten auf sie zu. Sein pechschwarzes Haar war mit Pomade gezähmt worden, stahlgraue Augen blickten sie wachsam an, als wolle er sich einen ersten, raschen Eindruck von seinem Gegenüber machen. Seine Kinnpartie war scharfkantig, unnachgiebig. Er überragte sie um zwei Köpfe, sodass allein seine Größe ausreichen würde, um sie einzuschüchtern.

Sie zügelte ihre innere Getriebenheit und erinnerte sich an Tante Janes zahlreiche Lehrstunden, wie sie ihre scharfe Zunge mit einer gewissen Raffinesse einsetzen konnte, ohne einen Skandal auszulösen.

»Ich kann mich nicht daran erinnern, dass wir einen Termin haben, Mylord«, sagte sie kühl und streckte ihre Hand aus. Oh verflucht, sie hatte ihre Handschuhe vergessen, wie überaus peinlich. Selbst wenn er dies bemerkte, ignorierte er diesen Umstand und nahm ihre Hand in seine, bevor er einen Kuss andeutete. Seine Bewegungen waren formvollendet, er war durch und durch ein Earl. Ein Zittern ging durch sie hindurch, als sie die Wärme seiner Berührung fühlte, den leichten Luftzug seines Atems auf ihrer Haut.

»Den haben wir in der Tat. Und zwar nun. Setzen Sie sich bitte.«
Sie musste sich zusammennehmen, nicht empört nach Luft zu schnappen, ob dieser Impertinenz. Er befahl ihr in ihrem Haus ... nun ja, es war nicht ihr Haus, aber dennoch ... Platz zu nehmen. Dieses Gespräch konnte noch interessant werden. Er ließ sich auf demselben Platz wie zuvor, der eigentlich ihrer war, nieder, sodass sich Charlotte gezwungen sah, mit dem Lehnsessel Vorlieb zu nehmen.
»Was verschafft mir die Ehre Ihres Besuches, Mylord?«, fragte sie betont freundlich und behielt eine aufrechte Haltung bei. Er sollte nicht erkennen, dass er sie einschüchterte. Sein Blick, seine Präsenz.

Er lehnte sich nach hinten und warf einen Blick zur Tür. Schritte erklangen, als der Butler ihnen den Tee und die Küchlein servierte.

»Vielen Dank«, murmelte Charlotte.

Der Mann verneigte sich. »Kann ich sonst noch etwas für Sie tun, Mylady?«

Charlotte entließ ihn mit einer lockeren Handbewegung, bevor sie ihrem Gegenüber Tee einschenkte. Sie verfluchte sich innerlich dafür, dass ihre Hände leicht zitterten, was er mit seinen Adleraugen sicherlich bemerkte.

»Der Grund meines Erscheinens dürfte offensichtlich sein«, kam die Antwort.

Charlotte stellte die Teekanne auf dem Silbertablett ab, bevor sie ihre Tasse in die Hand nahm und sich wieder aufrecht hinsetzte.

»Nun, dann nehme ich an, dass Sie mir mitteilen möchten, dass Sie auf die Vormundschaft verzichten?«

Es war das erste Mal, dass er ein schmales Lächeln andeutete, seit sie hier saßen. Im nächsten Moment wurde seine Miene wieder hart, als wäre sie aus Stein gemeißelt. »Nein.«

Charlotte stoppte in der Bewegung, einen Schluck Tee zu nehmen, und setzte die Tasse mit bebenden Fingern auf dem Unterteller in ihrer anderen Hand ab. »Wie überaus schade. Würden Sie mich dann freundlicherweise aufklären, weshalb sie mich sechs Monate nach dem Tod meines Onkels das erste Mal aufsuchen? Und das so kurz vor den besinnlichen Weihnachtstagen?«

Er strich mit den Fingern über sein glattrasiertes Kinn, ein beinahe amüsierter Ausdruck lag in seinen Augen, die sie an einen nahenden Gewittersturm erinnerten. »Ich wollte Ihnen in der Trauerzeit nicht zu nahe treten, deswegen habe ich gewartet. Etwas lange für meinen Geschmack, denn Sie wissen sicherlich, dass ich dafür bekannt bin, lästige Angelegenheiten schnell und schmerzlos zu klären.«

Charlotte hob eine Augenbraue und stellte die Tasse wieder auf das Tablett, bevor sie noch in Versuchung kam, den Inhalt versehentlich auf seiner Hose zu verschütten. »Da Sie mir nicht bekannt sind, Mylord, weiß ich es natürlich nicht. Gehe ich richtig in der Annahme, dass Sie mich und meine Schwestern als eine lästige Angelegenheit betrachten?«

Ob seine darauffolgende Sprachlosigkeit den harschen Worten oder dem kühlen Tonfall geschuldet waren, vermochte Charlotte nicht zu sagen. Nein, sie würde sich nicht wie ein scheues Reh verkriechen, immerhin stand ihre Zukunft und die ihrer Schwestern auf dem Spiel.

»Ich möchte Sie drei schnell verheiratet wissen«, wich er ihrer Frage aus, nachdem er seine Stimme wiedergefunden hatte. Gut, zumindest kurz hatte es ihm die Sprache verschlagen, stellte sie mit Genugtuung fest.

»Sie meinen, Sie wollen uns wie auf einer Pferdeschau verschachern«, korrigierte sie ihn. Sie wunderte sich selbst über ihren Mut, aber vermutlich war es die aufkeimende Wut in ihrem Inneren, die sie zu solch einer Kühnheit bewegte.

Etwas Bedrohliches funkelte in seinen Augen auf, schien das Grau zu verstärken. »Wie Ihnen sicherlich bekannt sein dürfte, bleibt Ihnen als unverheiratete Damen keine andere Möglichkeit als standesgemäß zu heiraten.«

Charlotte behielt ihre aufrechte Haltung bei, obgleich seine tiefe sonore Stimme sie einschüchterte. »Da muss ich Ihnen vehement widersprechen, Mylord. Wie Sie mit Sicherheit wissen, hat uns mein Onkel eine stattliche Summe hinterlassen, auf die ich zu meinem

Bedauern aufgrund der Vormundschaftsregelung keinen Zugriff habe. Ich denke, es ist für beide Seiten von Vorteil, wenn wir diese leidige Sache schnellstmöglich regeln.«

Lord Murray griff nach einem Butterküchlein und beäugte es kritisch, als handelte es sich dabei um Gift. Charlotte wusste nicht, worüber sie sich mehr ärgerte: dass er sie offensichtlich ignorierte oder dass er glaubte, er würde hier von ihr vergiftet werden. Zugegeben, eine höchst unmoralische Methode, ihren neuen Vormund loszuwerden, zudem gelänge sie in höchste Erklärungsnot, weshalb der Lord mit Schaum vor seinem Mund auf ihrem Teppichboden lag. Er würde schließlich kaum ein Stück Seife gespeist haben.

Wenn sie nicht wie eine Lady erzogen worden wäre, würde sie den dreisten Kerl augenblicklich zur Rede stellen. Erst recht, als er in das Butterküchlein biss und dabei die Miene verzog, als wäre es das bitterste, das er in seinem Leben probieren musste. Dieses Mal gelang es Charlotte nicht, ihren Mund zu halten.

»Fühlen Sie sich unwohl, Mylord, oder wie darf ich Ihren gepeinigten Gesichtsausdruck deuten?«, brachte sie im halbwegs höflichen Ton über die Lippen.

Er verzog das Gesicht. »Sie sind in der Tat zu süß. Allerdings bin ich nicht hier, um mit Ihnen über Teegebäck zu debattieren.«

Der Earl legte die andere Hälfte zurück auf den kleinen Teller und lehnte sich wieder nach hinten. Charlotte fühlte heiße Wut in sich aufsteigen. Nicht nur, dass er wie selbstverständlich in ihrem Stadthaus auftauchte – wohl gemerkt, ohne sich vorher anzumelden – nein, er wagte es auch noch ihre Köchin zu diffamieren. Sie trauerte dem armen Butterküchlein nach, das nicht gewürdigt wurde.

»Oh, Sie haben allerdings recht, ich vergaß, dass Sie mit mir die Konditionen der Zuchtstuten-Vereinigung aushandeln wollten!« Sie vollführte eine elegante Handbewegung. »Bitte, fahren Sie fort und lassen Sie sich nicht von mir aufhalten, ich bin ganz Ohr, wie Sie unseren Wert einschätzen.«

Jetzt zeigte sich zumindest ein kleines bisschen Verunsicherung auf seinen starren Zügen. Er schien es nicht gewohnt zu sein, dass man derart respektlos mit ihm sprach. Das kleine Zeichen verschwand so schnell wie es gekommen war. Ein eisiger Zug legte sich auf seine Miene, seine gewittergrauen Augen fixierten sie wie ein Adler, der auf Beutefang war.

»Ich nehme an, es wird schwierig werden, einen Ehemann für Sie zu finden, aber schwierig bedeutet nicht unmöglich.«

Sie fasste es als eine Kampfansage auf. Als sei er der gottverdammte Grieche, der vor den trojanischen Toren lauerte. »Wir werden sehen, Mylord. Ich hege keine Absichten, zu heiraten und werde nicht müde, es zu betonen. Haben Sie sonst noch etwas zu besprechen?«

Sie merkte es an seiner versteinerten Mimik, dass sie einen empfindlichen Nerv getroffen hatte. Er fühlte sich hier unwillkommen ... in seinem eigenen Haus. Dieser Punkt ging an sie.

»Dieses Gespräch wird zu anderer Zeit fortgeführt werden, Mylady.«

Sie fühlte Erleichterung durch sich hindurchrieseln. Zumindest hatte sie sich eine Schonfrist erkämpft. »Zu meinem Bedauern stehe ich erst wieder im Januar zur Verfügung, ich verbringe die Feiertage auf dem Land.«

Jetzt schlich sich ein finsterer Zug um seine Augen, ehe er so schnell verschwand, wie er erschienen war. »Wie erfreulich. Dann bleibt mir noch genug Zeit, passende Ehemänner zu suchen, die ich Ihnen am Tag Ihrer Rückkehr hier in London präsentieren kann.«

Er erhob sich und strich die Aufschläge seines Gehrocks glatt. Obgleich Charlottes Knie zitterten, zwang sie sich, aufzustehen und das Kinn hervorzurecken. »Ich wünsche Ihnen ein erholsames Weihnachtsfest, Mylord.«

Er nickte ihr zu und verließ den Salon. Zurück blieb ein unwohles Gefühl in ihrer Magengegend und die Erkenntnis, dass sie Tante Janes Hilfe benötigte. Und zwar dringend.

Es dauerte eine geschlagene Stunde, bis Charlotte es schaffte, ihren Schwestern gegenüberzutreten. Sollte sie reden oder doch lieber schweigen? Sie waren mit ihren neunzehn Jahren nicht mehr so jung, aber Charlotte glaubte nicht, dass sie die Auswirkungen dieser Vormundschaft wirklich verstanden. Die Antwort wurde ihr abgenommen, als sie Alexandra mit einem bekannten Buch in der Hand ertappte.

Sie schnappte nach Luft. »Was liest du da, Alexandra? Ich hoffe doch nicht, dass es das ist, was ich denke.« Charlotte stemmte die Hände in die Hüften und bedachte ihre jüngste Schwester mit einem mahnenden Blick. Ihre Autorität als Älteste wurde in dem Moment untergraben, als sich die Dritte im Bunde, Ophelia, einmischte.

»Aber Charlotte, wir müssen doch einen Weg finden, diesen Earl loszuwerden.« Sie nestelte an den Samtaufsätzen ihres Hauskleides, während sie Charlotte aus unschuldigen Augen ansah.

Auf den ersten Blick mochte man nicht glauben, dass die beiden Zwillinge waren. Während Alexandra dunkles Haar und braune Augen aufwies, war Ophelia blond und grünäugig. Sie war die Ungestüme, die ihren Zwilling zu undamenhaften Taten anstachelte, während Alexandra ihre Nase am liebsten in Büchern vergrub. Wie auch jetzt. Trotz der Unstimmigkeiten, die oft zwischen ihnen herrschten, waren sie sich in einer Sache allerdings immer einig: Sich zusammenzutun, wenn ihre große Schwester lauter werden musste. Irgendwer musste doch vernünftig bleiben.

»Es ist doch nur ein Ratgeber, wie wir diesen Kerl loswerden«, versuchte sich Alexandra zu rechtfertigen und drückte das Buch an sich, als wäre es ein kostbarer Schatz, den es zu beschützen galt. Ophelia rückte näher an sie heran und legte einen Arm um sie.

»Es ist unziemlich, dieses Buch zu lesen, das ist euch hoffentlich bewusst.«

Alexandra schnappte nach Luft. »Du willst diesen Earl doch auch loswerden. Ich habe dich belauscht, als du mit deiner Zofe darüber gesprochen hast, nicht als Zuchtstute enden zu wollen.«

Charlotte schnappte angesichts dieser freimütigen Bemerkung nach Luft. »Alexandra, ich muss schon bitten. Kannst du dich nicht mehr an unsere letzte Unterhaltung erinnern, in der es darum ging, dass es unanständig ist, andere Menschen zu belauschen?«

Zumindest schien die Erziehung ein wenig an ihr haften geblieben zu sein, denn sie senkte ertappt den Kopf. Wenn auch nur kurz. »Doch, ich erinnere mich, Schwesterchen. Aber ich kenne dich und ich weiß, dass du dich dem Earl nicht einfach so fügen wirst. Du magst verschroben sein, aber nicht dämlich.«

»Verschroben?«

Alexandra nickte eifrig. »Deine über alles verzehrende Liebe zu den Orchideen empfindest du für uns wohl kaum.«

Obgleich Alexandra die Humorvolle in dieser Familie war, vernahm Charlotte dieses Mal keinen Funken in ihren Worten. Sie schien tatsächlich verletzt zu sein, was sich in ihrer plötzlich aufgetreten, traurigen Miene abzeichnete.

»Da hat sie recht, Charlotte. Du verbringst mehr Zeit mit deinen Blumen als mit uns«, mischte sich Ophelia ein.

Orchideen sind nicht einfach nur Blumen, wollte sie ihre beiden Schwestern korrigieren, aber das schlechte Gewissen hinderte sie daran, die Worte auszusprechen.

»Außerdem wissen wir, dass in Wahrheit ein Blaustrumpf in dir steckt«, beharrte Alexandra und rückte ein wenig von ihrer Schwester ab, bevor sie auf den frei gewordenen Platz klopfte.

»Oh, zuerst bin ich verschroben und nun ein Blaustrumpf? Erkläre mir doch bitte, wie du auf so etwas kommst.«

Alexandra neigte den Kopf zur Seite, eine leichte Röte hatte sich auf ihren Wangen gebildet. »Orchidee kommt vom griechischen Wort *orchis*, was so viel wie Hoden bedeutet.«

Sie sprach das Wort so trocken aus, als handle es sich um eine Beigabe zum Tee.

Ophelia hob einen Zeigefinger. »Und außerdem wurden

Orchideen als Aphrodisiakum verwendet. Folglich mussten wir feststellen, dass du dich nur nach außen hin damenhaft korrekt verhältst.«

Charlotte bedachte die beiden unter schmalen Augen. »Möchte ich wissen, woher ihr diese frevelhaften Informationen habt?«

»Aus einem Pflanzenbuch in der Bibliothek. Du weißt, dass ich mich sehr für Naturwissenschaften und Botanik interessiere.« Alexandra verzog keine Miene.

»Lieber Gott, was habe ich in meinem vergangenen Leben nur verbrochen?«, stöhnte Charlotte und rieb sich die Augen.

Für Alexandra einen passenden Ehemann zu finden, würde sich dank ihrer zweifelhaften Lektürevorlieben und der Neigung, zuerst zu sprechen und dann zu denken, als wahrlich schrecklich herausstellen. Zwar verkörperte sie eine ruhige Natur, aber sie scheute sich nicht, ihre Meinung zu äußern, wenn sie angesprochen wurde.

Mit Ophelia würde es keineswegs einfacher werden. Ihre Zunge war spitzer als ein Schürhaken und vermochte selbst einen gestandenen Gentleman zu vertreiben oder ihn in Erklärungsnot zu bringen.

Charlotte gab ein kapitulierendes Seufzen von sich und setzte sich zwischen die beiden. Und dann war da noch sie ... die Dritte im Bunde wäre am Schwierigsten zu verheiraten, daran gab es keinen Zweifel. Sie wollte, dass Alexandra und Ophelia jemanden an ihrer Seite hatten, der sie zuvorkommend und freundlich behandelte.

»Ihr sollt einen Mann heiraten, den ihr aufrichtig liebt, und der euch aufrichtig liebt.«

»Aber wovon sprichst du denn?«, fragte Ophelia leise und legte ihr die Hand auf die Schulter. Ein Bibbern ging durch sie hindurch, mit einem Mal fühlte es sich trotz des wärmenden Feuers in diesem Raum eiskalt an.

»Lord Murray möchte uns natürlich verheiraten, um uns loszuwerden.«

Zuerst herrschte Stille zwischen ihnen. Alexandra und Ophelia sahen ihre Schwester mit großen Augen an, sie konnte förmlich das

Betteln und Flehen darin erkennen. Womöglich war es genau das, was Charlottes Kampfgeist zusätzlich anfeuerte. Sie straffte ihre Schultern. »Aber sorgt euch nicht. Der liebe Lord Murray hat die Rechnung ohne unsere einfallsreiche Tante Jane gemacht.«

2. Kapitel

Es war bereits nach Mitternacht, als Heath nach Hause kam. Entgegen seiner Befürchtungen war er einigermaßen nüchtern. Zu seinem Bedauern waren ihm im *Brooks's* nur zwei Gentlemen aufgefallen, die sich als Ehemänner eignen könnten. Dummerweise war der eine bereits verlobt und der andere auf der Suche nach einer stillen, zurückhaltenden Lady, die ihm mehrere Erben gebären würde. Keine der drei Damen passte auf diese Beschreibung.

Heath Andrews, Earl of Murray, verfluchte sich im Stillen dafür, dass er seinem Vater das Versprechen abgenommen hatte, sich um die Mündel seines besten Freundes zu kümmern, sollte diesem etwas zustoßen. Nun, knapp acht Monate, nachdem er zum Earl geworden war, und sechs Monate, nachdem Lord James Hawks verstorben war, sah er sich einer aussichtslosen Lage gegenüber. Wie sollte er binnen kürzester Zeit passende Ehemänner für die drei Damen finden, die sich in der Hautevolee einen gewissen Ruf gemacht hatten? Er hatte die Trauerzeit abgewartet, bevor er der Ältesten den ersten Besuch abstattete, aber im Nachhinein musste er feststellen, dass er sich besser gleich um diese Angelegenheit gekümmert hätte.

Lady Charlotte Mainsfield, das langweilige Mauerblümchen.

Lady Ophelia Mainsfield, der Wirbelwind, der nur Unfug im Kopf hatte und seine Zwillingsschwester mit Vorliebe anstiftete, mitzumachen.

Lady Alexandra Mainsfield, die tollpatschige Dame, die selbst die einfachen Schritte des Walzers nicht beherrschte.

Schlimm genug, dass dieser Tratsch sogar seine Ohren erreicht hatte. Zumindest was Lady Charlotte anbelangte, konnte er den Hyänen nicht zustimmen. Sie mochte zwar ein Mauerblümchen sein, aber sie war keinesfalls langweilig. Keine langweilige Dame schleuderte einem Earl solche Ausdrücke entgegen. *Zuchtstuten-Vereinigung.* Allein dieses Wort hätte die Schamesröte auf ihren Wangen erscheinen lassen sollen – aber keine Spur. Lady Charlotte war nicht dumm ... und keineswegs auf den Mund gefallen. Herrgott, wie sollte er für sie einen Ehemann finden? Jemand, der taub und stumm war, würde sich für sie eignen, aber doch kein Gentleman, der Wert auf Manieren und Zurückhaltung legte.

Als es an der Tür seines Arbeitszimmers klopfte, legte er den Federhalter zur Seite und ließ die angefertigte Liste der potentiellen Ehemänner unter einem Dokumentenstapel verschwinden. »Herein.«

Er bemerkte bereits am kraftvollen Schwung der Tür, dass es sich nicht um seinen Butler handelte. Den Hauch eines Augenblicks später erkannte er seinen Geschäftspartner Noah Sheffield, der angesichts seines wankenden Ganges mehr als angeheitert zu sein schien. Heath rollte mit den Augen. »Sheffield. Sag nicht, dass du wieder wegen *ihr* getrunken hast.«

Es gab keinen anderen Grund, warum ein Gentleman wie er um Mitternacht bei ihm hineinstürmte und sich in einem solchen Zustand befand. Sheffield schloss die Tür in einer ungalanten Bewegung und torkelte dann auf den Sessel zu, der sich vor dem Schreibtisch befand. Seine Fliege hing lose an seinem Hals hinab, das Hemd war zerknittert und der Gehrock teilweise offen. Hatte er ihn auch falsch zugeknöpft?

»Keine nette Begrüßung für deinen langjährigen Freund. Und natürlich war es nicht wegen ihr, der Scotch hat heute besonders gut geschmeckt.«

Überraschenderweise lallte er nicht. Heath lehnte sich im

bequemen Ledersessel zurück und legte die Fingerspitzen aneinander. »Natürlich nicht. Was führt dich zu dieser Zeit dann zu mir, wenn es nicht der Verlust deiner Gattin ist? Unangekündigt, versteht sich.«

Sheffield nahm den Zylinder ab und fuhr sich durch die schwarzen Haare. Sein Gesicht war gerötet, ob der Kälte oder des Alkohols wegen vermochte Heath nicht zu sagen. Seine blauen Augen waren fahl, jegliche Freude schien aus ihnen gewichen zu sein. Und das wegen einer Frau, die mit ihrem Liebhaber durchgebrannt war. Sie hatte einen Baron verlassen, um sich einen Earl zu angeln. Das nagte an ihm.

»Ich wollte dich fragen, ob du mich morgen zu *Tattersall's* begleitest. Es wird ein ausgezeichneter Hengst vorgestellt, die Deckrate liegt bereits bei vierzig Guineas.«

Heath riss die Augen auf. »Vierzig Guineas? Womit befruchtet er die werten Damen? Gold?«

Sheffield kratzte sich am Kopf. »Denk zurück an *Highflyer*. Es heißt, der Arme hätte sich zu Tode gepaart. Aber bei fünfzig Guineas pro Deckung hat er *Tattersall's* einen hübschen Gewinn gebracht.«

Daher wehte der Wind. Es nagte an Sheffield, dass sein Vermögen mickriger war als das des Earls, der sich nun mit der ehemaligen Baroness zwischen den Laken wälzte. »Lass mich raten: Du hoffst, dass du ein ähnliches Vollblut ersteigerst und damit ein Vermögen anhäufst, korrekt?« Heath meinte, aufkeimende Freude in seinen Augen zu sehen. Guter Gott, Sheffield war bekannt für seine Sprunghaftigkeit, aber mit diesem Plan konnte er für seinen sicheren Bankrott sorgen. Wenn Heath nicht dabei war und ihn von diesem Wahnsinn abhielt, würde er ihm bald ein Dach über dem Kopf anbieten müssen.

Sheffield sah aus wie ein kleiner Junge, dem man ein Konfekt vor die Nase hielt, um es dann verschwinden zu lassen. »Nun ja, du kennst meine Leidenschaft für Vollblüter. Ein passendes Rennpferd könnte mir einige Pfund einbringen.«

Heath trommelte mit den Fingern auf der Tischplatte. »Gut, ich begleite dich. Aber wehe, du kommst nur in die Nähe dieses sagenumwobenen Hengstes.«

Das *Tattersall's* war bekannt für seine Rennbahnen sowie den Verkauf und Verleih von Pferden. Wetten konnten abgeschlossen und edle Vollblüter zu horrenden Preisen ersteigert werden. An der Südoststrecke des Hyde Parks lockte es zahlreiche Gentlemen an, die sich anschließend in den pompös ausgestatteten Gemeinschaftsräumen betrinken konnten. So auch Sheffield. Nachdem ihn seine Frau verlassen hatte, lebte er beinahe dort und im *Brooks's*. Wenn Heath ihm nicht beistand, würde er eine falsche Entscheidung nach der anderen treffen. Reichte es nicht, dass er drei Damen am Hals hatte? Musste er sich noch um seinen ehemals erwachsenen Freund kümmern, der sich jetzt wie ein Bengel mit zu viel Geld benahm?

Sheffield schoss aus dem Sessel hoch, was Heath angesichts seiner Trunkenheit für ein unmögliches Unterfangen gehalten hätte. »Versprochen. Ich möchte ihn mir schließlich nur ansehen.«

»Bist du nur deshalb um Mitternacht zu mir gekommen?«, hakte Heath misstrauisch nach. An der schuldbewussten Miene seines Freundes erkannte er sogleich, dass mehr dahintersteckte. »Nun ja, ich hörte, dass heute ein Kostümball in Covent Garden stattfindet. Um diese Uhrzeit sollten die langweiligen Debütantinnen bereits verschwunden sein und reifere Damen für uns zur Verfügung stehen. Außerdem wollte ich dich fragen, wie dein Besuch bei deinem Mündel verlaufen ist.« Er wackelte mit den Augenbrauen.

Heath nahm den Federhalter wieder in die Hand und schüttelte den Kopf. »Reden wir nicht davon. Und du weißt, dass ich sonst gern dafür zu haben bin, aber nicht heute«, brummte er.

Sheffield schnalzte mit der Zunge. »Mir ist bereits aufgefallen, dass deine Laune schlecht ist. Ich denke allerdings, dass eine versierte Dame dich schnell aufheitern könnte. Bevor wir uns morgen preisträchtige Tiere ansehen.«

Heath stöhnte auf. Wenn sein Freund sich etwas in den Kopf

gesetzt hatte, war er nur schwer wieder davon abzubringen. »Du lässt nicht locker, nehme ich an?«

»Nein, und ich bin mir sicher, dass dir Ablenkung gut tun würde, was auch immer für deine schlechte Laune gesorgt hat, wobei ich auf Lady Charlotte tippe.« Er zupfte sich die Fliege zurecht und schloss die edelsteinbesetzten Knöpfe seines Gehrocks.

Heath läutete nach seinem Butler und ignorierte Sheffields Seitenhieb. »Ich hatte etwas anderes vor, mein Freund, aber mein Gefühl sagt mir, dass ich dich nicht allein nach Covent Garden gehen lassen soll.«

Ein Klopfen beendete das Gespräch zwischen ihnen und Heath' Butler erschien im Türrahmen.

»Bringen Sie mir bitte Hut und Mantel, Myers.«

»Natürlich, Mylord.«

Wie ein Geist verschwand er wieder im Gang und schloss die Tür hinter sich. Heath ging zum Sideboard und goss sich einen irischen Whisky ein. Vielleicht war eine versierte Dame genau das Richtige, um die drei Mündel zumindest kurz vergessen zu können.

»Vielen Dank, dass du mir auch ein Glas anbietest«, murrte Sheffield, was ihm einen warnenden Blick einbrachte.

»Du hattest sicherlich schon genug, und ich werde dich nicht in die Kutsche schleifen.«

Einen Augenblick später erschien der Butler mit Mantel und Hut. »Kann ich noch etwas für Sie tun, Mylord?« Myers stand stocksteif vor ihm und zuckte nicht einmal mit der Wimper. Manchmal fragte sich Heath, ob der Mann, der seit Jahrzehnten für diese Familie arbeitete, irgendwann einmal gelächelt hatte.

»Ja, Myers, bereiten Sie für übermorgen die Abreise auf meinen Landsitz vor. Ich brauche dringend Erholung.« *Und einen ausgeklügelten Plan, um drei Frauen loszuwerden.*

3. Kapitel

Der Besuch des Earls am vergangenen Tag hatte Charlotte keine Ruhe gelassen. Selbst die neuen Orchideen, die der Gärtner in das Gewächshaus gebracht hatte, vermochten sie nicht auf andere Gedanken zu bringen.

»Verschachert an einen Gentleman wie ein Tier«, murmelte sie und schüttelte den Kopf. »Nicht mit mir.« Sie legte die Lektüre, mit der sie erfolglos versucht hatte, sich abzulenken, zur Seite und erhob sich von ihrem Platz auf dem Sofa. Alexandra und Ophelia sahen gleichzeitig auf, die eine von ihren Stickarbeiten, die andere von ihrem Pianoforte.

»Ich brauche frische Luft«, erklärte Charlotte ob der fragenden Blicke und läutete nach dem Butler, der anschließend ihre Zofe zu ihr brachte.

»Ja, Mylady?«, fragte diese, als sie ihren rothaarigen Schopf durch den Türspalt steckte.

»Bring mir bitte meinen Umhang und meinen Hut, Anna. Wir werden Marion besuchen.« Wenn es eine Person in London gab, die sie abzulenken vermochte, dann war es ihre gute Freundin Lady Marion Woodstock.

»Sehr wohl, Mylady.« Sie knickste und verließ das Zimmer.

Ophelia warf einen kritischen Blick aus dem Fenster. »Es könnte bald anfangen zu schneien«, bemerkte sie und schaute zu ihrer

Schwester auf, während ihre Finger wie erstarrt über den Tasten schwebten. »Willst du heute wirklich noch das Haus verlassen?«

»Natürlich«, entgegnete Charlotte. »Es gibt nichts Wirksameres, als bei eisigen Temperaturen hinauszugehen und nachzudenken. Bei Marion kann ich mich an einer Tasse Tee erwärmen. Ich bin bei Einbruch der Dunkelheit wieder zu Hause.« Ohne auf eine weitere Reaktion ihrer Schwestern zu warten, schloss Charlotte die Tür hinter sich. Anna erwartete sie bereits.

»Hier, Mylady. Ich habe Ihnen auch Ihre Handschuhe mitgebracht. Es sieht draußen sehr kalt aus.«

Mit einem freundlichen Nicken ließ Charlotte sich von ihr den dunkelblauen Umhang umlegen, ehe sie sich selbst den Hut auf die gelockten Haare setzte und die Bänder unter ihrem Kinn zusammenknotete. Sie öffnete die Eingangstür und sogleich schlug ihr der eisige Wind entgegen. Kurz verharrte sie, schloss die Augen und spürte die Kälte an ihren Wangen beißen. Noch konnte sie die Tür einfach wieder schließen und im Haus bleiben. Sich vor das warme Feuer im Kamin setzen und lesen. Entschieden schüttelte sie den Kopf und zog sich die Handschuhe über die schmalen Finger. Nein, sie musste diesen Earl aus ihren Gedanken vertreiben. Sie wollte sich die anstehenden Feiertage ganz sicher nicht von ihm verderben lassen, nur weil sie immerzu an ihn denken musste. Den Triumph gönnte sie ihm nicht. Mit der Gewissheit, dass sich ihre Laune durch den Spaziergang wieder heben würde, schritt sie aus dem Haus. Anna, eingepackt in einen dicken Wollumhang, folgte ihr.

Ein wenig bedauerte Charlotte, dass es wieder zu schneien aufgehört hatte, doch die eisigen Temperaturen und der wolkenverhangene Himmel deuteten darauf hin, dass sie nicht mehr lange würde warten müssen. Sie liebte den Winter. Und die Schneeflocken, die in Form von kleinen Kristallen auf die Erde rieselten. Gleichzeitig machte es sie traurig. Dies würde das erste Weihnachten ohne ihren Onkel James sein. Er hatte nie lange in seinem Anwesen hier verweilt, hatte London zwischen den Expeditionen nur kurz aufgesucht, um nach dem Rechten und dem

Wohl seiner Nichten zu sehen. Man konnte ihm nicht nachsagen, dass er ein liebevoller Vormund gewesen war. Doch seine Pflichten hatte er sehr ernst genommen und seit dem unglücklichen Tod von Lord und Lady Mainsfield vor neun Jahren immer im Sinne der Mädchen gehandelt. Zumindest hatte er sich stets darum bemüht. Und an Weihnachten war er jedes Mal heimgekehrt. Sehr zu seiner Freude hatte sich Tante Jane in der großen Saison hier im Stadthaus niedergelassen, damit die Schwestern debütieren konnten. Zu Charlottes Verdruss hatten weder Ophelia noch Alexandra in der ersten Saison einen Ehemann gefunden. Von ihr selbst ganz zu schweigen ... sie war nun mal zu eintönig.

Charlotte spürte eine verräterische Nässe in ihren Augen aufsteigen. Hastig blinzelte sie die Tränen fort und beschleunigte ihre Schritte. Sie brauchte keinen Ehemann, um glücklich zu sein. Abgesehen davon waren die meisten Ehen in der Hautevolee nur aus taktischen Gründen geschlossen worden, nicht aus Liebe. Dieses Schicksal wollte sie sich und ihren Schwestern ersparen, umso wichtiger war es, Tante Jane alsbald aufzusuchen, auch wenn es bedeutete, ihre Schwestern hier zu lassen. Sie sollten nichts von Charlottes Sorgen mitbekommen und erst recht nichts von den sicherlich unkonventionellen Einfällen ihrer Tante. Dieses Jahr würde sie zum ersten Mal getrennt von ihren Schwestern nach Hampshire fahren, um sich den Rat ihrer Tante einzuholen, die seit vielen Jahren als Witwe allein im Anwesen ihres verstorbenen Mannes lebte. Sie brauchte ihre weibliche Unterstützung und Erfahrung mit reichen Männern, die sich ungehindert jedes Mitgefühls als den Herrgott daselbst aufspielten und über das Schicksal von ihr und ihren Schwestern bestimmen wollten. Tante Jane hatte sogleich zugestimmt und so würde Charlotte bereits in zwei Tagen mit der Kutsche abreisen. Doch zuvor wollte sie ihre gute Freundin Lady Marion besuchen und den Earl of Murray aus ihren Gedanken verbannen.

Als sie den Hyde Park erreichten, blieb Charlotte einer Eingebung folgend stehen und wandte sich an ihre Zofe. »Anna, deine Familie wohnt in St. Giles, nicht wahr?«

»Ja, Mylady«, bestätigte diese keuchend. Weißer Nebel breitete sich vor ihren Lippen aus, als sie ausatmete.

»Ich gestatte dir, sie zu besuchen, während ich bei Lady Marion verweile.«

Ihre Augen wurden so groß wie die eines jungen Rehs. »Aber Mylady …«

»Bitte, Anna«, entgegnete Charlotte und lächelte. »Wenn du die Feiertage über schon mit mir in Hampshire verbringen musst, solltest du wenigstens diese Gelegenheit nutzen, um dich von deiner Familie zu verabschieden. Hier …«, sie öffnete ihr Retikül und fischte ein paar Münzen heraus, »miete dir für die Fahrt eine Droschke. Wir treffen uns hier bei Einbruch der Dunkelheit.«

Einen Moment zögerte das Mädchen. Sie war nur wenige Jahre jünger als Charlotte und ihr in der Zeit, die sie nun schon für die Mainsfields arbeitete, zu einer Vertrauten geworden. Zudem hatte sie Charlotte kurz nach deren Debüt am Hofe in ihrem Stadthaus vor einer misslichen Lage mit einem aufdringlichen Herrn gerettet, mit dem, wären seine unsittlichen Versuche, ihr an die Wäsche zu gelangen, von Erfolg gekrönt gewesen, Charlotte den Bund der Ehe hätte schließen müssen, um ihre Familie vor einer Schande zu bewahren. Zum Glück hatte Anna diesen Kerl mit einer Selbstlosigkeit vertrieben, die sie beinahe die Anstellung gekostet hätte. Aus diesem Grund fühlte sie sich berufen, ihrer Zofe etwas Gutes zu tun. Ein Strahlen breitete sich auf Annas Gesicht aus, als sie die Lider niederschlug und in einem tiefen Knicks versank. »Ich danke Ihnen, Mylady.«

Charlotte entließ sie mit einem Wink ihrer Hand und drehte sich bereits um, um ihren eigenen Weg fortzusetzen. Es war unschicklich für eine Dame, ohne Begleitung durch die Straßen Londons zu schlendern, doch ihr Ziel lag bereits in Sichtweite, weswegen sie sich über mögliches Geschwätz keine Gedanken machte. Sie erreichte das prunkvolle Anwesen von Lord und Lady Woodstock und wurde sogleich vom Butler des Hauses begrüßt. Auch wenn sie sich nicht angemeldet hatte, war sie ein bekanntes

Gesicht und wurde stets freundlich empfangen. Der Herr nahm ihr die Garderobe ab und führte sie in den Salon.

»Bitte nehmen Sie Platz, Mylady. Ich werde Lady Woodstock von Ihrer Ankunft unterrichten.«

Sie nickte und ließ sich auf einem der gepolsterten Möbelstücke nieder. Ihre Finger waren eiskalt und so verschränkte sie diese ineinander, um sie zu wärmen. Das blieb dem aufmerksamen Butler nicht verborgen. »Es wird gleich jemand kommen, um das Feuer neu zu schüren, Mylady.« Sie lächelte dankbar und sah ihm nach, wie er sich nach einer Verbeugung mit steifen Schritten aus dem Raum bewegte.

Charlotte hatte nicht viele Bekannte, denen sie auch den Titel Freund oder Freundin zugestehen würde. Auf gesellschaftlichen Anlässen hielt sie sich stets bedeckt und sie strebte auch nicht danach, von allen geliebt und begehrt zu werden, wie manch andere Damen. Da sie ebenfalls nicht gewillt war, aus einem anderen Grund als Liebe zu heiraten, mied sie es, allzu viel Aufmerksamkeit der Junggesellen auf sich zu ziehen. Oft bezeichnete man sie als Mauerblümchen, doch Charlotte war es nur recht. Die Einzige, die dem Titel Freundin wahrlich gerecht wurde, war Lady Marion, die ihr, seit sie in derselben Saison debütiert hatten, mit einer Freundlichkeit und Zuneigung begegnete, die Charlotte von Herzen gern erwiderte.

Noch bevor sie ihre Freundin sah, hörte sie deren Stimme durch das Anwesen hallen. »… lassen sie einfach im Salon warten! Bringen Sie uns Tee, Rogers, und etwas Gebäck!« Die Tür flog auf und eine kleine, zierliche Frau mit dunklen, fast schwarzen Haaren und einem kugelrunden Bauch betrat den Salon. »Charlotte!«, rief sie mit einem strahlenden Lächeln auf den Lippen aus und kam mit ausgestreckten Armen auf ihren Gast zu. Charlotte erhob sich, um die schmalen Hände ihrer Freundin zu ergreifen.

»Marion, wie schön, dich zu sehen.«

»Herrgott, Charlotte, deine Finger sind eiskalt!« Marion zuckte erschrocken zurück. »Rogers soll augenblicklich wieder das

Feuer entfachen. Wir nutzen den Salon selten, sodass die Scheite abbrennen, ohne aufzufallen.«

»Rogers ist bereits dabei, es zu veranlassen, Marion. Sag, wie geht es dir?«

Die beiden Frauen ließen sich auf den Polstern nieder und Marion strich glückselig lächelnd über ihren Bauch. »Nicht mehr lange, und mein Mann bekommt seinen Erben. Ich kann es kaum erwarten, Charlotte.« Ihre Wangen färbten sich rötlich und ihre braunen Augen leuchteten voller Erwartung.

»Wirst du mit deinem Gatten über die Feiertage zu eurem Landsitz reisen?«, fragte Charlotte. Die Tür öffnete sich. Rogers betrat, begleitet von einem weiteren Diener, den Salon und stellte ein Tablett mit Tee und Gebäck auf den kleinen Beistelltisch, bevor sich die beiden dem Kamin zuwandten.

»Wir haben die Reise abgesagt. Die lange und unbequeme Fahrt wäre in meinem derzeitigen Zustand nicht zuträglich. Der Arzt vermutet, es wird ein Neujahrskind.« Lady Marion war seit einem Jahr unter der Haube und ihre Verbindung mit Lord William Wilcox, Marquis of Woodstock, war eine glückliche, wie Charlotte sie für sich selbst und noch mehr für ihre Schwestern auch wünschte. Doch mit dem Tod ihres Onkels und dem Vorhaben des Earls of Murray würde dieser Traum auch genau das bleiben. Nichts weiter als eine Wunschvorstellung, die verträumten Gedanken eines Mädchens, das auf die Entscheidung ihres Vormunds angewiesen war.

»Ich werde übermorgen nach Hampshire zu meiner Tante reisen, doch Alexandra und Ophelia werden hier in London bleiben. Sie werden sich freuen, wenn sie dich über die Feiertage besuchen dürfen.«

»Natürlich!«, rief Marion aus. »Die herzallerliebsten Mädchen sind mir immer willkommen. Aber sag, wie ist es euch ergangen? Kümmert sich der Earl of Murray um euch?«

Charlotte stieß einen sehr undamenhaften Laut aus, der wohl als Schnauben bezeichnet werden konnte. Sie wartete, bis die beiden Männer das Feuer neu entfacht und den Salon wieder verlassen hatten, bevor sie sich erhob und ihre immer noch kühlen Finger der Wärme entgegen streckte. »Der Earl sieht in uns nicht mehr als eine Belastung, derer er sich mittels einer Heirat schnell entledigen möchte.«

»Er hat dir einen Antrag gemacht?« Ihre Augen waren vor Neugierde weit aufgerissen.

»Gott bewahre.« Charlotte lachte lauthals, konnte dabei auch das kleine Grunzen nicht verhindern, das sich manchmal bei ihr einschlich. Aber die Vorstellung, *sie* würde die Frau dieses aufgeblasenen, selbstgefälligen ... Nein, ausgeschlossen. Das war einfach zu amüsant. »Er will uns den Junggesellen vorführen, wie eine frische Stute im *Tattersall's*, und uns an den Meistbietenden verschachern.«

»Ach, nicht doch.« Enttäuscht ließ Marion die Schultern sinken. »Sicherlich kannst du ihn für dich gewinnen. Er ist doch selber ein angesehener Junggeselle mit einem beachtlichen Vermögen und keine schlechte Partie. Er hat es nicht nötig, euch des Geldes wegen zu verheiraten.«

Charlotte zuckte mit den Schultern. »Wer versteht schon die Beweggründe des männlichen Geschlechts? Aber ich bin nicht gewillt, diesen Schnösel zu ehelichen oder sonst einen. Abgesehen davon ist es ausgeschlossen.«

Marion hielt sich die Hand vor den Mund, um ihr Kichern dahinter zu verbergen. Im Gegensatz zu Charlotte behielt sie auch in privaten Unterredungen ihren Anstand bei, auch wenn sie die Ausbrüche ihrer Freundin keineswegs als anstößig ansah. Ihr eigenes Laster lag dagegen in dem Verbreiten von Gerüchten, die am Hof die Runde machten. So beugte sie sich auch jetzt vor und sagte mit einem verschwörerischen Unterton in der Stimme: »Mir ist erst vor Kurzem etwas über deinen Earl zu Ohren gekommen.«

Charlotte rümpfte pikiert die Nase. »Er ist nicht *mein* Earl.«

Marion winkte ab. »Es betrifft auch mehr seinen Geschäftspartner als ihn selbst. Dieser Lord Sheffield ist ein Trinker und Schürzenjäger. Seit ihn seine Frau für einen reichen Mann verlassen hat, zieht er

Heath Andrews mit in seine düsteren Machenschaften. Er ist ein Mensch von schwachem Charakter, der in seinem eigenen Kummer zu ertrinken droht und dabei seinen Partner mit sich zieht. Wenn du mich fragst, kann er euch gar nicht schnell genug verheiraten. Für deinen Ruf und den deiner Schwestern wäre es nur von Nachteil, sollte sich Sheffields Benehmen auf das des Earls ausweiten.« Sie beugte sich noch weiter vor und senkte die Stimme, sodass Charlotte Mühe hatte, ihre Freundin zu verstehen. »Lord Murray soll sich angeblich im *Brooks's* nach Heiratskandidaten umgehört haben. Nach deiner Aussage heute, weiß ich auch, wieso.« Sie zog die Augenbrauen hoch und wartete gespannt auf eine Reaktion ihrer Zuhörerin.

Charlotte gab nicht viel auf solche Worte, entsprachen sie doch nie gänzlich der Wirklichkeit. Doch diese Neuigkeit schockierte sie und dass der Earl im *Brooks's* nach potentiellen Ehemännern für sie und ihre Schwestern gesucht hatte, machte nur allzu deutlich, wie schnell er die Mädchen loswerden wollte. Die Mitglieder dieses Clubs waren bekannt für ihre Wettleidenschaft, hauptsächlich politischer oder sportlicher Natur, doch wer sagte, dass sie nicht auch auf die Unschuld dreier Mädchen ihre Wetten abschließen würden? Vor ihrem geistigen Auge sah sie den Earl of Murray seine Schulden begleichen, indem er sie an einen Fremden übergab. Ein Schütteln erfasste sie, als es ihr kalt den Rücken hinunterlief. Oh nein, soweit würde sie es nicht kommen lassen! Dieser Lord würde schon merken, dass sie keine hilflose Dame war, die ihn anbettelte.

»Bitte lass uns nicht weiter über den Earl sprechen. Wir wollen uns doch nicht die Stimmung verderben.«

Enttäuscht sanken Marions Mundwinkel herab, doch sie fasste sich schnell und tat ihrer Freundin den Gefallen.

Sie sprachen noch eine Weile über Tante Jane, die Feiertage und Marions Gatten, von dem sie nicht genug schwärmen konnte, bevor Charlotte sich bei Einbruch der Dunkelheit verabschieden musste.

»Komm wohlbehalten heim, liebste Freundin«, sagte Marion und drückte ihre Hände. »Bei der Kälte wird der Frost nicht lange auf sich warten lassen. Richte deiner Tante meine liebsten Grüße aus und schreib mir zu Weihnachten.«

Charlotte wickelte sich in ihren Umhang und kehrte zurück in den Hyde Park. Aus der Entfernung konnte sie ihre Zofe schon dort stehen und warten sehen. Sie beschleunigte ihre Schritte, da es doch recht spät geworden war und die Dämmerung bereits in die Nacht überging, mit der auch die Kälte zugenommen hatte. Wie sehr wünschte sie sich zurück an das Feuer in Lady Marions Salon.

Ein Wiehern ertönte hinter ihr, gefolgt von einem näherkommenden Hufgetrappel. Auch wenn um diese Uhrzeit normalerweise kaum noch Reiter oder Kutschen unterwegs waren, dachte sie sich nichts dabei. Also stapfte sie weiter, als sie bemerkte, wie ihre Zofe wild mit den Armen gestikulierte und etwas in ihre Richtung rief. Doch sie konnte sie nicht verstehen, dafür war sie noch zu weit entfernt. Die Geräusche hinter ihr wurden lauter.

Erschrocken drehte sie sich um, sah einen Reiter auf einem Schimmel geradewegs auf sich zu preschen. Aus reinem Überlebensinstinkt machte sie einen Satz zur Seite, stürzte und prallte schmerzhaft auf dem gefrorenen Boden auf. Sterne tanzen vor ihren Augen, eine Welle der Übelkeit erfasste sie. Sie wollte sich bewegen, aufstehen, aber ihr Blickfeld wurde unscharf, die Stimmen hallten verzerrt zu ihr und es dauerte nur noch wenige Wimpernschläge, bis die Nacht sie vollständig einhüllte.

4. Kapitel

»Ist er nicht ein prachtvolles Tier?«, wollte Sheffield wissen und klopfte dem Hengst ungewöhnlich sanft gegen die Flanke, als hätte er die Befürchtung, die wandelnde Goldgrube könnte ansonsten eine Verletzung davontragen. Heath konnte nur anerkennend nicken, dennoch sorgte der unverschämt hohe Preis von sechshundert Pfund bei ihm für Zähneknirschen. Damit war es einer Familie möglich, ein halbes Jahr mitsamt Dienstboten in einem vermieteten Stadthaus zu leben. »Er ist zweifellos ein Prachtexemplar, aber zu teuer. Ich denke nicht, dass du vorhast, unter die Züchter zu gehen.«

Sheffield schenkte dem Hengst einen liebevollen Blick, der bei Heath für eine Grimasse sorgte. Was war nur aus seinem besten Freund geworden? Er himmelte ein Pferd mehr an als seine Mätresse, die ihn von seiner Ehefrau ablenken sollte?

»Du hast recht, der Einfall mit der Pferdezucht gehörte nicht zu meinen besten, aber … ich benötige Ablenkung, Heath.« Er wandte sich von dem Tier ab und schenkte ihm einen Blick, der Heath' Aufmerksamkeit erregte. Es war einer dieser seltenen Momente, in denen Sheffield durchblicken ließ, wie sehr ihn der Verlust seiner Ehefrau schmerzte. Oder besser gesagt, der Verrat, der damit einhergegangen war. Heath konnte sich dieses Gefühl nicht ausmalen, aber er wusste, dass sein Freund sie geliebt hatte … oder es noch immer tat. Und es war seine Aufgabe, ihn auf andere

Gedanken zu bringen. Er gab ein kapitulierendes Seufzen von sich. »Was hältst du davon, *Imperator* Probe zu reiten? Ich hörte, er sei ein geeigneter Wallach für schnelle Ritte.«

Sheffield warf einen Blick in die benachbarte Box, in der ein Schimmel stand.

»Er ist ungestüm, aber du behauptest doch immer, ein versierter Reiter zu sein. Hundert Pfund erscheinen mir angemessen.«

»In der Tat«, flüsterte Sheffield und trat näher an den Wallach heran. Dieser beäugte ihn misstrauisch und legte die Ohren an.

»Ich werde dir mit *Temperance* folgen.«

»Du hast schon länger ein Auge auf sie geworfen, nehme ich an.«

Heath grinste. »Sie würde sich ausgezeichnet als Zweitpferd eignen und nun gibst du mir die Gelegenheit, ihre Fähigkeiten auf die Probe zu stellen.«

Sheffields trauriger Ausdruck war dem heller Freude gewichen. Seine Augen glänzten wie jene eines Jungen, der ein neues Spielzeug erhalten hatte. »Zu unserem Glück ist der Hyde Park um diese Zeit wie ausgestorben. Ich bin mir sicher, dass *Tattersall's* nichts dagegen einzuwenden hat, wenn zwei potentielle Käufer einen kleinen Ritt durch die Dämmerung anstreben.«

Obgleich Heath Sheffields Einfälle meist nicht unterstützte, musste er ihm bei diesem beipflichten. Womöglich würde es ihn von seiner eigenen Misere ablenken. Wenig später fanden sich die beiden vor der Reithalle wieder. Der Stallknecht reichte Heath die Zügel, bevor er Sheffield half, aufzusteigen. »*Imperator* ist nicht bekannt für sein ruhiges Gemüt, Mylord. Geben Sie Acht.« Dann tippte er sich gegen die Hutkrempe und verschwand wieder im Inneren. Heath drückte die Fersen gegen *Temperance*' Flanken und brachte sie in den Trab. Am Rand des Hyde Park Corners verfielen sie in den Galopp, die dustrige Stimmung gepaart mit der klirrenden Kälte brachte Heath endlich auf andere Gedanken. Er war so vertieft, dass er das laute Wiehern nur am Rand bemerkte.

»Verfluchtes Tier!«, schrie Sheffield auf. Heath verlangsamte sein Tempo, wollte nach hinten sehen, als sein Freund wie ein Windstoß an ihm vorbeipreschte. Guter Gott, das Tier ging mit ihm durch. Wenn er ihn nicht einholte, könnte es böse enden. Er trieb seine Stute wieder an und holte auf, als er plötzlich einen Ruf wahrnahm, gefolgt von einem Aufschrei. *Imperator* bäumte sich auf, Sheffield konnte sich mit scheinbar letzter Kraft auf seinem Rücken halten und den Überraschungsmoment nutzen, um ihn zu zügeln. Den Kopf wieder und wieder in die Luft werfend und mit aufgeblähten Nüstern tänzelte das Tier auf der Stelle.

»Mylady! Um Gottes Willen!«, schrie jemand.

Heath stieg von der Stute und eilte zu der kleinen Gestalt, die sich über jemanden gebeugt hielt. Du lieber Gott, Sheffield hatte jemanden niedergeritten.

»Mylady! Wachen Sie auf!« Sie rüttelte an deren Schulter und stieß ein Schluchzen aus, bevor sie ihren Kopf zur Seite reckte und Heath einen vorwurfsvollen Blick entgegenschleuderte. Sie war scheinbar eine Zofe, wenn er ihre Kleidung korrekt einordnete. »Was haben Sie sich nur dabei gedacht?« Tränen flossen an ihren Wangen hinab. Heath riss sich aus seiner Starre und kniete sich neben die bewusstlose Frau. Ihr Hut war verrutscht, ihr Gesicht lag dem Schnee zugewandt. Er hielt die Finger an ihre Kehle und atmete erleichtert auf, als ihr Puls kräftig gegen seine Haut schlug.

»Sie haben sie einfach über den Haufen geritten«, kam es schniefend von der Bediensteten, was Heath dazu veranlasste, sie anzusehen. Ihre Augen waren völlig verweint, ihre Unterlippe zitterte. »Ich war es nicht, Miss, aber es ändert nichts an der Tatsache, dass Ihre Lady einen Arzt braucht. Sheffield!«

Irgendwie hatte es sein Freund geschafft, vom Wallach abzusteigen. Er torkelte mit weit aufgerissenen Augen auf ihn zu, den Blick auf die Fremde geheftet. »Was habe ich getan?«, keuchte er.

»Ich bringe sie in mein Stadthaus, du reitest auf *Temperance* zu meinem Arzt in der St. James Street, hast du mich verstanden?«

Sheffield zitterte, was Heath dazu veranlasste, aufzustehen und ihn an der Schulter zu rütteln. »Sheffield!«

»Zum Arzt reiten, verstanden.«

Erst als er auf die Stute zuging, wandte sich Heath wieder der jungen Frau zu. »Wie ist ihr Name, Miss?«

»L-Lady Charlotte Mainsfield, Mylord.«

Heath blieb für einen langen Augenblick die Luft weg. Natürlich, wie hatte er sie nur nicht erkennen können? Die vollen Lippen, die die meiste Zeit zu einer schmalen Linie gepresst waren, als sie ihn wie den ärgsten Feind beobachtet hatte. Die hohen Wangenknochen, die ihr ein ladyhaftes Aussehen verliehen und von dem Feuer in ihren Augen wieder vernichtet wurde. Diese weichen, rotblonden Haare …

Ein Stöhnen riss ihn aus seinen Gedanken. Sie versuchte, blinzelnd die Augen zu öffnen, aber ihre Lider schienen schwer wie Blei zu sein. »Ich bringe sie in mein Stadthaus in der South Audley Street, informieren Sie ihre beiden Schwestern darüber«, sagte er an die Zofe gewandt.

»J-ja, Mylord.«

Heath beugte sich nach vorn, griff unter Lady Mainsfields Kniekehlen und die Schultern, bevor er sie hochhob. Sie gab ein protestierendes Stöhnen von sich, als er sie gegen seinen Körper drückte. »Bleiben Sie ruhig, Mylady, ich bringe Sie in Sicherheit.«

Es kam ihm wie eine Ewigkeit vor, als endlich Dr. Montgomery durch die Flügeltür schritt und seinen ledernen Koffer neben dem Bett ablegte. »Guten Abend, Mylord. Ich bin so schnell gekommen, wie es mir möglich war. Ich hörte, Sie sei beinahe von einem Pferd erwischt worden.«

Heath wusste, dass er mit seinem gelockerten Halstuch, dem zerknitterten Hemd und den mittlerweile zerstrubbelten Haaren einen zweifelhaften Eindruck hinterlassen musste, aber es war ihm einerlei. Lady Mainsfield hatte die Augen noch immer nicht aufgeschlagen, lediglich leise Schmerzlaute von sich gegeben. »Vielen Dank, dass Sie sich beeilt haben. Lady Mainsfield ist mein

Mündel, ich trage dementsprechend die Verantwortung. Sie ist noch immer nicht ganz aufgewacht, es kommt mir so vor, als wäre sie in einem Delirium.«

Der hochgewachsene, schlanke Mann mit dem Schnauzbart und den wachsamen, blauen Augen nickte ihm zu. »Ich verstehe.«

Er setzte sich an die Bettkante und rüttelte leicht an ihren Schultern. Bis auf das kurze Zusammenziehen ihrer Augenbrauen folgte keine Reaktion. Heath räusperte sich und drehte sich leicht weg, als der Doktor begann, die Decke zur Seite zu schieben und sie zu untersuchen.

Heath wusste nicht, wann er sich das letzte Mal derart hilflos gefühlt hatte. Lady Charlotte und er hatten wahrlich keinen guten Start gehabt, aber bei Gott, ein solches Wiedersehen hätte er ihr gern erspart. Er hatte sie die kurze Strecke fest an sich gedrückt gehalten, damit sie nicht zur Seite kippte und vom Pferd fiel. In diesen langen Minuten wurde ihm bewusst, was es bedeutete, Verantwortung für sie und die beiden Schwestern zu tragen.

»Lady Mainsfield? Können Sie mich hören?«

Heath konnte nicht anders, als hinzusehen, als der Arzt ihre Lider leicht anhob. »Sie dürfte jeden Moment zu sich kommen.«

»W-wo bin ich?«, flüsterte sie und verzog das Gesicht, als der Arzt ihre Rippen abtastete.

»Haben Sie an diesen Stellen starke Schmerzen, Mylady?«

Heath trat näher ans Bett und ignorierte den Wunsch nach einem ordentlichen Drink, als er ihr kalkweißes Gesicht bemerkte. Dieser Unfall hätte auch anders ausgehen können.

Dieses Mal gelang es ihr, die Augen zu öffnen. Haselnussbraune Iriden blickten ihm entgegen. Die Lady schien sich zuerst an das Licht im Raum gewöhnen zu müssen, sie blinzelte einige Male heftig, bevor sie ihn fixierte. Heath fühlte sich auf merkwürdige Weise ausgeliefert. Ein scharfes Lufteinziehen folgte. »*Sie.*«

Es war nur ein einziges Wort, aber es reichte aus, dass ihm ein Schauer über den Rücken wanderte. Als würde sie sämtliche Kräfte in ihrem Inneren bündeln, stützte sie sich mit den Händen an der

Matratze ab und versuchte, sich nach oben zu schieben.

»Mylady, bitte bewegen Sie sich nicht zu viel, solange ich die Untersuchung noch nicht abgeschlossen habe.«

Entsetzt drehte sie ihren Kopf zur Seite, als hätte sie die Anwesenheit von Dr. Montgomery erst jetzt bemerkt. »Doktor Montgomery?« Ihre Stimme war piepsig, wie jene eines kleinen Mädchens, das sich vor einem Arzt fürchtete.

Er schenkte ihr ein schmales Lächeln. »Ich bedaure es ebenso, dass wir uns unter solchen Umständen wiedersehen. Gestatten Sie mir, Ihre Unterschenkel abzutasten, dann wäre ich fertig.« Er räusperte sich, als hätte er einen Frosch im Hals. Charlotte schluckte und nickte schließlich. Als der Arzt die Untersuchung beendet hatte, wandte er sich seinem ledernen Koffer zu. »Sie bekommen ein wenig Laudanum, damit Sie besser einschlafen können. Glücklicherweise haben Sie sich nichts gebrochen, aber ich vermute, der Schock wird Ihnen noch tief in den Knochen sitzen.«

»E-es war dunkel und plötzlich vernahm ich ein Wiehern …« Sie rieb sich über die Schläfen, als würde sie angestrengt nachdenken. »Wo bin ich überhaupt?«

Heath räusperte sich. »In meinem Stadthaus, Mylady. Ein Pferd ist durchgegangen und hat Sie erwischt. Ich habe Sie hierhergebracht.«

Blankes Entsetzen legte sich wie ein Schatten über ihr Gesicht. »In *Ihr* Stadthaus?«

Heath wandte sich an den Doktor. »Ich danke Ihnen für Ihr rasches Erscheinen. Lassen Sie sich von meiner Köchin einen starken Tee servieren, Sie sind herzlich eingeladen.«

Der Mann verstand den Wink und nickte ihm zu. »Das werde ich. Und Lady Mainsfield sollte sich ein paar Tage schonen.«

»Das wird sie.«

»Ich kann für mich selbst sprechen«, kam es vom Bett.

Erst als der Arzt aus dem Zimmer verschwunden war, fiel Heath auf, wie sehr ihn seine Anwesenheit davor bewahrt hatte, sich mit seinem Mündel auseinanderzusetzen. Er hätte gedacht, dass ihre Bewusstlosigkeit länger andauern würde. »Ich muss im Namen meines guten Freundes um Verzeihung bitten, er hat Sie schlichtweg nicht-«

»Warum haben Sie mich in Ihr Stadthaus gebracht? Meine Schwestern werden sich große Sorgen machen«, unterbrach sie ihn, als hätte sie ihn nicht gehört. Stattdessen schob sie sich nach hinten und brachte sich in eine sitzende Position, die Decke beinahe bis zum Hals gezogen. Ihre Augen waren groß wie Untertassen, das Haar lag offen über ihren Rücken. Sie bot ein völlig anderes Bild als bei ihrer ersten Begegnung. Weicher ... verletzlicher.

»Wenn Sie das Starren dann beendet haben, wären Sie wohl so freundlich, meine Frage zu beantworten?« Die ungewohnte Schärfe in ihrer Stimme brachte ihn wieder in die Realität zurück. Er schüttelte kaum merklich den Kopf und zog den Sheratonsessel zum Bett, bevor er sich darauf niederließ.

»Ich wollte Sie versorgt wissen und ich traue niemand anderem als Doktor Montgomery. Sie hätten sich ernsthaft verletzen können.«

Er bemerkte ein Zittern ihrer Finger, als sie die Damastdecke umfasst hielt. Sie hatte ihren Körper leicht zur Seite geneigt, als wolle sie genügend Abstand zwischen sie bringen. Eine wahrlich unangenehme Situation für beide Seiten. »Das war nicht nötig. Nachdem mir nichts fehlt, würde ich gerne nach Hause fahren. Sie sind sicherlich so freundlich, mir eine Kutsche zu Verfügung zu stellen und diese ... leidige Sache mit Diskretion zu behandeln.«

Heath strich sich mit den Händen über den Hosenstoff. »Es ist spät, Mylady, und Sie sollten eine Nacht hierbleiben. Sorgen Sie sich nicht, Sie können das Zimmer selbstverständlich versperren.«

Argwohn leuchtete in ihren Augen auf. »Ich fürchte, Sie haben mich nicht verstanden, Mylord. Ich *will* nicht hierbleiben.« Noch ehe das letzte Wort ihre Lippen verlassen hatte, schob sie sich an den Bettrand und schwang die Beine mitsamt Decke nach draußen, während sie den restlichen Teil gegen ihren Oberkörper gepresst hielt. Er sprang auf, griff wie in einem Reflex nach vorn und fasste nach ihren Schultern, als sie Gefahr lief, Richtung Boden zu kippen.

»Das ist ... unschicklich. Sie dürfen mich ... nicht ... du liebe

Güte, mir ist schwindelig.« Sie versuchte, mit der Hand Halt an der Matratze zu finden, was Heath dazu veranlasste, sie zu sich zu ziehen. »Herrgott, Weib, halten Sie still! Sie werden noch dafür sorgen, dass wir auf den Boden fallen!«

Er war sich ihrer Nähe durchaus bewusst. Der schwache Geruch von Blumen wehte zu ihm, ein Teil ihrer Haare war nach vorn gefallen und berührte seine Finger. So weich. Du liebe Güte, was war nur in ihn gefahren, dass er von solchen Gedanken verfolgt wurde?

Er trat einen Schritt zurück, nahm eine Hand von ihrer Schulter und griff leicht unter ihr Kinn, um es anzuheben. »Sehen Sie mich an.«

Beinahe trotzig reckte sie ihr Kinn weiter nach oben, Funken glühten in ihren Augen. »Ich bleibe nicht hier! Nicht bei einem Schurken, der mich loswerden will, als sei ich billiger Tand.«

Ehe er es verhindern konnte, machte sie sich von ihm los. Die zu hektische Bewegung führte dazu, dass sie tänzelte und erneut gegen seinen Körper prallte. Er durfte sie nicht berühren. Er sollte sie nicht berühren und doch umfasste er sie mit beiden Armen, als sie gegen ihn gedrückt wurde. Grundgütiger, dieses Weib war stur!

»Sie k-können zurücktreten. Ich komme zurecht!«

»Ja, das sehe ich, Mylady. Ich wusste nicht, dass Sie vorhatten, sich auch mehrere Knochen im Gesicht zu brechen. Der Holzboden ist hart.«

»Wenn mir nur nicht so schwindelig wäre ...«

»Ist es denn so schlimm, eine Nacht unter diesem Dach zu verbringen? Ihre Schwestern wurden bereits informiert, dass Sie hier sind.«

Sie gab einen abgehackten Laut von sich, trat vorsichtig einen Schritt zurück und sah zu ihm hinauf. »Sie haben *was*? Um Himmels Willen, meine Schwestern werden zweifellos in die Kutsche steigen.«

Er hob eine Augenbraue. »Sie sind wohlerzogene Damen, ich hoffe doch wohl nicht, dass sie diesen Gedanken verfolgen.«

Sie schloss die Augen, als hätte sie innerlich kapituliert, und stöhnte leise auf. »Lassen Sie mich gehen. Ich kann mich zu Hause auskurieren.«

Als hätte sie erst jetzt bemerkt, dass ihre Hände noch immer an seinem Oberkörper lagen, zog sie sie rasch zurück und presste sie gegen ihr Dekolleté.

Heath räusperte sich. »Setzen Sie sich hin, bitte. Ich möchte Sie nicht die ganze Zeit stützen müssen.«

»Das müssen Sie auch nicht«, zischte sie.

»Wenn ich Sie loslasse, werden Sie zur Seite fallen und sich in der Tat etwas brechen. Setzen Sie sich hin, verdammt noch eins!« Er hasste es, Autorität in seiner Stimme mitschwingen zu lassen, wenn es um Lady Mainsfield ging, aber er sah keine andere Möglichkeit, diese ungewohnt herrische Lady zum Schweigen zu bringen.

Dieses Mal sagte sie nichts, sondern ließ sich wackelig auf dem Bett nieder. Heath atmete erleichtert aus, als die Gefahr gebannt war. »Sie bleiben hier, ich kümmere mich um Ihre Schwestern.«

»Das ist meine Aufgabe«, kam es stoisch zurück.

»Derzeit nicht. Und Sie bleiben hier, daran wird auch Ihr Starrsinn nichts ändern. Ich lasse es nicht zu, dass Ihnen etwas geschieht.«

Sie beäugte ihn aus schmalen Augen. »Seit wann liegt Ihnen mein Wohlergehen am Herzen? Um meinen Wert zu steigern? Ich muss Sie enttäuschen, Mylord, aber für den Heiratsmarkt bin ich zu alt.«

»Sie verwechseln alt mit störrisch.«

»Oh, dann müssen Sie mich wohl bei der Zucht*esel*vereinigung vorstellen.«

Sie fixierten einander wie Raubtiere, und Heath wunderte sich über den Kampfgeist der Lady, wo sie doch einem Unglück gerade noch davongekommen war. Herrgott, ihre Freiheit schien ihr mehr zu bedeuten, als er es vermutet hätte. Angesichts dessen, dass er ein Gentleman war und keiner Frau jemals etwas zuleide getan hatte, gab er ein Seufzen von sich. »Wir sprechen morgen über die Situation, sind Sie damit einverstanden? Womöglich finden wir eine Lösung, die für beide Parteien annehmbar ist. Beispielsweise, dass Sie sich Ihren Ehemann selbst aussuchen dürfen und ich Ihnen dafür ein Jahr Zeit gewähre.«

Sie umklammerte die Decke, als wäre es der letzte Halt, den sie noch finden konnte. »Wenn Sie zu einem Gespräch auf Augenhöhe bereit sind, werde ich diese Nacht hier verbringen. Nicht gern, versteht sich.«

»Gut, damit wären die Formalitäten geklärt. Ich lasse eine Zofe zu Ihnen bringen.«

Er wartete nicht auf eine Antwort, sondern verschwand so schnell es ging aus dem Zimmer, um seine eigenen Räumlichkeiten aufzusuchen. Bevor er sich um ihre Schwestern kümmerte, brauchte er einen Drink.

5. Kapitel

Fassungslos blickte Charlotte dem Earl hinterher, auch als sich die Tür zu diesem Zimmer längst geschlossen hatte. Sie konnte, nein, sie *wollte* nicht glauben, dass sie sich in seinem Stadthaus befand. Kurz schloss sie die Augen, um dem Schwindel entgegenzuwirken. Ein Pferd hatte sie beinahe überrannt. Sein Pferd. Er sollte das Reiten aufgeben, wenn er das Tier nicht kontrollieren konnte. Wer wusste, was alles hätte passieren können! Wütend stieß sie ein Schnauben aus, nur um dann ein Stöhnen hinterher zu schieben. In ihrem Kopf pochte es zum Verrückt werden. Langsam ließ sie sich in die weichen Kissen zurücksinken. Sie hielt die Decke immer noch fest vor ihrer Brust umklammert, auch wenn sie wusste, dass der Earl sie durch die geschlossene Tür nicht sehen konnte, doch es gab ihr ein Gefühl von Sicherheit. Zaghaft klopfte es an der Tür.

»Herein«, bat sie und eine ältere Dame streckte ihren Kopf ins Zimmer.

»Mein Name ist Dorothea, Seine Lordschaft schickt mich.« Sie trat ein, in ihren Händen hielt sie ein Silbertablett mit einer Tasse, etwas Gebäck sowie einer kleinen Flasche. »Ich bringe Ihnen einen wohlschmeckenden Tee, Mylady. Er wird Ihnen die Kälte aus den Gliedern treiben. Doktor Montgomery ließ ein Fläschchen mit Laudanum für Sie hier. Es wird Ihnen gegen die Schmerzen helfen.«

Sie stellte das Tablett auf das kleine Nachtschränkchen neben dem Bett, griff nach der Flasche und schraubte sie auf. Dann träufelte sie die Flüssigkeit auf einen Löffel und führte ihn Charlotte an die Lippen. Artig öffnete sie den Mund und schluckte die Medizin. Angesichts des bitteren Geschmacks nahm sie die dargereichte Teetasse um einiges lieber an, als das Laudanum selbst. Er war nicht zu heiß, sodass sie einen langen Schluck wagte. Das Aroma der Bitterorange vertrieb den widerlichen Nachgeschmack der Medizin. . »Danke, Dorothea.« Die Zofe nahm die Tasse wieder entgegen und stellte sie auf den mit blauen Kornblumen verzierten Untersetzer. Wenn der Earl schon keinen Anstand besaß, dann immerhin Geschmack.

»Wünschen Sie, ein Bad zu nehmen, Mylady?«

Charlotte haderte zwischen Vernunft und Verlangen. Bei dem Gedanken an das wohlig warme Wasser bildete sich eine feine Gänsehaut auf ihren Unterarmen, dennoch wollte sie hier so wenig wie möglich vom Inventar nutzen. Es war schlimm genug, dass sie die Nacht hier verbringen musste.

»Wenn Sie wünschen, gebe ich dem Wasser eine Rosen- oder Lavendelessenz bei, damit Sie besser schlafen können.«

»Rosen?«, flüsterte Charlotte und spürte ihre kalten Füße mit einem Mal noch deutlicher. Ihr verräterischer Körper wollte scheinbar mit allen Mitteln in die Kupferbadewanne, die in der Mitte des Raumes in den Boden eingelassen war.

Dorothea nickte eifrig. Nun … wenn ein Bad dafür sorgte, dass sie die Nacht durchschlafen konnte, würde sie nicht darauf verzichten. »Also gut.«

Eine halbe Stunde später hatte Dorothea die Wanne mit mehreren Kübeln warmem Wasser gefüllt und einige Tropfen Rosenessenz beigemischt. Ein herrlich blumiger Duft lag in der Luft.

Sie half Charlotte in die Wanne und griff nach dem Schwamm. »Wenn Sie erlauben, Mylady?«

»Natürlich.« Charlotte beugte sich nach vorn, sodass Dorothea ihr den Rücken schrubben konnte. Sie schloss die Augen und genoss die Wärme des Wassers und den Duft, der sie an einen Rosengarten erinnerte. Dennoch wollte Charlotte die Zeit in der Badewanne nicht ungenutzt lassen. Womöglich konnte ihr die Zofe mehr über den Hausherren erzählen.

»Wie lange arbeiten Sie schon für Lord Murray?«

»Ich bin schon seit über fünfundzwanzig Jahren im Dienste der Familie«, antwortete Dorothea. »Ich kenne Lord Murray schon seit er ein kleiner Junge war und lauter Flausen im Kopf gehabt hatte.«

»Tatsächlich?«, entfuhr es Charlotte. »Hatte er als Kind noch keinen Stock verschluckt?« Es war für sie schwer vorstellbar, dass er einmal etwas anderes als ein steifer Mann gewesen war, der zwanghaft versuchte, die Kontrolle zu behalten.

Sie hörte die Zofe leise hinter sich lachen. »Seine Lordschaft war nicht immer so verbissen, wie er es in letzter Zeit vermehrt ist. Er nimmt seine Pflichten sehr ernst. Wenn Sie mich fragen, Mylady, braucht er dringend eine Frau an seiner Seite.«

Charlotte betrachtete, wie die Haut auf ihren Fingerkuppen langsam zu schrumpeln begann. »Ich glaube nicht, dass es eine Frau gibt, die ihn freiwillig heiraten würde«, murmelte sie.

»Gehen Sie nicht zu streng mit ihm ins Gericht, Mylady. Seine Lordschaft ist ein wahrer Gentleman.« Das sollte glauben, wer wollte.

»Sind Sie verheiratet?«, fragte Charlotte, während Dorothea ihr die Haare wusch.

»Nein, Mylady.«

»Haben Sie es je bereut, nicht geheiratet zu haben?«

Überrascht blickte die Zofe sie an. »Oh, keineswegs, Mylady. Ich würde meine Freiheit für keinen Ehemann der Welt hergeben. Auch wenn man in unserer Zeit nicht von Freiheit im eigentlichen Sinne sprechen kann, aber Sie wissen sicherlich, was ich meine.« Sie zwinkerte mit einem leichten Lächeln auf den Lippen, bevor sie sich augenscheinlich besann, dass sie sich in der Gegenwart einer Lady befand, und die übliche undurchdringliche Maske einer Bediensteten aufsetzte.

»Ich denke, dass ich verstehe, was Sie mir sagen wollen.«

»Erlauben Sie mir, Ihnen aus der Wanne zu helfen«, wechselte Dorothea das Thema. Charlotte ließ sich von ihr hinaushelfen und abtrocknen, bevor sie in Nachthemd und Morgenrock schlüpfte. Sie beobachtete, wie Dorothea eine Klingel aus einer Tasche in ihrer Schürze holte, die sie mit auf das Tablett legte.

»Wenn Sie noch etwas brauchen, zögern Sie nicht, nach mir zu läuten, Mylady. Ich wünsche Ihnen eine angenehme Nacht.« Sie versank in einem Knicks, bevor sie das Zimmer verließ und Charlotte wieder mit ihren Gedanken allein war. Sie nahm noch einen Schluck Tee. Hunger verspürte sie nicht, weshalb sie das Gebäck unbeachtet ließ und sich stattdessen unter der Decke vergrub. Ihr graute vor dem nächsten Morgen, wenn sie ihrem Vormund unter die Augen treten würde. Der Unfall hatte dafür gesorgt, dass sie sich in seinem Haus wiederfand, und gleichzeitig bescherte er ihr die bisher nie dagewesene Möglichkeit, den Earl von seinem Vorhaben abzubringen. Er war bereit, ihr zuzuhören. Hoffentlich war er ein Gentleman, der zu seinem Wort stand und seine Meinung nicht mit dem ersten Sonnenstrahl der aufgehenden Sonne änderte.

Ein unbekanntes Kribbeln erfüllte sie, als sie daran dachte, wie der Lord sie in seinen Armen gehalten hatte. Es kam ihr falsch vor, doch sie musste zugeben, wie gut sich seine Umarmung angefühlt hatte, wie geborgen und … Nein! Sie wollte nicht an die starken Arme dieses überheblichen und gefühlskalten Mannes denken, der nur im Sinn hatte, sie und ihre Schwestern loszuwerden! Dieser lächerliche Moment der Schwäche rührte sicher von dem Laudanum her. Eine andere Erklärung konnte Charlotte sich nicht vorstellen.

Sie lag noch eine Zeit lang wach, wälzte sich unruhig hin und her. Sie mochte es nicht, an einem fremden Ort zu schlafen. Erst als das Laudanum seine Wirkung zeigte, erlaubte sie es sich, sich für einen Moment fern der Sorgen dem Schlaf hinzugeben.

Sie fühlte sich wie in einem Nebel, als sie scheinbar ziellos durch die Korridore des Stadthauses schlich. Ihre Umgebung wirkte unnatürlich verschwommen, es fehlten ihr jegliche Konturen der

Wände, der Böden. Dennoch fanden ihre Füße den Weg von allein. Eine Tür öffnete sich, Licht schien ihr entgegen und sie folgte dem Schimmer. Sie stieß mit dem Fuß gegen etwas Hartes, ließ sich in die Wolken fallen und landete auf einem weichen Untergrund. War das der Himmel?

Ein angenehmer Geruch stieg ihr in die Nase. Eine Mischung aus Wald und Rasierwasser ... wild, männlich, so voller Freiheit.

»Lady Mainsfield, wachen Sie auf.« Hatte sie sich die Stimme nur eingebildet? Jemand schüttelte sie an den Schultern. »Lady Mainsfield, können Sie mich hören?« Nein, sie war tatsächlich da. Wer sprach denn im Traum mit ihr?

War das der Earl?

»Mylord«, flüsterte sie und seufzte, als Erinnerungen an seine Umarmung in ihr aufstiegen. Auch jetzt spürte sie seine Nähe nur allzu deutlich, die Hitze, die von seinem Körper ausging ...

»Lady Charlotte Mainsfield, in Gottes Namen, wachen Sie auf!«

Mit einem Schlag brach die Realität über ihr ein. Der weiche Untergrund verschwand, die Konturen wurden deutlicher. Charlotte fühlte sich, als würde sie gewaltsam aus einem seltsam realen Traum gerissen werden. Der Nebel löste sich auf, stattdessen tauchte ein Gesicht vor ihren Augen auf. Stahlgraue Iriden flackerten im Schein einer Öllampe und blickten sie mit einer Erbostheit an, die ihr eine Gänsehaut bescherte. Sie schrie auf und zog die Decke höher. »Was in aller Welt haben Sie in meinem Bett zu suchen?«

Er riss die Augen auf. »In *Ihrem* Bett?«

Ihr wurde unnatürlich heiß, als sie bemerkte, dass sein Oberkörper nackt war. Sie konnte die Konturen seiner Muskeln ausmachen, ihr Mund wurde trocken. »Natürlich gehört das Bett nicht mir, aber Sie haben es mir doch zur Verfügung gestellt! Mir war nicht bewusst, dass dieses Angebot auch Sie beinhaltet.«

Sein verdutzter Ausdruck verschwand nicht, stattdessen mischte sich etwas Amüsiertes in seinen Blick. »Sie sind hier in meinem Zimmer, in meinem Bett, in meinen Räumlichkeiten.«

Seine Stimme war beherrscht leise, womöglich um die Dienerschaft nicht zu wecken. Die Röte schoss Charlotte in die Wangen, brachte ihren Kopf zum Glühen und das sicher nicht wegen eines Fiebers, als Nachfolge des Unfalls. Sie blickte sich um – das Zimmer war ihr in der Tat nicht bekannt. Grundgütiger, sie lag wirklich neben dem Earl in seinem Bett. »Das war nicht beabsichtigt«, brachte sie bebend über die Lippen.

Er kniff die Augenbrauen zusammen, sodass sie sich beinahe berührten. »Was war nicht beabsichtigt? Dass Sie gern in fremden Betten nächtigen?«

Sie war unfähig, auch nur ein weiteres Wort über die Lippen zu bringen, purzelte in ihrer Hektik von der Matratze und landete unsanft auf dem Dielenboden. Hastig rappelte sie sich auf, verhielt sich dabei alles andere als damenhaft, als sie auf ihr Nachthemd trat und beinahe wieder gefallen wäre. Verwirrt stolperte sie ein paar Schritte zurück. Was machte sie in den privaten Räumen des Lords? Weswegen stand sie mitten in der Nacht ... *Oh nein, ich habe es schon wieder getan*, dachte sie entsetzt. Zuletzt hatte sie vor drei Jahren geschlafwandelt, als sie und die Zwillinge bei ihrer Tante Jane übernachtet hatten. Fremde Umgebungen schien sie im Traum immer erkunden zu wollen ... und dann fand sie sich heute ausgerechnet im Bett ihres Vormunds wieder! Ihr Blick blieb an seinen Breeches hängen, seinem nackten Oberkörper und den zerzausten Haaren. Er hatte bereits geschlafen! Wie überaus beschämend!

»Mylord, es ... es tut mir schrecklich leid ... D-Das soll keine A-Ausrede sein, aber ich habe geschlafwandelt.«

Er strampelte mit den Beinen, wuchtete die Decke zur Seite und erhob sich aus dem Bett. Wie von selbst ging sie mehrere Schritte zurück, doch war er näher bei ihr, als ihr lieb war. »Wie viel Laudanum haben Sie eingenommen?«, hakte er nach und hielt ihr die Hand gegen die Stirn.

Charlotte zuckte zurück. Er war ihr viel zu nahe. »Es geht mir gut. V-Verzeihen Sie die Unannehmlichkeiten.« So schnell es ihre Beine zuließen, hastete sie mit wild schlagendem Herz aus dem Zimmer.

»Charlotte!«

Es war das erste Mal, dass er sie mit ihrem Vornamen ansprach. Und sie hoffte inständig, dass es nur ein Versehen gewesen war, denn der Satz, den ihr Herz dabei gemacht hatte, verunsicherte sie zutiefst. Erst als sie in ihren eigenen Räumlichkeiten war, ließ sie sich von ihrer Scham übermannen.

Am nächsten Morgen fühlte sich Charlotte seltsam ausgelaugt und übermüdet. Ihr Kopf schmerzte weiterhin, doch zum Glück nicht mehr so stark wie am Abend zuvor. Sie sah sich nicht in der Verfassung, dem Lord für eine längere Diskussion vor die Augen zu treten, schon gar nicht nach der Peinlichkeit in der vergangenen Nacht. Weshalb es ihr gelegen kam, als Dorothea an die Tür klopfte und ihr das Frühstück auf dem Zimmer servierte. Anschließend brachte sie ihr ein frisches Kleid, von dem Charlotte zu gern wüsste, wessen es war, und half ihr beim Ankleiden und Frisieren. Charlotte strich über den grünen Stoff mit der goldabgesetzten Borte. Das Kleid bestand aus feinster Seide und fühlte sich ausgesprochen gut auf der Haut an. Es hatte sicher ein kleines Vermögen gekostet.
Kurz breitete sich ein schlechtes Gewissen in ihr aus, solch ein kostbares Gewand zu tragen, doch es verflog recht schnell, schließlich war es erst die Schuld des Earls gewesen, dass ihr eigenes Kleid nicht mehr zu gebrauchen war. Ihr kam noch ein anderer Gedanke: Wieso verwahrte ein Junggeselle solche Kleider in seinen Truhen auf? Sicher gehörte es einer seiner Geliebten, die er mit Schmuck und teuren Stoffen zu beeindrucken versuchte. Ekel überkam Charlotte und sie hätte sich das Kleid am liebsten wieder ausgezogen. Doch sie traute sich nicht, die Zofe um ein anderes zu bitten.

Nach einem Blick in den Spiegel, zuckte Charlotte kurz zusammen. Sie sah furchtbar aus, die Haut im Gesicht war bleich wie ein Leinentuch, unter ihren Augen schimmerten dunkle Ränder.

Kurz überlegte sie, Dorothea zu bitten, ihr kränkliches Aussehen mit Puder zu überdecken, doch sie entschied sich dagegen. Sollte der Earl doch ruhig bemerken, wie schlecht sie aussah, nachdem er sie mit dem Pferd niedergeritten hatte.

»Kommen Sie, Mylady, ich bringe Sie in den grünen Salon. Lord Murray erwartet Sie bereits.«

Schweigend folgte Charlotte ihr durch die Gänge des Anwesens. Es war ein schlichtes Gebäude, verzichtete auf jeglichen Prunk, was sich auch in der Gestaltung der Räumlichkeiten wiederspiegelte. Zu ihrer Verwunderung musste sie feststellen, dass sie mehr ... nun ja, einfach mehr erwartet hatte. Hier fehlte eindeutig der Einfluss einer Frau. Ein paar Pflanzen oder Teppiche täten dem Ambiente des Hauses mit Sicherheit gut. Aber was machte sie sich Gedanken um einen Ort, den sie nach heute nie wieder betreten würde.

Der Earl of Murray stand vor dem brennenden Feuer im Kamin, den rechten Arm auf den Sims gestützt, den linken in die Hüfte gestemmt. Sein Auftreten glich wieder dem eines Gentleman, sein dunkles Haar war ordentlich frisiert. Er trug ein dunkelblaues Halstuch zu seinem weißen Hemd und dem dunklen Überrock, passend dazu eine biskuitfarbene, enganliegende Hose, die in Lederstiefeln steckte. Sein Blick war wie in Gedanken versunken auf die Flammen gerichtet, seine Stirn in Falten gelegt. Erweckte er für einen kurzen Moment den Eindruck eines fürsorglichen Mannes, wusste Charlotte es doch besser. Dies bestätigte sich, als Dorothea sich räusperte und ihre Ladyschaft ankündigte. Sofort glätteten sich seine Sorgenfalten und ließen seine Miene zu einer undurchdringbaren Maske erstarren.

»Lady Mainsfield«, sagte er knapp und verbeugte sich steif. »Bitte, setzen Sie sich.«

»Mylord.« Charlotte versank in einem Knicks und kam seiner Aufforderung nur widerstrebend nach. Ihre Wangen brannten. Am liebsten hätte sie sofort das Haus verlassen, doch dieses Gespräch würde über ihre Zukunft und die ihrer Schwestern entscheiden. Sie musste standhaft bleiben. Vielleicht war es ihre letzte Chance.

Nach außen hin versuchte Charlotte, sich ihr Unwohlsein nicht anmerken zu lassen. Die stechenden Kopfschmerzen standen in direkter Konkurrenz zu der unangenehmen Nähe des Lords. Doch sie wollte ihm keinen Grund bieten, länger hierzubleiben als nötig.

»Es freut mich, dass Sie den Grünen Salon mithilfe Ihrer Begleitung angefunden haben.«

Sein Kommentar traf sie bis ins Mark, obgleich seine Miene keinen Spott ausdrückte, eher ... Neugier. Gut, es wäre wohl zu viel verlangt gewesen, diese Peinlichkeit schlichtweg zu vergessen.

»Ich habe bereits um Verzeihung gebeten, Mylord. In fremden Gebäuden neige ich zum Schlafwandeln. Zu meinem Verdruss hat es letzte Nacht ausgerechnet Ihr Bett erwischt.« Sie wunderte sich selbst über die Stärke in ihrer Stimme, brodelte in ihrem Inneren doch die Scham noch immer vor sich hin.

Seine Miene blieb ausdruckslos, aber sein Blick schien bis in ihre Seele tauchen zu wollen. Wie konnte dieser ungehobelte Kerl nur solch wunderschöne Augen haben, die sie wie magisch anzogen?

»Allerdings bin ich nicht hier, um über meine Verfehlung zu debattieren. Ich wollte Sie darüber in Kenntnis setzen, heute noch zu meiner Verwandtschaft aufzubrechen und würde es bevorzugen, bei Tageslicht zu reisen.«

Er setzte sich ihr gegenüber in einen Lehnsessel, schlug die Beine übereinander und verschränkte die Finger, während er sie fixierte. »So, wollen Sie das?« Der scharfe Unterton war Charlotte nicht entgangen. Sie hatte sich in der vergangenen Nacht in jeder nur erdenklichen Weise zum Gespött gemacht.

Und dennoch kam von ihm kein Wort der Entschuldigung für den Unfall, keine Nachfrage über ihr Wohlbefinden. Charlotte schluckte ihre Entrüstung hinunter. Sie durfte ihn nicht vor den Kopf stoßen, wenn sie ihre Freiheit zurückerlangen wollte. Sie war sich durchaus bewusst, dass sein Entgegenkommen von ihrem derzeitigen Zustand herrührte, an dem er nicht unschuldig war. Und sie entschloss sich, ihr Schlafwandeln nicht weiter zu erwähnen.

»Ich selbst wollte heute aufbrechen«, sagte er leise. »Doch Ihre

Anwesenheit als unverheiratete Frau in meinem Anwesen birgt einiges an skandalösem Stoff für die Klatschspalten.«

»Ich möchte Sie nicht aufhalten, Mylord«, begann Charlotte und bemühte sich um eine gerade Haltung. »Sie waren gestern Abend so freundlich, meinen Schwestern und mir die freie Wahl eines Ehemannes zu überlassen. Ich weiß ...«

»Mein Zugeständnis betraf allein Sie, Lady Mainsfield, keineswegs Ihre Schwestern.«

Für einen Moment war Charlotte sprachlos. Erst erdreistete er sich, sie zu unterbrechen, und dann offerierte er ihr, dass dieses Angebot nur für sie galt? Wut stieg in ihr auf, vergessen waren die Kopfschmerzen.

»Ich verstehe nicht ...«

»Dann lassen Sie es mich erklären. Ihnen traue ich die nötige Kompetenz und Weitsicht zu, doch Ihre Schwestern sind jung. Es wäre unverantwortlich von mir, wenn ich nicht selbst geeignete Ehemänner ausfindig machen würde, bevor sie ihre kindlichen Herzen leichtfertig an einen Hochstapler verlieren.«

»Sie wollen damit ausdrücken, dass meine Schwestern nicht in der Lage sind, über ihre eigene Zukunft zu entscheiden?«

Er hob beschwichtigend die Hand. »Ich möchte nur nicht, dass die Herzen der Damen gebrochen werden und sie sich in eine missliche Lage begeben, aus der es kein Zurück gibt.«

Charlotte musste zugeben, dass seine Absichten durchaus ehrenhaft waren. Er kannte die Zwillinge nicht so gut wie sie und wusste deshalb nicht, wie erwachsen die beiden in den letzten Monaten geworden waren. »Was würden Sie sagen, wenn ich von einer Heirat absehen würde? Ich könnte eine Anstellung als Gouvernante finden, Sie müssten sich nicht länger um mich kümmern.«

Er schüttelte ungehalten den Kopf. »Sie dürfen sich Ihren Ehemann selbst erwählen, alles andere ist indiskutabel. Das Testament Ihres Onkels sieht eindeutig vor, Sie drei zu verheiraten. Ich bin ein Ehrenmann und halte mich an meine Versprechen.«

Schon wieder konnte sie ihm nur Pflichtbewusstsein unterstellen und das machte sie noch wütender, als wenn er ihr als der eiskalte Lord gegenüber trat, den sie in ihm sah. Oder sehen wollte.

»Sie reiten mich beinahe nieder und versuchen, mich mit teuren Kleidern zu beeindrucken und falschen Versprechen zu überzeugen? Muss ich erst sterben, bis Sie mir und meinen Schwestern ein zufriedenes Leben gönnen?« Ihre Finger begannen zu zittern und sie versteckte sie in den Falten des Stoffes.

Der Earl überdrehte die Augen. »Ich bitte Sie, seien Sie nicht so melodramatisch.«

»Ich bin melodramatisch?« Charlotte merkte, wie sich ihre Stimme zu heben begann. Sie wollte nicht schreien, doch in ihr tobte eine Wut auf diesen Kerl, der mit ihr machen konnte, wonach es ihm beliebte. »Sie wollen mich und meine Schwestern in Zwangsehen drängen!«

»Vielleicht habe ich ja geeignete Kandidaten gefunden, denen ihre Schwestern augenblicklich verfallen?« Seine Stimme war ebenfalls lauter geworden und im Gegensatz zu ihr konnte er sich nicht länger beherrschen. Er sprang auf und lief mit auf dem Rücken verschränkten Armen im Raum auf und ab, als würde allein ihre Anwesenheit ausreichen, um ihn zu erzürnen.

»Sie sollten sich schämen, meine Schwestern an Trinker und Spieler zu verschachern.« Mit einem Mal war sie ungewöhnlich ruhig. Es war ihr einerlei, was mit ihr selbst geschah. Sollte er sie doch als Wetteinsatz bieten. Doch Alexandra und Ophelia würden ein besseres Los ergattern. Koste es, was es wolle.

Seine Aufgebrachtheit schien mit einem Mal verflogen zu sein. Überrascht blickte er sie an. »Ich weiß nicht, was Sie meinen.«

»Dachten Sie wirklich, Sie können im *Brooks's* nach Ehemännern suchen, ohne dass ich davon erfahre?« Pikiert zog sie eine Augenbraue nach oben. »Haben Sie denn nichts zu Ihrer Verteidigung zu sagen?«

Er straffte die Schultern. »Ich leugne es nicht. Abgesehen davon bin ich Ihnen keine Erklärung schuldig, wie ich gedenke, an passende Ehemänner heranzutreten.«

Charlotte wusste nicht, was der Earl an sich hatte, dass ihre Wortgewandtheit immer dann zum Vorschein trat, wenn er sie herausforderte. »Beinhaltet dieser Plan auch, dass mich potentielle Ehemänner über den Haufen reiten sollen?«

»Die Begegnung mit Lord Sheffield war ein unglücklicher Unfall, er wird sich noch gebührend bei Ihnen entschuldigen.«

Charlotte musste kurz innehalten. Er war es nicht gewesen … Wieso hatte er sie dann darüber im Unklaren gelassen? Er hatte sie nicht niedergeritten, sondern sich ihrer angenommen … Charlotte schluckte den Kloß hinunter, der ihr im Hals steckte. Sie hatte falsch über ihn geurteilt. Es entschuldigte dennoch nicht seine ruppige Art. Charlotte schloss die Augen und holte tief Luft, bevor sie wieder zu dem Earl aufsah. »In der Hautevolee wird über Sie und Ihren … *Freund* nicht nur im positiven Sinne gesprochen. Wollen Sie wirklich den Ruf dreier unschuldiger Frauen ruinieren?«

Für einen Moment starrte er sie einfach nur an. Seine Miene blieb unergründlich und Charlotte war sich sicher, ihn nun vollends verprellt zu haben.

»Ich weiß nicht, was Sie glauben, über meinen Freund zu wissen«, sagte er beherrscht, »es interessiert mich auch nicht. Doch verurteilen Sie mich nicht für das Vergehen eines anderen. Dieser Unfall hätte nicht geschehen dürfen, das gebe ich zu, und ich bedaure zutiefst, was Sie dadurch erleiden mussten. Dennoch war nicht ich der Verschuldner. Ich habe mich augenblicklich darum gekümmert, dass sich ein Arzt Ihrer annimmt und Sie die Nacht ohne Schmerzen verbringen müssen. Ich hoffe, Sie erkennen mein Entgegenkommen als Zeichen der Wertschätzung an, die ich für Sie empfinde.«

Charlotte entfuhr ein Lachen. Schnell hielt sie sich die Hand vor den Mund, aber das Unglück war bereits geschehen. Sie hatte den Earl ausgelacht. Sie ließ die Hand wieder sinken und räusperte sich. »Wertschätzung, Mylord? Ich vermute, dass wir verschiedene Ansichten haben, was dieses Wort betrifft. Und was Ihr Angebot meinerseits anbelangt, maße ich mir nicht an, eine Begünstigung gegenüber meinen Schwestern anzunehmen.«

Er neigte den Kopf zur Seite. »Sind Sie sich sicher? Ich werde dieses Angebot nicht wiederholen.«

Sie zögerte.

»Nun gut, dann bleibt es dabei. Ich werde in absehbarer Zeit zwei geeignete Ehemänner für Ihre Schwestern finden und gebe Ihnen ein Jahr Zeit, dasselbe für sich zu tun. Ruhen Sie sich noch ein wenig aus. Die Kutsche wird Sie bei Einbruch der Nacht nach Hause bringen.«

Charlotte schluckte. Sie musste noch weitere Stunden mit diesem Mann unter einem Dach aushalten, bevor man sie aus dem Anwesen schmuggeln würde wie eine Mätresse des Lords. »Ich danke Ihnen.«

Er nickte. »Da sich meine Abreise nun verzögert, bleibt mir noch ein wenig Zeit, mich geschäftlichen Angelegenheiten zu widmen. Dorothea kann Ihnen die Bibliothek zeigen oder das Gewächshaus. Ich hörte, Sie mögen Blumen. Selbstverständlich nur, wenn Sie es wünschen.«

Wenn Sie es wünschen … Charlotte wünschte sich so einiges, was jedoch weit davon entfernt war, sich zu erfüllen. Die Besichtigung seines Gewächshauses lockte sie, doch sie fühlte sich ungewohnt ermattet und musste akzeptieren, dass dieses Gespräch nicht zu ihren Gunsten ausgegangen war.

»Wenn es Ihnen nichts ausmacht, Mylord, würde ich mich für den Rest des Tages gern in das mir zugewiesene Zimmer zurückziehen.«

»Natürlich. Und Lady Charlotte?«

Was folgte denn nun? »Ja, Mylord?«

Ein nachdenklicher Ausdruck hatte sich auf sein Gesicht gelegt. »Urteilen Sie nicht über Menschen, die Sie nicht kennen. Lord Sheffield hat ein gutes Herz. So gut, dass ich ihn mir als potentiellen Ehemann für Sie vorstellen kann.«

Charlotte schnappte nach Luft, ihre Knie drohten nachzugeben, obgleich sie saß. »Das kann unmöglich Ihr Ernst sein, Mylord!«

»Doch. Denken Sie darüber nach, es gibt wesentlich schlimmere Zeitgenossen als Sheffield. An mehr als einer Vernunftehe ist er nicht interessiert, ebenso wie Sie, nehme ich an. Sie sind die Pragmatische in Ihrer Familie.«

Oh du liebe Güte, was war nur in ihn gefahren? »Wenn Sie den Rat einer pragmatischen Lady annehmen wollen, Mylord: Trinken Sie weniger Scotch, er scheint Ihre Sinne zu vernebeln.«

Kümmern Sie sich nur um Ihre Angelegenheiten, dachte sie verbittert, wohlwissend, was oder besser *wen* er mit *Angelegenheiten* gemeint hatte. Sie stand auf, wirbelte herum und verließ den Salon. Dorothea begleitete sie zurück zu ihrem Zimmer.

»Möchten Sie, dass ich Sie zum Nachmittagstee hole, Mylady?«

»Nein«, ordnete Charlotte an. »Ich wünsche das Zimmer erst zu verlassen, wenn es für mich an der Zeit ist, zu gehen.«

»Sehr wohl, Mylady.«

Erst als sich die Tür hinter ihr geschlossen hatte und Charlotte allein war, atmete sie auf und spürte, wie die Anspannung aus ihrem Körper wich. Gleichzeitig überrollte sie die Erschöpfung, weswegen sie sich auf dem Bett niederließ.

Eine Stunde später klopfte es an der Tür. Dorothea entschuldigte sich für die Störung und teilte ihr mit, dass sich Doktor Montgomery für den späten Nachmittag angekündigt hatte, um noch einmal nach ihr zu sehen. Der Doktor kam pünktlich und die Untersuchung war schnell vorüber. Er konnte nichts Ungewöhnliches feststellen, weswegen er ihr erneut Ruhe verordnete, ansonsten aber nichts zu beanstanden hatte. Charlotte war froh, dass sie wahrlich Glück im Unglück gehabt hatte und der morgigen Reise zu ihrer Tante nichts mehr im Weg stand.

Als sich die ersten roten Strahlen der untergehenden Sonne hinter den Häuserdächern Londons abzeichneten, ließ der Earl nach Charlotte rufen.

»Es ist an der Zeit, sich zu verabschieden, Mylady«, sagte er, als sie den Salon betrat. »Sie sehen noch immer sehr blass aus, wenn Sie mir die Bemerkung erlauben.«

Charlotte reckte trotzig ihr Kinn nach oben. »Aufgrund meiner hellen Haut wirke ich oft etwas kränklich, doch es geht mir gut, Mylord.«

Seine Lippen verzogen sich leicht nach oben, als müsse er ein Schmunzeln unterdrücken. »Sie mögen in mir einen herzlosen

Vormund sehen, Mylady, doch glauben Sie mir, dass ich nur Ihr Wohlergehen und das Ihrer Schwestern im Sinn habe.«

»Wenn dem so ist, können Sie es erstaunlich gut verbergen.« Charlotte konnte nicht anders, als ihm die Stirn zu bieten. Sie war keine schüchterne junge Lady mehr und ein wenig erfreute es sie, den Earl zu reizen.

Er seufzte und fuhr sich mit der Hand über das Gesicht. »Vielleicht sollten Sie die Reise zu Ihrer Verwandtschaft noch einmal überdenken. Bleiben Sie in der Stadt und ruhen Sie sich aus. Genießen Sie die ruhigen Feiertage.«

Schon wieder schrieb er ihr vor, was sie zu tun hatte. »Ihre Besorgnis ehrt mich, Mylord, doch ich denke nicht, dass Sie wissen, was für mich am besten ist. Ich werde zu meiner Tante Jane reisen, ob Sie es nun wollen oder nicht.«

»Verflucht, Sie sind ein wahrhaft störrisches Weib! Dann fahren Sie meinetwegen zu Ihrer Tante, doch wenn sich Ihr gesundheitlicher Zustand wieder verschlechtert, sind allein Sie daran schuld.«

Empört schnappte Charlotte nach Luft. »Ich denke, unser Gespräch und Ihr Anstand, der Sie dazu zwingt, mir ein guter Gastgeber zu sein, hat hiermit ein Ende gefunden. Wenn Sie erlauben, werde ich mich nun zur Kutsche begeben, die mich nach Hause bringen wird. Das Kleid werde ich selbstverständlich zurückbringen lassen, damit Sie es Ihrer Geliebten wiedergeben können. Ich wünsche Ihnen frohe Feiertage, Mylord.« *Hoffentlich musste er sie mit einer unausstehlichen Verwandtschaft verbringen!*

Sie erhob sich und knickste, bevor sie sich, ohne ihn eines weiteren Blickes zu würdigen, aus dem Salon entfernte. Wenn sie nur daran dachte, dass sie am Abend zuvor seiner Umarmung hinterher getrauert hatte, so verspürte sie jetzt nichts anderes als Entsetzen über sich selbst. Dieser Lord war ein herzloser Mann! Einem eisigen Charakter konnte auch kein hübsches Antlitz entgegen wirken. Sie hoffte, dass er sich eines Tages in einer Situation wie ihrer befinden würde und merkte, wie es war, von dem Willen anderer Menschen abhängig zu sein.

Mit schnellen Schritten, die sich unter normalen Umständen nicht für eine Lady gehörten, eilte Charlotte die Treppe hinab. Im Foyer wurde sie bereits von Dorothea erwartet, die ihr einen dunklen Umhang um die Schultern legte. Von ihrem eigenen fehlte jede Spur. Sie hatte keine Zeit, die Zofe danach zu fragen. Wahrscheinlich wurde er gewaschen oder längst entsorgt. Es war ihr einerlei, ihre Gedanken richteten sich nur auf ein Ziel: Dieses Haus so schnell es ging zu verlassen und mit ihm ihren gefühlskalten Vormund.

Charlotte nahm ihr Retikül entgegen, in dem sich der Schwere nach das Fläschchen Laudanum befand, zog sich die schwere Kapuze über den Kopf, die ihre Identität vor neugierigen Blicken schützen würde. Sie kam sich vor wie eine Verbrecherin, doch man konnte nie sicher sein, wer gerade hinsah, und skandalöse Neuigkeiten verbreiteten sich in der Stadt schneller als einem lieb war.

Sie atmete tief ein und stieß die Eingangstür auf. Eisiger Wind wehte ihr entgegen, erste Schneeflocken segelten vom Himmel herab, doch Charlotte nahm sich nicht die Zeit, innezuhalten und diesen Moment zu genießen, wie sie es sonst getan hätte. Zu ihrer Erleichterung stand die Kutsche bereits wartend vor dem Haus. Der Kutscher öffnete die Tür. Mit bibbernden Zähnen ergriff Charlotte seine Hand und ließ sich von ihm in das Gefährt helfen.

Charlotte schenkte der Zofe ein dankbares Lächeln und wickelte sich enger in den Stoff des Umhangs. Sie wagte einen kurzen Blick zurück zum Haus. Lord Murray stand am bodentiefen Fenster des grünen Salons und sah mit starrem Blick zu ihr hinab. Die Tür schloss sich und schnitt die Lady von der Außenwelt ab. Erleichtert atmete sie auf und spürte, wie die erdrückende Last der Anwesenheit des Lords von ihr abfiel. Die Kutsche setzte sich in Bewegung und brachte sie fort von diesem kalten Gemäuer.

6. Kapitel

Wenn sich Heath nicht Wort für Wort an diese merkwürdige Unterhaltung erinnern würde, liefe er in der Tat Gefahr, an seinem Verstand zu zweifeln.

Lady Charlotte Mainsfield, eine prüde und doch spitzzüngige Person, hatte in *seinem* Bett gelegen. Heath genehmigte sich einen Schluck Brandy und starrte auf die Standuhr, die ihn durch dieses grausame Ticken daran erinnerte, wie ihm die Zeit davonrannte. Er hatte vorgehabt, die drei Damen bis zum Ende des Jahres vermählt, oder zumindest verlobt zu wissen, stattdessen würde er nach Hampshire aufbrechen, mit dem Wissen, dass das neue Jahr nicht weniger sorgenfrei beginnen würde, als das alte geendet hatte.

Nicht nur, dass Lady Charlotte zum Schlafwandeln neigte, nein, sie musste sich ausgerechnet das danebenliegende Zimmer zu ihrer neuen Schlafstätte auserkoren. *Sein* Zimmer. Für einen Moment war er verwirrt gewesen, eine leichte Berührung an seinem Rücken zu bemerken, aber der anschließende blumige Duft hatte eine weibliche Person verraten. Grundgütiger, sie hatte im Schein der Öllampe zuerst so friedlich ausgesehen, dass er kurz gewillt war, zu behaupten, sie sei ein Engel. Die langen Locken, die weichen vollen Lippen und das sanfte Lächeln, das ihre Mundwinkel leicht nach oben gebogen hatte.

»Zum Teufel«, fluchte er und erhob sich aus dem Sessel, bevor er rastlos auf dem Aubussonteppich auf und abschritt. Er schimpfte sich ansonsten als rational und besonnen, aber seit er von dieser vermaledeiten Vormundschaft erfahren hatte, blieb kein Stein auf dem anderen. Heath war ohne Schwestern aufgewachsen, der Kontakt mit dem weiblichen Geschlecht beschränkte sich auf lose Affären. Woher in Gottes Namen sollte er wissen, nach welchen Eigenschaften er die Ehemänner aussuchen sollte? Demnach müssten sie blind und taub sein, um diese drei unkonventionellen Damen zu tolerieren.

Er wusste zumindest einen potentiellen Kandidaten. Je länger er darüber nachdachte, umso logischer erschien ihm der Gedanke. Sheffield war sein treuester Freund, auch wenn er sich nach dieser katastrophalen Ehe verloren hatte … aber eine spitzzüngige Lady wäre imstande, ihm wieder zu seinem alten Ich zu verhelfen. Sheffield war ein guter, anständiger Kerl, auch wenn er es seit Monaten hinter einer Maske versteckte. Bei *Tattersall's* hatte er in einem kurzen Moment durchblicken lassen, wie sehr ihm der Verrat das Herz gebrochen hatte. Eine standhafte Frau wie Lady Charlotte vermochte ihm die Sicherheit zu geben, die er dringend benötigte.

Stöhnend stützte er sich am Kaminsims ab und starrte in die Flammen. Aber selbst wenn er Lady Charlotte los war, blieben immer noch die Zwillinge. Womöglich hatte seine Mutter, die Dowager Countess, einen Einfall, wie er sich des Problems entledigen konnte.

Ein Türklopfen riss ihn aus seinen Überlegungen. »Herein«, brummte er und sein Butler erschien. »Lord Sheffield ist angekommen, Mylord.«

Wurde auch Zeit. »Schicken Sie ihn zu mir.«

Geschlagene zwei Stunden, nachdem er den Brief einem Eilboten übergeben hatte, waren vergangen, bis Sheffield die Schwelle zu seinem Haus übertreten hatte.

Der Butler kam daraufhin mit einem sichtlich verkaterten Sheffield zu ihm zurück und schloss die Tür hinter sich. Heath trippelte mit den Fingern am Kaminsims, gefühlt jeder Muskel seines Körpers war angespannt.

»Was kann ich zu dieser unchristlichen Uhrzeit für dich tun?«, fragte Sheffield mit ausgebreiteten Armen. Sein Halstuch war unordentlich gebunden, ein Bein der Breeches war länger als das andere, während seine Haare Heath an eine Vogelscheuche erinnerten.

»Es ist Mittag. Zumindest deinen Humor scheinst du nicht verloren zu haben.« Heath deutete mit dem Kopf auf den Sessel, der vor dem wuchtigen Teakholztisch stand. »Setz dich.«

Die dunklen Ringe unter seinen Augen zeugten von einer schlaflosen Nacht gepaart mit ordentlich Alkohol. Er schien nicht gewillt zu sein, mit Heath zu debattieren, sondern folgte seiner Aufforderung widerstandslos.

»Ist das Erde auf deinen Fingern?«, wollte Heath wissen und umrundete den Schreibtisch, ehe er sich gegen die Tischkante lehnte.

Sheffield gab ein Brummen von sich. »Wusstest du, dass Lady Charlotte Orchideen liebt? Ich habe mich in meinem Gewächshaus umgesehen und tatsächlich ein selteneres Exemplar gefunden, das ich ihr als Zeichen meines schlechten Gewissens überreichen will. Mein Gärtner hat mir versichert, dass diese Dendob … Drendor … Denoblia …«, Sheffield schlug sich fluchend auf den Oberschenkel, »Orchidee ihr eine Freude bereiten wird.«

»Dendrobia?«, schlug Heath übertrieben freundlich vor und erntete einen überraschten Blick.

»Seit wann kennst du dich mit Pflanzen aus?«

»Meine Mutter ist ebenso vernarrt in diese Exoten. Mir wurden die Namen regelrecht in den Kopf geprügelt.«

»Meine hat es bei mir auch versucht, doch merken konnte ich sie mir trotz allem nicht.«

»Aber zurück zu deinem irrwitzigen Einfall: Du willst Lady Charlotte Blumen schenken? Ist dir bewusst, dass, wenn diese Information zu falschen Ohren gelangt, man es als Werben ansehen …«

Noch bevor Heath den Satz zu Ende gesprochen hatte, jagte ein Schauder über seinen Rücken. Er fixierte Sheffield mit zusammengezogenen Brauen, während sich seine Mundwinkel leicht nach oben zogen.

»Heath? Warum zur Hölle siehst du mich an, als bestünde ich aus purem Gold?«, wollte Sheffield misstrauisch wissen und schien auf einen Schlag wacher zu sein.

»Du und Lady Charlotte, der Einfall erscheint mir immer herausragender«, flüsterte Heath und tippte sich mit dem Zeigefinger gegen die Unterlippe. »Zugegeben, ich hatte nicht vor, dich mit einer der drei Ladys zu verkuppeln, aber es wäre ein Zugewinn auf beiden Seiten. Lady Charlotte wäre vermählt und du hättest endlich einen Grund, mit dem sinnlosen Trinken aufzuhören.«

Sheffield riss abwehrend die Hände in die Luft. »Schlag dir das aus dem Kopf. Lady Charlotte ist furchtbar langweilig und als Mauerblümchen bekannt. Ich brauche eine Frau mit Feuer in den Augen.«

Wenn du wüsstest, welches Feuer in dem angeblichen Mauerblümchen lodert, mein Lieber. Natürlich würde Heath diese Worte niemals laut aussprechen, aber er musste sich selbst eingestehen, Lady Charlotte unterschätzt zu haben. Er konnte es sich nicht vorstellen, dass sich ihre jüngeren Schwestern ebenso dagegen wehren würden.

»Du brauchst vorrangig eine Frau, die deinem Leben wieder Sinn einhaucht. Ich denke, dass ihr euch wunderbar ergänzen würdet, zumal ihr beide auf solche Lächerlichkeit wie Liebe keinen Wert legt. Es wäre eine Vernunftehe.«

Sheffield klappte die Kinnlade nach unten. »Heath, das kann unmöglich dein Ernst sein. Ich werde Lady Charlotte diese Orchidee schenken, weil ich mich entschuldigen möchte, und nicht, um sie zu umwerben«, stellte er klar, was Heath nur ein müdes Lächeln kostete.

»Deine letzte Ehe hat dich in einen Menschen verwandelt, der mit dem alten Baron Sheffield nichts mehr gemein hat. Du hast dir schlichtweg die falsche Frau ausgesucht, mein Lieber, aber du erhältst nun die Gelegenheit, es besser zu machen.«

Er sah in seinen Augen, dass er es sich kurz durch den Kopf gehen ließ, ehe er sich schüttelte. »Nein, Murray, einfach nein. Und wenn es sonst nichts gibt, worüber du mit mir reden willst, werde ich jetzt gehen.«

Er stand auf und strich sich über den leicht zerknitterten Gehrock, als hätte er diesen als Polster in seiner Kutsche verwendet.

»Ich begleite dich zu Lady Charlotte.«

Sheffield stöhnte auf. »Es ist unnötig. Der Besuch wird die Höflichkeitsdauer von einer Viertelstunde sicherlich nicht überschreiten.«

»Dennoch.« Heath stieß sich vom Tisch ab und läutete nach seinem Butler. »Ich bin ihr Vormund.«

Deutlich besser gelaunt als am Morgen stieg Heath aus der Kutsche aus, die sie zum Stadthaus der Ladys gebracht hatte. Im Grunde war es nun sein Anwesen, aber er würde es den Damen freundlicherweise gestatten, es weiterhin zu bewohnen.

»Ich fühle mich wie unter der Aufsicht meines damaligen Hauslehrers«, brummte Sheffield und folgte Heath zum Eingangsportal. Eine leichte Schneeschicht hatte sich auf den Steinen und dem Rasen abgelegt, Eisblumen waren an den Fenstern der nicht beheizten Räume zu sehen.

»Ich wollte Lady Charlotte sowieso einen Besuch abstatten, bevor sie zu ihrer Verwandtschaft aufbricht. Doktor Montgomery meinte, dass es auch Tage nach einem Sturz zu einer Verschlechterung des Gesundheitszustandes kommen kann.«

Heath betätigte den wuchtigen Löwenkopftürring. Im Gegensatz zu seinem Butler schien Lady Charlottes Bediensteter keinen Wert auf Eile zu legen. Die Tür öffnete sich erst nach einer geschlagenen Weile.

»Ja, Mylord?« Ein untersetzter Kerl in einer dunkelblauen Livree stand stocksteif in der leicht geöffneten Eingangstür und verzog keine Miene.

»Ich möchte Lady Charlotte sprechen.«

Das Heben seines rechten Mundwinkels war kaum sichtbar, aber Heath meinte, so etwas wie Freude auf seinen Zügen zu erkennen. »Zu meinem Bedauern muss ich Ihnen mitteilen, dass Mylady bereits in den Reisevorbereitungen steckt. Sie wird in weniger als einer halben Stunde auf dem Weg nach Hampshire sein.«

»Gut, dann hat sie bestimmt diese eine halbe Stunde für ihren Vormund übrig.«

Der säuerliche Ausdruck auf dem Gesicht des Butlers bestätigte Heath' Vermutung, dass er seine Herrin vor ihm schützen wollte.

»Wenn Sie mir dann bitte in den Grünen Salon folgen würden, Mylords.« Er ließ sie eintreten und nahm ihnen die Mäntel ab. Sein Blick ruhte etwas länger auf der Orchidee, die Sheffield in der Hand balancierte. Heath sah den Topf jeden Moment am Marmorboden zersplittern, aber sein Freund schaffte es tatsächlich, ihn heil in den Salon zu bringen.

»Wenn Sie kurz warten würden, Mylords.«

Wenig später hörte Heath energische Schritte in der Eingangshalle, gefolgt von unverständlichen Worten, aus denen er Erbostheit vernahm. Die Tür schwang auf und Lady Charlotte erschien. Ihr Auftritt nahm ihm kurz die Luft, Heath war schlichtweg erstaunt. Sie trug nicht mehr dieses hässliche graue Kleid vom Tag ihrer ersten Begegnung, das an eine Kirchenmaus erinnerte. Stattdessen hatte sie sich für ein goldfarbenes Exemplar mit Rüschen entschieden, das ihre Haut strahlen ließ. Es war nicht nur ihre Erscheinung, die ihn faszinierte, sondern das Lodern in ihren Augen, als sie ihn ansah.

»Guten Tag, die Herren. Wie Sie sicherlich wissen, reise ich gleich ab. Wie kann ich Ihnen helfen?«

Sie nickte dem Butler zu und schritt anschließend zu ihnen.

Sheffield schoss vom Sessel hoch und hielt ihr die Orchidee ungeschickt entgegen, sodass Lady Charlottes Hände nach vorn griffen und die wertvolle Pflanze vor dem sicheren Sturz retteten.

»Ich bitte untertänigst um Verzeihung, Mylady, war es doch nicht meine Absicht, Sie niederzureiten. Zu meinem Bedauern ist mein Pferd durchgegangen.«

Heath rechnete bereits damit, dass sie ihm etwas in üblicher Lady Charlotte-Manier entgegenschleudern würde, stattdessen schenkte sie ihm ein Lächeln, das er noch nie an ihr gesehen hatte. So ehrlich, so echt, dass es seine Eingeweide zusammenzog.

»Eine Dendrobia, wie erfreulich. Es ist lange her, dass ich eine Lieferung mit dieser Schönheit erhalten habe. Vielen Dank, Lord Sheffield, es ehrt mich.«

Wie weich ihre Stimme war, mit welch glänzenden Augen sie ihn bedachte. Heath versuchte, den kleinen Stich in seiner Magengegend zu ignorieren. Er war nicht eifersüchtig. Es gab keinen Grund, schließlich hatte er vor, die beiden zu verkuppeln.

Sheffield entspannte sich ein wenig, seine starre Körperhaltung wurde lockerer. »Meine Mutter züchtet Orchideen, ich dachte mir, dieses Exemplar würde Ihnen gefallen, und ich hoffe sehr, dass Sie meine Entschuldigung annehmen.«

Die Weichheit auf ihren Zügen ließ Heath an seinem Verstand zweifeln. Das konnte nicht dieselbe Lady Charlotte sein, die mit ihm debattiert hätte, als hinge ihr Leben davon ab.

»Natürlich, Mylord. Es ist wahrlich ritterlich von Ihnen, mich deshalb aufzusuchen. Dennoch muss ich die beiden Herren leider vertrösten, ich möchte ungern nach Einbruch der Dunkelheit im Gasthof übernachten.«

»Natürlich. Das ist verständlich«, beeilte sich Sheffield zu sagen.

Heath hatte genug von diesem Schauspiel. »Sheffield, würdest du in der Kutsche auf mich warten?« Er sprach es mit einer Autorität in seiner Stimme aus, die ihm augenblicklich einen säuerlichen Ausdruck von Lady Charlotte einbrachte.

Sheffield verabschiedete sich von ihr und verschwand nach draußen, sodass nur sie beide zurückblieben. Heath erhob sich von der Chaiselongue und trat zum Fenster. »Gehe ich richtig in der Annahme, dass Sie sich gut von dem Unfall erholt haben?«

»Ja.«

Lady Charlotte hielt den Topf mit der Orchidee an sich gedrückt, in ihrer Miene spiegelte sich Widerwillen. Sie konnte ihn nicht leiden und er wiederum konnte es ihr nicht verübeln. Dennoch musste sie akzeptieren, dass es der beste Weg war, sie alle schnellstens zu verheiraten.

»Haben Sie über Lord Sheffield nachgedacht?«

Sie stellte den Topf seelenruhig auf dem niedrigen Eichenholztisch ab und kam auf ihn zu, die Schultern durchgestreckt, keinen Funken Angst in ihren Augen. Als sie neben ihn trat, traf die Wintersonne auf ihre Haut, brachte ihre Augen zum Strahlen.

Sie schien die Konfrontation nicht zu scheuen, im Gegenteil, mit jedem Mal, wenn sie aufeinandertrafen, schien sie verbissener zu sein, ihren Kopf durchzusetzen. »Ja, das habe ich. Und auch wenn mich seine Geste rührt, macht es ihn damit nicht zu einem geeigneten Ehemann.«

»Wen wünschen Sie sich als Ehemann?«, kam es schneller über seine Lippen, als sein Kopf seine Zunge davon abhalten konnte.

Sie blinzelte mehrmals und betrachtete ihn unter zusammengezogenen Augenbrauen. »Darf ich das als ernstgemeinte Frage werten?«

»Dürfen Sie.«

Sie räusperte sich und verschränkte die Finger vor ihrer Körpermitte. »Nun, wenn ich jemals heiraten muss, dann einen gütigen Mann, der mir meine Freiheiten lässt. Ein Mann, der nicht dem Alkohol verfallen ist und mich respektvoll behandelt. Ich bin nicht so naiv, zu denken, dass Liebe eine Rolle spielt, Mylord, aber worauf ich bestehe, ist gegenseitiger Respekt. Eine Ehe lässt sich leichter ertragen, wenn sie auf Freundschaft aufgebaut wurde.«

Grundgütiger, Lady Charlotte war noch pragmatischer als er ursprünglich angenommen hatte.

»Sie reden soeben über Lord Sheffield. Ich weiß, dass Sie keine gute Meinung von ihm haben, aber er ist der beste Beweis, was mit einem Menschen geschieht, der bitter enttäuscht wurde.«

Ob aus Scham oder Unwohlsein, vermochte er nicht zu sagen, aber Lady Charlotte senkte den Blick und schien den Teppich näher zu inspizieren. »Womöglich habe ich mich in ihm getäuscht, aber eine gute Tat macht noch keinen guten Mann. Wenn Sie mich nun entschuldigen würden, ich gedenke, abzureisen.«

Heath lehnte sich gegen die Wand und lächelte leicht. »Wenn es das Schicksal so will, werden wir uns in Hampshire wiedersehen,

Mylady. Wenn Ihre Tante Lady Jane Allby heißt, könnte man uns demnach als Nachbarn bezeichnen.«

Er beobachtete genau, wie sie auf diese Botschaft reagierte. Nur ein leichtes Zittern ihrer Unterlippe sprach dafür, dass sie sich zurückhielt, ihm etwas entgegenzuschleudern.

»Dann wünsche ich Ihnen einen angenehmen Aufenthalt auf dem Land, Mylord.« Sie versank in einen Knicks und ließ ihn zurück. An der Tür blieb sie kurz stehen. »Und ich glaube nicht an Schicksal.«

Dann verschwand sie aus seinem Blickfeld.

7. Kapitel

Wenn Charlotte gewusst hätte, dass Lord Murray die Feiertage ebenfalls in Hampshire verbringen würde, hätte sie auf seinen Rat gehört und die Reise zu ihrer Tante abgesagt. Nun war es zu spät.

Wenn Ihre Tante Lady Jane Allby heißt, könnte man uns demnach als Nachbarn bezeichnen. Wie gern hätte sie ihm an den Kopf geworfen, dass ihre Tante demnach wohl mit der schlimmsten Nachbarschaft leben musste, doch sie hatte sich beherrscht. Sie war sich seines durchdringenden Blickes mehr als bewusst gewesen und wollte sich vor ihm nicht die Blöße geben, dass sie diese Nachricht in Schock versetzt hatte. Ursprünglich wollte sie in Hampshire ein paar ruhige Tage verbringen, dann den Rat ihrer Tante einholen. Doch vor allem wollte sie eins: Abstand zu ihrem neuen Vormund gewinnen. Nun würde sich alles schwieriger gestalten als gedacht.

Charlotte machte sich keine großen Hoffnungen, dem Lord aus dem Weg gehen zu können. Der Adel nutzte die Feiertage für gemütliche Zusammentreffen und Weihnachtsbälle. Tante Jane hatte sie bereits vorgewarnt, dass sie für zwei Bälle eine Einladung erhalten hatten. Charlotte bezweifelte, bei solchen gesellschaftlichen Anlässen nicht auch auf den Earl zu treffen.

Ein leises Klopfen an der Tür riss sie aus ihren Gedanken. »Herein.«

Die Tür öffnete sich und Anna trat ein. »Die Kutsche steht bereit, Mylady«, sagte sie. »Ihre Truhe ist bereits verladen.«

»Ich komme.« Charlotte legte sich einen dunkelroten Umhang über die Schultern, der ihr goldenes Kleid einhüllte. Das Kleid hatte ihrer Mutter gehört und Charlotte fand es nur angebracht, es zu tragen, wenn sie ihre Tante besuchte, die die Schwester ihrer Mutter war. Ihr Herz wurde schwer, als sie an ihre verstorbenen Eltern dachte. Onkel James hatte die drei jungen Frauen ebenso frühzeitig verlassen. Auch wenn Charlotte und der Earl of Murray ihre Differenzen miteinander hatten, so hoffte sie doch, dass er die Vormundschaft lange überleben würde. Sie schüttelte den Kopf, um ihre lächerlichen Fantasien zu vertreiben, und straffte die Schultern. Sie musste stark bleiben. Für sich und die Zwillinge.

In der Eingangshalle warteten Ophelia und Alexandra bereits darauf, sie zu verabschieden, genauso wie Mr. Froggs. Charlotte nahm ihre Schwestern in den Arm und als Alexandra sich eine Träne aus dem Gesicht wischte, überkam auch die Ältere ein Gefühl von Wehmut. Sie waren noch nie für mehrere Tage getrennt gewesen.

»Seid nicht traurig. Nach Weihnachten bin ich zurück und bringe euch Neuigkeiten von Tante Jane mit. Mrs. Malcolm wird sich in der Zeit um euch kümmern.«

»Wir brauchen keine Gouvernante, die uns herumkommandiert«, protestierte Ophelia, wobei sie ein kleines Lächeln nicht verbergen konnte. Mrs. Malcolm hatte immer auf die Mainsfield-Schwestern geachtet, wenn Onkel James auf einer Expedition war, und sich gut um sie gekümmert. Hinter ihrer strengen Miene steckte ein weicher Kern und die Zwillinge wussten nur zu gut, wie sie die ältere Dame um den Finger wickeln konnten.

Charlotte lächelte und tätschelte Ophelia die Wange. »Benehmt euch und hört auf das, was Mrs. Malcolm euch sagt.« Sie wandte sich zum Gehen, als ihr Blick durch die halb geöffnete Tür in den Salon auf die Dendrobia fiel, die Lord Sheffield ihr als Wiedergutmachung geschenkt hatte. Sie empfand Freude beim Anblick dieser Schönheit und auch ein schlechtes Gewissen über ihre ablehnende Haltung gegenüber dem Lord. Aber nein, es brauchte schon mehr als eine Blume, um sie von seinem aufrichtigen Charakter überzeugen zu können.

»Mr. Froggs, bitte kümmern Sie sich darum, dass der Gärtner die Orchidee ins Gewächshaus bringt und sie gut behandelt. Sie ist äußerst selten und ich möchte sie noch bewundern, wenn ich wieder zurückkomme.«

Der Butler nickte. »Sehr wohl, Mylady.«

Charlotte warf ihren Schwestern einen letzten, liebevollen Blick zu, bevor sie das Haus verließ und in die Kälte trat. Der Kutscher, Mr. Brown, saß bereits auf dem Bock, die Zügel fest in der Hand. Die beiden Pferde scharrten mit den Hufen. Sie alle machten den Eindruck, als könnten sie die Abreise kaum erwarten. Im Gegensatz zu Charlotte, die sich am liebsten wieder auf ihr Zimmer zurückgezogen hätte. Die Truhe mit ihrem Gepäck war auf dem Dach der Kutsche befestigt worden und Mr. Froggs öffnete einladend die Seitentür. Charlotte ließ sich von ihm in das Gefährt helfen, ihre Zofe Anna folgte ihr mit einer Kohlenpfanne, die sie zu ihren Füßen abstellte. Es war merklich kalt geworden, doch die wenigen Schneeflocken in der vergangenen Nacht hatten sich wieder aufgelöst. Charlotte hoffte, dass der richtige Schneefall warten würde, bis sie sicher bei ihrer Tante angekommen waren.

»Warte, Charlotte«, rief Alexandra und stürmte ins Haus. Wenige Sekunden später kam sie mit einer Decke zurück, die sie ihrer Schwester auf den Schoß legte. »Du sollst dich über die Feiertage doch nicht erkälten.«

Die Ältere gab ihr einen Abschiedskuss auf die Stirn und wies Mr. Froggs mit einem Kopfnicken an, die Tür zu schließen. Mit einem Ruck setzte sich die Kutsche in Bewegung und Charlotte winkte ihren Schwestern ein letztes Mal zu, bevor sie die Vorhänge vor die Fenster zog, um die kalte Luft auszusperren.

»Hoffentlich kommen wir ohne Vorkommnisse in Hampshire an und das Wetter bereitet uns keine Schwierigkeiten«, murmelte Charlotte und breitete die Decke über ihrem Rock aus.

»Es wird schon alles gut gehen, Mylady«, versuchte Anna, ihr Mut zuzusprechen. »Mrs. Giggles hat uns einen Korb mit ihren letzten Butterküchlein und noch ein paar anderen Leckereien mitgegeben.«

Charlotte lächelte zufrieden. Auf ihre Köchin war Verlass und im Gegensatz zu einem gewissen Lord, wusste sie diese Küchlein sehr zu schätzen. Sie vergötterte sie gerade zu.

Die meiste Zeit dieser holprigen Fahrt verbrachten die beiden Frauen schweigend. Ab und an schob Charlotte den Vorhang ein Stück zur Seite, um die vorbeifliegende Landschaft zu betrachten. Ein Stück des Weges fuhren sie entlang der Themse, als Charlotte bemerkte, wie es wieder zu schneien begann. Je mehr sie das triste Grau der Stadt hinter sich ließen, desto mehr tauchten sie ein in das Grün und Braun der Bäume und sogleich hatte Charlotte das Gefühl, endlich aufatmen zu können. Sie liebte das Stadtleben, das stand außer Frage, doch auf dem Land schien die Zeit langsamer zu vergehen. Alles war ruhiger und sorgloser, im Gegensatz zur Hektik der Londoner Gesellschaft. Einfach weniger erdrückend.

Eine dünne weiße Schicht legte sich über den Landstrich. Charlotte zog den Vorhang wieder zu. Wenn es weiterhin so schneie, würden sie die Nacht in einem Gasthof verbringen müssen. Hoffentlich verdichtete sich der Schnee nicht zu einem Sturm. Sie würde nur ungern mit anderen Reisenden in einem ihr fremden Haus eingeschlossen werden. Vor allem weil die Gefahr bestand, dass sie wieder schlafwandeln würde …

Unwillkürlich musste sie an jene Nacht zurückdenken, in der sie bei Tante Jane schlafend durch das Haus gewandelt war. Damals war sie wesentlich weiter gelaufen als im Anwesen des Earls. Der Butler hatte sie am nächsten Morgen in den Ställen gefunden, das Haar voller Stroh. Die Zwillinge hatten sie tagelang damit aufgezogen. Bisher empfand Charlotte dieses Erlebnis als das peinlichste in ihrem Leben. Bis sie sich im Bett von Heath Andrews wiedergefunden hatte. Einem Mädchen mochte man diesen nächtlichen Spaziergang als Albernheit durchgehen lassen, aber eine unverheiratete Lady im Bett eines Earls war skandalös.

»Machen Sie sich keine Sorgen, Mylady«, sagte Anna und lächelte aufmunternd. »Wir werden wohlbehalten in Hampshire ankommen.«

Überrascht blickte Charlotte ihre Zofe an. »Wie kommst du darauf, dass ich mir Sorgen mache?«

»Sie haben die Stirn zerfurcht und kneten seit einer halben Stunde Ihre Finger. Es ist offensichtlich, dass Sie etwas bedrückt.«

Charlotte seufzte. »Ich habe meine Schwestern noch nie allein gelassen«, log sie. »Ich hoffe, sie kommen ohne mich zurecht.«

»Das werden Sie, Mylady«, sagte Anna. »Lady Ophelia und Lady Alexandra sind bei Mrs. Malcolm in den besten Händen.«

»Du hast recht, Anna.«

Mit einem Ruck hielt die Kutsche an. Charlotte hörte, wie Mr. Brown vom Kutschbock sprang. Seine Schritte knirschten im Schnee, als er an die Seite der Kutsche trat und gegen die Tür klopfte. »Mylady?«

Charlotte zog den Vorhang beiseite und blickte ihn an. »Ja, Mr. Brown?«

Er hatte zum Schutz vor dem Schnee den Kragen seines Umhangs hochgeschlagen und den Hut, in dessen Krempe sich die weißen Flocken sammelten, tief ins Gesicht gezogen. »Es schneit unaufhörlich, Mylady. Ich schlage vor, einen Gasthof in Basingstoke aufzusuchen, um dort die Nacht zu verbringen und, so Gott will, bis zum Ende des Schneefalls auszuharren. Morgen früh sind es dann keine sechzehn Meilen mehr bis zum Anwesen von Lady Allby.«

Am liebsten würde Charlotte ihn anweisen, bis zu ihrer Tante weiterzufahren. Doch wenn sie in das vor Kälte gerötete Gesicht des Kutschers schaute und an ihre eigenen kalten Finger dachte, schien ihr der Gasthof eine angenehmere Option zu sein.

»Fahren Sie uns nach Basingstoke, Mr. Brown«, sagte sie. »Ich vertraue darauf, dass Sie uns sicher durch den Schnee bringen.«

Er nickte. »Sehr wohl, Mylady.«

Es begann bereits zu dämmern, als sie das Gasthaus erreichten. Es lag etwas außerhalb der Ortschaft Basingstoke, ein kleines, hübsches Anwesen mit einem Stall für die Pferde und Kutschen im Hinterhof. Das Gebäude war gepflegt und machte den Anschein, als würde es seine Besucher willkommen heißen. Anna ging voran, um ihre Ladyschaft anzukündigen und ein Einzelzimmer für sie zu erfragen, während Mr. Brown die Truhe mit Charlottes Gepäck vom Dach der Kutsche bugsierte. Charlotte hielt kurz inne, ließ den Blick über die verschneite Landschaft schweifen. Schneeflocken landeten sanft auf ihrer Wange. Sie schloss die Augen, um einen tiefen Atemzug der kühlen Luft zu nehmen, bevor sie ihrer Zofe in das Gasthaus folgte. Kaum hatte sie die Tür durchschritten, umfing sie eine wohlige Wärme. Gelächter ertönte aus einem der Zimmer, die vom Flur abgingen, und dessen Tür weit offen stand. Dort musste der Wirtsraum liegen.

»Kommen Sie, Mylday«, sagte Anna und deutete auf die hölzerne Treppe, die in die obere Etage führte. »Ich zeige Ihnen Ihr Zimmer, damit Sie sich frisch machen können. Die Wirtin hat einen Eintopf gekocht, mit dem sie uns nachher verköstigen wird. Wenn Sie möchten, können wir anschließend in den Wirtsraum gehen. Es haben noch andere Herrschaften und Damen Schutz vor dem Schnee gesucht und verbringen die Nacht hier.«

Das Zimmer, in dem Charlotte heute nächtigen würde, war nicht besonders groß und schlicht eingerichtet. Neben einem Bett befand sich in dem Raum auch eine Kommode mit einer Waschschüssel obenauf sowie ein kleiner Sekretär mit einem Stuhl davor. Ein Teppich war vor dem Bett auf die knarzenden Dielen gelegt worden. Es entsprach nicht den Bequemlichkeiten, die Charlotte gewohnt war, doch es reichte vollkommen. Solange sie einen trockenen Platz zum Schlafen hatte, war ihr alles recht. Und es beruhigte sie, dass man die Zimmertür abschließen konnte. So verringerte sich die Wahrscheinlichkeit, dass sie diese Nacht in dem Bett eines anderen Mannes aufwachen würde.

Nachdem Mr. Brown die Truhe neben der Kommode deponiert und die Frauen allein gelassen hatte, um die Pferde zu versorgen, machte Charlotte sich frisch und wechselte das Kleid. Da sie trotz der langen Reise noch keinerlei Müdigkeit verspürte, beschloss sie, zum Essen mit Anna den Wirtsraum aufzusuchen. Sie schritt gerade vom letzten Treppenabsatz, als ein Mann aus eben jenem Raum kam. Er hatte sich halb zurückgewandt, rief: »Herrgott, Sie ziehen mir das letzte Geld aus den Taschen, Watford!« und stieß prompt mit Charlotte zusammen.

»Oh, verzeihen Sie, Mylady. Ich habe nicht darauf geachtet, wo ich hinlaufe. Haben Sie sich verletzt?«

Er ergriff ihren Arm, um sie zu stützen. Ein Kribbeln zog sich durch Charlottes Körper. Sie hielt sich die schmerzende Stirn, dort, wo ihre Köpfe gegen einander geprallt waren. Doch noch mehr als der Schmerz verwirrte sie das schnelle Klopfen ihres Herzens. »Es geht mir gut«, flüsterte sie noch etwas benommen.

»Sind Sie sich sicher?«, entgegnete er und fixierte sie mit einem Blick aus seinen grünen Augen.

Charlotte nickte und rang sich ein Lächeln ab. Er war adrett gekleidet wie ein Gentleman. Seine blonden Haare waren etwas zu kurz für die diesjährige Mode, doch der Schnitt gab seinem weichen Gesicht eine gewisse Stränge, die ihm sonst fehlen würde und wie einen jungen Burschen wirken ließe. Irgendetwas an ihm kam ihr bekannt vor.

Anna räusperte sich. Ihr Blick fiel mahnend auf seine Hand, die noch immer Charlottes Unterarm umschlossen hielt. Sogleich ließ er sie los, als hätte er sich verbrannt. »Wie unhöflich von mir«, sagte er und grinste schief. »Verzeihen Sie, wenn ich frage, aber sind wir uns schon einmal begegnet? Sie kommen mir schrecklich bekannt vor.«

Das bestätigte Charlottes Vermutung. »Sie sind Lord Henry Parker, nicht wahr? Wir kennen uns von meinen Aufenthalten bei meiner Tante Lady Allby.«

Er nickte und Charlotte spürte, wie ihr die Hitze in die Wangen schoss, als er sich vorbeugte und einen Kuss auf ihren Handrücken andeutete. »Tatsächlich, Sie sind Lady Charlotte Mainsfield! Es ist schon eine Weile her, seit wir uns zuletzt sahen. Mittlerweile darf ich mich mit dem Titel Viscount Ranfield rühmen.« Er streckte die Schultern durch und lächelte voller Stolz. »Ich hoffe, Ihnen und Ihren Schwestern ist es in den letzten Jahren gut ergangen?«

Charlotte senkte den Blick. »Leider nicht ganz so gut, wie wir erhofft hätten. Erst vor kurzem ist unser Onkel James von uns gegangen.«

Ranfields Lächeln verschwand und machte einem besorgten Ausdruck Platz. »Er war Ihr Vormund, wie ich hörte. Seien Sie sich gewiss, dass ich tiefes Mitgefühl für Sie empfinde.«

»Ich danke Ihnen, Mylord«, entgegnete Charlotte und straffte die Schultern.

»Ich hoffe, Sie verzeihen mir meine Ungestümheit, Mylady.«

»Machen Sie sich keine Sorgen, Lord Ranfield. Von Männern umgerannt zu werden, gleicht in letzter Zeit schon einer Gewohnheit.«

Entsetzt riss er die Augen auf. »Dann bitte ich noch ausdrücklicher um Verzeihung! Bitte, leisten Sie mir und den anderen Anwesenden Gesellschaft.«

Charlotte schmunzelte. Sie mochte diesen Viscount, seine zuvorkommende und lockere Art war herrlich erfrischend. »Sehr gern, nur würde ich zuvor noch eine warme Mahlzeit zu mir nehmen.«

Er beugte sich vor und zog verschwörerisch die Augenbrauen zusammen. »Die Wirtin scheint über beide Ohren verliebt zu sein«, raunte er. »Ihr Eintopf ist so versalzen wie damals, als ich als junger Bursche versehentlich den ganzen Salztopf in die Suppe gekippt habe …«

Charlotte hielt sich die Hand vor den Mund, um ihr Kichern dahinter zu verbergen. »Vielleicht verzichte ich auf das Essen und begleite Sie direkt, Mylord.« Sie konnte später immer noch die Butterküchlein von Mrs. Giggles essen.

»Nun, eigentlich war ich gerade auf dem Weg in die Küche, um bei der Wirtin mehr Whisky zu erbitten, doch jetzt hat sich die Situation völlig verändert. In Gegenwart einer Lady sollte nicht so viel Alkohol fließen.« Mit ernster Miene reichte er Charlotte seinen Arm. Sie hakte sich bei ihm unter und ließ sich von ihm in den Wirtsraum führen. Dabei überkam sie wieder dieses eigenartige Kribbeln. War es vor Aufregung? Normalerweise hatte sie keine

Schwierigkeiten damit, mit fremden Menschen ins Gespräch zu kommen. Wie man an dem Zusammenstoß merken konnte.

Der Raum beherbergte fünf große Tische, an denen jeweils um die sechs Personen Platz gefunden hätten. An der rechten Wand brannte ein wohlig warmes Feuer im Kamin, das ein sanftes Knistern in der Luft verteilte. An einem Tisch saßen bereits drei Herren und eine Dame, die anregend in ein Gespräch vertieft waren. Ansonsten waren keine weiteren Gäste anwesend.

»Setzen Sie sich doch zu uns, Mylady«, sagte Lord Ranfield und trat vor, um ihr einen Stuhl zurecht zu rücken. »Wenn ich vorstellen darf: Lord Watford, Lord und Lady Lingfield und Lord Hayes. Meine Herren und Lady Lingfield, dies ist Lady Charlotte Mainsfield.«

»Ich freue mich, Ihre Bekanntschaft zu machen«, sagte Charlotte. »Bitte, fahren Sie fort, ich wollte Ihre Unterhaltung nicht unterbrechen.«

»Nun, genau genommen, hat Lord Ranfield unser Gespräch unterbrochen«, sagte Lord Watford. Um seine Augen herum legte sich die Haut in tiefe Falten. Das war das einzige Anzeichen dafür, dass er lächelte. Seine Lippen verschwanden gänzlich unter seinem viel zu langen Schnurrbart.

»Ich denke, die Anwesenheit einer jungen Lady ist eine Unterbrechung wert«, brummte Ranfield. Er beugte sich zu Charlotte. »Dieser alte Schlawiner hat bisher jede Runde *Whist* gewonnen, die ich gegen ihn gespielt habe. Da geht etwas nicht mit rechten Dingen zu, sag ich Ihnen. Er schuldet mir nachher noch eine Revanche. Vielleicht sind Sie so freundlich und drücken mir die Daumen? Ich kann es mir nicht leisten, schon wieder zu verlieren, sonst stehe ich morgen vor meiner Familie mit nichts weiter als meiner Hose am Leib.«

»Seien Sie froh«, mischte sich nun auch Lord Lingfield belustigt mit ein, »wenn Sie morgen Ihre Hose noch haben.«

»Sie würden gewinnen, wenn Sie nicht so viel erzählen würden«, brummte Watford und zündete sich eine Pfeife an.

»Was macht eine so schöne Lady wie Sie in Basingstoke?«, fragte Lord Hayes und musterte Charlotte unverhohlen.

Lord Ranfield räusperte sich. »Sie brauchen auf seine Frage nicht zu antworten, Mylady, wenn Sie Ihnen zu persönlich ist. Und nehmen Sie sich vor Lord Hayes in Acht, er hat den Ruf eines Schürzenjägers.«

»Diese Unterstellung nehmen Sie sofort zurück, Ranfield«, entrüstete sich Hayes und nahm einen Schluck Whisky. »Ich bin glücklich mit einem Drachen verheiratet und stolzer Vater zweier Einfaltspinsel. Wenn Sie sich ein Eheweib angeln, werden Sie wissen, was ich meine.« Anscheinend hatte der Alkohol seine Zunge gelockert.

»Ich muss doch sehr bitten«, mischte sich Lady Lingfield empört ein, doch das Lächeln um ihre vollen Lippen ließ vermuten, dass sie Lord Heyes Gattin kannte und seine Meinung teilte.

»Ist schon gut«, sagte Charlotte amüsiert. »Ich bin auf dem Weg nach Kings Worthy zu meiner Tante Lady Allby.«

»Die gute Lady Jane«, sagte Hayes und lächelte. »Sie ist eine alte Bekannte meiner Gemahlin. Bitte richten Sie Ihr meine herzlichsten Grüße aus.«

»Das werde ich sehr gern«, antwortete Charlotte.

Charlotte und Anna unterhielten sich eine Weile mit den Herrschaften. Als die Bodenstanduhr Mitternacht schlug, verabschiedete Charlotte sich von den Lords und der Lady. »Es ist schon spät, ich werde mich nun zu Bett begeben. Ich danke Ihnen sehr für die nette Gesellschaft und wünsche Ihnen morgen eine angenehme Abreise.«

Ranfield erhob sich und bot ihr erneut den Arm. »Ich begleite Sie zu Ihrem Zimmer.« Charlotte hakte sich bei ihm unter und ließ sich von ihm zu ihrem Zimmer geleiten. Anna folgte ihnen mit einigen Schritten Abstand.

»Die Dowager Countess veranstaltet übermorgen einen Winterball«, sagte Ranfield. »Gehe ich recht in der Annahme, dass Sie auch dort sein werden, Lady Charlotte?«

»Nun, da meine Tante Bälle liebt, werde ich wohl kaum eine Wahl haben.« Sie lachte verlegen.

»Dann bitte ich Sie untertänigst, mich als Erster auf Ihrer Tanzkarte einzutragen.«

»Sehr gern, Mylord.« Zu Charlottes Glück warfen die Kerzenleuchter nur ein dämmriges Licht in den Flur, weswegen Ranfield hoffentlich ihre geröteten Wangen nicht sehen konnte. Sie erreichten Charlottes Zimmer. Sie blieb stehen und löste sich von dem Mann, der ihr sehr sympathisch war. »Ich wünsche Ihnen eine angenehme Nacht.«

Ranfield verschränkte die Arme hinter dem Rücken und verbeugte sich. »Schlafen Sie wohl, Mylady.« Er wandte sich ab und schritt die Treppe wieder hinunter.

Charlotte winkte Anna mit in ihr Zimmer. Sie blickte kurz dem blonden Schopf von Lord Ranfield hinterher, bevor sie die Tür schloss und sich lächelnd zu ihrer Zofe umdrehte.

»Lord Ranfield ist ein äußerst angenehmer Zeitgenosse«, sagte Charlotte und seufzte.

»Und dazu noch wohlhabend und gutaussehend«, bemerkte Anna freudestrahlend. »Und wie es scheint, auch unverheiratet.« Sie trat um ihre Herrin herum, um die Schnüre ihres Kleides zu öffnen.

Charlotte beschloss, Lord Ranfield im Auge zu behalten. Mit ihm ließ es sich viel einfacher reden als mit ihrem verbohrten Vormund. Vielleicht konnte sie sich doch selbst für einen Ehemann entscheiden.

8. Kapitel

Heath hasste das Land.

Im Gegensatz zu vielen Adelsmitgliedern pflegte er nicht, die Wintermonate auf seinem Landsitz zu verweilen, um auf die nächste Saison zu warten. Lediglich im Sommer, wenn es auf den Straßen Londons zu stickig und der Gestank unerträglich wurde, zog er sich zwei, höchstens drei, Wochen nach Hampshire zurück.

Es war schwieriger, von hier aus seine Geschäfte zu führen, und wenn er eines nicht ausstehen konnte, dann, das Zepter an seinen Verwalter abgeben zu müssen. Allerdings hatte er seiner Mutter versprochen, zumindest dieses Jahr zwei Wochen bei ihr zu verbringen. Es war die Langeweile, vor der er sich fürchtete. Heath neigte nicht zu Müßiggang, ganz im Gegensatz zu seiner Mutter, für die es nichts Schöneres gab, als stundenlang zu stricken oder aus dem Fenster in den Garten zu starren.

Mürrisch lehnte er sich zurück und hob den Vorhang des Kutschenfensters leicht an. Weiß. Alles weiß. Er befand sich zweifellos in der Einöde, anders konnte er diese endlosen Weiten nicht bezeichnen. Wenn es nicht zu schneien aufhören würde, liefe er noch Gefahr, länger auf seinem Landsitz festzuhocken als ursprünglich geplant.

Er öffnete die Luke. »Cocksburn, wie lange dauert es noch bis zum Gasthof?«, fragte er seinen Kutscher, der die Krempe seines Hutes tief ins gerötete Gesicht gezogen hatte.

»Noch etwa drei Meilen, M'lord, wir müssen noch den Wald passieren.«

»Wald? Welcher Wald? Ich sehe hier nur Felder.«

Der Kutscher grinste. »Der Ausblick ist hier oben besser.«

Heath schloss die Luke wieder und griff nach seiner mit Brandy gefüllten Taschenflasche. Es war das Eine, auf das Land zu fahren und dort einige Tage zu verbringen, aber etwas völlig anderes, dabei seiner Mutter ausgeliefert zu sein, die ihn ständig nach einer Countess of Murray fragen würde. Er konnte sich ihren vorwurfsvollen Blick bereits ausmalen, wenn er sie erneut vertröstete. Heath wollte nicht heiraten. Zumindest noch nicht. Er wusste, dass es sein Titel verlangte, aber bei Gott, er war noch nicht bereit, sich an eine Frau zu fesseln.

Dass die Kutsche langsamer wurde und schließlich endgültig Halt machte, riss ihn aus seinen Gedanken. Die Luke öffnete sich erneut und der Kopf des Kutschers erschien in seinem Blickfeld. »Mylord, ich fürchte, es gibt ein Problem. Da vorn steht eine Kutsche, das Rad scheint gebrochen zu sein.«

»Ich hoffe, die Herrschaften haben ein Ersatzrad dabei. Bieten Sie ihnen unsere Hilfe an.«

Er nickte und ließ die Luke einrasten, ehe das Gefährt wieder anfuhr. Heath setzte sich seinen Hut auf und zog das Halstuch etwas höher. Ein Blick aus dem Fenster bestätigte ihm, dass sie den Wald bereits erreicht hatte. Tannen und Fichten reihten sich aneinander, überzogen von einer feinen Schneeschicht. Er wartete, bis die Kutsche wieder stand, ehe er den Verschlag öffnete und nach draußen trat. Es schneite nicht mehr so heftig, wie noch vor einer Stunde, aber es reichte aus, um den Weitblick zu verlieren. Bei solch einem Wetter lief man eher Gefahr, ausgeraubt zu werden.

Eine Kutsche stand am Straßenrand, in Decken eingehüllte Personen lehnten gegen das Gefährt, während ein lautes Schluchzen zu seinen Ohren drang. Heath' Stiefel knirschten, als er über die dünne Schneeschicht stapfte und den Himmel dafür verfluchte, dass er noch immer Flocken zur Erde sandte.

Als er näherkam, erkannte er eine Frau, die von einer anderen umarmt und getröstet wurde, daneben stand ein junger Bursche, der ihn ängstlich beäugte. Er war höchstens zehn, trug einen maßgeschneiderten Gehrock, während seine Beinchen in Wildlederhosen und Stiefeln steckten. Zweifellos adeliger Herkunft.

»Myladys, was ist passiert?«, fragte Heath, als die beiden Damen in Hörweite waren.

Diejenige, die die Frau festhielt, ließ sie mit einem Mal los und wirbelte herum. Heath blieb abrupt stehen, ihm stockte der Atem. »Lady Charlotte.«

Es dauerte nur einen Wimpernschlag, ehe sich ihr Ausdruck verfinsterte. Ihre Wangen waren stark gerötet, einzelne Strähnen ragten unter ihrem Hut hervor, Schneeflocken hatten sich auf ihrem pelzbesetzten Wollmantel gesammelt und eine feine Schicht hinterlassen. Sie stand noch nicht lange hier.

»Lord Murray«, entgegnete sie knapp, »wie überaus erfreulich, Sie hier anzutreffen. Die Kutsche mit der Lady und ihren beiden Kindern wurde ausgeraubt, wir sind erst vor Kurzem hinzugestoßen.«

Heath blickte sich um, aber er sah nur den Burschen. »Wo ist das zweite Kind?«

»In den Wald gelaufen«, schniefte die Mutter und hielt sich ein spitzenbesetztes Taschentuch gegen die rote Nase. Sie war völlig außer sich, zitterte am ganzen Körper und schien sich auch von Lady Charlotte nicht beruhigen zu lassen. Ihre blonden Haare hingen teilweise lose über ihren Mantel, blaue Augen blickten ihm voller Schmerz entgegen. »Sie wird sich bestimmt verlaufen, sie ist erst sechs. Und es ist doch so furchtbar kalt. Oh, meine arme Missy.«

Ein weiterer Schluchzer drang aus ihrer Kehle und sie ließ den Kopf nach vorn gegen Charlottes Schulter sinken. Deren Gesichtsausdruck wurde unendlich weich, als sie die Frau an sich drückte und beruhigend über ihren Rücken strich.

»Haben Sie Hilfe holen lassen?«, fragte Heath.

»Natürlich. Mein Kutscher und meine Zofe sind auf dem Weg in das nächstgelegene Dorf«, schnarrte Lady Charlotte.

»Sie bleiben hier einfach ohne Schutz zurück?«, brach es aus Heath heraus und er ignorierte die Faust, die sein Herz fest umschloss. »Herrgott, stellen Sie sich vor, da wären noch andere Räuber gewesen. Sie wären leichte Beute.«

»Der Kutscher Ihrer Ladyschaft ist da, Mylord, falls es Ihnen nicht aufgefallen sein sollte«, entgegnete sie knapp.

Heath nahm einen tiefen Atemzug und mahnte sich zur Ruhe. Wie konnte sie nur so ruhig bleiben, wenn sie hier wie ein saftiger Braten auf dem Präsentierteller saß? »Ist Ihnen bewusst, dass Sie sich in große Gefahr begeben haben? Ich sollte Sie einsperren lassen und auf meine vormundschaftlichen Pflichten pochen!«

Warum gingen die Pferde nur derart mit ihm durch? Warum ängstigte ihn der Gedanke, dass Lady Charlotte ebenso das Opfer eines Raubüberfalls hätte sein können? Die Antwort setzte sich in seinem Kopf fest, als sie die Frau losließ und langsam näher kam.

Er sorgte sich um sie. Er konnte den Gedanken nicht ertragen, dass jemand ihr etwas antat.

Ihre schneidende Stimme bohrte sich mitten in sein Herz. »Sie können sich meinetwegen gern in Ihre beheizte Kutsche setzen, aber ich werde diese Familie nicht im Stich lassen. Nachdem nun jemand zur Hilfe geeilt ist – in diesem Fall zu meinem Verdruss eben Sie – werde ich den Fußspuren des Kindes folgen.«

Es war das Feuer in ihren Augen, das ihn reizte. Der unbändige Wille, Gutes zu tun und jemandes Leben zu beschützen. Lady Charlotte war keine gewöhnliche Frau der Oberschicht, die sich unter ihrer Wolldecke verkroch und dabei zusah, wie die Dinge ihren Lauf nahmen. Sie wollte helfen.

»Hat es Ihnen die Sprache verschlagen, Mylord? Gut, dann kann ich davon ausgehen, dass Sie auf die Lady und den Jungen aufpassen, während ich ihre Tochter suche.«

Heath zuckte zusammen. »Ihre Tochter suchen? Sind Sie von allen guten Geistern verlassen? Sie können nicht einfach in den Wald laufen und das Kind suchen.«

Charlotte bedachte ihn mit einem erbosten Blick, der selbst der eisigen Kälte um sie herum Konkurrenz machte. »Ich werde nicht warten, bis die Kutsche in der nächsten Ortschaft ankommt und Verstärkung mitbringt. Bis dahin wird es dunkel und die Chancen, das Kind zu finden, schwinden dahin. Entweder Sie kommen mit oder ich gehe ohne Sie!«

Wie zur Bestätigung ihres Vorhabens hob sie den schweren Rock leicht an und folgte den Fußspuren.

Fluchend wandte sich Heath an seinen Kutscher, der das Geschehen ohne jeglichen Kommentar verfolgt hatte. »Sie bleiben hier und halten die Stellung. Sollten wir in einer Stunde nicht zurück sein, fahren Sie in den nächsten Ort. Dann gibt es sowieso keine Hoffnung mehr für uns.«

Er zog den Gehrock enger um seine Schultern und folgte Charlotte. »Ist Ihnen überhaupt bewusst, dass Sie sich den Tod holen können? Sie sind nicht nur furchtbar stur, sondern auch eine Närrin.«

»Eine kinderliebende Närrin«, verbesserte sie ihn, während sie über den Waldboden balancierte und herabgefallenen Ästen auswich.

»Lassen Sie mich vorgehen, um Himmels willen!« Er wartete nicht auf ihre Antwort, griff nach ihrer Schulter und bremste sie so ab. Charlotte entwich ein entsetzter Laut, sie begann zu torkeln und ehe sie Gefahr lief, nach vorn zu fallen, umfasste Heath sie und drückte sie an sich. »Können Sie sich einen Moment lang nicht in Gefahr begeben? Ich wäre Ihnen überaus dankbar.«

Er ignorierte sein wild pochendes Herz, als er ihren Körper an seinem spürte und den leicht blumigen Duft wahrnahm, der sie umgab. Schneeflocken schmolzen auf seinem Gesicht, er blinzelte gegen die Feuchtigkeit an.

»Es gab keinen Grund, mich festzuhalten, Mylord.«

Schnell ließ er sie los und drängte sich an ihr vorbei, folgte den Fußspuren auf dem Waldboden. »Missy! Komm her, die Räuber sind verschwunden!«, schrie er, aber kein Laut ertönte. Es war so still im Wald, dass es beinahe unheimlich war.

»Sie hat sicherlich furchtbare Angst«, entgegnete Charlotte mit einem bebenden Unterton, der ihn stutzig werden ließ. Sie hatte auch eine fürsorgliche Seite? Scheinbar nicht bei ihm.

»Wir werden sie schon finden«, murrte er. Sie stapften weiter durch den Wald, während die dichten Tannenzweige die meisten Schneeflocken von ihnen fernhielten. Die Kälte fraß sich durch seinen Mantel und erinnerte ihn daran, dass sie die Nacht nicht überleben würden, wenn sie zu spät zu den Kutschen zurückgingen. Genauso wenig brachte er es aber übers Herz, das Kind auf sich allein gestellt zu lassen. Eine Sechsjährige war nicht in der Lage, für sich selbst zu sorgen, geschweige denn, eine Nacht im Freien zu überleben.

»Ist das ... eine Hütte?«, fragte Charlotte nach einer Weile, als sich vor ihnen eine Lichtung auftat. Zum Glück schneite es immer noch gemächlich, sodass die Fußspuren noch sichtbar waren, die über offene Fläche führten.

»Sie hat sich bestimmt dort versteckt.«

Heath beschleunigte seine Schritte, sodass die Lady Mühe hatte, ihm zu folgen, aber sie protestierte nicht. Seine Lunge brannte, die Kälte hatte sich auf seinem Gesicht festgefressen, aber für ihn zählte nur noch, das Kind zu finden.

Heath öffnete die angelehnte Tür und lugte in den Raum. Es war noch hell genug, dass er Genaueres erkennen konnte. Eine Bewegung im Augenwinkel lenkte sein Interesse auf das Bett. Der Raum war schlicht eingerichtet, eine Feuerstelle befand sich neben zwei hohen Regalen, wovon eines mit Büchern belegt war. Ein dicker Perserteppich lag auf dem Holzboden vor dem breiten Bett, das mit Wolldecken bedeckt war.

»Missy? Wir sind Freude deiner Mutter.«

Die Erhebung der Decke ließ darauf schließen, dass sich das Mädchen darunter verkrochen hatte. Charlotte ging an ihm vorbei, Schritt für Schritt, ganz langsam, als hätte sie Sorge, ansonsten ein schreckhaftes Reh davonzujagen.

»Missy, deine Mutter macht sich schreckliche Sorgen. Darf ich zu dir kommen?«

Charlotte wartete vor dem Bett. Es dauerte einige Momente, ehe sich die Decke bewegte und ein blonder Schopf zum Vorschein kam. Heath fühlte Erleichterung in seinen Gliedern, ein Gefühl, das er so nicht kannte. Sie hatten sie gefunden.

»Darf ich mich zu dir setzen?«, fragte Charlotte mit weicher Stimme und das Mädchen nickte zaghaft. Heath schloss die Tür und lehnte sich dagegen. Es war zu spät, um wieder zurückzukehren, sie würden Gefahr laufen, sich in der Dämmerung zu verirren.

»Hast du dir wehgetan?« Charlotte griff nach Missys Hand und strich leicht darüber. Das Mädchen schüttelte den Kopf.

»Aber die bösen Menschen haben *Maman* wehgetan«, schniefte sie.

»Deiner Mutter geht es gut, sie hat nur furchtbare Angst um dich.«

Missy schien Vertrauen zu fassen, denn sie schob sich vorsichtig zu Charlotte und ließ sich von ihr umarmen. Der Blick, den Charlotte Heath schenkte, als sich das Mädchen in ihre Arme warf, ging ihm bis ins Mark.

Es war bereits kurz vor Einbruch der Dunkelheit, als Heath die Hütte umrundete und Feuerholz suchte. Sie brauchten dringend Wärme und Licht, und er hoffte, dass die Kleine bis auf einen Schrecken keine Verletzungen davongetragen hatte. Heath schichtete Scheite auf seinen Arm, ehe er wieder in die Hütte ging und die Tür mit seinem Fuß schloss. Während die beiden eingehüllt in eine große Decke auf dem Bett saßen, entzündete er ein Feuer im Kamin. Es würde dauern, bis es wärmer wurde, aber sie mussten in der Nacht dann immerhin nicht frieren. Das Knistern, als das Stroh zu brennen begann, beruhigte ihn. Er schnappte sich die Öllampe vom Regal und hielt den Docht in die Flammen.

Wenig später wurde der Raum in ein schummriges Licht getaucht.

»Wir können immerhin Tee trinken«, murmelte Charlotte und deutete auf den Stoffbeutel im Regal, der dem Geruch nach offensichtlich schwarze Teeblätter enthielt.

»Ich fürchte, das müssen Sie übernehmen.« Eine galante Formulierung dafür, dass er noch nie in seinem Leben Tee gekocht hatte. Wie gern hätte er nun seine Köchin hier, die selbst aus Nichts irgendetwas zaubern konnte.

»Ich habe vor der Hütte fließendes Wasser entdeckt, Sie müssten mir nur einen Bottich holen«, antwortete Charlotte und rückte vorsichtig von Missy ab, die sich in der kuscheligen Decke vergraben hatte. Ihre blonden Löckchen erinnerten Heath an einen kleinen Engel. Erleichterung durchfuhr ihn, dass sie das Mädchen gefunden hatten.

Charlotte tapste an ihm vorbei und zog einen Topf aus dem Regal.

»Ich hole das Wasser.« Heath ging zu ihr und streckte seine Hände aus. »Es ist kalt draußen.«

»Das weiß ich«, flüsterte sie und ließ langsam los. Für einen Augenblick glaubte Heath, Unsicherheit in ihren Augen zu erkennen. Eine Art von Schwäche, die sich eine Lady wie sie niemals eingestehen würde. Charlotte war stark, stärker als er es für möglich gehalten hatte, und dennoch glaubte er zu wissen, dass auch sie sich nach einer Schulter zum Anlehnen sehnte. Nach jemandem, der sie wie Missy festhielt und ihr das Gefühl gab, nicht allein sein zu müssen.

Sie standen regungslos gegenüber, so viele unausgesprochene Worte hingen zwischen ihnen in der Luft. Heath wollte sich entschuldigen, er wollte völlig irrational den Topf zur Seite legen und Charlotte umarmen, ihren Herzschlag und die Weichheit ihres Haares spüren.

»Ich gehe dann wieder zu Missy«, durchbrach Charlotte mit brüchiger Stimme die Stille zwischen ihnen und wandte sich ab. Der Zauber war verflogen, die Kälte holte ihn wieder ein. Es war das erste Mal, dass er sich nach der Kühle draußen sehnte, seitdem sie die Hütte betreten hatten. Sie würde ihn wieder ins Hier und Jetzt holen. Womöglich sollte er noch ein Eisbad in dieser Quelle nehmen, ehe er wieder zurückkehrte. Rasch verschwand er mit dem Topf nach draußen.

Nach ein paar Stunden hatte sich eine angenehme Wärme in der Hütte ausgebreitet. Charlotte half Missy beim Tee trinken, die vor lauter Müdigkeit kaum die Äuglein offen halten konnte.

»Genug«, murmelte das Mädchen und ließ sich wieder in die Polster sinken. Charlotte stellte die Tasse auf dem Nachttischchen ab und zog ihr die Decke über den Körper.

»Versuch, ein wenig zu schlafen. Morgen bist du wieder bei deiner Mutter, versprochen.« Sie strich ihr eine Locke aus der Stirn und schlüpfte dann aus dem Bett, ehe sie sich zu Heath gesellte.

Er hatte an dem großen Holztisch neben dem Fenster Platz genommen und wärmte seine Finger an der Tasse.

»Darf ich Ihnen eine Frage stellen?«, wollte Charlotte unverblümt wissen und ließ sich auf dem Stuhl gegenüber von ihm nieder.

»Es wundert mich, dass Sie mich überhaupt darum bitten.«

Sie lächelte schmal. »Tief in meinem Herzen bin ich immer noch eine Lady, auch wenn Sie gern den Teufel in mir wecken.«

Täuschte er sich, oder fand sie langsam Gefallen an seiner Gesellschaft? Auch wenn sie sich ständig in den Haaren lagen, war es genau das, was Heath' Lebensgeister wieder weckte. »Fragen Sie.«

Ihr Blick war unergründlich, als sie den Kopf hob. »Warum sind Sie erst nach den ganzen Monaten zu uns gekommen? Warum nicht gleich nach dem Tod meines Onkels?«

Charlotte hielt die Tasse fest umfasst, als wollte sie daran Halt suchen. Er hätte erwartet, etwas Vorwurfsvolles in ihrem Blick zu finden, aber er hatte sich geirrt.

»Ich habe erst ein paar Wochen vor meinem Besuch bei Ihnen von der Vormundschaft erfahren und wollte, wie ich Ihnen bereits erklärte, die Trauerzeit nicht unterbrechen. Es wäre auch sinnlos gewesen … angesichts Ihrer Feindseligkeit mir gegenüber.«

Sie hob eine Augenbraue. »Meiner Feindseligkeit? Sie verstehen es sicherlich, dass ich nicht verschachert werden will. Sie könnten uns immerhin genügend Zeit geben, selbst passende Ehemänner zu finden. Uns allen.«

Er fuhr mit dem Finger über den Rand der Tasse. »Wir wissen beide, dass Sie es dann lediglich hinauszögern. Sie wollen nicht heiraten, Lady Charlotte, aus welchem Grund auch immer. Dennoch leben wir in einer Welt, in der eine Frau ohne männlichen

Schutz zur leichten Beute wird.«

Sie sah nach draußen in die Dunkelheit, einen nachdenklichen Ausdruck auf ihren Zügen. Ihr Profil war weich, stand in hartem Kontrast zu der herrischen Art, die sie in seiner Anwesenheit an den Tag legte. Volle Lippen, eine kleine Stupsnase und lange Wimpern verliehen ihr etwas Sinnliches, auch wenn sie sich dessen vermutlich nicht bewusst war.

»Warum heiraten Sie nicht, Mylord? Immerhin sind Sie um einiges älter als ich.«

Heath schnappte nach Luft. »Ich bin einunddreißig, Mylady, demnach nicht um einiges älter, auch wenn Sie mich gerne als einen Greis einstufen würden.«

Jetzt lächelte sie und es erschien ihm so, als würde die Sonne aufgehen. Kleine Grübchen bildeten sich auf ihren Wangen, ein ungewohnt weicher Zug erschien um ihre Augen. »Sie weichen meiner Frage aus.«

»Sie sind für eine Lady zweifellos neugierig und direkt.«

»Sie weichen schon wieder aus.«

Langsam begann ihm dieser Schlagabtausch zu gefallen. Es kam sehr selten vor, dass er sich in Anwesenheit einer Dame amüsiert hatte, zumindest, was die Konversation anbelangte. Er hatte es satt, über das Wetter zu sprechen. Lady Charlotte war in dieser Hinsicht eine erfrischende Abwechslung, auch wenn diese Eigenart dafür sorgte, dass sie schwerer zu vermitteln war.

»Ich sehe die Zeit für eine Heirat noch nicht gekommen«, antwortete er ehrlich.

»Und Sie denken, dass es bei mir anders ist? Was würden Sie tun, wenn man Sie zu einer Ehe drängen würde?«

Heath lachte leise. »Meine Mutter wird seit Jahren nicht müde zu betonen, dass sie sich eine Countess wünscht. In diesem Falle teilen wir das Leid, nicht wahr?«

»Ich kenne Ihre Mutter nicht, aber ich kann sie jetzt schon gut leiden.«

Stille breitete sich zwischen ihnen aus, während sie den Tee austranken. Das Knistern des Feuers löste ein wohliges Gefühl in

Heath aus, und dieser ungeplante Ausflug schien ihn aus seinem üblichen Trott zu holen. Hier waren sie allein, fort von all den Sorgen und Problemen, die sich in der Stadt an ihm festfraßen.

»Wir sollten schlafen gehen«, murmelte Charlotte und stand auf. Sie ging zum Regal, stellte die Tasse ab und legte einen Scheit nach, ehe sie zu Missy ins Bett kroch. Es war sicherlich unbequem, in diesem engen Kleid zu schlafen, aber sie beschwerte sich nicht.

Heath seufzte leise. »Ich schlafe auf dem Boden, Sie können sich im Bett breit machen.«

Charlotte schüttelte den Kopf. »Ich werde Ihnen nicht auch noch die Genugtuung geben, an Ihren darauffolgenden Rückenschmerzen Schuld zu tragen. Missy liegt sowieso zwischen uns, Sie brauchen keine Angst zu haben, dass ich Sie überfallen werde.«

Heath überlegte kurz, aber der Wunsch nach einer halbwegs angenehmen Schlafstätte schob die Gedanken darüber, mit ihr ein Bett zu teilen, zur Seite. Er stand auf, stellte die Tasse neben ihre und kam zum Bett. Missy hatte sich eng an Charlotte gekuschelt, während ihr Daumen in ihrem Mund steckte. Vorsichtig ließ sich Heath auf dem Bett nieder und sah zu Charlotte.

»Danke, dass Sie mir geholfen haben, sie zu finden«, flüsterte sie und es war das erste Mal, dass sie ihn mit einem liebevollen Blick bedachte. Ihre Mimik war entspannt, ein leichtes Lächeln lag auf ihren Lippen, aber es reichte aus, um einen Orkan in seinem Inneren wüten zu lassen.

Als Antwort nickte er lediglich.

»Sehe ich morgen meine Mama wieder?«, fragte die Kleine verschlafen und blickte ihn aus großen Kulleraugen an.

»Ja.«

Es war nur ein Wort, aber es schien dafür zu sorgen, dass sie sich entspannte und die Augen schloss, ehe sie sich an Charlotte kuschelte.

Es war eigenartig, mit ihnen in einem Bett zu liegen, so nah, dass er nur die Hand ausstrecken musste, um Charlotte zu berühren.

»Gute Nacht.«

Er zog die Decke bis zum Hals. »Ich hoffe doch, dass uns das

Schlafwandeln erspart bleibt«, witzelte er und erntete im nächsten Moment einen leichten Fußtritt.

»Schämen Sie sich. Ein Gentleman würde eine Lady niemals an ein solches Fehlvergehen erinnern.«

Trotz des gouvernantenhaften Untertons konnte sich Charlotte ein Lächeln scheinbar nicht verkneifen. Er hätte nicht gedacht, dass ein solches Abenteuer dazu beitragen würde, dass sie sich immerhin nicht ständig in den Haaren lagen.

»Auch ein Gentleman darf sich hin und wieder einen Fauxpas erlauben.«

Er lag an die Wand gedrückt, sodass er ein wenig Abstand zu Missy und Charlotte brachte. Es war eigenartig, zu dritt in einem Bett zu liegen, dazu noch mit einem fremden Kind, aber es weckte eine seltsame Sehnsucht in Heath. Wie es wohl sein würde, seine eigene Familie zu haben? Ein Kind? Zwei Kinder?

Grundgütiger, die Pferde gingen wohl endgültig mit ihm durch. Er hatte nicht vor zu heiraten, auch wenn er sich bestimmt an den Gedanken gewöhnen könnte, Lady Charlotte an seiner Seite zu wissen. Was hatte die Lady nur an sich, das ihn derart zum Grübeln brachte? Verstohlen wagte er einen Blick zu ihr. Sie hatte die Augen geschlossen, ihr Kinn lag auf Missys Kopf, während ihre Hand beschützend auf ihrem Rücken verweilte. Sein Arm war nicht weit entfernt, er bildete sich ein, die Wärme ihrer Fingerspitzen auf seiner Haut zu spüren. Sein Hals wurde unnatürlich trocken. Wie sollte er diese Nacht nur überstehen? Er unterdrückte ein Seufzen und schloss die Augen. Morgen würde er in seinem Himmelbett schlafen. Allein.

9. Kapitel

Es war ein seltsames Gefühl, am nächsten Morgen neben einem fremden Mädchen und ihrem Vormund im Bett aufzuwachen. Die beiden schliefen noch und nachdem Charlotte der kleinen Missy liebevoll eine Strähne aus dem Gesicht gestrichen hatte, erlaubte sie es sich, einen Blick auf den Lord zu werfen. Die dunklen Haare waren ganz zerzaust, sein Gesicht zierte ein entspannter Ausdruck. Er wirkte mit sich selbst im Reinen und die durch die Entspannung geglättete Haut ließ ihn gleich um ein paar Jahre jünger aussehen.
Kurz war Charlotte versucht, ihm ebenfalls über das Gesicht zu streichen. Seine Wange unter ihren Fingern zu spüren. Doch sie schalt sich einen Narren und zwang sich zur Beherrschung. Wenn er nur nicht so ein Sturkopf wäre, hätte Charlotte sich möglicherweise ein Leben mit ihm vorstellen können. Sie war ihm sehr dankbar, dass er ihr bei der Suche nach dem Mädchen geholfen hatte. Schon immer war Charlotte vernarrt in Kinder, weswegen sie es nie als Last empfunden hatte, sich um ihre Schwestern zu kümmern. Sie wünschte sich auch nichts sehnlicher, als selber einmal Mutter zu sein. Doch nur mit einem Ehemann an ihrer Seite, der sie respektierte und der ihr aufrichtig zugetan war. Lord Murray wollte sich ebenso wenig zu einer Heirat zwingen lassen wie sie, das hatte er ihr am vergangenen Abend verraten. Nur würde es ihm niemand vorwerfen, von seiner Mutter abgesehen. Bei Charlotte jedoch,

einer Frau, wollte die Gesellschaft ein Wörtchen mitreden. Selbst wenn es Frauen gab, wie ihre Tante Jane, die durchaus in der Lage waren, allein zurecht zu kommen.

Die Schnüre ihres Kleides bohrten sich in ihren Körper. Vorsichtig befreite Charlotte sich von der Decke und stieg langsam aus dem Bett, um Missy und Heath nicht zu wecken. Erleichtert, nicht länger in dieser ungemütlichen Position liegen zu müssen, streckte sie sich und gähnte herzhaft. Anschließend legte sie sich fröstelnd die Arme um ihren Körper. Das Feuer war heruntergebrannt und erloschen, sodass sich die Kälte bereits wieder in der Hütte ausgebreitet hatte. Doch es würde sich nicht lohnen, jetzt noch einmal nach Feuerholz zu suchen und ein neues zu entzünden, würden sie die Hütte sowieso verlassen, wenn alle erwacht waren. Das Kleid drückte unangenehm. Fast hätte Charlotte nach ihrer Zofe gerufen, damit diese die Schnürung lockerte, doch ihr fiel ein, dass Anna bei ihrem Kutscher geblieben war. Sie warf einen Blick zum Bett und vergewisserte sich, dass ihre Begleiter noch schliefen. Dann reckte sie die Hände an ihren Rücken und fischte nach den Bändern. Sie fing sie ein, zog daran und der Knoten löste sich. Befreit atmete sie auf. Was für eine Wohltat. Sie stutzte. Was Charlotte nicht bedacht hatte, war, dass es zwar einfach war, die Schnürung zu lösen, jedoch schwierig, sie allein wieder festzubinden. Das Oberkleid verrutschte und Charlotte griff nach vorn, um den Stoff an ihre Brust zu drücken. Dass so etwas aber auch immer ihr passieren musste. Mit einer Hand hielt sie das Kleid fest, mit der anderen verrenkte sie sich umständlich.

Ein Räuspern hinter ihr ließ sie herumwirbeln. Heath hatte sich aufgesetzt. Er vermied es höflich, in ihre Richtung zu schauen. »Was machen Sie da?«

»Es ist nicht so ... wie es aussieht, Mylord«, stieß sie stockend hervor, holte tief Luft und straffte die Schultern, bevor sie ihm wieder den Rücken zuwandte. »Ich konnte kaum noch atmen und wollte die Schnürung lockern. Wären Sie so freundlich mir behilflich zu sein?«

»Ich?«, fragte er und Charlotte konnte deutlich seinen Widerwillen heraushören.

»Nun, ich würde meine Zofe darum bitten, doch die ist nicht hier«, entgegnete Charlotte leise, um das Mädchen nicht zu wecken. Sie hörte es hinter sich rascheln, als er aus dem Bett stieg, und seine Schritte, als er über den knarzenden Holzboden zu ihr kam. Behutsam strich er ihr die Haare zur Seite und legte sie über ihre Schulter nach vorn. Sie spürte seine Präsenz nur allzu deutlich, sein warmer Atem, der ihr über den Nacken wehte, und sein Duft nach Moschus. Ein Gefühl der Schwäche überkam sie. Am liebsten hätte sie sich in seine starken Arme geworfen, um ein wenig seiner Wärme zu erhaschen. Charlotte schloss die Augen und bemühte sich um eine kontrollierte Atmung. Seine Finger streiften ihre, als er ihr die Schnüre abnahm, um sie neu zu binden.

Was sie hier taten, verstieß gegen jede Form der Etikette, doch Charlotte hatte keine andere Wahl, wenn sie nicht halbnackt durch den Schnee laufen wollte. Man würde so oder so über sie beide tuscheln und Vermutungen über die Nacht in der Hütte aufstellen. Hitze stieg ihr in die Wangen. Wenn auch nur ein falsches Wort über seine Lippen kommen würde, wäre sie ruiniert. Zum Glück war er ihr Vormund und selbst daran interessiert, ihren Namen rein zu halten.

»Ist es so angenehm?«, ertönte plötzlich seine Stimme, die einen Hauch rauer klang, als gewöhnlich. Löste diese Nähe auch etwas in ihm aus? Charlotte hatte das Gefühl, dass sich seit letzter Nacht etwas zwischen ihnen verändert hatte ... Doch sie konnte nicht genau sagen, was es war. Vielleicht bildete sie es sich auch nur wieder ein, und dem Lord war die jetzige Situation einfach nur äußerst unangenehm.

»Ja, vielen Dank, Mylord.« Schnell drehte sie sich zu ihm um, brachte etwas Abstand zwischen sich und schenkte ihm ein unsicheres Lächeln. »Wir sollten Missy wecken und sie ihrer Mutter zurückbringen.«

Er räusperte sich und richtete seine eigene Kleidung, die vom

Schlaf ganz zerknittert war. »Sie haben recht. Wir sollten keine Zeit verlieren. Ihre Ladyschaft ist mit Sicherheit ganz außer sich vor Sorge.«

Charlotte setzte sich auf die Bettkante und berührte das Mädchen sanft an den Schultern. »Wach auf, Missy. Wir müssen zurückgehen, bevor es wieder anfängt zu schneien.«

Die Kleine blinzelte sich den Schlaf aus den Augen und reckte sich gähnend. »Gehen wir zu meiner Mama?«, fragte sie.

Charlotte nickte. »Ja.« Kaum hatte sie ausgesprochen, sprang Missy aus dem Bett und griff nach ihrem kleinen Umhang, der achtlos auf dem Boden gelegen hatte. Auch Lord Murray legte sich seinen Gehrock um und Charlotte ihren Mantel. Sie brachten noch schnell etwas Ordnung in die Hütte, damit der Lord, dem sie gehörte, bei der nächsten Jagdsaison keinen Schrecken bekam, und wagten sich anschließend nach draußen. Es schneite nicht mehr, doch die Luft war merklich abgekühlt und eisiger Wind pfiff ihnen um die Ohren. Charlotte nahm Missys Hand, damit der Wind das Mädchen nicht zurückdrängte.

»Wir sollten schnell von der Lichtung verschwinden«, rief Lord Murray und deutete auf den Wald. »Die Bäume bieten uns Schutz.« Er griff der kleinen Missy unter die Arme, hob sie hoch und bahnte sich einen Weg durch den Schnee. Sogleich kuschelte sich das Mädchen Wärme suchend an ihn. Charlotte folgte seinen Fußstapfen, bis sie den Wald erreichten. Augenblicklich wurde der Wind milder und auch die tosende Geräuschkulisse verstummte. Ohne anzuhalten oder auch nur ein weiteres Wort miteinander zu wechseln, gingen sie tiefer in den Wald hinein.

»Ich hoffe doch, Sie wissen, in welche Richtung wir müssen?«, unterbrach Charlotte das Schweigen, als sie die Orientierung längst verloren hatte. Die Bäume sahen alle gleich aus und sie musste sich eingestehen, dass sie sich ohne den Earl wahrscheinlich verlaufen hätte.

»Ich bin nicht zum ersten Mal in einem Wald unterwegs, Mylady«, entgegnete Lord Murray und schritt ohne zu zögern voran. Das genügte Charlotte. Sie versanken wieder in Stille, bis Missy plötzlich etwas entdeckte.

»Mama«, kreischte sie, sprang von Lord Murrays Armen und rannte los. Charlotte verengte die Augen zu Schlitzen, um besser sehen zu können, und entdeckte in einiger Entfernung tatsächlich drei Kutschen. Eine Frau lief ihnen entgegen, fiel vor Missy auf die Knie und schloss das Kind in ihre Arme. Erleichterung durchflutete Charlotte. Sie hatten es geschafft. Als sie die beiden erreichten, rappelte sich die Frau auf, klopfte sich den Schnee vom Rock und wischte sich die Tränen von den Wangen. »Wie kann ich Ihnen jemals dafür danken, dass Sie mir meine Missy wiedergebracht haben, Mylady und Mylord? Ein Suchtrupp musste wieder umkehren, weil es so furchtbar geschneit hatte. Ich dachte, ich sehe meine Tochter nie wieder«, schniefte sie und drückte das Mädchen an sich.

»Ihre Dankbarkeit reicht vollkommen«, entgegnete Charlotte und schenkte ihr ein sanftes Lächeln. »Es zählt nur, dass die Kleine wieder bei ihrer Mutter ist.« Sie beugte sich hinunter und strich Missy über die Wange. »Versprich mir, dass du nie wieder wegläufst. Sei ein artiges Mädchen.«

Sie nickte eifrig, während sie sich an den Rock der Frau klammerte, als wolle sie ihn nie wieder loslassen.

»Mylady!«, erklang eine bekannte Stimme und Charlotte wandte sich den Kutschen zu. Anna kam ihnen entgegen, auf ihren Armen trug sie mehrere Decken mit sich, die sie sogleich über Charlottes und Heath' Schultern hing. »Gott sei Dank sind Sie beide wohl auf, wir haben uns schreckliche Sorgen gemacht. Als Sie gestern Abend nicht zurückgekehrt sind, haben wir schon das Schlimmste befürchtet. Wir sind gleich heute Morgen wieder los, um Sie zu suchen.«

»Jetzt habt ihr uns gefunden«, sagte Charlotte und wickelte sich enger in die Decke. »Es geht uns allen gut, die Zeit der Sorgen ist vorbei. Ich wünsche mir gerade nichts sehnlicher, als eine wärmende Tasse Tee.«

»Die werden wir alle bei Ihrer Tante Jane bekommen«, verkündete Anna und warf einen fragenden Blick auf den Earl.

Charlotte wandte sich ihm zu. »Ich hoffe doch, dass Sie uns zu meiner Tante begleiten werden, Mylord?« Sie war sich nicht ganz sicher, wie er reagieren würde und noch weniger, was dieses Ereignis zwischen ihnen ausgelöst hatte.

»Bedaure, meine Mutter erwartet mich bereits. Ich kann sie nicht länger vertrösten, ohne mir einen Vortrag von ihr anhören zu müssen.« Er verbeugte sich vor den Damen. »Ich hoffe, der letzte Rest Ihrer Reise verläuft weniger turbulent, Mylady.«

Charlotte konnte ihre Enttäuschung nur mit Mühe verbergen. Sie wusste nicht, was sie sich erhofft hatte, doch sie bedauerte es, dass sich ihre Wege hier trennen würden. Zumindest vorerst. »Das hoffe ich für Sie ebenso, Mylord.« Sie versank in einen Knicks, wartete nicht ab, ob Lord Murray noch etwas sagte, sondern stieg in ihre Kutsche. Kurze Zeit später befanden sie und Anna sich wieder auf dem Weg zu Lady Jane.

»Meine liebe Charlotte, willkommen. Du siehst zauberhaft aus, dafür, dass du die Nacht in einer Jagdhütte verbracht hast.« Lady Jane Allby war keine Frau der Zurückhaltung. Im Gegenteil, sie liebte die direkte Konfrontation mit allem, was ihr gerade vor die Füße fiel. In diesem Fall waren es zwei durchgefrorene Frauen. Ihre Ladyschaft bewohnte ein geräumiges Herrenhaus, welches für sie allein viel zu groß war. Diesen Umstand nutzte sie regelmäßig, um Freunde und Verwandte einzuladen und sogar den ein oder anderen Ball zu veranstalten. Seit ihr Ehemann vor zehn Jahren verstorben war, war kein Augenblick vergangen, in dem sie wirklich einsam gewesen war. Ihr etwas pummeliger Körper steckte in einem ausgefallen gelben Kleid, ihre fast weißen Haare hatte sie zu einem Dutt hochstecken lassen und mit einer kostbaren Spange verziert. Die Falten um ihre Augen vertieften sich, als sie Charlotte mit einem strahlenden Lächeln in ihre Arme schloss.

»Ich danke dir für das Kompliment, Tante«, erwiderte Charlotte und ließ sich von ihr in den Salon führen. Anna blieb zurück, um sich um ihr Gepäck zu kümmern.

»Sieh dich an.« Lady Jane seufzte. »Du bist zu einer reifen Frau herangewachsen. Wenn deine Mutter dich nur sehen könnte …« Sie setzten sich vor das brennenden Feuer im Kamin und Jane reichte ihr eine Tasse mit dampfendem Tee.

»Das ist genau das, was ich jetzt brauche.« Dankbar nahm Charlotte die Tasse entgegen und wärmte ihre Finger daran.

»So, du hast also die Nacht mit deinem Vormund in einer einsamen Hütte verbracht.« Jane beugte sich vor und zog neugierig eine Augenbraue in die Höhe. »Ist Lord Murray doch gar nicht so ein Schurke, wie du es mir beschrieben hast?«

Charlotte spürte, wie ihr die Hitze in die Wangen schoss, und nahm eilig einen Schluck Tee, um sich hinter der Tasse zu verstecken. »Ich bitte dich, Tante. Wir waren nicht allein, es ist nichts Unanständiges geschehen und das wird es auch nie.«

»Höre ich da Bedauern in deiner Stimme?«

»Herrgott, nein!«, entfuhr es Charlotte panischer als geplant. Sie räusperte sich. »Wir haben das Mädchen gesucht, es gefunden und in der Hütte ausgeharrt. Er ist nach wie vor ein …« Ja, was war er für sie?

»Ein hochnäsiger Earl?«, half Jane ihr grinsend auf die Sprünge. »Ein verschrobener Lord? Ein Vormund, der nichts anderes im Sinn hat, als dich und die Zwillinge zu verschachern? Waren das nicht die Worte, die du in deinem letzten Brief für ihn gewählt hast?« Beschämt blickte Charlotte zu Boden. Hatte sie ihn wirklich so beschrieben?

»Vielleicht ist er nicht ganz so hochmütig, wie ich angenommen hatte«, gab sie kleinlaut zu. »Dennoch hat sich nichts daran geändert, dass er uns loswerden will.«

»Ich denke, du urteilst vorschnell über ihn.« Jane lehnte sich gegen das dicke Polster des Sofas und betrachtete ihre Nichte nachdenklich. »Ich kenne seine Mutter sehr gut, sie ist eine Lady wie sie im Buche steht. Es fällt mir schwer zu glauben, dass ihr Sohn nicht der perfekte Edelmann ist.«

Charlotte spürte ein Kribbeln in sich aufsteigen. Sie wusste nicht genau, ob es an ihrem schlechten Gewissen lag oder an der Tatsache, dass ihre Tante sich gerade für den Earl ausgesprochen hatte. »Eigentlich bin ich hergekommen, um deinen Rat einzuholen, wie wir die Sache mit den Ehemännern für die Zwillinge und mich umgehen können, Tante.«

»Nein, mein Kind«, erwiderte Jane und läutete nach ihrem Butler. »Du bist hergekommen, um mir Gesellschaft während der Feiertage zu leisten. Doch zuerst, wirst du dich etwas ausruhen und frisch machen. Wir sind heute Abend zum Dinner geladen. Anschließend reden wir über diesen Lord Murray.«

Am liebsten hätte Charlotte das Thema sofort besprochen, doch ihre Tante ließ keinen Zweifel daran, dass sie jetzt nicht weiter über fremde Lords reden, sondern viel mehr genießen wollte, ihre Nichte bei sich zu haben.

10. Kapitel

Als die Kutsche in die Einfahrt des Herrenhauses rollte, wappnete sich Heath für die Begegnung mit seiner Mutter. Eleanore verkörperte nach außen hin zwar die amüsante Dowager Countess, aber er wusste genau, wie vorsichtig man bei ihr sein musste. Und wehe, man verirrte sich dann doch in ihre Gefilde. Er beugte sich nach vorn, griff unter die Bank und tastete die Hohlräume ab.

»Verdammt«, fluchte er. Er hatte letztes Mal vergessen, eine Flasche Brandy hier zu verstecken. Diese Situation würde mit einem kleinen Schwipps um einiges erträglicher sein. Er sah die vorwurfsvolle Miene seiner herrischen Mutter bereits vor sich. Die schmalen Augen, wenn er ihr erklärte, dass er noch immer nicht daran dachte, zu heiraten. So autoritär er sich in London um seine Angelegenheiten kümmerte, so entmannt fühlte er sich hier auf dem Landsitz. Wie hielt man eine Xanthippe unter Kontrolle?

Als die Kutsche vorfuhr, wischte er sich die imaginären Fussel von seinem Frack und überprüfte den Sitz seiner Knöpfe und des Halstuchs. Der Verschlag wurde geöffnet, ein Schwall kalter Luft drang ins Innere. Es fühlte sich noch beißender an, als in London. Mürrisch zog er die Aufschläge seines Fracks höher. Die Dienerschaft hatte sich trotz dieses Wetters vor dem Anwesen versammelt, um ihn zu begrüßen. Geschäftig eilte der Butler auf ihn zu, seine dünnen Haare hielten dem Wind nicht Stand. *Zu wenig*

Pomade verwendet, stellte Heath fest.

»Mylord, es ist mir eine Freude. Dürfte ich Sie angesichts dieser kalten Temperaturen sogleich nach drinnen bitten?«

Heath runzelte die Stirn. »Wartet die Dowager Countess dort auf mich?«

Leister, der seiner Familie seit zwei Generationen diente, schüttelte bedauernd den Kopf. »Sie ist zum Nachmittagstee bei Lady Allby eingeladen und lässt ausrichten, dass Sie heute Abend ein Dinner zu Ihren Ehren ausgerufen hat.«

Heath konnte sich ein Augenrollen im letzten Moment verkneifen. Mutter und ihre vermaledeiten Dinner, auf denen sie versuchte, ihn an die örtlichen Damen zu verschachern wie ein Stück Vieh.

»Danke.«

Er folgte dem Butler nach drinnen in das beheizte Gebäude. Die Eingangshalle war umdekoriert worden, stellte er fest, als er ihm Hut und Mantel überreichte, während sich die Dienerschaft wieder auflöste und ihren Aufgaben nachging.

»Hat meine Mutter wieder das gesamte Mobiliar austauschen lassen, Leister?«, fragte Heath pikiert, als ihm der scheußliche Sekretär an der Wand auffiel, auf dem mehrere Blumenvasen platziert waren. Davor lag ein bestimmt sündhaft teurer Perserteppich, dessen grässliches Rot den edlen Marmor verschandelte.

»Ja, Mylord«, gab er räuspernd zurück.

Ein ungutes Gefühl setzte sich in seinem Magen fest. Obgleich das Anwesen ihm gehörte, schien Eleanore zu glauben, dass sie die Hausherrin war … besser gesagt, der Hausdrache. »Ich hoffe doch, dass meine Räumlichkeiten unberührt geblieben sind.«

Leister nickte. »Ich konnte Ihre Ladyschaft davon überzeugen, dass ein roséfarbener Teppich nicht dem Stil Ihres Arbeitszimmers entspricht.«

Grundgütiger … roséfarbener Teppich in seinem schlicht gehaltenen Arbeitszimmer. Sie wollte ihn in der Tat herausfordern und ihre Methoden wurden mit jedem Mal abstruser.

»Auf Sie kann ich zählen, Leister.«

Er bemerkte ein kleines Schmunzeln auf seinen Zügen. »Darf ich Ihnen kleine Happen in Ihren Räumlichkeiten servieren lassen? Bis zum Dinner sind es noch mehrere Stunden.«

Wie auf Kommando begann sein Magen zu grummeln. »Ja, bitte.«

Damit begab er sich über die breit auslaufende Treppe in den ersten Stock. Es fühlte sich merkwürdig an, wieder hier zu sein. Diesen Ort hatte er nie als sein Zuhause angesehen. Es war lediglich die Erinnerung an das, was er vor vielen Jahren verloren hatte. Die Kunst, ehrliche Freude zu empfinden.

Es dämmerte bereits, als Heath sich endlich in seinem Arbeitszimmer niederlassen konnte, um die letzten Monate mit seinem Verwalter zu besprechen. Wie jedes Mal, wenn er auf den Landsitz heimkehrte, wartete ein ausführlicher Bericht von Mr. Angleston auf ihn. Und zu allem Übel würde das Dinner mit seiner Mutter, die noch bei einer Freundin zu Besuch war, gleich darauf folgen.

Heath warf einen Blick auf seine Taschenuhr. Nur noch wenige Minuten, bis der gewissenhafte Mann an der Tür klopfen würde. Er war einer der pünktlichsten Menschen, die Heath kannte. Sein lieber Freund Sheffield könnte sich eine Scheibe davon abschneiden.

Heath trat zum Fenster und blickte hinunter in den beleuchteten Garten. Einzelne Fackeln standen neben dem trocken gelegten Springbrunnen, wenig immergrüne Büsche durchbrachen die weiße Schicht, die sich über dem Boden niedergelassen hatte. So sehr er den Dreck und die beißende Kälter im Winter verabscheute, so beruhigend empfand er die Stille und die weiße Winterlandschaft, die ihm für einen Augenblick Ruhe bescherten. Heath zählte nicht zu jenen Adeligen, die sich weigerten, Verantwortung zu übernehmen, er sorgte dafür, dass sein Gut in seiner Abwesenheit bestens betreut wurde, und holte sich regelmäßig Berichte ein.

Seine Pflicht holte ihn in Form eines Klopfens in die Realität zurück. »Herein.«

George Angleston, ein untersetzter Mann Ende vierzig, betrat den Raum. Er zog den Hut vom Kopf und verneigte sich leicht, was angesichts seiner anhaltenden Rückenschmerzen etwas steif aussah. Obgleich Heath ihm mehrmals versichert hatte, dass er auf diese Geste verzichten konnte, behielt er sie bei.

»Guten Abend, Mylord, es freut mich, Sie hier begrüßen zu dürfen.«

»George, bitte, nehmen Sie Platz«, entgegnete er und deutete auf den hohen Lehnsessel an der gegenüberliegenden Seite des Schreibtisches. Er blickte ihn unter dicken Brillengläsern an und Heath meinte, ein kleines Lächeln unter seinem dichten Bart zu erkennen. »Türlich, Türlich, Mylord. Haben Sie vielen Dank.«

Heath versuchte, sein Entsetzen über den dicken Stapel zu verbergen, den er unter seinen Arm geklemmt hatte. »Wollen Sie das alles heute Abend besprechen? Ich fürchte, dann muss ich das Dinner ausfallen …« Heath hielt inne und dachte über die Bedeutung seiner eigenen Worte nach, ehe sich ein Lächeln auf seine Züge schlich. »Es ist nicht weiter schlimm, dem Dinner nicht beizuwohnen, wir haben alle Zeit der Welt.«

Als hätte der gute alte George den wahren Grund hinter seinem Eifer augenblicklich erkannt, hob er eine buschige Augenbraue, sodass sie fast seinen Haaransatz berührte. »Ich werde Ihre kostbare Zeit nicht lange in Anspruch nehmen, Mylord. Die meisten Papiere dienen lediglich Ihrer Information, damit Sie auf einen Blick die Erträge dieses Jahres sehen. Es sind nur wenige Punkte zu besprechen.«

Heath ließ sich seufzend auf seinem Sessel nieder und legte die Unterarme auf dem Tisch ab. Mit einem Ächzen platzierte George den Stapel vor seinen Händen und legte den Hut auf dem Tisch ab. Die Schneeflocken waren bereits geschmolzen und hatten einige Tropfen hinterlassen, die hoffentlich nicht auf seinen kostbaren Tisch fallen würden.

»Wollen Sie auch über die Gerüchte informiert werden, die sich hier herumtreiben?«

Heath zögerte kurz. »Gerüchte?«

George hatte sich in den letzten Monaten als äußerst vertrauenswürdige Quelle erwiesen, wenn es darum ging, die Pläne seiner Mutter zu durchschauen. Und auch dieses Mal sagte ihm sein Bauchgefühl, dass es mit ihr zusammenhing.

»Ihr Mündel ist vor wenigen Stunden bei Lady Allby angekommen.«

Erstaunlich, wie schnell sich dieser Umstand im Dorf verbreitet hatte, wenn selbst sein Verwalter davon wusste.

»Was hat das mit Gerüchten zu tun?«

George tippte mit dem Zeigefinger gegen die Tischplatte. »Ich wollte Sie lediglich vorwarnen. Ihre Mutter hat die schrullige Lady Allby zum Dinner eingeladen. Heute.«

Heath riss die Augen auf. »Heute?«

»Nun ja, die Ankunft Ihrer Ladyschaft war für gestern geplant gewesen, weshalb Ihre werte Mutter der Meinung war, dass es angemessen wäre, Sie einen Tag später hier zu begrüßen.«

Heath fuhr sich mit den Händen übers Gesicht und schloss die Augen. Natürlich. Es hätte ihn auch gewundert, wenn sie auch nur eine Gelegenheit auslassen würde, ihn zu verkuppeln.

»Sind Sie sicher, dass wir heute keine stundenlange Besprechung vor uns haben, George?«, wollte Heath gequält wissen und ließ die Hände wieder sinken, ehe er aufstand und das Sideboard anvisierte. Er musste ein ernstes Wörtchen mit seiner Mutter wechseln. »Wollen Sie auch einen?«

Die Augen seines Verwalters leuchteten auf. Gutem französischen Brandy hatte er noch nie widerstehen können. »Gern, Mylord.«

Heath füllte zwei Gläser und ging zurück. Der dicke Teppich dämpfte seine energischen Schritte. Er stellte das Glas neben dem Stapel ab und lehnte sich gegen den Tisch. »Weitere Gerüchte?«

George hielt in der Bewegung inne, einen Schluck zu nehmen. »Lady Allby und Ihre werte Mutter haben eine Wette abgeschlossen, wenn man diesem Gerücht Glauben schenken kann.«

»Und die wäre? Wer sein Stickbild schneller fertiggestellt hat?«

Die Frage kostete George ein Glucksen. »Nein. Wer schneller unter der Haube ist – Sie oder Lady Mainsfield.«

Herrgott, so etwas konnte nur gelangweilten Frauen auf dem Land einfallen. »Nun, dann sollen sie. Ich hoffe, Mutter trauert ihrem Wetteinsatz nicht nach.«

George nahm einen langen Schluck und senkte den Blick, ehe unverständliches Gemurmel folgte.

»Bitte?« Kam es ihm nur so vor, oder war sein Verwalter soeben um mehrere Zoll geschrumpft? Er kratzte sich am Kopf und schien sich in der Tat unbehaglich zu fühlen.

»Nun ja ... hier kommen wir dann wohl zum ungemütlichen Teil.«

Heath' Herz machte einen Satz. »Was hat Mutter angestellt?«

George schürzte die Lippen. »Der Wetteinsatz war Ihr Zuchthengst.«

»Mylord, dürfte ich Sie bitten, stillzuhalten?«

Die Stimme seines Kammerdieners hatte einen piepsigen Ton angenommen, als er den empörten Blick seines Herrn im Spiegel bemerkt hatte.

»Würden Sie stillhalten, wenn man Ihren besten Zuchthengst verwetten würde? Herrgott, das darf sie überhaupt nicht! Wie kommt man auf einen solchen Einfall, können Sie mir das erklären?«, schnarrte er und widerstand dem Drang, seine Mutter augenblicklich aufzusuchen, anstatt dieses Dinner abzuwarten. Er konnte ihr vor all den Leuten, die sie sicherlich eingeladen hatte, keine Szene machen.

Die Besprechung mit George hatte er kurz gehalten, zu sehr waren seine Gedanken bei Eleanore.

»Ich habe leider keine Erklärung für das Handeln von Mylady«, gab er trocken zurück und band das Halstuch etwas lockerer, als schien er zu bemerken, dass Heath vor Wut der Hals anschwoll.

»Ich war nur wenige Monate nicht hier, Chester. *Wenige* Monate. Und währenddessen stellt sie mein Haus auf den Kopf und verfällt dem Wetten.«

»Darf ich mir einen Kommentar erlauben, Mylord?«

Heath schnaubte. »Das machen Sie sonst auch ohne Erlaubnis.«

Obgleich sein Kammerdiener zu der Sorte seines Butlers gehörte und Emotionen hinter einer Maske verbarg, entwich ihm ein leichtes Schmunzeln. »Ihre Mutter sucht nach Zeitvertreib, Mylord, nachdem sie ihren Sohn nicht oft zu Gesicht bekommt. Es mag in letzter Zeit … etwas ausgeartet sein.«

Heath kniff die Augenbrauen zusammen. »Was meinen Sie mit ausgeartet? Wegen des Pferdes?«

»Nein, Mylord, Sie hat sich in den Kopf gesetzt, eine Orangerie anbauen zu lassen.«

Sein Puls jagte in die Höhe. »Eine Orangerie? Reicht ihr das Gewächshaus nicht?«

»Das weiß ich leider nicht, Mylord.«

Heath entschied sich spontan dafür, die Unterredung doch auf jetzt zu verschieben. »Sind wir fertig?«

»Ja, Mylord. Sind Sie zufrieden?«

Der Kammerdiener ging vom Spiegel weg und schob ihn etwas näher an Heath heran. Wie immer hatte er außerordentlich saubere Arbeit geleistet. Der Frack saß tadellos, kein Fussel war darauf zu sehen. Das blütenweiße Hemd bildete einen angenehmen Kontrast zu der schwarzen Hose. »Ja, Sie können gehen, danke.«

Nachdem sein Kammerdiener den Raum verlassen hatte, machte sich Heath auf die Suche nach seiner Mutter. Es dauerte nicht lange, da hörte er ihre einnehmende Stimme im Salon. »Grundgütiger, Sadie, ich sagte, du solltest Plätzchen servieren, keine Küchlein.«

Heath trat ohne anzuklopfen ein und fand seine Mutter wie eine Königin sitzend auf der Ottomane vor. Ihre Haare waren pompös in die Höhe gesteckt worden, als würde sie darauf warten, dass ein Vogel dort sein Nest bezog. Sie trug ein rot-goldenes Kleid, ihr Gesicht war etwas zu bleich gepudert worden.

»Wie schön, dass ich meinen Sohn endlich zu Gesicht bekomme«, lautete ihr Kommentar, als sie den Blick an ihm auf und abgleiten ließ. »Gut siehst du aus.«

»Es freut mich auch, dich zu sehen, Mutter«, entgegnete er mit einem verkrampften Lächeln und gab Sadie mit einem Kopfdeut zu verstehen, dass sie gehen konnte.

Erst dann ging er auf sie zu und sie streckte ihm mit einem grazilen Augenaufschlag die Hand hin, sodass er einen Kuss andeuten konnte. »Wie ich sehe, erfreust du dich bester Gesundheit.«

Er hätte nicht gedacht, dass es ihr eines Tages gelingen würde, pikiert und empört dreinsehen zu können, aber sie schaffte es in der Tat. »Ich lebe noch. Und jetzt nimm Platz, wir haben etwas zu besprechen.«

Heath blieb demonstrativ stehen. »Das haben wir in der Tat, Mutter. Was fällt dir ein, meinen Zuchthengst zu verwetten?«

Seine Stimme war angeschwollen, was scheinbar dafür sorgte, dass sie leicht zusammenzuckte. »Mr. Angleston ist wohl wieder bestens informiert.«

Selbst ein Schwerhöriger hätte die Verachtung in ihrer Stimme bemerkt.

»Er ist ein gewissenhafter Verwalter und ich verbitte mir, dass du in derart herablassendem Ton über ihn sprichst«, knurrte er. »Und was hat es jetzt mit dieser Wette auf sich?«

Sie blinzelte mehrmals. »Ach, ich bitte dich, als ob ich diese Wette verlieren werde. Auch mir wird es noch gelingen, dich loszuwerden. Und Jane hat mir ein Angebot gemacht, das ich nicht ausschlagen konnte.«

Er bemühte sich, äußerlich ruhig zu bleiben, was sich angesichts ihrer herrischen Art mehr als mühsam erwies. »Und das wäre?«

»Na, ihre Zuchtstute. Du weißt doch, dass wir beide Pferdenärrinnen sind.«

»Du kannst nicht etwas verwetten, das dir nicht gehört, Mutter«, echauffierte er sich und bedachte sie mit einem eisigen Blick, der den Temperaturen draußen Konkurrenz machen könnte.

»Ach papperlapapp, du wirst dich noch bei mir bedanken, dass ich dir eine solche Schönheit in den Stall stellen werde. Wie dem auch sei ... würdest du mich in den Saal begleiten? Die ersten Gäste sind bereits eingetroffen und ich habe nur noch auf dich gewartet.«

»Auf mich oder die Butterplätzchen?«

Sie vollführte eine entnervte Handbewegung, wodurch der Schmuck an ihrem Handgelenk klirrte. »Ein kleiner Happen vor dem Dinner, damit ich nicht vom Fleisch falle.«

Der Stoff ihres Kleides spannte sich bedrohlich, als sie aufstand. Wie immer in der Weihnachtszeit griff sie liebend gern zu Plätzchen.

»Ich möchte eine Winzigkeit deutlich machen, bevor wir in diesen Saal gehen«, gab Heath mit ungewohnter Schärfe in seiner Stimme von sich. Seine Mutter hob eine dünn gezupfte Braue.

»Ich werde nicht erneut deiner Peinlichkeit ausgesetzt sein, nur, weil du mich liebend gern vermählt sehen willst.«

Sie schnalzte mit der Zunge und stemmte die Hände in die Hüften, weshalb der Stoff an ihrem Dekolleté noch weiter zur Seite gezogen wurde. Herrgott, das würde in einem Desaster enden.

»Es ist nicht peinlich, seinen Sohn an eine liebende Frau vermitteln zu wollen. Würdest du mich nun in den Saal begleiten oder soll ich nach Leister rufen lassen?«

Er fragte sich in der Tat, wie es sein Vater so lange mit ihr ausgehalten hatte. »Über das Pferd sprechen wir noch, Mutter, und den Gedanken mit der Orangerie kannst du sogleich verwerfen. Ich lasse nichts anbauen.«

Sie fasste nach seinem Unterarm und hakte sich mit festem Griff bei ihm ein. »Das letzte Wort ist noch nicht gesprochen.«

»Doch.«

Obgleich er dieses Dinner auslassen wollte, erschien es ihm erträglicher zu sein, mit fremden Menschen an der Tafel zu sitzen, als seine Mutter von der Absurdität ihrer Einfälle zu überzeugen. Während sie den Raum betraten, erhob sich die Gesellschaft. Du liebe Güte, sie waren lediglich zu viert … Mutter hatte nur Lady Jane und ihre Nichte eingeladen. Oh, das würde sie ihm büßen.

Als sein Blick an Charlotte hängenblieb, breitete sich ein Kribbeln in seinem Nacken aus. Es war die Unschuld in ihren Augen, die ihn reizte. Die süßen Lippen, die leicht geöffnet waren.

»Wie schön, dass ihr es einrichten konntet. Oh, meine liebe

Charlotte, du hast dich zu einem wahren Goldschatz entwickelt, nicht wahr, Heath?«

Ihre Stimme hatte einen spitzen Unterton angenommen, als sie seinen Namen erwähnte. Herrgott, das fing schon gut an.

»In der Tat«, gab er knapp zurück und begrüßte die beiden Damen. Lady Jane Allby hatte sich nicht verändert, der Schalk blitzte noch immer in ihren braunen Augen auf. Ihre Haare waren immer noch schlohweiß, es wunderte Heath, dass sie keine Pflanzenfarbe verwendete.

»Mylord, es ist mir eine außerordentliche Freude, Sie wiederzusehen. Es ist lange her.« Sie versank in einen Knicks, während sie ihm die Hand hinhielt.

»Ja, ist es. Wahrlich erfreulich, dass wir uns heute alle zusammenfinden.«

Er ging an ihr vorbei zu Charlotte, die sich mit züchtig verschränkten Händen im Schoß hinter ihre Tante gestellt hatte. Als sie ihn sah, schien die Unschuld zu verschwinden und der übliche Kampfgeist flackerte in ihren Augen auf, während sie ihm ein Lächeln schenkte. Ein unechtes, wie er feststellen musste, es erreichte ihre Augen nicht. »Lady Charlotte«, murmelte er und ergriff ihre Hand. Dieses Mal deutete er keinen Kuss an, sondern berührte ihren warmen Handrücken mit seinen Lippen. Sie zuckte leicht, er vernahm ein scharfes Einatmen, aber sie entriss ihm die Hand nicht. Es war ein stummes Duell, das sie ausfochten, wie immer, wenn sie aufeinandertrafen.

»Mylord«, entgegnete sie kühl und zog den Arm wieder zurück.

Sie trug ein brokatrotes Kleid mit Rüschen, ihre Haare waren zu einem straffen Knoten gebunden, lediglich wenige Locken ragten heraus, aber sie nahmen der Erscheinung die Strenge.

»Nun, dann wollen wir beginnen«, gab seine Mutter verzückt von sich und klatschte in die Hände, damit die Dienerschaft begann, den ersten Gang zu servieren.

Die Dekorierung der Tafel erinnerte Heath an ein königliches Dinner. Weshalb machte seine Mutter einen solchen Aufstand, wenn nur zwei Personen zum Essen vorbeikamen? Die Sitzordnung sah vor, dass er gegenüber von Charlotte Platznahm, sodass sie sich ständig im Blick hatten. Das war pure Absicht.

Er ließ sich Wein einschenken, während der erste Gang, Lachs-Soufflé auf Petersiliencreme, serviert wurde. Es roch köstlich und lenkte ihn kurz von seinem Ärger ab.

»Darf ich mich nach Ihrem Befinden erkundigen, Mylord?«, durchbrach Lady Jane die Stille, die sich über sie gesenkt hatte.

»Es geht mir hervorragend, danke der Nachfrage. Und Ihnen? Hat Ihre Pferdezucht bereits Früchte getragen?«

Er konnte sich den Seitenhieb nicht verkneifen und stellte mit Genugtuung fest, dass sich zumindest eine minimale Röte auf ihrem Gesicht ausbreitete. Sie räusperte sich und hielt sich die Hand gegen den Hals. »In der Tat. Letztes Frühjahr wurde ein Fohlen geboren, es wird bestimmt ein außerordentlich gewinnbringendes Rennpferd werden.«

»Lasst uns doch nicht immer über Pferde sprechen«, mischte sich seine Mutter ein, und nahm einen Schluck Wein.

Heath bedachte sie mit einem unschuldigen Blick. »Aber warum denn nicht? Ihr seid doch beide Pferdenärrinnen.«

»Das sind wir. Aber wenn Lady Charlotte schon mal hier ist, kann man doch über andere Themen sprechen. Die letzte Saison beispielsweise.«

Charlotte hüstelte und hielt sich die Serviette vor den Mund.

»Ist alles in Ordnung, meine Liebe?«, wollte Lady Jane besorgt wissen und legte ihr eine Hand auf die Schulter.

»N-Natürlich, ich habe mich lediglich verschluckt. Verzeiht mir.«

Heath schob den Teller leicht zur Seite und griff nach dem Weinglas. Er hätte darauf bestehen sollen, dass diese Besprechung mit George länger dauerte.

»Gibt es Neues im Ort?«, fragte er, während ein Diener seinen Teller wegräumte.

»Nun ja, die üblichen Gerüchte, nichts Nennenswertes«, erwiderte Lady Jane und versenkte ihren Löffel im Soufflé.

Heath fragte sich, wie er dieses Dinner hinter sich bringen sollte.

»Aber es erfreut mich ungemein, dass ausgerechnet Sie der Vormund meiner Nichte sind, Mylord. Sie hätte es nicht besser treffen können.«

Erneut begann Charlotte zu husten und legte das Besteck beiseite, Tränen standen ihr in den Augen, was Heath mit einem Heben der Augenbraue quittierte. Scheinbar sah sie es anders.

»Du liebe Güte, Kind, hast du in London verlernt, wie man isst? Daran sollten wir arbeiten, wenn wir einen Ehemann für dich finden sollen.«

Sie tupfte sich den Mund ab. »Es würde mir nichts ausmachen, allein zu bleiben, Tante. Wenn ich mich recht erinnere, teilst du meine Meinung, was die Fesseln einer Ehe anbelangt.«

Lady Jane schnappte nach Luft. »Kind, du kannst doch nicht öffentlich deine Meinung kundtun. Man wird dich noch als Blaustrumpf bezeichnen.«

Während sich Heath ein Grinsen verkneifen musste, schenkte Charlotte ihrer Tante einen irritierten Blick. »Aber ...«

»Nichts aber.«

Das restliche Dinner bemühte man sich, unverfängliche Themen anzuschneiden, das änderte jedoch nichts daran, dass Heath erleichtert war, als die Damen die Bibliothek aufsuchen wollten, um eine Partie Bridge zu spielen.

»Heath könnte dir den Garten zeigen, Kind. Ich habe einen Pavillon hinbauen lassen, er ist reizend geworden.«

Lady Charlotte war viel zu sehr eine Lady, um seiner herrischen Mutter zu widersprechen, deswegen nickte sie nur gequält. »Natürlich, Mylady, das wäre sehr schön.«

»Hervorragend. Jane, würdest du mir bitte folgen?«

So blieben Heath und Charlotte im Speisesaal zurück, während die beiden schnatternden Damen den Raum verließen.

»Nun, wir geben einfach an, ich hätte Ihnen den Garten gezeigt, dann ersparen wir uns dieses Theater«, murmelte Heath, wischte sich mit der Serviette über den Mund und legte sie auf den Tisch.

»Sie haben recht. Ich brauche nämlich einen Drink.«

Er rutschte beinahe vom Stuhl. »Einen Drink? In Gottes Namen, eine Lady nimmt keinen Drink, höchstens ein Gläschen Portwein.«

Charlotte blickte ihn herausfordernd an. »Das ist wohl noch mir überlassen und hier gibt es niemanden, den ich beeindrucken müsste. Im Gegenteil.«

Damit stand sie auf und richtete ihr Kleid, ehe sie auf die Tür zusteuerte.

»Und wo wollen Sie jetzt hin? Den Vorratskeller plündern?«

Charlotte wirbelte herum. »Nein, Mylord, ich werde in der Halle warten, bis meine Tante gedenkt, nach Hause zu fahren.«

Irgendwie erweckte sie sein Mitgefühl. Sie wollte diesen Abend ebenso wenig wie er, sie teilten sich quasi ihr Leid. Fluchend stand Heath auf. »Herrgott, dann kommen Sie halt mit, ich habe einen ausgezeichneten Brandy.«

Sie hob eine Augenbraue, als glaubte sie ihm nicht. »Ich würde mir zuvor aber gern die Füße im Garten vertreten. Zumindest bin ich neugierig, wie dieser Pavillon aussieht.«

»Ich werde Sie begleiten.«

»Ich komme allein zurecht, Mylord.«

»Ja, das hat man im Falle der Kutsche gesehen«, murrte er und folgte ihr in die Halle. Der Butler brachte ihnen die Mäntel und öffnete dann das Eingangsportal.

»Dem Himmel sei Dank, es schneit nicht mehr.«

Charlotte steckte ihre Hände in den Muff des Mantels. »Was haben Sie denn gegen den Schnee, Mylord? Fürchten Sie, dass Ihre zarte Haut Schaden annehmen könnte?«

»Sie sind wahrlich versiert darin, einen Gentleman zu beleidigen, Mylady. Ich befürchte, ich werde Sie niemals loswerden.«

»Geben Sie zu, Sie wollen es überhaupt nicht. Weil ich Ihrem langweiligen, ordentlichen Leben zumindest ein wenig Ärger einhauche.«

Heath wollte augenblicklich vehement widersprechen, aber die Worte bohrten sich wie Pfeilspitzen in sein Herz. So viele Nerven ihn diese Frau schon gekostete hatte, so verdammt lebendig fühlte er sich, wenn sie in der Nähe war. Die Leere verschwand, wich einem wohligen Gefühl.

Er blinzelte mehrmals. Ihr Gesichtsausdruck hatte sich verändert, der Schalk war aus ihren Augen gewichen und hatte einer anderen Emotion Platz gemacht: Unsicherheit. Es waren die seltenen Momente, in denen Lady Charlotte ihre Schwäche offenbarte. Jene Momente, die für ihn zur Gefahr wurden, weil er unerklärlicherweise den Drang fühlte, sie zu beschützen.

Sie hatte recht. Er wollte sie nicht loswerden. Er wollte, dass sie in seinem Leben blieb.

»Wollen Sie mir nun den Pavillon zeigen?«, fragte sie leise. Die Sanftheit in ihrer Stimme passte nicht zu dem Kampfgeist, den sie in seiner Nähe gern offenbarte.

Er räusperte sich und mahnte sich zur Räson. »Natürlich.«

Galant hielt er ihr den Arm hin. Vorsichtig, als hätte sie Angst, dass ihr etwas zustoßen könnte, legte sie ihre Finger auf seinen Unterarm. Er wünschte sich, dass ihn nicht dieses Verlangen durchströmen würde, wenn sie ihn berührte. Dass er nicht den Wunsch hatte, sie bis zur Besinnungslosigkeit zu küssen, nur um sich zu beweisen, dass er nichts für die willensstarke Lady empfand.

Sie schritten über den Kiesweg zum Pavillon. Er hatte seiner Mutter erlaubt, einen neuen errichten zu lassen, aber er hätte nicht gedacht, dass er doppelt so groß werden würde, wie der alte. »Grundgütiger, will sie etwa ausziehen, oder weshalb lässt sie diesen Palast in den Garten bauen?«

Charlotte lachte so herzlich, dass es sein Innerstes zusammenzog. »Sie beide scheinen aufeinander loszugehen wie Hyänen. Darf ich fragen, woran das liegt?«

Er grummelte. »Sie hätte gern eine Countess an meiner Seite.«

»Nun, dann wissen Sie ja, wie es sich anfühlt, verschachert zu werden.«

Er verstand den kleinen Seitenhieb nur zu gut, aber er ließ sich nicht darauf ein. Stattdessen blieb er unter der Überdachung stehen und atmete den herrlichen Geruch des Holzes tief in seine Lungen ein.

»Es ist wunderschön«, flüsterte Charlotte, löste sich von ihm und schaute sich um. Als ihr Blick an die Decke ging, erstarrte sie. »Oh.«

Heath folgte ihrem Blick und verstand. »Ein Mistelzweig.«

Sehr lustig, Mutter. Deswegen sollte er ihr den Pavillon zeigen? Nein, das würde sie nicht wagen, oder? Ausgerechnet seine regelliebende Mutter sollte wollen, dass er hier eine Frau küsste?

»Nun ja, es ist ja nur ein merkwürdiger Brauch«, gab sie piepsig zurück und verschränkte die Finger ineinander. Dennoch hob sie den Kopf und sah ihn an. Das hätte sie nicht tun sollen. Es war jener berüchtigte Moment, in dem das rationale Denken gegen seine Gefühle verlor. In dem er sich daran erinnerte, dass er nur ein Mann war, der eine äußerst attraktive Frau vor sich hatte.

Sie öffnete leicht den Mund, ihr Atem schien schwerer zu kommen, während ihre Augen größer wurden.

»Verdammt, Charlotte«, knurrte er, fasste ihr in den Nacken und beugte sich nach vorn. Als sich ihre Lippen berührten, fühlte es sich an, als hätte er den ersten Schluck Wasser nach einer durchzechten Nacht genommen. Als würde die Sonne nach wochenlanger Dunkelheit endlich aufgehen. Sie war so weich, so sanft und doch so leidenschaftlich. Er fühlte ihre Hände auf seinem Oberkörper, vernahm ihr leises Stöhnen, als sie ihm zaghaft entgegenkam. Es war die Unschuld in ihrem Kuss, die den Rest seiner Vernunft auslöschte. Er zog sie näher zu sich, kostete von ihr.

»Heath«, hauchte sie zwischen zwei Küssen, schlang die Arme um seinen Hals. So musste es sich anfühlen, dem Wahnsinn zu verfallen. Genau so.

Gott, sie war sein Mündel.

Er ihr Vormund.

Er hatte auf sie Acht zu geben.

Dieser Gedanke drang durch den Nebel seines Verlangens und sorgte dafür, dass er sich von ihren verführerischen Lippen trennte.

»Verzeihung«, brachte er atemlos hervor und trat einen Schritt zurück. »Das war taktlos.«

Charlotte riss den Arm nach oben und betastete ihre Lippen. In ihren Augen lieferten sich Lust und schlechtes Gewissen einen unerbittlichen Kampf, so viel erkannte er.

»Nein, mir tut es leid. Ich ... Ich werde wohl besser wieder reingehen.«

Sie raffte ihre Röcke und verschwand schnellen Schrittes über den Kiesweg. Heath lehnte sich stöhnend gegen die Holzsäule.

Seine Mutter hatte ihm den Krieg erklärt.

Die eigensinnige Jane hatte sich ihr offensichtlich angeschlossen.

Er und Charlotte waren das Opfer eines perfiden Plans zweier gelangweilter Ladys geworden.

11. Kapitel

Heath Andrews, Earl of Murray und ihr Vormund, hatte sie geküsst. Und sie, Charlotte Mainsfield, die sich vorgenommen hatte, für ihre Unabhängigkeit zu kämpfen, war in seinen Armen schwach geworden. Schuld daran trug allein der Mistelzweig in diesem vermaledeiten Pavillon. Oder vielmehr die Person, die ihn dort aufgehängt hatte.

Der Butler des Hauses führte sie zur Bibliothek, in der ihre Tante und die Dowager Countess sich bei einer Partie Bridge vergnügten.

»Ich habe nicht damit gerechnet, dass du uns so schnell wieder mit deiner Anwesenheit beehrst, Charlotte«, begrüßte Ihre Ladyschaft sie unverblümt und musterte sie mit einem durchdringenden Blick. »Hat dir der Pavillon etwa nicht zugesagt? Das wäre sehr bedauerlich.«

»Im Gegenteil«, beeilte sich Charlotte zu entgegnen und nahm neben ihrer Tante auf der geräumigen Chaiselongue Platz. »Er ist ganz zauberhaft. Sie haben einen außergewöhnlich guten Geschmack, Mylady.«

Die Countess nahm die Schmeichelei mit einem wohlwollenden Nicken zur Kenntnis und ein feines Lächeln stahl sich auf ihre Lippen. »Wie haben dir die Ornamente an der Decke gefallen?«

Charlottes Augen wurden groß und sie spürte, wie ihr die Hitze in die Wangen schoss. Sie hatte die Ornamente nicht bemerkt, zu sehr hatte der Mistelzweig ihre Aufmerksamkeit auf sich gezogen. Sogleich sah sie verstohlen zu dem bodentiefen Fenster und erkannte, dass die Bibliothek einen einwandfreien Blick auf den Garten und den dort liegenden Pavillon bot. Während Charlotte am liebsten vor Scham im Boden versinken wollte, kam in ihr die Vermutung auf, wer hinter diesem misslichen Zwischenfall stecken könnte. Auch wenn die beiden Damen taten, als wüssten sie von nichts, entging Charlotte nicht, wie sie immer wieder verschwörerische Blicke austauschten und sich mühsam ein Grinsen verkniffen.

Ein Klopfen an der Tür rettete Charlotte davor, eine Antwort geben zu müssen. Ihre Erleichterung wandelte sich jedoch schnell in Verlegenheit, als Heath im Türrahmen erschien. *Lord Murray*, korrigierte sie sich selbst im Stillen.

»Verzeihung«, sagte er und neigte den Kopf. »Dringende geschäftliche Angelegenheiten warten auf mich, weswegen ich mich nun in mein Arbeitszimmer zurückziehen werde. Ich empfehle mich den Damen.«

Charlotte spürte seinen Blick auf sich ruhen, doch sie brachte kein Wort des Abschieds über ihre Lippen. Sie mied es, ihn anzusehen, da sie befürchtete, sich sonst vor den Augen Ihrer Ladyschaft in seine Arme werfen und ihn küssen zu müssen. *Herrgott, Charlotte!* Dieser Kuss hatte sie völlig aus dem Konzept gebracht. Seine warmen Lippen auf ihren, das Verlangen in ihnen beiden und die Leidenschaft, die er ihr entgegen gebracht hatte. Wenn auch nur für einen kurzen Moment.

»Charlotte?«

Nein, ausgeschlossen. Er war ihr Vormund, Gefühle, die über Freundschaft hinausgingen, durften nicht zwischen ihnen stehen. Charlotte fürchtete nur, dass es dafür bereits zu spät war. Doch er hatte die Innigkeit unterbrochen. Vielleicht sah er in dem Kuss auch nicht mehr als einen Fehler und Charlotte stand mit ihren Gefühlen allein. Sie musste auf Abstand gehen, sonst wäre sie hoffnungslos verloren.

»Himmel, träumst du etwa, Kind?«

Tante Janes Stimme riss sie zurück in die Wirklichkeit. Blinzelnd schaute sie sich um. Von Lord Murray fehlte jede Spur, jedoch blickten Jane und die Countess sie neugierig an.

»Verzeihung, ich war in Gedanken«, murmelte sie.

»Du bist ganz blass, Liebes«, bemerkte Jane. »Hast du in Gedanken einen Geist gesehen?«

Charlotte rang sich ein Lächeln ab. »Ich fürchte, mir geht es nicht gut, Tante.«

Zu ihrer Erleichterung hatte ihre Tante nichts dagegen, die Heimreise anzutreten. Sie verabschiedeten sich von der Countess, die betonte, wie sehr sie sich über ihren Besuch gefreut habe und dass sie es kaum erwarten könne, sie beide auf dem Winterball wiederzusehen. Ein mulmiges Gefühl stieg in Charlotte auf. Wenn sie in vertrauter Runde versuchten, sie und Heath zu verkuppeln, würden sie auf dem Ball bestimmt nicht zögern, es auch vor aller Augen herbeizuführen. Solche unbedachten Momente, in denen sie sich ihren Gefühlen hingab, waren gefährlich. Dann wäre Lord Murray gezwungen, sie zu heiraten … Nein, das wollte sie unter allen Umständen verhindern. Doch sie traute den beiden Ladys alles zu.

Als sich die Kutsche ruckelnd in Bewegung setzte, seufzte Jane schwer. »Lord Murray ist ein außergewöhnlich attraktiver Gentleman. Und wie mir scheint, bist du ebenso von ihm angetan wie ich.«

Charlotte verbarg ihre schweißnassen Hände in den Falten ihres roten Kleides. »Ich weiß nicht, wie du zu dieser Vermutung kommst, Tante.«

Jane lachte amüsiert. »Ich bitte dich, Kind. Dir ist sehr wohl aufgefallen, dass Eleanore und ich euch zwei Turteltauben beobachtet haben.«

Ja, sie hatte es bemerkt und es machte die Situation nicht besser. »Ich bin hergekommen, weil ich deinen Rat ersuchte, um aus der Abhängigkeit meines Vormunds zu kommen, ohne heiraten zu müssen, Tante. Doch du verschwörst dich mit der Dowager

Countess und bemühst dich stattdessen, mich mit eben jenem Mann zu verkuppeln, der mich verschachern will wie eine Zuchtstute. Ich kann das nicht gutheißen.«

»Euer Kuss unter dem Mistelzweig hat für mich nach dem Gegenteil ausgesehen.«

Empört schnappte Charlotte nach Luft. Sie strafte ihre Tante während der Kutschfahrt mit Nichtachtung, nachdem sie ihr deutlich zu verstehen gegeben hatte, dass sie nicht wünschte, verkuppelt zu werden. Jane nahm es schulterzuckend hin. Charlottes Verhalten ließ sie annehmen, dass sie und ihre geschätzte Freundin alles richtig gemacht hatten. Selbst Charlottes Ärgernis konnten ihr nicht das Lächeln aus dem Gesicht wischen.

Am Vormittag des nächsten Tages klopfte es unerwarteter Weise an der Tür.

»Lord Ranfield erwartet Sie im Salon, Mylady«, verkündete Anna und konnte sich ein verschwörerisches Grinsen nicht verkneifen.

»Lord Ranfield?«, wiederholte Charlotte überrascht und blickte von ihrer Lektüre auf, mit der sie sich ein bisschen die Zeit hatte vertreiben wollen. Heute Abend fand der Winterball auf Lord Murrays Landsitz statt und sie hatte bisher eine nervenaufreibende Anprobe für ein neues Kleid über sich ergehen lassen müssen. Ihr war durchaus bewusst, dass Tante Jane keine Kosten und Mühen scheute, um sie für die heute anwesenden Edelmänner herauszuputzen, auch wenn sie dem ganzen Pomp nichts abgewinnen konnte. Doch ihrer Tante zuliebe fügte sie sich ihren Wünschen. Zumindest, was die Kleidung anbelangte. Jetzt hatte sie nur einen Moment der Ruhe genießen wollen. »Ich habe nicht gewusst, dass Lord Ranfield uns heute die Ehre erweist.«

»Seine Lordschaft hat sich nicht angemeldet, Mylady. Wollen Sie ihn dennoch empfangen?«

»Natürlich.« Charlotte legte das Buch zur Seite, erhob sich

und warf einen prüfenden Blick in den Spiegel. Alles saß, wo es hingehörte. Sie atmete tief durch, bevor sie ihr Zimmer verließ und die Stufen der breiten Treppe hinabstieg, die sie zum Salon führte. Je näher sie der Tür kam, desto schneller schlug ihr Herz. Sie freute sich darauf, Henry wiederzusehen.

»Mylord, ich habe Sie gar nicht erwartet«, begrüßte sie ihn und lächelte.

Galant beugte er sich vor und deutete einen Kuss auf ihrem Handrücken an. Das Kribbeln, das sie im Gasthaus bei seiner Berührung verspürt hatte, blieb dieses Mal aus. Enttäuschung breitete sich in ihr aus.

»Verzeihen Sie mir, dass ich meinen Besuch nicht angekündigt habe. Mich erreichte erst vor wenigen Stunden die Nachricht, dass Sie die Nacht nach unserem Zusammentreffen im Wald verbringen mussten. Ich habe mich sofort auf den Weg hierher gemacht, um mich zu vergewissern, dass es Ihnen gut geht.« Er hielt noch immer ihre Hand und Charlotte spürte, wie er sie sanft mit seinem Daumen streichelte. Verlegen zog sie ihre Finger zurück.

»Ich danke Ihnen für Ihre Fürsorge, Mylord. Wie Sie sehen, ist alles in bester Ordnung.«

»Ja, sehr zu meiner Erleichterung.« Er nickte und verschränkte die Hände hinter dem Rücken, als wüsste er sonst nicht, wohin mit ihnen. »Hätten Sie Lust auf einen Spaziergang rund um das Anwesen?«, fragte er nach einem kurzen Moment der Stille. »Lady Allby hat einen traumhaft schönen Garten, zumindest habe ich ihn als solchen in Erinnerung. Es ist kalt, aber trocken, ein herrliches Winterwetter.«

»Sehr gern.« Charlotte nahm den Vorschlag dankbar an. Ein Spaziergang brachte sie vielleicht auf andere Gedanken. Sie ließ Anna ihre Mäntel holen und ging mit Lord Ranfield in den Garten. Anna folgte ihr mit einigem Abstand. Eine Schneeschicht bedeckte die Sträucher und Hecken, ließ sie im Schein der Sonne glitzern. Auch die Äste der kahlen Bäume waren mit einer weißen Schicht überzogen.

»Wie ich hörte, haben Sie die Nacht nicht allein im Wald verbracht?«, begann Henry nach einigen Schritten das Gespräch und lenkte es wieder auf ein Thema, das Charlotte gehofft hatte, umgehen zu können. Seine Stimme klang nach einer Frage, als würde er sich wünschen, dass sie diese verneinte.

»Sie haben richtig gehört. Lord Murray half mir dabei, ein fortgelaufenes Mädchen zu finden, deren Kutsche auf der Straße überfallen worden ist. Wir haben sie versteckt in einer Jagdhütte gefunden und mussten leider aufgrund der Wetterlage die Nacht dort verbringen. Die Jagdhütte befand sich in tadellosem Zustand, sodass es uns an nichts fehlte. Das Mädchen konnten wir am nächsten Morgen den Armen ihrer Mutter übergeben.«

»Sind Sie sich schon lange mit Lord Murray bekannt?«

Charlotte beobachtete, wie sich ein strenger Zug auf sein Gesicht legte. Kannte er den Earl etwa? Natürlich, das Dorf war klein, sie waren mit Sicherheit zusammen aufgewachsen. Sie schüttelte den Kopf und trat prompt in eine Schneewehe. Bis zum Knie versank sie mit dem rechten Bein im Schnee und verlor den Halt. Mit einem erschrockenen Laut fiel sie nach vorn, geradewegs in Lord Ranfields Arme.

»Verzeihen Sie, ich bin ein Tollpatsch«, murmelte sie beschämt, richtete sich wieder auf und klopfte den Schnee von ihrem Rock.

»Das ist eine Eigenart, die mir an Ihnen besonders gut gefällt.« Der verkniffene Ausdruck war einem freundlichen Lächeln gewichen.

Sie vermied den Blick in seine ungewöhnlich grünen Augen und schritt weiter voran. Weißer Nebel bildete sich vor ihren Lippen, als sie tief ausatmete. »Lord Murray und ich sind uns erst seit Kurzem bekannt«, griff sie seine Frage auf. »Er wurde laut Testament meines Onkels zum neuen Vormund meiner Schwestern und mir benannt.«

»Tatsächlich?« Mit langen Schritten holte er zu ihr auf. »Mich verwundert nur ... Nein, vergessen Sie es. Das war ein verstörender Gedanke.«

Charlotte hielt an und wandte sich ihm zu. »Was war ein verstörender Gedanke?«

Henry seufzte. »Das kann ich Ihnen nicht sagen.«

»Oh nein, Sie können nicht mit einer Vermutung beginnen und diese dann unausgeführt im Raum stehen lassen.« Empört wagte Charlotte nun doch einen Blick in seine Augen. »Das gehört sich nicht.«

Ein schwaches Lächeln legte sich auf seine Lippen. »Es wird viel über den unnahbaren Lord Murray gemunkelt«, begann er zögerlich. »Es heißt, er habe vor, Sie als seine Braut auszuwählen. Ich habe mir nichts dabei gedacht, aber als Ihr Vormund sollte er sich vorrangig um Ihr Glück bemühen.«

Verwirrt hob Charlotte eine Augenbraue an. »Verstehe ich Sie richtig, dass Sie der Auffassung sind, ein Leben an seiner Seite wäre kein glückliches?«

Er zuckte mit den Schultern. »Nicht für Sie. Ich kenne Sie noch nicht lange, Mylady, doch ich erkenne den Kampfgeist in Ihren Augen. Sie wollen nicht zu etwas gezwungen werden, schon gar nicht zu einer Ehe mit einem Mann, der Sie nicht akzeptiert.«

»Ich kann Sie beruhigen, ich habe nicht vor, mir einen Ehemann vorsetzen zu lassen. Schon gar nicht von Lord Murray, der als mein Vormund meint zu wissen, was das Richtige für mich wäre. Doch woher nehmen Sie diese letzte Vermutung?« Charlotte war empört und neugierig zugleich. Es war interessant zu hören, was andere Menschen über Heath dachten.

Henry räusperte sich. »Gehen wir doch noch ein Stück, es wird frisch, wenn wir nur auf der Stelle stehen.«

Charlotte bemerkte erst jetzt, dass sie ihre Zehenspitzen kaum noch spürte. Schnell kam sie seiner Bitte nach. »Sie haben noch nicht auf meine Frage geantwortet.«

»Verzeihen Sie. Ich möchte mich nicht aufdrängen, sie lediglich warnen. Lord Murray ist kein einfacher Geselle. Wir waren früher Freunde, doch das ist lange her. Er hat nur seinen eigenen Vorteil im Sinn. Ich möchte nicht, dass Sie verletzt werden.«

»Was ist geschehen?«, wollte Charlotte umgehend wissen, besann sich jedoch auf ihren Anstand. »Wenn ich fragen darf.«

»Sie dürfen.« Henry lachte leise, wahrscheinlich über ihr Talent, sofort auszusprechen, was ihr in den Kopf fuhr. Dann wurde er ernst und ließ seinen Blick über die weiße Landschaft schweifen. »Wir liebten einst dieselbe Frau«, sprach er und Charlotte hörte Trauer in seiner Stimme mitschwingen. »Es war ein Wettstreit unter Freunden, der schon bald zu einem harten Konkurrenzkampf ausartete. Wir übertrumpften uns gegenseitig, nur um die eine Frau zu beeindrucken, die uns beiden den Kopf verdreht hatte. Es hat uns zerrissen.«

Gebannt hielt Charlotte den Atem an. Sie wagte es nicht, zu fragen wie es weiterging, aus Angst, er würde erkennen, dass er ihr ein Geheimnis aus seiner Vergangenheit anvertraute, obwohl sie sich kaum kannten.

»Sie entschied sich für Heath«, fuhr er zu ihrer Erleichterung fort. »Er hat mich seinen Triumph jeden Tag spüren lassen. Und sie auch. Sie war geblendet von seinem Charme gewesen, seiner Höflichkeit und seiner Leidenschaft. Doch das alles verblasste kurz nach ihrer Verlobung und sie erkannte, dass sie den Falschen gewählt hatte. Es nahm kein gutes Ende.« Er fuhr sich unbedacht mit der Hand übers Gesicht. »Aus Verzweiflung sah sie nur eine Rettung vor einer Ehe in Kälte und Ignoranz. Sie nahm sich das Leben.«

»Nein!« Entsetzt schlug Charlotte sich die Hand vor den Mund. »Wie schrecklich …« Henry nickte.

»Auf der einen Seite weiß ich, dass ich ihr ein guter Ehemann gewesen wäre, das schmerzt mich auch nach all den Jahren. Auf der anderen Seite bin ich glücklich, dass sie nun ihren Frieden gefunden hat. Aber genug der Plauderei. Wir haben das Anwesen wieder erreicht, Mylady. Bitte richten Sie Ihrer Tante meine Grüße aus. Ich verabschiede mich nun und freue mich auf unseren Tanz heute Abend.« Er verbeugte sich galant und wies den vorbeilaufenden Stallknecht an, ihm sein Pferd zu holen.

Charlotte und Anna suchten derweil Zuflucht im warmen Anwesen. Während die Zofe begann, Vorbereitungen für den kommenden Ball zu treffen, zog Charlotte sich mit einer beruhigenden Tasse

Tee auf ihr Zimmer zurück. Das Treffen mit Lord Ranfield hatte sie mehr verwirrt als sie es zuvor schon gewesen war.

Entsetzt starrte sie an die mit Stuck verzierte Decke. Lord Murray hatte ihr ihren ersten Kuss gestohlen. Unter einem Mistelzweig mitten in der dunklen Winternacht. Sie spürte noch immer den sanften Druck seiner Lippen auf ihren, seine Arme, die ihren Körper umschlungen hatten, seine stürmische Leidenschaft … Auch wenn er augenblicklich seine Beherrschung zurückerlangt hatte, das konnte doch nicht alles gespielt gewesen sein?

Natürlich war Heath kein einfacher Geselle, das hatte sie selber schon feststellen müssen. Auch hatte sie ihn anfangs als überheblich und kalt wahrgenommen, doch dieser Verdacht hatte sich in ihren Augen nicht erhärtet. Konnte sie sich derart in einem Menschen getäuscht haben? Bekanntlich zählte der erste Eindruck. Dabei gehörte Charlotte selbst zu den Menschen, die sich erst einem Fremden gegenüber offenbarten, wenn sie Vertrauen gefasst hatten. Sie konnte, nein, sie wollte sich nicht vorstellen, dass dies das wahre Gesicht des Earls war. Doch warum hätte Lord Ranfield sie anlügen sollen? Sie nahm sich vor, Heath bei passender Gelegenheit darauf anzusprechen.

Um sich ein wenig auf andere Gedanken zu bringen, setzte Charlotte sich an den kleinen Sekretär, schob sich die Lesebrille auf die Nase und begann einen Brief an die Zwillinge zu schreiben. Sie war erst vier Tage von Zuhause fort, doch es hatte sich bereits einiges ereignet, das sie unbedingt jemandem mitteilen musste. Tante Jane hatte sich mit der Dowager Countess verschworen, weshalb sie davon absehen würde, weiterhin mit ihr über den Earl zu sprechen. Doch ihren Schwestern konnte sie sich anvertrauen. Wenngleich sie ein persönliches Gespräch vorgezogen hätte, blieben ihr nur Tinte und Papier.

12. Kapitel

Der Winterball war einer der wenigen Gründe, weshalb Heath zu dieser Zeit seinen Landsitz aufsuchte. Nicht nur Adelige, sondern auch die zahlreichen Pächter versammelten sich an diesem Abend, um das Jahr ausklingen zu lassen und auf die ertragreiche Ernte anzustoßen. Heath war in dieser Ortschaft einer der ersten gewesen, die einen Ball zu diesem Anlass ausgerufen hatte, obgleich es verpönt erschien, dass man Nichtbürgerliche einlud und gemeinsam mit ihnen speiste oder über Politik debattierte. Dennoch war Heath der Ansicht, dass er ohne seine Pächter eine weitaus schlechtere finanzielle Situation hätte, was die Erhaltung des Landsitzes anbelangte.

»Die ersten Gäste sind bereits eingetroffen, Mylord«, informierte ihn sein Butler, als er in seinem Arbeitszimmer am Fenster stand und in die beleuchtete Einfahrt blickte. Kutsche um Kutsche hatte sich bogenförmig eingefunden, Musik erfüllte das Anwesen, vermischt mit Gelächter und aufgeregten Diskussionen.

»Danke. Richten Sie meiner Mutter aus, dass ich gleich erscheinen werde.«

»Natürlich.«

Die Tür schloss sich mit einem Klicken. Heath hatte die Hände in die Hosentaschen gesteckt und sich an den Fensterrahmen gelehnt, die Stirn gegen das kühle Glas gehalten. Er hasste diesen Auflauf, diese gezwungene Höflichkeit, obgleich er gewissen Personen zu gern seine Meinung ins Gesicht schleudern würde. Verzogene Adelige, die meinten, über ihnen stünde nur noch Gott. Er wusste genau, weshalb er London vorzog – er war dort einer von vielen, schloss seine Geschäfte mit der Mittelschicht ab und konnte größtenteils auf die Etikette verzichten. Es war die Einfachheit, die Herzlichkeit dieser Leute, die er zu schätzen gelernt hatte, während man in dieser Schlangengrube darauf achten musste, keine falsche Bewegung zu machen.

Sein Herz setzt einen Schlag aus, als eine weitere Kutsche anrollte, die er zweifellos Lady Jane zuordnete. Wenig später stieg sie mit Charlotte aus, die ein atemberaubendes hellblaues Kleid trug. Erregung durchfuhr ihn, als er daran dachte, wie sich ihre Lippen berührt hatten, wie sehr er versucht gewesen war, weiter zu gehen.

»Verdammt«, fluchte er und stieß sich vom Fenster weg. Nur noch wenige Tage, dann würde er unter einem Vorwand wieder in die Stadt zurückkehren. Allein der Gedanke daran, dort weiter nach einem Ehemann für sie zu suchen, jagte Eifersucht durch seine Adern.

Er stoppte mitten in der Bewegung, nach der Brandykaraffe zu greifen, und kniff die Augenbrauen zusammen. Eifersucht? Wurde er nun vollends verrückt?

Heiliger, er konnte es sich nicht anders erklären. Alles in ihm sträubte sich dagegen, sich Lady Charlotte mit einem anderen Mann vorzustellen. Er ließ die Finger vom Alkohol und verließ seine Räumlichkeiten. Musikklänge drangen an seine Ohren, Gespräche verstummten, als er vom Butler angekündigt wurde. Er, in seinem eigenen Haus. Eine Lächerlichkeit.

Blicke von verwitweten Damen richteten sich auf ihn, eindeutige Blicke, die durch das Wedeln ihrer Fächer noch verstärkt wurden. Er tauchte in der Menge unter, schritt zum Häppchen-Buffet und griff nach einem Brötchen mit Rindfleisch. Er hatte keinen Appetit, aber wenn er nichts aß, würde er bereits die Auswirkungen von zwei Gläschen Brandy spüren.

»Mylord, wie überaus reizend, Sie hier anzutreffen«, trällerte eine bekannte Stimme und Heath drehte sich zur Seite.

»Lady Jane«, murmelte er und zog die Augenbrauen zusammen. »Wo haben Sie Ihre bezaubernde Begleitung gelassen?«

»Oh, Charlotte unterhält sich mit einem reizenden Gentleman. Es wird Sie freuen, dass sie nun doch Bestrebungen verfolgt, unter die Haube zu gelangen.« Der Augenaufschlag Ihrer Ladyschaft gefiel Heath keineswegs. Auch nicht ihr Lächeln, mit dem sie ihn bedachte. Als würde es ihr Freude bereiten, ihm diese Nachricht zu überbringen, dabei wusste er genau, was Lady Jane vom Heiraten hielt: nichts.

»Vielen Dank, Mylady«, gab er knapp zurück und machte sich auf die Suche nach seinem Mündel. Bei Gott, er würde sie zu gern in ein Zimmer sperren und dort ausharren lassen, bis der Ball vorbei war.

Er entdeckte sie neben einer Topfpalme, mit einer Champagnerflöte in der Hand. Ihr Kleid sah von der Nähe noch atemberaubender aus, was ihn zum Schlucken brachte. Sie lächelte einen der Adeligen so erfreut an, dass sich seine Eingeweide zusammenzogen. Vor allem als er erkannte, dass es sich bei dem Herrn um den Mistkerl Lord Ranfield handelte.

Seine Gedanken kreisten um diesen Kuss. Er wollte sich nicht vorstellen, wie sie dasselbe mit diesem Halunken tat. Er presste die Kiefer aufeinander und ging auf sie zu.

Heath war ihr Vormund. Er durfte ihr verbieten, sich mit diesem Taugenichts zu unterhalten.

»Oh, Mylord, wie erfreut, Sie wiederzusehen. Sie haben mir gar nicht erzählt, dass Sie der neue Vormund dieser reizenden Dame sind«, kam Ranfield sogleich zum Punkt und schenkte ihm ein zynisches Lächeln, das die Wut in Heath schürte. Es war offensichtlich, was er vorhatte: Charlotte für sich zu gewinnen, um sie dann wieder loszuwerden, weil es ihm zu langweilig wurde.

»Möglicherweise ist es meinem Gedächtnis geschuldet, aber ich meine mich daran zu erinnern, dass ich Sie beide nicht miteinander bekannt gemacht habe«, machte Heath auf die Tatsache aufmerksam, dass dieses Gespräch eigentlich nicht stattfinden dürfte, wenn man die Regeln der Etikette beachtete.

Charlotte warf ihm einen pikierten Blick zu. »Das hat Tante Jane für Sie übernommen, Mylord. Und wenn Sie uns jetzt entschuldigen würden, ich habe Lord Ranfield einen Tanz versprochen.«

Er zog die Luft scharf ein und versuchte, sich unbeteiligt zu geben, obgleich in ihm ein wahrer Sturm tobte. Es erinnerte ihn so schmerzlich an seine Vergangenheit, dass der Drang, Charlotte zu beschützen, übermächtig wurde.

»Ich bin der Gastgeber, Mylady, der erste Tanz gebührt mir, immerhin sind Sie auch mein Mündel. Sie wollen doch nicht, dass die Leute tratschen«, spielte er eine Karte aus, auf die er eigentlich nie zurückgreifen wollte. Er brachte sie in eine missliche Lage, dennoch würde er alles tun, um einen Tanz mit diesem Scheusal zu vermeiden.

Charlotte schenkte ihm einen Blick, der eine Kerze zu entzünden vermochte. Er erkannte an dem Zucken ihrer Mundwinkel, dass ihr diese Aussage missfiel.

»Wenn ich bitten darf«, verlor Heath keine Zeit und bot ihr den Arm dar. Ranfield hatte keine Gelegenheit einzuschreiten, was Heath mit Genugtuung feststellte.

»Den nächsten Tanz schenke ich Ihnen, Mylord.« Charlottes Stimme war so weich, als sie mit seinem Konkurrenten sprach, ihr Blick voller Freude. Sobald sie Heath ansah, wandelte er sich, wurde kühl und unnahbar. Ihr Lächeln verschwand.

»Das werden Sie bereuen«, zischte sie, als er sie zur Tanzfläche führte.

»Das werde ich nicht. Ich habe Sie vor einem großen Fehler bewahrt«, erwiderte er leise, sodass die umliegenden Menschen ihn nicht verstehen konnten. Paare versammelten sich auf der Tanzfläche, das Orchester läutete diesen Abend mit einem Walzer ein.

»Dürfte ich erfahren, wo Ihre Abneigung herrührt?«

Er griff an ihre Taille, brachte sie nahe an sich, sodass er ihren blumigen Geruch wahrnahm.

»Ich werde Sie nicht mit ihm tanzen lassen, in Gottes Namen«, knurrte er und vollführte mit ihr eine Drehung, die sie an den Rand der Tanzfläche brachte. Weg von den Ohren, die ihnen lauschen könnten.

»Es wäre Ihre Gelegenheit, mich loszuwerden, Mylord.«

»Ich will Sie aber nicht loswerden!«

Erst als die Worte seinen Mund verlassen hatten, wurde er sich ihrer Bedeutung bewusst. »Ich meinte, ich werde Sie nicht diesem Tunichtgut übergeben. Meine Erlaubnis bekommen Sie nicht.«

Charlottes Miene versteinerte sich. »Zuerst wollen Sie mich verschachern und nun, da ich die Gelegenheit erhalte, dass jemand um mich werben könnte, wollen Sie es verhindern? Wissen Sie überhaupt, was Sie wollen, Mylord?«

Dich, wollte er schreien, *ich will dich. Nackt. In meinem Bett, um dich die ganze Nacht zu lieben, damit du keinen einzigen Gedanken mehr an diesen Kerl verschwendest.*

»Suchen Sie sich einen anderen Kandidaten. Lord Ranfield lehne ich schlichtweg ab.«

Die Musikklänge wurden leiser, der Tanz neigte sich dem Ende zu. Er führte Charlotte von der Tanzfläche weg zu der langen Tafel, an der kleine Appetithappen aneinandergereiht lagen.

»Sie sind wahrlich der herzlose Eisklotz wie Lord Ranfield bereits beschrieben hatte. Ich wünsche Ihnen einen angenehmen Abend, Mylord. Meinen würden Sie wahrlich verschönern, indem Sie sich im Hintergrund aufhalten.« Die Worte prasselten aus ihr heraus, gefolgt von einem langgezogenen nach Luft schnappen, ehe sie sich umdrehte und aus seiner Nähe verschwand.

»Wie Lord Ranfield beschrieben hatte?«, flüsterte er und griff nach dem Lachsbrötchen. Er brauchte etwas, um sich zu beruhigen. Das bedeutete, sie hatte diesen Mistkerl irgendwann getroffen. Unliebsame Erinnerungen stürmten auf Heath ein, schürten die Wut in ihm und vertrieben die rationalen Gedanken, die sonst in seinem Kopf vorherrschten. Allein bei der Vorstellung, dass dieses Scheusal es auf Charlotte abgesehen haben könnte … Er musste Lady Jane finden.

Natürlich hielt sich Lord Ranfield nicht im Hintergrund. Ständig scharwenzelte er um Charlotte herum, als hätte er sich sein nächstes Opfer bereits ausgesucht. Dabei wusste Heath genau, dass sie eigentlich nicht seinem Beuteschema entsprach. Er tat es lediglich, um ihm den Todesstoß zu versetzen. Irgendwie schien dieser Kerl herausgefunden zu haben, dass Charlotte ihm am Herzen lag.

Heath nippte mürrisch an seinem Brandy. Seit einer Stunde behielt er Charlotte im Auge, nachdem er ein kurzes Gespräch mit Lady Jane hinter sich gebracht hatte. Natürlich hatte die alte Dame nichts dagegen, dass sich Lord Ranfield für sie interessierte, immerhin sei er ein stattlicher Junggeselle. Heath wurde das Gefühl nicht los, dass Jane und seine Mutter einen Plan ausgeheckt hatten. Es trieb ihn in den Wahnsinn, dass ausgerechnet diese beiden Pläne schmiedeten, sie einander zuzuführen. Das war die einzige annehmbare Erklärung, die Heath hatte.

Er nahm sich ein weiteres Glas, stellte das leere auf einem Silbertablett ab und ging hinter die Topfpalme. Im Augenwinkel bemerkte er, dass Ranfield einen weiteren Versuch startete, Charlotte zu becircen, die sich gerade mit zwei jungen Damen unterhielt.

Das war zu viel für Heath. Er durchquerte den Saal, tat so, als ob er Ranfield übersah und prallte gegen ihn. Der Brandy spritzte auf sein blütenweißes Hemd.

»Grundgütiger, ich habe Sie nicht gesehen. Welch ein Malheur«, kommentierte Heath die unschönen Flecken, die immer größer wurden, als der Stoff die Flüssigkeit vollständig aufnahm.

Ranfield warf ihm einen warnenden Blick zu. »Das werden Sie büßen.«

Der zweite Teil seines Planes trat in Kraft. Natürlich würde er die Toiletträume aufsuchen und nach Heath' Kammerdiener rufen lassen, um an ein frisches Hemd zu gelangen. Er wartete einige Sekunden, ehe er ihm durch den langen Flur in das erste Geschoss folgte. »Das war wirklich keine Absicht. Ich lasse dir meinen Kammerdiener bringen, er wird sich darum kümmern«, rief Heath ihm nach, als er schon fast an seinem Ziel angekommen war.

Wütend wirbelte Henry herum, ließ die Maske fallen, die er vor Lady Charlotte aufgesetzt hatte. »Ich weiß genau, was du vorhast, du Mistkerl. Sie gehört mir.« Er lachte auf und stemmte die Hände in die Hüften. »Schon wieder eine Frau, die dir verwehrt bleibt.«

Heath ließ sich nicht auf die Provokation ein, deutete auf den gegenüberliegenden Raum. »Ein Gästezimmer. Du kannst es dafür nutzen, um dich frisch zu machen.« Er ging zur Tür, betrat den Raum und drehte den Docht der Öllampen höher.

»Ich brauche deine Almosen nicht«, knurrte Ranfield und kam herein, warf einen prüfenden Blick auf die Räumlichkeiten, als wäre es ihm nicht gut genug, was Heath ihm bot.

»Ich lasse nach dem guten Mann läuten. Fühle dich währenddessen wie in deinem Zuhause«, erwiderte Heath, verließ den Raum und hielt den Schlüssel unauffällig in seiner Hand verborgen. Er konnte sich ein Grinsen dennoch nicht verkneifen, als er die Tür schloss und von außen verriegelte.

Hier oben würde ihn niemand hämmern hören.

Als Ranfield begriff, dass er in eine Falle getappt war, ertönten herrische Schritte. Er musste sich mit voller Wucht gegen die Tür geworfen haben, denn sie zitterte bedrohlich.

»Sperr sofort wieder auf!«, brüllte er. Seine Stimme kam allerdings nur gedämpft bei Heath an. Das schwere Holz war eine gute Wahl gewesen. Mit einem Lächeln steckte er den Schlüssel ein und schlenderte davon.

Ein Problem weniger.

Ranfield würde hier oben versauern, ehe Heath ihn von seinem Butler gegen Mitternacht unauffällig hinauswerfen lassen würde. Er hatte sich mit dem Falschen angelegt. Heath war nicht mehr die Person von früher, er hatte dazugelernt.

Und ein bestimmter Fehler würde ihm kein zweites Mal passieren: Ranfield zu unterschätzen.

13. Kapitel

Zu Charlottes Bedauern waren weder Lord Murray noch Lord Ranfield auffindbar. Ein ungutes Gefühl beschlich sie. Es war unverkennbar gewesen, dass die beiden Männer sich verachteten. Insbesondere der Earl hatte keinerlei Hehl aus seiner Abneigung gegenüber dem Viscount gemacht. Weshalb konnte sie nicht verstehen. Natürlich wusste sie nicht gänzlich über den Vorfall Bescheid, der die Männer vor Jahren entzweit hatte. Sie kannte nur Henrys Geschichte und müsste sich eigentlich erst bei Heath nach seiner Sicht der Geschehnisse erkundigen. Doch sein Verhalten am heutigen Abend war mehr als merkwürdig gewesen. Er hatte sich unmöglich aufgeführt, obwohl er sonst immer stets auf die Etikette bedacht war. Hatte Henry möglicherweise recht? War der Earl nur auf seinen eigenen Vorteil aus?

Dass er auf seine Rechte als Vormund bestanden hatte, um den ersten Tanz für sich zu ergattern, bestärkte Henrys These, dass Heath in ihm einen Konkurrenten sah, den es auszustechen galt. Charlotte sollte sich geschmeichelt fühlen, dass gleich zwei Männer um sie rivalisierten, doch sie hatte die Vermutung, dass es hierbei nicht um sie ging.

Sie atmete erleichtert auf, als Lady Helena sich von ihr abwandt, um mit einem Gentleman das Tanzbein zu schwingen. Die Lady war ein nettes, junges Mädchen, hatte erst diese Saison debütiert.

Doch sie redete ohne Punkt und Komma und wenn sie sich nicht verabschiedet hätte, hätte Charlotte es tun müssen, um ihren Ohren eine Pause zu gönnen. Sie nutzte ihre neugewonnene Freiheit, um sich eine Leckerei vom Buffet zu holen und sich umzusehen.

Nach einer Weile entdeckte sie ihren Vormund in ein Gespräch vertieft mit einem Mann, der, seiner Kleidung nach zu urteilen, einer der Pächter des Earls zu sein schien. Zuerst fand sie es ungewöhnlich, als Tante Jane ihr von den Hintergründen der Veranstaltung erzählt hatte. Normalerweise wurde streng darauf geachtet, bei Feierlichkeiten die Mittelschicht von den Adeligen zu trennen. Doch nach kurzer Überlegung musste sie gestehen, dass sie seine Vorgehensweise löblich fand. Er war eben ein Geschäftsmann durch und durch.

Heath wirkte wesentlich entspannter als noch vor zwei Stunden, sie meinte sogar, ein kleines Lächeln auf seinen Lippen erkennen zu können. Gut, dann war er vielleicht nun bereit, ihr ausführlichere Antworten zu geben.

Sie wollte sich soeben unauffällig in seine Richtung bewegen, als die Dowager Countess vor ihr auftauchte und sich freudestrahlend bei ihr unterhakte. »Charlotte, du siehst bezaubernd aus. Wie ein junger Pfirsich im Schnee.«

»Ich danke Ihnen, Mylady. Mir gefällt die Farbe Ihres Kleides. Dunkelgrün wirkt sehr majestätisch«, erwiderte Charlotte und wagte einen kurzen Blick zu Heath. Er reichte seinem Gegenüber die Hand. Wenn sie die Countess nicht schnell abschütteln konnte, würde sie ihn bestimmt wieder in der Menschenmenge verlieren. Doch sie wollte auf keinen Fall unhöflich erscheinen, weswegen sie sich der älteren Dame zuwandte.

»Das hoffe ich doch«, feixte die Countess und machte eine wegwerfende Handbewegung, sodass ihre vielen Armreifen klimperten. »Komm, lass uns ein paar Schritte gehen, wenn ich mir noch länger die Beine in den Bauch stehe, spüre ich es morgen wieder im Rücken.«

Bereitwillig kam Charlotte ihrer Aufforderung nach.

»Wie gefällt dir Kings Worthy? Ist das Leben hier nicht wesentlich angenehmer als in der Stadt?« Gemächlich schritten sie zwischen den Gästen hindurch und beobachteten die Paare beim Tanz einer Quadrille.

»Es hat beides seine Vorzüge, aber ebenso auch Nachteile, Mylady«, gestand Charlotte. »Das Land hat gewiss seinen Reiz, doch ich vermisse meine Schwestern, die in London auf mich warten.«

»Ist es nicht erleichternd, sich für ein paar Tage mal nicht um sie kümmern zu müssen?« Die Countess zog fragend eine Augenbraue in die Höhe. Charlotte wusste, dass Ihre Ladyschaft keine Geschwister hatte und auch nicht nachempfinden konnte, wie nervig solche waren und wie sehr man sie dennoch liebte.

»Gewiss, und doch freue ich mich darauf, wieder bei ihnen sein zu können.«

»Du solltest dich daran gewöhnen, nicht länger auf sie aufpassen zu müssen«, schmunzelte die Countess. »Wenn du erst einmal verheiratet bist, warten andere Aufgaben auf dich.«

Charlotte warf ihr einen unsicheren Blick zu, doch sie lachte nur und winkte einer Dame aus der Ferne zu.

»Haben Sie zufällig Lord Ranfield gesehen?«, fragte Charlotte und hoffte, das Gespräch in eine andere Richtung lenken zu können.

»Ich hörte, er habe die obere Etage aufgesucht, um sich umzuziehen. Es gab wohl ein kleines Malheur mit dem Brandy. Wie mir scheint, hat Lord Ranfield das Anwesen verlassen. Ich kann mir nicht vorstellen, dass er noch im Gästezimmer verweilt und sich die Nase pudert.« Sie lachte erneut. »Entschuldige mich, Kindchen, ich habe gerade jemanden entdeckt, der sich schon viel zu lange vor mir versteckt.«

Ohne auf eine Antwort zu warten, wandte Ihre Ladyschaft sich von ihr ab und eilte mit raschelndem Kleid auf einen älteren Herrn zu, der so aussah, als wolle er mit dem Wandteppich hinter sich verschmelzen, um der Countess zu entkommen. Er hatte keine Chance, wie jeder, der ins Visier dieser Frau geriet.

Seufzend drehte Charlotte sich um und suchte den Raum nach

ihrem Vormund ab. Wie sie vermutet hatte, war er nirgends mehr auszumachen. Einer der Angestellten bot ihr ein Glas mit Champagner an, doch Charlotte schüttelte nur den Kopf. Sie hatte genug getrunken für einen Abend, wenn sie einen klaren Kopf behalten wollte.

»Wissen Sie zufällig, ob Lord Ranfield das Anwesen bereits verlassen hat?«, fragte sie den jungen Mann stattdessen.

»Nein, Mylady. Er hat seinen Gehrock noch nicht abgeholt.«

Charlotte nickte dankend und sah zu der Treppe, die in die obere Etage führte. Es kribbelte ihr in den Fingern, einfach die Stufen hinaufzugehen und nachzusehen, was den Lord solange dort oben hielt. Sie wusste nicht, was es war, aber irgendetwas sagte ihr, dass es hier nicht mit rechten Dingen zuging. Zumal sich Lord Murray seit einiger Zeit wieder zwischen den Gästen aufhielt und die beiden somit keine geschäftlichen Dinge zu besprechen hatten.

Verstohlen blickte sie sich um. Niemand schenkte ihr Beachtung, alle waren zu sehr in Gespräche vertieft oder mit Tanzen beschäftigt. Hastig raffte sie die Stoffe ihres Kleides, damit sie nicht drauftrat und hängenblieb, und eilte die Treppe nach oben.

»Lord Ranfield?«, fragte sie zögerlich und wahrscheinlich viel zu leise, als dass er sie hören könnte. Sie hatte Angst, hier oben erwischt zu werden. Dennoch schritt sie mutig voran und klopfte an eine Tür, von der sie hoffte, dass es sich um das Gästezimmer handelte.

»Lady Mainsfield?« Jemand rüttelte lautstark an einer Türklinke.

Charlotte wirbelte herum und lief den Korridor entlang zum nächsten Raum. Sie bediente ebenfalls die Klinke, doch die Tür blieb verschlossen. »Lord Ranfield, sind Sie da drin?«

»Ja«, erklang es mürrisch von der anderen Seite.

»Was ist passiert?« Sie stemmte sich vorsichtig gegen das Holz, wohlwissend, dass es nichts bringen würde.

»Versuchen Sie es nicht, Mylady, es ist zwecklos. Sie ruinieren sich nur Ihr Kleid. Dieser Mistkerl Murray hat mich eingesperrt. Verzeihen Sie meine Ausdrucksweise«, drang seine Stimme gedämpft zu ihr durch.

»Ich verdenke es Ihnen nicht. Würde man mich einsperren, wären meine Worte sicherlich unschicklicher. Wissen Sie, wo er den Schlüssel hingebracht hat?«

»Ich vermute, er trägt ihn bei sich. Können Sie mir ein paar Ihrer Haarnadeln unter der Tür hindurch schieben? Vielleicht gelingt es mir, sie zu öffnen.«

Für einen Moment überlegte Charlotte, ob es richtig war, Henry aus seinem Gefängnis zu befreien. Der Earl hatte sicherlich einen triftigen Grund für sein Handeln. Doch auf der anderen Seite gehörte es sich absolut nicht, einen Gast während eines Balls im eigenen Haus einzusperren. Welchen Grund Heath auch immer gehabt hatte, das Problem konnte bestimmt auch auf anderem Wege gelöst werden. Ohne länger zu zögern hob Charlotte die Arme und fischte ein paar der Nadeln aus ihrer kunstvollen Frisur. Sie ging in die Hocke und schob sie unter den Türspalt. Schnell richtete sie sich auf und lauschte gespannt.

Es rappelte und klackte, und nach nur wenigen Sekunden sprang die Tür auf und ein wütender Lord Ranfield stand ihr gegenüber. Seine Wangen waren gerötet, sein Hemd zerknittert und voller Flecken. Anscheinend hatte er öfters als sie versucht, die Tür mit Gewalt zu öffnen. Er rang sich ein gequältes Lächeln ab. »Ich danke Ihnen, Mylady, und entschuldige mich für meine herabwürdigende Erscheinung. Ich hoffe, Sie sehen nun selbst, was ich Ihnen über Lord Murray zu sagen versuchte.«

Charlotte nickte erschrocken. Er deutete eine Verbeugung an und schritt an ihr vorbei durch den Korridor.

»Wollen Sie sich nicht etwas anderes anziehen, Mylord?«, fragte Charlotte und hastete ihm hinterher.

Henry lachte trocken auf und blieb stehen, um sich ihr zuzuwenden. »Ich habe nicht vor, Lord Murray auf seinem eigenen, legendären Winterball bloßzustellen, Lady Mainsfield. Ich bin kein Monster. Doch Sie verstehen sicher, dass ich nach dieser Tortur nicht mehr unter Leute treten möchte. Ich werde das Anwesen durch den Dienstboteneingang verlassen. Lord Murray wird meine Antwort bekommen, doch nicht heute und nicht vor all den Menschen. Mein plötzliches Verschwinden wird bereits für genug Spekulationen sorgen. Auch wenn es mir schwerfällt, Sie nun alleinlassen zu müssen. Ich habe unseren Tanz sehr genossen.« Dieses Mal verbeugte er sich richtig, nahm ihre Hand und küsste sie.

»Lassen Sie sich von Lord Murray nicht in die Ecke drängen«, murmelte Charlotte verlegen und zog ihre Hand zurück, bevor ihre Gefühle wieder verrücktspielen konnten. Sie bewunderte Henry für seine Güte, sein rationales Denken, Heath nicht in der Öffentlichkeit bloßstellen zu wollen, trotz allem, was ihm widerfahren war.

»Glauben Sie mir, Mylady, das werde ich nicht.« Ein finsteres Lächeln legte sich um seine Mundwinkel. Es wirkte düster, beinahe schon gefährlich. Doch bevor Charlotte weiter darüber nachdenken konnte, wandte er sich von ihr ab und verschwand über eine Treppe, die zur Rückseite des Anwesens führte.

Charlotte atmete tief ein und aus, wartete, bis sich ihr Herzschlag beruhigte. Entschlossen drehte sie sich um, eilte den Korridor zurück und stieg die Treppenstufen hinab. Dieses Mal konnte sie Heath schon aus der Ferne ausmachen. Er stand in der Nähe des Buffets und unterhielt sich mit einigen adrett gekleideten Herren.

Im Vorbeigehen nahm Charlotte eine Champagnerflöte entgegen, deren Inhalt sie sich schneller einverleibte, als gut für sie war. Sie hatte keine Zeit sich Gedanken darum zu machen, ob jemand sie dabei beobachten und sie möglicherweise für eine Trinkerin halten könnte. Das Getränk oder vielmehr der Alkohol verlieh ihr Mut, den sie nun brauchte, um ihren Vormund zur Rede stellen zu können.

Übermütig unterbrach sie die gesprächige Runde und hakte sich beim Gastgeber unter. »Verzeihen Sie, Gentlemen, doch ich benötige Lord Murray bei einer dringenden Angelegenheit, die leider keinen Aufschub duldet. Wenn Sie mir erlauben würden, ihn kurz zu entführen, wäre ich Ihnen sehr verbunden.«

Heath zog missbilligend die Augenbrauen zusammen. »Wenn mein Mündel nach mir verlangt, kann ich mich dem nicht verwehren. Sie entschuldigen, Mylords«, brummte er, um den Anstand zu wahren.

Da war er wieder, der Regel liebende, korrekte Lord Murray. Sie hatte kurz überlegt, einen Schwächeanfall vorzutäuschen und ihn unter dem Vorwand, frische Luft schnuppern zu wollen, nach draußen zu locken, doch der Aufwand schien ihr zu groß. »Was haben Sie vor?«, zischte er leise, als er Charlotte durch den Saal folgte. Sie steuerte auf den großen Balkon zu. »Es schickt sich nicht, ohne Anstandsdame mit mir allein zu sein.«

Eine eisige Kälte schlug ihnen entgegen und brachte die junge Frau augenblicklich zum Frösteln. Sie schlang die Arme um ihren Körper und fuhr wütend zu Heath herum, als sich die Glastür hinter ihnen schloss und die Geräusche dämpfte.

»Genauso wenig schickt es sich, einen ehrbaren Mann in seinem Gästezimmer einzusperren!«

Sprachlos starrte er sie an. Charlotte glaubte, ihn erblassen zu sehen, doch in dem wenigen Licht, das von den Lampen im Saal nach draußen schien, konnte sie es nicht genau erkennen.

Er räusperte sich. »Ich weiß nicht, wovon Sie sprechen.«

»Also leugnen Sie, Lord Ranfield in Ihren Räumen eingeschlossen zu haben?« Sie stemmte abwartend die Hände in die Hüften und blickte ihn herausfordernd an.

»Bitte verhalten Sie sich ruhig. Sie wollen doch nicht zum Gesprächsthema des heutigen Abends werden.«

Charlotte schüttelte den Kopf. Sie vergewisserte sich mit einem schnellen Blick, dass die gemauerte Bank zu ihrer Rechten nicht mit Schnee bedeckt war, und ließ sich darauf nieder. »Dann seien Sie so freundlich und antworten auf meine Frage: Haben Sie Henry eingesperrt?«

»Henry?« Schnaubend fuhr er sich mit der Hand übers Gesicht. »So vertraut sind Sie schon miteinander? Ich dachte, meine Ablehnung wäre eindeutig gewesen.« Er ging ein paar Schritte von ihr fort, nur um sich dann wirsch wieder umzudrehen und zu ihr zurückzukehren. »Ja, ich habe Lord Ranfield in meinem Gästezimmer eingesperrt. Ich bestreite nicht, dass es mir keine Freude gemacht hätte. Doch ich tat es Ihretwegen. Um Sie zu beschützen.« Stürmisch setzte er sich neben sie auf die Bank. Dabei kam er ihr ungebührlich nahe. Charlotte zog scharf die Luft ein. Ihr Herz schlug augenblicklich schneller, ihr Blick blieb an seinen Lippen hängen. Erinnerungen stiegen in ihr hoch. Sie wollte sich in seine Arme werfen, erneut die Berührung seiner Hände spüren und vor allem ersehnte sie nichts mehr als einen weiteren Kuss ...»Ich habe nicht um Ihren Schutz gebeten«, flüsterte sie mit erstickter Stimme. »Lord Ranfield scheint mir ein ehrbarer Mann zu sein, der es nicht verdient hat, so respektlos behandelt zu werden.«

Heath lachte. »Ranfield und ehrbar. Zwei Worte, die nicht zueinander gehören. Lord Sheffield, Sie erinnern sich an ihn – er ist ein guter, ehrbarer Mann. Doch Ranfield ist nichts weiter als ein Heuchler. Wenn Sie sich für einen Mann entscheiden wollen, dann wählen Sie Sheffield.«

Charlotte rümpfte pikiert die Nase. »Ich sagte Ihnen bereits, dass ich keinerlei Interesse daran hege, verheiratet zu werden. Insbesondere von niemandem, den Sie mir aussuchen.«

»Ich gestatte Ihnen jeden – Nur nicht Ranfield!« Aufgebracht sprang er auf, verschränkte die Hände hinter dem Rücken und tigerte auf und ab. Er schien vergessen zu haben, dass sie nur durch eine Glasscheibe von der Gesellschaft getrennt waren. Charlotte hatte bereits den ein oder anderen neugierigen Blick ausmachen können. Sie faltete sittsam die Hände in ihrem Schoß. »Dann verraten Sie mir, womit Sie Ihre Abneigung Lord Ranfield gegenüber begründen. Alles, was ich bisher mit eigenen Augen gesehen habe, spricht für ihn. Nicht für Sie, Mylord.«

Sie bemerkte, wie er getroffen zusammenzuckte. Ein verräterisches Glitzern trat in seine Augen. Er öffnete den Mund, als wolle er ihr alles gestehen, doch kein Wort kam über seine Lippen. Traurig schüttelte er den Kopf. »Das kann ich nicht.«

Charlotte nickte tapfer. Dass er ihr anscheinend nicht genug vertraute, um ihr die Wahrheit zu sagen, versetzte ihr einen schmerzhaften Stich ins Herz. Solange er sie nicht vom Gegenteil überzeugen konnte, musste sie annehmen, dass Lord Ranfield die

Wahrheit gesagt hatte. Lord Murray war ein kalter, herzloser Mann, der nur auf seinen eigenen Vorteil hinarbeitete.

Würdevoll erhob sie sich von der Bank, strich die Falten ihres Kleides glatt und richtete sich auf. »Das wäre dann alles, was ich Ihnen zu sagen hatte, Mylord. Ich werde nun meine Tante suchen und mit ihr die Heimreise antreten. Ich danke Ihnen für die Einladung.« Grazil versank sie in einem Knicks. Ohne eine Antwort abzuwarten, öffnete sie die Glastür und mischte sich unter die Menschenmenge. Zum Glück fand sie ihre Tante recht schnell. Als diese den Gesichtsausdruck ihrer Nichte bemerkte, ließ sie sich nicht lange überreden. Während der Heimfahrt sprach Charlotte kaum ein Wort. Erst als sich die Tür hinter ihrer Zofe Anna schloss und sie allein auf ihrem Bett saß, erlaubte sie sich, den Tränen freien Lauf zu lassen.

14. Kapitel

Heath hatte in der letzten Nacht kaum Schlaf gefunden. Sein Plan, Ranfield loszuwerden, war nach hinten losgegangen. Er kämpfte zwischen Vernunft und Verlangen. Auf der einen Seite wünschte er sich für Charlotte einen liebenden Ehemann, der mit ihrem Temperament zurechtkam. Auf der anderen Seite würde er diesem Kerl, der sie eines Tages heiratete, am liebsten den Todesstoß versetzen.

Mürrisch ging er zur Anrichte und nahm sich zwei Stück Toast, Käse und clotted cream. Er verteilte es auf dem Teller und schlenderte zurück zum Tisch. Ein Diener goss ihm Kaffee ein, während ein anderer ihm die *Times* an seine rechte Seite legte, ehe sich beide wieder zurückzogen.

Er wollte gerade in den Toast beißen, als die Tür schwungvoll geöffnet wurde und seine Mutter erschien. Stirnrunzelnd warf er einen Blick auf die Standuhr. Es war erst neun, warum in Gottes Namen war sie bereits auf den Beinen, wo sie doch gewöhnlich bis Mittag schlief?

»Guten Morgen, mein lieber Sohn. Hach, das war ein wundervoller Abend gestern, ich bin so voller Elan«, zwitscherte sie und steuerte auf die Anrichte zu, ehe sie sich Eier und Schinken auf den Teller schaufelte. War sie nun vollends verrückt?

»Darf ich erfahren, warum du so früh auf den Beinen bist?«

Sie kam zum Tisch, ließ sich nieder und breitete die Serviette auf ihrem Oberschenkel aus. »Ich bin so aufgeregt. Jane hat mir gestern erzählt, dass Ranfield ihrer lieben Nichte den Hof machen will. Er beabsichtigt, sie zu heiraten, stell dir vor. Somit musst du dir keine Sorgen mehr machen, dass du sie nicht loswirst«, gab sie lächelnd zurück und tätschelte seine Hand. Er ließ den Toast sinken, seine Eingeweide zogen sich zusammen.

»Er gedenkt, ihr den Hof zu machen?«, hakte er nach.

Sie goss sich Tee ein und fügte ein Stück Zucker hinzu. »Natürlich. Das war doch abzusehen. Lady Charlotte ist eine reizende Person und Jane ist sehr erfreut darüber, dass ein gutaussehender Gentleman wie Ranfield Interesse an ihrer Nichte hegt.« Sie sah hoch und runzelte die Stirn. »Weshalb freust du dich nicht darüber? Das sollte doch für dich ein Grund sein, augenblicklich in einer Spielhölle zu verschwinden.«

Heath bemühte sich um einen neutralen Gesichtsausdruck und zwang sich zu einem Lächeln. »Natürlich, ich hätte allerdings nicht damit gerechnet, dass sich Lady Charlotte so schnell für einen Gentleman entscheidet, war sie dem Heiraten doch eher abgeneigt.«

Seine Mutter zwinkerte ihm zu, ehe sie das Rührei auf die Gabel spießte. »Du weißt doch, wie es bei mir und deinem Vater war. Liebe auf den ersten Blick, wenn man es so will. Zumindest bist du dann die erste Schwester los, fehlen demnach nur noch die Zwillinge.«

Sie schob sich die Gabel genüsslich in den Mund. Was zur Hölle war letzte Nacht mit seiner Mutter geschehen? Der Drache hatte sich in ein Lamm verwandelt?

»Hast du gestern die leidige Sache mit Lady Jane geklärt? Wie auch immer eure vermaledeite Wette ausgeht, das Pferd bleibt hier.«

Sie schluckte den Bissen hinunter und legte die Gabel zur Seite, nahm einen Schluck Tee, als hätte sie keine Eile. Ihre Ruhe trieb Heath beinahe in den Wahnsinn. Wie jedes Jahr, wenn er hier verweilte, verspürte er den Wunsch, schnellstmöglich wieder nach London zurückzukehren. Dieses Anwesen mitsamt seinem Inhalt machte einen Menschen aus ihm, den er nicht kannte – irrational, unbesonnen und aufgebracht.

»Wir haben gestern nicht darüber geredet, aber mach dir keine Sorgen, ich gewinne sowieso.«

»Das will ich hoffen, Mutter, ansonsten wird es ein Nachspiel haben«, knurrte er, legte die Serviette auf den Tisch und schoss vom Sessel hoch.

Sie schüttelte den Kopf. »Du liebe Güte, hast du schlecht geschlafen oder woher rührt deine schlechte Laune? Der Winterball war ein Erfolg, die Leute reden nur Gutes über dich.«

Als ob es ihn interessierte, was die Meute über ihn dachte.

»Wenn du mich entschuldigen würdest, Mutter, ich habe noch zu tun.«

Sie schürzte die Lippen. »Aber du hast doch keinen einzigen Bissen gegessen, mein Sohn. Du wirst noch vom Fleisch fallen.«

Er ignorierte sie, ging davon und drehte sich vor der Tür trotzdem noch um. In diesem Augenblick erkannte er das satanische Lächeln auf ihren Zügen, ehe es so schnell verschwand, wie es gekommen war. Sie wollte ihm aus einem unerfindlichen Grund das Leben zur Hölle machen.

Seine liebe Mutter sollte allerdings nicht vergessen, dass er es war, der die Zügel in der Hand hielt. Das einzige, das ihn heute noch aufheitern würde, war ein schneller Ritt durch die Schneelandschaft. Er ging nach oben, ließ sich von seinem Kammerdiener einkleiden und suchte schließlich den Stall auf.

»Guten Morgen, M'lord, welches Prachttier darf es sein?«, fragte der Stallmeister und nahm den Hut als Zeichen des Respekts ab. Den Strohhalm zwischen seinen Zähnen allerdings behielt er drin.

»*Storm*«, brummte Heath. »Ich warte draußen.«

Er nickte. »Türlich, türlich, Mylord. Ich beeile mich.«

Heath stapfte wieder aus dem Reitstall, sog die kalte Luft tief in seine Lunge ein. Er hatte gedacht, über die Schmach mit Ranfield hinweg zu sein. Dass es nichts mehr gäbe, was ihn an dieser Sache noch aufregen konnte, aber er hatte sich furchtbar getäuscht. Ranfield schwelte wie ein Feuer in seinem Inneren, er erinnerte ihn an sein eigenes Versagen, dass es ihm nicht gelungen war, einen

Menschen vor ihm zu beschützen. Das war das einzige Mal, dass er aus tiefstem Herzen geliebt hatte.

Heath war der Ansicht gewesen, keine Frau der Welt vermochte sein Herz wieder so zu berühren, wie es Lady Annabelle Winston getan hatte. Die Frau, die letztendlich mit Ranfield durchgebrannt war. Die Frau, die nur ein Jahr nach der Eheschließung Selbstmord begangen hatte, weil Ranfield ihr ständig untreu gewesen war und ihr die Tatsache, dass sie noch immer nicht schwanger war, vorgeworfen hatte.

Selbst damals hätte er noch um Annabelle gekämpft, wenn sie nicht so furchtbar vernarrt in Henry gewesen wäre. Er hätte dafür sorgen können, dass sie sich nicht für diesen schlimmen Weg entschied. Und doch hatte sie es getan. Heath hätte wenigstens erwartet, dass dieser Mistkerl um sie trauerte, stattdessen war er nach zwei Wochen wieder in London gesehen worden – in verruchten Etablissements und Spielclubs, als hätte es nie etwas anderes in seinem Leben gegeben, wofür es sich zu leben lohnte.

»Mylord?«, riss ihn die Stimme des Stallmeisters aus den Gedanken. Er hielt ihm die Zügel hin. »Ich wünsche Ihnen einen angenehmen Ausritt. Wenn Sie mir die Bemerkung erlauben dürfen: Es soll heute Abend ein Schneesturm aufziehen, deswegen würde ich Ihnen raten, nicht zu weit zu reiten.«

»Danke für Ihre Sorgen«, entgegnete er etwas freundlicher und zwang sich zu einem Lächeln. Mr. Willings stand seit zwei Jahrzehnten in den Diensten der Familie, auf ihn hatte er sich immer verlassen können.

»Immer, Mylord.«

Er tätschelte *Storm* gegen die Flanke, ehe er wieder im Stall verschwand. Heath drückte die Fersen gegen das Tier und schnalzte mit der Zunge. Gleichmäßig trabte der Riese los. Als sie die Grundstücksgrenze erreicht hatten und offene Fläche auf sie wartete, trieb er den Hengst zum Galopp an. Eisiger Wind schlug ihm um die Ohren, Schneeflocken tänzelten in der Luft. Die Freiheit, die er auf dem Rücken des Tieres verspürte, ließ ihn innerlich ruhiger werden. Er musste wieder klare Gedanken fassen, anstatt ständig an Lady Charlotte zu denken, auch wenn er noch nicht wusste, wie er sie von dieser Heirat abbringen sollte.

Sie würde ihn zweifellos hassen, wenn er die Karte mit dem Vormund erneut ausspielte, aber letztendlich würde er darauf zurückgreifen, wenn es keine andere Möglichkeit gab.

Er hatte Annabelle an diesen Mistkerl verloren.

Er würde nicht auch noch Charlotte verlieren.

Als er am späten Nachmittag in der Bibliothek saß, hörte er aufgebrachte Stimmen im Eingangsbereich. Heath meinte sich daran zu erinnern, dass für heute niemand erwartet wurde. Umso mehr wunderte es ihn, dass scheinbar ein Aufruhr ausgebrochen war. Er legte das Buch zur Seite, vernahm gedämpfte Laute, konnte aber nichts Näheres verstehen. Es handelte sich aber definitiv um Frauen. Irritiert stand er auf, durchquerte den Raum und öffnete die Tür, als ihm sein Butler entgegenhastete. Er hatte den Mann nur wenige Male in einem solch dringlichen Tempo gesehen, deswegen rechnete er mit dem Schlimmsten.

»Was ist passiert?«, kam er sogleich zum Punkt und schloss die Tür hinter sich.

»Mylord«, keuchte der Bedienstete und fuchtelte aufgeregt mit den Händen, während er vor sich hin stotterte, »d-die Schwestern Ihrer L-Ladyschaft sind hier. Mit Lord Sh-Sheffield. Sie scheinen wahrlich aufgebracht z-zu sein.«

Heath riss die Augen auf. »Lady Ophelia und Lady Alexandra sind mit Sheffield hier?«

»In der Tat, Mylord.«

Ohne zu zögern nahm Heath die Beine in die Hand und hastete nach unten in die Eingangshalle. Er musste sich persönlich davon überzeugen. Was fiel seinem Freund nur ein, mit den beiden hierherzureisen?

Auf der Mitte der Treppe erhaschte er einen Blick auf viele Lagen Stoff und einen heillos überforderten Sheffield, der sich mehrmals die Haare gerauft haben musste, betrachtete man die zerzauste Frisur.

»Was ist hier los?«, donnerte Heath' Stimme durch die Eingangshalle, woraufhin die beiden Damen sich eilig umdrehten und in einen Knicks versanken.

»Wir müssen dringend mit Ihnen reden, Mylord«, begann Ophelia und sah ihn aus besorgten, großen runden Augen an.

»Ja, das müssen wir. Und außerdem sollten Sie ein Gespräch mit Lord Sheffield führen. Stellen Sie sich vor, er wollte uns aufhalten, als wir in die Kutsche stiegen! Unerhört. Es hat schließlich lange genug gedauert, Mrs. Malcolm Laudanum in den Tee zu mischen, um sie außer Gefecht zu setzen«, plusterte sich Alexandra auf und warf Sheffield einen Todesblick zu. Sein Freund sah aus, als könnte er mehrere Drinks vertragen.

»Laudanum?«, rief Heath aus und bedachte die beiden mit einem erbosten Blick, der sie nicht zu interessieren schien. Sie wirkten völlig aufgebracht.

»Ich konnte sie nicht aufhalten. Sie waren wild entschlossen, hierherzukommen, nachdem in London das Gerücht herumschwirrt, du und Ranfield würdet um die Aufmerksamkeit von Lady Charlotte buhlen.«

Heath hob eine Augenbraue. »Das Gerücht hat sich schon bis nach London verbreitet? Grundgütiger, haben diese Klatschbasen nichts Besseres zu tun?«

»Wenn Sie gestatten, Mylord ...«

Heath hob ruckartig die Hand und brachte die Jüngste damit zum Schweigen. Er ließ die letzten Stufen hinter sich und kam auf die beiden Beinahe-Ausreißerinnen zu. Während Alexandra Anzeichen von Furcht in ihren Augen zeigte, war die andere nicht gewillt, den Blick zu senken. Im Gegenteil, sie hielt ihn starr auf Heath gerichtet, als wollte sie ihm demonstrieren, dass er ihnen nichts zu sagen hätte. Wie sehr sie sich irrte.

»Warum sind Sie hier? Ich meine in der Tat, hier, in diesem Haus? Warum nicht bei Ihrer Tante Jane?«, hakte er misstrauisch nach und erntete zugleich schuldbewusste Mienen und nervöse Handbewegungen.

»Weil wir etwas Dringliches mit Ihnen besprechen müssen. Tante Jane soll nichts von unserer Anwesenheit wissen, sie würde nicht gutheißen, dass wir allein verreisen wollten.«

Sheffield sog scharf die Luft ein. »Ich konnte Sie beide zwar von diesem irrwitzigen Plan abhalten, aber es ist bei Gott auch nicht besser, wenn Sie mit mir verreisen.«

Sie lieferten sich ein stummes Blickduell, was Heath fast amüsiert hätte, wenn die Ernsthaftigkeit der Situation nicht wie ein Damoklesschwert über ihnen schweben würde. Sheffield hatte zweifellos recht. Sie riskierten ihren Ruf.

»Myladys, ist Ihnen beiden bewusst, dass dieser kleine Ausflug einen handfesten Skandal auslösen könnte?«, brummte Heath und verschränkte die Hände hinter dem Rücken, während er vor ihnen stehen blieb. »Das bedeutet, ich würde Sie beide nur an einen ungeeigneten Heiratskandidaten loswerden. Mir wäre es einerlei, für Sie allerdings wahrlich bedauerlich. Stellen Sie sich vor, jemand hätte Sie mit Sheffield in der Kutsche gesehen!«

Mit jedem Wort war seine Stimme lauter geworden. Die Zwillinge waren weitaus aufreibender als Charlotte und bei ihr hatte er schon seine Probleme, sie in die richtige Richtung zu lenken.

»Mylord, könnten wir das irgendwo ungestört besprechen? Es kommt mir so vor, als hätten die Wände Ohren«, mischte sich Ophelia ein und nestelte an ihrer Pelisse. Sie fühlte sich hier nicht wohl, das merkte man ihr allein an ihrer starren Körperhaltung an.

Herrgott, er hatte vor lauter Aufregung völlig vergessen, dass sie noch immer in der Halle standen und die Bediensteten sicherlich irgendwo lauschten.

»Natürlich. Folgen Sie mir.«

Heath widerstand dem Drang, zwei Stufen auf einmal zu nehmen, um dieses Gespräch hinter sich zu bringen, damit er die beiden wieder nach London zurückschicken konnte. Sie sprachen kein Wort, bis sie in seinem Arbeitszimmer ankamen und Sheffield als Letzter die Tür schloss.

»Nun, was ist Ihre Erklärung für diese Wahnsinnstat?«, verlangte Heath zu wissen und behielt Sheffield im Auge, der ihm vorkam wie ein geprügelter Hund. Er hatte ihn selten derart abgeschunden und niedergeschlagen gesehen, sodass er sich nicht einmal in die Diskussion einmischte.

Alexandra schürzte die Lippen. »Wir lassen unsere Schwester nicht in den Klauen dieses … dieses …«

Ophelia klopfte ihr gegen den Arm. »Sag doch einfach, was du denkst. Er ist unser Vormund, nicht ein potentieller Ehemann.«

»Mistkerls«, ergänzte Alexandra, angestachelt von ihrer Schwester, konnte die Röte auf ihren Wangen allerdings nicht verbergen.

Heath überhörte das Wort, für das er ihren Mund am liebsten mit Seife auswaschen wollte, und konzentrierte sich stattdessen auf die unterschwellige Botschaft in dieser Aussage. »Was meinen Sie damit, Lady Alexandra? Sie kennen Ranfield nicht.«

Sie straffte die Schultern, ein missbilligender Zug zeichnete sich auf ihren Lippen ab. »Ich habe viele Freundinnen, Mylord, und als das Gerücht die Runde machte, hat mich eine von ihnen aufgesucht und mir mitgeteilt, wie schäbig dieser Ranfield mit Frauen umspringt. Sie wusste es natürlich nur, weil eine Freundin ihrer Freundin mit der Mätresse seines …«

»Grundgütiger«, hallte Heath' Stimme donnernd durch den Raum. »Sie pflegen Kontakte zu Freundinnen, die mit Mätressen verkehren?«

Sie blinzelte unschuldig. »Ich verstehe Ihr aufgebrachtes Verhalten nicht, Mylord. Wen auch immer Sie mir als Ehemann vorgeschlagen hätten, mein erster Weg hätte mich zu einer Freundin geführt, die viele Mätressen kennt und womöglich auch den Namen des potentiellen Ehemannes.«

Sie trug es so vor, als handelte es sich dabei um etwas völlig Natürliches. Heath fuhr sich mit der Hand übers Gesicht und nahm einen tiefen Atemzug. »Über diese Sache reden wir ein anderes Mal. Was haben Sie über Ranfield gehört?«

Jetzt war es Ophelia, die das Wort ergriff. »Nun, so einiges, aber was uns wirklich interessierte, war die Verbindung zu Ihnen, Mylord.«

Heath' Innerstes gefror zu Eis, seine Kiefermuskeln begannen zu mahlen und er hatte Mühe, sich nach außen hin unbeteiligt zu geben. »Ach, was haben Sie denn gehört?«

Ophelia räusperte sich. »Ich erwähne lediglich so viel, dass es um eine andere Frau ging, die Sie sehr liebten. Wie dem auch sei … wir möchten unsere Schwester vor diesem Mistkerl bewahren, deswegen sind wir hier.«

Wie zur Bestätigung nickte Alexandra eifrig. »In der Tat.«

Heath ging zurück zu seinem Schreibtisch und ließ sich langsam auf dem Sessel nieder. »Ihre Schwester lässt sich nicht davon abbringen. Sie ist fest entschlossen, Ranfield eine Chance zu geben.«

Ophelia schnaubte. »Mir ist bewusst, dass Charlotte unheimlich stur sein kann, wenn sie sich etwas in den Kopf gesetzt hat, aber solang er nicht um ihre Hand angehalten hat, gibt es noch Hoffnung. Und dazu sollten wir zusammenarbeiten.«

Er lehnte sich zurück und spielte mit dem vergoldeten Federhalter, damit seine Finger etwas zu tun hatten. Ja, er würde etwas unternehmen, das allerdings nicht für Frauenohren bestimmt war. Wenn nötig, würde er Charlotte über die Schulter werfen und in ein anderes Land entführen, nur damit sie von Ranfield verschont blieb.

»Wir sprechen hier nicht von einem Duell«, ergänzte Alexandra schnell, als würde sie seine Mimik lesen können. »Wir greifen selbstverständlich zu milderen Methoden, die allerdings nicht weniger wirkungsvoll sind. Trotzdem brauchen wir für unseren Plan Hilfe – nämlich Ihre.«

»Was auch immer Sie vorhaben, schlagen Sie es sich aus dem Kopf und versuchen Sie, Ihre Schwester anderweitig zur Vernunft zu bringen.«

Ophelia verschränkte die Arme vor der Brust, ein wahrlich undamenhaftes Verhalten. »Natürlich werden Sie uns helfen, wir lassen Ihnen überhaupt keine Wahl.«

Jetzt wurde es spannend. Heath beugte sich nach vorn und warf ihr einen prüfenden Blick zu. »Und warum sollte ich keine Wahl haben? Ich denke, Sie vergessen hier Ihre Position. Sie sind nicht mein Vormund.«

Sie lächelte schmal. »Das ist mir einerlei, aber sollten Sie uns nicht helfen, werden wir Charlotte brühwarm erzählen, dass Sie sie lieben. Und leugnen Sie es nicht – man sieht es Ihnen auf der Nasenspitze an.«

Schachmatt.

15. Kapitel

Charlotte saß am nächsten Morgen im Wintergarten ihrer Tante und rührte gedankenverloren in ihrem Tee, während sie den Blick in den Garten gerichtet hatte. Sie wusste nicht mehr, was sie noch glauben sollte, wem sie noch trauen konnte. Während sie ihr Herz zunehmend an Heath verlor, sprach die Vernunft in ihr eine völlig andere Sprache … nämlich, dass sie sich für Ranfield entscheiden sollte, schließlich hatte er ihr allein durch seine kryptischen Aussagen zu verstehen gegeben, dass er um sie werben möchte.

Ein Räuspern riss sie aus ihren Gedankengängen. Tante Janes Butler stand an der Schwelle zum Wintergarten, sein Gesichtsausdruck war nicht erfreut. »Lord Ranfield wünscht Sie zu sprechen, Mylady. Soll ich ihm mitteilen, dass Sie angesichts dieser frühen Uhrzeit unpässlich sind?«

Charlotte lächelte leicht. Es rührte sie, dass sich der alte Herr um ihr Wohlergehen sorgte und die ungewöhnliche Uhrzeit für einen Besuch zum Anstoß nahm, sie vor einem unerwünschten Besucher zu verschonen. »Nein, lassen Sie ihn zu mir kommen, bitte. Servieren Sie uns doch noch einen Tee.«

»Selbstverständlich, Mylady.«

Charlotte schob ihren mittlerweile erkalteten Tee zur Seite und straffte die Schultern. Sie musste endlich wissen, wer von den beiden etwas verschwieg. Allen voran die Wahrheit. Nahende

Schritte kündigten Ranfield an.

»Mylady, verzeihen Sie meinen frühen Besuch, aber ich wäre nicht hier, wenn es nicht in der Tat wichtig wäre«, begann er die Konversation, während Charlotte aufgestanden war und vor ihm geknickst hatte.

Er nahm ihre Hand, führte seine Lippen näher, aber das gewohnte Prickeln, das sie bei Heath überfiel, blieb aus. Ihr Herz hatte ihr doch schon längst gesagt, was sie zu tun hatte. Aber es war eben auch das Herz, das sie in der Vergangenheit manchmal zu törichten Entscheidungen bewogen hat.

»Bitte, setzen Sie sich. Darf ich erfahren, worum es sich handelt?«

Ranfield zupfte an den Aufschlägen seines Gehrocks und wischte sich imaginäre Fussel vom Stoff. Er wirkte nervös, aufgebracht, seine Augen suchten unruhig den Raum ab. »Nun, es geht um gestern Nacht. Erlauben Sie mir, dass ich offen spreche, Mylady.«

Charlotte vollführte eine wohlwollende Handbewegung. »Natürlich. Was brennt Ihnen auf der Seele?«

Ein mitleidiger Ausdruck legte sich in seine Augen, so hatte sie ihn noch nie gesehen. »Verzeihen Sie meine Direktheit, Mylady, aber ich würde Sie liebend gern zu meiner Frau machen. Sie sind so eine warmherzige und bescheidene Person, eine Blume inmitten einer Wüste, wenn man es so sehen will.«

Völlig überrumpelt riss Charlotte die Augen auf. Sie hatte damit gerechnet, dass er Heath um die Erlaubnis für eine Werbung bitten würde, nicht aber, dass er hier einen Antrag machte.

»Ähm …«, sie räusperte sich und nahm die Tasse in ihre Finger. Ihr Hals sehnte sich nach Flüssigkeit, auch wenn sie bereits erkaltet war. »Nun, ich bin ehrlich gesagt ein wenig überfordert mit der Situation, Mylord. Verstehen Sie mich nicht falsch, es ehrt mich, aber wir sind uns doch kaum bekannt und es wird für Gesprächsstoff sorgen, wenn wir die Verlobungszeit nicht einhalten.«

Er verschränkte die Finger ineinander und beugte sich leicht nach vorn. »Das verstehe ich, Mylady. Aber ich habe Sie gesehen und wusste, dass Sie die Richtige sind. Aufrichtig, mit einem großen

Herz und Verstand. Und ich verspreche Ihnen, dass ich gut für Sie sorgen würde.«

Charlotte lächelte gequält, Kopfschmerzen machten sich bemerkbar und sie massierte sich die Schläfen. »Erlauben Sie mir ein wenig Bedenkzeit, Mylord. Ich kann diese Entscheidung ohnehin nicht ohne die Zustimmung meines Vormunds treffen, so will es das Gesetz.«

Er nickte bedauernd. »Das verstehe ich. Wenn Sie sich entschieden haben, können Sie mich jederzeit auf meinem Landsitz aufsuchen.«

Charlotte war heillos überfordert mit der Situation, zwang sich aber zu einem abschließenden Lächeln. »Natürlich. Vielen Dank für Ihren Besuch. Aber wie ich schon sagte, das liegt nicht in meiner Macht. Sie müssten Lord Murray erst um sein Einverständnis fragen.«

Charlotte las es ihm an der Miene ab, dass ihm dieser Umstand nicht behagte, seine Kieferpartie verhärtete sich. »Natürlich.«

Als er wieder ging, ließ sie sich auf den Sessel fallen und schnaufte tief durch. Sie wurde das Gefühl nicht los, dass er ihr etwas verschwieg. Etwas äußerst Wichtiges. Und es gab nur eine Person, die sie in dieser Angelegenheit fragen konnte. Dieses Mal kam ihr Lord Murray nicht davon.

Sie stand auf und eilte in ihre Räumlichkeiten, ehe sie sich von Anna in ein Tageskleid helfen ließ. Die Zeit der Geheimnisse war vorüber.

Charlotte wickelte sich enger in ihren Umhang und lauschte dem knirschenden Geräusch der Räder und Hufen, die sich ihren Weg durch den Schnee bahnten. Kurz nach dem Frühstück hatte der Butler ihr die Nachricht von Lord Murray überbracht, dass er sie umgehend zu sprechen wünschte. Das kam ihr sehr gelegen, schließlich hatte sie sowieso vorgehabt, bei ihm zu erscheinen und ihm die Pistole auf die Brust zu setzen. Sie war gespannt, was er ihr zu sagen hatte, nachdem er ihr am Abend zuvor deutlich zu verstehen gab, dass er sich ihr nicht anvertrauen wollte. Und es wunderte sie, dass er nach ihr schickte, obwohl er sie genauso gut selbst hätte aufsuchen können.

Als sie das Anwesen erreichten, überkam sie ein merkwürdiges Gefühl. Eine Vorahnung, wenn man es so wollte, dass dieses Gespräch kein gutes Ende nehmen würde. Der Butler hastete ihr entgegen. »Guten Tag, Mylady, darf ich Sie hineinbitten?«

»Natürlich.«

»Und Sie bringen die Kutsche hinter das Haus, die Pferde müssen sicherlich versorgt werden«, wandte er sich an Charlottes Kutscher. Sie runzelte die Stirn. Die Fahrt war doch sehr kurz gewesen.

»Wenn Sie mir bitte folgen würden.« Der Mann schien es eilig zu haben, Charlotte hielt kaum Schritt mit ihm.

Sie wurde bereits sehnsüchtig erwartet, jedoch nicht von Lord Murray, sondern von zwei aufgeregten jungen Damen, die plappernd auf sie zu stürmten. Überrascht schloss sie ihre Schwestern in die Arme. War das die Vorahnung, die sie beschlichen hatte? Dass die Mädchen etwas ausgeheckt hatten?

»Oh Charlotte, du siehst gut aus! Wie ist es dir ergangen?«

»Dein Brief hat uns ins Staunen versetzt. Nun erzähl doch!«

»Und die Gerüchte über dich und Lord Ranfield …«

»Beruhigt euch«, fiel Charlotte ihren Schwestern ins Wort und schüttelte lächelnd den Kopf. Zwei Wirbelwinde wie eh und je. »Ich kann euch nicht verstehen, wenn ihr gleichzeitig sprecht. Was habt ihr hier zu suchen? Ihr solltet doch in London bei Mrs. Malcolm bleiben!«

»London hat derzeit nichts Spannendes zu bieten, alle sind über die Feiertage zu ihren Landsitzen verreist«, erwiderte Alexandra und hob genervt die Schultern. »Nur wir sind übrig geblieben.«

»Liebste Charlotte, wir haben so viel zu bereden«, plapperte Ophelia weiter, »aber leider keine Zeit. Du musst uns vertrauen. Bitte.«

Ihre Augen wurden so groß, dass das Misstrauen in Charlotte aufkeimte. »Was habt ihr ausgefressen?«

»Das erklären wir dir später. Wenn wir in Ruhe bei einer Tasse Tee und den köstlichen Plätzchen von Lord Murrays Köchin reden können. Wir sollen dir auch von Lady Marion die besten Grüße ausrichten.«

Nun war Charlotte vollends verwirrt, ehe ihr einfiel, dass sie ihre Freundin darum gebeten hatte, ein Auge auf die Zwillinge zu werfen. »Oh, sehr erfreulich.«

»Gut, da die Formalitäten nun geklärt sind, würdest du uns bitte folgen?« Ophelia warf einen Blick auf die Standuhr. »Wir haben nicht mehr viel Zeit.«

Sie griff nach ihrer Hand und zog sie zur Treppe. »Du liebe Güte, was ist denn los?«

»Wir haben später einiges zu bereden, aber nicht jetzt«, mischte sich Alexandra ein und legte eine Hand auf ihren unteren Rücken, um sie nach oben in den ersten Stock zu lotsen.

»In der Tat«, entgegnete Charlotte mit hochgezogener Augenbraue. Erst jetzt, nachdem die anfängliche Freude, ihre Schwestern wieder bei sich zu haben, abebbte, wurde ihr bewusst, dass die Zwillinge sich ohne Begleitung und Ankündigung auf den Weg gemacht hatten. »Aber vorher möchte ich wissen, warum in Gottes Namen ihr London verlassen habt? Und dann noch ohne Begleitung! Wisst ihr denn nicht, dass junge Damen nicht einfach so in eine Kutsche steigen und davon fahren dürfen? Ihr törichten Mädchen! Und weshalb seid ihr hierhergekommen, zu Lord Murray, und nicht zu Tante Jane und mir?« Die Fragen sprudelten aus ihr heraus und Charlotte musste sich zurückhalten, nicht noch mehr zu stellen. Sie keuchte, als Ophelia ihr Tempo beschleunigte und auf das Zimmer am Ende des Ganges zusteuerte.

»Wir sind nicht allein gereist«, antwortete Alexandra an ihrer statt. »Lord Sheffield hat uns begleitet. Zuerst wollte er uns davon abbringen, doch schlussendlich ist er mitgekommen.«

Charlotte schnappte empört nach Luft. »Lord Sheffield ist ebenfalls hier? Und hat zugelassen, dass ihr euren guten Ruf in Gefahr bringt?«

»Unser Ruf ist nicht von Bedeutung«, mischte Ophelia sich hastig ein, »wenn wir dich vor einer Dummheit bewahren können.«

»Von welcher Dummheit sprecht ihr?«

Sie blieben vor einer hohen Eichenholztür stehen. »Wir wissen, dass du darüber nachdenkst, Lord Ranfield zu heiraten. Nur über unsere Leichen.«

Charlotte riss überrascht die Augen auf. »Lord Ranfield und ich sind nicht einmal verlobt.«

Erleichtert seufzten die Zwillinge auf. »Gut, wir sind demnach noch nicht zu spät.« Alexandra klopfte an und als Heath' Stimme ertönte, vergaß Charlotte sogleich, wie ihre nächste Frage gelautet hatte. Ein warmer Schauer rieselte durch ihren Körper, während sich ein dicker Kloß in ihrem Hals bildete.

Ophelia öffnete die Tür und betrat den Raum. »Sie ist hier.«

»Gut. Ranfields Kutsche fährt gerade ein, wir müssen uns beeilen«, gab Heath zurück und warf einen kurzen Blick auf Charlotte, die fassungslos zwischen den dreien hin- und herblickte.

»Ihr habt euch verschworen?«, brachte sie über die Lippen.

»Du liebe Güte, Charlotte, stell doch nicht dauernd Fragen. Komm einfach mit, du wirst es schon verstehen«, zeterte Ophelia und deutete hinter das Sofa. »Hier können wir uns verstecken und dennoch jedem Wort lauschen.«

Sie wandte sich hilfesuchend an Heath, der nur leicht nickte.

»Wenn Sie wissen wollen, wer Ranfield wirklich ist, dann hören Sie auf die beiden.«

Donnernde Schritte nahmen Charlotte die Entscheidung ab und sie eilte mit den Zwillingen hinter das hohe Sofa. Wie jemand, der etwas ausgefressen hatte, hockte sie sich hin und warf ihnen einen erbosten Blick zu. »Das wird Konsequenzen haben«, zischte sie.

Alexandra hielt sich den Finger an die Lippen und atmete ein letztes Mal tief durch. Als die Tür geöffnet wurde und Ranfields Stimme erklang, vollführte ihr Herz einen Satz.

»Murray«, sagte er gedehnt, Charlotte erkannte eindeutig die Abneigung in diesem einen Wort.

»Ranfield. Was kann ich für dich tun?«

Ein leises Lachen erklang. »Ich will es schnell hinter uns bringen. Du sollst die frohe Botschaft gleich erfahren.«

»Und die wäre?«

Charlotte vernahm, wie er sich auf den Sessel sinken ließ. Oder war es Ranfield?

»Lady Charlotte und ich werden heiraten. Dummerweise brauchen wir dazu deine Erlaubnis, aber die wirst du ihr sicher gewähren, wenn dir etwas an deinem Leben liegt.«

Charlotte presste sich die Hand vor den Mund, um nicht empört aufzuschreien.

»Du drohst mir?«, fragte Heath ruhig, als könnte ihn kein Wässerchen trüben.

Wieder dieses diabolische Lachen, das Ranfield von einer ganz anderen Seite zeigte. »Das Leben ist gefährlich, alter Freund. Ein Unfall kann schnell geschehen.«

»Du willst also Lady Charlotte heiraten und ihr damit dasselbe antun wie Annabelle, deiner verstorbenen Frau?« Jetzt vernahm Charlotte eindeutig Wut in Heath' Stimme. Sie fühlte die Hände der Zwillinge auf ihren Unterarmen und war dankbar für die Stütze.

»Nun werd nicht theatralisch, Murray. Ich bezweifle, dass dir irgendetwas an dieser Lady liegt. Sie ist ein netter Zeitvertreib, ganz hübsch anzusehen, aber mehr auch nicht.« Henry lachte.

»Mir liegt sehr wohl etwas an Lady Charlotte Mainsfield. Sie ist mein Mündel. Und ich lasse nicht zu, dass du ihr Schaden zufügst. Du hast bereits einer Frau, die mir die Welt bedeutete, das Leben genommen. Das werde ich nicht noch einmal zulassen.«

Charlotte hatte Mühe, ihre hockende Position zu behalten, so sehr zitterten ihre Knie. Henry hatte sie belogen. Abgesehen davon, dass er nicht verlobt, sondern sogar vermählt gewesen war, hatte er Heath die Frau weggenommen.

»Genau genommen, hat sie ihrem Leben selbst ein Ende gesetzt«, erwiderte Henry. Er klang ausgesprochen gleichgültig. Als würde ihn der Tod dieser Frau völlig kalt lassen.

»Weil du sie dazu getrieben hast!«, brüllte Heath. »Du kannst nicht von einer Dame verlangen, dir eine gute Ehefrau zu sein, wenn du selbst jede Nacht in einem anderen Bett verbringst, du ehrenloser Mistkerl!«

Er seufzte, als würde ihn diese Unterhaltung langweilen. »Sie ist ihrer Pflicht als Ehefrau nicht nachgekommen. Ich hatte keine Verwendung mehr für sie.«

Charlotte hörte, wie Heath scharf die Luft einzog. »Lady Annabelle Winston hatte mehr verdient als jemanden wie dich!« Seine Stimme bebte, etwas schlug hart auf der Tischplatte auf. »Ich werde den Teufel tun und dabei zusehen, wie du das gleiche auch mit Charlotte vorhast!«

Charlottes Herz schlug augenblicklich schneller. Er hatte sie in Anwesenheit eines anderen Mannes beim Vornamen genannt. Ihr Atem beschleunigte sich. Das konnte alles gar nicht wahr sein! Wie hatte sie sich so in Ranfield täuschen können? Mit zitternden Fingern lehnte sie sich gegen das Sofa. Sie spürte Alexandras Hand auf ihrem Arm, und sie war dankbar, für die Anwesenheit ihrer Schwestern. Doch die trostspendende Geste verfehlte ihre Wirkung. Wie hatte sie nur so naiv sein können zu glauben, jemand hegte ernsthaftes Interesse an ihr?

Lady Annabelle Winston …. Mit einem Mal empfand sie tiefstes Mitgefühl für Heath. Seine große Liebe hatte sich für einen anderen Mann entschieden und anschließend aus Verzweiflung Selbstmord begangen. Das musste furchtbar gewesen sein. Sie verstand nun seine kühle Haltung Frauen gegenüber und dass er nichts mit ihnen zu tun haben wollte. So auch mit ihr und ihren Schwestern. Doch anstatt ihnen freie Hand bei ihrer Wahl zu lassen, wollte er sie in eine Ehe drängen. Sie stutzte. Vielleicht tat er es auch deshalb, weil er aufgrund der freien Wahl seine Frau verloren hatte. Ein eiskalter Schauer jagte ihr über den Rücken.

»Du kannst heulen und jammern so viel du willst, Heath«, spottete Henry. »Sie ist tot und wird nicht wiederkommen. Aber nachdem ich in der testamentarischen Verfügung meines Alten in spätestens zwei Wochen verheiratet sein muss, wirst du mir den Antrag gewähren.«

Dieses Mal war es Heath, der leise lachte. »Oh, du verlierst sonst dein gesamtes Vermögen, nehme ich an. Wie tragisch.«

Für einen Moment hielten Charlotte und ihre Schwestern den Atem an. Die Stille war unerträglich, ihre Nerven zum Zerreißen gespannt auf das, was Lord Murray ob dieser Unverschämtheit nun tun würde.

Schritte ertönten, Gläser klirrten aneinander und es klang, als würde sich jemand ein Getränk einschütten. »Ich denke, die Damen haben genug gehört.«

Sofort schoss Ophelia in die Höhe, als hätte sie nur auf diesen Moment gewartet. Charlotte kam mit Alexandras Hilfe zum Stehen und musste sich an der Lehne des Sofas festhalten, um nicht umzukippen. Sie war mit der Situation vollkommen überfordert. Ihr Blick wanderte zwischen Heath und Ranfield hin und her, sie wusste nicht, auf wen sie sich zuerst konzentrieren sollte. Heath stand vor dem Tisch mit den alkoholischen Getränken, ein gefülltes Glas in seinen zitternden Händen. Seine Wangen waren gerötet, die Augen sprühten Funken. Er musste innerlich beben vor Zorn. Vorsichtig glitt ihr Blick zu Henry. Er schien ebenso geschockt zu sein wie sie, nur über den Umstand, dass sie belauscht worden waren.

»L-Lady Charlotte«, stotterte er und verbeugte sich hastig. Seine wutverzerrte Miene wechselte von einer Sekunde zur anderen zu einem heiteren Lächeln. »Ich habe Sie nicht erwartet. Obgleich ich Sie bereits vermisst-«

»Sparen Sie sich Ihre schmeichelnden Worte«, brachte Charlotte mit kratziger Stimme hervor und verstärkte den Griff um die Hand ihrer Schwester. »Sie haben mich von Anfang an getäuscht, Mylord. Ich dachte wirklich, Sie seien ein aufrichtiger Mann, doch Sie haben meine Gutmütigkeit schamlos ausgenutzt.«

Der Viscount fuchtelte mit den Händen, als würde er alles daransetzen wollen, die Situation zu seinem Vorteil zu drehen.

»Möglicherweise habe ich Ihnen das ein oder andere Detail über mich verschwiegen. Aber spielt das eine Rolle? Sie haben die Verbindung zwischen uns auch gespürt, das weiß ich. Die Funken, als ich Sie im Gasthof in Basingstoke das erste Mal berührte …«

»Das reicht!«, knurrte Heath.

Charlotte straffte die Schultern. »Es tut mir leid, Sie enttäuschen zu müssen, Lord Ranfield. Sie scheinen Ihre Wirkung auf Frauen zu überschätzen. Ich wünsche, Sie nie wiederzusehen und Ihnen alles Gute mit einem nicht vorhandenen Vermögen.«

Mit offenem Mund starrte er sie an. »Lady Charlotte …«

»Du hast die Lady gehört.« Lord Murray war zur Tür getreten, hatte sie geöffnet und deutete nun mit einer ausladenden Geste nach draußen. »Verschwinde.«

Schnaubend stapfte Henry an den Damen vorbei. »Das werdet ihr alle bereuen«, zischte er und verließ den Raum.

»Keine Sorge, Lord Ranfield«, rief Alexandra ihm hinterher. »Es wird schon länger über Sie gemunkelt und es wird mir eine Freude sein, die Gerüchte über Sie zu bestätigen.«

Ihr Vormund räusperte sich. »Ich würde gern allein mit Lady Charlotte sprechen.«

Ophelia drückte aufmunternd die Hand ihrer Schwester und die Zwillinge kamen seiner Aufforderung nach.

Heath schloss die Tür und deutete auf den Stuhl vor seinem Schreibtisch. »Nimm Platz.«

Das vertraute Du fühlte sich so wunderbar an, dass Charlotte kurz vergaß, was sie gerade gesehen und gehört hatte. Er trat um den Tisch herum und setzte sich ihr gegenüber. Langsam ließ Charlotte sich auf das Polster sinken. Sie war dankbar dafür, sich setzen zu können. Ihre Beine zitterten so sehr, dass sie befürchtete, sie könnten sie nicht länger aufrecht halten.

»Es gibt keine Entschuldigung für das, was ich getan habe«, wisperte sie und schluckte. »Ich war geblendet von seinen Worten und habe ihn vor dir in Schutz genommen. Du musst mir glauben, dass ich keine Ahnung hatte. Ich wollte lediglich Antworten haben.

Wenn ich gewusst hätte …«

»Dich trifft keine Schuld.« Heath' Stimme klang ruhig. »Du wusstest nichts von seinem wahren Ich. Das tat nur ich und ich bereue, die Wahrheit nicht eher offenbart zu haben.«

Charlotte holte tief Luft. »Ich hätte auf dich hören sollen, es tut mir leid.«

Er nahm ihre Entschuldigung nickend an. »Du verstehst hoffentlich, dass ich dir von Anfang an nichts Böses wollte und nur dein Wohl im Sinn hatte. Genau wie das deiner Schwestern.«

»Ja, das verstehe ich.« Demütig senkte Charlotte die Lider. Sie konnte dem anklagenden Blick aus seinen stahlgrauen Augen nicht länger standhalten. Sie wollte ihn berühren, ihre Hand auf seine legen, nur um ein wenig seiner Wärme zu erhaschen. Doch sie wagte es nicht. Irgendetwas hatte sich zwischen ihnen verändert. Sie spürte die Distanz, die er ihr plötzlich entgegenbrachte, und es tat ihr im Herzen weh, auch wenn sie ihn verstehen konnte.

»Wie geht es nun weiter?«, fragte sie leise.

Er seufzte und nahm einen ausgiebigen Schluck seines Getränks. »Ich werde morgen abreisen und nach London zurückkehren. Geschäftliche Angelegenheiten zwingen mich dazu. Und dann kümmere ich mich um deine Zukunft. Unser ursprüngliches Problem ist nicht vom Tisch.«

Charlotte brachte nur ein knappes Nicken zustande. Kein Wort über ihren Kuss. Sein Blick machte ihr deutlich, dass es nie etwas zwischen ihnen gegeben hatte und auch niemals geben würde. Er wollte weiter nach einem Ehemann für sie suchen und dann trennten sich ihre Wege. Sie schloss die Augen. Eine einzelne Träne bahnte sich einen Weg über ihre Wange.

16. Kapitel

London, kurz vor Jahreswechsel

Heath hatte geglaubt, dass sein innerer Frieden wiederkehren würde, sobald er in London verweilte. Dass die Stadt ihn daran erinnerte, wofür er stand, und was er erreicht hatte. Stattdessen hatte ihn ein Gefühl von Leere überkommen. Zum ersten Mal in seinem Leben wollte er länger in Hampshire verweilen, mit Charlotte durch den Schnee spazieren, vorm Kaminfeuer sitzen und mit ihr Ausritte durch das County unternehmen.

Dass er sein Herz an sie verloren hatte, war ihm in diesem Moment bewusst geworden, als er Charlottes Gesicht in seinem Arbeitszimmer gedeutet hatte. Sie hatte es sich überlegt, Ranfield eine Chance zu geben, und das nagte an ihm. Es verletzte nicht nur seinen Stolz, sondern auch sein Herz.

Als es an der Tür klopfte, trat Heath vom Fenster seines Arbeitszimmers weg. »Ja?«

Sheffield kam herein und nickte ihm leicht zu. »Ich wollte nachsehen, wie es dir geht, alter Freund. Du bist in den letzten Tagen wie verschollen.«

Heath schnaubte. »Ich sehe keinen Grund, mich unter die Leute zu mischen, du etwa?«

Er kam näher, ließ sich auf dem Sessel nieder und fuchtelte mit der Hand. »Bitte setz dich hin, ich kann es nicht leiden, wenn du so klug auf mich herabschaust.«

Obgleich ihm nicht danach war, bogen sich Heath' Mundwinkel leicht nach oben. »Was willst du, Sheffield? Ich werde dich nicht zu *Tattersall's* begleiten.«

Er grinste. »Deswegen bin ich nicht hier. Es geht um etwas anderes. Nachdem du so viel für mich getan hast, wollte ich mich bei dir revanchieren.«

Misstrauen erwachte in Heath, als sein Freund in die Innentasche seines Gehrocks griff und ihm einen Brief entgegenstreckte. »Du kannst mir später danken.«

Mit gerunzelter Stirn nahm ihn Heath an sich und drehte ihn um. »Das Siegel des Erzbischofs?«

Sheffield strahlte wie ein kleiner Junge, der gerade auf einen Baum geklettert war. »In Gottes Namen, deine Unterschrift war in der Tat schwer zu fälschen, aber nach zig Versuchen ist es mir doch gelungen.«

Sein Herz machte einen Satz. »Was ist das, Sheffield?«

Das Grinsen wurde noch breiter. »Eine Heiratserlaubnis, mein Freund. Es wird auch Zeit, dass du Lady Charlotte endlich darum bittest, deine Frau zu werden.«

Der Brief glitt ihm aus der Hand, während ihm der Mund sperrangelweit offenstand. »*Was?*«

Sheffield stöhnte auf und fuhr sich über das Gesicht. »Sogar ein Blinder erkennt, wie sehr ihr ineinander vernarrt seid. Verzichte nicht deines Stolzes wegen auf eine wunderbare Frau, hör auf deinen alten Freund.«

Heath brach das Siegel auf und holte das Dokument hervor. In der Tat war es Sheffield gelungen, die Unterschrift wie seine aussehen zu lassen. »Du warst in meinem Namen beim Erzbischof?«

Er wusste nicht, ob er ihm dafür danken oder besser einen Kinnhaken verpassen wollte.

»Einer musste es ja tun, während du hier deine Wunden leckst. Und jetzt beweg deine Hintern endlich aus diesem Stadthaus. Du hast eine verdammte Aufgabe zu erledigen.«

Die Fahrt zu Charlotte verging für seinen Geschmack viel zu schnell. Er hatte die letzten Tage oft überlegt, ob er sie aufsuchen sollte, aber die Schmach hatte zu tief in seinen Knochen gesessen. Was, wenn er sich nun zum Narren machte und sie nicht dasselbe für ihn empfand wie er für sie?

Sein Magen rebellierte, als die Kutsche stehenblieb und der Verschlag geöffnet wurde. Er wusste nicht, wann sein Herz das letzte Mal derart schnell geschlagen hatte. Während er die breite Treppe nach oben ging, erinnerte er sich daran, wie er das erste Mal hier gewesen war. Nur wenige Wochen vorher und nun hatte sich sein Leben völlig verändert.

Er wurde vom Butler eingelassen, der ihm Hut und Mantel abnahm. »Sagen Sie Lady Charlotte bitte, ich wünsche Sie zu sprechen.«

»Natürlich, Mylord. Wenn Sie währenddessen wohl im Grünen Salon Platz nehmen wollen.«

Heath ließ sich kein zweites Mal bitten. Er betrat den beheizten Raum und sog den vertrauen Duft von Holz und alten Büchern tief in seine Lunge ein. Während er sich die Worte überlegte, wurde die Tür geöffnet und Charlotte erschien. Mit einem Mal war es leer in seinem Kopf.

Sie sah traurig aus, beinahe verloren, sodass es ihm einen Stich versetzte.

»Lord Murray, wie kann ich Ihnen helfen?«

»Heath«, flüsterte er, »mein Name ist Heath.«

Selbst wenn sie seine Aussage irritierte, ließ sie es sich nicht anmerken. Sie deutete auf die Chaiselongue, ehe sie den Lehnstuhl anvisierte. Bevor sie sich hinsetzen konnte, fasste er sanft an ihre Schultern und sie verharrte in der Bewegung. Er bemerkte ihr leichtes Zittern. Vorsichtig kam sie wieder in die Senkrechte und sah ihn aus großen braunen Augen an.

»Charlotte«, begann er und sie hielt vor Anspannung den Atem an. Er schüttelte den Kopf, nahm ihr Gesicht in seine Hände und streichelte mit den Daumen über ihre weiche Haut. »Liebste Charlotte, wir hatten wahrlich keinen guten Start. Es ist einiges zwischen uns vorgefallen, und ich weiß, dass ich ein Narr war. Du gehst mir einfach nicht mehr aus dem Kopf. Egal, wie oft ich versuche, dich aus meinen Gedanken zu verbannen, ich bin machtlos. Ich würde niemals einen Ehemann für dich finden, der meinen Ansprüchen genügen könnte. Ich musste erkennen, dass ich dies auch gar nicht will. Nein, ich will dich. Und bei Gott, ich hoffe, du willst mich genauso.«

Charlottes Finger begannen zu beben. Ihr Blick hing an seinem Mund, sie schien die Worte aufzusaugen, rang wie ein Ertrinkender nach Luft. Dass sie schwieg, machte es nicht besser, aber er erkannte in ihren Augen, dass sie genauso empfand wie er. Dass es Liebe war, was sie verband.

»Der Kuss unter dem Mistelzweig … Es war der Plan zweier alter Ladys, doch es hat etwas in mir ausgelöst, das ich nicht mehr weiter verdrängen kann. Charlotte, du-«

»Pst«, sagte sie leise und hielt ihm einen Finger auf die Lippen. Allein diese Berührung reichte aus, dass sich alles in ihm zusammenzog. Dass er sie über die Schulter werfen und nach oben in ihre Räumlichkeiten bringen wollte, in denen er sie die ganze Nacht liebte.

»Ich hatte Angst, dass ich dich vielleicht nicht mehr wiedersehe. Dass du mich vergisst. Ich hätte es irgendwie ertragen, aber es hätte mich zerbrochen. Weil ich dich liebe, du sturer Kerl. Ich liebe dich von ganzem Herzen.«

Ehe er etwas sagen konnte, hatte sie sich auf die Zehenspitzen gestellt und die Lippen auf seine gelegt. Sie schlang die Arme um seinen Hals, zog ihn enger zu sich, vertiefte ihren Kuss.

Heath glaubte, zu sterben und gleichzeitig wiederaufzuerstehen. »Charlotte«, flüsterte er, als sie sich voneinander lösten, um Luft zu holen. »Ich kann mir ein Leben ohne dich an meiner Seite nicht mehr vorstellen. Willst du meine Frau werden?«

»Ja«, hauchte sie und küsste ihn erneut. Heath konnte sein Glück kaum fassen.

»Dann wird es dich freuen, dass Sheffield uns eine Heiratserlaubnis besorgt hat.«

Sie riss die Augen auf. »Das hat er nicht getan?«

Er zog sie enger zu sich, fuhr mit den Lippen über ihre Wange. »Doch. Er wusste schon, warum.«

Er hätte nicht gedacht, dass es auf dieser Welt noch eine Frau gab, die für ihn geschaffen war, nachdem er Annabelle verloren hatte. Aber Charlotte hatte ihm bewiesen, dass sich das Warten lohnte.

Es war der letzte Tag dieses Jahres. Das neue würde so wunderschön beginnen, wie das alte aufhörte.

Epilog

*Hampshire auf Lady Janes Landsitz,
eine Woche später ...*

»Ich sagte dir doch, dass es uns gelingen wird, die beiden zusammenzuführen.«

Lady Jane warf eine Karte auf den Tisch und wartete auf den Zug ihrer Freundin Eleanore.

»Hm, ich hätte es mir weitaus aufreibender vorgestellt, aber du hattest schon recht, sie passen ausgezeichnet zueinander«, kommentierte Eleanore und prüfte ihre Karten, obgleich der Sieg schon auf Janes Seite lag. »Allerdings würde mich interessieren, warum du diesen Plan überhaupt verfolgt hast.«

Eleanore nahm einen Schluck Tee und sah sie unter ihren Brillengläsern an. Jane entwich ein verschmitztes Grinsen. »Als Charlotte mir von ihrem Vormund geschrieben hat, wusste ich, dass etwas nicht stimmt. Sie war nie derart emotional, wenn es um einen Mann ging. Es musste sich demnach um ein besonderes Exemplar handeln.«

Eleanore hob eine Augenbraue und stellte die Teetasse wieder zurück. »Ich verstehe. Ob sie wissen, dass wir das akribisch geplant haben?«

Jane machte eine wegwerfende Handbewegung. »Natürlich

wussten Sie es, aber sie waren viel zu sehr miteinander beschäftigt, um sich gegen uns zu verbünden. Und nun steht bald eine große Hochzeit an.«

Eleanore seufzte und legte die letzte Karte ab. »Ich fürchte, du hast schon wieder gewonnen. Willst du mir dein Geheimnis verraten?«

Jane zwinkerte sie an. »Dann würde ich ja immer verlieren. Aber ich denke, du willst deinem Sohnemann ein kleines Geheimnis verraten.« Sie nahm die Karten, schob sie zusammen und ordnete sie zu einem Stapel.

»Ach, will ich das?«, schnarrte ihre Freundin und griff nach einem Butterkeks.

Jane warf ihr einen bedeutungsvollen Blick zu. »Natürlich willst du das. Oder soll dein Sohn nicht erfahren, dass du seinen besten Zuchthengst an mich verloren hast?«

Orchideen für die Lady

Alexandra und Noah
Band 2

1. Kapitel

London, Mai 1818

»Oh, Lord Sheffield ist soeben eingetroffen.«

Angesichts dieser wenig erfreulichen Bemerkung ihrer Zwillingsschwester verzog Lady Alexandra Mainsfield das Gesicht und wandte sich der doppelflügeligen Tür zu, die in den Ballsaal führte. Seit ihre älteste Schwester Charlotte den besten Freund dieses Schönlings geheiratet hatte, stattete dieser ihnen viel zu häufig einen Besuch ab.

Die letzten Monate hatte sie Noah Farlington, Baron Sheffield, mehrmals in der Woche zu Gesicht bekommen und so gern sie ihn auch als unverbesserlichen Schwerenöter abstempeln würde, so musste sie sich doch eingestehen, dass er zumindest unterhaltsam war und ein ruhiges Wesen besaß. Dennoch wollte sie nicht mehr Zeit als nötig mit ihm verbringen, hing sie doch noch an ihrem Ruf. »Wie schön«, murmelte Alexandra und nippte an ihrem Champagner, der mit Rosenwasser verfeinert war.

Es fiel ihr schwer, einen halbwegs neutralen Ton in ihrer Stimme mitschwingen zu lassen. Sie mochte gewisse Seiten an Sheffield nicht. Es lag nicht an seiner Neigung, die Regeln der Gesellschaft zu ignorieren – in diesem Fall hatte er sogar einige Sympathiepunkte bei ihr gewonnen. Nein, es lag daran, dass er ein Tunichtgut war, der Frauen als eine Art Beute betrachtete. Sie gab nicht viel auf Gerüchte, aber als sie Heath bei einem Gespräch mit Charlotte belauscht hatte, wurde ihr vor Augen geführt, wie oft Sheffield seine Mätressen wechselte. Unerhört.

Ophelias Stimme riss sie aus ihren Gedanken. »Zugegeben, er ist ein reizvolles Exemplar.«

Alexandra hätte sich beinahe verschluckt und konnte es gerade noch verhindern, dass die Flüssigkeit sich einen Weg in ihre Lunge suchte. »Ophelia! Hast du vollkommen den Verstand verloren? Sheffield ist kein reizvolles Exemplar, sondern jemand, um den wir einen großen Bogen machen sollten.«

Äußerlich könnte man meinen, dass die beiden Schwestern überhaupt nicht miteinander verwandt waren. Während Alexandra dunkelbraunes Haar und gleichfarbige Augen aufwies, war Ophelia blond und mit grünen Iriden gesegnet worden. Zudem neigte ihre Schwester dazu, sich unkonventionell zu verhalten. Natürlich immer an der Grenze des Skandals. »Nun ja, er käme nicht als Ehemann infrage, aber gib es doch zu, er ist durchaus attraktiv und ich wette, er hat seine Vorzüge.«

Alexandras Wangen flammten auf. »Grundgütiger, wie kannst du nur derart verdorben sprechen?«, zischte sie und klappte mit der freien Hand den Fächer auf, um sich kühle Luft zuzuwedeln. »Man könnte meinen, du seist die missratene Zwillingsschwester, nicht ich.«

Ophelias glockenhelles Lachen erklang. »Missraten? Ich bitte dich … nur weil du dich in Büchern und deinen auf einmal so geliebten Orchideen vergräbst, bist du nicht sofort missraten.«

Alexandra konnte nicht umhin, einen weiteren Blick auf Sheffield zu werfen. Zu ihrem Verdruss musste sie Ophelia recht geben – sein Kammerdiener wusste, wie er die Vorzüge seines Herren betonen konnte.

Sein schwarzes Haar war mit ein wenig Pomade nach hinten gestrichen worden, der Gehrock saß tadellos und die fehlenden Schulterpolster ließen darauf schließen, dass er genügend Selbstbewusstsein besaß, um darauf zu verzichten. Das blütenweiße Hemd bildete einen starken Kontrast zu seiner indigoblauen Fliege. Auf den ersten Blick konnte man nicht erkennen, welch schamlos verruchtes Wesen unter dieser Oberfläche lauerte. Abgerundet wurde seine Erscheinung durch polierte Abendschuhe mit Silberschnallen und vergoldete Manschettenknöpfe an seinem Gehrock.

Ophelia beugte sich zu ihr. »Ich hörte, er hätte in der letzten Woche zwei seiner Mätressen verlassen.«

Glücklicherweise hielt Alexandra die Champagnerflöte fest umschlossen, sonst wäre sie ihr noch aus der Hand gefallen. Ophelia trieb sich wahrlich mit den falschen Damen herum. Vor allem diese Susan war Alexandra ein Dorn im Auge, bedachte man ihre Neigung, Gerüchte in die Welt zu setzen. »Ich hoffe doch nicht, dass du etwas auf Gerüchte gibst, die Lord Sheffield und seine zahlreichen Mätressen betreffen.« Dass es laut Heath stimmte, wollte sie ihrem Zwilling nicht bestätigen.

Sie schürzte die Lippen. »Es heißt, er sei unersättlich.«

Alexandra würde sich niemals an Ophelias Offenherzigkeit gewöhnen – sie sprach, wie ihr der Schnabel gewachsen war und hatte sich damit mehr als einmal in eine missliche Lage gebracht. »Ich fände es sinnvoller, wenn du dich mit nutzbringenderen Sachen beschäftigst als Lord Sheffields Liebesleben. Oh Gott ... er kommt auf uns zu.«

Ophelia nippte an ihrem Champagner und warf ihrem Zwilling über den Rand des Glases einen amüsierten Blick zu. »Du wirst ja ganz rot. Sag bloß, dass dich der Lord nervös macht?«

»Warum geht er nicht zu Charlotte und Heath? Die beiden stehen direkt neben dem Buffet, das sollte ihn weitaus mehr ansprechen als Zwillingsschwestern, mit denen er nur wenige Worte gewechselt hatte«, echauffierte sich Alexandra und klappte den Mund zu, als der Lord in Hörweite kam. Er schritt zielgerichtet durch die Menge, seine Bewegungen waren geschmeidig, was sie ihm angesichts seiner Größe nicht zugetraut hätte. Mit einem Mal hatte Alexandra das Bedürfnis, den Champagner in einem einzigen Zug zu leeren.

»Lord Sheffield«, zwitscherte Ophelia und versank in einen übertrieben tiefen Knicks, weshalb Alexandra gezwungen war, es ihr gleichzutun. »Wie schön, Sie hier zu sehen. Falls Sie Charlotte und Heath suchen, sie befinden sich neben dem Buffet und unterhalten sich mit Bekannten.«

»Lady Ophelia, es ist mir wie immer eine Ehre«, entgegnete er galant und küsste ihr die Hand, ehe er sich Alexandra zuwandte. »Wie geht es Ihren Orchideen, Lady Alexandra? Ich hörte, meine Dendrobia, die ich einst Lady Charlotte geschenkt habe, entwickelt sich prächtig.«

Alexandra zwang sich zu einem Lächeln. »Das tut sie. Wie meine Schwester bereits sagte …«

»Ich suche Heath und Charlotte später auf. Eigentlich bin ich hier, um Sie zum Tanz aufzufordern.«

Das war der Moment, in dem Alexandra ihre Erziehung vergaß und ihr undamenhaft die Kinnlade hinunterklappte. »Was?«

»Es heißt, wie bitte«, korrigierte Ophelia sie mit einem schadenfrohen Grinsen und nahm ihr wohlweißlich die Champagnerflöte aus der Hand. Sie schien es wahrlich erheiternd zu finden, dass Sheffield Interesse an ihrer Schwester zeigte. Warum nur? Er sollte sich um seine zahlreichen Mätressen kümmern, anstatt sie hier bloßzustellen!

»I-ich … kann nicht tanzen«, stotterte Alexandra und ging nicht näher auf Ophelias Bemerkung ein, »und ich will auch nicht tanzen, Mylord.«

Sheffield setzte eine bedauernde Miene auf. »Das ist wahrlich schade, schließlich hat Heath mir den ersten Tanz mit Ihnen versprochen.«

»Heath?«, platzte es aus ihr heraus. Wie konnte er es nur wagen? Oh, am liebsten würde sie sofort durch den ganzen Saal laufen, um ihn darauf hinzuweisen, dass er nur auf dem Papier immer noch der Vormund von ihr und ihrer Schwester war. Nur auf dem Papier. Er hatte ihr nicht zu sagen, mit wem sie zu tanzen hatte.

»Ich würde mich freuen, wenn Sie einen Tanz für mich erübrigen können, Lady Alexandra. Wir hatten schließlich noch nie das Vergnügen.«

Es entging ihr nicht, dass manche Matronen ihrem Gespräch zu lauschen versuchten. Scheinbar warteten sie nur darauf, dass Alexandra in das nächste Fettnäpfchen trat, das einen kurzen Artikel in der *Gazette* wert war.

»Nun komm schon, Lexi, es ist doch nur ein Tanz und irgendwann wirst du dich ohnehin sicherer auf dem Parkett bewegen müssen«, drängte Ophelia.

Alexandra fühlte sich wie auf dem Serviertablett. Wenn sie ihn jetzt vor den Kopf stieß, wäre sie morgen wieder *das* Gesprächsthema. Wenn sie sich darauf einließ, konnte der Abend ebenso in einem Desaster enden.

»Ich fürchte, Sie verstehen nicht, Mylord. Ich kann nicht tanzen.«

Er hielt ihr dennoch die Hand hin und Alexandra warf einen Blick auf seine schlanken und doch kräftig aussehenden Finger. »Das dürfte kein Problem sein, ich kann Ihnen helfen.«

Just in dem Moment verkündete das Orchester die ersten Klänge und ließ Alexandra keine Wahl mehr. Sie würde morgen ein ernstes Wörtchen mit Heath wechseln. Jetzt hieß es Zähne zusammenbeißen. »Aber sagen Sie nicht, ich hätte Sie nicht gewarnt«, zischte sie und ließ sich von ihm, gemeinsam mit anderen Paaren, zur Tanzfläche führen.

Ihr Herz flatterte, ihr Magen fühlte sich seltsam flau an und sie befürchtete, dass ihre Knie ebenso bald zu schlottern beginnen würden. Sie hasste es, ausgeliefert zu sein und von anderen beobachtet zu werden.

Sheffield trat vor sie, legte eine Hand vorsichtig an ihre Taille, ehe er den anderen Arm leicht in die Höhe hob. »Bereit?«

»Nein.«

»Gut.«

Alexandra hatte Mühe, ihm zu folgen. Obgleich die Schritte des Walzers einfacher waren als jene der Quadrille, tat sie sich schwer, sich die Abfolge zu merken. Erst recht, wenn es in einer Drehung endete.

»Um Himmels Willen, Lady Mainsfield, lassen Sie sich von mir führen«, fluchte er leise, damit die umliegenden Tanzenden ihn nicht belauschen konnten. »Sie sind steif wie ein Brett.«

Alexandra schnaubte. »Ich habe Sie nie darum gebeten, mit mir zu tanzen, Mylord«, erwiderte sie und verkniff sich einen Schmerzenslaut, als Lord Sheffield den Takt vorgab und ihre Hand fester umschloss.

»Wenn Sie keine Aufmerksamkeit erregen wollen, Mylady, sollten Sie auf mich hören. Einige Augenpaare sind bereits auf uns gerichtet.«

»Dann lassen Sie sie ruhig auf uns gerichtet sein, ansonsten hätten diese armen Klatschbasen beim morgigen Nachmittagstee nichts zu bereden.«

Lord Sheffield vollführte eine schwungvolle Drehung, sodass sie gezwungenermaßen noch enger gegen ihn gedrückt wurde. Zu ihrem Verdruss mochte sie seinen herb-männlichen Duft, der sie entfernt an Rasierwasser erinnerte. Als er sich zu ihr hinabbeugte, streifte sein heißer Atem ihr Ohr und Alexandra erschauderte. »Sie hätten mir gleich zu Beginn sagen sollen, dass Sie für einen Skandal zu haben sind, Mylady. Wollen Sie mich gegen eine Topfpalme stoßen oder mich öffentlich für meinen ausschweifenden Lebensstil diffamieren?«

Alexandra hob eine Augenbraue. »Sie denken in der Tat, dass Sie mir eine üble Nachrede wert sind? Ihr Selbstvertrauen muss wahrlich groß sein.«

Sein raues Lachen sandte einen Schauder über ihren Rücken. »Ihre Schlagfertigkeit ist eine willkommene Erfrischung in einem Stall voller schweigsamer Lämmer.«

Überrascht ob seiner Worte, ließ ihre Konzentration für einen Augenblick nach und sie trat ihm auf den Fuß. Er überspielte es mit einem grimmigen Lächeln und zog es vor, den Rest des Tanzes zu schweigen, vermutlich, um sie nicht erneut abzulenken.

Sie seufzte erleichtert auf, als die Klänge des Orchesters verstummten und der Tanz für beendet erklärt wurde. Alexandra hätte es keinen Takt länger mit diesem ungehobelten Kerl ausgehalten. Schlimm genug, dass er ihr noch einen Handkuss gab, bevor er sie zurück zu Ophelia begleitete. Ihr war während des Tanzes nicht aufgefallen, dass sich auch ihre älteste Schwester mit ihrem Gatten hinzugesellt hatte und sie beide argwöhnisch beobachtete, als sie von der Tanzfläche schritten.

»Ein wunderbarer Tanz, nicht wahr?«, zwitscherte Charlotte und lächelte Alexandra an.

»Ganz wunderbar«, murrte sie und ließ sich von Ophelia die Champagnerflöte zurückgeben. »Ich hätte mir nichts Wundervolleres vorstellen können.«

»Du solltest noch an den Schritten üben, Schwesterherz«, gab ihr Zwilling zum Besten und stieß sie neckisch mit dem Ellbogen an.

»Bücher und Orchideen fragen nicht, ob ich tanzen kann. Zudem sagt der Besitz dieser Fähigkeit nichts über meinen Charakter aus.« Alexandra war nicht in der Stimmung für Diskussionen. Viel mehr fragte sie sich, was Lord Sheffield nur geritten hatte, sie zum Tanz aufzufordern. Er wusste doch, dass sie nicht viel von ihm hielt, und es schreckte ihn dennoch nicht ab, auf sie zuzugehen.

»Es freut uns sehr, dass du uns morgen besuchen kommst, Noah«, vernahm Alexandra die Stimme ihrer ältesten Schwester und horchte auf. »Heath' neuer Wallach dürfte dich interessieren.«

Alexandra biss sich auf die Unterlippe, um zu verhindern, dass etwas ihren Mund verließ, was nicht für Lord Sheffields Ohren bestimmt war.

»Und wir können auch über deine neue Rolle in unserer Familie sprechen«, mischte sich Heath mit einem vielsagenden Unterton ein, der die Alarmglocken in Alexandra läuten ließ.

»Neue Rolle?«, fragte sie atemlos und ließ ihren Blick zwischen ihm und Sheffield hin und her schweifen. Ihr Schwager zuckte nur mit den Schultern. »Du wirst es morgen früh genug erfahren, heute sind wir schließlich hier, um uns zu amüsieren.« Er griff nach Charlottes Hand und deutete auf die Tanzfläche. »Wenn du gestattest?«

Alexandra hatte ihre Schwester noch nie so glücklich gesehen und vergaß kurz das ungute Gefühl in ihrem Magen. Anfangs hätte sie nie gedacht, dass die beiden sich finden könnten, war Heath doch ihr Vormund gewesen, der nur darauf aus war, alle drei Schwestern schnellstmöglich zu verheiraten. Dass sie sich letztendlich ineinander verliebt und geheiratet hatten, war auch Ophelia und Alexandra zugutegekommen, schließlich war das Wort Vernunftehe seither kein einziges Mal gefallen. Abgesehen davon wollte Charlotte früher auch nicht heiraten.

Während Heath seine Frau zur Tanzfläche führte, blieben sie zu dritt zurück.

»Sagen Sie, Lord Sheffield, ich hörte Gerüchte, dass Ihre Frau wieder in London verweilt. Stimmt das?«, begann Ophelia das Gespräch. Alexandra schnappte nach Luft und warf ihr einen warnenden Blick zu. »Herrgott, das ist wohl eine wahrlich indiskrete Frage.«

»Schon gut«, mischte sich Sheffield ein und zum ersten Mal, seit sie ihn kannte, sah sie so etwas wie Schmerz auf seinen Zügen. Schmerz gepaart mit Verrat. »Es gibt Gerüchte, dass dem so ist, ja, aber ich habe sie nicht gesehen. Es ist mir auch einerlei, wo sie sich aufhält.« Obwohl er lächelte, fiel Alexandra augenblicklich auf, dass es erzwungen wirkte. Es war ihm keineswegs einerlei. Das machte ihn kurz ... menschlich.

Ophelia vollführte eine unwirsche Handbewegung. »Das ist die richtige Einstellung, Mylord. Wenn man sich Ihnen gegenüber so abscheulich verhält, hat man auch keine zweite Chance verdient.«

»Ophelia!«, zischte Alexandra und blickte sich um. Glücklicherweise stand niemand nahe genug, um ihrer Unterhaltung zu lauschen. Himmel, wie oft musste sie dieses ungezogene Ding noch vor einem Skandal bewahren?

Ihre Schwester blinzelte sie unschuldig an. Die zu Korkenzieherlocken geformten Strähnen und die sanften grünen Augen unterstrichen ihre Engelserscheinung zusätzlich, dabei wusste sie genau, dass darunter der Teufel schlummerte. »Das ist doch wohl eine angemessene Bemerkung, Schwester.«

Irgendwann im Laufe der letzten beiden Jahre hatte Alexandra es aufgegeben, Ophelia darin zu unterrichten, was angemessen war und was nicht. Sie war wie ein ungestümes Wildpferd – unzähmbar. Ihre Aussagen sorgten regelrecht dafür, dass sich die ehrwürdigen Gentlemen von ihr fernhielten, weil sie keine Frau wollten, deren Zunge spitzer als ein Schürhaken war.

»Es ist schon in Ordnung, Mylady«, wandte sich Sheffield an sie. »Mir ist es lieber, dass mich jemand ehrlich darauf anspricht, anstatt Gerüchte zu streuen.«

Alexandra hob eine Augenbraue. »Dann gehören Sie allerdings zur Ausnahme.«

»Man kann mir vieles vorwerfen, Lady Mainsfield, aber bestimmt nicht, dass ich gewöhnlich bin.«

In seinen Augen blitzte etwas auf, das ihr eine Gänsehaut bescherte. Es waren nicht nur die Worte an sich, die sie irritierten, sondern der dunkle Klang seiner Stimme.

Alexandra beschloss, stets im Gewächshaus zugegen zu sein, wenn Lord Sheffield sich für einen Besuch ankündigte. Je weniger sie ihn sah, umso besser war es. Denn obwohl die Gesellschaft ihn für einen Schwerenöter hielt, der zu allem Verdruss auch noch von seiner Frau verlassen wurde, glaubte Alexandra, einen anderen Mann hinter seiner Mauer zu entdecken. Und das wollte sie auf keinen Fall. Nichts war gefährlicher als eine gepeinigte Seele, die nicht gefunden werden wollte.

Im Gegensatz zu vielen Mitgliedern des *tons* schlief Alexandra nicht den ganzen Vormittag durch, sondern stand meist gegen neun Uhr auf, um sich in das Gewächshaus zu begeben. Obgleich sie früher nie viel für Pflanzen übrig hatte, war es Charlotte gelungen, die Liebe für Orchideen in ihr zu wecken. Alexandra bezeichnete sie gern als Königin unter den Blumen und sie freute sich jedes Mal wie ein kleines Kind, wenn eine neue Lieferung gebracht wurde. Mittlerweile beherbergte das Gewächshaus über hundertzehn Pflanzen.

»Guten Morgen, Mylady«, grüßte sie der Butler und schenkte ihr ein freundliches Lächeln. Nachdem ihr Onkel auf einer Expeditionsreise gestorben war, hatte sich Mr. Froggs auffallend fürsorglich um die drei Mädchen gekümmert, wofür sie ihm heute noch dankbar war. Aus diesem Grund verband sie beinahe ein freundschaftliches Verhältnis, was in ihren Reihen in der Tat ungewöhnlich war.

»Guten Morgen, Froggs. Ich nehme an, dass meine Schwestern noch schlafen?«

Er schüttelte den Kopf. »Nein, Lady Charlotte ist bereits munter und Seine Lordschaft nimmt im Speisezimmer sein Frühstück ein.«

Alexandra runzelte die Stirn. »Es ist doch viel zu früh.«

»Nun ja, es wird um elf Uhr Besuch von Lord Sheffield erwartet, Mylady.«

Alexandra räusperte sich. »Natürlich. Das ist mir vollkommen entfallen. Wenn Sie mich nun entschuldigen würden, ich begebe mich in das Gewächshaus.«

»Natürlich, Mylady. Ich lasse Ihnen wie üblich ein kleines Frühstück servieren.«

Auf dem Weg zu ihren Orchideen versuchte Alexandra, sich ihre Laune nicht von diesem nahenden Besuch verderben zu lassen. Es war ihr nicht recht, dass Sheffield so oft hier war, hegte sie schließlich immer noch den Verdacht, dass er einen schlechten Einfluss auf Heath ausüben könnte. Nachdem ihn seine Frau verlassen hatte, war er Nacht für Nacht durch sämtliche Etablissements gestreift und hatte viel Geld im *White's* gelassen.

Missmutig betrat sie das Gewächshaus und griff nach der Schürze, die ihr Musselinkleid vor Erde und Blütenstaub schützte. Die Haare hatte sie zu einem hohen Chignon gebunden, ihre Füße steckten in Lederstiefeln. Obgleich sie heute die Phalaenopsis-Reihe pflegen wollte, fiel ihr Blick wie von selbst auf die Dendrobia, die Lord Sheffield damals ihrer Schwester als Entschuldigung schenkte, dass er sie beinahe mit dem Pferd über den Haufen geritten hatte.

Sie war hübsch.

Zahlreiche kleine Blüten legten sich wie ein Vorhang über die grünen Blätter. Es war schwierig, sie in den Gewächshäusern zu kultivieren, war sie doch in Australien beheimatet, aber Alexandra war es gelungen, dass sie hier überlebte. Sie ging näher an die Pflanze, streifte währenddessen die Handschuhe über. »Was habe ich nur verbrochen, dass dieser Mensch bereits zu unserer Familie zählt? Ich kann ihn nicht leiden … er hat etwas an sich, das mich rasend macht. Eine gewisse Arroganz, obwohl ich ahne, dass sie nur als Schutz dient.«

Obgleich sie manche für ihre Eigenheit, mit ihren Orchideen zu sprechen, sicherlich gern nach Bedlam bringen würden, war es für Alexandra eine gute Möglichkeit, sich den Frust von der Seele zu reden. Und weder tratschten Orchideen noch unterbrachen sie sie mitten im Satz.

Der Kontakt zu Alexandras ehemaligen Freundinnen war abgebrochen, nachdem diese geheiratet hatten und auf das Land gezogen waren. Sie tat sich schwer dabei, neue zu finden, was schlichtweg daran lag, dass sie kaum jemandem vertraute. Die Hautevolee war für sie eine Schlangengrube.

Sie schüttelte den Kopf und wandte sich von der Dendrobia ab, ehe sie nach dem Pinsel griff und die eigentliche Arbeit anvisierte. Orchideen mussten hier im Gewächshaus per Hand bestäubt werden. Eine Arbeit, die viel Fingerspitzengefühl erforderte.

»Mylady, Ihr Frühstück«, vernahm sie die Stimme eines Lakaien, der soeben dabei war, das Tablett auf einen kleinen Tisch zu stellen. Obgleich sie es liebte, hier die erste Mahlzeit des Tages einzunehmen, war ihr der Appetit heute vergangen, dabei rochen die Pfannkuchen der Köchin einfach köstlich.

»Vielen Dank.«

Der Diener verschwand so schnell, wie er gekommen war, und Alexandra setzte ihre Arbeit fort. Hier war der Ort, an dem die Zeit für sie keine Bedeutung hatte. Der Ort, an dem sie sich frei fühlte und sie selbst sein konnte. Was andere als Blaustrumpf bezeichneten, war für sie eine fortschrittliche Frau, die sich nicht nur auf das Kindergebären beschränken wollte.

Zumindest konnte sie Lord Sheffield heute aus dem Weg gehen. Es würde viel zu lange dauern, sich umzuziehen, ehe sie wieder gesellschaftsfähig war.

Sie arbeitete sich von Pflanze zu Pflanze weiter, genoss die Stille und wollte sich gerade der zweiten Reihe widmen, als sie klackernde Geräusche vernahm. Schnell, ungestüm, als ob jemand im Inbegriff war, gleich loszulaufen. Einen Moment später erschien Ophelia im Gewächshaus, ein sorgenvoller Ausdruck lag auf ihrer Miene. Ophelia und sorgenvoll passte nicht zusammen.

Alexandra legte den Pinsel zur Seite. »Was ist denn los? Warum bist du so aufgebracht?«

»Du musst in den Salon kommen. Gleich«, kam es atemlos zurück.

Alexandra schüttelte bestimmt den Kopf. »Es gibt keinen Grund. Ich bin mir sicher, dass Heath und Charlotte allein mit Lord Sheffield zurechtkommen.«

»Glaube mir, Schwesterchen. *Das* willst du hören.«

Es kam selten vor, dass man Ophelia ernst erlebte und wenn, dann musste Schreckliches geschehen sein: ihre Schneiderin war ausgebucht, ihre spitze Zunge hatte sich verknotet oder der Konfektladen am Piccadilly Circus stand in Flammen. Alexandra streifte die Ziegenlederhandschuhe ab und löste den Knoten der Schürze.

»Dann warne mich doch bitte vor, was ich unbedingt hören will«, gab sie zurück und seufzte leise. Sie wollte Lord Sheffield nicht schon wieder über den Weg laufen.

Als sie Ophelias bleichen Teint und das unruhige Nesteln ihrer Finger am Kleidersaum bemerkte, stutzte sie. »Raus mit der Sprache.«

Ihre Schwester tat einen tiefen Atemzug, bevor sie den Mund öffnete. »Heath hat Lord Sheffield zu deinem persönlichen Aufpasser ernannt.«

2. Kapitel

Zu dieser unchristlichen Uhrzeit auf die Straße zu treten, gehörte nicht zu Noahs bevorzugten Aktivitäten. Für gewöhnlich verließ er erst später das Haus, aber sein Freund Heath hatte ihn eindringlich darauf hingewiesen, dass er seine Anwesenheit wünschte, und er leistete seiner Bitte Folge, wenn auch widerwillig.

Dennoch wusste er, dass es sich um etwas Dringliches handeln musste, immerhin trafen sie sich ansonsten erst gegen Abend. Er hoffte inständig, dass es nichts mit dem neuesten Tratsch zu tun hatte, der nun auch seine Ohren erreichte. Gerüchte, dass seine einstige Gattin wieder in London verweilte, hatten ihn in der Nacht wach gehalten.

Es kam ihm wie eine Ewigkeit vor, dass er Violet das letzte Mal gesehen hatte. Er dachte immer, dass er sie früher oder später würde aufsuchen müssen. Dass zu viele unausgesprochene Worte zwischen ihnen in der Luft lagen, die einer Klärung bedurften. Doch in den letzten Wochen war ihm bewusst geworden, dass er rein gar nichts mehr mit ihr zu bereden hatte.

Herrisch schüttelte er den Kopf, um die düsteren Gedanken zu vertreiben, und gab seinem Pferd die Sporen. Zu einer anderen Uhrzeit überwog die Vernunft, das Tier nicht durch den Hyde Park preschen zu lassen, aber in diesem Fall genoss er den kühlen Wind und das Gefühl von Kontrolle. *Tribune* war auch um einiges sanftmütiger als *Imperator*, den er im vergangenen Dezember Probe geritten und dabei Charlotte verletzt hatte. So leichtsinnig würde er nicht noch einmal sein. Er hätte auch mit der Kutsche fahren können, doch in seinen Augen gab es nichts Angenehmeres, als einen Ausritt, um einen klaren Gedanken fassen zu können. Erst als das Stadthaus seines Freundes in Sichtweite kam, ließ er das Pferd in einen Trab verfallen.

Vor dem Anwesen wurde er bereits vom Butler, Froggs, wenn er sich recht erinnerte, erwartet. Behände sprang er aus dem Sattel und übergab die Zügel einem Stallburschen, der sogleich angelaufen kam, bevor er die wenigen Stufen zur Eingangstür hochstieg. Dabei strich er sich die vom Wind zerzausten Haare zurück.

Er war in den letzten Monaten so oft hier gewesen, dass es sich mittlerweile anfühlte, als würde er selbst hier wohnen. Die Gesellschaft von Charlotte empfand er als sehr angenehm, sie war eine so herzliche Frau, und auch wenn ihre Zwillingsschwestern an gutem Benehmen zu wünschen ließen, fand er deren Anwesenheit doch stets amüsant.

Sie alle hauchten diesem Gebäude Leben ein und in Gesellschaft wie dieser fühlte er sich deutlich wohler, als allein in seinem Stadthaus zu sitzen und der Dinge auszuharren, welche auch immer auf ihn zukommen mochten. Ja, die Einsamkeit in seinen eigenen vier Wänden, die er früher geschätzt hatte, wurde immer mehr zur Qual.

»Willkommen, Mylord«, begrüßte ihn der alte Butler mit einer steifen Verbeugung. »Sie werden bereits im Salon von Seiner Lordschaft, dem Earl of Murray, erwartet. Wenn ich Ihnen das Kleidungsstück abnehmen dürfte ...«

»Vielen Dank, Froggs«, entgegnete Noah und überreichte dem Mann seinen Gehrock. Dieser deutete ihm mit einer Handbewegung, dass er ihm zum Salon folgen sollte. Dort angekommen, kündigte der Butler die Ankunft des Besuchers an und ließ die Herren allein.

»Sheffield«, begrüßte sein Freund ihn mit einem Grinsen im Gesicht. Er wirkte ... zufrieden. Seine Kleidung saß tadellos, keine einzige Strähne hing ihm ins Gesicht. Jedes Mal, wenn Heath nervös war, befiel ihn die Angewohnheit, sich durch die Haare zu streichen. Er schien demnach entspannt zu sein. Zu entspannt.

»Murray«, erwiderte er die Geste und nahm in dem gepolsterten Sessel Platz. »Was ist so wichtig, dass du mich um diese gottverdammte Uhrzeit zu dir bittest? Hätte es nicht wenigstens bis zur Mittagszeit warten können?«

Heath lachte. »Du verschläfst noch dein halbes Leben, alter Freund. Möchtest du einen Whisky?«

Verwundert zog Noah eine Augenbraue in die Höhe. »Verzeih mir, wenn ich mich irre, mein Guter, aber warst du nicht derjenige, der mich dazu anhielt, nicht mehr so oft zu einem guten Tropfen Alkohol zu greifen? Zudem ist es viel zu früh.« Grundsätzlich hätte er nichts gegen einen Schluck einzuwenden, doch er kannte seinen Freund mittlerweile lange genug, um zu wissen, dass er etwas im Schilde führte.

Heath' Lippen verzogen sich zu einem breiten Lächeln. »Natürlich, vor allem zu dieser Tageszeit. Das war nur eine Prüfung, ob du mittlerweile wieder zur Besinnung gekommen bist.«

»Eine Prüfung?« Noah rutschte in eine bequemere Position. »Hat es etwas mit der ominösen neuen Aufgabe zu tun, von der du gestern sprachst?«

Bevor Heath die Gelegenheit erhielt, zu antworten, öffnete sich die Tür und Charlotte trat ein. »Noah«, rief sie freudestrahlend und kam mit eleganten Schritten auf ihn zu. »Ich wusste doch, dass ich deine Stimme gehört habe.«

»Charlotte.« Sheffield erhob sich und hauchte ihr galant einen Kuss auf den Handrücken. Sie hatte sich in den letzten Monaten prächtig entwickelt. Ihre blauen Augen strahlten vor Lebensfreude und Neugierde. Von der zurückhaltenden, grauen Person, als die er sie kennengelernt hatte, war nicht mehr viel übrig.

Er musste schmunzeln, als er daran dachte, dass Heath als Charlottes Vormund zuerst eine Heirat mit ihm, Sheffield, für sie vorgesehen hatte. Und jetzt stand er dem Paar gegenüber und sie könnten nicht glücklicher verheiratet sein. Ein Stich fuhr ihm durch die Brust. Er erinnerte sich an eine Zeit, in der seine Frau ihn genauso angesehen hatte, wie Charlotte Heath anblickte. Doch der Zauber seiner eigenen Ehe war schnell verflogen und einem Schauspiel gewichen. Er räusperte sich.

»Heath wollte mir gerade erörtern, welche neue Rolle er mir in eurer Familie zukommen lassen möchte.«

»Wunderbar, dann komme ich ja genau zur richtigen Zeit.«

Freudestrahlend ließ sie sich neben ihrem Mann auf der Chaiselongue nieder und blickte ihn erwartungsvoll an. Noah fühlte Misstrauen in sich aufsteigen. Die beiden waren ungewohnt guter Laune und beäugten ihn, als handle es sich um einen saftigen Braten, den es jemandem anzubieten galt.

Er runzelte die Stirn. »Würdet ihr nun die Freundlichkeit besitzen, mich aufzuklären, was ihr im Schilde führt?«

Charlotte stieß ihren Gatten mit dem Ellbogen an. »Ich sagte dir doch, dass du ihn nicht lange hinters Licht führen kannst.«

Nun war Noah vollends verwirrt, aber ehe er dazu kam, nachzuhaken, machte Heath mit einem Räuspern auf sich aufmerksam. »Ich fasse mich kurz. Wir denken, es wäre in unser aller Interesse, wenn du ein Auge auf unser Sorgenkind Alexandra wirfst.«

Noah zog wirsch eine Augenbraue in die Höhe. Das hatte ihm gerade noch gefehlt. »Murray, ich habe dir schon einmal gesagt, dass ich mich nicht verkuppeln lasse.«

»Nein, nein«, mischte Charlotte sich hastig ein. »Mein Gatte hat sich ein wenig missverständlich ausgedrückt. Wir möchten, dass du Alexandra beibringst, wie man sich anständig in der Gesellschaft verhält. Dir ist gestern sicher aufgefallen, dass ihr … nun ja, ein bisschen das Talent fehlt. Es besteht vorrangig bei ihren Tanzfähigkeiten Handlungsbedarf.«

Ein amüsiertes Lächeln huschte über Noahs Gesicht, als er an den Tanz mit Lady Alexandra zurückdachte. So eine tollpatschige Person war ihm wahrlich noch nicht untergekommen. »Das ist es in der Tat«, murmelte er und rieb sich mit der Hand über das glattrasierte Kinn. Dann erst begriff er, was seine Freunde soeben gesagt hatten. »Seid ihr von allen guten Geistern verlassen?«, fuhr er auf. Ein Kribbeln zog sich durch seine Beine und er verspürte den Drang, sich zu bewegen. In Ermangelung an Alternativen stand er auf und schritt im Raum auf und ab. »Ihr wisst, dass es mit meinem Ruf nach dem Malheur mit Lady Shef… mit Violet … nicht zum Besten steht. Ich könnte ihren mit meiner Anwesenheit beflecken, Heath.«

Sein Freund zuckte nur mit den Achseln. »Du schenkst dem Geschwätz gelangweilter Ladys zu viel Beachtung.«

Nein, der Gedanke, mehr Zeit mit Alexandra zu verbringen, behagte ihm in der Tat nicht. Es lag nicht an ihrer Persönlichkeit, viel mehr an seinen merkwürdigen Gedanken, wenn sie in seiner Nähe war. Oder an einem seltsam schnell klopfenden Herzen letzten Abend, als er sie in diesem atemberaubenden Kleid erblickt hatte. Grundgütiger, er sollte sich endlich wieder eine Mätresse zulegen, die seine Verwirrung in Luft auflösen konnte. »Was sagt Ihre Ladyschaft zu dieser Aussicht?«

Charlotte und Heath wechselten einen schnellen Blick.

»Sie weiß es noch nicht«, antwortete sein bester Freund schließlich. »Wir wollten die Angelegenheit zuerst mit dir besprechen.«

»Mit mir? Alexandra wird euch, Verzeihung, die Köpfe abreißen, wenn sie erfährt, was ihr hinter ihrem Rücken plant. Und ich bezweifle, dass ich einen guten Lehrer abgebe.« Er dachte an seinen eigenen Hauslehrer zurück, diesen griesgrämigen Taugenichts, und ein Schauder erfasste ihn.

Heath rieb sich verlegen den Nacken. »Sagen wir es so: Du bist ein Gentleman, der dringend einer Beschäftigung bedarf, um nicht für immer im Selbstmitleid zu versinken.«

Das saß. Obgleich sein rationaler Teil Heath recht gab, würde er es niemals aussprechen. »Ich verbitte mir diese Unterstellung.« Noah schüttelte hartnäckig den Kopf. Was fiel ihm ein, ihm vorzuwerfen, er würde sich gehen lassen? Sicher, er führte in den letzten Monaten einen ausschweifenden Lebensstil und er sehnte sich dringend nach ein wenig Abwechslung. Doch die hatte in seiner Vorstellung anders ausgesehen, als den Aufpasser für eine aufmüpfige, aber doch verdammt attraktive Frau zu spielen. »Ich bezweifle, dass Lady Alexandra damit einverstanden ist. Verflucht, Heath! Was du von mir verlangst, reizt unsere Freundschaft bis aufs Äußerste aus!«

Murray zog die Augenbrauen zusammen, sodass sich eine steile Falte auf seiner Stirn bildete. »Ich bitte dich als dein Freund um einen Gefallen, Sheffield. Sehe ich das richtig, dass du eine junge Lady lieber dem Gespött der Gesellschaft aussetzt, als nur einmal in deinem Leben deinen Stolz hinunter zu schlucken und ausnahmsweise etwas für andere zu tun und nicht nur für dich selbst?«

Noah presste die Lippen aufeinander und setzte sich wieder. Einen kurzen Moment schwieg er, um sich zu sammeln. »Du weißt, dass ich nicht so egoistisch bin, wie du mich gerade darstellst, mein Freund«, brummte er. »Wenn ich mich recht entsinne, habt ihr beide es nur mir zu verdanken, dass ihr es geschafft habt, euch das Eheversprechen zu geben. Hätte ich dir nicht in deinen Allerwertesten getreten und die Heiratserlaubnis besorgt, würdest du immer noch in deinem Arbeitszimmer sitzen und vor dich hin schmollen.« Tief holte er Luft und ballte die Hände zu Fäusten.

Heath seufzte. »Es tut mir leid, ich hatte nicht die Absicht, dich zu beleidigen. Ich bitte dich lediglich um ein bisschen Beistand. Die Mädchen haben eine gute Partie verdient, doch dabei brauchen sie Hilfe. Alexandra insbesondere.«

Noah stand in Charlottes Schuld, wegen des Unfalls im letzten Jahr, und nur ihretwegen gab er sich geschlagen. Fürs erste. Das letzte Wort war noch lange nicht gesprochen. »Wenn deine Schwester damit einverstanden ist, Charlotte, werde ich mich fügen.«

Charlotte atmete erleichtert auf und läutete nach dem Butler. »Froggs«, sagte sie, als der alte Mann den Salon betrat, »bitte richten Sie Lady Alexandra aus, dass wir sie umgehend zu sprechen wünschen.«

»Ich fürchte«, erwiderte der Butler, »Lady Ophelia hat mir diese Aufgabe bereits abgenommen. Sie lief in Richtung des Gewächshauses, als wäre sie auf der Flucht, Mylady.«

Charlotte verdrehte die Augen. »Dieses ungezogene Mädchen«, schimpfte sie. »Ich habe ihr schon so oft gesagt, dass es sich nicht ziemt, Gesprächen hinter verschlossenen Türen zu lauschen.« Sie seufzte herzzerreißend.

»Du warst auch ein kleiner Wirbelwind«, neckte Heath sie, doch Charlotte schüttelte den Kopf.

»Nur dir gegenüber, mein Lieber, weil du mich immer wieder aufs Neue zur Weißglut getrieben hast«, entgegnete sie und warf ihm einen pikierten Blick zu. »Nun«, Charlotte wandte sich wieder an ihren Butler, »ich gehe davon aus, dass wir nicht mehr lange auf Alexandra warten müssen. Bringen Sie uns doch bitte einen Tee und ein paar von Mrs. Giggles Butterküchlein. Ich durfte ihren Duft heute Morgen erschnuppern und seitdem ist mein Hunger kaum zu stillen.«

»Sehr wohl, Mylady«, antwortete Froggs und verbeugte sich, ehe er den Salon verließ und sich die Tür hinter ihm schloss.

»Ah, Mrs. Giggles ominöse Wunderküchlein«, kommentierte Noah Charlottes verzückte Miene.

»Sie sind göttlich, Noah, du wirst sie lieben«, seufzte Charlotte und schloss die Augen, als würde sie sich bereits jetzt den süßen Geschmack des Gebäcks auf der Zunge zergehen lassen.

Heath schüttelte unauffällig den Kopf und verzog das Gesicht, als müsse er würgen. Noah konnte nicht länger an sich halten und fing schallend an zu lachen, weshalb Charlotte erschrocken die Augen aufriss und die Abneigung ihres Gatten erst jetzt zu bemerken schien.

»Du bist ein Banause, Heath«, tadelte sie ihn. »Mrs. Giggles Butterküchlein sind ein Gedicht und du weißt sie einfach nicht zu würdigen.«

»Sie sind furchtbar süß und klebrig.« Heath verdrehte die Augen. »Ich verstehe nicht, was du an ihnen so besonders findest.«

»Nun, Noah wird sich gleich selbst ein Bild machen können.«

In diesem Augenblick öffnete sich mit einem Ruck die Tür und zwei Mädchen betraten den Raum. Sofort erhob sich Noah von dem Sessel und verbeugte sich vor Charlottes Schwestern.

»Lady Ophelia, Lady Alexandra«, begrüßte er sie. Ophelia versank in einem Knicks und zupfte am Rockzipfel ihrer Schwester, die es ihr mit ein wenig Verzögerung gleichtat. »Lord Sheffield«, sprachen sie wie aus einem Munde.

Die Zwillinge könnten nicht unterschiedlicher sein. Noah hatte sich schon oft gefragt, wie es möglich war, dass Alexandra mit ihren Schwestern blutsverwandt war, wo sie sich doch deutlich von den anderen beiden unterschied. Ihre dunklen Haare waren, so vermutete er, vom Wind zerzaust und ein paar Strähnen hatten sich aus dem Zopf gelöst. Bei genauerer Betrachtung fiel ihm auf, dass etwas Erde auf Kniehöhe an ihrem Kleid hing, wie er auch einen dunklen Fleck an ihrem Ärmel ausmachen konnte.

Ophelias Kleidung saß tadellos, die blonden Haare hatte sie kunstvoll hochgesteckt. Auch wenn sie ebenfalls beide nicht auf den Mund gefallen waren, so hatte Noah den Eindruck, dass die älteren Mainsfield-Schwestern wesentlich mehr Verantwortungsbewusstsein und Ehrgeiz besaßen, als die Jüngste.

»Himmel, hättest du dir nicht etwas Ordentliches anziehen können, Schwesterherz?«, entfuhr es Charlotte entsetzt.

»Wie schön, dass du da bist, Alexandra«, sagte Heath mit einem Lächeln auf den Lippen und überging den Tadel seiner Frau, um seine Schwägerin nicht weiter in eine missliche Lage zu bringen. »Wir wollen etwas mit dir bereden.«

»Ich brauche keinen Aufpasser«, sprudelte es aus Lady Alexandra heraus. Sie ergriff Ophelias Hand, zog sie mit sich auf die zweite Chaiselongue und verschränkte trotzig die Arme vor der Brust. Noah verkniff sich ein Seufzen. Mit dieser Reaktion hatte er gerechnet.

»Liebste Alexandra«, versuchte Heath, sie zu beschwichtigen. »Du bist bereits neunzehn Jahre alt, ein Alter, in dem viele junge Frauen längst versprochen sind ...«

»Ich dachte, das Thema Vernunftehe käme nie wieder zur Sprache«, fiel Alexandra ihm kleinlaut ins Wort.

Heath seufzte. »Lass mich ausreden, liebe Schwägerin. Ich habe nicht vor, dir oder deiner Schwester einen Ehemann vorzusetzen, wir haben letztes Jahr gesehen, wie sinnlos dieses Unterfangen ist.« Er warf Charlotte einen liebevollen Blick zu und wandte sich räuspernd wieder an das Mädchen. »Dennoch halte ich es für meine Pflicht, dich gemäß der gesellschaftlichen Standards vorzubereiten. Dir fehlen … ein paar Grundlagen, um dich in der gehobenen Gesellschaft zurecht zu finden. Wir wollen doch unter allen Umständen vermeiden, dass über dich und somit auch über deine Familie getuschelt wird.«

Für einen Moment war es so still zwischen ihnen, dass das sonst so leise Ticken der Standuhr wie ein Donnergrollen klang.

»Was mein geschätzter Freund damit sagen möchte«, unterbrach Noah die Stille, bevor sie noch erdrückender werden konnte, »ist, dass ich dafür Sorge tragen werde, Sie im Tanz zu unterrichten, um Ihre zukünftigen Tanzpartner vor blauen Zehen zu bewahren.« *Herrgott, was redete er da für einen herablassenden Schwachsinn?*

Lady Alexandra verzog missmutig das Gesicht. Ehe sie die Möglichkeit bekam, etwas zu erwidern, klopfte es an der Tür und Froggs brachte den Tee. Ein Dienstmädchen stellte eine Etagere mit Kuchenstücken auf den halbhohen Holztisch in ihrer Mitte. Schweigend ließen die beiden die Herrschaften wieder allein.

»Bitte, Noah«, sagte Charlotte freundlich und reichte ihm den Teller mit dem wohlduftenden Gebäck. »Bediene dich.«

Auch wenn der Angesprochene derzeit keinen Appetit verspürte, da ihn die Situation mehr als anspannte, tat er seiner Freundin den Gefallen und griff nach einem der Küchlein. Er genehmigte sich einen Bissen und musste Heath recht geben, das Gebäck war furchtbar süß, aber er verzog keine Miene.

»Verstehe ich das richtig«, brachte Alexandra das Gespräch zurück auf das eigentliche Thema, »ihr macht euch Sorgen um mein gesellschaftliches Ansehen, verlangt aber, dass ein Mann, dessen Ruf mehr als fragwürdig ist, sich um mein Auftreten kümmert?«

Charlotte schnappte entsetzt nach Luft. »Alexandra!«

Ophelia versteckte ihr schelmisches Grinsen hinter der

Hand, doch Sheffield hatte es zu deutlich gesehen. Sie war in der Tat ein ungezogenes Ding und kein guter Umgang für ihre Zwillingsschwester.

»Ich verbitte mir diesen Ton, Alexandra«, donnerte Heath' Stimme durch den Raum. Sie hatte einen warnenden Klang angenommen. Seine Augenbrauen zogen sich zusammen und Noah wusste, dass Heath langsam die Geduld verlor. »Lord Sheffield ist mein langjähriger Freund und ebenfalls ein Freund der Familie. Sein Ruf wird ihm nicht gerecht. Ist er nicht selbstlos im letzten Dezember mit euch nach Hampshire gereist, um eure Schwester vor einer Heirat mit dem Betrüger Ranfield zu bewahren?«

Das Grinsen verschwand von Ophelias Gesicht. Die beiden Mädchen wechselten einen kurzen Blick, bevor sie zeitgleich die Lider senkten und zu Boden schauten.

»Ich erwarte, dass du dich bei Noah entschuldigst«, forderte Charlotte ihre Schwester auf.

Alexandra wirkte mit einem Mal unnatürlich blass, ihre zerzausten Haare und das verdreckte, graue Hauskleid verliehen ihr ein kränkliches Aussehen. »Verzeihen Sie meinen Ausbruch, Lord Sheffield«, brachte sie mühsam hervor und so leise, dass Noah sie gerade eben verstehen konnte.

»Glauben Sie mir, Lady Alexandra«, entgegnete er zähneknirschend, »mir gefällt es genauso wenig wie Ihnen.«

Sie hatte ja recht, die Gerüchte, die sich um sein wenig tugendhaftes Leben rankten, waren nicht alle unbegründet. Er hatte sich eine Zeit lang keinen Deut um die Meinung anderer geschert und dieses frevelhafte Verhalten forderte nun seinen Tribut. »Ich verstehe Ihre Angst, mit mir gesehen zu werden. Lassen Sie mich Ihnen einen Vorschlag unterbreiten, Lady Alexandra: Ich komme hierher und gebe Ihnen im privaten Rahmen Tanzunterricht. Niemand muss davon erfahren. Wir können unverfänglich behaupten, ich wäre hier, um mit Ihrem Schwager geschäftliche Angelegenheiten zu besprechen.«

Erwartungsvolle Blicke richteten sich auf Alexandra. Noah

konnte deutlich sehen, wie sie mühsam schluckte. Dann drückte sie die Schultern durch und nickte. »Ich bin einverstanden.« Ihre Augen straften sie Lügen. Sie wandte sich an Heath und ein müder Ausdruck legte sich auf ihr Gesicht. »Darf ich nun ins Gewächshaus zurückkehren?«

Murray nickte zustimmend. Alexandra erhob sich, versank vor Noah in einem Knicks und verließ den Salon.

»Komm, Ophelia«, sagte Charlotte und stand ebenfalls auf. »Lassen wir die Herren allein, Heath will sicher noch von seinem neuen Wallach berichten.« Als die beiden Frauen ebenfalls den Raum verlassen hatten, atmete Noah auf und rutschte in eine bequemere Position.

»Ich hätte jetzt doch gerne einen, Murray.«

Heath zog fragend die Augenbraue hoch. »Einen was?«

Noah seufzte. »Ich brauche jetzt dringend einen Whisky.«

3. Kapitel

»Einen Aufpasser«, echauffierte sich Alexandra und schnitt energisch die vertrockneten Wurzeln einer Orchidee ab. »Was fällt ihnen nur ein? Als ob ich nicht allein fähig wäre, über das Parkett zu schreiten.« Sie schüttelte die Pflanze aus, sodass die Erde auf dem Boden landete und sie sich den restlichen Wurzeln widmen konnte.

Alexandra hatte das Bedürfnis, jede einzelne Orchidee in diesem Raum einer intensiven Prüfung zu unterziehen, nur um abgelenkt zu sein.

Als Ophelia Anstalten machte, ein Blütenblatt der Dendrobia zu berühren, schoss Alexandras Hand nach vorn. »Nicht anfassen.«

Ihr Zwilling hob eine perfekt gezupfte Augenbraue und zog den Arm langsam zurück, als hätte sie Angst, Alexandra könnte sie beißen. »Warum nicht? Etwa, weil es das Exemplar von Lord Sheffield ist?«

Bis jetzt hatte Alexandra völlig vergessen, dass es sich ausgerechnet um jene Dendrobia handelte, um die sie sich so intensiv kümmerte. Reinweiße Blüten, gelbe Stempel und saftig grüne Blätter. Sie steckte die Pflanze zurück in den Topf und legte die Schere zur Seite, bevor sie ein langgezogenes Seufzen von sich gab. »Wenn ich es nicht besser wüsste, würde ich meinen, er verfolgt mich. Wieso hast du dich nicht für mich eingesetzt? Du kannst das doch unmöglich gutheißen.«

Anstatt entschuldigender Worte zuckte Ophelia lediglich mit den Schultern. »Ich halte es für einen guten Einfall, immerhin stand dein Name bereits in der *Gazette*, weil du einem Gentleman während eines Tanzes mehrmals auf die Füße getreten bist. Ich denke nicht, dass Lord Sheffield das Untier ist, für das du ihn hältst.«

Ob dieser ungewohnt versöhnlichen Worte blickte Alexandra ihre Schwester herausfordernd an. Sie erkannte es in jenem Moment, als sie den Blick senkte und ihre Schuhe zu inspizieren schien, dass sie nicht so ahnungslos war, wie sie getan hatte. »Du hast davon gewusst«, flüsterte Alexandra und streifte sich die Handschuhe ab, »und du hast mir kein Wort gesagt, was Heath und Charlotte vorhaben. Als meine Schwester! Mein Zwilling! Wie konntest du nur?«

Ophelia biss sich auf die Unterlippe und hob vorsichtig den Kopf. »Ich hielt es für notwendig, Lexi. Immerhin willst du irgendwann heiraten.«

Alexandra warf die Hände in die Luft. »Irgendwann! Das bedeutet nicht, dass ich mir einen Antrag ersehne, bei allen Heiligen. Von dir hätte ich es am allerwenigsten erwartet. Wie würdest du dich fühlen, wenn man einen Aufpasser auf dich ansetzt? Als wärst du ein kleines Kind, das nicht in der Lage ist, auf sich selbst achtzugeben.«

Sie ließ ihre Schwester stehen und eilte aus dem Gewächshaus. Heiße Tränen brannten in ihren Augen, aber Alexandra schaffte es, sie zurückzuhalten, bis sie die Bibliothekstür hinter sich geschlossen hatte.

Jetzt kullerten sie unaufhaltsam ihre Wangen hinab, Wut mischte sich zu ihrer Enttäuschung hinzu. Nur weil sie etwas tollpatschig und unbeholfen war, bedeutete das nicht, dass kein Gentleman Interesse an ihr zeigte. Immerhin war sie der Auffassung gewesen, dass sie sich damit die oberflächlichen Lords vom Leibe hielt, aber scheinbar lag sie falsch. Sie lehnte sich gegen die wuchtige Tür, schloss die Augen und atmete den Duft der alten Bücher tief in ihre Lunge ein.

Neben dem Gewächshaus war die Bibliothek der Ort, an dem sie Ruhe fand. An dem sie einfach sie selbst sein und sich ihren Gedanken hingeben konnte. Wo ihr niemand sagte, was sie zu tun und zu lassen hatte, ob sie ihren Rücken gerade halten oder nicht so laut lachen sollte. Hier konnte sie einfach sein, wie sie war, ohne sich für genau das schämen zu müssen.

Ein verhaltenes Räuspern riss sie aus ihrer Gedankenwelt. Augenblicklich schlug ihr Herz schneller, sie hatte nicht damit gerechnet, hier jemanden vorzufinden. Lord Sheffield stand vor dem Regal mit den Romanen längst verstorbener Schriftsteller. Erschrocken schnappte Alexandra nach Luft, nur um sich dann hastig die Tränen aus dem Gesicht zu wischen und eine strenge Miene aufzusetzen. »Lord Sheffield, Sie haben mich erschreckt. Ich habe nicht damit gerechnet, dass Sie uns noch länger mit Ihrer Anwesenheit beehren.«

Angesichts der auffälligen Betonung des letzten Wortes hob er eine Augenbraue und lächelte schmal.

»Verzeihen Sie, es war nicht meine Absicht. Heath gestattete es mir, noch einen Schluck seines äußerst fabelhaften Whiskys zu probieren, ehe ich aufbreche.« Zur Bestätigung hob er ein Glas in die Höhe. Es überraschte sie nicht, dass dieser Trunkenbold zu so früher Stunde schon zum Alkohol griff. Ausnahmsweise schienen sich die Gerüchte zu bewahrheiten.

Enttäuschung machte sich in Alexandra breit. Wie hatte sie auch nur für einen Moment denken können, er würde sich wie sie für Bücher interessierten. »Dann lassen Sie sich Ihr Getränk schmecken, Mylord.« Sie versank in einen Knicks und griff mit der Hand bereits nach dem Türgriff, um aus diesem Raum zu fliehen, als seine Stimme sie aufhielt. »Warten Sie.«

Sie wollte nicht noch mehr Zeit mit diesem Rüpel verbringen, als sie es schon in Zukunft würde tun müssen. Dennoch erinnerte sie sich an ihre Erziehung und wandte sich zögernd wieder zu ihm um. »Ja, Mylord?«

Er leerte das Glas und stellte es auf den Tisch. »Es ist mir ein Bedürfnis, Ihnen mitzuteilen, dass ich keine Kenntnis von Heath' Vorhaben hatte, Lady Alexandra. Er und Ihre Schwester haben mich gleichermaßen damit aufs Glatteis geführt wie Sie.«

Ihr entfuhr ein Schnauben, das sie nicht schnell genug unterdrücken konnte. Die Hitze der Scham stieg ihr in die Wangen, dennoch hielt sie seinem Blick stand. Als sie sprach, hatte ihre Stimme zu ihrer Erleichterung nichts von ihrer Festigkeit verloren. »Was immer er Ihnen als Gegenleistung angeboten hat, Lord Sheffield, Sie hätten der Gentleman sein müssen, der Sie vorgeben zu sein, und es ausschlagen sollen.«

Er nickte und ein leichtes Lächeln zog sich über sein markantes Gesicht. »Sie wissen genauso gut wie ich, dass ich selten das tue, was von mir erwartet wird. Doch Heath ist mein Freund und Sie gehören zu seiner Familie. Und somit auch zu meiner. Nutzen Sie diesen Umstand und sehen Sie es als Möglichkeit, Ihre Unsicherheit auf dem Parkett abzulegen.« Er verneigte sich vor ihr und Alexandra kam es vor, als verspottete er sie mit dieser Geste. Erbost hielt sie die Luft an, um nicht in eine Schimpftirade zu verfallen.

»Ich werde Sie nun verlassen, Mylady. Wir sehen uns heute Abend zu Ihrer ersten Tanzstunde.« Ohne eine Reaktion von ihr abzuwarten, rauschte er an ihr vorbei und verließ die Bibliothek.

Alexandra stieß die angehaltene Luft aus. So ein Tölpel! Ein Flegel, nichts anderes war er! Erdreistete sich, sich selbst als Familienmitglied zu bezeichnen. Sie musste dringend ein ernstes Wort mit ihrem Schwager sprechen. Aber nicht jetzt, noch war sie viel zu aufgewühlt von den Ereignissen des Tages, um einen klaren Gedanken fassen zu können.

Die Stille der Bücher, die sie an jedem anderen Tag stets willkommen hieß, schien ihr jetzt wie ein Sack Getreide auf den Schultern zu lasten. Sie hielt es keine Sekunde länger in der Bibliothek aus und hastete in ihr Zimmer, um nach ihrer Zofe Martha zu läuten. Es klopfte nur einen Moment später an ihre Tür und auf ihr »Herein« streckte sich Marthas roter Lockenkopf ins Zimmer. »Sie wünschen, Mylady?«

»Fülle die Waschschüssel, Martha. Ich muss mir die Erde von den Fingern waschen. Und danach brauche ich deine Hilfe beim Umziehen. Dass diese Kleider die Knöpfe auch immer auf dem

Rücken haben müssen.«

»Ja, Mylady.«

»Und sag Froggs, er soll die Kutsche vorbereiten. Ich gedenke anschließend Mrs. Baring zu besuchen, um mein neues Kleid abzuholen. Vergiss auch nicht das orangefarbene Kleid mit den Löchern. Möglicherweise kann sie es noch retten.« Sie grollte immer noch den Motten, die sich über ihr liebstes Kleid hergemacht hatten, als handelte es sich dabei um einen Leckerbissen. Es würde nicht mehr für einen Ball taugen, aber als Hauskleid, während sie im Gewächshaus arbeitete, durchaus.

»Natürlich, Mylady.«

Martha schloss die Tür und während Alexandra darauf wartete, dass ihre Zofe eine Schüssel mit Wasser brachte, betrachtete sie ihr zerzaustes Bild in einem Spiegel, der über dem Frisiertisch hing. Herrgott, sie sah aus, als wäre sie überfallen worden und nicht, als hätte sie den Vormittag im Gewächshaus verbracht. Martha musste ihr nachher unbedingt die Haare neu hochstecken, so konnte sie unmöglich auf die Straße gehen.

Sie hätte sich das neue Kleid auch bringen lassen können, doch Alexandra liebte es, den kleinen Laden in der St. James Street zu besuchen. Es verschaffte ihr die Möglichkeit, dem Trott im Stadthaus zu entkommen, heute mehr denn je.

Die Schneiderin, Mrs. Baring, war eine schlanke Frau in den Dreißigern. Ihre Großeltern kamen vor einigen Jahrzehnten von Frankreich nach London und eröffneten die Schneiderei, die schließlich von ihrer Tochter und dann von ihrer Enkelin weitergeführt wurde und nun zu einer der beliebtesten der Stadt gehörte.

Jeder, der etwas auf sich hielt, ließ sich in diesem Laden einkleiden. Durch Heirat ging der französische Nachname verloren und soweit Alexandra wusste, hatte Mrs. Baring selbst noch keine zwei Wochen in ihrem Heimatland verbracht. Auch sonst benahm sie sich wie eine feine englische Dame der Mittelschicht. Nur ihr Gespür für Mode führte eindeutig auf ihre französischen Wurzeln zurück.

Alexandra trat ein und das leise Klingeln einer Glocke verkündete ihre Anwesenheit.

»Lady Mainsfield«, wurde sie sogleich von der für eine Dame ungewöhnlich tiefen Stimme der Schneiderin begrüßt. »Es ist mir wie immer eine Freude, Sie in meinem kleinen Reich begrüßen zu dürfen. Bitte, setzen Sie sich.« Sie deutete mit einem herzlichen Lächeln auf eine kleine Sitzgruppe inmitten der Ständer, die mit unzähligen Kleidern bestückt waren. Alexandra kam ihrer Einladung gerne nach, Martha stellte sich hinter sie.

»Darf ich Ihnen einen Tee anbieten, Mylady?«

»Ich danke Ihnen, aber eigentlich würde ich gerne mein neues Kleid sehen. Ich bin gespannt, wie Sie meine Änderungswünsche umgesetzt haben.«

»Natürlich.« Sie winkte eine ihrer beiden Hilfsarbeiterinnen zu sich, die einen Berg aus hellblauem Stoff zu ihnen trug, so vorsichtig, als handele es sich um eine Kostbarkeit. Alexandra wusste, dass die Stoffe, die die Schneiderin verwendete, teuer waren und sie auch vieles aus dem Osten importierte. Dennoch schien ihr das Verhalten der Helferin etwas übertrieben.

Mrs. Baring nahm ihr den Stoffberg ab, hielt ihn in die Höhe und ein bodenlanges Kleid entfaltete sich. »Was meinen Sie, Mylady?«, fragte sie. »Die Naht um die Taille habe ich mit kleinen Perlen besetzt, ganz so, wie Sie es sich gewünscht haben. Elegant, doch immer noch schlicht. Zudem habe ich die Spitze um das Dekolleté dezimiert und dafür am unteren Saum angebracht.«

Alexandra nickte. »Es ist wunderschön, ich bin wie immer von Ihrer Arbeit begeistert, Mrs. Baring.«

Ein erleichtertes Lächeln legte sich um die Mundwinkel der Schneiderin. Die weichen Falten um ihre Augen vertieften sich und sie wirkte äußerst zufrieden. »Sehr schön. Ich werde es für Sie einpacken und nach Hause liefern lassen.«

»Ich habe noch ein Anliegen.« Alexandra nickte ihrer Zofe zu. Martha holte das orangefarbene Kleid hervor und reichte es der Schneiderin. »Die Motten scheinen diesen Stoff besonders zu mögen. Ich weiß, es ist ungewöhnlich für eine Lady, ein Kleid flicken zu lassen, doch es gehörte meiner Mutter und hat für mich einen emotionalen Wert.«

»Ich verstehe.« Mrs. Baring besah sich das Kleid, streckte ihren Arm hinein und fand ein Loch, durch das ihr Zeigefinger wieder zum Vorschein kam. Skeptisch zog sie eine Augenbraue nach oben. »Der Stoff ist durchlöchert wie ein Käse. Ich empfehle Ihnen, es zu entsorgen, Mylady.«

Alexandras Mundwinkel sanken nach unten. Das hatte sie befürchtet. »Besteht keine Möglichkeit, das Kleid zu retten? Es ist mein liebstes, ich würde es ungern weggeben.«

Nun wanderte auch die andere Augenbraue nach oben. Für einen Augenblick breitete sich Stille zwischen ihnen aus, dann seufzte Mrs. Baring. »Nun gut, ich werde sehen, was sich machen lässt. Doch ich garantiere Ihnen nichts.«

»Ich danke Ihnen, mehr verlange ich auch nicht.« Alexandra erhob sich und nickte mit einem Lächeln auf den Lippen. »Lassen Sie es mich wissen, wenn ich es abholen kann.«

»Selbstverständlich. Da fällt mir ein ...« Mrs. Baring wandte sich ihrer Helferin zu. »Mary, würdest du kurz nach hinten gehen und das dunkelrote Kleid holen, an dem ich gestern gearbeitet habe?« Die junge Frau nickte und verschwand eilig im Hinterzimmer.

»Eigentlich hatte ich es für Ihre Schwester Lady Ophelia im Sinn, doch wenn ich Sie so vor mir stehen sehe«, sie betrachtete Alexandra abschätzend von oben bis unten, »denke ich, dass es auch etwas für Sie sein könnte, Mylady.«

Damit hatte sie endgültig Alexandras Neugierde geweckt. Ophelia neigte im Gegensatz zu ihr zu einem eher ausgefalleneren Kleidungsstil. Mary brachte das gute Stück nach vorn und Alexandra verliebte sich sogleich in die Farbe des Stoffes, ein dunkles Rot.

»Es ist gewagt, Mylady, aber ich versichere Ihnen, in Paris entspricht es der neuesten Mode. Einige mutige Damen dort sind ganz erpicht auf diesen neuen Schnitt. Wollen Sie es anprobieren?«

Sie ließ sich nicht zweimal bitten. Martha half ihr, sich hinter einem Vorhang, der das hintere linke Viertel des Ladens abteilte, aus ihrem Kleid zu schälen und in das neue zu schlüpfen. Sie spannte die Schnürung an ihrem Rücken und Alexandra wusste schon beim Anziehen, dass dieses Kleid an der Grenze der Obszönität sein würde. Und dieses Wissen trieb ihr sogleich die Hitze in die Wangen.

»Mrs. Baring, ich bin mir nicht sicher, ob es für mich in Frage kommt …« Zögernd trat sie hinter dem Vorhang hervor.

Martha blinzelte, als müsse sie sich zwingen, nicht zu weinen. Oder zu verbergen, dass sie das Kleid absolut abscheulich fand. Doch sie sagte kein Wort.

Die Augen der Schneiderin weiteten sich. Sie schlug die Hände vor den Mund und lächelte selig. »Meine Liebe, es ist wie für Sie gemacht. Natürlich können nur Sie allein entscheiden, ob Sie sich in dem Traum aus Seide wohlfühlen, doch schauen Sie selbst …« Sie legte ihre Hand an Alexandras Rücken und führte sie mit sanftem Druck zu dem mannshohen Spiegel. Als Alexandra sich sah, blieb ihr für einen kurzen Augenblick die Luft weg.

Der herzförmige Ausschnitt gewährte einen dezenten Einblick auf ihre Brüste. Nicht zu viel, aber dennoch weit genug, um Aufsehen zu erregen. Der Saum des Dekolletés war mit kleinen Rubinen besetzt, die in der Mitte zusammen liefen. Der Stoff lag eng an ihrem Oberkörper an, betonte so ihre schmale Figur, und ergoss sich ab der Hüfte in sanften Wellen bis zu ihren Knöcheln. Zierliche Stickereien in Form von Blumenranken schmückten den Rock und verzauberten Alexandra. Was sie jedoch schockierte: Das Kleid hatte keine Träger! Ihre Schultern lagen völlig frei! Ihr Mund wurde ganz trocken und dennoch konnte sie den Blick nicht von ihrem Spiegelbild reißen. Dieses Kleid verlangte geradezu nach einem Skandal!

»Eigentlich wollte ich noch Puffärmel annähen, aber bei Ihrem Anblick weiß ich, es ist perfekt. Ich müsste nur ein paar Kleinigkeiten an der Taille anpassen«, raunte Mrs. Baring. »Ich kann es Ihnen morgen schon bringen lassen, wenn Sie es nehmen möchten.«

»Ich will es«, antwortete Alexandra, ohne weiter darüber nachzudenken. Sie wusste zwar noch nicht, zu welcher Gelegenheit es sich anbieten würde, dieses Kunstwerk, denn als etwas anderes konnte man es nicht bezeichnen, zu tragen, doch da würde sich mit Sicherheit etwas finden lassen. Und Ophelia hatte dieses Meisterstück nicht verdient, nachdem sie sie so hintergangen hatte.

Als Mrs. Baring Maß genommen hatte, schlüpfte Alexandra wieder in ihr eigenes Kleid und machte sich mit Martha zurück auf den Weg nach Hause. Es würde nicht mehr lange dauern, bis Lord Sheffield kam, um mit ihr die erste Unterrichtsstunde in Angriff zu nehmen. Als sie daran dachte, breitete sich ein beklemmendes Gefühl in ihrem Magen aus. Sie konnte immer noch nicht fassen, dass Heath und Charlotte ihr das antaten. Ihre eigene Familie! Doch wenn sie dachten, sie würde sich ohne Widerstand fügen, hatten sie sich getäuscht.

»Ich ziehe mich in die Bibliothek zurück, Martha. Ich brauche deine Dienste erst heute Abend wieder, wenn ich zu Bett gehe.«

»Sehr wohl, Mylady.«

Alexandra ließ ihre Zofe in der Eingangshalle zurück und suchte ihren Zufluchtsort auf. Dieses Mal beruhigte sie die Stille der Bücher und sie seufzte erleichtert. Wenigstens hatte Lord Sheffields Präsenz hier keinen bleibenden Eindruck hinterlassen. Sie hätte es sehr bedauert, wenn sie sich einen neuen Ort der Ruhe hätte suchen müssen. Sie setzte sich vor dem prasselnden Kaminfeuer in einen gepolsterten Sessel, schlug die erste Seite ihrer Lektüre auf und wartete auf ihren neuen Lehrer.

4. Kapitel

Als Noah am Abend vor dem Spiegel stand und seine Erscheinung überprüfte, hatte er Mühe, *nicht* an die Vergangenheit zu denken. Es war lange her, dass ihn sein Kammerdiener das letzte Mal derart herausgeputzt hatte. Die silberne Anstecknadel bildete einen angenehmen Kontrast zu seinem marineblauen Gehrock, der mit Quasten besetzt war. Er trug weiße Breeches und Abendschuhe mit Silberschnallen, die sich herausragend zum Tanzen eigneten, und dennoch fühlte sich Noah, als sei er in einem fremden Körper gefangen.

Er hatte in den letzten beiden Jahren nicht oft getanzt. Nicht der Umstand, dass er womöglich die Schritte vergessen hatte, quälte ihn – sondern die Gewissheit, Lady Alexandra nahe zu sein. Viel zu nahe.

Seit Violets Verrat hatte er sich lediglich Mätressen gehalten, um seine körperlichen Bedürfnisse zu stillen, aber er hatte nie auch nur einen Gedanken daran verschwendet, erneut zu heiraten. Seltsamerweise erschien ihm die Aufgabe, erneut vor den Altar zu treten, einfacher, als Lady Alexandra Mainsfield im Tanzen zu unterrichten. Was war Heath nur eingefallen, dass er ausgerechnet ihn um Hilfe bat? Er wusste doch um seinen Ruf Bescheid.

Mürrisch ging er zum Sideboard und goss sich einen Brandy ein. Aufpasser für eine Lady. Ein grimmiger Ton entfloh seiner Kehle, bevor er einen langen Schluck nahm. Als es an der Tür klopfte, verzichtete Noah darauf, sich mehr dieser köstlichen Flüssigkeit einzuschenken, und stellte das Glas auf der Holzplatte ab. »Herein.«

Jeremiah Fox, sein persönlicher Sekretär, betrat den Raum. Er hatte eine schmale Akte unter seinen Arm geklemmt, in der Hand hielt er sein Monokel. »Mylord, wenn ich Sie kurz stören dürfte, ehe Sie das Haus verlassen?«

Jeremiah war in etwa gleich alt wie Noah, nur dass das Leben deutlich mehr Spuren bei ihm hinterlassen hatte. Er hatte am ganzen Körper Narben, Fältchen hatten sich in seine ohnehin meist grimmige Miene gegraben. Er war ein Mann knapper Worte, das schätzte Noah an ihm, aber es tat ihm sicherlich nicht gut, nie zu lachen. »Wenn es schnell geht.«

Er räusperte sich. »Natürlich. Ich wollte Sie lediglich über die Neuigkeiten informieren.«

Noah ging zur Chaiselongue und setzte sich, eher er Jeremiah den Platz ihm gegenüber anbot. Der Sekretär kam seiner Aufforderung nach und ließ sich vorsichtig nieder, als fürchte er, der Stuhl könnte zusammenbrechen.

Er klappte die Akte auf und setzte das Monokel auf die Nase. »Ihr Verwalter lässt fragen, wann Sie gedenken, auf Rosewood Hall zu erscheinen. Zudem erhielten Sie Korrespondenz von *White's*.« Er machte eine verheißungsvolle Pause. »Eine Erinnerung an die Bezahlung der letzten beiden Rechnungen.«

Noah wurde kurz eiskalt. Bei Gott, er hatte es tatsächlich vergessen. »Kümmern Sie sich darum. Noch etwas?«

Dass sein Lid zuckte, irritierte Noah. Sein sonst so steifer Sekretär war niemand, der leicht aus der Ruhe zu bringen war. »Nun ja ... Lady Ashton befindet sich in London.«

Noah konnte den Stich nicht ignorieren, der ihn durchfuhr, wenn er an seine ehemalige Gattin dachte. Oder besser gesagt, an ihren Verrat. Er krallte die Finger in die Breeches und bemühte sich um eine neutrale Miene. »Inwiefern ist Lady Ashton für uns von Relevanz?« Es widerstrebte ihn, sie mit ihrem neuen Namen anzusprechen. Für ihn würde sie wohl immer Lady Sheffield bleiben. Die Frau, die ihn für einen reicheren Schnösel verlassen hatte.

Er räusperte sich erneut und griff nach einem Briefumschlag. »Ihre Ladyschaft hat dem Butler einen Brief übergeben lassen. Er ist an Sie adressiert, ich habe ihn selbstverständlich nicht geö…«

»Vernichten Sie ihn«, unterbrach Noah ihn kalt und stand auf. »Wenn es sonst nichts mehr gibt, würde ich gern mein Haus verlassen.«

Verdutzt angesichts dieser Ansage sprang Jeremiah vom Stuhl hoch und torkelte beinahe zur Seite. Seine schlaksige Gestalt war nicht immer von Vorteil. »N-Nein, Mylord, ansonsten gibt es nichts zu besprechen.«

»Gut.« Es bedurfte keines weiteren Wortes, um seinen Sekretär zum Rückzug zu bewegen. An der Tür angekommen drehte er sich noch einmal um, den Brief in der Hand haltend. »Sind Sie sicher, dass ich ihn vernichten soll?«

»Ja«, knurrte Noah, »ich war mir noch nie in meinem Leben bei einer Entscheidung so sicher.«

Und das stimmte. Noah hatte nur noch einen einzigen Wunsch seiner ehemaligen Gattin gegenüber: dass sie sich von ihm fernhielt.

Als Noahs Kutsche vor dem imposanten Stadthaus zum Stehen kam, hatte er das Bedürfnis, dem Kutscher dem Befehl zu geben, ihn sofort wieder nach Hause zu bringen. Er war kein verdammtes Kindermädchen … zudem gab es hunderte von Gouvernanten, die sich Lady Alexandras Problem liebend gern annehmen würden. Aber er war auch ein Mann, der zu seinem Wort stand, und deswegen gab es für ihn keine Möglichkeit des Rückzugs. Er ignorierte das aufgeregte Pochen seines Herzens, als der Verschlag geöffnet wurde und ein Lakai in seinem Sichtfeld erschien. »Guten Abend, Mylord.«

Noah brachte nur ein Brummen zustande, ehe er die Kutsche verließ und betont entspannt nach oben ging. Niemand sollte den Verdacht hegen, dass er *nicht* seinen Freund aufsuchte. Der Butler begrüßte ihn mit stoischer Miene und nahm ihm seinen Mantel ab, ehe er mit einer fließenden Handbewegung in Richtung Obergeschoss deutete. »Lord Murray wartet in der Bibliothek auf Sie.«

»In der Bibliothek?«, hakte Noah nach und erntete lediglich ein knappes Nicken. Grundgütiger, das war kein Ort, um Tanzen zu lernen, bedachte man Lady Alexandras Tollpatschigkeit. Sie würde es noch schaffen, ein Regal gefährlich ins Wanken zu bringen, ehe sich einige Bücher daraus verabschiedeten und auf den Boden krachten. Auf dem Weg nach oben überprüfte er den Sitz seines Halstuches und strich sich ein letztes Mal über das ohnehin glatte Hemd. Es war so totenstill im Haus, dass man meinen könnte, eine Trauerfeier würde soeben stattfinden. Noah klopfte an und vernahm einen Augenblick später ein leises Herein.

Er öffnete die Tür und betrat die Bibliothek, sog den Geruch nach Leder und altem Pergament in seine Lunge ein.

»Ich dachte nicht, dass Sie wirklich kommen. Zumindest hatte ich die leise Hoffnung, dass Sie es sich anders überlegen würden«, hallte Lady Alexandras Stimme zu ihm. Er drehte sich zur Seite und sah sie neben einem deckenhohen Regal stehen, sodass sie daneben winzig wie eine Maus wirkte. Sie hatte die Finger ineinander verschlungen, ein misstrauischer Ausdruck lag in ihren braunen Augen. Noah erinnerte sich an seine Kinderstube und verneigte sich leicht. »Lady Alexandra. Ich dachte, Heath will mich zuvor noch sprechen.«

Sie machte eine wegwerfende Handbewegung. »Er hat Angst, dass jemand in Frage stellen könnte, weshalb Sie wirklich hier sind, deswegen ließ er unserem Butler ausrichten, er warte hier auf Sie.«

Noah zwang sich zu einem Lächeln. »Er muss wirklich Angst um Ihren Ruf haben.«

»Natürlich. Sonst läuft er Gefahr, mich niemals loszuwerden.«

Noah entging der beißende Spott in ihrer Stimme nicht. Lady Alexandra war stark, aber vor allem eigen. Sie wusste, dass sie sich nur in einem gewissen Rahmen bewegen durfte, aber diesen nutzte sie aus. Noah seufzte. »Nun gut, dann wollen wir es hinter uns bringen. Ich dachte, wir beginnen mit einem Walzer. Die Schritte sind einfach und die Gefahr, dass Sie mir auf die Füße steigen, deutlich geringer als bei einer Cotillion.«

Entgegen seiner Erwartung, dass sie empört nach Luft schnappen würde, zuckte sie lediglich mit den Schultern. »Eine sehr weise Entscheidung von Ihnen, Mylord.«

Gott, wie er es hasste, nicht er sein zu können. Darauf achtzugeben, was er sagte, um nicht den Unmut einer Person zu erregen, auf deren Meinung er Wert legte. Er mochte Lady Alexandra, auf eine Weise, die er sich nicht erklären konnte. Seit er sie vor einigen Monaten das erste Mal gesehen hatte, war er erstaunt über ihren Widerstand und die unkonventionelle Haltung, die ihr die ein oder andere Schlagzeile eingebracht hatte. Alexandra wollte sich nicht den vermaledeiten Regeln der Gesellschaft beugen – nicht sie. Das war es, was sein Interesse weckte. Er wollte herausfinden, woran es wirklich lag, dass sie ein derart störrischer Esel war, der es verstand, Aufsehen zu erregen, ohne im Mittelpunkt zu stehen.

Noah winkelte seinen Arm leicht an, sodass sie sich bei ihm unterhaken konnte. Ungewohnt unsicher stand sie neben ihm, blickte ihn an, als verlange er Unmögliches von ihr.

»Gibt es ein Problem, Mylady?«

Es war ein kurzer Anflug von Angst, der in ihren Augen aufflackerte. So schnell Noah ihn bemerkt hatte, so schnell war er wieder fort.

»N-Nein, alles in bester Ordnung«, gab sie knapp zurück, trat auf ihn zu und hakte sich bei ihm unter, wenn auch sichtbar widerwillig. Sie berührte seinen Unterarm kaum, ihre Fingerspitzen bebten, während sie stur geradeaus starrte.

»Ich werde Sie nicht unsittlich berühren. Glauben Sie mir, dass ich über meine neue Aufgabe ebenso wenig erfreut bin wie Sie.«

Ein Mundwinkel zuckte leicht, als würde sie sich zu einem Lächeln zwingen wollen, was ihr partout nicht gelang. »Ich unterstelle Ihnen auch nicht böse Absichten. Würden wir diese Unterrichtsstunde nun bitte hinter uns bringen?«

»Natürlich.« Warum nur versetzte es ihm einen Stich, dass sie ihn so schnell wieder loswerden wollte?

Er führte Alexandra in die Mitte des Raumes, sodass sie genügend Abstand zu den Regalen hatten. »Bereit?«

»Wenn ich Nein sage, würde sich dann etwas ändern?«

»Ich fürchte nicht.«

Sie gab ein langgezogenes Seufzen von sich und nickte schließlich. »Nun gut, aber sagen Sie nicht, ich hätte Sie nicht gewarnt.«

Diese Aussage brachte ihn zum Grinsen. »Nach dem letzten Tanzdesaster kann es nicht schlimmer werden.«

Alexandra schnalzte mit der Zunge. »Jemand, der derart respektlos mit einer Dame spricht, unterrichtet mich in den Regeln der Etikette. Eine Farce, wenn Sie mich fragen.«

Noah begann das kleine Wortgefecht zu gefallen. Er mochte es, wenn jemand sprach, wie es ihm beliebte, es zeugte davon, dass die eigenen Gedanken noch vorherrschten. »Wie gut, dass Sie sich selbst nicht als Dame bezeichnen.«

»Touché, Mylord, dieser Punkt geht an Sie.«

Er spürte förmlich, wie sich ihre starre Körperhaltung ein wenig entspannte, als sie sich schließlich in die Position begaben. Seine Hand begann zu kribbeln, als er sie an ihrer Taille ablegte. Der Duft von etwas blumig Frischem drang in seine Nase, erinnerte ihn an die Orchidee, die er Lady Charlotte als Entschuldigung geschenkt hatte. *Verflucht, du bist nicht hier, um über Dinge zu sinnieren!*

Er räusperte sich und sah nach unten zu ihren Füßen. »Der Walzer ist ein Dreivierteltakt. Wir begeben uns in eine geschlossene Haltung, damit die schnellen Drehungen nicht in einem peinlichen Desaster enden.«

»Sie meinen, wie damals, als der arme Kerl Bekanntschaft mit einer Topfpalme gemacht hat?«

Noah grinste. »In der Tat. Wobei ich mir die Bekanntschaft mit einer Topfpalme angenehmer vorstelle als mit einem dieser Regale hier.«

Ihre Finger bebten noch immer leicht, während sie sie gegen seine Hand gedrückt hielt. Er würde zu gern erfahren, wovor sie Angst hatte, aber es ging ihn nichts an. Er hatte nur eine einzige Aufgabe.

»Ob Sie es glauben oder nicht, ich beherrsche die Schritte, ich habe nur manchmal meine Probleme, sie auszuführen. Zudem wurde mir lange erklärt, dass der Walzer wegen Unzüchtigkeit verpönt sei und nun, dank des Wiener Kongresses, wird er sogar bei *Almack's* erlaubt«, echauffierte sich Alexandra und schüttelte den Kopf. »Diese Patronessen kann doch niemand ernst nehmen.«

»Mylady? Die Schrittfolge«, brachte er sie zurück in die Realität, woraufhin sie sich räusperte.

»Natürlich. Beginnen wir.«

Noah hatte sich für die gepolsterten Abendschuhe entschieden, damit es nicht schmerzte, wenn sie ihm auf die Zehen trat. Er wollte keinesfalls einen Arzt holen müssen, weil ihm diese Grazie die Knochen brach, und angesichts ihrer energischen Art war dies durchaus möglich. Er machte einen langen Schritt zurück, sodass sie ihm folgen konnte, während er sie festhielt. »Sie müssen näherkommen, Mylady, ansonsten erinnert dieser Tanz an zwei Kraniche, die gedenken, sich zu taxieren, ehe sie sich aufeinander stürzen.«

»Sie besitzen Humor, Lord Sheffield, das hätte ich Ihnen nicht zugetraut.« Die Stärke in ihrer Stimme strafte der unsicheren Haltung Lügen. Er zog sie vorsichtig an sich, bemerkte eine zarte Röte, die sich auf ihren Wangen ausbreitete.

»Sie müssen keine Angst vor mir haben«, flüsterte er.

Als Alexandra den Kopf hob und ihre Blicke sich trafen, regte sich etwas in seinem Inneren. Der Wunsch, sie zu beschützen, wovor auch immer. Er erkannte gepeinigte Seelen, wenn er sie vor sich hatte, und da war etwas in ihren warmen, braunen Augen, das ihn irritierte.

»Ich habe keine Angst vor Ihnen, mir ist Nähe generell unangenehm. Können wir nun fortfahren?«

Er wollte sie länger ansehen, sich in ihren Iriden verlieren. *Herrgott, was war nur los mit ihm?* »Natürlich.«

Während er wieder einen Schritt nach hinten vollführte, folgte sie ihm dieses Mal mit etwas mehr Temperament.

»Sehen Sie nicht nach unten, sehen Sie mich an. Ihre Füße befolgen Ihre Befehle, auch wenn Sie nicht nach unten blicken.« Entgegen seiner Erwartungen gab sie dieses Mal keinen bissigen Kommentar von sich, sondern folgte seiner Aufforderung.

»Und jetzt ein Schritt zur Seite, lassen Sie sich von mir führen. Je entspannter Sie sind, umso einfacher wird es.«

»Sie haben gut reden«, murrte sie.

Zeitenweise erinnerte sie ihn immer noch an einen Felsblock, den man kaum zu bewegen vermochte, aber mit jeder weiteren Drehung wurde sie lockerer. Bis sie das erste Mal auf seine Zehen trat …

»Oh, Verzeihung«, platzte es aus ihr heraus, aber er schüttelte nur den Kopf. »Sorgen Sie sich nicht um mich, ich werde es überleben.«

Er hätte es niemals gedacht, dass sie ernsthaft bemüht war, sich die Schrittfolge zu merken, aber sie wurde mit jedem weiteren Takt besser. Obgleich sie ihm noch weitere Male auf die Zehen trat, mischte sich nun ein Lachen zu ihren Missgeschicken hinzu. Ein Lachen, so glockenhell, dass es ihm einen Stich versetzte und an eine Zeit erinnerte, in der seine Welt noch in Ordnung gewesen war.

Er beendete den Tanz und ließ von ihr ab. »Ich denke, wir haben …«

»Oh, Verzeihung, wir wussten nicht, dass ihr die Stunde noch nicht beendet habt«, kam es von der Tür. Noah war so vertieft gewesen, dass er das Eintreten von Heath und Charlotte nicht bemerkt hatte.

»Doch, doch, wir sind schon fertig«, beeilte er sich zu sagen und schenkte Alexandra ein Lächeln, bei dem er hoffte, dass es nicht zu aufgesetzt wirkte. »Lady Alexandra ist ein Naturtalent.«

»Hervorragend«, zwitscherte Charlotte mit einem Lächeln und klatschte dabei in die Hände.

»Hervorragend? Naturtalent?«, hakte Alexandra mit hörbarer Ironie in ihrer Stimme nach. »Er kann froh sein, überlebt zu haben.«

»Ach, sieh nicht immer alles so schwarz, Schwesterherz. Es ist noch kein Meister vom Himmel gefallen.«

Heath warf einen Blick auf seine vergoldete Taschenuhr. »Wenn ihr uns nun entschuldigen würdet, das Dinner bei den Morcrafts wartet auf uns.«

Während Charlotte die Bibliothek verließ, blieb Heath an der Tür stehen und fixierte ihn.

Noah verstand den Wink. Es war auch für ihn an der Zeit zu gehen, und obgleich er froh darüber sein sollte, die erste Stunde überstanden zu haben, konnte er nichts gegen den Funken Wehmut unternehmen. Lady Alexandra hatte ihn kurz daran erinnert, dass er nicht immer der notorische Griesgram gewesen war, unfähig dazu, Freude zu empfinden.

»Gut, dann werde ich mich ebenso auf den Weg machen«, vermeldete er und verneigte sich vor Alexandra.

»Ruh dich ein wenig aus, morgen wartet ein anstrengender Abend auf dich«, meinte Heath.

Ob dieser kryptischen Aussage zog Noah eine Augenbraue in die Höhe. »Wie darf ich das verstehen?«

»Wir werden morgen einen Ball besuchen, für den du dank Charlottes Einwirken eine nachträgliche Einladung erhieltst.«

»Nein«, mischte sich Alexandra erbost ein und stellte sich neben ihn, als müsste sie ihm Unterstützung anbieten. »Wir hatten besprochen, dass er mir in bestimmten … Umgangsformen hilft und hie und da auf mich aufpasst, nicht, dass er zu meinem persönlichen Wachhund ernannt wird.«

Heath runzelte die Stirn. »Welchen Part von *Wir stellen dir einen Aufpasser zur Seite* hast du nicht verstanden? Ich bin ein sehr geduldiger Mensch, Lexi, aber du hast meine Geduld bis aufs Letzte strapaziert. Sheffield wird uns bei den nächsten Veranstaltungen begleiten, ob es dir zusagt oder nicht.«

Es kam selten vor, dass Heath in einem derart autoritären Ton sprach. Meist geschah es, wenn ihn jemand bis aufs Blut gereizt hatte, was Noah oft gelungen war. Aber Lady Alexandra? Sie mochte ein Satansbraten sein, aber er konnte sich bei Gott nicht vorstellen, dass sie sich absichtlich in Skandale manövrierte.

Lady Alexandra kochte vor Wut. Obgleich Noah sich oftmals schwertat, die wahren Emotionen bei den Damen zu erkennen, war es jetzt selbst für ihn offensichtlich, dass sie ihrem Schwager am liebsten etwas Fuchsleber unters Essen mischen wollte. »Lord Sheffield? Würden Sie bitte den Raum verlassen? Murray und ich haben noch etwas zu besprechen.«

Nein, Noah wollte sich nicht vorstellen, wie diese Besprechung aussah, deswegen verabschiedete er sich rasch. In Gedanken war er schon längst bei einem Drink im *White's*. Ja, ein guter Tropfen würde ihn vergessen lassen, dass er etwas Merkwürdiges verspürt hatte, als er mit Alexandra über das Parkett gefegt war: Freude.

5. Kapitel

Kaum hatte sich die Tür hinter Lord Sheffield geschlossen, brach es aus Alexandra heraus. »Wie kannst du mir so etwas antun, Heath!«, zischte sie ihm entgegen und hasste sich selbst dafür, diesen zornigen Tonfall ihm gegenüber anschlagen zu müssen.

»Ich halte mich an unsere Abmachung«, versuchte ihr Schwager, sie versöhnlich zu beschwichtigen. »Noah wird dir alles Wichtige beibringen und was würde sich besser eignen, als den geübten Tanz bei einem Ball gleich in die Tat umzusetzen?«

Sie schnaubte und verschränkte abwehrend die Arme vor der Brust. »Die Gesellschaft wird sich den Mund über uns zerreißen, wenn sie mich erneut mit Sheffield tanzen sehen. Und beim nächsten Ball wieder. Sie werden den Klatsch verbreiten, dass Sheffield und ich uns einander annähern, schlimmer noch, dass wir gedenken zu heiraten, wenn ich ihm so viel Aufmerksamkeit schenken *muss*!«

Ein Schmunzeln legte sich auf Heath' Lippen, was Alexandra nur noch mehr zur Weißglut trieb. »War es nicht immer dein Wunsch, zu heiraten?«

»Natürlich, aber doch nicht so!« Alexandra warf die Arme hoch und kam sich selbst sehr verloren mit dieser Geste vor. »Ich will aus Liebe heiraten, Heath, so wie du und Charlotte.«

Für einen Moment stieg in ihr die Erinnerung an diese wundervolle Hochzeit vor ein paar Monaten hoch. Wie glücklich ihre ältere

Schwester gewesen war. Genau das erträumte sie sich für sich selbst.

»Kein Mann wird den Mut finden, mir Avancen zu machen, wenn Sheffield nicht von meiner Seite weicht, verstehst du das nicht?«

Heath seufzte und rieb sich mit gerunzelter Stirn den Nasenrücken. »Ich verstehe, dass du wütend bist. Du fühlst dich übergangen, jedoch musst du auch einsehen, dass du es uns alles andere als einfach machst. Wir haben uns lange dagegen gesträubt, diesen Weg zu gehen, doch wir halten es für den richtigen. Und eines Tages wirst du uns dafür danken.«

Sie gab ein Schnauben von sich. »Ich bezweifle es. Was werden die Klatschspalten schreiben? Eine junge Lady muss erneut die Schulbank drücken, da sie für die Gesellschaft nicht perfekt genug ist?«

»Du musst nicht die Schulbank drücken. Lediglich ein paar Verhaltensregel und Tanzschritte auffrischen«, brummte er und klang zunehmend genervt. Alexandra wusste, dass sie sich besser zurückhalten sollte, doch sie konnte nicht anders. Sie musste ihrem Unmut Luft machen und Heath sollte sich das gefälligst anhören, schließlich war er die Ursache für diese Situation.

»Ach nein?«, trotzig stemmte sie die Hände in die Hüfte. »Genauso fühlt es sich aber an.«

»Herrgott«, fluchte Heath und ging einige Schritte vor ihr auf und ab, ehe er sich wieder ihr zuwandte. »Du bist ein größerer Trotzkopf als deine Schwester! Wenn du dich nicht fügst und von Noah belehren lässt, dann sorge ich persönlich dafür, dass du tatsächlich die Schulbank drücken musst. Und zwar in St. Anna, der Schule für junge Mädchen des *tons*. Vielleicht kann dir Mrs. Long Manieren beibringen, da es uns ja nicht möglich zu sein scheint!«

Entsetzt schnappte Alexandra nach Luft. »Aber das ist ein Internat!«

»Welches einen tadellosen Ruf besitzt. Das oder die abendlichen Unterrichtsstunden mit Sheffield. Die Entscheidung liegt bei dir.« Er schnaufte durch, als müsse er sich beherrschen, nicht ausfallender zu werden. Kurz warf er einen Blick auf die Standuhr hinter sich. »Das Gespräch ist für heute beendet. Charlotte und ich werden zum Dinner erwartet.«

»Aber …«

»Das ist mein letztes Wort, Alexandra!« Mit steifen Schritten verließ er die Bibliothek und ließ Alexandra mit ihren durcheinander gewirbelten Gedanken zurück. Wie konnte er nur? Dass er es überhaupt in Betracht zog, sie auf eine Schule mit Mädchen zu schicken, die mindestens drei Jahre jünger waren als sie, kam einer Demütigung gleich, die sie so noch nie erlebt hatte. Sie spürte, wie ihr die Tränen in die Augen stiegen und sich einen Weg über ihre Wangen suchten.

Schluchzend stürmte sie aus dem Zimmer, den Flur entlang zu ihrem eigenen. Sie ignorierte den erschrockenen Blick ihrer Zofe, ließ sich von ihr aus dem unbequemen Kleid helfen und anschließend die Nadeln aus der Frisur ziehen, woraufhin die langen Locken weich über ihre Schultern fielen.

»Du kannst gehen, Martha, ich brauche deine Dienste heute nicht mehr.«

Zögernd verharrte sie auf der Stelle. »Sind Sie sicher, dass ich nichts mehr für Sie tun kann, Mylady?«

Alexandra nickte und griff nach der Haarbürste. »Ich möchte einfach nur allein sein.«

Es dauerte noch ein paar Sekunden, ehe Martha sich aufzuraffen schien und das Zimmer verließ.

Alexandra war wütend. So aufgeladen und missverstanden hatte sie sich schon lange nicht mehr gefühlt. Und ein anderes Empfinden mischte sich noch hinzu: Enttäuschung. Ihre eigene Familie traute ihr kein gutes Benehmen zu. Zugegeben, sie hatte in den letzten Jahren öfter am Rande des Skandals gestanden, als gut für sie war. Doch ihre Zwillingsschwester nicht minder! Wieso wurde Ophelia nicht mit einem Anstandshund bestraft? Es war nicht gerecht, dass sie allein zur Verantwortung gezogen wurde, zumal sie die Jüngere von ihnen beiden war und auch immer darauf geachtet hatte, nie der Mittelpunkt in einem Artikel in der *Gazette* zu sein. So viel Anstand besaß sie schon!

Doch was sie auch tat, egal wie sehr sie sich auch anstrengte, es war immer falsch. Das war schon früher so gewesen und hatte sich nie geändert. Ophelia war immer die Klügere, Schönere, Aufgewecktere von ihnen beiden gewesen. Sie selbst war niemals gut genug und enttäuschte ihre Mitmenschen in einem fort, da sie deren Erwartungen nicht erfüllen konnte. Vielleicht wollte sie das auch gar nicht.

Mit dem Handrücken wischte sie sich die aufkommenden Tränen aus den Augen, warf die Bürste auf den Frisiertisch und ließ sich frustriert auf ihrem Bett nieder. Sie legte sich auf den Rücken, strich mit den Fingern durch ihre dunklen Locken und starrte an die mit Stuck verzierte Decke. Nur eine Kerze auf dem Nachtschränkchen erhellte den Raum mit ihrem flackernden Schein. Die Flamme malte furchteinflößende Schatten an die Wände. Schnell wickelte Alexandra sich in ihre Decke und weinte sich in den Schlaf.

Am nächsten Tag fühlte sie sich, als wäre eine Kutsche über sie gerollt. Müde stemmte sie sich aus dem Bett, griff nach der Klingel und läutete nach ihrer Zofe. Während sie auf Martha wartete, besah sie sich im Spiegel das Resultat der vergangenen Nacht. Ihr Gesicht war verquollen, die Augen gerötet und sogar an ihrem Hals hatten sich rötliche Flecken gebildet.

»Wunderbar«, murmelte sie zu sich selbst. In dem Moment erklang ein Klopfen und auf ihr *Herein* betrat Martha das Zimmer.

»Verzeihen Sie, dass Sie warten mussten, Mylady«, begrüßte Martha sie verlegen mit einem Knicks. »Ich habe nicht damit gerechnet, Sie so früh wach zu wissen.«

»Wie spät ist es denn?«, fragte Alexandra und erlaubte sich ein Gähnen.

»Gleich acht Uhr, Mylady.«

Oh, das war selbst für ihre Verhältnisse früh. Doch wenn sie schon wach war, konnte sie sich auch gleich ankleiden und nach ihren Orchideen sehen. Es brachte schließlich nichts, sich schlaflos im Bett herumzuwälzen. Sie winkte ihre Zofe näher. Martha kam ihrer Aufforderung nach, hielt jedoch mitten in der Bewegung, nach der Bürste zu greifen, inne, als sie ihr Spiegelbild sah.

»Mylady«, stieß sie erschrocken aus. »Fühlen Sie sich nicht wohl?«

»Es geht mir gut, Martha«, beruhigte sie sie und rang sich ein Lächeln ab, das fröhlicher wirkte, als sie sich fühlte. »Ich habe nur nicht gut geschlafen. Aber davon lasse ich mir den Tag nicht vermiesen.«

Nach dem Ankleiden verkündete Alexandra, dass sie das Frühstück im Gewächshaus einnehmen wolle, und verließ beinahe schon fluchtartig ihr Zimmer.

Erst als sie die wunderschönen Blüten ihrer geliebten Orchideen erblickte, hatte sie das Gefühl, zur Ruhe zu kommen. Neben der Bibliothek spendete ihr dieser Ort Trost, jedoch auf eine andere Art und Weise. Bücher verströmten das Gefühl von Ruhe, Weisheiten und irgendwie auch Abenteuern, die zwischen den Seiten verborgen lagen. Ihre Blumen dagegen strotzten vor Leben, Schönheit und Eleganz. Sie blühten in all ihrer Pracht und ließen Alexandras Herz aufgehen.

Gegen Mittag bekam sie Besuch von Froggs, der ihr mitteilte, dass eine Lieferung von Mrs. Baring eingetroffen sei. Sogleich zog sie die Handschuhe aus, klopfte die Erde von ihrem Rock und eilte zurück ins Haus. In ihrem Zimmer wartete bereits Martha auf sie und als sie schließlich frisch gebadet war, schlug ihr das Herz vor Aufregung schneller. Vorsichtig, als könnte sie etwas kaputt machen, legte sie das Seidenpapier, in das das Kleid zum Schutz vor Schmutz eingewickelt worden war, zur Seite und konnte sich ein Schmunzeln nicht verkneifen.

Obenauf lag das orangefarbene Hauskleid. Vollständig geflickt. Alexandra nahm es hoch und besah sich die Stellen, an denen sie die Löcher vermutete, doch sie bräuchte schon eine Lupe, um die feinen Nähte erkennen zu können. Mrs. Baring war wahrlich eine Meisterin auf ihrem Gebiet. Glücklich legte sie ihr Lieblingskleid beiseite und betrachtete mit angehaltenem Atem den dunkelroten

Stoff der zweiten Lieferung. Vorsichtig glitten ihre zitternden Finger über die Seide. Auf den ersten Blick wirkte es so unschuldig, doch angezogen bescherte es einen verruchten Eindruck. Es war skandalös. Und Alexandra liebte es. In diesem Moment verfestigte sich ein obszöner Gedanke in ihrem Kopf.

Ihre Familie wollte, dass sie aus ihrem Schneckenhaus kroch? Noch nie hatte Alexandra einen Wunsch lieber erfüllt.

Mit einem Ruck hielt die Kutsche vor dem imposanten Anwesen der Winchesters. Ein Diener trat an das Gefährt heran und öffnete den Verschlag. Heath stieg als Erster aus und bot seiner Frau galant die Hand, um ihr hinaus zu helfen. Ophelia und Alexandra folgten ihr.

»Na, Schwesterherz«, meinte Ophelia und grinste verschlagen. »Freust du dich schon auf deinen Tanz mit Lord Sheffield?«

Alexandra widerstand der Versuchung, die Augen zu verdrehen. »Sei nicht so gehässig. Wir haben den Walzer gestern Abend geübt, ich denke, du wirst heute leider nicht auf deine Kosten kommen, dich über mich lustig zu machen.« *Auf dich wartet eine viel größere Überraschung*, dachte sie sich und verkniff sich ein Grinsen.

Charlotte, die mit Heath vor ihnen ging, wandte sich zu ihnen um und lächelte, als könne keine Gewitterwolke ihre Stimmung trüben. »Übrigens gefällt mir dein Kleid, Alexandra. Das wollte ich dir vorhin schon sagen. Die Blumenstickereien sind bezaubernd. Ist es neu?«

»Wirklich?« Alexandra zog sich die Pelisse etwas enger. Noch hatte niemand gesehen, was sich wirklich darunter verbarg. »Ja, Mrs. Baring hat es nur für mich entworfen.« Es musste ja keiner wissen, dass es ursprünglich für ihren Zwilling gedacht war.

Sie erklommen die Stufen zum Eingangsportal und ließen sich von einem Diener ins Innere führen. Im Eingangsbereich wartete bereits Lord Sheffield auf die Familie.

»Murray«, begrüßte er sie und neigte das Haupt. »Myladys.« Er sah gut aus. Der dunkelgrüne Frack gepaart mit dem weißen Hemd und der Wildlederhose stand ihm hervorragend.

Zwei Diener eilten herbei, um den Damen die Mäntel abzunehmen. Da just in diesem Moment jedoch noch mehr Gäste den Eingangsbereich betraten, hatten die beiden jungen Männer alle Hände voll zu tun.

Lord Sheffield bemerkte, dass sie der Flut an Kleidungsstücken nicht hinterherkamen, und wandte sich an Alexandra. »Erlauben Sie mir, Ihnen zu helfen, Mylady?«

Sie nickte, löste die Knöpfe vor ihrer Brust und drehte ihrem Aufpasser den Rücken zu.

Er griff nach ihrer Pelisse, wollte sie ihr von der Schulter streifen, erstarrte jedoch mitten in der Bewegung.

»Ist etwas nicht in Ordnung, Lord Sheffield?«, fragte Alexandra und legte all ihre Unschuld in ihre Stimme. Zu gern würde sie seinen Gesichtsausdruck sehen. Er räusperte sich leise. Als er sich vorbeugte, konnte sie seinen warmen Atem in ihrem Nacken spüren.

»Herrgott, Mylady, bitte sagen Sie mir, dass ich mir eher Gedanken um meine Sehkraft als um dieses Kleid machen sollte!«

Alexandra wandte sich lächelnd zu ihm um und übernahm es selbst, die Pelisse nach unten zu ziehen. Sheffields aufgerissene Augen folgten ihren Bewegungen.

»Fürchten Sie sich vor einem Skandal?«, hauchte Alexandra. Normalerweise redete sie nicht so mit einem Mann und sie spürte deutlich, wie ihr von ihren eigenen Worten die Hitze in die Wangen schoss und ihr Herz anfing zu flattern. Doch sie konnte jetzt keinen Rückzieher mehr machen.

Als würden ihn ihre Worte aus einer Trance reißen, schüttelte er den Kopf, griff nach vorn und zog ihr die Pelisse wieder über die Schultern. »*Das* werden sie sicherlich nicht ausziehen! Heath hat mich damit beauftragt, ein Auge auf Sie zu werfen und dafür zu sorgen, dass Sie keinen Unsinn anstellen. Was Sie hier vorhaben ...«

»Das ist ganz allein meine Entscheidung.« Sie blickte sich um und erkannte, dass Heath, Charlotte und Ophelia bereits eingetreten waren. Sie entledigte sich der Pelisse und überreichte sie einem Bediensteten.

»Wollen Sie mich nun begleiten, Mylord?«, fragte Alexandra, als sie merkte, dass Sheffield sich keinen Zoll gerührt hatte. »Oder wollen Sie mich der Schmach überlassen, ohne Begleitung in den Saal zu treten?«

Seine Miene verfinsterte sich, sie konnte seinen Unmut deutlich erkennen, dennoch bot er ihr seinen Arm dar. Zufrieden legte sie ihre Hand auf den Stoff seines Fracks und ließ sich in die Höhle der Löwen führen.

Für einen Moment glaubte Alexandra, die Zeit würde stillstehen. Sie hatte das Gefühl, alle anwesenden Augenpaare richteten sich auf sie. Und nur auf sie, als wäre alles andere uninteressant geworden. Es war so leise, dass jeder hier ihren pochenden Herzschlag hören musste. Sie begegnete Charlottes Blick, die entsetzt die Augen aufriss, Ophelia, die ihr Grinsen hinter einem Fächer verbarg. Und Heath, dem vor Zorn die Ader an der Stirn hervortrat.

In diesem Moment wurde ihr klar, dass sie es übertrieben hatte.

Doch es gab kein Zurück.

Sie fühlte sich mit einem Mal völlig geschwächt, als würden die Blicke der Gäste ihr die Lebenskraft aussaugen. Ihr linkes Bein knickte ein, doch zum Glück war Sheffield neben ihr, um sie zu stützen.

»Bereuen Sie es gerade, sich zu diesem Kleid entschlossen zu haben?«, flüsterte er, sodass nur sie ihn verstehen konnte.

»Machen Sie sich nicht lächerlich«, fauchte sie ebenso leise zurück, drückte ihren Rücken durch und setzte ein Lächeln auf, als wäre ihr Aufzug völlig harmlos. Wie schwer konnte es schon sein, einen Abend im Mittelpunkt zu stehen?

Es erwies sich als verdammt schwer, vor allem für Persönlichkeiten wie sie, die es normalerweise bevorzugten, die Aufmerksamkeit ihrer Schwester zu überlassen. Doch Ophelia sah keinen Grund darin, ihrem Zwilling zu Hilfe zu eilen.

»Was ist bloß in dich gefahren, Schwester?«, fragte Charlotte leise, als sie nach einiger Zeit eine ruhige Minute fand, in der sie nicht tanzen oder sich mit den anderen Damen unterhalten musste. Sie zog Alexandra mit sich hinter eine Marmorsäule, damit sie vor neugierigen Blicken geschützt waren. »Jeder hier redet hinter vorgehaltener Hand über dich. Sie versuchen, es vor unserer Familie zu verbergen, aber es gelingt ihnen nur mittelmäßig.«

»Ich dachte, dir gefällt mein neues Kleid?«, erwiderte Alexandra frech.

Charlotte schnappte nach Luft. »Die Stickereien auf dem Rock, ja, aber doch nicht ...« Sie deutete mit der Hand auf ihre nackten Schultern, bevor sie seufzte. »Ist es wirklich zu viel verlangt, dich bei gesellschaftlichen Anlässen den Regeln der Etikette entsprechend zu benehmen? Siehst du nicht, in was für einen Skandal du uns führst?«

»Ehrlich gesagt, habe ich genau das bezweckt, liebste Charlotte«, gestand Alexandra leise und ergriff die Hand ihrer älteren Schwester. »Ihr setzt mich mit euren Regeln unter Druck und stellt Erwartungen an mich, die ich nicht erfüllen kann.«

Ein Paar rauschte vertieft in seinem Tanz nah an der Säule vorbei. Alexandra wartete, bis es wieder außer Hörweite war, ehe sie weitersprach. »Ich möchte doch nur, dass ihr mir zuhört. Meine Sichtweise der Dinge versteht.«

Charlotte runzelte die Stirn. »Ich sehe nur ein ungezogenes Kind, das lautstark nach Aufmerksamkeit schreit, die es nicht verdient.« Sie holte tief Luft, als müsse sie sich beruhigen. »Vielleicht sollten wir das Zuhause besprechen. Ich denke nicht, dass das Haus der Winchesters der geeignete Ort für solch eine Unterredung ist. Jedoch solltest du dich bei Heath für dein Benehmen entschuldigen.«

Wut stieg in Alexandra auf, doch sie sagte nichts. Es hatte keinen Sinn, sich mit ihrer Schwester zu streiten, die sie ja doch nicht verstand. Genauso wie alle anderen. Niemand wollte ihr zuhören. »Verzeih mir, ich sollte etwas essen, bevor mir der Champagner zu Kopf steigt«, murmelte sie und ließ Charlotte stehen. Sie dachte nicht im Traum daran, sich bei ihrem Schwager zu entschuldigen, der sie überhaupt erst in diese missliche Lage gebracht hatte.

»Lady Alexandra«, rief Lady Winchester, als die Angesprochene sich gerade am Tisch mit den Häppchen bediente. »Wo haben Sie nur dieses … ausgefallene Kleid her?« Neugierig wurde sie von der älteren Frau beäugt. Sofort wandten sich ihnen einige der umstehenden Damen zu und spitzten die Ohren. Sie machten sich nicht einmal die Mühe, ihre Freude auf den neuesten Klatsch zu verbergen.

Alexandra schluckte den letzten Bissen hinunter und nahm dankbar eine Champagnerflöte entgegen, die ein Diener ihr reichte, damit sie eine Beschäftigung für ihre Hände hatte. Sie zwang sich zu einem selbstsicheren Lächeln, auch wenn sie sich am liebsten hinter einer Topfpalme verstecken würde.

»Lady Winchester«, begrüßte sie die Gastgeberin. »Natürlich von Mrs. Baring, sie hat es eigens für mich geschneidert. Ist es nicht wundervoll? Sie versicherte mir, dass es der neuesten Mode in Paris entspricht. Da dachte ich mir, Ihr Ball wäre die perfekte Gelegenheit, es vorzuführen.«

»Tatsächlich?« Lady Winchester zog missbilligend eine Augenbraue in die Höhe. »Nun, die Franzosen haben einen speziellen Modegeschmack, wenn Sie mich fragen. Immer einen Hauch zu viel an Dekadenz. Erkälten Sie sich nur nicht, meine Liebe.« Damit verabschiedete sie sich von ihr und schritt weiter durch den Raum. Sofort steckten die Geier ihre Köpfe zusammen und tuschelten miteinander. Offensichtlich war Alexandra Hauptbestandteil des Gesprächsstoffs, da sie ihr immer wieder verstohlene Blicke zuwarfen.

Sie schnaubte. Anderer Leute Gespräche zu belauschen gehörte sich auch nicht, doch daran schien sich wohl niemand zu stören. Diese ach so feine Gesellschaft mit ihren Regeln war eine einzige Farce.

Die Beleidigung von Lady Winchester berührte sie dagegen nicht weiter. Sie hatte damit gerechnet, solch tadelnde Worte zu hören zu bekommen. Was sie viel mehr störte, waren die Worte, die nicht bis an ihr Ohr gelangten. Die hinter vorgehaltener Hand getuschelt wurden, doch von denen sich niemand trauen würde, sie ihr offen ins Gesicht zu sagen.

»Erlauben Sie mir den nächsten Tanz, Lady Alexandra?«

Überrascht drehte sie sich zu der ihr mittlerweile bekannten Stimme um. »Stört es Sie etwa doch nicht, mit mir gesehen zu werden, Lord Sheffield?«

Die Haut um seine dunklen Augen legte sich ein wenig in Falten, als er lächelte. »Ich habe nachgedacht und musste feststellen, dass mich Ihr Aufzug zwar sehr verwirrt und ich ihn ganz gewiss nicht gutheiße, ich aber nicht umhin komme, Sie für Ihren Mut zu bewundern. Es scheint, als hätten sich zwei Ausgestoßene an diesem Abend gefunden.«

Alexandra verschluckte sich fast an ihrem Champagner, von dem sie gerade kostete. Um eine Antwort verlegen, starrte sie ihn einfach nur an. Er bewunderte sie. Und mit einem Blick in sein freundliches Gesicht stieg ein warmes Gefühl in ihr auf. Sie konnte es nicht ganz definieren, doch es fühlte sich an wie … Hoffnung? Vielleicht gab es doch jemanden, der sie verstand. Der ihren Hilfeschrei wahrnahm.

Die Falten vertieften sich. »Habe ich Ihnen die Sprache verschlagen, Mylady?«

Sie räusperte sich verlegen. »Verzeihen Sie, ich vergesse meine Manieren.«

»Das widerfährt Ihnen häufiger, habe ich den Eindruck.« Sein Grinsen verlieh seinen Worten einen schelmischen Unterton, der Alexandra schmunzeln ließ. Sie reichte einem Diener ihr Glas, bevor sie seine dargebotene Hand ergriff und sich von ihm auf die Tanzfläche führen ließ.

Sie gesellten sich zu den anderen Paaren, stellten sich auf und warteten darauf, dass das Orchester den nächsten Walzer zu spielen begann.

»Kommen Sie ruhig näher, Mylady«, murmelte Sheffield und zog sie auffordernd an sich heran. »Ich dachte, Sie wüssten mittlerweile, dass ich nicht dazu neige, zu beißen.«

Sie spürte seine Finger warm auf ihrem Rücken liegen. Unsicher legte sie ihre rechte Hand in seine und die linke platzierte sie auf seiner Schulter. Tief atmete sie ein und versuchte, sich zu konzentrieren.

»Schauen Sie nur mich an, Mylady, nicht Ihre Füße, und erinnern Sie sich daran, wie gut Sie gestern getanzt haben.« Sie kam seiner Aufforderung nach. Der Takt setzte ein, Musik erklang und sie ließ sich von Lord Sheffield über das Parkett führen.

6. Kapitel

Alexandra war wissbegierig. Das hatte Noah erkannt, als er mit ihr die Schritte des Walzers geübt hatte.

Obgleich ihr noch kleine Fehler passierten, schaffte er es, das eine oder andere Malheur zu verhindern. Mit jeder Drehung wurde sie lockerer, sicherer, selbstbewusster.

Natürlich würde er sie in keine begnadete Tänzerin verwandeln können, aber es reichte aus, dass sie keine Angst mehr davor hatte, auf das Parkett gebeten zu werden.

Als die Klänge des Orchesters verstummten, wünschte sich Noah, dass der Tanz noch ein wenig länger gedauert hätte. Ein irritierender Wunsch. Es war die Art und Weise, wie Alexandra ihn angesehen hatte, die ihm das Gefühl des Gebrauchtwerdens zurückgegeben hatte. Er schüttelte den Kopf und führte sie rasch an den Rand der Tanzfläche, um sie Heath zu übergeben. Niemand sollte den Denkanstoß erhalten, dass die beiden eine geheime Liaison verband, etwas Verbotenes, etwas Verruchtes.

Schlimm genug, dass sie diese merkwürdigen Gedanken in seinem Kopf auslöste. Gebraucht werden … seit wann wollte er das? War er nun endgültig reif für Bedlam?

»Gut gemacht, ich wusste, dass du durchaus lernfähig bist, wenn du deinen Sturkopf hinten anstellst«, witzelte Heath und erntete dafür einen schmalen Blick. Es war von Anfang an schwierig zwischen Alexandra und ihm gewesen. Während sie sich die Freiheiten nicht entziehen lassen wollte, die sie unter Charlottes Erziehung genossen hatte, sah Heath sich berufen, den Zwilling unter seine Fittiche zu nehmen.

»Es wird dich auch freuen zu hören, dass mehrere Gentlemen mit dir tanzen wollen. Ich fürchte, der Platz auf deinem Kärtchen wird nicht ausreichen«, fügte er hinzu und deutete auf ihr Handgelenk.

»Welch wunderbare Fügung des Schicksals«, kam es betont liebenswürdig von Alexandra zurück, ehe sie sich zu ihrer Zwillingsschwester gesellte und nach einer Champagnerflöte griff.

»Sie hasst mich«, stellte Heath seufzend fest, als sie außer Hörweite war, »aber irgendwann wird sie mir dankbar sein.«

Noah zuckte mit den Schultern. »Wenn man das Temperament der beiden Damen betrachtet, wundert es mich, dass du noch nicht völlig ergraut bist. Mit drei Damen unter einem Dach zu leben, stelle ich mir anstrengend vor.«

Bei ihm war eine einzige ausreichend gewesen, um ihn in den Wahnsinn zu treiben. Zu seinem Bedauern nicht im erfreulichen Sinne.

»Man gewöhnt sich daran. Dennoch wird man immer wieder mit Situationen konfrontiert, die den Wunsch nach einem guten Scotch verstärken.« Heath deutete unauffällig auf das skandalöse Kleid. Noah konnte nicht nachvollziehen, weshalb man um ein Kleidungsstück einen solchen Tumult veranstalten musste, immerhin waren lediglich ihre Schultern frei und nicht ihr intimster Bereich, dann hätte er es verstanden. Aber die steifen Regeln erlaubten nur gewisse Spielräume, die Alexandra mit diesem Kleid verlassen hatte, um in den Raum der Sünde zu wandeln. Sein Hals wurde trocken, als er den Blick über die elfenbeinfarbene Haut wandern ließ. Sie stand seitlich zu ihm, sodass er die sanfte Wölbung ihres Dekolletés ausmachen konnte.

»Nun ja, immerhin haben sich dieses Mal einige Gentlemen förmlich darum gerissen, mit ihr zu tanzen. Es scheint, dass sie in dir eine Konkurrenz sehen«, sprach Heath weiter, wobei Noah nur mit einem Ohr zuhörte.

»Ich denke, dass besagte Gentlemen ihr lediglich ungebührend nahekommen wollen.«

Heath gab ein Schnauben von sich. »Keine Sorge, ich habe meine liebe Schwägerin stets im Blick.«

Während das Orchester zum nächsten Tanz anstimmte, ging ein Kerl auf Alexandra zu, der Noah nicht behagte. Lord Benedict Prescott, ein noch schlimmerer Tunichtgut, als er es war.

»Und du lässt zu, dass sie mit Prescott tanzt?«, echauffierte sich Noah und sah seinen Freund an, als hätte er nicht mehr alle Tassen im Schrank.

Heath hob eine Augenbraue. »Wenn Alexandra nicht mit ihm tanzen will, kann sie es ablehnen. Niemand zwingt sie dazu.«

»Was wird hier eigentlich gespielt? Du, ausgerechnet du, lässt es zu, dass sie mit einem notorischen Schwerenöter auf das Parkett geht. Hast du letzte Nacht schlafgewandelt und bist dabei zufällig gegen eine Säule gelaufen?«

»Bedaure, meine Frau ist diejenige, die gern schlafwandelt. Und seit wann interessiert es dich überhaupt, mit wem Alexandra tanzt? Immerhin zeigst du es ihr, *damit* sie es kann.«

Noah blieb seinem Freund eine Antwort schuldig, behielt den Mistkerl jedoch im Auge, der Alexandra mit einem übertriebenen Grinsen auf die Tanzfläche führte. Als er sie an der Taille berührte und etwas zu nahe an sich zog, verkrampfte sich etwas in seinem Inneren. Ihr Lächeln tat das Übrige. »Wenn du mich entschuldigen würdest.« Noah warf einen letzten Blick auf das Tanzpaar, ehe er den Saal durchquerte und durch die doppelflügelige Tür auf die Terrasse schritt. Die kühle Nachtluft war eine Wohltat. Er lehnte sich gegen die Balustrade, schloss die Augen und atmete tief durch.

Es sollte ihm nichts ausmachen, dass Alexandra mit jemandem tanzte. Immerhin hatte Heath ein klares Ziel für sie vor Augen: eine vielversprechende Heirat, die nicht auf Zwang beruhte. Er gewährte Alexandra trotz allem Freiheiten, um die sie viele junge Damen beneiden würden. Aber Alexandra war wild und ungezähmt, sie würde sich niemals in Ketten legen lassen. Wenn sie nicht einen

Mann fand, der bereit war, ihren Dickkopf zu tolerieren, würde sie wie eine vergessene Orchidee dahinwelken.

»Zum Teufel«, fluchte er vor sich hin und krallte die Finger fest um die Balustrade. Weshalb interessierte ihn das Schicksal einer anderen Person? Seit wann mischte er sich in Angelegenheiten ein, die ihn nichts angingen? Er musste den Nebel in seinem Kopf lichten, sich daran erinnern, dass es notwendig war, sein Herz und seinen Verstand zu schützen.

»Du hast es in der Vergangenheit auch selten lange in Ballsälen ausgehalten. Es wundert mich nicht, dich hier anzutreffen.«

Noah erstarrte. In seinen Ohren begann es zu surren, Lichtblitze traten in sein Sichtfeld. Von einem Moment auf den anderen hatte er das Gefühl, die Welt stünde still, wurde in völlige Finsternis getaucht, in der es kein Leben mehr gab.

Diese Stimme.

Er vernahm einen schwachen blumigen Geruch, als sich jemand eine Armeslänge entfernt neben ihn stellte. Er musste nicht zur Seite sehen, er wollte es überhaupt nicht, aber der masochistische Teufel, der in ihm wütete, ließ ihm keine Wahl. Wie in Trance drehte er den Kopf nach links, wartete darauf, dass sein Puls in die Höhe schoss, erinnerte sich an den Schmerz des Verrates, der wie glühende Lava durch seine Venen geflossen war. Jeden Winkel seines Körpers erreicht hatte.

Das sanfte Lächeln auf ihren engelsgleichen Zügen strafte dem Feuer in ihren Augen Lügen. Es hieß, die Augen waren das Tor zur Seele … und wenn man keine Seele besaß? Wenn sich dahinter der Höllenschlund befand?

»Was willst du hier?«, zwang er sich zu einem neutralen Tonfall, obgleich er sie am liebsten angebrüllt hätte.

Seine ehemalige Gemahlin. Der Mensch, der aus ihm gemacht hatte, was er nun war.

Sie neigte den Kopf leicht zur Seite. Wie so oft trug sie die blonden Haare halboffen, Locken fielen ihr wellenartig über den Rücken. Ihre Augen sollten ihm rot entgegenstrahlen, stattdessen waren sie immer noch unschuldig grün.

»Es hat sich nichts verändert, du redest immer noch ungern um den heißen Brei herum«, sagte sie leise. »Hast du meinen Brief gelesen?«

Er konnte es nicht fassen, dass sie wirklich hier war. Obgleich die Gerüchte bereits durch London schwirrten, hatte noch ein winziger Hoffnungsschimmer in ihm existiert, dass sie in Italien geblieben war. Bis zu ihrem Lebensende. Stattdessen stand sie neben ihm. Real. Lebend.

Noah gab einen abgehackten Laut von sich. »Welchen Teil von *Verschwinde aus meinem Leben und kehre nie wieder zurück* hast du nicht verstanden?« Er drehte sich zu ihr und bedachte sie mit einem prüfenden Blick. Nein, er würde niemals hinter ihre Fassade schauen können, niemals verstehen, wie jemand, der so unschuldig aussah, ein solches Monster in sich tragen konnte. Als ihre Augen feucht wurden, mahnte er sich zur Ruhe. Es war schon damals ihre bevorzugte Strategie gewesen, um das zu bekommen, wonach es ihr verlangte.

»Es tut mir leid, was geschehen ist, Noah. Glaube mir, ich bereue es sehr«, kam es ihr stockend über die Lippen. Sie wirkte zart, zerbrechlich. Die perfekte Tarnung.

Er ging auf sie zu, blieb ungebührlich nahe vor ihr stehen, sodass ihre Gesichter nur knapp voneinander entfernt waren. Ihr Blick wanderte zu seinen Lippen, ihr Atem beschleunigte sich. »Noah«, hauchte sie. Im Augenwinkel bemerkte er, wie sie ihren Arm hob. Er wartete, bis ihre Finger beinahe seine Wange erreichten, ehe er in einer blitzschnellen Bewegung nach ihrem Handgelenk griff und sie so davon abhielt, ihn zu berühren. »Für dich heißt es Lord Sheffield.«

Mit diesen Worten ließ er sie los und ging zurück in den Ballsaal. Obwohl sein Gehirn ihn förmlich anschrie, die Beine in die Hände zu nehmen, ließ er sich keine Eile anmerken. Sie hatte nicht genügend Zeit gehabt, ihr Gift zu versprühen, und was immer sie zu sagen hatte, er wollte es nicht hören.

Glücklicherweise hatten die Tänze bereits geendet, als er zu Heath zurückkehrte. Er ließ ihm keine Gelegenheit, zu Wort zu kommen, und atmete erleichtert auf, als er Alexandra am anderen Ende des Saales neben dem Häppchenbuffet ausmachte. Je weiter sie in seiner jetzigen Gemütslage von ihm entfernt war, desto besser.

»Nun, da du heute Abend hier bist, werde ich wohl nicht gebraucht, oder?«

Heath runzelte die Stirn und ließ seinen Blick über seine Erscheinung wandern, als wäre er auf der Suche nach Beweisen eines Stelldicheins im Garten. »Wie überaus freundlich, dass du mich in dieser Schlangengrube allein lässt. Ich muss dich aber hoffentlich nicht daran erinnern, dass wir morgen Abend ins Theater gehen und deine Anwesenheit ausdrücklich erwünscht ist.«

»Seit wann habe ich in dieser Angelegenheit eine Wahl?«

Noah wartete seine Antwort nicht ab, sondern verließ den Ballsaal mit schnellen Schritten. Er musste herausfinden, wann er aufgehört hatte, er selbst zu sein. Warum sein törichter Verstand etwas daran auszusetzen hatte, dass Alexandra mit einem anderen Mann tanzte. Warum es ihm noch immer nicht gelang, neutral auf die ehemalige Baroness Sheffield zu reagieren.

Aber er wusste immerhin schon, wo er anfangen würde, nach seinem verdammten Verstand zu suchen.

Das *Venus* war ein Ort, an dem jeder Gentleman seine Bedürfnisse erfüllt bekam. Exotische Schönheiten tanzten in der Mitte des Raumes, Alkohol floss in Strömen, Unmengen an Pfund wurden beim Kartenspielen gesetzt. Eine Mischung aus Parfüm und Zigarren, vermischt mit dem Geruch nach Holz, lag in der Luft, als Noah den Club betrat.

Er lockerte den Knoten seiner Krawatte ein wenig und steuerte seine bevorzugte Sitzecke an.

Er mochte es, im Schummrigen zu sitzen, zu beobachten, wie die feinen Gentlemen die Grenzen des Schicklichen übertraten. Noah hatte in den letzten Monaten zunehmend beobachtet, dass viele Männer hier eine Farce lebten. Untertags die noblen Adeligen, in der Nacht die wilden Tiere, die sämtliche Manieren vergaßen. Die Kreise, in denen er verkehrte, waren mehr Schein als Sein und dennoch hatten die Reichen ihre Finger in sämtlichen politischen Belangen und Handelsgeschäften. Sie entschieden über Leben und Tod, über Existenz und Untergang.

Es war nicht das erste Mal, dass Noah darüber nachdachte, zum schwarzen Schaf zu werden, die Machenschaften dieser Säcke aufzudecken, um ihrer vermeintlichen Macht einen gehörigen Dämpfer zu verpassen.

Eine südländische Schönheit, die mit einem Drink auf einem Silbertablett auf ihn zukam, lenkte ihn von den grölenden Männern um den Spieltisch ab.

Marguerita. Die Frau, die bei ihm oft genug für Ablenkung gesorgt hatte. Ihre vollen Lippen verzogen sich zu einem ehrlichen Lächeln, als sie ihm den Scotch auf den Tisch stellte und sich neben ihm niederließ. Ihr weißes Federkleid bot einen starken Kontrast zu ihrer dunklen Haut. Ihre schwarzen, gekringelten Haare reichten ihr bis knapp unter die Brüste, die durch das eingenähte Mieder nach oben gedrückt wurden.

»Was quält dich heute, Liebster?«, flüsterte sie und strich mit dem Zeigefinger über seine Unterlippe. »Etwas anderes als sonst, das sehe ich in deinen Augen.«

Er mochte ihren Akzent. Ihre Stimme war weich, samtig wie Honig. Marguerita war die einzige Person hier, die wusste, wie es in seinem Inneren aussah. Die sich in die Abgründe seiner Seele gestürzt hatte. Sie beugte sich zu ihm, ersetzte ihren Zeigefinger durch ihre Lippen und strich sanft über seine. Eine kaum wahrnehmbare Berührung, die zu seinem Bedauern nicht wie sonst die Lust in ihm entfachte. Als sie sich von ihm löste, lagen zahlreiche Fragen in ihren dunkelbraunen Augen. »Herrje, es ist noch schlimmer als erwartet.«

Er zwang sich zu einem Lächeln. »*Sie* ist hier in London.«

Sie trippelte mit den Fingern gegen die Tischplatte und legte den

Kopf schief, als verstünde sie nicht, wo sein Problem lag. »Aber nicht hier im *Venus*. Im Gegensatz zu dir ... du willst vergessen und ich kann dir dabei helfen.«

Es wäre nicht das erste Mal, dass sie ihm dabei half, aber heute war etwas anders. Er hatte nicht Marguerita vor Augen, wenn er daran dachte, sich mit ihr zwischen den Laken zu wälzen. Stattdessen schlich sich Alexandras Antlitz in seine Gedanken.

»Wie ich sehe, brauchst du noch mehrere Drinks. Keine Sorge, Sheffield, es gibt keine Probleme, die sich nicht mit einem guten Rum und einer schönen Frau lösen lassen. Komm mit. Ich kann dir helfen, zu vergessen.«

Sie stand auf und hielt ihm die Hand hin. Eine verführerische Einladung, die er für gewöhnlich nicht hätte ausschlagen können. Aber instinktiv wusste er, dass sein Gemächt ihm heute den Dienst verweigern würde.

»Oh ...«, setzte sie wieder an, als er nicht reagierte, »ich verstehe. Dann eben trinken und reden.«

Er mochte die Leichtigkeit mit Marguerita. Sie war es gewesen, die ihn damals von einer Schlägerei abgehalten hatte, nachdem die ersten Wetten auf Lady Sheffields nächsten Ehemann abgeschlossen wurden. Sie war es gewesen, die ihn in ihr Zimmer gebracht hatte, um einen Eklat zu verhindern.

»Trinken und reden«, gab er zurück und verschränkte ihre Finger mit seinen. Aber heute Abend würde es ausnahmsweise nicht um seine Vergangenheit gehen. Nicht um die Frau, die ihn zum Gespött Londons gemacht hatte ... sondern um jene, die ihm kurz das Gefühl von innerer Freiheit zurückgab.

7. Kapitel

Entgegen ihrer Natur verschlief Alexandra den ganzen nächsten Morgen.

Sie hatte am vergangenen Abend die Zuflucht im Champagner gesucht und es dabei wohl ein wenig übertrieben. So viele Männer hatten auf einmal mit ihr tanzen wollen, dass sie schon nach kurzer Zeit ihre angeblich schmerzenden Füße als Vorwand nutzte, nicht länger aufs Parkett zu müssen.

Dank Sheffields Hilfe war ihr das Tanzen an sich zwar nicht mehr so unangenehm wie früher, doch die Vielzahl an Männern, die einen Platz auf ihrer Tanzkarte erbaten, überforderte sie. Und ein kleines bisschen machten sie ihr Angst. Sie kannte nicht den Grund für ihr plötzliches Interesse. Lag es an Sheffield, der den ersten Tanz mit ihr gewagt und somit das Eis gebrochen hatte? Oder war allein das aufreizende Kleid der Grund, weswegen sich die Herren nach ihr umsahen wie nach einem Leckerbissen? Was bei den Damen für Aufruhr und Abscheu sorgte, bereicherte bei den Herren wohl deren Fantasie.

Alexandra schloss seufzend die Augen, wartete, bis sich das Zimmer um sie nicht mehr so stark drehte. Sie sollte sich bei der nächsten Veranstaltung dringend eine andere Beschäftigung für ihre Finger suchen, als ständig nach einem neuen Glas zu greifen. Sie seufzte noch einmal, wohlwissend, dass sie sich nicht länger unter der Bettdecke verstecken und Heath' Standpauke aus dem Weg gehen konnte.

Sie war gestern Nacht zu erschöpft gewesen, um während des Rückweges eine Diskussion vom Zaun zu brechen, weswegen ihr Schwager sie mit Schweigen gestraft hatte. Doch nun war ein neuer Tag und sie musste sich dem stellen, was sie verzapft hatte. Und was wahrscheinlich jeder Mensch heute in der *Gazette* über sie lesen würde.

Das Gefühl, das ganz London heute über sie redete, ließ in ihr die Übelkeit aufsteigen. Doch es war ihre eigene Schuld, sie hatte sich mit dem skandalösen Kleid selbst in den Mittelpunkt der Aufmerksamkeit katapultiert. Und es ergab auch keinen Sinn, sich ewig zu verstecken und zu hoffen, dass die Klatschtanten ihrer überdrüssig wurden. Das konnte nämlich einige Zeit dauern.

Sie holte noch einmal tief Luft, bevor sie die Decke zurückschlug, sich erhob und nach ihrer Zofe läutete. Martha ließ nicht lange auf sich warten und half ihr, sich von einem zerzausten Drachen in eine salonfähige Dame zu verwandeln. Sie schlüpfte in ihr liebstes Hauskleid, in dem sie sich am wohlsten fühlte und das ihr die nötige Sicherheit gab, den aufziehenden Sturm zu überstehen, der gewiss schon ungeduldig auf ihr Erscheinen wartete.

»Möchten Sie Ihr Frühstück wieder im Gewächshaus einnehmen, Mylady?«, fragte Martha.

Alexandra zwang sich, kurz darüber nachzudenken. Am liebsten hätte sie schnell mit Ja geantwortet, doch sie wusste, dass sie das Donnerwetter somit nur noch weiter hinauszögern würde. Also entschied sie sich dagegen. Sie konnte schließlich nicht ewig vor Heath davonlaufen. »Nein, ich werde im Salon frühstücken.«

»Sehr wohl, Mylady.«

»Ist Seine Lordschaft bereits aufgestanden?«, fragte sie vorsichtig. Martha nickte. »Er sitzt auf dem Balkon und liest die Zeitung.«

Sofort jagte ein eiskalter Schauer über Alexandras Arme und verursachte ihr eine Gänsehaut. Wenn das Glück ihr holt war, las er die *Times*. Normalerweise gab er nicht viel auf Klatschblätter, doch sie fürchtete, dass er nach dem gestrigen Debakel eine Ausnahme machte. Sogleich stieg ihr die Übelkeit erneut auf und ihr war klar, dass sie keinen Bissen würde zu sich nehmen können, ehe sie nicht wusste, was dort über sie geschrieben stand.

»Ich werde vor dem Frühstück noch mit ihm reden, sorge dafür, dass Froggs mir einen Tee serviert.« Wahrscheinlich würde sie, trotz der Sonne, die zu dieser Tageszeit den Balkon erwärmte, frieren. Und das war nicht dem Wind geschuldet.

»Ja, Mylady. Kann ich sonst noch etwas für Sie tun?«

»Nein, du kannst gehen. Ich brauche dich erst heute Abend wieder, wenn wir uns fürs Theater zurechtmachen.«

Martha versank in einem Knicks und verließ das Zimmer.

Einen kurzen Moment harrte Alexandra noch aus und besah sich im Spiegel. Ihre dunklen Haare waren zu einem strengen Chignon zurückgebunden, ihr Teint wirkte blass, fast schon kränklich. Ihr orangefarbenes Hauskleid vermittelte eine Unschuld, in der Alexandra sich geborgen fühlte und die ihren Auftritt gestern Abend in weite Ferne rückte. Als wäre es nur im Traum geschehen.

Du hast es dir eigens zuzuschreiben, Alexandra!, rügte sie sich selbst. *Jetzt spiel nicht das Unschuldslamm und steh zu deinen Taten.*

Entschlossen stand sie auf und eilte zur Tür hinaus, bevor sie es sich anders überlegen konnte. Vorsichtig näherte sie sich dem großzügigen Balkon an der Südseite des Hauses, der zur Mittagszeit in der vollen Sonne stand. Ein Schirm war aufgespannt worden, in dessen Schatten es sich der Lord in einem Korksessel gemütlich gemacht hatte und scheinbar in eine Zeitung vertieft war.

Leise trat sie nach draußen und stellte erleichtert fest, dass er tatsächlich in der *Times* las. Sie räusperte sich kurz, um sich bemerkbar zu machen. Heath jedoch widmete sich in aller Seelenruhe den politischen Ereignissen und machte keine Anstalten, sie anzusprechen. Nach ein paar Minuten des Wartens ließ Alexandra sich einfach auf einem der freien Stühle nieder. Kaum hatte sie Platz genommen, brachte Froggs ihr den Tee, bevor er sich lautlos wieder zurückzog.

Immer wieder glitt ihr Blick unauffällig zu der Zeitung, die zusammengeschlagen auf dem Tisch lag, doch sie wagte nicht danach zu greifen, aus Angst, Heath aus seinen Gedanken zu reißen. Und auch ein bisschen aus Furcht vor dem, was dort über sie geschrieben stand. Selbst wenn sie es heraufbeschworen hatte, bereiteten ihr die Konsequenzen ein mulmiges Gefühl.

»Du hast mit deinem Kopf voller Unsinn mehr Glück als Verstand«, brummte Heath schließlich und ließ die *Times* sinken. Als Alexandra nicht antwortete, deutete er auf die *Gazette*. »Anscheinend ist dir jemand zuvorgekommen.«

Sie wusste immer noch nicht, was er zu sagen versuchte, griff schnell nach der Zeitung und faltete sie auseinander. Ihr Blick huschte über die schwarzen Buchstaben, doch so sehr sie auch suchte, sie konnte keinen Artikel über sich finden. Hatte sie sich den gestrigen Abend nur eingebildet? Nein, Lady Winchesters Worte und die Blicke der Frauen waren zu real gewesen und Heath war immer noch nicht gut auf sie zu sprechen.

Plötzlich blieb ihre Aufmerksamkeit an einer Schlagzeile hängen.

Lady A ist wieder nach London zurückgekehrt. Will sie das Herz ihres ehemaligen Gatten Lord S erneut für sich gewinnen?

Nachdem Lady A ihren Gatten für einen reicheren Earl verlassen und nach Italien ausgewandert ist, verwandelte sich der gepeinigte Lord S in einen Schwerenöter und Trinker. Jetzt taucht seine Gattin wieder auf, als er sich gerade auf dem Weg der Besserung befindet. Zufall? Oder der kalkulierte Schachzug einer durchtriebenen Frau? Lord S schien auf dem gestrigen Ball der Familie W nicht erfreut, seine Gattin wiederzusehen ...

»Lady Ashton war gestern auch auf dem Ball?«, entfuhr es Alexandra überrascht.

»Die Welt dreht sich nun mal nicht nur um dich«, bemerkte Heath und zog eine Augenbraue in die Höhe. »So sehr du es dir auch wünschst.«

Seine Bemerkung ignorierend, besah sie sich noch einmal den Artikel. Sie fühlte, wie die Erleichterung, nicht selbst Ziel des

Klatsches geworden zu sein, sie durchflutete, doch gleichzeitig verspürte sie noch etwas anderes. Einen Stich, der ihr direkt ins Herz fuhr. Woher kam er? Hatte sie sich gestern doch eine Erkältung zugezogen? Nein, wahrscheinlich war sie einfach nur übermüdet und der Schmerz eine Nachwirkung des Alkohols. Es hatte sie auch eigentlich nicht zu interessieren, dass Lord Sheffields Ehefrau wieder in London verweilte. Seine damalige Frau … Und dennoch empfand sie auf einmal Wut gegenüber der Fremden. Sie war ihr noch nie bewusst begegnet, trotzdem fand sie es unmöglich, was sie Sheffield angetan hatte. Das gehörte sich nicht und verdient hatte er es auch nicht. Gott, nahm sie gerade etwa Lord Sheffield in Schutz? Sie konnte sich nicht erklären, woher ihr plötzliches Mitleid für den bekanntesten Schürzenjäger Londons rührte. Seine Hände waren genauso beschmutzt wie die von Lady Ashton.

Trotzdem hat er es nicht verdient.

»Nun, ich denke, Noah wird mit Lady Ashtons Rückkehr zurechtkommen«, kommentierte Heath und schmunzelte, während Alexandra sogleich die Hitze in die Wangen stieg, als ihr bewusst wurde, dass sie ihren letzten Gedanken laut ausgesprochen hatte. Beschämt senkte sie den Blick auf ihre Tasse und klammerte sich mit zitternden Fingern daran fest.

»Wir sollten ihr vielmehr dankbar sein«, fuhr Heath fort, »denn ihr Auftreten hat dich und unsere ganze Familie vor einem Verriss durch die Klatschspalten bewahrt.« Er faltete die *Times* zusammen, legte sie auf den Tisch und griff nach seiner Teetasse, auch wenn das Getränk mittlerweile bestimmt schon kalt geworden war. Zögernd nahm er einen Schluck, verzog kurz das Gesicht und stellte die Tasse zurück auf ihren Untertelier. Sein Blick richtete sich auf sie und starrte sie abwartend an. Alexandra wusste, dass er auf eine Entschuldigung wartete und es wäre besser, wenn sie ihm diesen Gefallen tat, um die Wogen zu glätten. Zögerlich biss sie sich auf die Unterlippe. Vielleicht hatte sie auch genau jetzt die Chance, in Ruhe mit ihrem Schwager zu reden und vor allem gehört zu werden.

»Bevor ich mich entschuldige«, begann sie leise, »möchte ich etwas sagen.«

Heath nickte und bedeutete ihr mit einer Handbewegung, fortzufahren.

»Wie du bereits gemerkt hast, bin ich nicht wie andere Mädchen. Ich kann nicht grazil wie eine Elfe durch den Raum schreiten, so wie Charlotte, ich bin nicht musisch veranlagt, so wie Ophelia. Ich wühle lieber in der Erde meiner Orchideen und stecke meine Nase in verstaubte Bücher, als mich mit anderen Damen zum Nachmittagstee zu treffen. Diese Erwartungen kann ich niemals erfüllen, auch nicht, wenn ihr mich zwanghaft in eine Marionette verwandeln wollt. Ich sehe ein, dass ich manchmal erst handle und dann nachdenke. Die leidige Sache mit dem Kleid gestern war sicher nicht mein bester Einfall. Aber ich habe das Gefühl, dass mir sonst niemand von euch zuhören will.« Sie stoppte ihren Redefluss und holte tief Luft. Unsicher warf sie Heath einen Blick zu, doch wenn ihn ihre Worte irritieren sollten, konnte er es hervorragend verbergen.

»Seit dem Tod unserer Eltern vor zehn Jahren«, fuhr sie fort, »bin ich nur von Frauen umgeben gewesen. Von unserem Onkel einmal abgesehen, doch seine ständigen Expeditionsreisen erlaubten es ihm, nur ein paar Mal im Jahr nach uns zu sehen. Wir waren die meiste Zeit unseres Lebens auf uns allein gestellt. Mir ist durchaus bewusst, dass wir Freiheiten haben, die andere Mädchen in meinem Alter nicht erfahren dürfen. Aber seit du die Vormundschaft für uns übernommen hast, habe ich das Gefühl, diese Freiheit zu verlieren …« Sie schluckte, als Heath scharf die Luft einzog. Ihr war klar, dass es sich nicht gehörte, wie sie mit ihm sprach, doch das Verlangen, sich endlich von der Seele zu reden, was sie bedrückte, war übermächtig. Und auch wenn sie und ihr Schwager ihre Differenzen hatten, schätzte sie ihn doch so ein, dass sie offen mit ihm sprechen und sich ihm anvertrauen konnte. Insbesondere, seit er ihre Schwester Charlotte geheiratet hatte, schien er aufzutauen und weniger steif zu sein, als am Anfang.

Als er zu einer Antwort ansetzte, wappnete Alexandra sich innerlich gegen eine weitere Schimpftirade.

»Ich bin kein Unmensch, Lexi, auch wenn du mich für einen halten magst.«

»Ich …«

»Nein, jetzt bin ich dran, lass mich ausreden«, bat er und sie schloss gefügig den Mund. Ein Lächeln legte sich um seine Züge. Es spiegelte sich sogar in seinen grauen Augen wider. »Du bist Charlotte sehr ähnlich, weißt du das? Genauso aufbrausend und dickköpfig. Diese Eigenschaft teilen sich wohl alle Mainsfield-Schwestern. Ich gewöhne mich langsam daran, aber ihr macht es mir wahrlich nicht leicht.« Er seufzte und ließ seinen Blick über den Garten schweifen. Kurz schwieg er und als Alexandra schon fast glaubte, er hätte den Gesprächsfaden verloren, wandte er sich ihr mit strenger Miene zu. »Ich gebe dir eine allerletzte Chance. Beweise mir, dass du eine erwachsene junge Lady bist und kein törichtes Mädchen mehr, das nur Flausen im Kopf hat. Ich verlange nicht von dir, diese Saison einen Ehemann zu finden, auch wenn sich gewiss der ein oder andere Kandidat dazu bereiterklären würde. Zeige mir nur, dass ich mich auf dich verlassen kann und du unserer Familie keine Schande bereitest, wenn ich einmal nicht hinsehe. Mehr wünsche ich gar nicht.«

Dankbarkeit durchflutete sie und mit einem Mal spürte sie, wie das Eis zwischen ihnen langsam zu schmelzen begann. Sein Entgegenkommen bedeutete ihr viel. »Danke, Heath«, murmelte sie und führte die Teetasse lächelnd zu ihren Lippen.

Das Getrappel der Pferdehufen und das Rattern der Kutschenräder hallten auf der gepflasterten Straße wider. Endlich bogen sie in die Drury Lane im Londoner West End ein und Alexandra konnte einen ersten Blick auf das imposante Gebäude des Theatre Royal erhaschen. Nachdem das alte Theater vor neun Jahren bis auf die

Grundmauern abgebrannt war, wurde dieses vor sechs Jahren neu eröffnet.

Die Mauern waren geradlinig gehalten, ohne viele Verschnörkelungen, doch die wuchtige Größe des Gebäudes lud zum Staunen ein. Gerade wegen seiner Schlichtheit und verdeckten Dekadenz gefiel es Alexandra so gut. Sie war erst einmal in dem Theater gewesen, damals hatte ihr Onkel die Schwestern mit seiner Anwesenheit überrascht und sie dorthin ausgeführt. Doch seither hatte sich für dieses Vergnügen keine weitere Gelegenheit ergeben.

Die Kutsche reihte sich in die lange Schlange vor dem Eingang des Theaters. Unzählige Menschen strömten herbei, Angehörige des *tons*, Geschäftsleute und Aktionäre. Und sogenannte Neureiche, die nicht mit Geld geboren worden waren, sondern es sich hart erarbeitet hatten. Das Theater war eines der Orte in der Stadt, zu denen nur jene, die es sich leisten konnten, Zugang erhielten. Alexandra war der Ansicht, dass Literatur und Schauspiel für jeden Menschen gleichermaßen zugänglich sein sollten. Auch wenn es bei einigen Mitgliedern des Adels auf Missbilligung stieß, empfand sie es als gleiches Recht für alle. Sie hatte schon einige Dramen von William Shakespeare gelesen und freute sich auf diese Aufführung seines *Hamlet*, wie ein kleines Kind auf Konfekt.

Ihre Kutsche rollte vor und als der Verschlag geöffnet wurde, konnte Alexandra es kaum erwarten, das Gebäude von innen zu sehen. Sie raffte den Rock ihres neuen, himmelblauen Kleides und stieg aus. Dieses Mal hatte Charlotte, bevor sie aufgebrochen waren, kritisch ihre Garderobe überprüft, immerhin traf man sich im Theater, um zu sehen und gesehen zu werden. Doch dieses Kleid bot genug Stoff an den richtigen Stellen, um als angemessen betrachtet zu werden.

Das Theater betraten sie durch die mittlere der drei riesigen Eingangspforten und wurden sogleich mit einem Erfrischungsgetränk empfangen. Sie begrüßten einige ihnen bekannte Gesichter, doch die meisten Gäste hatte Alexandra noch nie zuvor gesehen. Heath dagegen vertiefte sich augenblicklich in ein Gespräch mit einem Gentleman, in dem Alexandra einen Geschäftspartner vermutete.

»Schau nur, Lexi«, rief Ophelia begeistert und deutete auf eine junge Dame, die soeben das Foyer betrat. »Da ist Susan! Hast du schon gehört, dass ihr Ehemann Lord Bisbourne Unsummen beim Wetten verloren haben soll?« Sie kicherte hinter vorgehaltener Hand. »Finden wir es heraus.« Sofort hastete sie auf ihre Freundin zu und begrüßte sie überschwänglich. Alexandra hielt sich zurück. Sie mochte Susan nicht sonderlich, empfand sie als zu hochnäsig und arrogant. Generell befürwortete sie es nicht, wenn die Leute hinterm Rücken über andere sprachen, und Susan war eine Meisterin darin, die Gerüchteküche zu schüren. Für ihren Geschmack traf sich Ophelia zu häufig mit ihr. Sie sollte aufpassen, dass das hinterlistige Verhalten nicht auf ihre Schwester abfärbte. Doch nicht heute.

Suchend blickte sie sich weiter um, in der Hoffnung, vielleicht doch jemanden zu entdecken, mit dem sie sich unterhalten konnte. Als sie jemanden bemerkte, wurde ihr warm ums Herz. »Lord Sheffield«, begrüßte sie ihn und schenkte ihm ein freundliches Lächeln.

»Myladys«, entgegnete er galant und verbeugte sich vor ihr und Charlotte.

»Noah«, erwiderte die ältere Mainsfield-Schwester herzlich. »Wie schön, dass du Heath' Einladung gefolgt bist. In unserer Loge ist so viel Platz, es wäre ein Jammer, wenn die ganzen Stühle unbesetzt blieben.«

Er grinste verschmitzt. »Wir wissen alle, dass ich nicht ganz freiwillig hier bin.«

Gespielt empört schnappte Charlotte nach Luft. »Hast du etwas an unserer Gesellschaft auszusetzen, Lord Sheffield?« Ihre Stimme nahm dabei den Klang einer mahnenden Köchin an, die ihre Küchenhilfe beim Stibitzen von Leckereien erwischte.

»Im Gegenteil«, erwiderte Sheffield. Dabei fiel sein Blick auf Alexandra. »Wie ich sehe, haben Sie ein neues Kleid?«

Sie schnaubte. »Sie verstehen es, mich dezent auf meinen gestrigen Fauxpas hinzuweisen, Mylord. Seien Sie gewiss, dass ich meine Garderobe zukünftig sorgfältiger auswählen werde.«

Ein Schmunzeln glitt über seine Züge. Er beugte sich kaum merklich zu ihr vor und ein leises »Schade« schwappte zu Alexandra rüber, das Charlotte zum Glück nicht verstanden hatte. Sofort schoss ihr die Hitze in die Wangen. Ein Läuten verkündete, dass sie sich zu ihren Plätzen begeben mussten, und rettete Alexandra vor einer Antwort. Sie hätte auch wahrlich nicht gewusst, was sie Sheffield hätte sagen sollen. War das nur ein Geck gewesen? Seine Art, sich über sie lustig zu machen? Oder hatte er es ernst gemeint? Nein, sicher nicht, gestern war er mehr als entsetzt über ihre Erscheinung gewesen.

Während sie die Treppenstufen zu ihrer Loge hinaufstiegen, kreisten ihre Gedanken wild durcheinander. Was bedeutete dieses *Schade*? Wie konnte ein Wort für so viel Verwirrung sorgen und ihr Herz gleichzeitig zum Flattern bringen? Dass sich ihr Puls beschleunigte, lag allein an dem Aufstieg. Niemals war Noah der ausschlaggebende Grund. *Herrgott, jetzt redest du ihn in Gedanken schon mit Vornamen an!*

»Ist alles in Ordnung, Lady Alexandra?«, fragte Sheffield und warf ihr einen besorgten Blick zu. »Sie sehen außergewöhnlich blass aus.«

Sie blickte kurz in seine blauen Augen und meinte, ein feuriges Blitzen darin zu erkennen. *Oh, dieser Schuft!* Sie würde einen Esel reiten, wenn er nicht ganz genau wusste, was er angerichtet hatte!

»Mir geht es hervorragend«, murmelte sie, presste die Lippen aufeinander und beschleunigte ihre Schritte, sodass er Mühe hatte, ihr zu folgen.

Die Loge im dritten Rang hatte Heath für das ganze Jahr gemietet. Alexandra wusste nicht, wie viele hundert Pfund er dafür zahlen musste, doch solange sie öfter die Gelegenheit bekam, in den Genuss des Theaters zu kommen, war ihr alles recht. Ihr kleines Reich bestand aus insgesamt sechs weich gepolsterten Sesseln, jeweils drei davon standen in einer Reihe. Heath, Charlotte und Ophelia setzten sich auf die vorderen Plätze und luden Sheffield ein, neben Alexandra in der hinteren Reihe Platz zu nehmen.

Die Logen befanden sich wie ein Halbmond um die Bühne herum und in der Mitte des Saals, direkt vor dem Ort des Spektakels, fand der niedere Adel seine Plätze. Alexandra beugte sich ein wenig vor, um alles erblicken zu können. Das Theater war überfüllt mit Menschen, kaum ein Stuhl blieb unbesetzt. Ein roter, schwerer Vorhang verhüllte noch, was sich ihnen gleich offenbaren würde. Alexandra ließ ihren Blick zur Decke wandern. Wunderschöne, kreisförmige Ornamente zierten den Kopf des Raumes.

Ophelia lehnte sich nach hinten. »Finden Sie es nicht auch gewöhnungsbedürftig, Lord Sheffield, dass einige in Betracht ziehen, dieses Etablissement sowohl dem Adel als auch der gewöhnlichen Bürgerschicht gleichermaßen zur Unterhaltung zur Verfügung zu stellen?«, fragte sie und betrachtete durch ihre Lorgnette die unteren Ränge.

Alexandra verschluckte sich fast beim Einatmen ob der abfälligen Bemerkung ihres Zwillings und warf einen kurzen Blick zu Heath. Leider war er in eine hitzige Diskussion mit Charlotte vertieft. Wieso bemerkte er immer nur, was Alexandra anstellte, nie aber, was ihre Zwillingsschwester zum Besten gab? Enttäuscht beobachtete sie aus dem Augenwinkel, wie Sheffield die Stirn in Falten legte.

»Ich finde es sehr vermessen, Mylady, dass Sie so abwertend über die Menschen sprechen, durch deren geistreiche und körperliche Arbeit wir uns erst unseren Wohlstand leisten können.«

Ophelia ließ überrascht ihr Opernglas sinken und verzog die Lippen zu einem Schmollmund. »Ich hätte Sie nicht für jemanden gehalten, der sich für die Belange seiner Diener interessiert.«

»Ophelia, nun reicht es aber!«, wies Alexandra ihre Schwester herrisch zurecht. Plötzlich hatte sie einen Einfall, um sie zum Schweigen zu bringen. »Wusstest du schon, dass die Geliebte Hamlets ebenfalls Ophelia heißt?«

Die Augen ihres Zwillings begannen zu strahlen. »Nein, wirklich?

Ich ahnte bereits, dass mein Name etwas Besonderes ist. Hoffentlich ist ihr ein schönes Schicksal vergönnt.«

»Sie stirbt«, entgegnete Sheffield nüchtern und Alexandra hatte Mühe, nicht loszuprusten, als ihrer Schwester sprachlos der Mund aufklappte. Ihre Reaktion bestätigte sie in ihrer Vermutung, dass Ophelia bisher kein Werk von Shakespeare auch nur aufgeschlagen hatte. Dann hätte sie gewusst, dass die meisten seiner Protagonisten den Tod fanden.

»Sehen Sie nur, Lord Sheffield«, lenkte Alexandra das Thema in eine andere Richtung, »der Vorhang öffnet sich. Ich bin schon sehr gespannt, was uns die Schausteller bieten werden.«

Zufrieden hielt sie sich ihre Lorgnette vor die Augen und folgte gebannt dem Schauspiel, das sich ihnen bot.

8. Kapitel

Noah vernahm noch immer die Nachwehen der gestrigen Nacht. Es war nicht sein klügster Einfall gewesen, sich einen Drink nach dem anderen zu genehmigen, aber das Auftauchen der ehemaligen Baroness Sheffield hatte ihn unerklärlicherweise mehr zugesetzt als zuerst angenommen.

Als Baron zählte er zum unteren Bereich der Adelsleiter, ein Umstand, der ihn selbst nicht störte. Andere wiederum sahen in ihm unreines Blut, weil sein Vater eine Bürgerliche geheiratet hatte. Oft genug hatte man es ihn spüren lassen, dass er nicht in die feinen Reihen gehörte, und nur dank Heath hatte man ihn im *White's* aufgenommen. Eine Schmach. Wieso wunderte es ihn dann noch, dass Violets Verrat ihn derart hart getroffen hatte? Verlassen für einen Earl. Über Nacht zum Gespött Londons verwandelt.

»Sie sehen ja gar nicht auf die Bühne«, flüsterte Alexandra ihm zu und fächerte sich in monotonen Bewegungen Luft zu. Noah riss den Kopf in die Höhe und zwang sich zu einem nichtssagenden Lächeln. »Ich kenne das Stück schon.«

Sie zog die Augenbrauen zusammen, als verstünde sie seine Aussage nicht. Bezaubernde Fältchen bildeten sich dabei auf ihrer Stirn. »Ich besuche auch jeden Tag dieselben Orchideen und finde dennoch Freude an ihnen. Oder liegt es daran, dass Sie gar nicht hier sein wollen?«

Nur sie wagte es, derart unverblümt und aus dem Herzen heraus zu sprechen. Obgleich Alexandra eine Lady durch und durch war, hatte sie es nicht zugelassen, dass die Hautevolee sie in eine Marionette verwandeln konnte.

»Doch, ich bin gern hier unter meinen Freunden«, rutschte es aus ihm heraus. Verflucht, wie verzweifelt und erbärmlich das geklungen hatte. Als ob er sonst niemanden hätte, mit dem er sich die Zeit vertreiben konnte … aber es entsprach nun einmal der Wahrheit. Heath hatte ihm nach dem Verrat aus seinem Loch geholfen und Charlotte mit ihrer quirligen, teilweise vorlauten Art hatte es geschafft, dass wieder so etwas wie Leben in ihm erwacht war.

Alexandra gab ein leises Seufzen von sich und ließ den Fächer sinken. »Ich war vermutlich ungerecht zu Ihnen, das tut mir leid. Auch wenn Sie sich einen … nun ja, gewissen Ruf erarbeitet haben, merkt man, wie sehr Ihnen diese Familie am Herzen liegt.«

Als ob sie zu viel gesagt hätte, wandte sie sich wieder der Bühne zu, während sie nach dem Opernglas griff. In der Schummrigkeit der Loge konnte er ihren Gesichtsausdruck nicht richtig deuten, aber das Aufeinanderpressen ihrer Lippen entging ihm nicht.

»Pscht, ihr Schnattertanten. Man versteht nichts, wenn ihr dort hinten so laut blökt«, mischte sich Ophelia mit gesenkter Stimme ein und warf zuerst Noah, dann ihrer Schwester einen warnenden Blick zu. »Immerhin will ich es hautnah miterleben, wenn meine Namensvetterin stirbt, wie man es mir schon vor dem Stück verraten hat.«

Noah verkniff sich ein Grinsen. Aufbrausender Kobold.

»Die Szene kommt erst nach der Pause, Schwesterherz«, murmelte Alexandra und visierte die gegenüberliegenden Logen an. Noah hatte bereits herausgefunden, dass sie lieber die anderen als das Bühnenstück beobachtete, während sie sich selbst in Sicherheit wog. Alexandra wollte immer alles unter Kontrolle haben, ein Zwang, den er von sich kannte.

»Pheli«, zischte sie und stupste ihren Zwilling an, »wer ist diese penetrante Sirene, die uns immer im Blick behält? Kennst du sie?«

»Werdet ihr wohl leise sein?«, meldete sich nun auch Charlotte zu Wort.

»Hör einfach weg.« So schnell passierte es demnach, dass Ophelia die Seiten wechselte und nun wieder zu ihrer Schwester stand, wo sie sie zuvor noch gerügt hatte. Noah lehnte sich zurück und betrachtete das Schauspiel fasziniert. Diese Familie hätte eine eigene Bühne verdient.

»Gib her, ich will mir ansehen, wen du meinst.« Ophelia griff nach dem Opernglas und richtete ihren Blick auf die gegenüberliegende Seite. »Oh.«

Es war ein *Oh*, das ein sofortiges Erkennen einer Person signalisierte. Noah wurde stutzig. Es war eines der wenigen Male, dass Ophelia um Worte verlegen war, stattdessen reichte sie Alexandra das Opernglas und räusperte sich.

»Wer ist das? Du kennst sie doch eindeutig? Oder den arroganten Kerl, der neben ihr steht?«

»Niemand von Belang.«

»Erzähl es mir.«

Noah rollte mit den Augen. Bevor in der Loge ein Krieg ausbrechen konnte, wandte er sich an Alexandra und griff nach dem Opernglas. Ehe Ophelia es sich wieder zurückholen konnte, hatte er die fragliche Loge ins Visier genommen … und erstarrte. Im selben Augenblick hatte Lady Violet Ashton ihr eigenes zu ihm hinaufgerichtet. Dieses sanfte Lächeln lag auf ihren Lippen, einnehmend, verführerisch. Wahrlich eine Sirene, die darauf wartete, dass die Matrosen auf ihren Gesang hereinfielen. Warum zur Hölle war sie nur nach London zurückgekehrt, anstatt mit diesem verfluchten Earl of Ashton in Italien zu verweilen?

Reflexartig ließ er das Glas wieder sinken und überreichte es Alexandra. »Wie lange dauert dieses Spektakel noch?«

»Der Pausengong wurde noch nicht geläutet«, kam es von Heath, der die Szene scheinbar mit Argusaugen beobachtet hatte. Er gab Noah mit einer stummen Geste zu verstehen, dass es falsch wäre, jetzt aufzuspringen und davonzulaufen. Der beste Weg bestand darin, dieses Biest zu ignorieren.

»Ist sie es?«, mischte sich Alexandra ein.

Noah zwang sich, den Kopf zu ihr zu drehen. Anstatt Spott erkannte er aufrichtige Sorge in ihren Augen. Augen, in denen er sich verlieren konnte. Die ihn davon abhielten, das Glas erneut in die Hand zu nehmen. »Ja«, gab er knapp zurück und richtete seinen Krawattenknoten, der ihm die Kehle abzudrücken drohte.

Alexandra schob sich mitsamt dem Sessel näher zu ihm, sodass sich ihre Beine fast berührten. Ein Skandal, wenn es jemand bemerken würde, aber die Schummrigkeit reichte aus, dass Genaueres vor fremden Blicken verborgen blieb. Sein Mund wurde trocken, als sie sich zu ihm lehnte und ein Hauch ihres Parfüms mitschwang. »Sie hat Sie nicht verdient, denken Sie daran. Sie hat eine Orchidee fallen gelassen, um nach Unkraut Ausschau zu halten.«

Noah war es unangenehm, dass auch die beiden Schwestern über seine Vergangenheit Bescheid wussten, dabei gab es in der Londoner Hautevolee wahrscheinlich keine einzige Seele, die noch nicht davon gehört hatte. Er räusperte sich.

»Danke für Ihre aufmunternden Worte, aber seien Sie gewiss, Lady Alexandra, diese Frau gehört der Vergangenheit an. Damit ist dieses Thema für mich beendet.«

Nein, er wollte weder vor ihr noch vor anderen als Weichling gelten, der eine Frau mit Haut und Haaren geliebt hatte. Und das hatte er zu seinem Verdruss getan. Ein schwerer Fehler, wie es sich im Nachhinein herausgestellt hatte.

Der Funken Enttäuschung in Alexandras Augen strafte dem kleinen Lächeln Lügen. Bei Gott, er war ein Narr. Monatelang hatte er damit verbracht, nach dem Grund zu suchen, weshalb Violet ihm das Messer in den Rücken gestoßen hatte. Er musste endlich akzeptieren, dass es immer in ihrer Natur gelegen hatte, Intrigen zu spinnen.

Und jetzt versuchte sie es erneut. Aus einem unerfindlichen Grund hatte sie Lady Alexandra ins Visier genommen. Wut jagte durch seine Eingeweide. Bei Gott, es war ihm einerlei, welche

Geschichten sie über ihn erzählte, aber sie würde diese Familie, allen voran Alexandra, in Frieden lassen ... und wenn er mit Nachdruck dafür sorgen musste.

Als der Pausengong eingeläutet wurde, hielt Noah nichts mehr auf seinem Platz. Er musste die Gelegenheit nutzen, dass sich die meisten Anwesenden zum Erfrischungsbereich begeben würden, um Violet eine gehörige Lektion zu verpassen, die sie hoffentlich daran erinnerte, dass er nicht mehr ihre Marionette war ... und nie wieder sein würde.

»Sheffield? Wehe, du bist im zweiten Akt nicht mehr dabei«, rief Heath ihm nach. Noah ignorierte seinen Freund, setzte einen Fuß vor den anderen, bis er bei der gegenüberliegenden Loge angekommen war. Frauen tuschelten hinter ihren Fächern, Männer genehmigten sich einen Drink nach dem anderen, waren vertieft in Gespräche über die Börse und die aktuelle politische Situation.

Er wartete, bis Violet die Loge in Begleitung eines bekannten Mannes verlassen hatte.

Herrgott, das hatte ihm gerade noch gefehlt: ihr Bruder, Viscount Wolverton. Nach außen hin könnten sie mehr als Zwillinge durchgehen als die Mainsfield-Schwestern – beide blond und blauäugig – aber während er noch ein Herz besaß, war es bei Violet selbst mit einem Vergrößerungsglas nicht auszumachen.

Entgegen seiner Erwartungen, dass Wolverton ihm mit einer gewissen Respektlosigkeit begegnete, zierte ein spitzbübisches Grinsen sein Gesicht. Man könnte es fast als Freude auffassen. »Sheffield, mein ehemaliger Lieblingsschwager. Was führt dich zu uns?« Wolverton war ein Trottel. Ein irrsinnig leicht zu manipulierender Trottel. Als Noah noch mit Violet vermählt gewesen war, waren die beiden oft von Club zu Club gezogen, und er hatte den Kerl gemocht. Nach dem Verrat war ihm aber nichts anderes übrig geblieben, als sich auf die Seite der Familie zu schlagen. Ein Fehler.

»Wolverton«, brummte Sheffield und nickte ihm zu, ehe er

seinen Blick auf Violet richtete. »Würdest du einen Moment deiner kostbaren Zeit an mich verschwenden?«

Der wuchtige Kerl zuckte mit den Schultern. »Oh, ich sehe schon, ich bin hier nicht erwünscht. Solltest du mich brauchen, Schwesterchen, du weißt, wo du mich findest.« Wolverton gab Noah mit einem Augenbrauenheben zu verstehen, dass er eine gewisse Grenze nicht überschreiten sollte, was dieser nur mit einem müden Lächeln quittierte.

Als er Violets Hand auf seinem Unterarm vernahm, zuckte er zurück. Je schneller er diese unliebsame Begegnung hinter sich brachte, umso besser. »Was willst du hier? In diesem Theater ... in London ... in England?«

Sie gab ein Seufzen von sich. »Ich dachte schon, dass du nicht erfreut bist, mich wiederzusehen, aber mit dieser Abneigung habe ich nicht gerechnet.« Ihre Augen strahlten ihm unschuldig entgegen ... so verdammt unschuldig, dabei wusste er genau, welche Abgründe dahinter auf ihn lauerten.

Sie trug ein skandalös tief ausgeschnittenes Kleid, mit Rüschen und Schleifen verziert, als wollte sie unbedingt gesehen werden. Als hätte sie vor, sich hier einen Namen zu machen, um einen Teil ihres ursprünglichen Einflusses wiederzuerlangen. Aber bei Noah regte sich nichts – sie hätte nackt vor ihm stehen können und er wäre schlaffer als nach einem Eisbad. »Beantworte meine Frage.«

Sie schürzte die rotbemalten Lippen, neigte dabei den Kopf leicht zur Seite, als wollte sie ihm mit dieser Geste Unterwürfigkeit signalisieren. Leicht an ihre Halsschlagader zu gelangen. »Ich habe dich vermisst.«

»Violet«, knurrte er, machte einen Satz nach vorn und schob sie in die Loge hinter den Vorhang, sodass man sie vom Gang aus nicht sehen konnte. Sie schnappte nach Luft, als er sich nach vorn beugte. So nah, dass er die feinen Fältchen an ihren Mundwinkeln erkennen und den blumigen Duft einatmen konnte. Nein, sie würde ihn nicht einlullen, nicht mehr.

»Du hast meinen Brief nicht gelesen«, kam es anklagend zurück.

Sie hob einen Arm, strich mit den behandschuhten Fingern über sein Kinn. »Dann wüsstest du, warum ich hier bin.«

»Fass dich kurz.«

»Wie es scheint, hast du dich in meiner Abwesenheit ausgiebig vergnügt, aber dieser Trampel? Ich bitte dich, Noah, ein wenig mehr Geschmack hätte ich dir schon zugetraut.«

Noah schluckte den heißen Kloß in seinem Hals hinunter. »Sprich niemals so über Lady Alexandra«, drohte er leise, packte ihr Handgelenk und schob ihren Arm ruckartig nach unten, sodass sie scharf die Luft einsog. »Niemals.«

Sie schien zu verstehen, dass ihre Spielchen keinen Erfolg mehr hatten. »Ich kann deine Alexandra auf einen Schlag vernichten. Ein paar Sätze in der Nähe einer Klatschbase, ein anonymer Tipp an die Gazette … glaube ja nicht, dass ich es nicht tun würde. Für dich würde ich sogar jemanden in einen Skandal verwickeln.«

Er ekelte sich dermaßen, dass er sie losließ und einen Schritt nach hinten trat. »Halte dich von ihr fern oder du lernst einen ganz anderen Sheffield kennen. Ich lasse es nicht zu, dass du noch ein anderes Leben zerstörst, nur weil dir langweilig ist. Verschwinde zu deinem verdammten Ashton nach Italien. Das ist meine erste und letzte Warnung an dich. Ich will dich nicht mehr, Violet.«

Der sirenenhafte Ausdruck war verschwunden, stattdessen einer boshaften Fratze gewichen, die ihr wahres Ich nach außen drängte. »Ich habe es auf die sanfte Weise versucht, Noah, doch du willst nicht hören. Du wirst aber bald erkennen müssen, dass ich die einzig Richtige für dich bin. Niemand kann dich so lieben, wie ich es tue.«

Dieses Mal brach er in schallendes Gelächter aus, sodass sich eine Träne über seine Wange verirrte, die er schnell wegwischte. »Du hast wohl vergessen, dass du mit einem Earl durchgebrannt bist, oder?«

»Das war ein Fehler, den ich wieder gutzumachen gedenke.«

Er schüttelte den Kopf. »Lass es und verschwinde zurück nach Italien. Bevor ich dich wieder in mein Leben lasse, ertränke ich mich lieber in der Themse.«

»Das meinst du nicht ernst«, hauchte sie. »Du würdest diesen Bauerntrampel mir vorziehen?«

Sie standen einander taxierend gegenüber. Die Frau, die er einst geliebt hatte. Die Frau, von der er sich hinters Licht führen ließ. Die Frau, die keine Macht mehr über ihn hatte. Nein, er würde es niemals wieder zulassen, dass sie sein Leben derart beeinflusste.

»Sei vorsichtig, Violet, es ist ein schmaler Grat zwischen Genie und Wahnsinn. Der Fall einer Lady kann schnell vonstattengehen.«

Ohne auf einen weiteren Kommentar zu warten, drehte er sich um und machte sich auf den Rückweg in die Loge. Keine Minute zu spät, denn der Gong erklang auf der halben Strecke. Noah schnappte sich noch einen Drink von einem Tablett.

»Wo waren Sie denn?«, fragte Alexandra neugierig, als er sich wieder in der Loge befand und sich auf dem Sessel niederließ.

Ophelia tippte grinsend auf das Opernglas. »Bei der geheimnisvollen Lady in der gegenüberliegenden Loge. Ich hoffe doch, dass Sie ihr eine gehörige Lektion verpasst haben.«

Alexandra schnappte nach Luft. »Sie waren bei Lady Ashton?«

Warum meinte Noah, so etwas wie Enttäuschung in Lady Alexandras Worten zu vernehmen? Sie hatte ihre Mimik gut unter Kontrolle, sodass er ihr nicht ansehen konnte, was sich wirklich hinter ihren Zügen abspielte.

»Ich musste etwas Dringliches klären.«

Ihre Mundwinkel zuckten, als würde sie sich zu einem Lächeln zwingen müssen, was ihr letztendlich doch nicht gelang. »Natürlich. Es ist ja auch Ihre Angelegenheit.«

»Wenn ihr in der zweiten Hälfte des Stücks wieder so laut tuschelt, nehme ich euch nie mehr ins Theater mit«, zischte Charlotte und warf den beiden Schwestern einen mahnenden Blick zu. Heath schien währenddessen Mühe zu haben, nicht auf seinem Sessel einzuschlafen.

»Es gibt ohnehin nichts mehr zu bereden«, gab Alexandra spitz zurück.

Erst jetzt bemerkte Noah, dass sie mit dem Sessel weiter nach außen gerückt war, während sie die Hände um das hölzerne Geländer gekrallt hatte.

Sie ignorierte ihn die ganze restliche Vorstellung.

Als Noah endlich zu Hause ankam, löste er als Erstes den Knoten seiner Krawatte. Während Ophelia den ganzen Weg zur Kutsche geplappert hatte, war Alexandra in eisiges Schweigen verfallen, selbst die Verabschiedung war kühl ausgefallen, obgleich sie jemand war, der fast immer ein Lächeln auf den Lippen trug. Jenes Lächeln, das ihm so gefiel.

»Verflucht«, knurrte er und öffnete die Eingangstür, ohne nach seinem Butler zu läuten. Er hatte heute genug zwischenmenschliche Erfahrungen erlebt, sehnte sich nur noch nach Ruhe.

Der Gang zu seinem Arbeitszimmer kam ihm endlos lange vor, aber zum ersten Mal seit Monaten verspürte er eine ungewohnte Kraft in seinem Inneren. Er würde alles dafür tun, um Violet wieder loszuwerden und er wusste schon, wo er beginnen musste.

»Mylord? Kann ich Ihnen etwas bringen?«, hakte sein daher dackelnder Butler nach und nahm die Krawatte wortlos entgegen, die Noah ihm hingestreckt hielt.

»Ja, bringen Sie mir einen Tee und kalte Häppchen in mein Arbeitszimmer. Ich gedenke länger wachzubleiben als üblich.«

»Tee?«, platzte es aus ihm heraus.

Noah zog eine Augenbraue in die Höhe. »Ja, Tee. Sie sprechen doch Englisch, richtig? Nicht, dass Sie in meiner Abwesenheit auf den Kopf gefallen und nun zu einem Franzosen geworden sind.«

Grundgütiger, wann hatte sich seine Zunge das letzte Mal derart gelockert? Ausgerechnet er, der in den letzten Monaten keinen Funken Humor mehr besessen hatte, witzelte über die Verdutztheit seines Butlers.

»Nein, Mylord, keineswegs. *Almeno penso che lo sia.*«

Noah erstarrte in der Bewegung, die Tür zu seinem Arbeitszimmer zu öffnen. »Grundgütiger«, stöhnte er, »wie konnte ich nur vergessen, dass Ihr Vater Italiener war? Italiener ... es verfolgt mich.«

Er drückte die Tür nach innen und atmete erst durch, als ihn die herrliche Stille des Raumes empfing. Für einige Minuten waren sein Atem und der donnernde Herzschlag die einzigen Geräusche, die er vernahm. Die nahenden Schritte seines Butlers veranlassten ihn dazu, zum Schreibtisch zu gehen und sich seinem größten Problem zu widmen: Violet.

»Mylord, Ihr ... Tee«, vermeldete der Bedienstete, während er das Tablett auf dem Beistelltisch abstellte und sich anschließend verneigte. »Benötigen Sie sonst noch etwas?«

»Nein, danke.«

Der Butler verließ den Raum. Unschlüssig sah Noah auf den dampfenden Tee ... so weit war es nun schon gekommen. Tee anstatt Brandy, um einen klaren Kopf zu behalten. Um die Wut in seinem Magen nicht weiter anzuheizen, sondern auf kleiner Flamme dahinsiechen zu lassen.

Er musste sich von Alexandra fernhalten. Zumindest so lange, bis er das Problem mit Violet gelöst hatte. Noah konnte einiges ertragen, aber dazu zählte nicht, dass Alexandra von den Klatschbasen der Hautevolee zerrissen wurde.

Er gab ein wütendes Brüllen von sich, zerknüllte die losen Pergamentblätter, die sich auf dem Schreibtisch stapelten, und warf sie in die Feuerstelle. Ein Zischen war zu hören, als sich die Flammen an den Rändern hinauffraßen.

Noah wusste, dass er sich selbst dann nicht besser fühlen würde, wenn er das ganze Mobiliar mit einem Hammer vernichtete. Er musste Violets Schwachpunkt finden – allen voran den Grund, weshalb sie nach wenigen Monaten wieder nach England zurückgekehrt war.

Bis dahin blieb ihm nichts anderes übrig, als sich von Alexandra fernzuhalten. Er durfte den Klatschbasen keinen Grund für Gerüchte bieten. Noah war sich darüber im Klaren, dass Violet weit gehen würde, um ihr Ziel zu erreichen. Sehr weit.

Mit einem Schnauben lehnte er sich gegen das Kaminsims, presste die Lippen zu einer schmalen Linie und versuchte, seinen rasenden Herzschlag zu ignorieren. Wut war immer noch besser als dieses elendige Selbstmitleid, von dem er monatelang befallen war.

»Ich finde deine Achillesferse, du scheinheiliges Biest«, knurrte er, drückte sich vom Kaminsims weg und steuerte den Schreibtisch an. Es gab Mittel und Wege, herauszufinden, was Violet verbarg. Eine namhafte Agentur in Bloomsbury würde die Geheimnisse über seine ehemalige Gattin herausfinden können.

Voller Tatendrang öffnete er die erste Schublade und holte Seidenpapier hervor. Je schneller er sich um dieses Problem kümmerte, desto besser. Er ließ sich auf seinem Sessel nieder und tunkte die Schreibfeder in die Tinte. Noch bevor er zum ersten Buchstaben ansetzen konnte, ertönte ein aufgebrachtes Klopfen an der Tür.

»Herein.« Er steckte die Feder zurück.

»Mylord? Ich fürchte, es gibt ein Problem.« Sein Butler sah ihn an, als hätte er ein Gespenst erblickt. Bleich wie die Wand, die Augen weit aufgerissen.

»So schlimm, dass Sie deswegen kurz vor einem Ohnmachtsanfall stehen?«, hakte er interessiert nach. An den Wänden widerhallende Schritte lenkten seine Aufmerksamkeit von seinem Bediensteten ab. »Sagen Sie nicht, dass Sie die ehemalige Baroness eingelassen haben.«

»N-Nein, Mylord, ich fürchte, die Sache ist komplizierter.«

Und als Noah die Stimme vernahm, die sich im Theater wie Balsam über seine Seele gelegt hatte, setzte sein Herz einen Schlag aus.

»Würden Sie mich nun vorbeilassen? Ich habe etwas Dringliches mit Lord Sheffield zu besprechen.«

Alexandra.

9. Kapitel

»Grundgütiger, sind Sie von allen guten Geistern verlassen?«, entfuhr es Lord Sheffield und er sprang von seinem Stuhl hinter dem wuchtigen Schreibtisch auf. Entsetzt starrte er sie an. Seine Reaktion überraschte Alexandra keineswegs, sie hatte damit gerechnet, dass er es nicht gutheißen würde. Doch darauf konnte sie keine Rücksicht nehmen. Ihr brannte etwas auf dem Herzen und das konnte sie nicht länger für sich behalten.

»Wie ich schon sagte, Mylord«, erwiderte sie kühn, »wir haben etwas zu besprechen.«

Sheffield schüttelte ungläubig den Kopf und bedeutete seinem Butler, sie allein zu lassen. Der Bedienstete zögerte kurz. Wahrscheinlich wägte er ab, ob er die Lady mit seinem Herrn allein in einem Raum lassen durfte. Doch angesichts der fortgeschrittenen Uhrzeit war der Skandal bereits gegeben, sollte er an die Öffentlichkeit gelangen. Er verneigte sich schließlich und schloss die Tür hinter sich. Sheffield kam ihr mit großen Schritten entgegen, als wollte er ihr an die Gurgel gehen. Kurz vor ihr blieb er stehen, er wirkte unschlüssig, was er nun tun sollte. »Wenn Heath erfährt …«

»Er weiß nicht, dass ich hier bin«, unterbrach sie ihn hastig. Hitze stieg ihr in die Wangen. »Und es wäre mir lieb, wenn das so bleiben könnte. Ich habe mich unbemerkt aus dem Haus geschlichen.

Die Unruhe hielt mich wach und ich muss dringend mit Ihnen sprechen.«

»Sie hatten beim Theater ausreichend Gelegenheit dazu.«

»Wo uns jeder mit Freuden belauscht hätte, allen voran meine Schwestern.« Sie schüttelte den Kopf. »Nein, Mylord. Das Risiko konnte ich nicht eingehen.«

»Dafür riskieren Sie jetzt, Ihren Ruf zu verlieren? Ich hoffe, Sie waren wenigstens geschickt genug, nicht gesehen zu werden.«

Schnaubend verschränkte sie die Arme vor der Brust und blieb ihm eine Antwort schuldig. Dachte er etwa, dass sie nicht wusste, wie man sich unbemerkt durch die Gassen stahl? Es war nicht ihr erster heimlicher Ausflug. Sie mochte zwar impulsiv handeln, aber sie war gewiss nicht lebensmüde.

Hart stieß er die Luft aus und rieb sich die Schläfen. Er wirkte mit einem Mal ungewöhnlich müde. »Nun, da Sie hier sind, sagen Sie, was Sie auf dem Herzen haben. Im Theater hatte ich den Eindruck, Sie wären wütend auf mich.«

»Oh, ich bin wütend«, bestätigte Alexandra ohne Umschweife. »Es macht mich rasend zuzusehen, wie diese Sirene Sie immer noch um den Finger wickelt. Leugnen Sie es nicht, Lord Sheffield!« Sie hob mahnend den Zeigefinger und schüttelte den Kopf, als er ihrer Vermutung etwas entgegnen wollte. »Sie können so oft behaupten, mit Ihrer Vergangenheit abgeschlossen zu haben, wie Sie wollen. Ich sehe Ihnen an der Nasenspitze an, dass Sie sich nur selbst etwas vormachen.«

»Sie behaupten penetrant zu wissen, was in mir vorgeht.« Sheffield fuhr sich brummend durch die dunklen Haare, die danach ein wenig zerzaust von seinem Kopf abstanden. Es stand ihm, wenn sie nicht so streng mit Pomade nach hinten gekämmt waren. Generell hatte Alexandra den Eindruck, dass er sich in den Zwängen der Gesellschaft nicht wohlfühlte, genau wie sie, immerhin hatte er sich wohl als Erstes seiner Krawatte entledigt, als er nach Hause gekommen war.

»Ich kenne Männer wie Sie, Lord Sheffield«, fuhr Alexandra fort und befeuchtete sich den trockenen Mund mit der Zunge. »Männer, die denken, Ihre Kämpfe allein ausfechten zu müssen, um nicht als schwach angesehen zu werden. Doch am Ende zählen sie immer zu den Verlierern. Ihren Worten beim Theater entnehme ich, dass Sie nicht mit vielen Freunden gesegnet sind. Die Gründe dafür gehen mich selbstverständlich nichts an. Dennoch macht es auf mich den Eindruck, als könnten Sie jede Hilfe gebrauchen, die Sie kriegen können, um sich dieser Schlange zur Wehr zu setzen. Und da Sie ein enger Freund der Familie sind«, sie holte tief Luft, »sehe ich Sie auch als meinen Freund an.« Es fiel ihr nicht leicht, diese Worte auszusprechen.

Er war für sie immer noch der Schwerenöter und der Mann, den Heath ihr gegen ihren Willen als Aufpasser vorgesetzt hatte. Doch da war noch etwas anderes. Vielleicht nur ein Gefühl, das ihr riet, ihn nicht von sich zu stoßen. Er war noch mehr in der Gesellschaft verpönt als sie. Zwei Außenseiter, die sich möglicherweise einander von Nutzen sein konnten.

Einen Augenblick lang starrte Sheffield sie mit weit aufgerissenen Augen ungläubig an. Dann warf er den Kopf in den Nacken und lachte, doch es klang aufgesetzt und gekünstelt. »Danke, aber ich kann gut auf Ihre Unterstützung verzichten.« Das Funkeln in seinen meerblauen Augen strafte ihn Lügen.

Alexandra runzelte die Stirn. Seine Ablehnung traf sie härter, als sie gedacht hätte. Doch am meisten kränkte sie, dass er sie anlog und dabei glaubte, sie würde es nicht merken. »Sie wirken auf mich, als bräuchten Sie Hilfe, Mylord. Warum verwehren Sie sie, wenn sie sich Ihnen anbietet?«

»Weil diese Angelegenheit nur Lady Ashton und mich etwas angeht und niemanden sonst!« Seine Stimme hatte merklich an Lautstärke zugenommen. »Ich weiß Ihre Fürsorge zu schätzen, Lady Alexandra, doch mir ist die ehemalige Baroness mehr als bekannt, ich weiß, in welchem Feuer ich stochere.«

Trotzig schob Alexandra das Kinn vor. »Mit dieser Einstellung werden Sie sich die Finger verbrennen, Mylord.«

»Hören Sie auf mir zu sagen, was geschehen wird. Sie wissen ebenso wenig wie ich, was die Zukunft bringt. Oder haben Sie auf einmal hellseherische Fähigkeiten erlangt?«

»Machen Sie sich nicht lächerlich!«, schnaubte Alexandra. »Jeder kennt die Geschichte von Lady Ashton und Ihnen. Mir ist nicht entgangen, mit welchem habgierigen Blick sie Sie gemustert hat. Als wolle sie Sie fressen. Und gegen das Gift einer Schlange sind selbst Sie machtlos, Mylord.«

Sheffield warf die Arme hoch, nur um sich dann mit den Händen über das Gesicht zu fahren. »Sie sollten die Anwesenheit von Lady Ashton vergessen und sich am besten auch von mir fernhalten.«

Alexandra schnappte nach Luft. »Das meinen Sie nicht wirklich? Darf ich Sie daran erinnern, dass Heath Sie zu meinem Aufpasser auserkoren hat?«

»Eine äußerst schwachsinnige Idee, die alles andere als mit Erfolg gekrönt ist. Sie machen ohnehin, was Ihnen in den Sinn kommt. Ich werde Heath gleich morgen mitteilen, dass ich seiner Bitte nicht länger nachkommen kann.«

Erleichterung sollte sie durchfluten. War das nicht genau das, was sie immer bezweckt hatte? Keinen Aufpasser an ihrer Seite zu haben, sondern frei zu sein, in ihrem Denken und Handeln? Ja, endlich hatte sie die Chance, auf eigenen Füßen zu stehen. Warum nur fühlte sich ihre Freude dann so seltsam leer an?

Irritiert ob ihrer durcheinander gewirbelten Gefühle warf sie dem Baron einen Blick zu. Er wirkte selbst niedergeschlagen, als gefalle ihm diese Aussicht ebenfalls nicht wirklich. Seltsamerweise hatte sie sich daran gewöhnt, von ihm im Tanz unterrichtet zu werden. Ja, es waren sogar Momente dabei gewesen, in denen sie Freude verspürt hatte. Sie betrachtete ihn genauer. Seine zerzausten, dunklen Haare, die stechend blauen Augen, das kantige Kinn. Er war bei weitem kein aalglatter Gentleman, aber bei Gott, wer war das schon? Sie war auch alles andere als eine vorzeigbare Dame. Womöglich war es genau das, was sie an ihm reizte. Er zeigte ihr, dass es in Ordnung war, nicht perfekt zu sein. Dass es wichtig war, einfach man selbst zu sein.

»Nein«, flüsterte Alexandra und ihr Herz wurde schwer. »Sie werden mich so schnell nicht los, Mylord, das verspreche ich Ihnen. Schon gar nicht auf diese Art.«

»Verdammt, Alexandra, ich will dich doch nur beschützen!«

Scharf zog sie die Luft ein. Er war ihr ungebührlich nahe, sodass sie seinen warmen Atem auf ihrer Wange spüren konnte. Der Duft von Rasierwasser wehte zu ihr herüber und plötzlich überkam sie das Bedürfnis, sich in seine Arme zu werfen, von ihm gehalten zu werden und alles zu vergessen, was über ihn und Lady Ashton geredet wurde.

Sie brauchte nur die Hand ausstrecken und würde seinen kräftigen Herzschlag in seiner Brust erfühlen können. Wie es wohl sein würde, einen Mann zu küssen ... *ihn* zu küssen? Ihr Blick wanderte zu seinen geschwungenen Lippen. Die Versuchung war verlockend. So musste sich Eva im Paradies mit der verbotenen Frucht in der Hand gefühlt haben.

Es war nur ein Kuss, den sie ersuchte, nur eine leichte Berührung, um ihr Verlangen zu stillen. Alexandra hatte schon einige Dummheiten angestellt, allein ihre Anwesenheit hier war Beweis für ihre Impulsivität. Warum zögerte sie nun?

Nein, das wäre nicht richtig.

Sie schaffte es gerade so, ihn als einen Freund anzuerkennen, und schon verlangte ihr Herz nach mehr? *Du bist ein törichtes Ding, Alexandra!* Zudem war er noch zu gebeutelt von seiner Vergangenheit und wie die Gerüchte verbreiteten auch nur an Liebschaften interessiert, die nicht länger als eine Nacht dauerten.

Um sich von den Qualen seiner Erfahrungen abzulenken. Denn dass er litt, konnte sie in seinen Augen erkennen und es tat ihr im Herzen weh. Alexandra war allerdings keine Frau für nur eine Nacht. Wenn sie liebte, dann mit ihrem Herzen und ihrer Seele. Doch vielleicht konnte sie ihm dabei helfen, die Vergangenheit endlich hinter sich zu lassen. Als eine Freundin.

Ihre Finger bewegten sich auf ihn zu, legten sich auf sein Hemd und drückten ihn sanft von sich fort. »Ich glaube, dieses

Mal vergessen *Sie* Ihren Anstand, Mylord«, flüsterte sie heiser und bedauerte sogleich, diesen Schritt gehen zu müssen und seine Wärme nun nicht mehr spüren zu können. Doch es musste sein, wenn sie sich selbst vor einer Enttäuschung schützen wollte.

Der Schock über seine eigenen Worte stand ihm deutlich ins Gesicht geschrieben, als er realisierte, was er gesagt hatte. »Verzeihen Sie mir, es ist schon spät und der Tag war anstrengend.« Er räusperte sich. »Bitte setzen Sie sich doch.« Er schob ihr den Stuhl vor seinem Schreibtisch zurecht und nahm dann selbst hinter dem wuchtigen Möbelstück Platz. Die räumliche Distanz, die er damit zwischen ihnen aufbaute, jagte Alexandra einen Stich durchs Herz, auch wenn sie sich bemühte, nach außen hin eine gleichgültige Fassade aufzusetzen. Warum sie diese Geste so mitnahm, konnte sie nicht sagen, schließlich hatte sie ihn zuerst von sich gewiesen.

»Möchten Sie einen Tee, Mylady? Meiner ist bereits kalt, ich könnte neuen ordern.«

Stumm schüttelte Alexandra den Kopf. Sie räusperte sich, denn es gab etwas, was sie an seinen vorherigen Worten ebenfalls verunsicherte. »Wovor wollen Sie mich beschützen?«

Er rieb sich die Stirn und seufzte. »Herrgott, geben Sie niemals Ruhe?«

»Nicht, solange Sie nicht wieder bei Verstand sind und endlich einsehen, dass Sie die Hilfe einer Freundin ruhig annehmen können.«

»Warum ist es Ihnen ein so wichtiges Anliegen, mir Ihre Unterstützung zu versichern, dass Sie sich sogar mitten in der Nacht herschleichen und dabei Ihren eigenen Ruf riskieren?«

»Es ist unhöflich, auf eine Frage mit einer Gegenfrage zu antworten, Mylord.«

Ein Schmunzeln glitt über seine Züge. »Touché, Mylady. Gestatten Sie mir, ehrlich zu Ihnen zu sein.«

»Oh, ich bitte darum.« Unruhig rutschte sie auf ihrem Stuhl herum und nahm den Stoff ihres Kleides zwischen die Finger, um ihn zu kneten. Seine Worte verhießen nichts Gutes.

»Lady Ashton hat Sie aus einem mir unbegreiflichen Grund ins Visier genommen. Anscheinend glaubt sie, zwischen uns bestehe eine … nennen wir es nähere Bekanntschaft.«

Überrascht zog Alexandra die Augenbrauen hoch, auch wenn sie aufgrund seiner Wortwahl schlucken musste. »Sie sieht in mir eine Konkurrentin?«

»Offensichtlich. Selbstverständlich wissen wir beide, dass diese Unterstellung völlig haltlos ist. Die Vorstellung, dass Sie und ich … nun ja, sie ist absurd, nicht wahr?« Er lehnte sich in seinem Sessel zurück, stützte die Ellbogen auf die Armlehnen und verschränkte die Finger ineinander. Sein Blick fixierte sie und Alexandra hielt ihm nur mit Mühe stand. Entgegen ihrer Erwartung blieb er jedoch völlig ernst, kein Anzeichen von Spott war auszumachen.

»Natürlich ist sie das«, bestätigte sie leise. Tränen stiegen in ihr auf, doch sie schluckte sie tapfer hinunter. Er sollte nicht sehen, wie sehr ihr seine auf einmal so kühle Art zusetzte, wo er doch Augenblicke zuvor so leidenschaftlich gewesen war. »Was gedenken Sie nun in Bezug auf Ihre Gattin zu unternehmen?«

»Ehemalige Gattin«, wies er sie augenblicklich zurecht. »Es gibt eine namhafte Agentur in Bloomsbury, die mit Vorliebe in der Vergangenheit von Menschen herumstochert und dabei in den meisten Fällen fündig wird. An diese Agentur wollte ich soeben ein Schreiben aufsetzen, bevor Sie mein Haus gestürmt haben.«

»Sie wollen Lady Ashton erpressen?«

Sheffield zuckte mit den Achseln. »Wie Sie schon sagten, Violet ist eine Schlange. Sie verwendet Sie als Druckmittel gegen mich, also muss ich dafür sorgen, dass die Voraussetzungen wieder im Gleichgewicht liegen.«

Violet. Ihm dabei zuzuhören, wie er ihren Vornamen aussprach, verursachte ihr ein mulmiges Gefühl in der Magengegend. Die Sehnsucht, die seinen Worten mitschwang, verstärkte nur noch mehr ihren Verdacht, dass Sheffield alles andere als mit seiner Vergangenheit abgeschlossen hatte.

Er brauchte dringend Hilfe, sich ihrer zu entledigen. Auch wenn er glaubte, allein mit ihr fertigzuwerden, so war Alexandra klar, dass dies keineswegs stimmte. In ihr reifte ein eigener Plan und sie wusste auch schon, wen sie dafür ansprechen musste.

»Sie haben recht, Mylord, Sie sollten sich in Zukunft lieber von mir fernhalten«, sagte sie hastig und erhob sich. »Verzeihen Sie, dass ich unangekündigt aufgetaucht bin, das wird nie wieder vorkommen.«

Ein wenig verdattert ob ihres plötzlichen Sinneswandels stand er ebenfalls auf, doch bevor er etwas erwidern konnte, versank Alexandra in einen Knicks und stürmte aus dem Arbeitszimmer.

Es war ihr einerlei, dass sie sich zum Narren machte. Es wurde bereits über sie gesprochen, da würde ein weiterer Fauxpas keinen Unterschied machen.

Der Butler reichte ihr ihren dunkelblauen Umhang, den sie sich sogleich umlegte und die Kapuze über ihre Haare zog, bis ihr Gesicht verhüllt im Schatten lag. Er öffnete ihr die Tür des Hinterausgangs, wo die Kutsche bereits auf sie wartete. Kühler Nachtwind wehte ihr entgegen und vereinzelte Regentropfen fielen vom Himmel.

»Warten Sie!«, erklang Sheffields Stimme hinter ihr, doch sie ignorierte ihn und wollte in die Kutsche steigen.

Seine Hand legte sich um ihre und verhinderte, dass sie sich ihm entzog. Ein Kribbeln kroch ihren Arm hinauf und jagte eine Gänsehaut über ihren Körper. Doch gleichzeitig wurde ihr plötzlich so heiß, dass sie sich am liebsten Luft zu gefächert hätte. Die kalten Regentropfen, die wieder verstärkt zu Boden prasselten, kamen ihr da gerade recht.

»Versprechen Sie mir, nichts Unüberlegtes zu tun, Mylady.« Seine Stimme war mit einem Mal so rau und dunkel, dass Alexandra schlucken musste. Erneut würde sie sich gern in seine Arme werfen, doch Sheffield hegte immer noch Gefühle für Violet. Und nicht für sie. Vorsichtig entzog sie ihm ihre Hand, auch wenn es ihr das Herz brach.

»Das kann ich nicht. Immerhin geht es hier auch um mich und meine Familie. Wenn diese Person mich ruinieren will, wird sie damit auch Ophelia und dem Rest schaden. Das kann ich nicht zulassen.«

Ruckartig drehte sie sich um, stieg in das Gefährt und schloss den Verschlag hinter sich. Ein leises Wiehern erklang, dann setzten sich die Pferde in Bewegung.

Alexandra wagte einen letzten Blick zurück zum Anwesen. Sheffield stand immer noch unverändert da und sah ihr hinterher. Der Regen nahm zu und ließ sein Haar in langen Strähnen an seiner Stirn kleben. Wie gern würde sie es ihm aus dem Gesicht streichen. Entsetzt über sich selbst schüttelte sie den Kopf. Er sollte lieber wieder reingehen, bevor er sich eine Erkältung holte. Das Licht aus dem Inneren des Hauses hüllte ihn ein, als wäre er eine himmlische Erscheinung. Ein kleines Lächeln stahl sich auf ihre Lippen. In seiner Gegenwart schien sie seltsamer Weise religiös zu werden.

Sie wandte sich von ihm ab und wickelte sich enger in ihren Umhang. Das Rattern der Räder auf der Straße erschien ihr unwirklich laut in der Stille der Nacht. Hoffentlich wurde niemand von dem Geräusch aus dem Schlaf gerissen. Genauso musste Charlotte sich gefühlt haben, als sie nach ihrem Unfall in Heath' Stadthaus versorgt worden war und im Schatten der Nacht nach Hause zurückkehren musste, um ja keine Gerüchte zu schüren. Wie eine Geliebte, für deren Anwesenheit man sich schämte.

Ein plötzlicher Schluchzer entrang sich ihrer Kehle. Sie sollte ihre Gefühle für Noah besser unter Kontrolle bringen, bevor sich daraus wirklich noch ein Skandal ergab und die Schmach, sollte er sie nicht erwidern. Sie zog die Augenbrauen zusammen und fokussierte ihre Gedanken auf ihr derzeitig größtes Problem: Lady Ashton.

10. Kapitel

Dinner, Soireen, Theaterabende … das war nicht Noahs Welt. Er wollte sich nicht verstellen, anderen Interesse vorgaukeln und dabei dümmlich grinsen.

Zumindest war er als niederer gestellter Adeliger meistens vor Matronen geschützt, die es darauf anlegten, ihre Schützlinge an eine gute Partie zu verschachern. Denn das war er nicht …

Umso wohler fühlte er sich im *White's*. Der Ort, an dem er sein konnte, wie er eben war. Er griff nach seinem Glas und nahm einen kleinen Schluck, verteilte die Aromen des Brandys in seinem Mund. Normalerweise war der Club der beste Ort, um einen klaren Kopf zu erlangen, heute allerdings drehte sich alles nur um Alexandras heimlichen Besuch bei ihm. Himmelherrgott, wenn sie jemand gesehen hätte, wäre es um ihren Ruf und den ihrer Schwester geschehen gewesen. Aber eben jene Impulsivität war es, die Noah an ihr mochte. Der Freigeist, der in ihr wohnte und wieder und wieder an die Oberfläche kam. Sie wollte sich nicht als weißes Schäfchen unter die Horde mischen, stattdessen ertrug sie es, dass sie jeder anstarrte. Heath sollte es endlich erkennen, dass man Alexandra nicht zähmen konnte. Dass sie viel zu sehr auf ihre eigene Freiheit bedacht war. Aus diesem Grund entschied er sich dazu, seinem Freund morgen einen Besuch abzustatten und ihn darum zu bitten, Noah von seinen Verpflichtungen zu entbinden.

Letztendlich konnte er den Walzer hunderte Male mit Alexandra üben, am Ende hätte sie immer noch keine Freude daran, auch wenn sie die Schritte beherrsche.

»Warum sitzt du mutterseelenallein in einer Ecke, Sheffield?«, vernahm er eine bekannte Stimme, was ihn dazu veranlasste, den Blick von der goldenen Flüssigkeit abzuwenden.

»Wolverton«, seufzte Noah und deutete auf den freien Platz ihm gegenüber, »ein seltener Gast hier.«

James Kilmore, Viscount Wolverton, hob sein Glas an und warf ihm einen verschmitzten Blick aus seinen blauen Augen zu. Für gewöhnlich hielt er sich auf dem Land auf, mied London, wo es nur ging. Eben aus jenem Grund wunderte es Noah, dass er sich hier blicken ließ. Und erst recht jetzt, nachdem seine Schwester wieder hier war.

»Nicht so viel Begeisterung auf einmal, ehemaliger Schwager und alter Freund, wir haben uns immerhin lange nicht gesehen.« Er ließ sich auf der gepolsterten Sitzbank nieder und nahm einen Schluck seines Getränks, ohne ihn aus den Augen zu lassen.

»Wir haben uns im Theater getroffen«, korrigierte Noah ihn, »in Begleitung deiner Schwester.«

Wolverton seufzte. »Gut, aber zuvor nicht. Ich muss zugeben, dass ich unsere gemeinsamen Abende in den Spielhöllen und Clubs vermisse.«

»Was führt dich nach London? Solltest du nicht bei deiner Frau und deinem Neugeborenen auf dem Land sein?«

Er grinste. »Da wäre ich ehrlich gesagt auch lieber. Allerdings zwingen mich unaufschiebbare Geschäfte in diese furchtbare Stadt. Ich bin nur zwei Wochen hier.«

Noah ließ seinen Blick durch den Raum schweifen. Ihm war nicht nach einem Plausch unter alten Freunden. Wolvertons Ländereien grenzten an seine und er mochte den Kerl und seine unaufdringliche Art, dennoch sträubte sich heute alles in ihm gegen Gesellschaft, auch wenn sie noch so angenehm war. Er war Violets Bruder. Gottverdammt, wieso konnte er diesen Umstand nicht zur Seite schieben?

»Hm … dann stimmt es demnach«, fuhr James fort und lehnte sich nach hinten, ehe er die Arme vor der Brust verschränkte.

Der Unterton veranlasste Noah dazu, sich von dem Spieltisch abzuwenden, um den sich einige Gentlemen versammelt hatten. »Was meinst du?«

»Meine Schwester scheint dir näher zu gehen, als du bereit bist, zuzugeben … ich meine, es gibt kein anderes Thema mehr inmitten der Hautevolee als ihre Rückkehr.«

Noah rollte mit den Augen. »Herrgott, dann erspar es mir, mich damit zu belästigen. Ich hoffe inständig, sie packt ihre Sachen und verschwindet wieder nach Italien.«

Wolverton schnalzte mit der Zunge. »Gut gelaunt wie eh und je, dennoch solltest du dich um dein kleines Problem kümmern. Es heißt, sie will dich zurückerobern. Wie mir scheint, denkst du, wir stecken unter einer Decke. Ich kann dich allerdings beruhigen, ihr Auftauchen war für mich ebenso überraschend wie für dich. Dass sie sich dir gleich an den Hals werfen würde, dachte ich allerdings nicht.«

Noah krallte seine Finger um den Brandy. Es kam selten vor, dass er um Worte verlegen war, im Grunde fand er auf jede dümmliche Bemerkung eine passende Erwiderung, aber dieses Mal blieb ihm der Satz im Hals stecken. Stattdessen suchte er Wolvertons Blick, versuchte in seinen Augen nach dem Scherz zu suchen, den er gewiss unter einem Deckmantel versteckt hatte … aber da war nur purer Ernst.

»Du wusstest nicht, was sie vorhat?«, fragte sein Freund gedehnt, beugte sich nach vorn und neigte den Kopf zur Seite. »Sogar meine senile Schwiegermutter ist bereits im Bilde, dass sie ihren Earl verlassen hat und reumütig zu dir zurückkehren will.«

Noah blinzelte. »Sie hat Ashton sitzen gelassen?«, platzte es aus ihm heraus. Ein ungläubiger Lacher entstieg seiner Kehle, ein weiterer folgte, bis seine Augen feucht wurden und er sich den Bauch halten musste. Er hatte sie im Theater nicht ernst genommen, es als Phrase abgetan, dass nur sie gut für ihn sei. Niemals wäre es ihm wirklich in den Sinn gekommen, dass sie ihn zurückerobern wollte. Und das bedeutete … »Alexandra«, brach es flüsternd aus ihm heraus. Wenn sich Violet etwas in den Kopf gesetzt hatte, dann hielt sie daran fest, bis das gewünschte Ergebnis eingetreten war. Sie würde demnach alles daran setzen, Alexandra loszuwerden.

»Gut, dass du sie erwähnst«, seufzte sein Freund und kratzte sich im selben Moment an der Schläfe. Die leidige Miene, die er dabei aufsetzte, war ein Zeichen für Noah, dass es sich um ein unangenehmes Thema handelte. »Deswegen bin ich unter anderem hier. Zugegeben, das *White's* war der erste Ort, an dem ich dich zu dieser späten Stunde vermutet habe. Wir hatten im Theater keine Gelegenheit, miteinander zu reden.«

»Du wolltest ohnehin zu mir? Und weshalb, wenn ich fragen darf? Um einen Höflichkeitsbesuch hätte es sich wohl kaum gehandelt.«

Wolverton räusperte sich. »Nun, ich kam erst vor einer Woche in London an und das Erste, das ich von meiner lieben Mutter hörte, waren Gerüchte über dich und eine gewisse Lady Alexandra.«

Eine eiskalte Faust schloss sich um seinen Hals und drückte fest zu. »Über mich und Lady Alexandra?«, wiederholte er ungläubig. Er hatte der Meute im Theater keinen Grund geliefert, um zu tratschen. Auch bei dem Ballabend war er bedacht darauf gewesen, nur ein einziges Mal mit ihr zu tanzen.

»Ja. Sie scheint Interesse an dir zu zeigen, wie es heißt. Allerdings betitelte man sie zeitgleich als Bauerntrampel. Frevelhaft, wenn du mich fragst.«

Noah schloss die Augen und tat einen tiefen Atemzug. Es hatte nur eine Person gegeben, die Bauerntrampel und Lady in einem Satz verwendet hatte – Violet. Demnach hatte sie bereits mit ihrem Feldzug gegen Alexandra begonnen. Das Verlangen, Heath gegenüber seinen Wunsch zu äußern, von seinen Verpflichtungen entbunden zu werden, loderte nur noch als kleine Flamme, wo es zuvor noch eine Feuersbrunst gewesen war. Er musste Alexandra beschützen, so viel war er ihr schuldig, nachdem er sich in der Verantwortung dafür sah, dass Violet es auf sie abgesehen hatte.

»Grundgütiger«, flüsterte er, öffnete die Augen wieder und suchte Wolvertons Blick. Der adelige Ire, der als kleiner Junge mit seinen

Eltern nach England gekommen war, wusste nur zu gut, wie es war, von der Gesellschaft als Außenseiter betrachtet zu werden. Es war mit einer der Gründe, weshalb sie sich in der Vergangenheit so gut verstanden hatten, und Noah erkannte den Wink mit dem Zaunpfahl: *handle, bevor es zu spät ist*. Aber wie in Gottes Namen sollte er Alexandra vor diesem Biest beschützen, solange die Agentur keine Ergebnisse lieferte?

»Aber das ist noch nicht alles. Es laufen bereits Wetten auf die ungezähmte Lady Alexandra. Wenn du mich fragst, ist es eine Schande, dass man in diesem Club Wetten auf Frauen abschließen kann«, echauffierte sich James und zog damit Noahs volle Aufmerksamkeit auf ihn.

»Hier werden Wetten auf Alexandra abgeschlossen?«

Er zuckte mit den Achseln. »Nun ja, das war ein weiterer Grund, weshalb ich das Gespräch mit dir gesucht habe. Ich wollte ehrlich gesagt wissen, was du in den letzten sechs Monaten, in denen wir uns nicht gesehen haben, angestellt hast. Ausgerechnet du, der sich ansonsten aus solchen Dingen raushält.«

Eine ungewohnte Welle von Wut erfasste ihn, als er erneut zu den Tischen sah, an denen Gentlemen wild gestikulierten und Scheine den Besitzer wechselten. Er hätte keine Sekunde daran gedacht, dass es hier um Alexandra gehen könnte. »Du beliebst zu scherzen«, gab er leise zurück, während er unter dem Tisch die Fäuste ballte und sich zur Ruhe mahnte.

Wolverton seufzte leise. »Zu meinem Bedauern, nein.«

Es gab nichts, das ihn noch auf seinem Hintern hielt. Er musste einfach wissen, worum hier gewettet wurde. Noah schoss von seinem Platz hoch und durchquerte den Raum, ehe er am Tisch ankam, an dem man die Wetten abschließen konnte. Männer aller Altersgruppen standen um den samtbezogenen Tisch, grölten, klatschten. Schmale Blitze tauchten in seinem Sichtfeld auf, und obgleich er erst einen Drink hatte, wusste er, dass seine Zunge so locker wie nie sein würde.

Der Fettsack Montrose, der nicht dicht am Tisch stehen konnte, weil ihm sein Wanst im Weg stand.

Der Widerling Pepperfield, der jede junge Dame penetrant belagerte, sofern sie nicht von ihrer Matrone gerettet wurde.

Der Lüstling Luton, der seine junge Ehefrau in den Tod getrieben hatte, weil sie seine Perversität nicht ertragen konnte.

Diese Leute schlossen Wetten auf ihn, Violet und Alexandra ab.

»Aaah, Sheffield, kommen Sie, gesellen Sie sich zu uns. Wollen Sie auch einen Tipp abgeben? Ach … es handelt sich um Ihre Verflossene, demnach geht das gegen die Regeln«, wetterte Montrose und hielt sich den Bauch, während er vor sich hin gluckste.

»Aber auf die langweilige Lady Alexandra könnte er doch wetten«, mischte sich Luton ein. »Sie hatten sie doch noch nicht im Bett, oder? Das ist nämlich mir vorbehalten.« Er nahm einen tiefen Zug seiner Zigarre, ehe er ihm den Rauch ins Gesicht blies.

Noah kannte diese Momente, in denen sich das Sichtfeld verschmälerte, rote Flecken auftauchten und der primitive Teil seines Gehirns die Kontrolle übernahm. Wie oft hatte er sich nach Violets Verrat verteidigen wollen, beinahe jemanden zum Duell gefordert, um nicht als der sitzengelassene Idiot dazustehen. Aber dieses Mal ging es nicht um Violet oder seine Ehre … sondern um Alexandra. Die Frau, die es nicht verdient hatte, dass man so über sie sprach.

»Nehmen Sie das zurück«, knurrte er, trat einen langen Schritt näher und nahm ihm die Zigarre aus dem Mund. Er hatte nur eine kurze Gelegenheit, die Augenbrauen zusammenzukneifen, ehe Noah den glimmenden Stängel am Gehrock seines Gegenübers ausdrückte. »Sofort.«

Lutons Miene verdüsterte sich und Noah rechnete bereits damit, dass er ihm seine nicht vorhandene Überlegenheit demonstrieren wollte, als sich Montrose einmischte und Luton an der Schulter packte. Aber anstatt einen drohenden Streit zu vermeiden, heizte er ihn noch an. »Das lässt du dir von diesem Bürschchen gefallen? Einem gefallenen Baron?«

Als Volltrottel, der er eben war, ließ sich Luton auf die Provokation ein. Ein dreckiges Grinsen malte sich auf seine Züge. »Oh, ich werde sie mir ins Bett holen, Sheffield. Sie wird schreien, nach mehr lechzen …«

Es war eine reflexartige Handlung. Eine Bewegung. Noah holte aus und schlug ihm die Faust gegen den Kiefer. Ein Knacken ertönte, vermischt mit einem Schrei, Stimmengemurmel. Luton torkelte zurück gegen die Wand. Noah hatte nur noch ihn im Blick, wie ein Raubtier, das seine Beute eingekreist hatte. Als er sich auf ihn stürzen wollte, riss jemand seinen Arm gewaltvoll zurück.

»Verflucht, Sheffield, alle Blicke sind auf euch gerichtet«, vernahm er Wolvertons wütende Stimme, spürte im nächsten Moment einen festen Griff an seiner Schulter, ehe er zurückgezogen wurde. Noahs Herzschlag kam ihm unnatürlich laut vor, es donnerte und dröhnte in seinen Ohren, sein Atem kam in schweren Zügen. Langsam lichtete sich der Nebel. Männer hatten sich um sie versammelt, Gespräche waren verstummt.

»Ich nehme ihn mit, es gibt keinen Grund, die Constabler zu rufen«, versuchte Wolverton, den Kerl in der Livree zu beschwichtigen, der scheinbar vorhatte, zu seinem Boss zu laufen.

Widerstandslos ließ sich Noah aus dem Club bringen, atmete die kühle Nachtluft tief in seine Lunge ein, als er sich am gusseisernen Geländer festhielt.

»Herrgott, Sheffield, hast du den Verstand verloren? Weißt du, was deine Schlägerei bedeutet?«, fluchte Wolverton und warf die Hände in die Höhe. »Was ist nur los mit dir? Du kennst diese Lady Alexandra doch kaum und verteidigst sie im *White's*? Scheiße, Mann, spätestens jetzt hast du *wirkliche* Probleme am Hals. Ich bin hergekommen, um mit dir über Violet zu reden, und nicht, um dir dabei zusehen zu müssen, wie du einen Skandal anzettelst.«

Noah schloss die Augen, kämpfte gegen das Surren in seinen Ohren an. Er wollte sie nur verteidigen. Sie hatte es nicht verdient, dass man obszöne Wetten auf sie abschloss und sie somit zum Gespött machte.

»Das weiß ich selbst«, gab er ungewohnt ruhig von sich. Der Sturm in seinem Inneren war zu einer milden Brise abgeklungen.

Er wusste, dass er bis zum Hals im Morast steckte, aber noch schlechter würde er sich fühlen, hätte er Alexandra nicht verteidigt.

Bei Gott, was hatte er soeben getan. Einen Kerl verprügelt, um Alexandras Ehre zu retten.

Wenn Luton ihn nicht irgendwann in einer Seitengasse umbrachte, dann würde es Heath für ihn erledigen.

Stille.

Es war wie die Ruhe vor dem Sturm. Der Moment vor dem Angriff.

Noah stand vor dem Fenster seines Arbeitszimmers und wartete darauf, dass sein Freund erschien. Selbstverständlich hatte sich die ganze Sache wie ein Lauffeuer verbreitet, sodass die Morgenausgabe der *Gazette* bereits einen Artikel gedruckt hatte. Missmutig starrte Noah auf die reißerischen Zeilen.

Der betrogene Baron rettet Ehre der Lady A, indem er Lord L angreift. Ein Zeichen der baldigen Verlobung?

»Verdammt noch eins«, fluchte er, stieß sich vom Fensterrahmen ab und ging zu seinem Schreibtisch. Mit einem Mal erschien es ihm irrelevant, dass die Agentur sich bereit erklärt hatte, unverzüglich in Violets Leben zu schnüffeln, damit die Sache schnellstmöglich erledigt war. Nie zuvor war ihm diese Frau so unwichtig gewesen, wie jetzt gerade. Er hatte sich in einem schwachen Moment dazu hinreißen lassen, Alexandra zu verteidigen. Und er würde es wieder tun, so viel war ihm in dieser schlaflosen Nacht klar geworden.

Er starrte auf das unberührte Frühstück, das ihm sein Butler auf den Schreibtisch gestellt hatte. Obwohl er einige Bissen zu sich nehmen sollte, versagte ihm sein Magen den Dienst. Jede Minute, die er wartete, fühlte sich wie eine Stunde an und als endlich eine Kutsche vor dem Gebäude hielt, machte sein Herz einen Satz.

Anstatt zu warten, dass der Verschlag geöffnet wurde, preschte Heath heraus und hastete mit langen Schritten auf den Eingang zu.

Noch nie hatte er seinen Freund derart wütend erlebt. Die zusammengekniffenen Lippen, die straffen Züge, die geballten Fäuste.

»Nun denn«, flüsterte Noah, überprüfte den Sitz seiner Krawatte und drehte sich um, sodass er die Tür im Blick behalten konnte. Eine Stimme donnerte über den Flur, Schritte erklangen und im nächsten Moment wurde die Tür mit einer Wucht aufgerissen, sodass Noah glaubte, sie würde aus den Angeln fliegen.

»Was hast du getan?«, brüllte Heath. Sein Hemd war an zwei Stellen falsch zugeknöpft, seine Haare standen von seinem Kopf ab, als hätte er sie mehrfach gerauft, aber am Ungewöhnlichsten war die unbändige Härte in seinen Augen. Härte … und Enttäuschung.

»Wenn du dich bitte setzen würdest, damit wir uns wie zivilisierte Menschen unterhalten können«, sagte Noah ruhig und deutete auf den Stuhl, ehe er seinem Butler mit einem Nicken zu verstehen gab, die Tür zu schließen und darauf zu hoffen, dass er den Raum lebend verließ.

»Sitzen? *Sitzen?* Willst du mir noch einen Tee servieren, damit wir belanglosen Tratsch austauschen können? Herrgott, du hast Alexandra ruiniert! Was hast du dir nur dabei gedacht?« Wie ein wild gewordenes Tier im Käfig stapfte Heath auf dem Aubussonteppich auf und ab, sodass die Dielen knarrten, während er wieder und wieder die Hände in die Luft warf, als müsste er seiner Wut freien Lauf lassen. Noah wusste, dass es in einem solchen Zustand sinnlos war, mit Erklärungen zu beginnen, so gut kannte er ihn.

»Was hättest du getan, wenn man so über Charlotte gesprochen hätte?«

Er stoppte abrupt ab, seine Kiefermuskeln mahlten. »Luton behauptet steif und fest, nichts Verwerfliches über Alexandra gesagt zu haben.«

Noah umrundete den Schreibtisch, hielt sich an der Kante fest, damit er nicht auf dumme Ideen kam. »Ach? Es ist nicht verwerflich, mir entgegenzuschleudern, dass er Alexandra in seinem Bett haben will? Schreiend? Dass Wetten auf sie abgeschlossen wurden, wer sie als Erstes nimmt?«

Heath kniff die Augenbrauen zusammen, ein kurzes Aufflackern von Unsicherheit trat in seine Augen. »Darüber ist mir nichts bekannt.«

Noah lachte trocken auf. »Natürlich nicht. Luton wird dir gegenüber niemals zugeben, dass er ein verdammter Scheißkerl ist.«

Sein Freund stemmte die Hände in die Hüften und schnaufte tief durch. »Gut, dann erzähl mir, was gestern Abend passiert ist. Kurz und knapp.«

Noah wusste, dass ihm nicht viel Zeit blieb, ehe Heath wieder in seine Rage verfiel, deshalb beschränkte er sich auf das Wesentliche und endete mit der Prügelei. »Ich bin zu weit gegangen, das weiß ich, aber ich lasse es nicht zu, dass jemand so über deine Schwägerin redet.«

»Warum nicht?«, platzte es aus Heath heraus. »Dich interessiert es sonst auch nicht, wer im *White's* worum wettet. Du und Alexandra ... ihr kennt euch ein paar Monate und hattet bis vor wenigen Wochen nur flüchtigen Kontakt. Weshalb verteidigst du sie so vehement?«

»Unter anderem wegen Violet, sie hat es auf sie abgesehen.« Es fiel ihm schwer, zuzugeben, dass er Schuld an der Sache trug, aber er musste lernen, Verantwortung zu übernehmen und zu den Dingen zu stehen, die er verbockte. »Ich werde die Konsequenzen annehmen, wie sie auch ausfallen mögen, aber ich würde mein Handeln nicht ungeschehen machen.«

Heath kam auf ihn zu, behielt ihn die ganze Zeit prüfend im Auge, auch als er nur gut eine Armeslänge entfernt von ihm stand. »Aus einem unerfindlichen Grund bedeutet dir Alexandra etwas. Bei Gott, Sheffield, du hättest mich einfach fragen können, ob du um sie werben darfst.«

Noah riss die Augen auf. »Das hatte ich nicht vor!«

»Lügner. Du lässt alle glauben, dass du immer noch Violet hinterhertrauerst, damit man dich in Ruhe lässt. Die beste Ausrede, um vor heiratswütigen Müttern geschützt zu sein«, gab er schnaubend zurück. Dieses Mal ließ er sich im Sessel nieder, obgleich er nicht dazu aufgefordert wurde. Heath rieb sich die Schläfen.

»Das ist so nicht wahr«, versuchte sich Noah, zu rechtfertigen, »aber ja, ich habe es erst durch Alexandra gelernt, dass ich nicht Violet nachgetrauert habe, sondern einem Part in meinem Leben, in dem alles scheinbar in bester Ordnung war. Ich habe auch über eine Familie nachgedacht, Murray … eine Familie. Bei Gott, zwing mich nicht dazu, mein ganzes Seelenleben vor dir auszubreiten.« Noah hasste es, über seine Vergangenheit zu reden. Über die zerstörten Träume, den Verrat und die Tatsache, dass er selbst schuld war.

Er hätte wissen müssen, dass Violet nicht die war, die sie vorgab zu sein, aber blind vor Liebe hatte er ihr jeglichen Schwur geglaubt. Und nun hatte er Alexandra mit in dieses Loch gezogen, in dem seine ehemalige Frau nur darauf wartete, aus der Dunkelheit zuschlagen zu können. Er würde ihr keine Gelegenheit geben. Sie hatte lange mit ihm gespielt, aber damit war nun Schluss.

»Du weißt, was das jetzt bedeutet?«, knurrte Heath und bedachte ihn mit einem solch strengen Blick, dass er kurz das Gefühl hatte, wieder auf der Schulbank zu sitzen.

»Ja«, gab er ruhig zurück, »das weiß ich. Vermutlich wird mich deine Schwägerin dafür hassen, sie in eine solche Lage gebracht zu haben.«

Heath gab ein Brummen von sich. »Ich kann nicht in ihren Kopf schauen, aber ich bezweifle, dass ein Freigeist wie sie erfreut sein wird.«

Seltsamerweise trieben ihm die Konsequenzen keinen Schweiß auf die Stirn, sein Herz pochte gemächlich in seiner Brust weiter. Warum? Warum fürchtete er sich nicht davor? Stattdessen rief er sich das Gefühl in Erinnerung, das Alexandra immer wieder in ihm auslöste, wenn sie ihn anlächelte, mit ihm tanzte, ihn nicht für seine Vergangenheit verurteilte. Er wurde verrückt.

Als er wieder zum Sprechen ansetzte, kam es ihm vor, als wäre seine Stimme kräftiger denn je. »Das wird sie nicht … dennoch muss ich Alexandra heiraten, um ihren Ruf zu retten … und den ihrer Familie.«

11. Kapitel

Alexandra fühlte sich, als würde ihr jemand den Boden unter den Füßen einfach wegziehen. Als würde sie fallen, ewig lange, ein dunkles Loch hinunter, dessen Ende nicht einmal zu erahnen war. Der Aufprall, als Heath ihr offenbarte, was sich als Konsequenz aus allem ergab, war schmerzhaft und raubte ihr die Luft zum Atmen. Sie wollte nicht heiraten. Nicht so. Sie war überhaupt noch nicht bereit dafür!

Doch ihr blieb keine andere Wahl. Lord Sheffield zu ehelichen war die einzige Möglichkeit, der letzte Ausweg, sich selbst und ihre ganze Familie vor der größten Schande zu bewahren, die ihnen widerfahren konnte.

Als sie den Artikel in der *Gazette* heute Morgen gelesen hatte, war ihr sofort die Hitze in die Wangen geschossen. Sie hatte sich geehrt gefühlt, dass ein Mann wie Sheffield sich für sie einsetzte und ihre Ehre verteidigte. Lord Luton war schon immer ein lüsterner Lump gewesen, dessen Augen tiefer im Dekolleté gleich welcher Dame hingen, als der Anstand gebot. Erst nach ein paar Minuten hatte sie verstanden, was Sheffields Schritt – oder besser sein Schlag – für sie bedeutete.

Und das hatte das Blut in ihr zum Kochen gebracht. Wie konnte Sheffield es wagen, über ihr Schicksal zu bestimmen? Sie ihrer Freiheit zu berauben, obgleich er wohl als einziger wusste und verstand, wie wichtig ihr eben genau diese Freiheit war?

Ein Räuspern riss Alexandra aus ihrer Gedankenwelt und ließ sie aufblicken. Ophelia zog mitleidig eine Augenbraue hoch. »Die Blume kann nichts für deine Situation«, sagte sie und deutete auf Alexandras Schoß. Irritiert senkte diese ihren Blick und starrte auf die zerrupfte Margerite, deren weiße Blüten sich über ihren Rock verteilt hatten. Die arme Blume! Hastig sammelte sie die Überreste zusammen und legte sie zu einem Häufchen auf den kleinen Tisch. Sie und ihre Schwester hatten sich an ein stilles Plätzchen im Garten zurückgezogen und versuchten, bei einer Tasse Tee zu verstehen, was der ganze Skandal für sie beide bedeutete.

»Ach, Pheli«, flüsterte sie. »Was soll ich nur tun?«

Ihre Zwillingsschwester beschattete mit der Hand ihre Augen, als sie das tiefer sinkende Licht der Sonne blendete, und seufzte. »Es steht wohl außer Frage, was nun geschehen wird. Du wirst die neue Lady Sheffield und bewahrst mich vor einem Leben in ewiger Schande. Ich weiß deinen Aufopferungswillen sehr zu schätzen.«

»Und wenn ich nicht die neue Lady Sheffield werden möchte?« Wie das klang. Lady Alexandra Sheffield, Gattin von Noah Farlington, dem Baron Sheffield. Sie musste zugeben, dass es sie durchaus schlechter hätte treffen können. Lord Luton empfand sie im Vergleich äußerst abstoßend. Schon allein die bloße Vorstellung, mit ihm gemeinsam in einer Kutsche zu sitzen, jagte ihr einen Schauer über den Rücken.

Aber dennoch … Sie wollte nicht den Bund der Ehe eingehen. Nicht so. Und nicht mit dem Wissen, dass Noah noch immer Gefühle für die ehemalige Lady Sheffield hegte.

»Frauen wie wir bekommen selten das, was wir wollen.« Ophelia griff nach ihrer Tasse und nahm einen großzügigen Schluck. »Charlotte ausgenommen«, fuhr sie fort. »Sie hatte wie immer in ihrem Leben einfach nur großes Glück.«

Niedergeschlagen ließ Alexandra sich gegen die Rückenlehne ihres Stuhls sinken. Das konnte doch nicht alles sein, was sie vom Leben zu erwarten hatte!

»Ich schätze mal«, plapperte Ophelia weiter, »du brauchst meine

Hilfe nun nicht mehr, um dieser Lady Ashton das Handwerk zu legen, oder? Immerhin ist mit deiner und Sheffields Hochzeit dieses Problem auch aus der Welt geschafft. Ihn dir wegnehmen kann sie dann schließlich nicht mehr.«

»Wahrscheinlich hast du recht«, stimmte Alexandra ihr zu. »Mich würde nur zu gern interessieren, was Lady Ashton mit ihrem Klatsch über mich bezwecken wollte. Sicherlich nicht, dass ihre Konkurrentin den Mann heiratet, den sie selbst gedachte, zurückzuerobern.« Irgendetwas verbarg diese Violet. Schon seit Alexandra sich des Nachts zu Noah geschlichen hatte, verfolgte sie das mulmige Gefühl, dass mehr hinter dieser ominösen Frau steckte. Wieso war sie plötzlich wieder aufgetaucht? Weshalb kehrte sie zu einem Baron zurück, wenn sie doch offensichtlich glücklich mit ihrem Earl in Italien war? Das ergab doch überhaupt keinen Sinn ...

»Ach, vergiss diese falsche Schlange«, versuchte Ophelia, sie aufzumuntern, und beugte sich vor, um ihre Hand zu drücken. »Sieh es doch mal so: Lady Ashton ist sicherlich ganz blass vor Neid und würde sich für ihre eigene Dummheit bestimmt am liebsten selbst in den Allerwertesten treten.«

»Wer tritt hier wen in den Allerwertesten?«

Erschrocken zuckten die Zwillinge zusammen und drehten sich zu ihrer älteren Schwester um.

»Niemand«, erwiderte Ophelia sogleich und zwinkerte Alexandra verschwörerisch zu.

Charlotte seufzte. »Ihr wisst, dass ich es nicht gutheißen kann, wenn ihr so redet. Und sei es auch nur im privaten Rahmen. Das gehört sich nicht.«

»Ja, ja, schon gut«, winkte die mittlere Mainsfield-Schwester ab. »Was verschafft uns die Ehre deiner Gesellschaft?«

Charlottes Miene nahm einen angespannten Ausdruck an. »Heath ist soeben zurückgekehrt.«

Alexandra merkte, wie sich ihre Finger sofort in den Stoff ihres Hauskleides krallten. Sie wusste, dass sie mit ihrem Schwager sprechen musste, doch alles in ihr weigerte sich, aufzustehen und diesen friedlichen Ort zu verlassen. Wenn sie nur noch einen Augenblick hier ausharren könnte, um zu vergessen, was ihr bevorstand …

»Lexi?« Sanft berührte Charlotte sie an der Schulter.

»Ist schon gut, ich komme.« Alexandra schob ihren Stuhl zurück. Sie holte noch einmal tief Luft und drückte den Rücken durch, bevor sie sich schließlich erhob. »Keine Sorge, Schwester, ich werde der Familie keine Schande bereiten.«

Charlotte schenkte ihr ein aufmunterndes Lächeln. »Ich weiß. Du wirst sehen, Noah ist ein guter Mann.« Sie streckte ihr die Hand entgegen.

»Ja, vielleicht.« Alexandra seufzte und ergriff die Finger ihrer älteren Schwester. Ophelia gesellte sich an ihre andere Seite und gemeinsam gingen sie über den Kiesweg zurück zum Haus. Sie war froh, dass die beiden Frauen bei ihr waren und ihr Halt gaben. In diesen Momenten war sie glücklich darüber, dass sie sich mit ihren Schwestern so gut verstand. Sicher hatten sie ihre Differenzen und Meinungsverschiedenheiten, doch wenn es ernst wurde, hielten sie immer zusammen.

Im Haus wurden sie bereits von Froggs erwartet. »Seine Lordschaft erwartet die Damen bereits im gelben Salon«, informierte er sie und Alexandra spürte, wie sich ihr die Nackenhaare aufstellten. Kurz kam ihr der Gedanke, einfach fortzulaufen. Weg von den Gerüchten, weg von der Verantwortung … und weg von ihrer Familie. Nein, das würde sie nie übers Herz bringen können. Und wo sollte sie auch schon hin?

Froggs öffnete die Tür und sie traten ein. Heath stand mit hinter dem Rücken verschränkten Armen vor dem Kaminfeuer und starrte in die Flammen. Obwohl der Mai ihnen tagsüber warme Temperaturen schenkte, so fielen diese abends immer noch merklich ab, sobald die Sonne sich dem Horizont neigte, weswegen in den häufig genutzten Räumlichkeiten immer noch Feuer geschürt wurden.

Heath' Haare waren noch genauso zerzaust wie heute Morgen, als er fluchtartig aufgebrochen war, um Sheffield zur Rede zu stellen. Sein Gesichtsausdruck wirkte jedoch deutlich entspannter, weswegen Alexandra davon ausging, dass er Erfolg gehabt hatte. Und ihre Zukunft somit besiegelt war. Er hob den Blick und schenkte ihnen allen ein beruhigendes Lächeln.

Ein Räuspern zu ihrer Linken ließ Alexandra zur Seite blicken und erkennen, dass ihr Schwager nicht allein gekommen war. Noah stand vor einem der großen Fenster, die Hände ebenfalls hinter dem Rücken verschränkt, doch im Gegensatz zu Heath war seine Miene ausdruckslos.

Schweiß bildete sich auf Alexandras Handinnenflächen, doch sie wollte ihre Schwestern nun weniger loslassen denn je. Auf einmal hatte sie das Gefühl, der Situation nicht gewachsen zu sein. Sie wusste nicht, was sie mit ihrem, zwanghaft beschlossenen, zukünftigen Ehemann bereden sollte. Es gab doch nichts mehr zu klären, seine Tat brachte sie in diese missliche Lage und sie wusste nicht, ob sie ihm das jemals würde verzeihen können.

»Wir lassen euch allein, ihr habt sicher einiges zu bereden.« Heath bot Charlotte seinen Arm dar.

Alexandra warf ihrer älteren Schwester einen flehenden Blick zu, doch sie löste sich mit einem aufmunternden Lächeln von ihr und hakte sich bei ihrem Mann unter, um sich aus dem Salon führen zu lassen. Auch Ophelia folgte ihnen, ließ es sich aber nicht nehmen, ihrem Zwilling sanft über den Rücken zu streichen. Als sich die Tür hinter ihrer Familie schloss, fühlte sie sich seltsam allein und im Stich gelassen. Unschlüssig stand sie da, nicht wissend, wie es weitergehen sollte.

»Alexandra«, brach Sheffield schließlich das Schweigen und augenblicklich kehrte ihre Wut auf ihn zurück. So intensiv, dass sie sogar die Förmlichkeiten beiseiteschob.

»Wie kannst du es nur wagen«, platzte es aus ihr heraus, »mich in einem Herrenclub dermaßen bloßzustellen? Was hast du dir nur dabei gedacht?«

Seine blauen Augen fixierten sie. »Du willst wirklich eine ehrliche Antwort?«

Alexandra stemmte die Hände in die Hüften und wollte ihre Wut mit aller Kraft aufrechterhalten, aber als sie seinen lodernden Blick bemerkte, hielt sie es kaum aus, ihm standzuhalten. Er sah sie so anders an als sonst, so verlangend und mit einer Intensität, die ihr ein Kribbeln bescherte. »Du solltest dich davor hüten, jemals unehrlich zu mir zu sein«, erwiderte sie etwas leiser.

Als er näher trat und ihre Gesichter sich ungebührend nahe waren, hatte sie das Bedürfnis, die Luft anzuhalten. Er sollte sie nicht so ansehen. Er *durfte* sie nicht so ansehen. »Ich hatte nie die Absicht, dich in diese Lage zu bringen. Im Grunde weiß ich selbst nicht, was mich geritten hat, aber eines weiß ich genau: mein Verstand hat sich in jenem Moment verabschiedet, als unzüchtige und widerliche Wetten auf dich abgeschlossen wurden. Das konnte ich nicht im Raum stehen lassen.« Er holte tief Luft und stieß sie zischend wieder aus. »Es tut mir leid, dass es so weit gekommen ist, aber ich bereue es keine Sekunde, für dich eingestanden zu sein.«

»Du hattest kein Recht, meine Ehre zu verteidigen«, fauchte Alexandra und spürte, wie die Tränen ihr in die Augen stiegen. »Ich habe dich auch nicht darum gebeten. Hättest du die Männer in ihrem Suff doch einfach weiterreden lassen. Stattdessen zettelst du eine Prügelei an.« Nein, sie konnte ihm gegenüber nicht zugeben, dass sie einen Funken Dankbarkeit verspürte, weil er sie in Schutz genommen hatte.

Beschwichtigend hob Sheffield die Hände. »Es war nur ein Schlag und den hatte dieser Mistkerl verdient.«

Sie schnaubte. »Du solltest dafür sorgen, dass *ich* keine Dummheiten mache. Dabei hättest vielmehr du einen Aufpasser gebrauchen können!«

Seine Augenbrauen zogen sich zusammen, sein Gesicht verdüsterte sich und er brachte sein Gesicht noch näher, sodass sie sich nur auf die Zehenspitzen stellen müsste, um ihn zu küssen. »Ich kann nicht ungeschehen machen, was passiert ist, und bin hergekommen, um die Konsequenzen zu tragen.«

»Das siehst du also in mir?«, flüsterte Alexandra und hielt seinem

Blick stand, auch wenn sie den Kopf in den Nacken legen musste. »Bin ich für dich nichts weiter als der Ballast, den dein Handeln verursachte? Ein Klotz am Bein?«

Jetzt erkannte sie die Düsternis in seinen Augen nur zu deutlich. »Du verdrehst mir die Worte im Mund«, verteidigte er sich und war ihr dabei so nahe, dass sie die Wärme spüren konnte, die sein Körper ausstrahlte. Sofort schoss ihr Puls in die Höhe. Oh, ihr verräterisches, naives Herz!

»Ich empfinde dich nicht als Belästigung«, sprach er weiter. »Wir beide folgen lieber unserem Herzen, als dem Verstand und nichts ist uns wichtiger, als unsere Freiheit. Das Einzige, das ich von letzter Nacht bereue, ist, dir genau diese Freiheit mit einem Schlag genommen zu haben. Doch ich verspreche dir, dass dies in unserer Ehe nie wieder vorkommen wird. Ich bin kein Mann, der dir deine Flügel nimmt.«

Bildete sie es sich nur ein oder war der Klang seiner Stimme plötzlich tiefer geworden? Rauer? Ihr Blick hing an seinen geschwungenen Lippen, folgte jeder Bewegung, während er sprach, und sie fragte sich erneut, wie es sich wohl anfühlen würde, ihn zu küssen. Ihre Wut war wie weggeblasen. Nur langsam sickerten seine Worte zu ihr durch und noch länger dauerte es, bis sie den Inhalt verarbeitet hatte. Ihr Mund wurde plötzlich ganz trocken und sie zwang sich, den Blick von seinen verführerischen Lippen zu lösen und ihm in die Augen zu sehen. »Kann man diese Worte als einen Antrag auffassen?«

Augenblicklich trat er einen Schritt zurück, um etwas Abstand zwischen sie zu bringen. Er räusperte sich, wandte sich plötzlich zur Seite und griff nach einer Pflanze, die auf einem kleinen Beistelltisch stand und ihr bisher gar nicht aufgefallen war. »Ich weiß, unsere Verbindung steht unter keinem guten Stern. Weder du noch ich haben dies hier geplant. Doch bei Gott, ich bin ein Ehrenmann und stehe zu dem, was ich getan habe. Ich habe dich verteidigt, weil du mir etwas bedeutest, das kann ich wahrlich nicht verleugnen. Und ich hoffe, dass wir trotz der Umstände zueinander finden können.« Er reichte ihr die wunderschöne Orchidee, deren Anblick Alexandras Herz augenblicklich höherschlagen ließ. Dennoch zögerte sie. Wenn sie sein Geschenk annahm, gab es kein Zurück mehr. Was dachte sie hier nur … es gab sowieso kein Zurück, egal, wie sehr sie sich sträuben würde. Verunsichert blickte sie zwischen ihm und der Pflanze hin und her. Die strahlendweißen Blüten hatten die Form von Tauben, zierlich und elegant zugleich. Eine bessere Blume hätte er zur Wiedergutmachung nicht finden können.

»Eine *Habenaria Radiata*«, flüsterte sie gerührt. Die Wut war größtenteils verflogen.

Er nickte und lächelte leicht. »Eine weiße Vogelblume, ja. Sie kam mit der East India Trading Company aus dem Osten. Meine Mutter sammelt Orchideen in ihrem Gewächshaus. Von dieser äußerst seltenen Schönheit war sie so angetan, dass sie mir ebenfalls ein Exemplar nach London liefern ließ. Ich denke, in deinen fähigen Händen ist sie eindeutig besser aufgehoben als in meinen.«

Alexandra konnte sich ein Schmunzeln nicht verkneifen. »Da wirst du wohl recht haben«, murmelte sie. Vorsichtig streckte sie ihre Hände aus und legte sie auf seine, die den Terrakottatopf immer noch umfasst hielten. Ein Kribbeln breitete sich in ihren Fingerspitzen aus, wanderte ihre Arme hinauf und verteilte sich schließlich als aufgeregtes Flattern in ihrem Bauch. Er sagte, dass er etwas für sie empfinde. Vielleicht gab es doch noch Hoffnung.

»Ist das ein Ja?«, fragte er leise.

Sie zog eine Augenbraue hoch und antwortete frech: »Ich habe keine richtige Frage vernommen.«

Sein Mund bog sich zu einem breiten Lächeln. »Du bist wahrlich nie um einen Seitenhieb verlegen. Ich würde mich freuen, wenn du mir die Gelegenheit gibst, mehr von der ungezähmten Alexandra kennenlernen zu dürfen. Gestattest du mir die Ehre, meine Frau zu werden?«

Alexandra blickte erneut von ihm zu der Orchidee zwischen ihnen, die sie immer noch gemeinsam umschlossen hielten. Es war nur ein Wort, aber es würde ihre ganze Zukunft verändern. »Ja.«

12. Kapitel

Zum ersten Mal seit einer langen Zeit verspürte Noah Angst.

Während er seit Violets Verschwinden nach Italien nur für sich und sein Leben verantwortlich gewesen war, trat jetzt Alexandra in den Mittelpunkt. Er musste sie beschützen, sich um sie kümmern, ihr das Gefühl geben, dass sie ihm etwas bedeutete, auch wenn er dieses *etwas* noch nicht einordnen konnte.

Es kam ihm falsch vor, im *Venus* zu sitzen und überhaupt das Bedürfnis zu empfinden, sich mehrere Drinks zu gönnen. Noch falscher, als Marguerita mit diesem sinnlichen Lächeln auf ihn zukam. Ja, er hatte in der Tat das Gefühl, Alexandra zu betrügen, auch wenn er keine frevelhaften Absichten verfolgte.

»Noah«, begrüßte sie ihn mit rauchiger Stimme und setzte sich zu ihm in die Ecke, die ihn vor den Blicken der hier Anwesenden schützte. Ihr süßliches Parfum vermischt mit etwas Exotischem drang in seine Nase, erinnerte ihn an die Momente, in denen Marguerita ihm Halt gegeben hatte.

»Du bist nicht wegen mir hier«, ging ihre Stimme in ein Flüstern über.

Noah stellte das Glas auf dem kleinen Beistelltisch ab und wandte sich ihr zu. Er schob ihr eine verirrte, dunkle Locke hinter das Ohr und schüttelte den Kopf. »Nein, bin ich nicht. Ich bin hier, um mich von dir zu verabschieden … und um mich abzulenken. Nicht daran zu denken, was auf mich wartet.«

Sie verzog ihre vollen Lippen zu einem Lächeln, ihre dunklen Augen funkelten. »Deine Prügelei hat sich sogar im *Venus* herumgesprochen. Sie muss dir viel bedeuten, wenn du sie in der Öffentlichkeit verteidigst.«

Ihre Finger strichen über seinen Unterarm. Sanft, beruhigend. Es war eine Geste der Freundschaft, so viel konnte er herauslesen. Sein Mund wurde trocken, als er an Alexandra dachte. Die bevorstehende Hochzeit. Das Malheur mit Violet.

»Das tut sie«, raunte er und ließ sich gegen die Lehne der Bank sinken, »das tut sie wirklich.«

Marguerita gab ein langgezogenes Seufzen von sich. »Und das macht dir Angst. Du willst nicht, dass sich das mit Violet wiederholt. Erinnerst du dich an unseren Abend, als ich dir prophezeit habe, dass die Liebe deines Lebens noch auf dich wartet?«

Er hatte es als Hokuspokus abgetan. Als eine nicht ernstzunehmende Wahrsagerei, auch wenn Marguerita ihm beteuert hatte, dass Magie existierte. Heute empfand er eben jene Aussage als unheimlich. Sie konnte es nicht voraussehen haben. Noah räusperte sich. »Es scheint wohl einen Funken Wahrheit enthalten zu haben«, gab er diplomatisch zurück und erntete dafür ein Schnalzen ihrer Zunge.

»Es ehrt mich, dass du dich von mir verabschieden willst, aber es ist nicht nötig. Wege kreuzen sich im Leben immer wieder.«

Sein Blick glitt zum Whisky, aber er griff nicht danach. Als Lebemann war es ihm einerlei gewesen, ob er mittags schon betrunken gewesen war, oder nicht. Der Alkohol hatte ihm geholfen, zu vergessen, aber für Alexandra wollte er ein besserer Mensch sein. Ein Mensch, den sie mit stolzer Stimme als ihren Ehemann bezeichnen konnte.

»Aber da du schon hier bis, muss ich dir den neusten Klatsch nicht mithilfe eines Briefes mitteilen. Wolverton war gestern im *Venus*.«

Der Name riss Noah augenblicklich aus dem Nebel, der ihn seit gestern einhüllte. »Wolverton? Bei dir?«

Marguerita schüttelte den Kopf, ihre dichten Locken tanzten dabei. »Nein, bei Barishi. Aber es dürfte dich interessieren, was er ihr betrunken erzählt hat. Angeblich ist die Wiederkehr deiner Verflossenen kein Zufall, sie scheint vor ihrem Ehemann geflüchtet zu sein, weil er sie niederträchtig behandelt haben soll. Sogar von Scheidung war die Rede. Wolverton will alle Hebel in Bewegung setzen, damit sie von diesem Lord Ashton loskommt.«

»… um sich mir wieder an den Hals zu werfen«, vollendete Noah fassungslos den Satz und fuhr sich mit der Hand übers Gesicht. Anscheinend war Wolverton nicht ganz ehrlich zu ihm gewesen, bedachte man den Umstand, dass er seiner Schwester aus der Misere helfen wollte.

Es ergab langsam Sinn, weshalb sie es auf ihn abgesehen hatte. Als sei sie ein saftiger Braten, den es ihm vorzusetzen galt. Als geschiedene Frau war sie gebrandmarkt, würde wie eine Aussätzige behandelt werden. Als Lady Noah Sheffield hingegen genoss sie seinen Schutz. Dieses Miststück. Und ihr vermaledeiter Bruder ließ sich wieder einmal von ihr blenden, wie es auch bei Noah der Fall gewesen war, sobald sie ihre Wimpern klimpern ließ und sich eine verräterische Feuchtigkeit in ihren Augen gesammelt hatte.

Marguerita rutschte zu ihm und hauchte ihm einen Kuss auf die Wange. »Wie ich es dir damals sagte … am Ende bekommt jeder das, was er verdient. Bei Lady Ashton ist es nicht anders. Hüte dich vor ihr, Noah, sie hat mehr Dunkelheit in ihrem Herzen, als du es für möglich hältst.«

»Ich weiß«, gab er leise zurück und sah zu ihr hoch, nachdem sie aufgestanden war. Ein Abschied, der schneller gekommen war, als Noah erwartet hätte. »Ich danke dir für alles, Marguerita.«

Sie war es gewesen, die ihm geholfen hatte, langsam aus der Dunkelheit hervorzukriechen. Auch wenn es für Marguerita keinen Platz mehr in seinem Leben gab, so würde er ihr doch mit einer großzügigen Summe dazu verhelfen, ein selbstbestimmtes Leben zu führen und nicht mehr für den Club arbeiten zu müssen. Er hatte ihr mehr zu verdanken, als sie es wahrscheinlich ahnte.

Es war das erste Mal seit vielen Monaten, dass Noah nüchtern den Club verließ.

Er würde heiraten. Schon wieder.

Nachdem sich Heath um die Sondergenehmigung beim Erzbischof gekümmert hatte, standen sie nur zwei Tage später wieder in dem Salon, in dem das Schicksal seinen Lauf genommen hatte.

»Die Zeitungen werden heute erst nach der Hochzeit davon erfahren, somit seid ihr vor dieser Furie sicher«, brummte Heath und stellte sich neben das deckenhohe Fenster, ehe er die Arme vor der Brust verschränkte. Noah tat sich schwer, seinen wahren Gemütszustand zu lesen. Seit der Auseinandersetzung in seinem Arbeitszimmer, bei der beschlossen wurde, dass er Alexandra heiraten musste, hatte sich eine Wand zwischen ihnen aufgebaut.

»Das wird Violet nicht daran hindern, ihr Gift zu versprühen. Warum konnte sie nicht einfach in Italien bleiben?«, spie Noah hervor und trat zum Fenster. Der Himmel war wolkenverhangen, ein Gewitter kündigte sich an. Möglicherweise ein schlechter Vorbote für diese Hochzeit?

»Jeder von uns bekommt im Leben eine Aufgabe, mein Freund. Sie ist deine, warum auch immer. Dennoch solltest du dich auf die bevorstehende Zeremonie konzentrieren. Niemand kann sie euch verderben.«

Es wunderte Noah, dass Heath einen versöhnlichen Ton anschlug, ließ er ihn doch dauernd merken, wie erbost er über sein irrationales Verhalten war.

»Du hast recht.« Er überprüfte den Sitz seiner Krawatte, strich über die diamantenbesetzte Anstecknadel und atmete wiederholt tief durch. Sein Herz pochte schneller als sonst.

»Am Ende bestimmen immer die Frauen über unser Leben, merk dir das. Es ist seltsam, oder? Wir stehen hier und warten, bis Charlotte uns die Erlaubnis gibt, den Salon zu verlassen.«

Noah warf seinem Freund einen amüsierten Blick zu. »Dass Charlotte dich entmannt hat, wissen wir doch schon lange. Sie hat dich eben um den kleinen Finger gewickelt. Ich wette, sie war es, die dich auf den dämlichen Einfall mit dem Aufpasser brachte.«

Heath zuckte mit den Schultern. »Nun ja, eigentlich haben Charlotte und ich gehofft, dass ihr irgendwie zueinander finden werdet, aber eben nicht so«, gestand er schließlich und zupfte an seiner Fliege, obgleich es nichts daran zu zupfen gab. Seine Bewegungen wurden langsamer, als ob er sich der Bedeutung seiner Worte erst jetzt bewusst wurde. Als er dann auch noch die Augen aufriss, lief es Noah eiskalt den Rücken hinunter.

»Äh, ich meinte ... natürlich haben wir gehofft, dass jeder von euch die passende Partie findet«, stammelte Heath und strich sich mit den Handflächen über die Breeches.

Noah kniff die Augen zusammen und bedachte seinen Freund mit einem entrüsteten Blick. »Ihr hattet also doch geplant, uns zu verkuppeln.«

Heath deutete ihm mit einer raschen Handbewegung, die Stimme zu senken, obwohl sich niemand außer ihnen im Salon befand. »Wie gesagt, wir hatten es anders geplant. So oder so, das Schicksal hat euch auch nur mit geringem Zutun von unserer Seite aus zueinander geführt.«

»Du ...«, begann Noah und setzte sich in Bewegung, als die Tür plötzlich aufgerissen wurde, und er innehielt.

»Würdet ihr nun bitte die Freundlichkeit besitzen, zum Pavillon zu kommen? Der Priester wartet bereits und du, mein lieber Gatte, sollst Alexandra an der Hand nehmen«, echauffierte sich Charlotte und ließ den Blick zwischen den beiden hin und her schweifen.

»Gleich«, gab Noah zurück, »nachdem ich deinen Gatten zu einem Duell gefordert habe!« Bei Gott, er konnte es selbst jetzt nicht verhindern, dass seine Stimme anschwoll. Sein Freund hatte ihn hintergangen. Ausgerechnet sein Freund!

Täuschte er sich oder wurden Charlottes Wangen bleicher, als sie wieder zu Heath sah. »Du hast es ihm gesagt?«

Dieser zuckte nur unschuldig mit den Schultern. »Was blieb mir anderes übrig? Ich hatte es nicht vor ... es ist mir einfach herausgerutscht.«

»Herausgerutscht? In Gottes Namen, musste dir das ausgerechnet am Hochzeitstag passieren?«

»Es enttäuscht mich, dass du ihn noch dabei unterstützt hast«, mischte sich Noah ein und bedachte Charlotte mit einem warnenden Blick, »und ich hoffe, dass ihr beide daraus gelernt habt. Wenn ich von einem von euch beiden noch einmal die Wörter Tugendhaftigkeit oder Anstand höre, lernt ihr einen anderen Sheffield kennen.«

»Wir wollten euch doch nur zueinander führen«, kam es zerknirscht von Charlotte. Ein Funken Genugtuung breitete sich in Noah aus, als er ihr schlechtes Gewissen bemerkte. Zumindest sie schien im Gegensatz zu Heath ehrliches Bedauern zum Ausdruck zu bringen.

»Euer Glück ist nur, dass ihr mich in diesem Fall auf den richtigen Pfad gelenkt habt. Dennoch ... ihr solltet euch schämen.«

»Das tun wir«, entgegnete Heath räuspernd, »allerdings überwiegt die Freude, dass wir zwei scheinbar unvermittelbare Personen miteinander verkuppelt haben.«

Noah schüttelte den Kopf und visierte die Tür an. »Darüber reden wir noch. Jetzt will ich schlichtweg nur noch, dass die Zeremonie vorübergeht und wir London den Rücken kehren können.«

Heath und Charlotte wechselten einen bedeutungsvollen Blick, als sie aus dem Raum traten. Den Schalk in ihren Augen konnten sie jedoch nicht verbergen. Obwohl Noah wütend auf sie sein müsste, empfand er doch Dankbarkeit, dass sie ihn nie aufgegeben hatten. Und als er am provisorischen Altar neben dem Priester stand und Heath mit Alexandra am Arm zu ihm schritt, verflog auch der letzte Funken Entrüstung. Die Frau, die mehr in ihm sah als die meisten, warf ihm ein vorsichtiges Lächeln zu. Er erwiderte es ... und in diesem Moment wusste er auch, dass er mit allen Mitteln kämpfen musste, um sein Herz zu beschützen. Denn Alexandra war jene Frau, die es schaffen würde, seine Mauern einzureißen.

Aufgrund der sich überschlagenden Ereignisse hatten sich Noah und Alexandra für eine kleine Feierlichkeit entschieden, zu der nur die engsten Familienmitglieder eingeladen waren. Die Zeremonie war geprägt von der leidenschaftlichen Rede des Pastors gewesen, der selbst das Donnergrollen übertönte, das über ihnen hereingebrochen war. Während sie anschließend das festliche Dinner einnahmen, waren die ersten Tropfen gefallen, dennoch hätte sich Noah keinen schöneren Tag für diese Hochzeit vorstellen können.

Es war später Abend, als er die Verbindungstür zu Alexandras neuen Räumlichkeiten öffnete. Obwohl er zig Male neben Frauen gelegen hatte, kroch die Nervosität dieses Mal bis in seine Knochen. Als wäre er noch grün hinter den Ohren.

Sein Atem stockte, als er Alexandra mit einem halbdurchsichtigen Kleid neben dem Bett stehen sah. Zarte Spitze schlängelte sich über ihren Ausschnitt, ihre Haare lagen offen über ihren Rücken. Sie wirkte auf ihn wie ein wahr gewordener Traum, wie ein Neuanfang.

Obgleich sie sonst jemand war, der mit durchgestreckten Schultern und einer gesunden Portion Selbstbewusstsein im Ballsaal auftrat, so erkannte er heute Abend deutliche Unsicherheit. Sie fürchtete sich vor dem, was auf sie zukam.

»Noah, ich …«, sie brach ab und biss sich auf die Unterlippe, ehe sie den Kopf schüttelte. »Ich habe k-keine Erfahrung damit.«

Bei Gott, wenn sie nur wüsste, wie bezaubernd sie soeben aussah. Ihre Wangen waren gerötet, es wirkte auf ihn, als hätte sie ihre Unterlippe mehrmals zwischen ihre Zähne genommen, um ihre Unsicherheit zu verbergen.

Er beugte sich nach vorn und gab ihr einen Kuss auf die Stirn. Mit einem gewissen Druck, aber doch sanft, damit sie verstand, dass von ihm keine Gefahr ausging. »Hab keine Angst, ich würde niemals etwas tun, das du nicht willst.«

Ihre Schultern sanken nach unten, als könnte sie endlich den ganzen Ballast abwerfen, der auf ihnen ruhte. »Ich weiß«, hauchte sie und ließ es zu, dass er sie vorsichtig in eine Umarmung zog. Sie sollte erst lernen, sich an seine Nähe zu gewöhnen. Ihr heißer Atem traf auf seinen Hals, ließ die Erregung durch seine Adern wandern. So sehr er sie auch wollte, er musste sich zurücknehmen. Es war ihre erste Nacht.

Noah löste sich von ihr und trat einen Schritt zurück. »Gib mir deine Hände«, flüsterte er und wartete, bis sie die Arme hob. Ein leichtes Zittern ging durch sie hindurch, als er ihre Handflächen auf seinen Oberkörper legte. Ihr Brustkorb hob und senkte sich schwerer, Unsicherheit machte sich in ihren Augen breit. »Es gibt keinen Grund, sich zu fürchten. Berühre mich einfach. Ich werde nichts ohne dein Einverständnis tun.«

Ein vorsichtiges Lächeln zierte ihre wunderschönen Züge, als sie zaghaft begann, seinen Körper zu erkunden. Sie strich über seine Schultern hinab zu seinen Unterarmen, verschränkte ihre Finger mit seinen, ehe sie den Blick wieder hob.

»Ich vertraue dir«, hauchte sie.

Noah hätte niemals gedacht, was diese Worte in ihm auslösen könnten. Mit welcher Wucht sie ihn trafen, nur um ihn daran zu erinnern, dass sie ihr Leben in seine Hände gab.

»Gott, Alexandra«, stöhnte er, beugte sich nach vorn und küsste sie verlangend. Ihre leisen Seufzer trieben in an den Rand der Beherrschung. Er kostete sie, erkundete sie, strich mit seinen Fingern über ihren Rücken und ertastete durch den dünnen Stoff ihre Haut. Wie weich sie war…

Vorsichtig griff er unter ihren Hintern, hob sie hoch, sodass sie die Beine um seine Mitte schlingen konnte. Alexandra unterbrach keuchend den Kuss, nahm sein Gesicht in ihre Hände und sah ihn an. Zögerlich und doch verlangend.

»Küss mich noch einmal«, wisperte sie. Diesen Wunsch erfüllte er ihr gern. Diesen und noch viele andere, die sie in dieser Nacht über ihre Lippen bringen würde. Etwas Ungewohntes mischte sich zu dem unbändigen Verlangen, das er verspürte: der Wunsch, sie nie wieder gehen zu lassen.

13. Kapitel

Das Geräusch von Kutschenrädern auf Kopfsteinpflaster ebbte langsam ab, als sich das Gefährt von den Straßen Londons entfernte und die angrenzenden Waldwege passierte.

Alexandra lehnte sich zurück und genoss den Anblick, der sich ihr durch das Fenster bot. Fern ab von der grauen und tristen Stadt war das frische Grün der Bäume eine willkommene Abwechslung. Die meisten Pflanzen hatten ihre Blütezeit bereits hinter sich, doch immer wieder zeigte sich ein spätblühender Rhododendronstrauch oder eine Azalee, deren rote oder pinkfarbene Blüten wunderschöne Farbtupfer in der Landschaft darstellten.

Sie entdeckte sogar einen Flieder, dessen weiße Blüten so schwer waren, dass er beinahe traurig die Äste hängen ließ. Er erinnerte sie daran, wie sie sich selbst heute Morgen gefühlt hatte. Die konventionellen Zwänge der Gesellschaft lasteten schwer auf ihren Schultern und sie erhoffte sich, auf dem Land endlich befreit aufatmen zu können. Fernab des Drucks und der ständigen Beobachtung. Sie hatte es satt mit der Angst zu leben, dass jeder ihrer Schritte kommentiert werden könnte.

Dass Noah und sie so überstürzt und ohne eine große Festlichkeit geheiratet hatten, war für die Klatschspalten ein gefundenes Fressen gewesen. Auch deswegen freute sie sich, London auf eine unbestimmte Zeit zu verlassen.

Nun befanden sie sich auf dem Weg nach Hampshire. Noah hatte dort in der Nähe von Heath' Landsitz ebenfalls ein Anwesen, auf das sie sich zurückziehen konnten.

Ihre Familie saß in der Kutsche vor ihnen und würde auf Heath' Landsitz nächtigen. Sie hatten die Hoffnung, der Schlangengrube in London für ein paar Tage oder auch Wochen zu entkommen, bis sich der Trubel um den Skandal verflüchtigt hatte.

Alexandra freute sich auf eine ruhige Zeit auf dem Land und auch darauf, ihre Tante, Lady Jane Allby, wiederzusehen. Dennoch hatte sie ein wenig Angst davor, wie sich ihr zukünftiges Leben von nun an gestalten würde.

»Einen Penny für deine Gedanken.«

Lächelnd wandte Alexandra sich von der schönen Aussicht ab und ihrem frischangetrauten Ehemann zu. Es wirkte immer noch unwirklich auf sie.

Mit glühenden Wangen erinnerte sie sich an die vergangene Nacht. An seine weichen Lippen auf ihrer Haut, die sie mit Küssen überdeckten, liebevoll und doch fordernd zugleich. Noah war zärtlich gewesen, hatte ihr und ihrem Körper Zeit gelassen, sich an ihn zu gewöhnen.

Alexandra war zuvor noch nie einem Mann so nahe gewesen. Sie hatte sich vor diesem Moment gefürchtet, doch entgegen aller Vorstellungen war es ihr wie im Delirium vorgekommen. Ein Rausch ähnlicher Zustand, der sie in einen Nebel aus Lust und Begierde gehüllt hatte und sie alles um sich herum ausblenden ließ.

Für einen Augenblick hatte es nur sie und Noah gegeben und das Gefühl, dass sie beide zusammen einfach alles schaffen konnten, war übermächtig gewesen. Sie musste gestehen, dass es ihr gefallen hatte. Bei Gott, niemals hätte sie es sich so erträumen können!

Auch jetzt, als sie ihn anblickte, konnte sie noch seine großen Hände auf ihrem Körper spüren, seine Lippen, die ihre Haut entflammten und ihr Herz zum Flattern brachten …

Sie räusperte sich und wich hastig seinem Blick aus. Hoffentlich konnte er ihr nicht im Gesicht ablesen, welche sündigen Gedanken ihr durch den Kopf trieben!

»Bereust du es?«, fragte Noah, als sie ihm nicht antwortete.

»Gib mir noch ein wenig Zeit, um über diese Frage nachzudenken«, erwiderte sie schelmisch und zwang sich, ihn mit einem Lächeln anzusehen, das hoffentlich überspielte, wie verwirrt sie aufgrund ihrer neuen Gefühle war.

Ein Funkeln trat in seine blauen Augen, doch er entgegnete nichts darauf.

Alexandra konnte kaum glauben, dass sie nun die Ehefrau von dem berüchtigten Lord Sheffield war. *Seine* Frau. Die Vorstellung war immer noch absurd, zumal sie sich nicht anders fühlte als vor ein paar Tagen, wo sie noch einfach nur Lady Alexandra Mainsfield gewesen war.

Lediglich der Ring an ihrer rechten Hand zeugte von der Eheschließung. Und die Erinnerungen an die Hochzeitsnacht, die ihr wie ein lästiges, aber wunderschönes Insekt immer wieder in den Kopf schossen und ihr Blut in Wallung brachten …

Früher hatte sie sich ihre eigene Hochzeit wie im Märchen vorgestellt. Pompös und dennoch elegant. Mit weißen Tauben, die aus ihrem Käfig befreit werden sollten, wenn sie die Kapelle verlassen, und einem Buffet so groß, dass es nicht in einen Raum passte. Wenn sie so darüber nachdachte, musste sie feststellen, dass sie all diese Dinge aus ihrer Vorstellung gar nicht vermisste. Durch das trägerlose Kleid auf dem Ball der Winchesters hatte sie genug im Mittelpunkt gestanden, dass es für ein Leben ausreichte. Diese Erfahrung strebte sie nicht an, noch einmal zu wiederholen, weswegen ihr der vergangene Tag beinahe perfekt erschien.

Vorsichtig warf sie einen Blick auf Noah, der gedankenversunken aus dem Fenster schaute, genau wie sie zuvor. Ihr Lebensplan war von diesem Mann vollständig durcheinander gewürfelt worden. Doch vielleicht gab es einen Grund dafür, weswegen sie aufeinander getroffen waren. Möglicherweise hatte das Schicksal sie zusammengeführt und seinen ganz eigenen Plan mit ihnen. Alexandra jedenfalls war fest entschlossen, herauszufinden, was sich alles hinter Noah Farlingtons Augen verbarg.

Den Rest der Fahrt verbrachten sie meist schweigend. Mehr als ein paar Belanglosigkeiten über die sich verändernde Landschaft oder die grauen Wolken, die sich Unheil verkündend über ihnen zusammenzogen, tauschten sie nicht aus. Jeder hing seinen eigenen Gedanken nach und Alexandra genoss es sogar, dass sie sich in Stille gegenüber sitzen konnten, ohne dass es beklemmend wirkte und man dazu genötigt wurde, unbedingt etwas sagen zu müssen.

Sie mochte seine Gesellschaft, und auch wenn sie bisher der Meinung gewesen war, dass allein seine Anwesenheit sie schon zur Weißglut trieb, so hatte seine Nähe doch eine angenehm beruhigende Wirkung auf sie.

Nur einmal unterbrachen sie ihre Reise mit einer kleinen Rast an einem Gasthof in Basingstoke, demselben, in dem Charlotte bereits vergangenen Winter aufgrund eines Schneesturms gezwungen war, zu übernachten. Sie vertraten sich mit einem kleinen Spaziergang die Beine und bekamen von der Wirtin anschließend ein paar Häppchen zur Stärkung serviert, bevor sie ihre Reise weiter fortsetzten.

Sie erreichten Kings Worthy als es bereits zu dämmern begann und nur wenige Minuten später verabschiedeten sie sich von Heath, Charlotte und Ophelia, bevor sich ihre Wege an einer Abzweigung trennten. Ein wenig wehmütig blickte Alexandra der Kutsche ihrer Familie hinterher.

»Ich bin sicher, dass dir mein Anwesen gefallen wird. *Unser* Anwesen«, sagte Noah und schenkte ihr ein aufmunterndes Lächeln. »Ich freue mich schon darauf, dir alles zu zeigen.«

»Wenn es dir nichts ausmacht …«, begann Alexandra und legte zögerlich ihre Hand auf seine. Es war nur eine zarte Berührung, kaum zu spüren und doch zuckte ein elektrisierendes Gefühl durch ihre Fingerspitzen. Sie räusperte sich. »Die lange Fahrt war doch sehr ermüdend. Ich würde nach dem Abendessen gerne noch ein wenig lesen und dann früh schlafen gehen.«

Sein Blick wanderte zu ihren aufeinander liegenden Händen. Sein Adamsapfel bewegte sich kaum merklich, als er schluckte. »Natürlich. Dann zeige ich dir Rosewood Hall morgen in aller Ruhe. Ich gedachte auch, morgen Abend ein paar Gäste zum Dinner einzuladen. Heath und deine Schwestern, Lady Allby und die Dowager Countess, was meinst du? Wäre das angemessen?«

»Das würde mich sehr freuen«, bestätigte Alexandra. »Tante Jane wird so schon empört darüber sein, dass sie keine Gelegenheit erhalten hatte, unserer Hochzeit beizuwohnen. Sie verfolgt sicher schon einen Plan, uns das heimzuzahlen. Und wie ich von Charlotte erfahren habe, ist Heath' Mutter ebenfalls eine Meisterin im Ränkeschmieden. Dass die beiden schon seit vielen Jahren Freundinnen sind, ist keine gute Ausgangssituation.« Sie schmunzelte, als sie sich auszumalen versuchte, was ihre Tante dieses Mal aushecken würde. »Wir sollten sie also unbedingt einladen, um einer möglichen Überraschung vorzubeugen.«

Ein plötzlicher Ruck ging durch die Kutsche. Mit holprigen Stößen kam sie zum Stillstand und Alexandra rutschte durch die Bewegung beinahe von ihrer Bank. Sofort öffnete Noah die Tür und blickte hinaus.

»Was ist los, Barnes? Wieso halten wir so kurz vor dem Ziel an? Wir befinden uns doch bereits auf meinem Grundstück«, hörte sie ihn den Kutscher fragen.

»Verzeihung, Mylord«, kam prompt die Antwort. »Der Weg ist versperrt.«

»Versperrt? Wodurch?« Ungläubig schüttelte Noah den Kopf und warf Alexandra einen entschuldigenden Blick zu.

»Durch eine Herde Schafe, Mylord.«

»Eine ... *was*?«, brummte Noah. »Ich besitze keine Schafe, was haben diese Tiere auf meinem Land zu suchen?« Ungeduldig stieg er aus, und weil Alexandra die Neugier packte, folgte sie ihm. Und tatsächlich, eine Herde von bestimmt fünfzig friedlich grasenden Tieren hatte es sich auf dem Weg gemütlich gemacht und sah nicht so aus, als könnte sie irgendetwas dazu bewegen, ihnen

Durchlass zu gewähren. Sie wichen nicht einmal zurück, als Noah mit großen Schritten auf sie zustürmte und sie mit ausschweifenden Armbewegungen dazu bringen wollte, Platz zu machen. Er war ihnen in seinen Bemühungen nicht einmal ein empörtes Blöken wert.

»Herr im Himmel, verschwindet, ihr störrischen Viecher«, fluchte er ungehalten. »Sucht euch einen anderen Platz!«

Das Ganze wirkte so konfus, dass Alexandra lauthals zu lachen anfing. »Ist das nicht herrlich?«, fragte sie. »Den Tieren ist es völlig egal, dass du ein Lord bist und sie sich auf deinem Land breitmachen. Für sie zählt nur, wie saftig das Gras schmeckt.«

»Schön, dass es dich so amüsiert«, murrte Noah, konnte sich jedoch ein Grinsen nicht verkneifen.

Der Kutscher nahm seinen Hut vom Kopf und kratzte sich verwirrt an der Stirn. »Ich könnte drum herum fahren, Mylord.«

»Ja, bitte tun Sie das«, bekräftigte Noah. »Um die Schafe werde ich mich dann wohl morgen kümmern. Vielleicht hat sich ihr Besitzer schon bei meinem Verwalter gemeldet.« Sie stiegen zurück in die Kutsche und nahmen den holprigen Weg über die Wiese. Zu ihrem Glück blieb keines der Räder in einem Schlagloch stecken und sie erreichten wenige Minuten später das Anwesen.

Die Sonne war bereits untergegangen, weswegen der Großteil des Gebäudes im Schatten der Nacht verborgen blieb. Lediglich der Weg und der Eingangsbereich waren mit Fackeln beleuchtet, sodass sie problemlos vorankamen. Für einen Maitag war es eine ungewöhnlich milde Nacht. Dennoch hüllte sich Alexandra enger in ihre Pelisse, als Noah ihr beim Aussteigen half.

Die gesamte Dienerschaft hatte sich vor dem Anwesen versammelt, um Seine Lordschaft zu begrüßen – und natürlich auch ihre neue Hausherrin. Neugierig wurde Alexandra beäugt und sie rang sich ein unsicheres Lächeln ab, auch wenn ihr die Anwesenheit der vielen fremden Menschen nicht behagte.

»Willkommen zurück, Mylord«, sprach sie ein hochgewachsener, stocksteifer Mann an und trat vor. Seine stechend grauen, von schmalen Falten umrandeten Augen wirkten, als würde ihm nichts entgehen können, und seine große Nase war wie der Schnabel eines Adlers gebogen. Insgesamt hatte er etwas sehr Animalisches an sich. »Es freut uns sehr, Sie hier begrüßen zu dürfen, Mylady.« Alexandra erschauderte, als sich sein Blick auf sie richtete, doch sie zwang sich zu einem freundlichen Lächeln.

»Higgins«, sagte Noah sogleich, »was, in Gottes Namen, haben Schafe auf meinem Grund und Boden zu suchen?«

Alexandra glaubte, ein feines Lächeln die Lippen des Butlers umspielen zu sehen. Vielleicht täuschte sie sich aber auch und es war nur der flüchtige Schatten einer Fackel. Sie konnte sich nicht vorstellen, dass dieser Mann einmal lächelte.

»Ein Hochzeitsgeschenk, Mylord.«

»Wie bitte?« Überrascht zog Noah die Augenbrauen hoch. »Von wem? Wir haben doch noch niemanden außer Sie darüber unterrichtet.«

»Von Lady Allby, mit den herzlichsten Glückwünschen.«

Alexandra verkniff sich ein Lachen und hakte sich bei ihrem Ehemann unter, dem vor Verblüffung die Worte fehlten. »Ich sagte doch, Tante Jane ist immer wieder für eine Überraschung gut. Gewiss hat Heath' Mutter ihr die Nachricht sogleich mitgeteilt, als ihr die Anreise ihres Sohnes angekündigt wurde. Lass den Schafen ihren Frieden und uns erst einmal ankommen. Ich könnte jetzt eine wohltuende Tasse Tee vertragen.«

Am nächsten Morgen erhielt Alexandra eine Einladung zu Tee und Kuchen von ihrer Tante. Sie schmunzelte, als sie die Nachricht las, die mehr einem Befehl als einer Bitte gleichkam. Jane war noch nie verlegen darum gewesen, ihren Willen durchzusetzen. Nachdem sie sich von Noah durch sein Anwesen führen ließ, entschuldigte er sich, da sich sein Verwalter ankündigte. Sie entschied sich, einen Spaziergang über die Felder zu unternehmen, bevor sie in die Kutsche stieg, die sie zu ihrer Tante bringen würde.

Jane begrüßte sie mit einer liebevollen Umarmung, doch der erste Seitenhieb ließ nicht lange auf sich warten. »Was stellst du nur immer an, Kind? Nichts als Unfug versteckt sich hinter deiner hübschen Stirn und dann muss ich von Eleanore erfahren, dass du geheiratet hast? Ohne deiner einzigen, noch lebenden Verwandten davon zu erzählen?«

»Glaube mir, liebes Tantchen, ich hätte mir die Umstände auch schöner vorstellen können«, erwiderte sie und folgte ihr in den Garten, wo bereits Charlotte und Ophelia auf sie warteten.

Ein Bediensteter rückte ihren Stuhl zurecht. Dankend nahm sie darauf Platz und beobachtete Charlotte dabei, wie sie ihnen allen Tee einschenkte.

»Zwei von drei Mädchen verheiratet, ist das zu glauben?«, seufzte Jane und blickte sie alle der Reihe nach an. »Noch vor wenigen Monaten hätte ich es nicht einmal erahnt, so vehement wie ihr euch dagegen zur Wehr gesetzt habt. Und jetzt sind Charlotte und Alexandra ehrbare Ehefrauen. An euch merke ich, dass ich alt werde.«

Alexandra nahm einen Schluck aus ihrer Tasse. Von ehrbar konnte bei ihr wohl kaum die Rede sein, wenn man die Umstände betrachtete, unter denen sie geheiratet hatte.

»Aber liebste Tante«, entfuhr es Alexandra, als ihr die Schafe in den Sinn kamen. »Was sollen wir mit einer Herde Schafe anfangen?«

Ophelia rutschte fast von ihrem Stuhl, als sie sich vor Lachen den Bauch halten musste.

Jane zuckte mit den Schultern. »Ich habe sie vor dem Schlachter gerettet und nun brauchen sie eine langfristige Bleibe. Außerdem sind sie eine wunderbare Ablenkung von der Einsamkeit hier auf dem Land. Da du weder musizierst noch stickst oder sonst irgendwelchen damenhaften Tätigkeiten nachgehst, würde dir schon nach wenigen Tagen die Decke auf den Kopf fallen. Sei also nicht so undankbar.«

»Ich denke, Lexi ist genug damit beschäftigt, Noahs Bett warmzuhalten«, flötete Ophelia und formte ihre Lippen zu einem Kussmund, während sie es sichtlich genoss, ihre Zwillingsschwester zu necken.

»Hör auf damit!«, verlangte Alexandra sofort und spürte zu ihrem Leidwesen, wie ihr die Hitze in die Wangen schoss, als ihr wie von selbst Bilder der vergangenen Nächte vor dem inneren Auge erschienen. Hilflos blickte sie zu Charlotte, doch die war damit beschäftigt, ihr undamenhaftes Grinsen hinter ihrer Hand zu verbergen.

»Ophelia Mainsfield«, schimpfte Jane dagegen sogleich, »deine Mutter würde sich schämen, wenn sie wüsste, welche unziemlichen Worte du in den Mund nimmst!«

Alexandra beschloss, ihre Schwestern einfach zu ignorieren und wandte sich stattdessen wieder ihrer Tante zu. »Aber Pheli hat gewissermaßen recht, ich bin nun verheiratet und soll die Zeit mit meinem Ehemann verbringen, damit wir uns besser kennenlernen. Nur deswegen sind wir hier.«

»Ach, Liebes.« Jane ergriff ihre Hand und schüttelte seufzend den Kopf. »Ihr seid hier, damit die Suppe in der Gerüchteküche aufhört zu brodeln und ihr wieder unter Leute treten könnt, ohne dass sie sich über euch den Mund zerreißen. Nur deshalb und aus keinem anderen Grund. Du wirst schon sehen, so ein paar Tierchen wirken Wunder gegen Einsamkeit und den ersten Ehestreit.«

Wenn sie daran dachte, wie oft sie sich schon mit Noah gestritten hatte, glaubte sie nicht, dass der erste Streit lange auf sich warten ließ. Andererseits war sie derzeit so glücklich und dadurch auch irgendwie friedvoller, als sie es je für möglich gehalten hatte. Sie hoffte, diese Zeit würde niemals vorübergehen.

»Warum behältst du die Schafe dann nicht bei dir? Du lebst schließlich allein auf deinem Anwesen«, gab Alexandra die Diskussion noch nicht auf.

Jane zog eine Augenbraue hoch. »Ich bin zu alt, um mich um herumtollende Schäfchen zu kümmern, und genug damit beschäftigt, meine Pferde vor Eleanores Wetteifer in Sicherheit zu bringen.«

»Wenn ich mich recht entsinne«, bemerkte Charlotte grinsend, »dann hast du vergangenen Dezember von ihrem Wetteifer profitiert und dir Heath' Zuchthengst geangelt. Weswegen er im Übrigen immer noch nicht gut auf seine Mutter zu sprechen ist. Und auf dich auch nicht, falls du das nicht bemerkt haben solltest.«

Ein seliges Lächeln glitt über Janes Züge. »Wohl wahr, seither lässt sie keine Gelegenheit ungenutzt, sich das prachtvolle Tier zurückzuspielen. Doch bisher zu meinem Glück ohne Erfolg. Und dein Ehemann sollte die Füße stillhalten. Ihr seid so selten in Hampshire, ihm wäre es nicht einmal aufgefallen, wenn sein Verwalter es ihm nicht erzählt hätte.«

Sie plauderten eine Weile und Alexandra genoss die Runde in ungezwungener, weiblicher Gesellschaft. Zuletzt waren immer Heath oder Noah an ihrer Seite gewesen, weshalb die Abwechslung ihr guttat. Sie fand auch eine Gelegenheit, Ophelia aufzuziehen, da sie nun als Einzige unverheiratet war, doch zu ihrer Enttäuschung nahm ihr Zwilling es mit Humor. Sich über Ophelia lustig zu machen, war gar nicht so einfach, das musste Alexandra immer wieder feststellen.

»Ich hoffe doch sehr, ihr kommt heute Abend alle zum Dinner. Der Nachmittag war so schön, ich möchte nicht, dass er endet«, sagte Alexandra, als sie sich bereits erhob, um aufzubrechen.

»Liebend gern«, antwortete Jane und beugte sich vor, sodass nur Alexandra sie verstehen konnte. »Gib den Schäfchen einen Kuss von mir und sag ihnen, dass sie nun keine Angst mehr haben brauchen.«

Alexandra grinste. »Ehrlich gesagt haben sie gestern nicht so ausgesehen, als würden sie sich um irgendetwas scheren.«

Jane seufzte. »Manchmal wünschte ich, ich wäre auch ein Schaf. Das Leben scheint mir sehr viel unkomplizierter.«

Da konnte sie ihrer Tante nur zustimmen.

14. Kapitel

Noah hatte gedacht, dass das Gefühl, verheiratet zu sein, immer dasselbe sein würde. Dass es geprägt von Pflichtgefühl, Sorgen und dem Verlust von Freiheit war. Aber bei Alexandra hatte sich irgendetwas verändert, das er noch nicht benennen konnte. Wenn er sie ansah, fühlte er eine langersehnte Ruhe in sich. Sein Herz pochte gemächlich vor sich hin, während er sie beim Frühstück beobachtete … und verfiel jedes Mal in einen schnelleren Takt, wenn sie seinen Blick erwiderte.

»Du siehst aus, als hättest du ein Gespenst erblickt«, drang Alexandras Stimme durch den Nebel seiner Gedanken. Er schüttelte den Kopf, rührte den Zucker heftiger in seiner Teetasse um, obgleich er längst geschmolzen sein musste.

»Alles in bester Ordnung«, erwiderte er und räusperte sich. »Ich habe mich nur gefragt, ob du heute ein wenig deiner kostbaren Zeit für mich entbehren könntest.«

Sie legte das Toastbrot auf den Teller und beäugte ihn mit einem schiefen Blick. »Oh, willst du mich den Pächtern vorstellen?«

Warum fühlte er sich jedes Mal so entblößt, wenn sie ihn ansah? Nicht körperlich, sondern seelisch. Als besäße sie die Gabe, in ihn hineinzublicken. Er war sehr bedacht darauf, seine wahren Emotionen zu verbergen, es hatte ihm schon einmal das Genick gebrochen, sie an die Oberfläche dringen zu lassen. Nein, er würde

Alexandra nicht sagen, was sie in ihm auslöste.

»Noah?«

»Äh … nein. Ich würde dir gern etwas zeigen.« Mein Gott, sie sollte seinen Namen nicht immer mit diesem unschuldigen und doch verruchten Unterton aussprechen.

»Oh«, erwiderte sie nur. Wieder flackerte dieses Misstrauen auf, als hätte sie Angst, dass erneut etwas Unvorhergesehenes wie diese Heirat eintraf. Obgleich er es niemals zugeben würde, versetzte es ihm einen Stich, dass sie es als notwendiges Übel ansah. Nur in der Nacht, wenn sie beieinanderlagen, schien sie sich in eine freie Person zu verwandeln, die seine Berührungen genoss, sich nach ihnen sehnte, nach *mehr* verlangte.

»Ich denke, es wird dir gefallen«, bemühte er sich um einen neutralen Tonfall, schüttelte die Erinnerungen an die letzte Nacht ab und deutete auf die Uhr. »Wäre dir elf Uhr angenehm?«

Nicht einmal ein Schmunzeln. »Natürlich.«

»Gut, dann kümmere ich mich währenddessen um die Verwaltungsaufgaben.« Er tupfte sich den Mund mit der Serviette ab, zwang sich zu einem kleinen Lächeln und stand auf. Nein, er durfte es nicht zulassen, dass eine Frau ein zweites Mal eine solche Macht über ihn hatte, dass er das Wesentliche aus den Augen verlor. Dass er sich wie ein Narr benahm, der ihr jeden Wunsch von den Lippen ablas. Obwohl Alexandra und Violet so unterschiedlich waren, fürchtete er sich davor. Warum? Warum konnte er dieses Kapitel in seinem Leben nicht einfach begraben?

Während er die Eingangshalle durchquerte und sein Arbeitszimmer anvisierte, fiel ihm auf, dass er Rosewood Hall nicht mehr als jene Belastung erlebte, die es zuvor gewesen war. Das kalte, wenig einladende Gemäuer, in dem die Stille vorgeherrscht hatte. Die trostlose Umgebung, die sich wie ein Schleier über das Anwesen gelegt hatte.

Noah hielt vor dem Arbeitszimmer inne und blickte zurück in den Gang. Zwei Vasen, arrangiert mit Blumen, standen an den Wänden, der Teppich wies eine kräftigere Farbe auf, als wäre er das erste Mal seit einer langen Zeit gereinigt worden. Ein dezenter frischer Geruch drang in seine Nase, weg war die muffige Note, die sich sonst immer dort festgesetzt hatte. Alexandra schaffte es allein mit ihrer Anwesenheit, dass aus einem unliebsamen Gemäuer ein Ort werden konnte, an dem er sich gern aufhielt.

»Verflucht«, presste er hervor, griff energisch nach der Türklinke und drückte sie nach unten. Wenn er seine Gedanken nicht bald unter Kontrolle brachte, würde er wie Heath als verliebter Trottel enden, der seiner Frau gebannt an den Lippen hing.

»Mylord, ich habe Sie bereits erwartet.«

Als Noah seinen Sekretär Jeremiah auf dem Sessel vor dem Schreibtisch ausmachte, zuckte er zusammen. Bei Gott, er hatte völlig vergessen, dass er sich heute mit ihm verabredet hatte. Räuspernd deutete er ihm mit einer Handbewegung, wieder Platz zu nehmen. »Was haben Sie mir mitzuteilen?«

Obgleich Jeremiah Fox zu jenen Menschen zählte, die ihre Emotionen niemals nach außen hin zeigen würden, schien er dieses Mal eine Ausnahme zu machen. Seine Augenbraue wanderte nach oben, sodass sie fast seinen Haaransatz berührte. »Sie haben mich beauftragt, ein Schreiben an die Agentur in Bloomsbury zu übermitteln.«

»Natürlich. Gibt es bereits Ergebnisse?« Er wartete seit zwei Wochen darauf, endlich etwas von diesem Mr. Whitby zu hören.

»Nun ja, zumindest die ersten. Mr. Whitbys Kontakte haben herausgefunden, dass sich Lord Ashton immer noch in Italien aufhält.«

Noah ließ sich auf seinem Sessel nieder und kniff die Augenbrauen zusammen. »Das bedeutet, meine ehemalige Gemahlin hat ihn wirklich zurückgelassen?«

Fox schürzte die Lippen. »Das ist noch nicht geklärt, Mylord. Lord Ashton erholt sich noch von einer Verletzung, weswegen er scheinbar nicht zeitgleich mit Lady Ashton nach England aufbrechen konnte.«

Dieses Mal entfuhr Noah ein Lachen. »Das passt zu ihr. Lässt ihren Gemahl verletzt zurück und genießt währenddessen das ausschweifende Leben in London. Sonst noch etwas?«

Er schüttelte den Kopf. »Bedaure, Mylord, aber ich lasse es Sie sofort wissen, wenn Neuigkeiten eintreffen.«

»Gut. Und bleiben Sie an dieser leidigen Angelegenheit dran. Ich möchte immer über ihren derzeitigen Aufenthaltsort informiert sein. Je weiter sie sich von uns fernhält, umso besser«, brachte er grimmig hervor und blickte auf den Stapel, der sich vor ihm aufgetürmt hatte. Er hätte Rosewood Hall nicht über sechs Monate fernbleiben sollen. Auch wenn sein Verwalter tadellose Arbeit verrichtete, so wollte sich Noah doch selbst von den Zahlen überzeugen. Zumindest begrüßte er die Ablenkung, die damit einherging.

»Wie Sie wünschen. Kann ich währenddessen noch etwas für Sie tun?«

»Nein. Nichts, das mir das Leben hier erleichtern könnte.«

Sein Sekretär räusperte sich. »Verzeihung, Mylord?«

Noah überlegte, ob er ihn in seinen Zwiespalt einweihen sollte. Im Gegensatz zu anderen war Jeremiah seit Jahren an seiner Seite, immer geblieben, auch als er mehr unter den Toten als unter den Lebenden gewesen war. Unschlüssig nahm er die Feder in die Hand und rollte sie zwischen Daumen und Zeigefinger. »Ich muss zugeben, dass die zweite Ehe noch komplizierter erscheint als die erste.« *Himmel, was redete er nur für einen Schwachsinn daher?*

»Weil die beiden … Damen völlig unterschiedlich sind?«, hakte sein Sekretär nach. In seiner Stimme lag ehrliches Interesse.

»In der Tat. Außerdem scheint sich Lady Ashton in den Kopf gesetzt zu haben, meiner Gemahlin zu schaden. Ich muss Alexandra vor ihr beschützen.«

Wieder dieses Räuspern, als würde es ihm nicht behagen, über Noahs Privatleben zu sprechen. »Wenn Sie mir eine Bemerkung erlauben würden …«

Noah gab ihm mit einem Kopfnicken zu verstehen, dass er weitersprechen sollte.

Der Sekretär rutschte auf dem Sessel hin und her, als würde er abwägen, was ihn seine Aussage kosten würde. Schließlich gab er mit einem Seufzen seine Kapitulation bekannt. »Ich kenne Ihre Ladyschaft nicht, aber sie scheint Ihnen gut zu tun, Mylord. Sie wirken ... zufriedener. Nun, da Sie mir erlauben, offen zu sprechen: Lassen Sie Lady Ashton im Hintergrund, dort, wo sie hingehört, und konzentrieren Sie sich auf Ihre Frau. Ich denke, es wird für sie ebenso wenig eine angenehme Situation sein, wenn die ... äh ... Konkurrenz die Angelschnur nach dem Hecht auswirft.«

»Sie ist keine Konkurrenz«, stellte Noah sogleich klar. »Sie wird es auch nie sein. Ich würde Alexandra niemals hintergehen, erst recht nicht mit diesem Drachen.«

Jeremiah blinzelte auffallend oft. »Weiß *sie* das auch?«

Stille senkte sich über sie, das Ticken der Wanduhr kam Noah mit einem Mal unnatürlich laut war. Natürlich ...

Jetzt verstand er.

Um Punkt elf Uhr wartete Noah in der Eingangshalle auf seine Frau. *Seine Frau.* Obgleich sie erst wenige Tage vermählt waren, hörte es sich in seinen Ohren so natürlich an ... so selbstverständlich. Das Gespräch mit Jeremiah hatte ihm in einer Sache zu Klarheit verholfen: Er musste Alexandra deutlich machen, dass Violet keine Rolle mehr in seinem Leben spielte. Dass er sie weder begehrte noch zurückhaben wollte.

»Es ist ungewöhnlich, dass du schon hier bist, hast du dich bei den Tanzstunden doch auch immer ein wenig verspätet«, hallte Alexandras Stimme zu ihm und er drehte sich um. Für einen Moment blieb ihm die Luft weg. Sie trug ein rüschenbesetztes, gelbes Kleid, das ihre schlanke Taille betonte. Ihre Haare lagen halboffen über ihrem Rücken, zwei Locken umrahmten ihr Gesicht. Noch immer erkannte er diesen misstrauischen Ausdruck in ihren Iriden, aber dieses Mal wurde er von einem Lächeln begleitet, das ihm ehrlich erschien.

»Ich bin dabei, mich zu bessern«, gab er leise zurück.

Sie band die Bänder der Schute unter dem Kinn zusammen, ihre Finger schienen dabei leicht zu zittern. Mit einem Mal wusste Noah genau, was er zu tun hatte. Auch wenn es ihm so unmoralisch vorkam, stob er auf sie zu und nahm ihr Gesicht in seine Hände. Sanft, aber doch mit einem gewissen Druck. Worte könnten in diesem Augenblick niemals ausdrücken, was er wirklich für Alexandra empfand. Wie sie langsam, aber sicher sein Leben in eine andere Richtung drängte. Er beugte sich zu ihr hinab, legte seine Lippen auf ihre und gab ihr stumm zu verstehen, wer für ihn wichtig war. Nicht Violet, nicht ihre gemeinsame Vergangenheit, sondern allein Alexandra.

Sanft strich er mit der Zunge über ihre Unterlippe, genoss es, dass sie leise seufzte und ihr Körper weicher wurde. Sich daran erinnernd, dass sie in der Eingangshalle standen, die jederzeit von einem Bediensteten durchquert werden konnte, löste er sich von ihr und strich ihr stattdessen mit dem Daumen über ihre Wange. Ihr Blick fand seinen, verklärt und verwirrt, und endlich … wenn auch nur kurz, war das Misstrauen verschwunden.

»Noah …«, hauchte sie teils verwirrt, teils mahnend, als hätte sie Angst, bei etwas Frivolem entdeckt zu werden.

»Ich weiß, dass es anders gekommen ist, als du es dir vorgestellt hast, Alexandra, aber eines verspreche ich dir: Ich werde alles daran setzen, dass du dich hier wohlfühlst. Dass du deine Freiheiten behalten kannst und du hoffentlich irgendwann in dieser Ehe glücklich wirst.« Seine Stimme war nur noch ein Raunen. Er wollte gerade völlig andere Dinge mit ihr anstellen, als die, die er sich eigentlich vorgenommen hatte. Sie nach oben in seine Räumlichkeiten tragen, um sie dort den ganzen Tag zu lieben, ihr immer wieder zu zeigen, wie sehr er sie wollte. Nur sie.

»Ich …«, begann sie leise, legte ihre Hände auf seinem Oberkörper ab. Eine einfache Berührung, die sein Verlangen ins Unermessliche steigerte. »Ich bin dir nicht mehr böse, auch wenn ich es nicht verstehe, warum du mich so vehement vor diesen lüsternen Kerlen verteidigt hast. Dennoch … ich weiß, dass in dir ein gutes Herz wohnt, Noah. Wir werden uns schon arrangieren.«

Arrangieren … dieses Wort hatte er nicht aus ihrem Mund hören wollen. Aber es war ein Anfang, dass sie ihn immerhin nicht mehr mit einem Katapult ins Meer schießen wollte, damit er dort unterging. Er räusperte sich und brachte ein wenig Abstand zwischen sie. »Komm … ich möchte dir etwas zeigen.«

Vorfreude vermischt mit Aufregung durchflutete ihn, als er Alexandra nach draußen in den Garten begleitete. Der Springbrunnen spuckte Wasser in die Luft, die Hecken waren bereits feinsäuberlich gestutzt worden und die Farbenpracht, die hier vorherrschte, schien sie zu beeindrucken. »Es ist wahrlich freundlich, dass du mit mir spazieren gehst, allerdings habe ich mir den Garten schon angesehen.«

»Den Garten … aber bestimmt nicht das Gewächshaus.«

Der Griff an seinem Unterarm verstärkte sich. »Dein Gärtner hat mir erklärt, dass niemand es betreten darf.«

»Es hatte seinen Grund.« Weil er es selbst kaum erwarten konnte, beschleunigte er seine Schritte, sodass sie nur wenige Augenblicke später vor dem Gebäude standen. Milchglasplatten reihten sich aneinander, sorgten dafür, dass man keinen Blick ins Innere werfen konnte.

»Öffne die Tür«, sagte er zu ihr und deutete auf den Henkel.

Ein unsicheres Lächeln spiegelte sich auf ihrem Gesicht wider. »Du willst mich doch nicht etwa einsperren?«

»Würde dir das gefallen?«

Sie gab ein Schnauben von sich. »Natürlich, Mylord, ich könnte mir nichts Erquickenderes vorstellen.« Alexandra kam seiner Aufforderung nach und drückte den Griff nach unten. Ein Schwall feuchtwarmer Luft schlug ihnen entgegen, als sie die Tür nach außen zog.

»Ich hatte nicht wirklich Zeit, es so zu gestalten, wie ich es gern gehabt hätte, aber deine Tante hat mir einige ihrer Orchideen geschenkt, sodass du zumindest schon ein paar hast«, sagte er leise, als sie eintraten und Alexandra sich die Hand vor den Mund hielt.

»Noah«, hauchte sie. »Ich bekomme ein eigenes Gewächshaus für meine Orchideen?« Langsam wanderte ihr Kopf zu ihm, als könnte sie nicht glauben, dass das jemand für sie tat. Er würde sich niemals an diesem Ausdruck in ihren Augen sattsehen können.

»Du liebst diese Blumen und wie ich bereits sagte: Ich will, dass du glücklich wirst.«

Ehrfürchtig ließ sie die Hand sinken und schritt zur violetten Dendrobia, deren Blütenblätter bereits vollständig entfaltet waren. Er liebte es, ihr dabei zuzusehen, wie sanft und vorsichtig sie die Pflanze berührte. Als wäre sie aus Glas. Ihr Atem entwich in einem langen Zug und sie schien den Kloß in ihrem Hals hinunterzuschlucken. »Das wäre doch nicht nötig gewesen.«

Er kam auf sie zu, blieb eine Armeslänge entfernt von ihr stehen. »Doch.«

Sie blinzelte mehrmals, als würde sie versuchen, die Tränen zu unterdrücken. Ihre Mundwinkel bebten, während sie leicht lächelte. »Danke.«

Es war nur ein Wort, ein einziges Wort, aber es brachte sein Herz zum Rasen. Sie kam auf ihn zu, stellte sich auf die Zehenspitzen und gab ihm einen zurückhaltenden Kuss. Obgleich er sie am liebsten gepackt und auf den Tisch gehievt hätte, hielt er still, ließ sie gewähren, als sie seine Lippen erkundete. Mit einer Unschuld, die ihn steinhart werden ließ.

»Es bedeutet mir sehr viel«, flüsterte sie, als sie sich von ihm löste.

»*Du* bedeutest mir sehr viel«, gab er zurück, beugte sich nach vorn und küsste sie auf die Stirn. Es gab gerade keinen Ort, an dem er lieber wäre. Hier bei ihr, in ihrer Nähe. Und als er das erkannte, wurde ihm bewusst, dass er den Kampf gegen seine Rationalität längst verloren hatte. Alexandra hatte sein Herz bereits berührt, als er dachte, er besäße keines mehr.

Es war später Nachmittag, als sich Noah und Alexandra zum gemeinsamen Tee im Salon einfanden. Die Flut an Einladungen schien kein Ende zu nehmen und allmählich fragte er sich, wen er vor den Kopf stoßen sollte und wen nicht.

Als der Butler mit zwei weiteren Briefen auf einem Silbertablett zu ihm kam, konnte Noah seine Anspannung kaum noch verbergen, aber zu seinem Verdruss waren keine der beiden von der Agentur.

»Informieren Sie mich augenblicklich, wenn neue Briefe eintreffen.«

»Natürlich, Mylord.«

Anstatt sich mit dem Schrieb seiner Mutter auseinanderzusetzen, die ihm sicherlich erneut zu der Heirat gratulierte, hätte er lieber Neuigkeiten zu Violet. Je eher, desto besser.

»Sag bloß, du möchtest noch mehr Einladungen erhalten«, witzelte Alexandra und deutete auf den Stapel, der sich auf dem niedrigen Eichenholztisch aufgetürmt hatte.

Dass ausgerechnet er ein zweites Mal geheiratet hatte, sorgte dafür, dass zahlreiche Einladungen ins Haus flatterten.

»Ich wäre sehr erfreut gewesen, wenn so gut wie niemand Interesse an unserer Eheschließung gezeigt hätte, stattdessen wandert der Tratsch schneller als üblich auf das Land«, brummte Noah und seufzte auf, als er an die lästigen Fragen dachte, die ihn bestimmt ereilen würden.

»Du lieber Himmel, wo sollen wir zusagen? Ich kenne hier keine einzige Person«, murmelte Alexandra und griff nach einem Keks, als hätte sie eine Stärkung nötig.

»Ich denke, dass wir bei der Freundin deiner Tante beginnen sollten. Jane wird sicherlich dort sein, dann fühlst du dich nicht so allein.«

Sie schluckte den Bissen hinunter und langte nach der Teetasse, ehe sie ihm einen hilflosen Blick zuwarf. »Vermutlich. Der Gedanke, dass alle Blicke auf uns gerichtet sein werden, behagt mir nicht.«

Noah zwinkerte ihr zu. »Vielleicht entscheidest du dich dieses Mal für ein weniger aufreizendes Kleid als damals.«

Und dieses Mal setzte sich der Schelm in ihren Augen fest. »Wir werden sehen, Mylord, wir werden sehen.«

15. Kapitel

Alexandra und Noah hatten sich dazu entschieden, die Einladung von Tante Janes langjähriger Freundin Lady Witmore anzunehmen. Alexandra wusste, dass sie sich nicht ewig vor gesellschaftlichen Anlässen drücken konnte, es wurde schließlich von ihr erwartet, sich als die neue Lady Sheffield vorzustellen und da war es ihr lieber, Jane an ihrer Seite zu wissen, als sich allein den Blicken auszusetzen.

Der Ball würde bereits am nächsten Tag stattfinden, und während sie mit ihrem Mann den gesamten Abend damit zubrachte, weitere Einladungen durchzusehen und eine entsprechende Antwort zu verfassen, konnte sie Noah immer wieder aus dem Augenwinkel beobachten.

In den letzten Tagen war ihr bewusst geworden, dass sie ihm Unrecht getan hatte. Seit sie ihn näher kennenlernen durfte, wandelte sich der unbändige Schürzenjäger immer mehr in einen sanftmütigen Mann, der lediglich nach Frieden für sein Seelenheil suchte. Sie erkannte mit jeder Minute, die sie mit ihm verbrachte, dass er einfach nur in Ruhe gelassen werden wollte, und ein wenig schämte sie sich für ihre verurteilenden Gedanken, die sie ihm am Anfang entgegen gebracht hatte.

»Möchtest du tanzen?« Er hob den Blick und schenkte ihr ein Lächeln.

»Jetzt?«, fragte Alexandra überrumpelt und starrte auf den

schwankenden Turm aus Briefen, weil sie sich beim Beobachten ertappt fühlte. »Wir haben doch gar keine Musik.«

»Brauchen wir denn welche?« Noah legte die Einladung, die er soeben noch inspiziert hatte, zur Seite, stand auf und hielt ihr auffordernd die Hand hin.

»Aber wir sind noch lange nicht mit allen Briefen durch ...«

»Das kann auch bis morgen warten«, erwiderte Noah augenzwinkernd. »Ich schulde dir schließlich noch ein paar Unterrichtsstunden.«

Alexandra lachte ergeben und wusste, dass sie ihm nichts mehr entgegen halten konnte. Sie ergriff seine Finger und folgte ihm auf die freie Fläche des Salons. Viel Platz, um ausschweifend zu tanzen, stand ihnen nicht zur Verfügung, Drehungen würden kaum möglich sein.

Noah stellte sich vor ihr auf, verbeugte sich und hauchte einen Kuss auf ihren Handrücken. Lächelnd versank sie in einem Knicks, legte ihre rechte Hand in seine und die linke auf seine Schulter. Sein Arm umschlang ihre Taille, zog sie näher an sich heran, als vonnöten gewesen wäre. Kurz hielt sie die Luft an, genoss die Wärme, die von seinem Körper auf sie überging. Außer nachts waren sie sich selten körperlich so nahe und ihr stockte jedes Mal aufs Neue der Atem, wenn er sie berührte. Vorsichtig schmiegte sie sich an ihn, lehnte ihre Wange gegen seine Brust und ließ sich von ihm sanft durch den Salon führen. Fast war es ihr, als könnte sie die Klänge einer Geige vernehmen, die mit einer zarten Melodie ihren Tanz begleitete. Das kräftige Schlagen seines Herzens pochte gegen ihr Ohr, untermalte die melodischen Laute in ihrem Kopf und wenn sie die Augen schloss, hatte sie wirklich das Gefühl, sie befänden sich in einem Ballsaal. Ganz allein, nur sie zwei, ohne Zuschauer und dem unangenehmen Wissen, kritischen Blicken ausgesetzt zu sein.

Es war leicht, über die äußere Fassade eines Menschen zu urteilen. Viel zu schnell entwickelte sich ein gewisser Ruf, der nicht immer positiv für einen ausfiel. Die Erfahrung hatte sie selbst bereits machen müssen. Umso mehr plagte sie das schlechte Gewissen, dass sie sich so von dem Geschwätz der Hautevolee über Noah hatte beeinflussen lassen, wo sie es doch eigentlich besser wusste. Doch die wahre Geschichte, die viele hinter Türen verschlossen, konnte nur mit dem richtigen Schlüssel ans Licht gebracht werden. Und diesen erhielt man nur, wenn man einander Vertrauen schenkte. Es war ein schwieriger Weg und alles andere als einfach, sich jemand anderem als sich selbst zu öffnen. Doch sie hatte das Gefühl, dass dieses Vertrauen zwischen ihr und Noah langsam dabei war, zu wachsen.

Und das ließ in ihr die Hoffnung aufsteigen, dass ihre Ehe eines Tages von Liebe erfüllt sein konnte.

Am nächsten Morgen schlüpfte Alexandra in ihr orangefarbenes Hauskleid. Sie hatte es nicht übers Herz gebracht, ihr Lieblingskleid in London zurückzulassen und da sie noch mehrere Stunden Zeit hatte, bis sie sich für den Ball ankleiden musste, wollte sie den Vormittag nutzen, um das Gewächshaus herzurichten.

Noah hatte es gut gemeint und sie war ihm unendlich dankbar, dass er sie in ihrer Leidenschaft unterstützte und sich bemühte, ihr die Anwesenheit auf Rosewood Hall so angenehm wie möglich zu gestalten. Dennoch war es noch nicht ihr Zuhause, auch wenn sie bereits mit der Umgestaltung begonnen hatte.

Eine Vase mit Blumen hier, ein versetztes Gemälde dort. Sie tat es schrittweise und immer darauf bedacht, nicht zu viel auf einmal zu verändern, um Noah nicht vor den Kopf zu stoßen. Doch Alexandra bildete sich ein, die Anwesenheit der ehemaligen Lady Sheffield in dem Gemäuer noch spüren zu können, weshalb sie nahezu darauf versessen war, dem Anwesen einen neuen Glanz zu verleihen. Wenn es Noah bisher aufgefallen war, so hatte er es sich noch nicht anmerken lassen. Und solange er sich nicht dagegen aussprach, würde sie ihr Ziel weiter verfolgen. Schließlich war sie die neue Herrin des Hauses und sie war es leid, von den Schatten der Vergangenheit umgeben zu sein. Dieser Ort war ihre Chance auf einen Neuanfang und die wollte sie sich nicht nehmen lassen. Von niemandem.

Sie ließ Higgins wissen, dass sie das Frühstück im Gewächshaus zu sich nehmen würde, und flüchtete sogleich vor seinem Adlerblick hinaus ins Freie. Dieser Mann war ihr noch immer so unheimlich wie am Tag ihrer Ankunft, auch wenn er ihr bisher keinen Grund geliefert hatte, an seiner Arbeit zu zweifeln. Er verrichtete seine Aufgaben stets zügig und gewissenhaft. Dennoch war es seine Aura, die ihr nicht behagte. Er vermittelte ihr das Gefühl, unter ständiger Beobachtung zu stehen. Schon jetzt vermisste sie den guten, alten Froggs, der ihr mehr wie ein Großvater als ein Butler vorgekommen war.

Für einen Moment blieb sie auf dem Rasen vor dem Gebäude stehen und betrachtete es. Das Haus war kleiner als die von Heath und Tante Jane, geradlinig geschnitten. Kein überflüssiger Punk war an den Mauern zu finden, lediglich kleine, in Stein gemeißelte Blumenornamente säumten die Türen und Fenster. Es passte zu ihr und Noah. Ja, wenn sie sich erst eingelebt hatte, könnte sie es sicherlich als ihr zu Hause ansehen. Auch wenn es sich noch merkwürdig anfühlte, vermählt zu sein. Mit einem Mann, den Heath für gewöhnlich von ihr ferngehalten hätte, wenn es kein Freund von ihm gewesen wäre.

Voller Tatendrang schritt sie durch den Garten zu dem Gewächshaus. Wie sehr wünschte sie sich, die weiße Vogelblume, die Noah ihr zur Verlobung geschenkt hatte, mitgebracht zu haben. Sie wäre eine kostbare Ergänzung zu ihrer kleinen, eigenen Sammlung. Doch sie hatte nicht einschätzen können, wie wohl sie sich in Rosewood Hall fühlen und ob sie überhaupt länger als ein paar Wochen hier verweilen würden. Jetzt konnte sie sich durchaus vorstellen, für längere Zeit hierzubleiben und London den Rücken zu kehren. Zwar wurde auf dem Land ebenso getratscht wie in der Stadt, doch die Zeit lief hier wesentlich entspannter, wenn nicht sogar langsamer.

Mit einem glücklichen Lächeln auf den Lippen ging sie um einen frisch geschnittenen Busch herum, als ein seltsames Geräusch sie mitten in der Bewegung erstarren ließ. Es hatte geklungen, als wäre einer der Tontöpfe für die Blumen zu Bruch gegangen. Hastig raffte sie ihren Rock und lief die letzten Yards bis zum Gewächshaus.

Die Tür stand einen Spalt offen, sie griff schnell nach einer herumstehenden Schaufel und schlüpfte hindurch. Leise schloss sie die Tür, sodass der unliebsame Einbrecher ihr nicht mehr würde entkommen können. Vorsichtig schlich sie an den Pflanzen vorbei, hob die Arme mit der schweren Schaufel – und entdeckte ein Lamm zwischen den Überresten eines Topfes. Das arme Tier wirkte so verwirrt, dass Alexandra im ersten Moment herzhaft anfangen musste, zu lachen.

»Grundgütiger, wie bist du denn hier herein gekommen?«, fragte sie, legte erleichtert die Schaufel zur Seite und hockte sich auf den Boden, um das Kleine nicht noch mehr zu verängstigen. »Hat etwa jemand die Tür offen gelassen?«

»Mäh«, blökte es eine zarte Antwort.

Vorsichtig streckte Alexandra die Hand aus, als sie bemerkte, dass das Lamm auf etwas herum kaute. Ihr Blick glitt zu dem zerstörten Topf und erst da fiel ihr die schöne, violette Dendrobia auf, die völlig zerstückelt auf dem Boden lag. Entsetzt schnappte sie nach Luft. »Hast du etwa …?« Bevor sie ihren Satz beenden konnte, senkte das Tier den Kopf und rupfte mit dem Maul eine Blüte ab.

»Das kann doch nicht …« Wütend fuhr Alexandra in die Senkrechte. Erschrocken sprang das Lamm nach hinten, machte kehrt und hüpfte durch das Gewächshaus.

»Na, warte!«, schimpfte sie erbost und nahm die Verfolgung auf. »Dich erwische ich, bevor du hier noch alles zerstörst!« Mit großen Schritten hechtete sie dem Tier hinterher, doch es wich ihr jedes Mal behände aus, bevor sie es fangen konnte. Weitere Töpfe zerschellten auf dem steinigen Boden und als Alexandra beinahe die Wolle des Lamms mit den Fingern berühren konnte, öffnete sich die Tür. Das kleine Schaf entkam ihrem Griff und schlüpfte blökend nach draußen, während Alexandra es nur mit Mühe schaffte, nicht in den Dienstjungen zu laufen, der ein Tablett mit Tee und Toast auf seinen Händen balancierte.

»Verzei-hung, M-Mylady«, stotterte er völlig überrumpelt, doch Alexandra quetschte sich an ihm vorbei und rief nur über die Schulter, dass er das Frühstück einfach auf den kleinen Tisch stellen sollte, sie würde es später zu sich nehmen. Das Lamm sollte nicht ungeschoren davonkommen, sie war noch lange nicht bereit, aufzugeben! Denn wenn es um ihre Orchideen ging, ließ sie nicht mit sich spaßen.

Ein paar Meter weiter hüpfte das Lämmchen augenscheinlich vergnügt über die Wiese. Immer wieder blickte es zu Alexandra zurück, als wartete es nur darauf, dass sie sich näherte, damit es wieder davonlaufen konnte. Alexandra ließ sich bereitwillig auf das Spiel ein. Schon nach kurzer Zeit war ihr Rock mit Grasflecken versehen und ihr Herz raste vor Anstrengung. Schnaubend pustete sie sich eine dunkle Strähne aus dem Gesicht. Noch ein Versuch, sonst musste sie tatsächlich zugeben, von einem Lamm ausgetrickst worden zu sein. Sie stürmte um die Hecke und stieß prompt vor eine breite Brust. Erschrocken ruderte sie mit den Armen durch die Luft, versuchte, Halt zu finden, bis sich ein starker Arm um ihre Taille legte und sie wieder aufrichtete.

»Du bist aber heute ein ausgesprochen zügelloser Wirbelwind«, sagte Noah und zog eine Augenbraue in die Höhe. Verlegen strich Alexandra sich die Falten ihres Kleides glatt und trat ein paar Schritte zurück. Sie sah sicherlich furchtbar aus, mit zerzausten Haaren, geröteten Wangen und verschmutztem Rock. *Alles andere als einer Lady würdig*, wurde ihr erst jetzt so richtig bewusst. »Das Lamm hat sich über die wunderschöne Dendrobia hergemacht«, rechtfertigte sie sich außer Atem und merkte selbst, wie irrsinnig ihre Ausrede klang. Grundgütiger, wann war sie das letzte Mal so undamenhaft schnell über ein Grundstück gelaufen, als hinge ihr Leben davon ab?

Noahs Blick glitt zu dem Schaf, das in ihre Richtung sah und vergnügt blökte. »Dieses dort?«

Sie nickte. »Es hat das ganze Gewächshaus verwüstet.«

Er warf ihr einen weiteren, kritischen Blick zu. Plötzlich veränderten sich seine Züge und ein schelmisches Grinsen zog sich über sein Gesicht. Ohne ein weiteres Wort machte er auf dem Absatz kehrt und jagte dem Lamm hinterher. Alexandra brauchte einen Moment, bis sie verstand, dass er in ihr Spiel einstieg. Vergnügt lachte sie auf und lief den beiden hinterher. Wen interessierte schon, was sich für ihren Stand gehörte? Manchmal sollte man einfach das tun, was einem Freude bereitete.

Es dauerte ein paar Minuten, dann bekam Noah das kleine Tier zu fassen und hob es hoch. Alexandra holte ihn ein und kraulte den Rücken des Lammes. »Du freches Ding«, murmelte sie vorwurfsvoll.

»Mäh.« Es hob den Kopf und blickte sie aus großen Kulleraugen unschuldig an.

Sie seufzte. »Ich kann dir ja doch nicht böse sein. Aber das Gewächshaus ist verboten, hast du verstanden? Die Orchideen gehören mir, du hast hier genug Blumen zum Fressen.«

»Lass es uns zurück zu seiner Herde bringen«, schlug Noah vor und sie spazierten gemeinsam über das Anwesen. Das Lamm hielt er dabei fest in den Armen, damit es nicht erneut Reißaus nehmen konnte.

»Verzeih mir«, murmelte Alexandra nach einer Weile des Schweigens. »Ich hätte nicht so herumtollen sollen, mein Aufzug ist fürchterlich. Das schickt sich nicht für eine Dame.«

Ein Lächeln umspielte seine Lippen. »Entschuldige dich für nichts, das dich glücklich macht.«

»Aber ich bin jetzt die Frau eines Barons. Ich bezweifle, dass die frühere Baroness jemals einen Fleck auf dem Kleid hatte oder ein Lamm durch ein Gewächshaus jagte.« Erschrocken ob ihrer eigenen Worte, hielt sie die Luft an.

Kurz verdunkelte sich Noahs Gesichtsausdruck, bevor sich die Haut um seine Augen wieder in schmale Fältchen legte. »Du hast es nicht nötig, dich mit ihr zu vergleichen. Du musst dich nicht dafür rechtfertigen, dass du so bist, wie du bist. Dies ist jetzt dein Zuhause und ich bin der Letzte, der dir vorschreibt, wie du dich zu verhalten hast. Du musst niemanden mehr beeindrucken, schon gar nicht mich.« Er warf ihr einen liebevollen Blick zu, sodass Alexandra ganz warm ums Herz wurde.

»Und ich würde das Funkeln in deinen Augen gerne öfter sehen«, ergänzte er leise. Sie wusste nicht, was sie darauf hätte antworten sollen, weswegen sie den Rest des Weges schwiegen. Als sie die Herde erreichten, kamen ihnen bereits einige Schafe entgegen. Das Lamm, das bisher ganz still gehalten hatte, zappelte nun wild mit den kurzen Beinchen, woraufhin Noah es schnell auf dem Boden absetzte.

»Da hast du deinen kleinen Ausreißer wieder«, murmelte Alexandra und beobachtete zufrieden, wie das Lamm zu einem der Schafe lief und sein Köpfchen gegen die breite Stirn seiner Mutter drückte.

»Ich werde einen Zaun errichten lassen müssen, damit die Tiere einen eingegrenzten Bereich haben, um sich auszutoben und sich keines mehr in dein Gewächshaus verirrt«, meinte Noah schmunzelnd.

»Aber schenke ihnen bitte viel Platz«, sagte Alexandra und hakte sich bei ihrem Mann unter, während sie sich auf den Weg zurück zum Haus machten. »Sie sollen ihr Leben nicht in einem Käfig verbringen müssen.«

Es dämmerte, als die Kutsche vor Lady Witmores Anwesen zum Stehen kam.

»Bist du bereit?«, fragte Noah und wie bei ihrer ersten Tanzstunde in London erwiderte Alexandra: »Wenn ich Nein sage, würde sich dann etwas ändern?«

Er lächelte, als würde er sich ebenfalls daran erinnern. »Ich fürchte nicht«, antwortete er wie damals.

Sie seufzte, wenngleich sie sich durch die vertrauten Worte sicherer fühlte. Noah war stets an ihrer Seite und Tante Jane würde ebenfalls auf dem Ball sein. Sowieso gab es nichts, was Schlimmeres passieren könnte, als bereits in London geschehen war. Es gab keinen Grund für sie, sich zu fürchten.

»Dann lass es uns wagen«, murmelte sie und ließ sich von ihrem Ehemann aus dem Wagen helfen. Im Eingangsbereich wurden ihnen sogleich der Mantel und die Pelisse abgenommen, die sie sich trotz der angenehm sommerlichen Temperatur übergezogen hatten. Im Saal empfing man sie mit einem Willkommenstrunk und es dauerte nicht lange, bis Jane ihre Nichte bemerkte.

»Lucinda«, rief sie sogleich und winkte ihre Freundin zu sich, womit sie zu Alexandras Leidwesen auch die Aufmerksamkeit aller anderen Gäste auf sie richtete. »Darf ich dir meine Nichte Alexandra und ihren frisch angetrauten Gemahl Lord Sheffield vorstellen?«

Noah verbeugte sich und Alexandra versank vor ihrer Gastgeberin in dem geforderten Knicks. »Wir danken Ihnen sehr für die Einladung, Lady Witmore«, sagte Alexandra höflich.

»Ich wollte Sie unbedingt kennenlernen, mein Kind«, entgegnete sie im mütterlichen Tonfall, als wäre Alexandra als Debütantin das erste Mal auf einem Ball. »Sie haben uns alle mit Ihrer Hochzeit sehr überrascht.«

»Wir wollten es nicht groß verkünden und die Feierlichkeiten im kleinen Kreis genießen«, erwiderte Noah galant, mit einem charmanten Lächeln auf den Lippen.

»Dem ist natürlich auch nicht zu widersprechen«, sagte Lady Witmore. »Sie haben doch nichts dagegen, wenn ich Ihre junge Gattin den anderen Damen vorstelle, oder, Lord Sheffield? Ich würde Ihnen anbieten, uns zu begleiten, doch ich fürchte, unsere Gespräche würden Sie nur langweilen. Mein Ehemann, Lord Witmore, würde sich dagegen gewiss gerne mit Ihnen unterhalten.« Sie deutete auf einen kräftigen Gentleman, der sich soeben über die Häppchen am Buffet hermachte. »Ihn interessiert brennend, weshalb Sie auf einmal so viele Schafe auf Ihrem Landsitz halten.«

Alexandra warf Noah einen flehenden Blick zu, sie nicht alleinzulassen, auch wenn sie wusste, dass ihr keine Wahl blieb. Er berührte sie ermutigend am Rücken, strich sanft über ihre Taille, bevor er der Gastgeberin sein Einverständnis gab. Sofort hakte sich Lady Witmore an ihrer rechten und Tante Jane an ihrer linken Seite unter.

»Warten Sie nur, bis die Sängerin beginnt. Sie soll die Stimme eines Engels haben«, schwärmte Lady Witmore. »Lady Bisbourne hat sie mir bei meinem letzten Besuch in London empfohlen und nun ist sie endlich aus Italien zurückgekehrt. Sind Sie mit Lady Bisbourne bekannt?«

Alexandra erinnerte sich nur allzu gut an Susan, auch wenn sie selbst nie viel mit ihr zu tun gehabt hatte. »Sie ist eine gute Freundin meiner Zwillingsschwester.«

Lady Witmore stellte sie den anderen Damen vor. Eine Weile ließ Alexandra das Geplapper der Frauen über sich ergehen, ohne wirklich zuzuhören. Vielmehr huschte ihr Blick immer wieder durch den Saal, auf der Suche nach ihrem Ehemann. Sie fühlte sich einsam ohne seine Nähe und hoffte, gleich einen Tanz mit ihm wahrnehmen zu können, um wenigstens für eine Weile dem Getratsche zu entgehen. Doch Noah wirkte angeregt in ein Gespräch mit Lord Witmore vertieft, weswegen sie sich mit einem gezwungenen Lächeln erneut den Damen zuwandte.

Plötzlich erhob sich Lady Witmore und schlug mit einem Silberlöffel sanft gegen ihr Glas, sodass ein klingender Ton die Gäste zum Schweigen brachte. »Meine lieben Freunde, Nachbarn, Lords und Ladys. Ich möchte Ihnen heute eine ganz besondere Person vorstellen. Sie verbrachte einige Zeit in Italien, doch nun ist sie wieder in England und ich hatte das große Glück, sie überreden zu können, für uns zu singen. Bitte genießen Sie die wundervolle Engelsstimme von Lady Violet Ashton.«

Alexandra erstarrte mitten in der Bewegung, während um sie herum tosender Applaus ausbrach. *Nein, bitte nicht. Nicht hier ...* Wie besessen starrte sie hinüber zu der Stelle im Raum, an der sich das Orchester befand. Eine Frau gesellte sich zwischen die Musiker. Die blonden Locken umschmeichelten ihr Gesicht, das rote Kleid gab ihr zugleich einen unschuldigen wie auch verruchten Anblick.

Bei Gott, sie war es wirklich! Was hatte dieses Biest hier zu suchen? Waren sie nicht genau deshalb nach Hampshire *geflüchtet*, um ihr zu entkommen?

Lady Ashton verzog ihre roten Lippen zu einem himmlischen Lächeln. Die Musik setzte wieder ein und ihre Stimme hallte durch den gesamten Raum. Auch wenn Alexandra sich bemühte, sie konnte weder weghören noch ihren Blick von dieser Frau abwenden. So sehr sie sie auch verabscheute, ihr Gesang war bezaubernd.

Ein Gefühl von Verzweiflung staute sich in Alexandra auf. Hastig riss sie sich von dem Anblick los und sah sich in der Menge um. Erleichterung durchflutete sie, als sie Noah entdeckte, bevor ihr das Blut in den Adern gefror. Sie hatte erwartet, dass er ihren Blick erwidern würde. Dass er die Augen verdrehen und ihr somit zeigen würde, wie kalt ihn diese Frau inzwischen ließ. Dass nur noch sie, Alexandra, für ihn zählte. Doch stattdessen starrte er mit leicht geöffnetem Mund in Richtung Orchester. Wie gebannt hing er an Violets Lippen, erweckte den Anschein, als hätte ihr Gesang ihn vollkommen eingenommen. Als würde er nichts anderes mehr wahrnehmen.

Sie klammerte sich an den Gedanken, dass er schlicht genauso entsetzt war wie sie.

Das Lied endete, erneut ertönte Beifall, doch Alexandra hatte nur Augen für ihren Ehemann. Sie beobachtete aus der Entfernung, wie seine Miene zwischen Wut und Entsetzen schwankte, vielleicht sogar auch Ekel. Violet verabschiedete sich von der Gesellschaft, warf einen eindeutigen Blick in Noahs Richtung und verließ den Saal. Als wäre Noah aus seiner Starre erwacht, murmelte er etwas zu seinem Nebenmann und stürmte nach vorn, um Violet zu folgen. Die Leidenschaft, die Alexandra dabei in seinem Blick gesehen hatte, ließen ihre Beine weich werden. Heiße Tränen stiegen ihr in die Augen und ein ungeheuerlicher Schmerz schoss ihr mit einem Mal in die Brust, sodass ihr die Luft wegblieb. Dieses Gefühl der Zerrissenheit kannte sie nicht von sich. Nie in ihrem Leben hatte sie sich so verraten gefühlt, wie in diesem Augenblick.

»Entschuldige mich, Tante«, röchelte sie, drängte sich durch die Anwesenden und eilte auf die Balkontür zu. Im Vorbeigehen schnappte sie sich eine Champagnerflöte vom Tablett eines Kellners, dann schloss sie die Tür hinter sich, lehnte sich gegen die kühle Hauswand und atmete tief durch.

Sie presste sich ihre zitternde Hand gegen die Stirn, bemerkte, wie eiskalt ihre Finger auf einmal waren, im Gegensatz zu ihrem glühenden Gesicht.

Das konnte nicht sein ... Sie war sich so sicher gewesen, dass Noah seine Vergangenheit überwunden hatte. Dass er ihr entgegen kam. Doch ein Ton von Violets Lippen, und ihr Ehemann verwandelte sich in einen treuseligen Hund, der seiner Herrin auf Schritt und Tritt folgte. Als hätte sie ihn mit ihren Worten verzaubert.

Was hatte diese Schlange hier zu suchen? Egal, wohin sie auch flüchtete, Lady Ashton war immer da, um ihre Krallen nach Noah auszustrecken.

Ihr Herz zog sich zusammen, Alexandra hatte auf einmal das Gefühl, dass ihr Kleid viel zu eng geschnürt war. Krampfhaft klammerte sie sich an ihr Glas, schloss die Augen und spürte, wie eine Träne eine heiße Spur auf ihrer Wange hinterließ. Hastig wischte sie sie weg und schniefte. Niemand durfte sie in dieser Verfassung entdecken. Sie sah bereits die Schlagzeile in der morgigen Ausgabe der *Gazette* vor sich: *Die frisch vermählte Lady S nur nach wenigen Tagen von ihrem Ehemann betrogen ...*

Erschrocken über ihre eigenen Gedanken schüttelte sie den Kopf. Noah würde sie nicht betrügen. Niemals ... Doch was wusste sie eigentlich über ihn? Er war ein Schürzenjäger und Trunkenbold. Alte Gewohnheiten ließen sich nicht von heute auf morgen abstellen.

Ein lauer Sommerwind wehte ihr ins Gesicht, kühlte ihre erhitzten Wangen. Tief atmete sie ein und aus, versuchte, sich zu beruhigen. Sie nahm einen großzügigen Schluck Champagner, der ihr sogleich die Gedanken vernebelte.

Sie musste Lady Ashton neidlos zugestehen, dass sie eine

fabelhafte Sängerin war. Selten hatte sie eine lieblichere Stimme vernommen. Kaum zu glauben, sprühte sie doch sonst immer mit Gift um sich.

Mit einem Mal wurde Alexandra bewusst, dass es für sie keine Möglichkeit gab, gegen Violet anzukommen. Die Frau übertrumpfte sie in allem, was sie war und tat. Sie hatte ein Gesicht von makelloser Schönheit, bewegte sich elegant durch den Saal, während Alexandra sich eher wie ein Bauerntrampel benahm. Lady Ashton war die Eigenschaft inne, binnen weniger Augenblicke die Aufmerksamkeit einer ganzen Tanzgesellschaft auf sich zu ziehen. Sie wickelte jeden Lord um ihren kleinen Finger, war die beste Freundin einer jeden Lady.

Es war nur eine Frage der Zeit gewesen, bis Noah ihr wieder verfiel. Sie konnte ihm nicht einmal einen Vorwurf machen, war er doch gegen Violets einnehmende Präsenz genauso machtlos wie alle anderen.

Doch der Schmerz saß tief in ihrer Brust. Schluchzend sank sie auf eine der Steinbänke und zum ersten Mal wurde ihr bewusst, was er bedeutete: Sie liebte Noah. Und sie war gerade dabei, ihn zu verlieren.

16. Kapitel

Noah dachte nicht mehr, er fühlte nur noch.

Wut, Enttäuschung und Machtlosigkeit. Wie war es dieser Furie nur gelungen, eine derartige Präsenz in seinem jetzigen Leben einzufordern? Als würde sie alles daran setzen, sein Glück zerstören zu wollen?

»Noah, du tust mir weh«, wimmerte Violet, als er sie am Arm gepackt in einen leeren Raum zerrte, der nur von zwei Kerzen erhellt wurde. Es reichte aus, um die Mimik und Gestik seines Gegenübers zu erkennen.

»Was sollte dein Auftritt?«, fluchte er, als er sie losließ und genügend Abstand zwischen sie brachte. Sie hielt sich die Stirn, schnaufte tief durch und schüttelte den Kopf. »Du verstehst es noch immer nicht, oder? Ich kämpfe um uns.«

Er warf die Hände in einer hilflosen Geste in die Luft. »Hör auf damit, Violet. Es ist vorbei! Wann wirst du das endlich verstehen?«

Als sie auf ihn zukam, machte er einen langen Schritt zurück. »Bleib fern von mir, du hinterhältiges Biest.«

Es schien, als hätte er das erste Mal, seit sie wieder hier war, einen wunden Punkt getroffen, denn sie blieb abrupt stehen und riss die Augen auf. »Das meinst du nicht so. Niemals. Ich weiß, dass du mich immer noch liebst und irgendwann wirst du mir meinen Fehler verzeihen.«

»Du bist wahnsinnig«, flüsterte er, »schlichtweg wahnsinnig.« Noah erkannte in diesem Moment, dass es sinnlos war, Violet zu drohen oder ihr deutlich zu machen, dass sie keine Chancen mehr hatte. Sie schien völlig in ihrer Rolle als Sirene gefangen zu sein.

»Deine liebe Alexandra wird nicht erfreut sein, dass du mit mir verschwunden bist. Sie ist nicht die Richtige für dich, Noah, sie kennt deine Bedürfnisse nicht.« Ihre Stimme war leiser geworden, weicher, als wollte sie ihn einlullen.

Alexandra.

Allein die Erwähnung ihres Namens reichte aus, um seine Entrüstung hinten anzustellen und zu erkennen, dass er sich wie ein Narr verhalten hatte. Mit Violet einfach aus dem Ballsaal zu verschwinden, um sie zur Rede zu stellen. Stöhnend fuhr er sich mit der Hand über das Gesicht und stob zur Tür. Violet rief ihm etwas nach, aber er drehte sich nicht mehr um, sondern nahm den Hinterausgang zum Garten und hastete über den Kiesweg zum Eingangsbereich. Hoffentlich war Alexandra noch hier.

Ihre Kutsche stand noch am selben Platz, die Tür war offen. Ehe er die Gelegenheit erhielt, nach drinnen zu eilen, um sie zu suchen, erkannte er ihre Silhouette am Eingangsportal. Sie ließ sich vom Butler in ihre Pelisse helfen, ehe sie ihm dankend zunickte.

Noah war wie festgefroren. Was war nur durch seinen Kopf gegangen, als er Violet einfach gefolgt war? Verfluchter Narr!

Alexandra schritt die Treppe hinab zur Kutsche, als könnte sie nicht schnell genug von diesem Anwesen verschwinden. Er eilte zu ihr. »Alexandra.«

Sie zuckte kurz zusammen, sah aber nicht zu ihm, sondern ging weiter, bis sie ihre Kutsche erreicht hatte.

»Alexandra!«, wiederholte er, dieses Mal etwas lauter. Sie wandte den Kopf in seine Richtung, der Ausdruck in ihren Augen rammte ihm ein Messer in die Brust. Sie weinte.

»Ich wollte sie nur zur Rede stellen, ich weiß, dass es unüberlegt war, aber …«

»Hör auf«, fauchte sie, eine weitere Träne verirrte sich über ihre

Wange. »Bleib mir fern. Ich bin nicht dumm, Noah. Monatelang habe ich gesehen, wie du ihr noch immer nachtrauerst, aber ich dachte, dass du sie irgendwann vergessen könntest. Dass du sie nicht mehr in deiner Nähe haben willst. Erst recht nicht nach allem, was sie dir angetan hat.«

Während Noah einen Schritt nach vorn tat, machte Alexandra einen zurück. Ein eindeutiges Zeichen dafür, dass er sich von ihr fernhalten sollte. Bei Gott, er hatte keine Erfahrung mit einer Frau wie ihr – stark, unabhängig, wild. Und dennoch würde er um sie kämpfen. »Ich bin ihr nicht gefolgt, weil ich in ihrer Nähe sein wollte«, stellte er klar, »sondern um ihr deutlich zu machen, dass sie verschwinden soll. Ich liebe sie nicht, Alexandra, nicht mehr.« Er brach ab, versuchte, das heftige Schlagen seines Herzens zu ignorieren. Während sein Hirn bereits die richtigen Worte formte, schien seine Zunge ihm den Dienst zu verweigern. *Ich liebe dich, nur dich.* Warum konnte er es nicht aussprechen? »Alexandra ...«, versuchte er es erneut, aber sie hob nur die Hand, um ihn zum Schweigen zu bringen.

»Ich fahre nach Hause. Ohne dich. Währenddessen solltest du dir überlegen, was dir wichtiger ist.«

»Das muss ich nicht«, gab er scharf zurück. »Ich weiß, dass *du* es bist, verflucht!«

Alexandra erwiderte nichts mehr, sondern stieg in die Kutsche ein. Wenig später rollte das Gefährt an. In diesem Moment wusste Noah, dass er alles daran setzen musste, Violet aus seinem Leben verschwinden zu lassen.

Am nächsten Morgen fühlte sich Noah wie gerädert. Er hatte keinen Schlaf gefunden, sich von einer Seite auf die andere gewälzt. Alexandra hatte die Verbindungstür abgeschlossen und ihn ignoriert. Und bei Gott, er verstand es. Wie würde er sich fühlen, wenn es einen anderen Mann in ihrem Leben geben würde? Einen Mann, der sie einst geliebt hatte und es vielleicht noch immer tat?

Noah hätte wissen müssen, dass Violet nicht so schnell aufgeben würde, aber mit diesem Auftritt gestern hatte er nicht gerechnet. Im Leben nicht.

»Miststück«, fluchte er, schlug mit der Faust auf das Holz des Schreibtisches, sodass der Federhalter bedrohlich wackelte. Sein Sekretär hingegen verzog nicht einmal die Miene, und das, obwohl er Noah bestimmt noch nie derart jähzornig erlebt hatte.

»Vielleicht sollten Sie diese Angelegenheit unkonventionell aus der Welt schaffen. Sie könnten ihr eine Stange Geld anbieten«, schlug Jeremiah vor und fuhr sich mit Daumen und Zeigefinger über das Kinn.

»Sie ist nicht daran interessiert, das hätte sie mir längst mitgeteilt. Aus einem unerfindlichen Grund will sie mich, auch wenn sie niemals mit der Wahrheit herausrücken würde. Noch nicht.«

Noah stand auf und ging rastlos vor dem Fenster auf und ab, die Hände hatte er hinter dem Rücken verschränkt, damit er nicht auf die dämliche Idee kam, etwas von der Einrichtung gegen die Wand zu werfen. Er konnte sich nicht daran erinnern, wann er in den letzten Monaten derart viele Emotionen auf einmal verspürt hatte. Meist war da nur diese Taubheit, ausgelöst durch etliche Drinks, gewesen. Seit Alexandra bei ihm war, wusste er wieder, was es bedeutete, zu leben. Wirklich zu leben. Zu lieben.

»Zu meinem Bedauern gibt es noch keine weiteren Neuigkeiten von der Agentur, aber ich denke, ihr rascher Aufbruch aus Italien muss etwas mit Lord Ashton zu tun haben«, grummelte Jeremiah und verschränkte die Finger ineinander. Es kam selten vor, dass er nicht steif auf seinem Sessel saß. Meist herrschte in seinem Gesicht nicht einmal so etwas wie Mimik vor.

Noah blieb vor dem Kaminsims stehen und lehnte sich dagegen. »Violet ist bei Lady Witmore untergekommen, ich werde ihr dort einen Besuch abstatten und die Karten auf den Tisch legen. Sie muss ein für alle Mal aus meinem Leben verschwinden.«

»Ich nehme an, Lady Sheffield wird mit dieser Entscheidung nicht einverstanden sein. Zumindest könnte ich mir vorstellen, dass sie ein Treffen zwischen Ihnen und Lady Ashton nicht gutheißt«, kam es ungewohnt kleinlaut zurück, als fürchte sich Jeremiah, dass er das Tier in Noah weckte.

Noah tat einen tiefen Atemzug und lauschte dem Ticken der Wanduhr. Er musste sich beherrschen, durfte es nicht zulassen, dass Violet wieder solche Macht über ihn bekam. »Ich muss Alexandra vor ihr schützen. Und ich werde sie nicht in diese Sache hineinziehen – es ist etwas zwischen Violet und mir. Ich habe mir zu lange auf der Nase herumtanzen lassen, in der Hoffnung, dass sie selbst erkennt, wie sinnlos ihr Unterfangen ist.«

»Und was haben Sie nun vor?«

Noah schnaubte. »Nachdem meine Gattin heute zu ihrer Tante gefahren ist, werde ich die Zeit sinnvoll nutzen. Und währenddessen halten Sie Ausschau nach guten Nachrichten.«

Gegen Nachmittag war Alexandra noch immer nicht heimgekehrt. Es nagte an Noah, dass sie sicherlich mit ihrer Tante über den gestrigen Abend sprach … über sein offensichtliches Fehlverhalten, obwohl er Violet nur zur Rede stellen wollte. Missmutig ging er an seinem Butler vorbei und warf einen Blick auf die Kutsche, die bereits vorgefahren war.

»Sollte Lady Alexandra vor mir wieder hier sein, sagen Sie ihr, dass ich sie nach meiner Rückkehr sprechen will«, forderte er den älteren Bediensteten auf, ehe er die Treppe nach unten nahm. Je schneller er sein Problem aus der Welt schaffte, umso besser. Er wollte, dass die Ehe mit Alexandra unter einem guten Stern stand, wenn schon der Anfang etwas holprig gewesen war.

Donnerwolken zogen am Himmel auf, als er in die Kutsche stieg und gegen das Dach klopfte. Die Fahrt zu Lady Witmore kam ihm wie eine Ewigkeit vor. Als das imposante Herrenhaus mitsamt seinem kunstvoll arrangierten Garten endlich in seinem Blickfeld erschien, konnte er sich kaum noch auf seinem Platz halten.

Als das Gefährt in der bogenförmigen Auffahrt hielt, öffnete Noah die Tür, während ein Lakai herbeieilte und den Verschlag nach unten klappte. »Herzlich willkommen auf Rosebloom Manor, Mylord.«

Noah gab ein Brummen von sich, ehe er die Stufen nach oben nahm und von einem griesgrämigen Butler erwartet wurde. »Wen darf ich melden, Mylord?«

»Ich wünsche, Lady Ashton zu sprechen. Meines Wissens nach residiert sie hier während ihrer Zeit in England.« *Die bald abgelaufen sein würde*, fügte er im Stillen hinzu.

Die Augenbraue des Bediensteten schoss in die Höhe, als ihm bewusst wurde, dass er nicht seine Herrin Lady Witmore sprechen wollte. »Kommen Sie bitte, ich führe Sie in den Salon und informiere die Ladyschaft über Ihre überraschende Ankunft.«

Himmel, er sollte sich beeilen. Ungeduldig ließ er sich aus dem Mantel helfen, ehe er dem Butler in einen senfgelben Salon folgte. Es war totenstill im Haus, als würde er soeben einer Trauerfeier beiwohnen, nichts im Vergleich zu der ausgelassenen Stimmung am gestrigen Abend. Wie hielt es Violet hier nur aus?

Noah visierte das Kanapee an, entschied sich dann aber doch dazu, sich vor das Fenster zu stellen und nach draußen in den Garten zu blicken. Er musste sich irgendwie ablenken, seine Nervosität beiseiteschieben und rational denken.

»Noah«, vernahm er eine leise Stimme. Er wirbelte herum und erkannte Violet, die soeben in den Raum trat, während der Butler die Tür schloss.

»Lord Sheffield«, knurrte er, nickte ihr nur leicht zu, obgleich es einem Affront glich. Es war ihm egal.

Violet trug ein ungewohnt schlichtes Kleid, das mit einem dünnen Band an der Taille gehalten wurde. Ihre Haare waren zu einem strengen Knoten frisiert, keine einzige Strähne lugte hervor. Auf den ersten Blick könnte man sie für die Gouvernante halten.

»Du wünschst, mich zu sprechen?« Selbst ihre Stimme hatte einen unsicheren Klang angenommen. Sie war schon immer gut im Schauspielern gewesen.

»Ich wünsche, etwas zu klären«, korrigierte er sie und deutete auf das Sofa.

»Ich bevorzuge es, zu stehen«, kam es ruhig zurück, ihre Mundwinkel hoben sich zu einem schmalen Lächeln. Sie hatte die Hände vor ihrer Körpermitte verschränkt, als versuchte sie, sich zu schützen. Aber der diabolische Ausdruck in ihren Augen strafte ihrer vermeintlichen Unsicherheit Lügen.

»Ich will, dass du aus meinem und Alexandras Leben verschwindest. Es gibt kein Zurück für uns und je eher du das verstehst, desto besser.«

Ihre Kiefermuskeln zuckten. »Du kommst immerhin sogleich zum Punkt.«

Noah hatte Mühe, sich nicht von der Stelle zu bewegen, sich aufrecht zu halten, wo er sich doch am liebsten auf sie stürzen und sie schütteln wollte. »Mir ist bewusst, dass dein Denkvermögen eingeschränkt ist, dennoch sollte meine Botschaft unmissverständlich klar sein: ich will, dass du verschwindest.«

»Erst, wenn du mir sagst, dass du keinerlei Gefühle mehr für mich hegst. Ich werde um uns kämpfen, das habe ich dir zu Beginn bereits …«

»Ich empfinde nichts für dich«, unterbrach er sie harsch. »Du hast keinen Platz mehr in meinem Leben.«

Violet gab ein langgezogenes Seufzen von sich. Zum ersten Mal seit einer langen Zeit erkannte er echten Schmerz in ihrem Blick. Das hätte er nicht erwartet. Nicht nach den ganzen Dramen, die sie veranstaltet hatte.

»Das Spiel ist vorbei«, sagte Noah rau und stützte sich auf der Lehne des Kanapees ab.

»Du irrst dich. Es hat gerade erst begonnen. Ich würde dir raten, dich zu setzen und mir zuzuhören.« So schnell der Schmerz auf ihren Zügen erschienen war, so schnell verschwand er wieder und wich einer geklärten Miene. So hatte sie immer ausgesehen, wenn sie einen Plan in die Tat umsetzen wollte.

Noah ging langsam auf sie zu, stellte sich dicht vor sie, sodass sie zwischen ihm und der Wand eingesperrt war. Wut wirbelte durch seine Adern, erreichte jeden noch so weit entfernten Winkel seines Körpers. »Wenn du es wagst, dich weiter in mein Leben einzumischen, werde ich dafür sorgen, dass du alles verlierst, Lady Ashton. Alles.«

Sie schüttelte langsam den Kopf, ein wahnsinniger Funken leuchtete in ihren Augen auf. »Nein … ich bin bereits dabei, alles zu verlieren. Ohne deinen Schutz laufe ich auf einen Abgrund zu.«

Noah kniff die Augenbrauen zusammen. »Bist du nun endgültig reif für Bedlam? Du hast meinen Schutz freiwillig aufgegeben, um mit deinem Ashton durchzubrennen, du …«

»Was ein Fehler war«, unterbrach sie ihn aufgebracht, ihr Atem kam in Stößen, als hätte sie Schwierigkeiten, genügend Luft in ihre Lunge zu bekommen. »Ein unverzeihlicher Fehler. Ich dachte, er könnte mir etwas geben, das du mir nicht geben konntest.«

Obgleich Noah erwartete, dass ihn derselbe Schmerz wie eh und je durchflutete, war da dieses Mal … nichts. In diesem Moment wurde ihm bewusst, dass er den Verrat längst überwunden hatte. Dass Alexandra es geschafft hatte, sein Herz zu heilen, ihn von den Fesseln der Vergangenheit zu lösen. Und bei Gott, er würde Monate, sogar Jahre damit verbringen, sie zu überzeugen, dass sie sein Licht in der Dunkelheit war.

»Es ist vorbei«, wiederholte er knapp und stieß sich von der Wand ab. »Verschwindest du nicht aus meinem Leben, wirst du es bereuen.«

Ohne ein weiteres Wort durchquerte er mit eiligen Schritten den Salon und hatte bereits die Türklinke in der Hand, als Violets Stimme zu ihm hallte. »Denkst du allen Ernstes, dass sie dich jemals lieben wird?«

17. Kapitel

Als Alexandra Rosewood Hall erreichte, zögerte sie einen Moment, die Kutsche zu verlassen. Sie mochte es nicht, im Streit auseinander zu gehen, doch auch das Gespräch mit ihrer Tante hatte ihre aufgebrachte Stimmung nicht mildern können.

Sie fühlte sich verletzt, gedemütigt, und das alles von einer Frau, die ihrem Gatten erst das Herz brach und nun meinte, sich ihn zurückholen zu können, als wäre er ihr Eigentum. Oder eine Spielfigur, die man nach seinem Belieben aufs Brett stellen und auch davon entfernen konnte, wenn man sie nicht mehr brauchte. Doch Alexandra war nicht bereit, Violet gewinnen zu lassen. Und das würde sie Noah auch deutlich machen. Sie ließ sich von den beiden nicht länger an der Nase herumführen.

Jane hatte sie darin bekräftigt, dass ihre Reaktion vollkommen verständlich gewesen war und sie sich nicht verhielt wie ein kleines Kind, was sie nach längerem Grübeln am gestrigen Abend kurzzeitig befürchtet hatte. Die Unterstützung ihrer Tante tat ihr gut, doch viel lieber hätte sie sich mit Ophelia ausgetauscht. Ihre Zwillingsschwester war jedoch vor wenigen Tagen mit Charlotte und Heath zu einem lange befreundeten Earl an die Küste gefahren und würde erst heute, eher morgen wieder heimkehren. Zu gern hätte sie mit Ophelia die Köpfe zusammen gesteckt und einen Plan entwickelt, um Lady Ashton loszuwerden. Jetzt blieb diese unliebsame Aufgabe an ihr allein hängen.

Seufzend verließ sie die Kutsche und betrat das Anwesen.

Sogleich trat ihr der undurchschaubare Butler entgegen, der sie wie üblich mit seinem Adlerblick malträtierte, als suche er nach einem Anzeichen, dass seine neue Herrin ebenso schlimm wie seine alte war. »Willkommen daheim, Mylady.«

»Gibt es Neuigkeiten, Higgins?«, fragte sie, während sie ihm ihre Pelisse überreichte.

»Nur weitere Einladungen aus der Nachbarschaft und Dokumente des Verwalters für Lord Sheffield.«

»Ist Seine Lordschaft nicht zugegen?«, fragte sie überrascht.

»Nein, Mylady, er verließ das Haus vor einer Stunde. Ich soll Ihnen ausrichten, dass er Sie bei seiner Rückkehr zu sprechen wünscht.«

»Wo ist er hingefahren?«

Der Butler verzog keine Miene, als er wieder zum Sprechen ansetzte. »Darüber hat mich Seine Lordschaft nicht in Kenntnis gesetzt.«

Die leise Stimme in ihrem Kopf wollte ihr einreden, dass er bei *ihr* war. Ihre Nähe suchte. Unmerklich schüttelte Alexandra den Kopf und zwang sich zu einem nichtssagenden Lächeln. Sie würde heute ein ernstes Gespräch mit Noah führen, das über ihre weitere Zukunft entschied. Alexandra duldete keine dritte Partie in dieser Ehe.

»Danke, Higgins. Geben Sie mir ruhig auch die Briefe für ihn mit, ich werde sie ihm auf den Schreibtisch legen und mich dann mit einer Tasse Tee in den Salon zurückziehen, um die Einladungen durchzusehen.«

»Sehr wohl, Mylady.«

Er überreichte ihr den Stapel an Briefen auf einem Silbertablett. Alexandra nahm ihn an und sortierte die Schreiben, während sie die Treppe in die obere Etage hochstieg. Gedankenverloren überflog sie die Absender, doch sie waren ihr überwiegend unbekannt. Sie stieß die Tür zu Noahs Arbeitszimmer auf, näherte sich seinem Schreibtisch und wollte die Briefe seines Verwalters darauf drapieren, als ihr plötzlich ein Name ins Auge fiel.

Stockend hielt sie inne. Ein Mr. Whitby aus Bloomsbury.

Ihres Wissens nach war diese Agentur die erste Anlaufstelle für verzweifelte Menschen, die nach Personen suchten.

Hastig nahm sie den Brief an sich und starrte ihn an. Sie war unschlüssig, ob sie ihn öffnen und lesen oder lieber liegen lassen sollte. Aber was, wenn diese Information von großer Bedeutung für sie war und vielleicht sogar in Zusammenhang mit Lady Ashton stand? Jemand musste sich endlich um diese Furie kümmern. Wenn Noah nicht bereit dazu war, musste sie die Angelegenheit selbst in die Hand nehmen.

Einen Moment zögerte sie noch, unsicher glitt ihr Blick dabei zu der offenen Tür. Jeden Moment könnte ihr Ehemann zurückkehren und sie dabei erwischen, wie sie in seinen Dokumenten wühlte. Es würde sein Vertrauen erschüttern und ihre Beziehung um einige Schritte zurückwerfen. Doch waren ohnehin nicht schon einige Sprünge in der Wand zu erkennen?

Tief atmete sie ein, dann brach sie das Wachssiegel und faltete das Pergament auseinander. Hastig las sie die Zeilen, die jemand in sauberer Handschrift formulierte hatte. Ein Schauer jagte ihr über den Rücken, während ihr Puls verräterisch in die Höhe kroch. Jeder weitere Satz sorgte für ein Donnerwetter in ihrem Kopf. Entsetzt ließ sie sich auf Noahs Stuhl sinken. Ihre Finger zitterten so stark, dass sie den Brief zur Seite legen musste.

Die Agentur hatte dem Auftrag entsprechend sorgfältig in der Vergangenheit einer Dame gewühlt und war erfolgreich gewesen. Es wurden keine expliziten Namen genannt, vermutlich um zu verhindern, dass jemand Fremdes an geheime Informationen gelangte, sollte der Brief unterwegs verloren gehen. Doch auch ohne Namen wusste Alexandra, von wem die Rede war. Bei Gott, sie hätte Violet einiges zugetraut, aber das überstieg ihre Vorstellungen bei weitem.

Ein Räuspern ließ sie erschrocken zusammenzucken. Augenblicklich sprang sie von ihrem Platz auf und schnappte ertappt nach Luft. Doch es war nicht Noah, der ihr entgegen blickte.

»Verzeihen Sie, Mylady, ich wollte Sie nicht erschrecken.« Ein Mann von schlanker Figur stand im Türrahmen. In der einen

Hand hielt er eine eingewickelte Pergamentrolle, in der anderen ein Monokel. Alexandra kannte ihn irgendwoher, aber sie konnte sein Gesicht nicht zuordnen.

»Sie müssen sich nicht entschuldigen, ich war wohl zu sehr in Gedanken versunken«, murmelte sie. »Darf ich fragen, wer Sie sind und was Sie im Arbeitszimmer meines Mannes zu suchen haben?«

»Natürlich, verzeihen Sie«, entschuldigte er sich erneut. »Mein Name ist Jeremiah Fox, ich bin Lord Sheffields Sekretär, erst vor Kurzem hierher nachgereist. Wir waren für heute noch einmal verabredet, doch aus der Abwesenheit Seiner Lordschaft schließe ich, dass er den Termin vergessen hat.«

Dass dies nicht zum ersten Mal geschah, war ihm deutlich an der verkniffenen Miene abzulesen.

»Lord Sheffield ist derzeit sehr beschäftigt«, versuchte sie sich an einer fadenscheinigen Ausrede, obwohl sie selbst gern wüsste, wo sich Noah gerade aufhielt. »Wollen Sie ihm eine Nachricht hinterlassen?«

Fox neigte den Kopf zur Seite. »Bitte richten Sie ihm lediglich aus, dass soeben ein lang erwarteter Brief eingetroffen ist.«

»Von einer Agentur aus Bloomsbury?«, hakte Alexandra unverblümt nach.

»W-wie bit-te?«, stotterte der Sekretär. Jegliche Farbe wich aus seinem Gesicht, als hätte er gerade erfahren, dass etwas Schlimmes passiert war. Seine Reaktion zeigte Alexandra nur, dass sie richtig mit ihrer Vermutung lag. Noah hatte seinen Sekretär eingeweiht und sie stattdessen außen vor gelassen.

Als Antwort hielt sie den geöffneten Brief in die Höhe. »Was wissen Sie darüber?«

»Bei allem Respekt«, sagte Fox und drückte die Pergamentrolle fester gegen seinen Körper, sodass sie sich durchbog, »ich glaube nicht, dass ich mit Ihnen darüber sprechen sollte. Seine Lordschaft wies mich ausdrücklich an, Sie nicht in die Angelegenheit mit einzubeziehen. Um Ihretwillen, seien Sie vernünftig und haben Sie Vertrauen in Ihren Gatten.«

Verwundert ob der Offenherzigkeit des Sekretärs, zog sie abwartend eine Augenbraue in die Höhe.

Er trat von einem Bein auf das andere. Sein Unbehagen war ihm deutlich anzusehen, doch er machte nicht den Eindruck, als könnte sie irgendetwas von ihm erfahren.

»Ob Lord Sheffield es wünscht oder nicht«, fuhr sie fort, »diese Frau hat mich in der Öffentlichkeit denunziert. Ich habe sehr wohl ein Recht auf Vergeltung. Sagen Sie mir nur eines: Geht es in diesem Schreiben um Lady Ashton, wie ich es vermute?«

Auch wenn sie nicht wüsste, um wen es sich alternativ handeln könnte, wollte sie Gewissheit haben. Schließlich sollte ihr niemand nachsagen, sie würde Unschuldige an den Pranger stellen.

Jeremiahs Blick huschte zwischen ihr und dem Brief hin und her. Schweiß stand ihm auf der Stirn. »Mylady, ich sollte wirklich nicht ...«

»Beantworten Sie einfach die Frage, Fox«, verlangte sie mit Nachdruck zu wissen. »Geht es in diesem Schreiben um Lady Ashton oder nicht?«

Ergeben sackten seine Schultern nach unten. »Ja.«

»Ich danke Ihnen.« Sie ging auf ihn zu und als er verbeugend einen Schritt zur Seite trat, um sie durchzulassen, wandte sie sich ihm noch einmal zu. »Nehmen Sie doch bitte Platz, während Sie auf Lord Sheffield warten. Ich werde den Butler damit beauftragen, Ihnen einen Tee und Kekse zu servieren. Seine Lordschaft hat auch sicher nichts dagegen, wenn Sie sich an seinen alkoholischen Vorräten bedienen, falls das eher Ihren Geschmack trifft.«

»Wenn Sie erlauben, Mylady«, erwiderte er zögerlich, »ich würde mich nicht in die Nähe dieser Xanthippe wagen.«

Alexandra antwortete ihm nicht, schenkte ihm lediglich ein Lächeln und verließ das Arbeitszimmer. Sie eilte die Treppe hinunter, trug Higgins auf, die Kutsche vorfahren zu lassen und Fox währenddessen mit Tee und Keksen abzulenken. Kurz überlegte sie, den Brief von der Agentur mitzunehmen, doch er lag immer noch auf Noahs Schreibtisch und sie hatte kein Verlangen danach, erneut mit Fox sprechen zu müssen. Ungeduldig wartete sie, bis die Kutsche vor dem Anwesen vorfuhr. Sie stieg ein, nannte dem Fahrer ihr Ziel und trieb ihn zur Eile an.

Aufregung machte sich in ihr breit, während sie die vorbeiziehende Landschaft beobachtete. Es wurde Zeit, dass jemand Lady Ashton zur Rede stellte, der nicht auf ihr Schauspiel hereinfiel. Violet hatte zum letzten Mal einen Mann für sich beansprucht und ins Verderben gestürzt.

Mit wild klopfendem Herzen folgte sie Lady Witmores Butler in den Salon. Er verabschiedete sich mit einer Verbeugung und ließ sie allein. Alexandra brauchte nicht lange warten, bis sie schnelle Schritte näherkommen hörte. Kurz darauf öffnete sich die Tür und Lady Ashton betrat den Salon. Alexandra stockte kurz der Atem. Aus der Nähe betrachtet war sie noch viel schöner, doch die penetrante Parfümwolke, die sie umgab, raubte ihr für einen kurzen Moment jegliche Luft. Sie räusperte sich. »Ich hoffe doch, Ihnen mit meinem unangekündigten Besuch keine Unannehmlichkeiten zu bereiten, Lady Ashton.«

»Lady Sheffield«, entgegnete Violet mit einem schmalen Lächeln, das ihre teuflischen Augen nicht erreichte. »Es ist eine Freude, Sie endlich persönlich kennenlernen zu dürfen.«

Verärgert zog Alexandra eine Augenbraue hoch. »Lassen Sie mich an Ihren Gedanken teilhaben und verraten Sie mir, was Sie so amüsiert?«

»Es ist der Name.« Sie winkte ab, als handelte es sich um eine Belanglosigkeit. »Ich weiß auch nicht, es ist ein seltsames Gefühl, Sie nun mit diesem Titel anzureden, der zuvor mir gehörte.«

Alexandra biss sich auf die Unterlippe, um den Schmerz zu überdecken, der sich bei Violets Worten um ihr Herz legte. Stattdessen bemühte sie sich um eine neutrale Miene. »Sie hätten den Namen behalten können. Dass ich ihn jetzt trage, ist allein Ihr Verdienst.«

Violet verstummte, ein Schatten legte sich über ihr Gesicht. Allerdings nur kurz, dann strahlte sie wieder. »Sie spielen auf die ausgeartete Situation im *White's* an«, vermutete Violet und zuckte mit den Achseln. »Ich gebe Ihnen mein Wort, ich hatte nichts damit zu tun. Die Männer trinken und prahlen, werfen mit Behauptungen und Einsätzen um sich, die die meisten am Ende des Tages nicht einhalten können. Ich bin nicht verantwortlich für das Verhalten dieser Trunkenbolde. Wollen Sie nicht Platz nehmen?«

Einladend deutete sie auf das Kanapee. Widerwillig ließ sich Alexandra nieder und beobachtete, wie Violet sich ihr gegenüber hinsetzte. »Wie schade, Sie haben Ihren Gatten um wenige Minuten verpasst. Seine Kutsche müsste Ihnen eigentlich entgegengekommen sein«, sagte Violet und betrachtete sie mit einem abschätzenden Blick.

Noah war hier gewesen? Unruhe erfasste Alexandra. Sie hatte keine andere Kutsche während der Fahrt hierher gesehen. Obgleich sie das Bedürfnis hatte, ihre Röcke zu kneten, widerstand sie dem Drang. »Natürlich wusste ich, dass er hier war, ich habe es ihm schließlich aufgetragen, sich um unser leidiges Problem zu kümmern. Allerdings halte ich es für deutlich wirksamer, auch selbst tätig zu werden.«

»In der Tat?« Violet legte nachdenklich den Kopf schräg. »Nun, wir haben nur geredet. Es wurde Zeit, dass wir uns aussprechen. Wie alte Freunde, versteht sich. Aber er schien mir irgendwie unglücklich zu sein. Sie müssen verstehen … als wir frisch vermählt waren, tanzten die Schmetterlinge in unseren Augen.«

Es schmerzte und dennoch hielt Alexandra ihren Kopf tapfer aufrecht. Nein, sie würde ihn nicht sinken lassen. »Oh, der Zauber muss dann wohl schnell verflogen sein. Ich bin allerdings nicht hier, um mit Ihnen über die Vergangenheit zu debattieren, die Zukunft ist weitaus wichtiger.«

Violet lächelte, wobei sich kecke Grübchen in ihre Wangen gruben. Obgleich sie nur wenig älter als Alexandra zu sein schien, wirkte sie auf sie wie ein ungezogenes Mädchen, das nur Flausen im Kopf hatte.

»Ich bin höchst interessiert, was Sie mir zu sagen haben.« Sie verschränkte die Hände in ihrem Schoß.

Falsche Schlange, dachte Alexandra, zwang sich aber nach außen hin zu einem unberührten Lächeln. »Nun, dann werde ich Sie nicht länger auf die Folter spannen. Ich will, dass Sie England unverzüglich verlassen, ansonsten sorge ich dafür, dass gewisse Informationen an die Oberfläche dringen.« Sie räusperte sich und strich die Falten ihres Kleides wieder glatt. »Ich weiß nämlich, warum Sie Italien verlassen haben.«

Violets Miene erstarrte zu Stein. »Das bezweifle ich.«

Obgleich es sich nicht ziemte, genoss Alexandra die Unsicherheit ihrer Kontrahentin. »Ich habe Informationen aus sicherer Quelle, Mylady, also glauben Sie mir, ich weiß es. Keine liebende Ehefrau hätte ihren Mann schwerverletzt in einem anderen Land zurückgelassen, um sich in London ihrem Verflossenen an den Hals zu werfen. Lord Ashton geht es übrigens den Umständen entsprechend gut, falls Sie das noch nicht wussten. Er ist auf der Suche nach Ihnen und will Sie, gelinde gesagt, am Pranger stehen sehen.«

Alexandra beobachtete die Reaktion ihres Gegenübers genau. Der letzte Satz verfolgte allein das Ziel, Lady Ashton aus der Reserve zu locken. Violet schluckte, ihr ohnehin schon blasser Teint wirkte mit einem Mal noch um einiges bleicher und sie verbarg ihre zitternden Finger erstaunlich schnell in den Falten ihres Kleides. Doch ansonsten blieb sie völlig ruhig.

»Gut, Sie haben das Geheimnis gelüftet, mein Mann ist betrunken die Treppe hinuntergefallen. Meinen Sie, ich würde deswegen meine Koffer packen und zu ihm zurückkehren?« Sie schüttelte den Kopf.

Alexandra verzog keine Miene, als sie den Blick ihrer Erzfeindin suchte. Nein, sie war nicht mehr das graue Mäuschen, das sich versteckte und darauf hoffte, nicht gesehen zu werden. Sie würde für sich einstehen, dafür sorgen, dass das Unrecht nicht die Oberhand gewann. »Sie haben versucht, Ihren Mann zu ermorden. Ich vermute, Sie dachten sogar, dass Sie erfolgreich waren, als Sie ihn die Treppe hinabgestoßen haben, und dass niemand in

England je davon erfahren wird. Deshalb mussten Sie auch nicht die trauernde Witwe mimen. Ihr Mann war schließlich lediglich verletzt, nicht wahr? Sie wollten sich Noah zurückholen und ihn dann in ihr Geheimnis einweihen, damit er Sie aus Mitleid wieder zurücknehmen würde und Sie sich in Sicherheit wiegen könnten.«

Alexandra genoss den Umstand, dass Lady Ashtons Unterlippe zu zittern begann, und ihre Augen die Größe einer Untertasse angenommen hatten. Aus der verruchten Sirene war ein verschrecktes Mädchen geworden.

»Sie dachten, niemand wird je erfahren, was Sie getan haben. Irgendwann hätten Sie die Nachricht erhalten, dass Lord Ashton unglücklich aus dem Leben geschieden ist, aber Seine Lordschaft war nicht tödlich verletzt. Er wird sich erholen, so viel stand in diesem Schreiben.«

Sie ließ ihre Erzfeindin nicht zu Wort kommen, als diese Anstalten machte, etwas zu erwidern. »Was ich aber nicht verstehe ... Sie haben Noah für Lord Ashton verlassen und wollten ihn dann beseitigen? Warum?«

Als sie wieder zum Sprechen ansetzte, war ihre Stimme nicht mehr mit Selbstbewusstsein durchtränkt: »Ashton war ... ist ein Trinker, Lady Sheffield. Es war nur eine Frage der Zeit, bis er mir etwas angetan hätte. Und dass, obwohl ich ihn immer davor gewarnt, ihn sogar angefleht habe, damit aufzuhören. Doch wer nicht hören will, muss eben fühlen. Also verließ ich ihn. Ich dachte, ich hätte es hinter mir, aber wie mir scheint, ist er zäher als ich es angenommen habe.« Ihre Mundwinkel sanken hinab und Alexandra verspürte etwas, dass sie am liebsten verbannen würde: einen Funken Mitleid.

Sie wusste nicht, wie es sein musste, mit einem Trinker vermählt zu sein, aber es war trotzdem ihre freie Entscheidung gewesen, Noah zu verlassen.

Alexandra nickte. »Ich verstehe. Es ändert aber nichts daran, dass ich Ihnen keine Wahl lasse. Sie werden England den Rücken kehren und uns nie wieder belästigen.« Ohne ein weiteres Wort stand Alexandra auf, raffte ihre Röcke und ging zur Tür. Sie verstand nicht mehr, was Violet ihr nachrief, sie wollte es auch gar nicht wissen.

Alexandra war nur noch von einem Gedanken beherrscht: von hier zu verschwinden. Sie könnte Violet festhalten und an die Constabler ausliefern, aber dann? Man würde sie in Italien vermutlich umbringen und sie wollte kein Menschenleben auf dem Gewissen haben, auch wenn ihre Tat abscheulich gewesen war, aber damit konnte sie nicht leben. Sie verließ das Gebäude über das Hauptportal.

»Lady Sheffield, bitten warten Sie! Lassen Sie mich noch eine einzige Sache erklären, ich bitte Sie.«

Der Butler stand stocksteif neben dem Türrahmen, hielt den Blick an die Wand gerichtet und tat so, als würde er den Disput nicht bemerken. Bevor Alexandra die letzte Stufe erreichte, hatte Violet sie eingeholt.

Atemlos kam sie neben ihr zum Stehen, ein flehender Ausdruck lag in ihren Augen. »Bitte lassen Sie mich erklären, warum ich Noah verlassen habe. Ich hatte einen Grund, einen wahrlich triftigen Grund und Sie sollten von dieser Seite Ihres neuen Mannes wissen.«

Alexandra hasste sich dafür, dass sich eine gewisse Neugierde in ihrem Inneren bildete. Sie schnaufte durch und sah Violet an. »Welche Seite? Dass er keinen Verrat duldet?«

Violet deutete mit dem Kopf zum Eingangsportal und dann zum Kutscher. »Bitte nicht hier. Im Garten gibt es einen Pavillon, dort können wir ohne Zuhörer miteinander sprechen, danach müssen Sie mich nie wieder sehen.«

Unschlüssig blickte Alexandra in den feinsäuberlichen Garten und nickte schließlich. »Aber nicht lange.«

»Ich danke Ihnen.«

Sie folgte Violet über den kiesgesäumten Weg zum Pavillon, den sie gemeinsam betraten, ehe sie sich auf der Bank niederließen. Es war bis auf das Zwitschern der Vögel ruhig hier, kein Vergleich zum Lärm in London.

»Nun, ich höre«, durchbrach Alexandra die Stille zwischen ihnen und griff nach dem Stoff ihres Kleides, damit ihre Finger etwas zu tun haben.

»Noah hat keine schlechte Seite«, kam es zurück. Violets Stimme hatte einen düsteren Ton angenommen, der Alexandra irritierte. Ein Schaben ertönte. »Du wirst ihn niemals haben. Niemals.«

Aus einem Reflex heraus wollte Alexandra aufspringen, aber es war zu spät. Sie erkannte noch im Augenwinkel, dass etwas auf ihren Kopf niedersauste. Schmerz. Angst. Wut. Ein bitteres Gebräu, das sie in die Welt völliger Dunkelheit schickte.

18. Kapitel

Denkst du allen Ernstes, dass sie dich jemals lieben wird?

So sehr sich Noah dagegen sträubte, drang der Satz immer wieder in sein Gedächtnis. Alexandra war rein, unschuldig, mit einem großen Herzen, was nicht jeder sogleich erkannte. Er hingegen hatte sich von Unglück zu Unglück geschaukelt, war durch Clubs und Spielhöllen gezogen und hatte seine Mätresse wie seine Breeches gewechselt. Und das alles nur, um zu vergessen …

Er schüttelte den Kopf. Nein, Violet hatte seine Gedanken lange genug beherrscht. Auch wenn es ihm schwerfiel, zu glauben, dass Alexandra mehr in ihm sah als den Trunkenbold, der er gewesen war, so wollte er sich endlich von den Fesseln der Vergangenheit befreien. Mit ihr in ein neues Leben schreiten.

Er rieb sich die Hände über die Oberschenkel, ein schmales Lächeln bog seine Mundwinkel nach oben. Egal, wie lange es dauerte, er würde Alexandra davon überzeugen, dass er alles für sie geben würde. Sein letztes Hemd … sein Leben.

Ein plötzlicher Ruck katapultierte ihn von der Bank nach vorn. Im letzten Moment konnte er die Hände gegen die Wände pressen, sodass er keine Bekanntschaft mit dem harten Holz machen musste.

»Verflucht! Sind Sie von Sinnen, Barnes?«, brüllte er nach oben und drückte die Klappe auf.

»V-Verzeihung, M-Mylord, aber ich hätte beinahe Mr. Fox überfahren«, stammelte der Kutscher und sah ihn aus riesigen Augen an.

»Fox?« Noch ehe er die Gelegenheit bekam, näher nachzuhaken, wurde die Kutschentür aufgerissen und sein sichtlich derangierter Sekretär erschien atemlos in seinem Blickfeld. Sein Gesicht war rot, die Haare völlig zerwühlt, obgleich sonst jede Strähne seinen Platz hatte. Er zeigte … Emotionen.

»Mylord … Unglück«, brachte er keuchend hervor und hielt sich am Rahmen fest. Sein Brustkorb hob und senkte sich so schnell, dass Noah glaubte, er würde sogleich eine Herzattacke erleiden.

Behände griff er nach vorn und zog seinen Sekretär in das Innere, sodass er sich auf die Bank setzen konnte. »Was ist passiert? Und warum in Gottes Namen schnaufen Sie wie ein alter Gaul?«

»Gerannt … von … Rosewood … Hall.«

Noah hielt sich kaum auf der Bank, als Jeremiah ihm in knappen Worten erklärte, was sich auf seinem Landsitz zugetragen hatte.

»Sie ist zu Lady Ashton aufgebrochen?«, fragte er fassungslos. »Und Sie haben sie nicht aufgehalten?«

»Ich wollte, ich habe sie darum gebeten, aber es war sinnlos«, versuchte er, sich zu rechtfertigen, während ihm immer noch der Schweiß auf der Stirn stand.

Bei Gott, dann wusste Alexandra, dass er bei Violet gewesen war. Diese Schlange würde seinen Besuch als etwas anderes darstellen, als es wirklich gewesen war. Noah trommelte gegen das Kutschendach. »Fahren Sie sofort zurück zu Lady Witmore!«

Während sich das Gefährt wieder in Bewegung setzte, griff er unter die Bank und holte eine Glasflasche mit Wasser hervor, die er seinem Sekretär überreichte. »Hat sie gesagt, was sie vorhat?«

»Sie hat den Brief aus Bloomsbury gelesen, Mylord.«

Noah erstarrte. »Sie hat was? Es kam ein Brief an?«

»Ja, ich sah mich danach ebenso gezwungen, ihn zu lesen. Dort stand, dass Lord Ashton seine Gattin sucht, sie hätte versucht, ihn umzubringen.«

»Deswegen ist sie zurückgekehrt«, flüsterte er und donnerte wieder gegen das Dach. »Fahren Sie schneller! Die Zeit drängt!«

Am liebsten wäre er die restliche Strecke gelaufen. Er hatte Angst um Alexandra. Wer wusste schon, was diese wahnsinnige Person seiner Gattin antun würde. Als sie endlich vor dem Gebäude hielten, sprang Noah aus der Kutsche und rannte auf den Eingang zu. Der Butler zuckte zusammen, als er die Tür öffnete und beinahe von ihm zur Seite gedrängt wurde. »Wo ist meine Frau?«, ließ er ihn nicht zu Wort kommen, sodass der Mann um einen Kopf schrumpfte.

»Lady Sheffield und Lady Ashton sind im Garten spazieren gegangen«, murmelte er betreten und blinzelte ihn an, als fürchtete er, dass er eine Rüge erhalten könnte. Ohne ein weiteres Wort stürmte Noah nach draußen, gefolgt von seinem Sekretär, der soeben erst seinen Atem wiedergefunden hatte.

Im Garten war es so still, dass eine Gänsehaut über Noahs Arme kroch. Er wusste instinktiv, dass etwas nicht stimmte. Irgendetwas war geschehen.

»Feuer!«, brüllte jemand von weit entfernt, aber so laut, dass selbst er es noch hören konnte. Eine eiskalte Faust schloss sich um sein Herz, als er abermals zu rennen begann und über den Kiesweg zur Rückseite des Gebäudes gelangte. Ein Stallbursche rannte mit zwei leeren Kübeln zum Brunnen.

»Das ist der Geräteschuppen«, keuchte der Butler atemlos, aber Noah hörte ihm kaum noch zu. Seine Gedanken waren beherrscht von der Angst. Ohne nachzudenken hetzte er nach vorn, Rauch stob nach oben in den Himmel. Als er die verriegelte Tür endlich erreichte, schob er den Balken nach oben und riss sie zu sich. Er spürte, dass sie dort drin war. Dass Violet den Moment mit ihr allein genutzt hatte, um sie zu beseitigen. Seine Augen brannten, Rauch drang in seine Lunge, brachte ihn zum Husten. »Alexandra!«

Er zog sein Hemd nach oben, sodass es seinen Mund bedeckte, ehe er sich im Raum umblickte. Flammen züngelten an der Holzwand nach oben, fraßen sich durch das Gebälk. Neben einer Bank, auf der Tontöpfe aufgeschichtet waren, erkannte er eine Person am Boden liegen.

»Nein«, flüsterte er, stob nach vorn und ließ sich neben Alexandra auf den Boden sinken. Sie war bewusstlos … atmete sie noch? Jeremiah kam herbei geeilt, half ihm, sie hochzuheben und nach draußen zu tragen. Der Husten wurde unerträglich, das Summen in seinen Ohren immer lauter. Als sie endlich draußen waren, ließen sie sich in sicherer Entfernung auf den Boden sinken. Der Butler, der ihnen offenbar gefolgt war, stieß einen hysterischen Laut aus, als würde er gleich in Ohnmacht fallen.

Noah strich Alexandra die Haare aus dem Gesicht, tastete an ihrer Halsschlagader nach ihrem Puls. Es klopfte! Er beugte sich hinab, rüttelte sie an den Schultern. »Lexi, bitte … tu mir das nicht an.« Er hielt seinen Zeigefinger unter ihre Nase … sie atmete noch. Bei Gott, sie benötigte dringend einen fähigen Arzt.

»Wo ist Lady Ashton?«, vernahm er die wütende Stimme seines Sekretärs wie durch einen Nebel. Wieder und wieder rüttelte er an Alexandras Schultern, klopfte ihr gegen die Wange, aber sie öffnete ihre Augen nicht.

»Sie war soeben noch hier«, kam es vom Butler.

Als Noah an ihren Hinterkopf fasste, ertastete er etwas Feuchtes. Langsam hob er die Hand an. Blut. Dieses Biest hatte seine Frau niedergeschlagen.

»Wir müssen sie nach Rosewood Hall bringen«, stammelte Noah. Er untersuchte ihren Körper auf weitere Verletzungen, aber bis auf die Kopfwunde konnte er nichts erkennen. Ein Stöhnen, vermischt mit einem quälenden Husten glitt über Alexandras Lippen. Noah beugte sich nach vorn, nahm ihr Gesicht in seine Hände. »Liebste, bitte wach auf.« Aber bis auf das Flattern ihrer Lider kam keine weitere Reaktion.

Bedienstete eilten mit mehreren Kübeln Wasser herbei, Stimmengewirr und Schreie erfüllten den Garten.

»Halte durch, bitte«, flehte er und drückte ihren schmalen Körper fest gegen seinen, während er zur Kutsche hastete. Der Butler stand noch immer mit aufgerissenen Augen neben einer gestutzten Hecke, während sein Sekretär nach vorn zur Kutsche lief. Jeremiah drückte die Tür fest zur Seite, sodass er mit Alexandra einsteigen konnte.

Langsam erwachte Noah aus seiner Starre. Seine Frau brauchte jetzt den rationalen Kerl in ihm, nicht den emotionalen, der es nicht ertragen konnte, sie zu verlieren. Er warf seinem Kutscher einen bedeutungsschwangeren Blick zu. »Fahren Sie so schnell Sie können nach Rosewood Hall, wir brauchen einen verdammten Arzt! Und Jeremiah …«, er wandte sich an seinen Sekretär, »finden Sie dieses Miststück! Mir einerlei, ob lebend oder tot, sie wird dafür bezahlen.«

Die Angst um Alexandra schnürte ihm die Kehle zu. Mit zittrigen Fingern strich er ihr die Haare aus dem Gesicht, nachdem er sich auf der Bank niedergelassen hatte. »Liebes, bleib bei mir, bitte.«

Während der Fahrt vergewisserte er sich immer wieder, dass sie noch atmete. Ihre Wimpern flatterten, unverständliche Worte drangen aus ihrem Mund. Jede Sekunde fühlte sich wie eine Ewigkeit an. Als sie Rosewood Hall endlich erreichten, hatte sein Herzschlag den Höhepunkt erreicht.

Minuten wurden zu Stunden.

Die Zeit verstrich so langsam, dass Noah das Gefühl hatte, dem Wahnsinn zu verfallen. Selbst die Tatsache, dass mittlerweile der Rest der Familie eingetroffen war, um ihn zu beruhigen und ihm zu versichern, dass Lexi eine starke Persönlichkeit war, die um ihr Leben kämpfte, vermochte ihn nicht zu beruhigen.

Zum ersten Mal in seinem Leben erfuhr er, was Angst wirklich bedeutete. Wie sie sich durch seine Venen fraß, jede noch so kleine Spalte erfasste und ihn überflutete.

Erst als der Doktor ihm mehrmals versicherte, dass Alexandra lediglich leichte Verletzungen davongetragen hatte, atmete Noah erleichtert auf. Er hätte sie verlieren können … verlieren … bei Gott, allein der Gedanke daran trieb ihm den Angstschweiß auf die Stirn. Obgleich sie unerfreuliche Umstände zueinander geführt hatten, konnte er es sich nicht mehr vorstellen, ohne sie zu sein.

Ohne ihr Lachen, ihre Tollpatschigkeit, ihr großes Herz.

Er nahm zwei Stufen auf einmal, hastete durch den Gang und riss die Tür zu ihren Räumlichkeiten ohne jegliche Vorwarnung auf. Ein Stich durchfuhr ihn, als er Alexandra in dem Bett liegen sah, bleich wie die Wand.

Sie drehte den Kopf in seine Richtung, nur kurz, ehe sie wieder zur Seite sah und auf die Tapete zu starren schien.

»Darf ich eintreten?«, fragte er leise.

»Das bist du doch schon.« Ihre Stimme hörte sich kratzig an, aber weitaus stärker war die Enttäuschung darin zu vernehmen. Sie wusste, dass er Violet aufgesucht hatte.

»Lass es mich erklären, bitte.«

Sie umfasste die Decke, als bräuchte sie Halt. »Das musst du nicht. Du hättest mir einfach von Anfang an ehrlich sagen können, dass du noch etwas für sie empfindest. Ich habe sie nur aufgesucht, um ihr deutlich zu machen, dass sie England verlassen muss. Dass ich sie ansonsten mit diesen Informationen der Agentur einbuchten lasse.«

Noah konnte es nicht glauben, dass sie bereit gewesen war, ihre Ehe bis aufs Äußerste zu verteidigen. Dass sie es selbst mit dieser Schlange aufnehmen wollte, um ihnen eine glückliche Zukunft zu ermöglichen ... während er von einem Fettnäpfchen ins nächste trat.

Er schloss die Tür und trat zum Bett, obgleich ihre Abneigung ihn hart traf. »Ich bin ein Narr, das weiß ich, aber kein Lügner. Bei Gott, hast du eine Vorstellung davon, wie krank ich vor Sorge um dich war?«

Alexandra drehte den Kopf zur Seite, ihre Mimik war wie in Stein gemeißelt. »Du warst bei ihr. Warum? Warum demütigst du mich so?« Ihre schimmernden Augen jagten das schlechte Gewissen durch seine Adern.

»Ich war bei ihr, um ihr endgültig deutlich zu machen, dass sie verschwinden muss. Herrgott, sie wollte Ashton umbringen! Aber das wusstest du bereits.«

»Warum hast du sie nicht an die Constabler übergeben?« Das Misstrauen in ihrer Stimme war unüberhörbar.

»Als ich von Fox über den Inhalt des Schreibens der Agentur unterrichtet wurde, hätte ich sofort alles daran gesetzt, um das Nötige in die Wege zu leiten. Aber du warst mir in diesem Augenblick wichtiger. Und nur Gott weiß, was geschehen wäre, hätte ich dich nicht rechtzeitig gefunden.« Er ließ sich halb auf dem Bett nieder und rieb sich mit der Hand über das Gesicht. Er war müde. Müde des Streitens, der Diskussionen und der Vergangenheit.

»Du wolltest sie wirklich ausliefern?«, kam es zaghaft zurück. Als sich ihre Blicke trafen, wusste Noah, dass er Alexandra niemals gehen lassen würde. Dass er alles tun würde, um sie glücklich zu machen. Weil er diesen Ausdruck in ihren Augen nicht ertrug. Diese Enttäuschung, an der er schuld war.

Er beugte sich nach vorn, prägte sich jede Linie ihres Gesichtes ein, dankte Gott dafür, dass sie noch lebte.

»Sie kann nicht weit kommen, dazu sind ihr zu viele Menschen dicht auf den Fersen. Und du dachtest nicht allen Ernstes, ich würde dich jemals gegen irgendeine Frau tauschen, oder?«, flüsterte er an ihrer Wange, drückte seine Lippen gegen ihre erhitzte Haut. »Ich liebe dich. Nur dich. Du hast mir gezeigt, wie lebenswert das Leben sein kann. Dass es in Ordnung ist, sich nicht den starren Regeln der Gesellschaft beugen zu müssen. Ich will nicht mehr ohne dich sein, Alexandra. Und wenn du mir jemals wieder so einen Schrecken einjagst, werde ich wohl an einer Herzattacke versterben.«

Er hob den Kopf leicht an, sodass sie sich in die Augen sehen konnten. Tränen flossen an ihren Wangen hinab, benetzten das Polster, auf dem sie lag. »Du liebst mich wirklich? Mich?«

»Mit jeder verdorbenen Faser meines Daseins«, gab er leise zurück und strich ihr mit dem Daumen über die Unterlippe. »Und ich werde jeden Tag darum kämpfen, dass du vielleicht irgendwann dasselbe für mich empfinden kannst.«

Es war das erste Mal, seit er das Zimmer betreten hatte, dass sich ein leichtes Lächeln auf ihre Züge legte. »Das musst du nicht, du

Dummkopf. Mein Herz gehört längst dir. Freiwillig hätte ich diese Furie niemals aufgesucht, aber ich konnte es nicht ertragen, dass ...«, sie brach ab und schluckte, »dass du und ... sie ... dass ihr...«

Noah legte ihr den Finger auf den Mund und schüttelte den Kopf. »Sie ist Vergangenheit, du die Zukunft. Gott, Lexi, ich wünschte, ich wäre nicht so ein Dummkopf gewesen und hätte versucht, die Situation zu bereinigen. Anstatt es zu verbessern, habe ich dafür gesorgt, dass es noch schlimmer geworden ist. Mein einziges Ziel war es, sie loszuwerden ... um ungestört mit dir leben zu können.« Er strich ihr eine verlorene Strähne hinter die Ohren und bedachte sie mit einem liebevollen Blick. »Du hattest mein Herz ab diesem Moment, als du mir auf die Zehen getreten bist. Ich war nur zu feige, es zu akzeptieren.«

Sie hob die Hand an und strich ihm über seine Wange. »Dann sollte ich dir wohl öfters auf die Zehen treten.«

»Von mir aus jeden Tag, Hauptsache, du bleibst bei mir. Das wirst du doch trotz unseres miserablen Ehebeginns, oder?«

Jetzt verwandelte sich ihr verhaltenes Lächeln in ein schelmisches. »Wenn ich Nein sage, würde sich dann etwas ändern?«

Er lächelte, dachte an die beiden Momente zurück, in denen sie ihm exakt jene Frage gestellt hatte. »Ich fürchte nicht«, antwortete er wie damals.

Mit einem hatte Heath recht gehabt: er durfte einfach niemals die Hoffnung verlieren. Denn bereits morgen könnte der Tag sein, der alles verändern würde. Auf den er gewartet hatte. Und so sollte es sein. Denn Alexandra bewies ihm mit jedem weiteren *morgen*, dass es sich bezahlt machte, zu hoffen.

Epilog

*Hampshire auf Lady Janes Landsitz,
zwei Wochen später ...*

»Endlich ist wieder Ruhe eingekehrt.« Seufzend griff Jane nach ihrer Teetasse und führte sie sich an die Lippen, um einen Schluck zu nehmen.

Über den Rand hinweg beobachtete sie ihre Freundin Eleanore, die durch ihre runden Brillengläser akribisch die Karten inspizierte, welche sie wie einen ausgebreiteten Fächer zwischen den Fingern hielt.

»Zum Glück haben sie diese Lady Ashton gefasst, bevor sie das Land verlassen konnte«, stimmte Eleanore ihr zu und legte nachdenklich eine Karte auf den Stapel, der sich in der Mitte des kleinen Gartentisches türmte.

Jane nickte und stellte die Tasse zurück. »Auch wenn ich es ein wenig bedaure, nicht wieder in den Genuss ihrer engelsgleichen Stimme kommen zu können. Es ist doch eine Schande, dass diese hinterlistige Person mit einem solchen Talent gesegnet ist.« Sie machte ihren nächsten Zug und griff nach einem Butterküchlein.

Zu ihrer Überraschung schlug sich ihre Mitspielerin in dieser Runde ausgesprochen gut, obgleich Jane sich ihres Sieges sicher war. Seit mehreren Wochen schon hatte sie kein Spiel mehr verloren.

»Als hätte diese Furie bezüglich der überstürzten Hochzeit meiner Nichte nicht bereits für genug Trubel gesorgt«, plapperte sie zwischen zwei Bissen weiter, »musste sie sie auch noch auf hinterhältigste Art und Weise angreifen.« Sie schüttelte den Kopf ob der Abgründigkeit der Seele mancher Menschen. »Das liebe Mädchen hat nie jemandem etwas getan.«

»Jeder bekommt, was er verdient«, sinnierte Eleanore. »Alexandra ihren Traumprinzen und Lady Ashton einen Aufenthalt in Newgate, ehe sie nach Italien verschifft wird.«

Jane schenkte sich und ihrer Freundin neuen Tee ein. »Wie recht du hast. Jetzt fehlt nur noch ein stattlicher Mann für meine Ophelia. Bleibt zu hoffen, dass sich ihre Wahl als weniger skandalös herausstellt. Noch mehr Aufregung wird mein altes Herz vermutlich nicht ertragen.«

»Das Mädchen scheint mir sehr klare Vorstellungen von seiner Zukunft zu haben. Ich bin mir sicher, im Gegensatz zu seiner Zwillingsschwester wird es ihr Ziel direkt vor Augen haben.« Plötzlich glitt ein siegreiches Grinsen über Eleanores Gesichtszüge. Sie lehnte sich entspannt in dem Gartenstuhl zurück und präsentierte Jane ihre Karten. »Wie es aussieht, bekomme ich nun endlich meinen Zuchthengst zurück.«

Verhängnisvolles Spiel einer Lady

Ophelia und Jeremiah
Band 3

1. Kapitel

London, Herbst 1818

Jeremiah Fox hütete seit Jahren ein Geheimnis.

Niemand hier zweifelte daran, dass er *nur* der Privatsekretär eines Barons war. Zielstrebig, verlässlich und verschwiegen. Er tat alles dafür, dass die schlimmste Tat seines Lebens unter Verschluss blieb … aber manchmal schien selbst *alles* nicht genug zu sein.

»Verfluchte Korrespondenz«, grummelte Lord Sheffield vor sich hin und überflog den Brief ein weiteres Mal. Als Jeremiah den Absender bemerkt hatte, war ihm kurz der Gedanke gekommen, dieses Schriftstück zu verbrennen und seinem Arbeitgeber nichts davon zu erzählen … aber ein loyaler Sekretär tat dies nicht, selbst wenn es Konsequenzen für ihn mit sich zog.

Jeremiah räusperte sich und richtete die Brille auf seinem Nasenrücken. Die Luft im Arbeitszimmer des Barons war ungewöhnlich stickig geworden. Am liebsten hätte er ein Fenster aufgerissen und den Kopf nach draußen gehalten, um ihn von der frischen Herbstluft abkühlen zu lassen. »Soll ich Seiner Lordschaft antworten, dass Sie an dem Jagdwochenende teilnehmen werden?« Es wunderte ihn, dass seine Stimme so ruhig klang, klopfte ihm das Herz bis zum Hals.

Ein weiteres Brummen war die Antwort, während Sheffield die Hände in die Hüften stemmte und den Brief achtlos auf den Beistelltisch neben der cremefarbenen Ottomane fallen ließ. Obgleich er zur Aristokratie gehörte, konnte er nur wenige Mitglieder des *ton* wirklich leiden. Aus diesem Grund arbeitete Jeremiah gern für ihn – er galt als unkonventionell und scherte sich nicht, wer welchen Titel hatte. Im Gegensatz zu den meisten seines Ranges machte er sich nicht viel aus Regeln und Etikette – er sprach, wie ihm der Schnabel gewachsen war, auch wenn dies nicht gern gesehen war. Bei manchen Personen jedoch musste er sich aufgrund deren Einflusses zusammenreißen, und zu Jeremiahs Verdruss gehörte der Absender dieses Briefes zu dieser Gruppe.

»Was würden Sie tun, Fox? Lytton könnte mich das nächste Mal im *Brooks's* wie ein lästiges Insekt zerquetschen, wenn ich ihn zu offensichtlich diffamiere.«

Lord Gregory Shelton, siebter Earl of Lytton, der für seine illustren Jagdgesellschaften bekannt war, zählte zu jenen Personen, um die Jeremiah aus Gründen einen großen Bogen machte. Wenn Sheffield jedoch zusagte, bedeutete dies meist, dass sein Sekretär mitkommen musste. Der Baron verzichtete nur ungern auf ihn. Offiziell hieß es, dass er ihn überall für seine Korrespondenzen benötigte, aber Jeremiah wusste, dass er in Wahrheit seine Gesellschaft jener dieser überheblichen Meute vorzog. Im Laufe der Jahre, in denen er dem Baron schon diente, hatte sich eine Freundschaft zwischen ihnen entwickelt. Nur deshalb erlaubte sich Jeremiah hin und wieder einen verbalen Ausrutscher. Wie auch jetzt.

»Wenn Sie meine Meinung wünschen, Mylord, dann würde ich sagen, verbringen Sie die Zeit lieber mit Ihrer Frau, die Sie sonst vermutlich rösten würde, weil Sie bei einem Lustmolch aufkreuzen, der orientalische Frauen auf einem Tablett darbietet. Und was das Insekt angeht ... seien Sie der Vogel, nicht die Heuschrecke.« Er sprach es so trocken aus, dass selbst Sheffield die Augenbraue in die Höhe hob. Der Baron drückte sich vom Fensterrahmen weg und ging auf das Sideboard zu, ehe er die Sammlung an Spirituosen einer genaueren Betrachtung unterzog. Je nachdem, welche Sorte er wählte, wusste Jeremiah, ob der Tag ein schlimmer oder ein guter war.

Heute wohl ein schlimmer, nachdem er nach einer rauchigen Gattung aus den Highlands griff und sich einen großzügigen Schluck einschenkte. »So direkt habe ich Sie nicht oft erlebt, Fox. Woran liegt es? Dass der Kerl ein Tunichtgut ist?«

Sheffield nahm einen langen Schluck, stellte das Glas dann wieder ab und verschränkte grinsend die Arme vor der Brust, als er Jeremiahs ertappte Miene bemerkte.

»Es heißt, dass dort frivole Feiern vor sich gehen, zudem unterstütze ich es nicht, dass Frauen wie Zirkustiere ausgestellt werden, Mylord.« Auch wenn sein Herr ihm öfters gesagt hatte, dass er auf diese dämliche Anrede verzichten sollte, wollte Jeremiah einen gewissen Abstand behalten. Er mochte Sheffield … mehr als jeden anderen Kerl in diesen Reihen, aber er durfte nie vergessen, wer er war. Und was er zu verlieren hatte.

Sheffield raufte sich die Haare und gab ein langgezogenes Seufzen von sich. »Gut, schreiben Sie ihm, dass ich leider absagen muss. Geschäftliche Angelegenheiten, das wird er verstehen. Ihnen fällt bestimmt etwas ein.«

Jeremiah dankte dem Herrn dafür, dass ihm ein Wochenende inmitten dieser Meute erspart blieb, auch wenn er sich im Hintergrund aufhielt. »Ich werde es zu Ihrer Zufriedenheit erledigen.«

Sheffield lächelte. »Wie immer. Und nachdem Sie fertig sind, gönnen Sie sich einen freien Abend. Sie arbeiten zu viel.«

»Freier Abend, Mylord?«, hakte er nach. Was, in Gottes Namen, sollte er mit einem freien Abend anstellen? Er rollte den Federhalter zwischen seinen Fingern, damit diese beschäftigt waren. Es hatte lange gedauert, bis er die lästige Angewohnheit, mit dem Fuß auf dem Boden zu trippeln, ablegen konnte.

Sheffield vollführte eine wegwerfende Handbewegung. »Ja, Sie wissen schon. Treffen Sie sich mit jemandem, suchen Sie eine Kneipe auf und genießen Sie das Leben. Sie sind viel zu arbeitswütig, mein Freund. Das weiß ich zwar zu schätzen, aber hin und wieder muss ich auch auf Sie Acht geben, damit Sie mir erhalten bleiben.« Er klopfte ihm freundschaftlich auf die Schulter, dann durchquerte er den Raum und schloss die Tür geräuschvoll hinter sich. Jeremiahs Schultern sanken nach unten, und er erlaubte sich ein tiefes Luftholen, ehe er die Brille abnahm und sich die Augen rieb. Heute hatte er Glück gehabt ... aber nächstes Mal? In den letzten Jahren war es ihm immer gelungen, gewissen Personen auf seiner Liste auszuweichen. Aber wie lange noch? Wann würde ihn seine schändliche Tat einholen?

Jeremiah sah zur Seite in den kleinen Wandspiegel. Er hatte sich verändert, war nicht mehr der junge, schlaksige Kerl, der es nie gewagt hatte, den Mund aufzumachen. Aus ihm war ein Mann geworden – großgewachsen, zwar sehnig, aber dennoch an den richtigen Stellen muskulös. Seine sonst hellbraunen Haare übertünchte er seit Jahren mit schwarzer Farbe, und obgleich ihn der kurze Bart störte und als ungepflegt galt, wusste er, dass er ihm ein anderes Aussehen verlieh. Lediglich seine markanten blauen Augen konnte er nicht verbergen.

Niemand durfte ihn erkennen.

Er hatte das Leben, das er jetzt führte, zu schätzen gelernt. Auch wenn man in ihm nur den Privatsekretär eines Lords sah, so verband Jeremiah damit Freiheit und die Minderung von Schuldgefühlen.

Schnell drehte er sich von seinem Spiegelbild weg und widmete sich dem Antwortschreiben. Er hatte keine Zeit für sentimentale Ausflüge in die Vergangenheit, jetzt zählte nur noch die Gegenwart.

Entschlossen griff er nach dem Schreibwerkzeug und tunkte es in die schwarze Tinte. Seine Schrift war klar und akkurat, jeder Buchstabe hatte seine eigene spezielle Form. Kontrolle ... das war es, was ihm Halt gab.

Damit von seinem freien Abend so wenig wie möglich übrig blieb, schrieb er absichtlich langsam, denn eines war Jeremiah bewusst: er hatte niemanden, mit dem er in die Kneipe gehen konnte. Niemanden, der ihn in einen Boxclub begleitete. Aus persönlichen Gründen hatte er sich vor Jahren dazu entschieden, keine Menschenseele an sich heranzulassen. Und das würde so bleiben.

Es war kurz nach sechs Uhr, als er das Arbeitszimmer des Barons verließ. Jeremiah schlüpfte in seinen Tweedrock und griff nach dem Hut auf dem Beistelltisch, ehe er sich auf den Weg in die Eingangshalle machte. Es war zu früh, um das Bett aufzusuchen und zu spät, um sich seinem einzigen Müßiggang zu widmen: der Schreiberei. Jeremiah hatte vor einem Jahr begonnen, seine Gedanken auf Papier zu bringen. Zu schreiben bedeutete für ihn, seine Seele Stück für Stück zu heilen, dafür zu sorgen, dass ihn die Dunkelheit und die Schuldgefühle nicht übermannten.

Heute war ihm nach einem starken Scotch und er wusste auch schon, wo er sich diesen in Ruhe und ohne viele Fragen genehmigen konnte. Der Lord wollte, dass er das Leben genoss und Spaß hatte. Zwei Dinge, die vermutlich niemals eintreten würden, aber immerhin konnte er diesen Umstand mit ein paar Drinks in die letzte Ecke seines Gehirns schieben.

Wie sonst auch verließ er das Anwesen über den Hinterausgang. Lord Sheffields Stadthaus war ein zweistöckiges Gebäude im georgianischen Stil, umgeben von einem Messingzaun. An der Fassade kletterte Efeu hinauf, der mittlerweile eine rötlichere Farbe angenommen hatte. Hohe Bogenfenster mit filigranen Ornamenten an den Seiten nahmen dem Anwesen die Strenge. Jeremiah mochte den klassischen Stil, der ohne übertrieben pompöse Elemente auskam. Im Gegensatz zu vielen anderen Stadthäusern zählte jenes hier zu den bescheideneren … wenn man den Garten außer Acht ließ.

Lord Sheffields Gemahlin, Lady Alexandra, hatte ein außerordentliches Faible für alles Grüne. Binnen weniger Monate hatte sie den trostlosen, teils verrotteten Garten in ein farbiges Paradies verwandelt. Jeremiah trat nach draußen und atmete die regengeschwängerte Luft ein. Es hatte bereits aufgehört zu tröpfeln, Wasserlachen standen auf den Kieswegen, Tropfen perlten von den Blättern der Eiche ab. Er mochte die Ruhe, die hier vorherrschte.

Die Ruhe, die den Sturm in seinem Inneren zum Schweigen brachte. Es war wahrlich großzügig von seinem Arbeitgeber, ihm den Wintergarten zur freien Verfügung zu stellen, aber Jeremiah stand heute nicht danach, sich dort zurückzuziehen und ein Buch zu lesen.

Er war zu aufgewühlt.

Ein derbes Fluchen riss ihn aus seinen Gedanken und lenkte seine Aufmerksamkeit auf das Gewächshaus zu seiner rechten Seite, dessen Tür angelehnt war. »Oh Grundgütiger, Lexi wird mich umbringen und meinen Kopf zum Dinner servieren lassen.«

Die Verzweiflung in der Stimme setzte Jeremiahs Beine wie von allein in Bewegung. Seine Aktentasche unter den Arm geklemmt, folgte er dem kiesgesäumten Weg zum Gewächshaus und öffnete die Tür einen Spaltbreit. »Benötigt hier jemand Hilfe?«, fragte er und lugte hinein.

Ein Schwall warmer Luft kam ihm entgegen. Wie es die Hausherrin bei diesen Temperaturen aushielt, war ihm ein Rätsel, aber er entdeckte nicht Lady Alexandra vor einem Regal mit Orchideen, sondern deren Zwillingsschwester Ophelia.

Ein blonder Schopf gepaart mit einem unsicheren Lächeln kam in sein Sichtfeld.

Sein Herz setzte einen Schlag aus, als er ihre ungelenken Bewegungen ausmachte, die zweifellos dafür sorgen würden, dass die Töpfe auf dem Boden landeten. Sie hatte das Brett eines Regals zu weit zu sich geschoben.

»Oh, Mr. Fox … ein Glück. Wären Sie so freundlich …?« Sie beendete den Satz mit einem leisen Aufschrei, als der erste Topf gefährlich nahe zu ihr rutschte. Aus einem Reflex heraus ließ Jeremiah die Aktentasche fallen und eilte durch die erste Orchideenreihe zu Lady Ophelia. Im letzten Moment schaffte er es, ihre Hände zu umfassen und das Brett mit seiner eigenen Kraft nach oben zu heben, ehe es wieder in seiner vorgefertigten Schiene einrastete.

Er war der Lady so nahe, dass er ihren blumigen Geruch wahrnehmen und den samtenen Stoff ihres Kleides fühlen konnte.

Seine Hände lagen auf ihren, warm und weich, in völligem Kontrast zu den Erdflecken, die sie bei der Rettung der Orchideen davongetragen hatten.

Das merkwürdige Kribbeln, das durch seine Finger rieselte, bildete er sich definitiv nicht ein. Er fühlte etwas Beängstigendes in ihrer Gegenwart: Interesse.

»Verzeihung«, murmelte er, ließ sie schnell los und trat einen langen Schritt zurück. Hitze schoss ihm in die Wangen, aber er bemühte sich um einen neutralen Gesichtsausdruck. Lady Ophelia sollte seine Nervosität nicht bemerken. Bei Gott, er hatte die Anstandsregeln verletzt und war ihr ungebührlich nahe gekommen, auch wenn er ihr nur geholfen hatte, ein Malheur zu verhindern.

»Haben Sie vielen Dank, Mr. Fox. Nicht auszudenken, was passiert wäre, wenn meine Schwester ihre Lieblinge am Boden entdeckt hätte«, sagte sie seufzend und klopfte sich die Hände auf der Schürze ab, die ihr ungewohnt schlichtes Tageskleid vor Flecken bewahren sollte. Sie schien kein Problem damit zu haben, dass er sie unschicklich an den Händen berührt hatte. Im Gegenteil, sie war ihm tatsächlich dankbar für sein Einschreiten.

Wenn er Lady Ophelia sah, trug sie meist schillernde, farbenfrohe Mode, die ihren Freigeist unterstrich. Heute jedoch hatte sie ihre blonden Haare zu einem schlichten Knoten im Nacken gebunden, auf Lippenfarbe und jeglichen Firlefanz, den Frauen gern auftrugen, verzichtet. Trotz ihres einfarbigen hochgeschlossenen Tageskleides strahlte sie eine Schönheit aus, die Jeremiah die Sprache verschlug. Er schüttelte kaum merklich den Kopf. Welche Gedanken beherrschten ihn soeben? Sie war eine Lady …

Er räusperte sich. »Es freut mich, dass ich helfen konnte. Sind Sie verletzt?«

Ophelia schenkte ihm ein Lächeln, das ihn an einen Sonnenaufgang an einem Hügel mit saftig grünen Wiesen erinnerte. »Nein, dank Ihnen. Ich wollte meiner Schwester eine Freude machen und ihre Orchideen tränken, aber anscheinend bin ich ein wenig ungeschickt vorgegangen.«

Er zwang sich zu einem kleinen, nichtssagenden Lächeln, um seine Steifheit abzumildern. Denn so sahen ihn die meisten Menschen: als steifen, regelliebenden Sekretär, der den ganzen Tag nur arbeitete. Das sollte so bleiben. Je langweiliger und unsichtbarer er war, umso besser.

»Ich bin mir sicher, Mylady weiß Ihre Bemühungen zu schätzen. Kann ich noch etwas für Sie tun?«

Sie schüttelte den Kopf, wobei sich eine Strähne aus ihrem Knoten löste und an ihrem Rücken hinabragte. Wie eine Engelslocke ... Himmel, er brauchte in der Tat einen starken Drink und eine Frau, einerlei in welcher Reihenfolge.

»Nein, danke, sehr freundlich, Mr. Fox. Das Unglück konnte durch Sie abgewendet werden.«

Lady Ophelia war freiheitsliebend und ungezähmt. Eine wilde Orchidee inmitten von langweiligen Gänseblümchen. Sie scherte sich nicht um Konventionen, dennoch war sie verdammt dazu, sie einzuhalten, wenn sie nicht geschnitten werden wollte. Jeremiah fragte sich, wie lange sie ihre wilde Seite noch zu zähmen vermochte. Wie lange es dauern würde, bis sie einen falschen Schritt tat.

»Nun«, sagte er, nachdem er seine Stimme wiedergefunden hatte, »dann werde ich Ihre Ladyschaft wieder den Orchideen überlassen.«

Sie grinste. »Ich werde mich bemühen, nichts mehr anzustellen. Dann wünsche ich Ihnen einen schönen Abend, Mr. Fox«, zwitscherte sie mit melodischer Stimme und lächelte ihn an, »und haben Sie nochmals vielen Dank, dass Sie die Orchideen meiner Schwester vor einer Katastrophe bewahrt haben. Sie hätte es mir nie verziehen, wenn die teuren Dendrobien am Boden aufgeschlagen wären.«

»Keine Ursache, Mylady. Es hat mich sehr gefreut, Ihnen zur Hilfe eilen zu können. Ich wünsche Ihnen ebenso einen angenehmen Abend.« Er neigte sein Haupt und erhaschte dabei einen erneuten Blick auf ihre erdigen Finger. Ein ungewohntes Bild, bedachte man, dass sie durch und durch eine Lady war. Aber auch eben eine, die sich nicht zu schade war, die Finger schmutzig zu machen, um ihrer Schwester einen Gefallen zu tun. Trotz ihrer kühnen und herrischen Art besaß sie ein großes Herz.

Jeremiah war irritiert. Nicht deswegen, weil eine Lady ihre Hände in Töpfe steckte, um Orchideen zu tränken ... sondern weil sein Herz ungewöhnlich schnell geschlagen hatte, als sie sich berührt hatten.

2. Kapitel

»Oh, Pheli, in welchem Erdloch hast du dich denn gewälzt?«

Mit unschuldigem Blick sah Ophelia an sich herab. Sie war nach dem Malheur im Gewächshaus sogleich in ihr Zimmer gegangen, hatte sich die Hände gewaschen und das verdreckte Hauskleid gegen ein sauberes getauscht. Nun stand sie neben dem brennenden Kaminfeuer im gelben Salon und wärmte sich die steifen Finger.

»Ich weiß nicht, was du meinst.«

»Ich habe dich eben die Treppe hochlaufen sehen und du hast noch immer einen verräterischen braunen Fleck neben der Nase, genau hier.« Alexandra hob den Zeigefinger an ihre eigene Wange und grinste schelmisch. »Sieht nicht besonders damenhaft aus.«

Ophelia verdrehte ob der belustigten Bemerkung ihrer Schwester die Augen. »Ich wollte dir einen Gefallen tun, aber wie sich herausstellte, werden deine Blumen und ich keine Freundinnen. Sie haben mich heimtückisch angegriffen.« Sie verkniff sich ein Lachen, als das Grinsen aus Alexandras Gesicht verschwand und sie stattdessen die Augen weit aufriss.

»Bitte sag mir, dass nichts zu Bruch gegangen ist, oder eine arme Orchidee vor Schreck eine Blüte hat fallen lassen.« Ein flehentlicher Ton hatte sich in ihre Stimme gelegt.

Es war erstaunlich, wie sehr ein Mensch sein Herz an ein paar Blumen verlieren konnte, vor allem wenn man bedachte, dass sich

Alexandra erst seit ein paar Monaten für Pflanzen interessierte. Vorher hatte sie ihre Nase nur in Bücher gesteckt und den Garten lediglich auf der Suche nach einem ruhigen Ort zum Lesen betreten.

Überhaupt war in den vergangenen Monaten viel passiert. Charlotte, die älteste Mainsfield-Schwester, sowie auch Alexandra, die Jüngste im Bunde, waren bereits verheiratet. Nur sie, Ophelia, war noch übrig und sie fragte sich, wann sie wohl den passenden Mann treffen würde. Doch sie machte sich nichts vor. Die meisten Ehen waren trostlos. Bei ihren Schwestern hatte gewiss das Glück seine Finger mit im Spiel gehabt. Sie wünschte sich nur, dass es ihr ebenso hold sein würde wie ihnen.

Betont langsam ging Ophelia zu der Chaiselongue und ließ sich gegenüber ihrer Schwester darauf nieder. Sie liebte es, ihren Zwilling zu necken. Alexandra Informationen über ihre geliebten Orchideen vorzuenthalten, brachte sie sogleich in einen äußerst nervösen Zustand. Als ihre Schwester den Anschein erweckte, aus dem Raum zu stürmen und sich selbst zu vergewissern, dass es ihren heißgeliebten Pflanzen gutging, erlöste Ophelia sie von ihrem Leid. »Keine Sorge, ein Gentleman eilte der tollpatschigen Lady zur Hilfe und rettete nicht nur ihr Leben, sondern auch das deiner Orchideen. Du bist ihm zu Dank verpflichtet.«

Alexandra atmete erleichtert auf, während sie nun deutlich entspannter einen Schluck aus ihrer Teetasse nahm … nur um kurz darauf kritisch die Augenbrauen zusammenzuziehen. »Und wer ist dieser ominöse Gentleman, der sich um diese Zeit in unserem Gewächshaus herumtreibt?«

Ophelia griff nach einem Keks und biss genüsslich ein Stück ab. Das mit Marmelade überzogene Gebäck schmeckte köstlich. »Mr. Fox war so freundlich, mir zu helfen.«

Ihr entging nicht, wie Alexandra nach Luft schnappte. »Du solltest dich nicht allein mit Mr. Fox in einem Raum aufhalten.«

»Wie du meinst, Schwesterherz«, erwiderte Ophelia. »Ich empfinde seine Anwesenheit als äußerst angenehm. Er ist immer sehr zuvorkommend, und sein Vorbeikommen rettete deine Orchideen.

Wie er auch schon dir das Leben rettete, falls du es vergessen hast.« Sie beobachtete, wie ihre Schwester aufgrund der Erinnerungen das Gesicht verzog. Erst vor wenigen Monaten war Mr. Fox wie der Teufel persönlich gerannt, um Lord Sheffields Kutsche einzuholen. Dies hatte Alexandra vor dem sicheren Tod bewahrt.

»Ich werde ihm auf ewig dankbar sein«, gab Alexandra zu. »Und ich habe nichts gegen seine Person, er ist ein sehr netter Mann und Noah ein hervorragender Sekretär. Nur die Etikette besagt …«

»Seit wann interessierst du dich denn für die Einhaltung der Etikette?«, unterbrach Ophelia ihre Schwester und lachte. »Ich habe das Gefühl, seit du und Charlotte verheiratet seid, verkommt ihr zu prüden Matronen.«

»Vielleicht brauchen wir uns unseren Platz im Leben nicht mehr erkämpfen«, entgegnete Alexandra mit einem seligen Lächeln auf den Lippen. »Wir hätten keine besseren Ehemänner als Noah und Heath finden können. Und ich glaube, es wird Zeit, dass du auch jemanden an deine Seite bekommst, der dich zähmt.«

»Möglicherweise findet sich ja jemand auf dem morgigen Ball?« Ophelia griff nach ihrer Teetasse und trank einen großzügigen Schluck. »Wie ich hörte, hat mein geliebter Schwager einige von Londons angesehensten Junggesellen eingeladen. Ich hoffe doch sehr, dass ich nicht wie auf einem Tablett serviert werde?« Sie angelte nach einem Keks und hielt ihn ihrer Schwester drohend entgegen. »Falls ihr Pläne dahingehend schmiedet, Lexi, so teilt sie mir bitte frühzeitig mit. Ich möchte ungern jemanden an meine Seite gesetzt bekommen, der sich bereits im Vorhinein als Frosch herausstellt.«

Schmunzelnd lehnte Alexandra sich zurück. »Ich möchte nur, dass du auch so glücklich wirst, wie ich es bin. Es wird dich freuen zu hören, dass deine Freundin Lady Bisbourne die Einladung angenommen hat und morgen Abend auch hier sein wird.«

Das waren in der Tat erfreuliche Nachrichten. Ophelia hatte Susan schon seit ein paar Wochen nicht mehr gesehen. Sie würden sich viel zu erzählen haben.

Noah und Alexandra hatten keine Kosten und Mühen gescheut, um ihr Stadthaus für den Ball in eine Oase des Prunks zu verwandeln. Mit großem Eifer hatten die Bediensteten den Ballsaal, den größten Raum des Hauses, geputzt und ausgeräumt, damit die Tanzenden genügend Platz hatten. Die Kronleuchter waren penibel poliert und die Vorhänge bereits vor Tagen entstaubt worden. Kerzen brannten und tauchten den Saal in ein angenehmes Licht.

Auf der rechten Seite bot ein Buffet eine üppige Auswahl an süßen und herzhaften Happen. Selbstverständlich hatte sich Ophelia vor Eintreffen der ersten Gäste von der Qualität der Lachsbrötchen überzeugen müssen und sie bedauerte sehr, sich nicht den ganzen Abend dort aufhalten zu können, so köstlich waren sie gewesen. Dem Buffet gegenüber griffen die Musiker eines kleinen Ensembles zu ihren Instrumenten. Die ersten ruhigen Lieder würden sich schon bald in schnelleren Rhythmen verlieren, wenn der Hausherr seine Gäste zum Tanz aufforderte.

Ophelia sprach mit ein paar Bekannten und plauderte über belanglose Themen wie das Wetter oder die neueste Mode am königlichen Hof. Sie hatte gelernt, in angebrachten Momenten zu kichern und zustimmend zu nicken, während sie sich innerlich bemühte, ein Gähnen zu unterdrücken. Der Abend floss zäher als Rosensirup vor sich hin, bis sie endlich ihre Freundin unter den Gästen ausmachte.

»Welch ein Glück, dass du hier bist, Susan«, begrüßte Ophelia ihre Freundin Lady Bisbourne und ergriff sogleich deren behandschuhte Hand, um sie in eine ruhige Ecke hinter eine Topfpalme zu ziehen. »Ich langweile mich hier zu Tode. Sag, was gibt es Neues?«

Susan strich die blonde Locke, die sich entlang ihres schmalen Gesichts kringelte, zur Seite und grinste verwegen. Ihr unerhört tief dekolletiertes Kleid unterstrich die frivole Seite in ihr, die Ophelia nur zu gut kannte. Seit sie allerdings verheiratet war, hatte sie sich mehr oder minder zurückhalten müssen, und konnte nicht mehr offensichtlich mit anderen Gentlemen kokettieren. Ein Umstand, den sie bedauerte und dadurch zu übertünchen versuchte, indem sie sich derart aufreizend kleidete, dass ihr zumindest die Blicke mancher gewiss waren.

»Meine liebe Ophelia, wie immer bist du neugieriger als ein kleines Kind vor einer Auslage voller Konfekt. Ich hatte gerade Zeit, mich bei Lord Sheffield für die Einladung zu bedanken und schon stehst du auf der Lauer. Darf ich mir wenigstens ein Glas Champagner gönnen, bevor ich dir von den gewissen Gentlemen berichte, von denen du offensichtlich brennst, mehr zu erfahren?«

Augenblicklich schoss Ophelia die Röte in die Wangen, doch ihre Mundwinkel zogen sich ebenfalls in die Höhe. »Du weißt, dass ich es kaum erwarten kann, dem neuesten Klatsch zu lauschen. Die letzten Tage waren erschreckend langweilig.« Sie winkte einen Bediensteten zu sich, der sogleich auf die Damen zukam und ihnen ein Tablett mit Champagnerflöten darbot. Schnell ergriff sie sich selbst auch ein Glas, um ihre vor Freude zitternden Finger zu beschäftigen. Oder zitterten sie vor Nervosität? Nein, nervös war Ophelia ganz sicher nicht. Aber ein wenig aufgeregt schon. Denn wenn es jemanden gab, der über den skandalösesten Fauxpas in der Hautevolee Bescheid wusste, dann war es Susan. Und natürlich gehörten zu diesem Wissen auch sämtliche geheime Liebschaften, ungebührliche Berührungen und unsittsames Verhalten in der Öffentlichkeit. Ganz besonders interessierte sich Ophelia jedoch für einen bestimmten Gentleman.

Lord Samuel Preston war der derzeit begehrteste Junggeselle in ganz London, und hatte auf dem ein oder anderen vergangenen Ball bisweilen seine Blicke nicht von Ophelia abwenden können. Sie hatte es natürlich längst bemerkt, und sich seitdem mehr als einmal gefragt, ob er vielleicht derjenige war, der sie in naher Zukunft zum Altar führen könnte? Oder der möglicherweise ganz andere Dinge mit ihr anstellen … Sie schüttelte den Kopf, um diesen Gedanken zu vertreiben. Sie musste aufpassen, dass sie vor Susan nicht zu offensichtlich ihre Gefühle darlegte. Sie mochte ihre Freundin und schätzte ihre erheiternde Gesellschaft, doch bisweilen neigte sie dazu, ein wenig zu viel zu plappern. Dieser Umstand mündete für die Betroffenen meist in einem Skandal.

»Ophelia, Herrgott, du hörst mir ja überhaupt nicht zu!«

Erschrocken zuckte die Angesprochene zusammen und begegnete dem empörten Blick ihrer Freundin. »Verzeih mir, ich war kurz mit den Gedanken woanders.«

»Das habe ich bemerkt.« Susan zog missbilligend eine Augenbraue hoch. »Ich sagte soeben, Lord Preston hat vergangenen Mittwoch beim Ball der Lankfords einen Tanz mit Lady Elizabeth Bostwick bestritten. Der Arme hatte keine Möglichkeit, sich vor dem Vater des Mädchens zu verstecken. Er beharrte geradewegs darauf, sie beide auf der Tanzfläche zusammenzuführen. Wenn du mich fragst, erhofft sich Lord Bostwick zu viel. Es wird schwer für ihn, seine Tochter gut zu vermählen.«

»Nicht jeder ist so gesegnet wie du und findet bereits in der ersten Saison einen Ehemann, liebste Susan«, murmelte Ophelia und nippte an ihrem Champagner. Lady Bostwick war wahrlich keine Schönheit und mit ihren fünfundzwanzig Jahren galt sie bereits als alte Jungfer. Es wäre mehr als wunderlich gewesen, hätte Lord Preston wahrhaft Interesse an ihr gezeigt.

»Sogleich danach tanzte er einen Walzer mit mir«, plapperte Susan weiter. »Ich versichere dir, liebste Ophelia, niemand tanzt besser als Lord Preston. Oh, wie ich sehe, ist er soeben angekommen.«

Sofort folgte Ophelia ihrem Blick und entdeckte den attraktiven Lord, der gerade ihrem Schwager kameradschaftlich die Hand schüttelte. Die beiden hatten geschäftlich miteinander zu tun, so viel wusste sie. Doch sie hatte seit ihrem letzten Zusammentreffen beinahe vergessen, wie gut Lord Preston aussah. Seine blonden Haare hatte er sich mit Pomade zurückgekämmt und sein Frack saß tadellos. Natürlich hatte er auf Schulterpolster verzichtet. Bei einem Mann von seiner breitschultrigen Statur wirkte ein solcher Zusatz auch eher überflüssig.

»Er ist für mich das Abbild eines wahren Gentlemans«, flüsterte

Susan dicht an ihrem Ohr. »Ich setze die Perlenohrringe meiner verstorbenen Großmutter darauf, dass du es nicht schaffst, ihm einen Kuss zu stehlen.«

Ophelia verschluckte sich fast an ihrem Champagner. Sie räusperte sich und zwang sich, den Blick von Lord Preston abzuwenden und ihre Freundin anzusehen. »Wie bitte?«

Susan brach in schallendes Gelächter aus und verschüttete beinahe ihr Getränk. Sie fing sich gerade noch, bevor Tropfen ihr dunkelrotes Kleid beflecken konnten. »Himmel, sei doch nicht so prüde, sonst endest du nachher wie Elizabeth als alte Jungfer. Und jetzt sieh mich nicht mit diesen großen Augen an. Ich mache doch nur einen Scherz. Gönn einer Frau, die mit einem Langeweiler verheiratet ist, ein wenig Spaß.«

Sie verbarg ihr anzügliches Grinsen geschickt hinter ihrem Fächer, während sie Lord Preston weiterhin mit ihrem Blick verfolgte. Ophelia glaubte keineswegs, dass ihre Freundin nur scherzte. Ein ungutes Gefühl stieg in ihr auf. Sie fand Lord Preston durchaus attraktiv, doch ihn hier und heute bei einer Veranstaltung im Stadthaus ihres Schwagers zu verführen, würde einen Skandal sondergleichen nach sich ziehen.

Susan klappte den Fächer schwungvoll zusammen und blickte Ophelia herausfordernd an. »Ich sehe, du überlegst. Gib es zu, du hast bereits öfters daran gedacht, ob er genauso gut küsst, wie er aussieht.«

Ihre Freundin hatte sie durchschaut. Schlimm genug, dass Ophelia ihn offensichtlich anschmachtete, aber noch schlimmer, dass Susan ihr die frivolen Absichten bereits auf der Nasenspitze ablesen konnte. Ihr ungezähmtes Wesen meldete sich zu Wort. Es wäre doch nur ein Kuss ... und sie würde endlich wissen, ob sich seine Lippen wirklich so weich anfühlten, wie sie aussahen.

»Aber ich kann doch nicht ...«

»Dann lass es bleiben.« Susan zuckte unschuldig mit den Schultern. »Du weißt, hin und wieder überkommt mich die Spiellust. Du hast bis Mitternacht Zeit. Andernfalls schnappe ich mir diesen Leckerbissen von einem Mann.«

Ophelia war empört. Trug ihre Freundin ihr gerade wirklich auf, sich einem Mann anzubieten? Und selbst ein Kuss war bereits ein skandalöses Unterfangen. Sollte das an die Öffentlichkeit gelangen, wäre sie ruiniert!

»Ich dachte«, ließ Susan beiläufig verlauten, »die sagenumwobene Ophelia Mainsfield hätte mehr Feuer in ihren Adern als ein Mauerblümchen.«

Das konnte Ophelia nicht auf sich sitzen lassen, immerhin war sie als der Wirbelwind unter den drei Schwestern bekannt, der den Bogen gern überspannte. Vielleicht war es endlich an der Zeit, einen Schritt weiter zu gehen und sich in der Kunst der Verführung zu üben. Mit Gesprächen über das Wetter und ihre Stickkünste würde sie sich wohl kaum einen Gentleman angeln. Und wer würde sich für eine solche Übung besser eignen als Lord Preston?

»Bis Mitternacht. Verliere ich, bekommst du meine eigenen Perlenohrringe«, ging sie auf die Wette ein. »Und jetzt entschuldige mich, Susan, ich muss etwas mit meinem Schwager besprechen. Bediene dich in der Zeit doch gerne am Buffet, die Häppchen schmecken ausgezeichnet.«

Eilig ließ sie ihre Freundin zurück, reichte ihr leeres Glas einem Bediensteten und schlängelte sich zwischen den Gästen hindurch, bis sie Noah in der Nähe des Orchesters, das sich für das nächste Stück vorbereitete, auffand. Lächelnd blickte er ihr entgegen. »Ophelia, du kommst genau zur rechten Zeit. Ein paar Herren haben bereits um einen Tanz mit dir gebeten. Ich war so frei, ihnen in deinem Namen zuzusagen. Du hast dein Tanzkärtchen *vergessen*.«

Ophelia schenkte ihm einen unschuldigen Blick. »Und wer sind diese Herren, wenn ich fragen darf?«

Dem freudigen Funkeln in seinen dunklen Augen entnahm sie, dass er und ihre Schwester Alexandra doch planten, sie mit einem der hier anwesenden Junggesellen zu verkuppeln.

»Lord Preston und Lord Pemperton. Du kannst dich sogleich in Position begeben, der nächste Walzer beginnt jeden Augenblick.«

Lord Preston. Er hatte in der Tat Interesse an ihr.

»Ohne einen Tanzpartner, der mich zur Tanzfläche führt?«, fragte sie verwirrt. Noah holte Luft, blieb ihr jedoch eine Antwort schuldig. In diesem Moment hörte sie ein Räuspern hinter sich. Erschrocken fuhr sie herum, nur um sich im nächsten Augenblick beschämt eine blonde Locke aus dem Gesicht zu streichen.

»Ich wollte Sie nicht erschrecken, Mylady.« Lord Prestons Stimme war angenehm tief und erzeugte eine Gänsehaut auf Ophelias Armen. Sein charmantes Lächeln ging ihr durch Mark und Bein, und auf einmal fühlte sie sich seltsam unsicher, als würden ihre Beine sie nicht länger tragen können.

»Wenn Sie erlauben?« Er verneigte sich vor ihr, reichte ihr seine Hand und deutete mit der anderen auf die Tanzfläche. Ohne ein Wort, sie hätte auch beim besten Willen keines zustande gebracht, so trocken fühlte sich ihr Mund plötzlich an, sank sie in einen Knicks, legte ihre Hand in seine und ließ sich von ihm neben die anderen wartenden Paare führen. Die Musik setzte ein. Der Takt führte sie durch den Saal und Ophelia ließ sich in Prestons Armen einfach treiben. So musste sich der Himmel anfühlen ...

»Sie sehen bezaubernd aus, wenn ich das so sagen darf«, murmelte der Lord dicht an ihrem Ohr, sodass sein warmer Atem auf ihre Haut traf.

Ophelia spürte ein Kribbeln in ihrem Nacken. Sollte jemand gesehen haben, dass er ihr kurzzeitig so nahe gewesen war, würde die Gerüchteküche bereits morgen brodeln. »Sie dürfen jederzeit mit Komplimenten um sich werfen, Mylord«, bekräftigte sie ihn und lächelte.

»Dann möchte ich Ihnen gestehen, dass ich kaum den Blick von Ihnen abwenden kann. Wann immer ich Sie sehe, zieht es mich förmlich zu Ihnen hin. Dieser Tanz ist nur ein kleiner Schritt, um Erlösung zu finden.« Seine rechte Hand verstärkte den Druck an ihrem unteren Rücken und sie hatte das Gefühl, er würde sie dichter an sich ziehen. Verunsichert holte sie Luft. So nah war sie einem Mann selten gewesen. Und schon gar nicht in Anwesenheit so vieler Menschen. Der Duft nach Moschus nebelte sie ein und ließ sie beinahe vergessen, wo sie sich befand.

Ein unbedarfter Schritt seinerseits brachte sie wieder zur Besinnung. Ophelia schluckte den Kloß in ihrem Hals hinunter. »Ihr Geständnis ehrt mich, Lord Preston. Nur achten Sie trotz Ihrer Gefühle auf die Schrittfolge, es könnten sonst die Gerüchte aufkommen, ich würde Ihnen den Kopf verdrehen.«

»Es wären keine Gerüchte, wenn sie der Wahrheit entsprechen«, erwiderte Preston. Grübchen bildeten sich rechts und links seines Mundes, der so verführerisch auf Ophelia wirkte, dass sie sich nur ein wenig recken müsste, um ihn zu berühren. Es wäre ein Leichtes, ihre Wette mit einem schnellen Kuss zu gewinnen. Doch nicht hier, nicht vor aller Augen. Zu ihrem Glück wirbelte er sie in diesem Moment in einer Drehung durch den Saal. Sie nutzte diesen Augenblick, um ihre Gedanken zu sortieren, doch kaum umschlossen seine Arme ihren Körper, war die Ordnung in ihrem Kopf dahin. Sofort schlug ihr Herz in einer schnelleren Geschwindigkeit. Wie konnte ein einzelner Mann diese Gefühle in ihr auslösen?

»Sie sind noch nicht lange in London, wie ich es aus den Gesprächen mit meinem Schwager vernommen habe«, versuchte Ophelia, die Unterhaltung auf ein weniger prekäres Thema zu lenken. »Haben Sie sich bereits einleben können?«

»Ich habe mich nie wohler gefühlt, als in der Londoner Gesellschaft. Vor allem, wenn ich voller Wärme empfangen werde wie von Ihnen und Ihrer Familie, Lady Mainsfield. Sie müssen wissen, dass es in Cornwall beizeiten furchtbar eintönig ist.«

»Und Ihre Geschäfte laufen zu Ihrer Zufriedenheit?« Eigentlich interessierte sich Ophelia herzlich wenig für die Geschäfte der Männer. Während ihre Schwestern sich ab und zu an den Tätigkeiten ihrer Ehemänner beteiligten, fing Ophelia an zu gähnen, wenn Wirtschaft oder Politik auch nur zur Sprache kamen. Hier jedoch musste sie Interesse heucheln.

»Ich möchte Sie nicht mit meiner Arbeit langweilen, Mylady«, entgegnete er und zwinkerte ihr frech zu. Das ermutigte Ophelia.

»Was können Sie mir dann von sich erzählen, Lord Preston?«, fragte sie gespielt unschuldig und schürzte die Lippen. »Vielleicht ein dunkles Geheimnis, von dem niemand etwas erfahren darf?«

Lachend wirbelte er sie weiter über das Parkett.

Ophelia wagte einen Blick über seine Schulter und entdeckte Susan, die das Tanzpaar mit einem dünnen Lächeln vom Rand aus betrachtete. Doch es erreichte ihre Augen nicht. Bevor Ophelia überlegen konnte, was in ihrer Freundin vor sich ging, endete der Tanz. Die Musik verklang. Preston reichte Ophelia die Hand und führte sie galant von der Tanzfläche. Nein, das durfte es nicht schon gewesen sein. Sie musste die Wette gewinnen und Susan, doch vor allem sich selbst beweisen, dass sie kein langweiliges Mauerblümchen war!

»Mir ist entsetzlich warm, Mylord. Entschuldigen Sie mich, ich benötige eine Abkühlung durch den Wind. Etwas frische Luft wäre gut«, säuselte Ophelia. Um ihre Worte zu untermauern, holte sie ihren Fächer hervor, lehnte den Kopf ein wenig zurück, um ihren Hals darzulegen, und wedelte sich seufzend Luft zu.

»Wie gern würde ich Ihnen bei einem Spaziergang im Garten Gesellschaft leisten, Mylady. Wie mir zu Ohren kam, soll der Wintergarten auch ein schönes Plätzchen sein«, raunte Preston und zwinkerte als Zeichen, dass er ihre Avancen durchaus verstand. »Bedauerlicherweise habe ich soeben einen langjährigen Bekannten meines Vaters entdeckt, dem ich meine Aufwartung machen sollte.«

Enttäuschung breitete sich in Ophelia aus. Er verbeugte sich vor ihr, und als sich seine Lippen ihrem Handrücken näherten, um einen Kuss anzudeuten, glaubte sie, eine sanfte Berührung zu spüren. Augenblicklich schoss ihr die Hitze durch den Körper und ihr kam eine gewagte Idee. Es war nur ein Flüstern, das über ihre Lippen kam: »Dann erwarte ich Sie in einer halben Stunde im Wintergarten.«

Sie sah ein Funkeln in seinen Augen aufblitzen, als er sie an Noah übergab, sich verabschiedete und wieder unter die Gäste mischte.

»Lord Preston scheint ein interessanter Geselle zu sein«, murmelte Alexandra und knuffte ihre Schwester in die Seite. »Vorsicht, Pheli, dein Kopf ist beinahe so rot wie Charlottes Lieblingskleid.« Sie tauschte einen vielsagenden Blick mit ihrem Mann, was Ophelia dazu veranlasste, zu seufzen.

»Glaubt ja nicht, ich würde nicht merken, was ihr hier treibt«, grummelte sie.

Noah lachte. »Ich hoffe doch sehr, dass du dennoch gewillt bist, mit Lord Pemperton zu tanzen. Er hat dich schon mit sehnsüchtigen Blicken verfolgt und wäre ein ehrwürdigerer Kandidat als Preston. Auch wenn ich den Viscount als Geschäftspartner durchaus zu schätzen weiß, treibt er sich für meinen Geschmack doch etwas zu oft im *Brooks's* herum.«

»Dafür fehlt es ihm im Gegensatz zu Lord Pemperton jedoch nicht an nötigem Geschmack«, entgegnete Ophelia unwirsch. »Er ist ein wahrer Gentleman und kleidet sich äußerst exquisit, das musst selbst du zugeben, liebster Schwager.« Das fehlte ihr gerade noch, dass Noah mögliche Kandidaten für sie organisierte und sich auf der anderen Seite über eben genau jene lustig machte. »Lord Pemperton kann ruhig noch eine Weile warten. Ich benötige erst einmal eine Stärkung, bevor mich ein Schwächeanfall heimsucht. Das Drama möchtest du sicher nicht verantworten, nicht wahr?«

Ohne seine Antwort abzuwarten, schlängelte sie sich zum Buffet und schnappte sich ein Lachshäppchen, immer darauf bedacht, Susan möglichst unauffällig aus dem Weg zu gehen. Wenn ihre ältere Freundin glaubte, sie herausfordern zu müssen, bitte. Sie würde Susan schon beweisen, dass sehr wohl noch Feuer in ihren Adern loderte.

Nach ein paar Minuten, in denen sie einigen Damen freundlich zu nickte und das farbenfrohe Kleid von Lady Wimbelton lobte, trat sie durch die gläserne Tür hinaus in den Garten. Ein schmaler Steinpfad führte in den hinteren Teil des Gartens, in dem sich, gut versteckt hinter ausladenden Rhododendrenbüschen, der Wintergarten befand. Fackeln erhellten den Bereich. Im Gebäude selbst war das Licht diffuser, was einen warmen und gemütlichen Eindruck vermittelte.

Kurz zögerte Ophelia. Sollte sie wirklich riskieren, ihr Ansehen zu verlieren? Nun ja, sie konnte sich wahrlich Schlimmeres vorstellen, als Lord Prestons Gemahlin werden zu müssen. Womöglich war dies sogar genau die Möglichkeit, sich an Londons begehrtesten Junggesellen zu binden. Oder vielmehr ihn an sie. Ein zufällig inszenierter Fauxpas und alle ledigen Damen würden vor Neid erblassen, wenn sie, Ophelia Mainsfield, Waisenkind und als dritte Schwester im Bunde immer noch unverheiratet, sich Lord Preston angelte.

Vorfreude stieg in ihr auf. Der Plan war gut. Zu gut sogar. Eigentlich sollte sie Susan dankbar sein, dass sie sie zu dieser Wette angestiftet hatte. Und ein Paar hübsche Perlenohrringe würde sie obendrauf bekommen.

Im Gegensatz zu dem lauten Gemurmel, Gelächter und der Musik im Inneren des Hauses, war es im Garten ungewohnt still. Kurz nahm sie sich Zeit, innezuhalten und die kühle Nachtluft einzuatmen. Der Herbst hatte sich längst über London ausgebreitet und machte sich auch im Wetter bemerkbar. Die warmen Tage waren vorbei, es würde nicht mehr lange dauern, dann fiel auch das letzte bunte Blatt von den Bäumen. Der Herbst zählte nicht zu ihrer bevorzugten Jahreszeit. Es regnete zumeist, war kalt, und draußen umherzulaufen entwickelte sich häufig zu einer unangenehmen und feuchten Angelegenheit. Doch heute war ihnen der Wettergott wohlgesonnen.

Keine Wolke war zu sehen, stattdessen war der Nachthimmel überzogen mit einem Teppich aus leuchtenden Sternen. Für einen Atemzug genoss sie diesen friedvollen Anblick, dann schlang sie fröstelnd die Hände um ihre spärlich bedeckten Arme und huschte weiter. Vor dem Wintergarten hielt sie kurz inne, lauschte, doch sie konnte keine Geräusche ausmachen. Demnach hielt sich wohl niemand anderes hier auf. Es hätte sie auch gewundert, denn die meisten Aktivitäten fanden im Haupthaus statt.

Leise öffnete sie die Tür und schlüpfte ins Innere. Wärme schlug ihr entgegen, ein Feuer prasselte im kleinen Kamin auf der gegenüberliegenden Seite. Ein gepolsterter Sessel stand in dem übersichtlichen Raum, daneben eine Chaiselongue und ein kleiner Tisch, auf dem ein Teller mit Keksen drapiert war. Hinter der Chaiselongue verbarg sich halb im Schatten ein zierlicher Schreibtisch, davor ein hölzerner Stuhl. Alexandra schrieb dort manchmal Briefe an ihre Tante Jane in Hampshire, das wusste Ophelia.

Sie machte es sich auf der Chaiselongue gemütlich und überlegte, wie sie sich gleich verhalten sollte, wenn Lord Preston zu ihrem Treffen kam. Mit welchen Worten sollte sie ihn begrüßen? Oder sollte sie gar nichts sagen und ihn einfach küssen? Vielleicht sagten Taten mehr aus als lächerliche Worte.

Sie zog die Puffärmel ein wenig hinab, sodass ihre Schultern freilagen. Oh, das war skandalös. Sie erinnerte sich an das Kleid ihrer Schwester, das diese zu einem Ball getragen hatte. Es war komplett ohne Träger gewesen und hatte für reichlich Gesprächsstoff gesorgt. Wie dem auch sei, was ihre Schwester sich traute, war für sie nicht der Rede wert. Sie senkte den Blick nach unten auf ihr Dekolleté, zupfte den Stoff zurecht und legte die Hände anschließend zufrieden auf ihren Schoß.

Schritte erklangen draußen auf dem Kiesweg und näherten sich dem Wintergarten. Vor Aufregung schlug Ophelia das Herz hart in der Brust, ihre Hände begannen zu zittern. Sie konnte nicht länger still sitzen, stand lieber auf, und als sich die Tür öffnete und jemand eintrat, wirbelte sie mit einem strahlenden Lächeln herum.

»Ich habe Sie bereits erwa…« Die Worte blieben ihr im Hals stecken, als sie erkannte, wer vor ihr stand. Wie erstarrt taxierten sie einander.

»*Sie?*«, brach es als erstes aus Ophelia heraus.

Mr. Fox nahm sich verwirrt die Brille von der Nase. Seine Augen wurden immer größer, verräterische rote Flecken bildeten sich auf seinen Wangen. »Wie es aussieht, haben Sie wohl mit jemand anderem gerechnet, Mylady«, entgegnete er verlegen. Als Ophelia nicht reagierte, deutete er räuspernd auf ihr Kleid und wandte den Blick ab.

Die Ärmel! Hastig zog Ophelia alles wieder dorthin, wo es hingehörte. Wie peinlich, von ihm in einer solchen Situation erwischt zu werden.

»Was haben Sie hier zu suchen, Fox?«, fuhr sie ihn an.

Beschämt sah er zu Boden, als hätte er sie hier ohne Kleidung erwischt. »Seine Lordschaft gestattet mir, mich in den Wintergarten zurückzuziehen, damit ich in Ruhe schreiben kann. Das nehme ich hin und wieder in Anspruch.«

»Ach, Sie schreiben?« Ophelia schnaubte. »Ist auch egal, ich war nie hier und Sie haben mich nie in dieser Situation gesehen, haben wir uns verstanden, Fox?«

»Natürlich, Mylady«, antwortete er und nickte ernst.

Himmel, das hätte übel enden können. Plötzlich begann sich der Raum um Ophelia zu drehen, sie schwankte und Mr. Fox trat aus einem Reflex heraus vor, um sie zu stützen.

»Lassen Sie das!«, blaffte Ophelia, sodass er den Arm rasch zurückzog. »Sie haben mir soeben meinen Abend verdorben.« Wenn jemand sah, wie sie sich hier nicht nur ungebührlich nahe standen, sondern auch noch berührten, war der Skandal unvermeidlich! Und ganz gewiss nicht so, wie sie ihn sich vorgestellt hatte.

Ohne ein weiteres Wort stürmte sie aus dem Wintergarten.

Ihr blieb nur zu hoffen, dass Mr. Fox Wort hielt.

3. Kapitel

Jeremiah hatte in dieser Nacht kaum Schlaf gefunden. Anstatt sein Gedicht zu einem Ende zu bringen, waren ihm lediglich zusammenhanglose Sätze eingefallen, woraufhin das Stück Papier als zerknülltes Etwas Bekanntschaft mit der gläsernen Wand des Wintergartens gemacht hatte.

Ophelia ging ihm nicht aus dem Kopf. Dieser Anblick … ihr herabgestreifter Puffärmel, die entblößte Haut und dieses verführerische Lächeln, das nun mal nicht für ihn bestimmt gewesen war. Für einen Augenblick hatte er törichterweise daran gedacht, wie es wohl sein könnte, wenn sie ihn so anlächeln würde.

»Sie sehen aus, als hätten Sie eine kurze Nacht hinter sich, Fox. Was ist passiert? Sagen Sie nicht, Sie haben sich meinen Rat zu Herzen genommen und *Spaß* gehabt?«, witzelte Lord Sheffield und sah von seinen Unterlagen auf, während Jeremiah im Sessel gegenüber Platz genommen hatte.

Er wusste selbst, wie furchtbar er aussah. Sogar das mehrfache Waschen seines Gesichtes hatte nichts genutzt.

»Ich befürchte, dass unsere Definitionen von Spaß nicht zu vergleichen sind, Mylord. Sie wollten mich sprechen?«, kam er sogleich zum Punkt, um der merkwürdigen Enttäuschung in seinem Magen kein Futter zu liefern. Es beschäftigte ihn wahrlich, dass Lady Ophelia einen Skandal riskierte – noch mehr jedoch, auf wen sie wohl gewartet hatte. Allein der Gedanke, dass ein Lustmolch ihre weiche Haut ...

»Fox?«

Jeremiah zuckte zusammen und setzte sich aufrecht hin, sodass man meinen könnte, er hätte tatsächlich einen Stock in seinem Hintern, wie es gern behauptet wurde. »Ja, Mylord?«

»Ich sagte, ich will mit Ihnen über den Benefizball von Lord Waxford sprechen. Er setzt sich für die obdachlosen Veteranen ein, und ich werde sein Vorhaben tatkräftig unterstützen.«

Jeremiah blinzelte. Was wollte er ihm damit mitteilen? Wie er seine abendliche Zeit verbrachte, stand bei ihnen sonst auch nie zur Debatte. »Das ist sehr ehrenwert von Ihnen, Mylord.«

Sheffield hob eine Augenbraue und verschränkte die Finger über dem Pergament, ehe er seinem Sekretär einen fragenden Blick zuwarf. »Sie wirken heute etwas zerstreut. Sind Sie sicher, dass Sie keinen freien Tag benötigen?«

Jeremiah schüttelte vehement den Kopf. »Es geht mir gut, Mylord, ich habe nur schlecht geschlafen. Der Benefizball ... benötigen Sie hier etwas schriftlich Vorbereitetes von mir?«

So recht wollte sein Herr ihm nicht glauben, das erkannte Jeremiah auf den ersten Blick, aber Sheffield gehörte zum Glück zu jener Sorte, die nicht nachbohrte. Er leckte sich über die Unterlippe und ließ sich in den Sessel sinken. »Nicht direkt ... aber ich wollte Sie fragen, ob Sie mich begleiten können. Ich würde Sie als meinen langjährigen Freund ausgeben.«

Es war lange her, dass sein Herz derart schnell in einen anderen Takt verfallen war. Jeremiah fühlte die Schlinge um seinen Hals, die sich langsam zuzog und ihm die Luft nahm. Er krallte die Hände in die Lehne und bemühte sich um einen neutralen Ausdruck, als er antwortete. »Verzeihen Sie die Direktheit, Mylord, aber wie kommen Sie auf mich? Das ist ein Ort, an dem sich Adelige versammeln ... und zwar ohne ihre Bediensteten.«

»Nicht nur«, korrigierte er ihn. »Waxford hat auch Geschäftsleute, Händler und Mäzene eingeladen. Demnach werden Sie ohnehin nicht auffallen. Es würde mich allerdings freuen, wenn Sie mich begleiten könnten, zumal ich weiß, dass Sie sich ebenso für die zurückgelassenen Veteranen einsetzen.«

Jeremiah schluckte. Ein dunkles Kapitel seines Lebens, das er am liebsten auslöschen würde. Er hatte überlebt, obgleich der Tod nach ihm gegriffen hatte. Stattdessen war der einzige Mensch gestorben, der seiner Familie Ehre gebracht hatte … und er trug die Schuld daran.

Jeremiah wusste, wie es sich anfühlte, verloren und orientierungslos zu sein. Wie sehr die Kälte sich in die Glieder fressen konnte und wie furchtbar nagender Hunger den Magen verkrampfen ließ. Nur Lord Sheffield hatte er es zu verdanken, dass er zu einem gut bezahlten Bediensteten aufgestiegen war, deswegen stand er in seiner Schuld. Er würde alles für ihn tun, und obgleich Sheffield das niemals verlangen würde, so wusste er sicherlich, dass Jeremiah ihn nicht im Stich lassen würde.

»Die Dämonen sind wieder präsenter, richtig?«, vernahm er Sheffields leise Stimme. Es schwang kein Hauch von Vorwurf darin mit und doch fühlte sich Jeremiah schwach. Sein Dienstgeber war der einzige Mensch, der seine Geschichte kannte. Der das Elend gesehen hatte, in dem er gefangen gewesen war. Dennoch hatte ihm Jeremiah nie die ganze Wahrheit erzählt … er brachte es nicht übers Herz.

»Ja«, sagte er schließlich nur und rief sich in Erinnerung, wer er war: der steife, unsichtbare Sekretär, der im Verborgenen lebte. »Aber das ist nicht von Relevanz. Ich werde Sie natürlich auf diesen Ball begleiten.«

»Ich will, dass Sie es freiwillig tun und nicht aus einem Pflichtgefühl heraus. Aber ich dachte mir, dass Sie vielleicht sehen wollen, wie sehr sich auch andere für das Schicksal der Veteranen einsetzen.«

Jeremiah nickte. Er wusste, dass Sheffield ihm dabei helfen wollte, dieses dunkle Kapitel abschließen zu können. Dieses Gefühl, dass er zu wenig getan hatte, verschwinden zu lassen. Und doch zog es ihm bei dem Gedanken, einen Ball zu besuchen, den Magen zusammen. »Ich fürchte, dass ich nicht die passende Kleidung für ein solches Ereignis besitze.«

»Dieses Problem können wir auf raschem Wege lösen. Mein Schneider ist ein wahrlicher Künstler, er wird Ihnen heute Mittag die Maße nehmen und bis zum späten Abend mit einer fertigen Garderobe wiederkehren.«

»Haben Sie vielen Dank, Mylord. Kann ich sonst noch etwas für Sie tun? Die Korrespondenz der letzten Woche ist erledigt, auf die Einladung zum Dinner bei Ihrem Schwager habe ich bereits geantwortet.«

Sheffield rollte den Federhalter zwischen seinen Fingern. »Es gibt in der Tat etwas, das Sie für mich tun könnten. Übernehmen Sie die Vormundschaft für ein störrisches Frauenzimmer, und Heath und ich werden Ihnen ewig dankbar sein und Sie mit Geschenken überhäufen.«

Angesichts des verzweifelten Untertons zog Jeremiah die Augenbrauen zusammen. »Ich verstehe nicht ganz.«

Sheffield stieß die angehaltene Luft in einem langen Atemzug aus und starrte an die Decke. »Ophelia … nachdem Heath gerade geschäftlich mehr zu tun hat, habe ich mich angeboten, seine Rolle der Vormundschaft ein paar Wochen zu übernehmen. Ich habe keinen blassen Schimmer, wie er es nur einen Tag mit seinem Mündel ausgehalten hat, ohne dutzende Haare zu verlieren. Wenn es nach mir ginge, würde ich sie einsperren und keinen Ball mehr besuchen lassen.«

»Oh«, antwortete Jeremiah und räusperte sich, »nun ja, sie ist noch jung und will die Welt erobern.«

Sheffield gab ein schnaubendes Geräusch von sich. »Die Welt? Wohl eher andere Gentlemen. Ich hatte heute Morgen eine äußerst unerfreuliche Unterredung mit ihr. Angeblich war sie gestern im Garten und hat auf jemanden gewartet. Ein Rendezvous, können Sie sich das vorstellen, Fox? Man sollte meinen, sie fürchtet sich kein bisschen vor einem Skandal.«

Mit jedem Wort war seine Stimme weiter angeschwollen, sodass sie zum Schluss eine unangenehme Lautstärke erreicht hatte. Sheffield war in der Tat aufgebracht, was seine geröteten Wangen noch unterstrichen. Jeremiah schluckte. Er fragte sich, wer Ophelia wohl gesehen haben könnte. Vermutlich hat der Baron ohnehin einen Spitzel auf sie angesetzt. »Sie haben demnach ein Gespräch mit ihr geführt? Hat sie sich erklären können?«

»Sie hat nicht viel gesagt, sondern versucht, mich mit ihren Blicken zu erwürgen. Wie dem auch sei … der Schneider wird heute Mittag erscheinen, den Rest besprechen wir noch.«

Jeremiah wurde in diesem Moment etwas Unerfreuliches bewusst – Lady Ophelia würde ihm die Schuld in die Schuhe schieben, immerhin hatte er sie gestern erwischt. Er würde verdammt gut schauspielern müssen, um ihr neutral gegenüberzutreten und sämtliche Schuld glaubhaft von sich zu weisen. Immerhin war er es wirklich nicht gewesen. »Natürlich, Mylord.«

Er verabschiedete sich von seinem Herrn, ehe er sich auf den Weg in sein kleines Arbeitszimmer machte. Der Großzügigkeit Sheffields hatte er es zu verdanken, dass ihm sogar ein eigener Raum zuteil geworden war. Sein persönliches Reich, in dem er für kurze Zeit den steifen Sekretär ablegen und in ein Kissen brüllen konnte. Bei der Aussicht darauf, seinem aufgestauten Ärger Luft machen zu können, beschleunigte er seine Schritte, bis er schließlich im Westflügel ankam.

Er drückte den Türknauf nach innen und wollte soeben zu fluchen beginnen, als er vor lauter Schreck beinahe über seine eigenen Beine stolperte. Jeremiah hätte mit vielem gerechnet, aber nicht damit, dass Lady Ophelia auf seinem Schreibtischsessel Platz genommen hatte und ihn anfunkelte wie eine wütende Sirene.

»Ich dachte schon, Sie übernachten in Noahs Arbeitszimmer«, schnarrte sie und machte keine Anstalten, sich zu erheben. Wäre ihr Körper aus Glas, so würden ihm die Scherben vor lauter Anspannung bereits entgegenfliegen. Er räusperte sich und schloss die Tür, ehe er seine steife Miene aufsetzte. Jene Miene, die ihn davor bewahrte, etwas zu zeigen, das nicht an die Oberfläche durfte.

»Mylady, wie kann ich Ihnen helfen?«

Sie trommelte mit den Fingern gegen die Sessellehnen und presste die Lippen zu einer schmalen Linie. Ihre geröteten Wangen boten einen starken Kontrast zu ihrem blonden Haar, selbst ihre grünen Augen schienen sich verdunkelt zu haben. Sie wollte ihn in der Tat fressen.

»Hätten Sie die Güte, mir zu erklären, weshalb Sie nichts Besseres zu tun haben, als mich an Noah zu verpfeifen? Ich hatte heute Morgen ein höchst unerfreuliches Gespräch!« Jetzt stand sie doch auf und umrundete den Schreibtisch, ehe sie mit hastigen Schritten auf ihn zukam und ungebührlich nahe vor ihm stehen blieb. So nahe, dass der Schwall ihres süßlichen Parfüms zu ihm wehte und seinen Mund trocken werden ließ. Herrgott, er hätte sich gestern in einen Club begeben soll, um seine aufgestaute Lust loszuwerden.

»Ich habe Sie nicht verraten, Mylady. Das schwöre ich Ihnen.« Es wunderte ihn, dass seine Stimme so ruhig blieb, tobte in seinem Inneren doch ein Orkan.

Ophelia kniff die Augen zusammen und verschränkte die Arme vor ihrem Oberkörper, wodurch ihr Dekolleté weitaus einladender erschien. Herrgott, war sie sich überhaupt darüber im Klaren, was sie soeben mit ihm anstellte?

»Und das soll ich Ihnen glauben? Sie waren der Einzige, der mich gestern gesehen hat.«

»Mit Verlaub, Mylady, aber es ist nicht ausgeschlossen, dass Sie jemand weggehen sah. Wie ich bereits sagte … ich schwöre bei meiner Anstellung, dass ich damit nichts zu tun habe. Ihr Leben geht mich schließlich nichts an.«

Sie neigte ihren Kopf zur Seite, schien in seinen Augen nach einer Lüge suchen zu wollen. »Etwas daran irritiert mich dennoch, Mr. Fox. Sie sind meinem Schwager treu ergeben. Bestimmt hat er Sie bereits darauf angesprochen. Und Sie haben ihm kein Sterbenswörtchen verraten?«

»Wie ich bereits sagte, nein.«

Ein interessierter Ausdruck setzte sich in ihren grünen Augen fest. »Dann haben Sie ihn belogen.«

Jeremiah schnappte nach Luft. »Selbstverständlich nicht. Ich habe lediglich etwas *nicht* gesagt.«

»Um mich zu beschützen?«

Dieses Gespräch folgte einer Richtung, die ihm überhaupt nicht gefiel. Er musste sie loswerden, und zwar so schnell wie möglich. »Nein, weil Sie mir sehr deutlich vermittelt haben, dass ich den Mund halten soll. Dieser ... Bitte bin ich nachgekommen.«

Zum ersten Mal, seit er den Raum betreten hatte, leuchtete so etwas wie ein schlechtes Gewissen in ihren Augen auf. »Nun gut, ich will Ihnen glauben. Haben Sie einen schönen Tag, Mr. Fox.«

Ihre Röcke raschelten, während sie zur Tür ging und den Knauf zur Seite drehte. Der irrationale Teil in ihm hätte sich am liebsten umgedreht und sie daran gehindert, zu gehen. Der Vernünftige erklärte ihn soeben bereit für Bedlam.

Selbst als Ophelia schon verschwunden war, ließ das heftige Pochen seines Herzens nicht nach. Er brauchte eine Frau. Dringend.

Einen Ball zu besuchen, gehörte wahrlich nicht zu Jeremiahs bevorzugten Aktivitäten. Im Grunde mied er sämtliche gesellschaftliche Anlässe, wo es nur ging. Dass Sheffield ihn gebeten hatte, seine Begleitung zu spielen, manövrierte ihn in eine missliche Lage.

Es ist so lange her ... niemand wird sich an dich erinnern.

Wieder und wieder rief er sich diesen Satz in Erinnerung, während er Sheffields Kutsche bestieg und ihm gegenüber Platz nahm.

»Sie sehen aus wie ein anderer Mensch, Fox. Beinahe ... humorvoll und gesellig.«

Obgleich er diesem schlechten Scherz nichts abgewinnen konnte, bemühte sich Jeremiah dennoch um ein Lächeln. Es fühlte sich so merkwürdig an, die Mundwinkel nach oben zu biegen. Während er es sich sonst immer einstudiert hatte, war sein Lächeln dieses Mal echt. »Ihr Lobesgesang den Schneider betreffend war wahrlich nicht übertrieben. Er kann Wunder vollwirken.«

Als sich Jeremiah vor der Abfahrt im Spiegel betrachtet hatte, war es ihm so vorgekommen, als hielte man ihm seine Vergangenheit vor die Nase. Der feine Stoff des Hemdes schmiegte sich wie eine zweite Haut an ihn, seine Füße steckten in polierten Abendschuhen mit Silberschnallen und der mintgrüne Gehrock hob sich dezent von seinen weißen Breeches ab. Es war lange her, dass er etwas so Kostbares getragen hatte. Die Zeiten, die schon lange verblasst und doch so präsent waren. Er fühlte sich nicht bereit dazu, in eine andere Rolle zu schlüpfen und den Freund des Lords zu mimen. Dabei tat er genau das seit Jahren ... sich als jemand anderes ausgeben.

»Was genau erwarten Sie heute von mir?«, fragte er vorsichtig und versuchte, seine Nervosität nicht nach außen dringen zu lassen.

Sheffield lehnte sich zurück und verschränkte die Beine an den Knöcheln, während das Gefährt durch Londons Straßen ratterte. »Dass Sie Spaß haben.«

»Wie meinen?«, platzte es aus ihm heraus. »Ich sollte Sie doch aus einem bestimmten Grund begleiten.«

Sheffield überprüfte den Sitz seiner Manschettenknöpfe, ehe er Jeremiah in der Schummrigkeit der Kutsche einen enervierten Blick zuwarf. »Sagen Sie nicht, Sie haben Ihr Notizbuch mitgenommen?«

Wie auf Kommando schien es in der Innentasche seines Gehrocks schwerer zu werden. »Natürlich.«

Sein Gegenüber stöhnte auf. »Herrgott, Fox, ich habe Sie mitgenommen, weil ich weiß, wie sehr Ihnen das Schicksal der Veteranen am Herzen liegt. Dort können Sie sich davon überzeugen, dass es Menschen gibt, die sich für sie einsetzen. Zudem ist es dennoch ein Ball, das bedeutet, Sie können auch Spaß haben.«

»Aber ...«

Sheffield hob in einer gebieterischen Geste die Hand, sodass Jeremiah jeglichen Protest in der Kehle erstickte.

»Sie arbeiten seit Jahren für mich und das durchaus gewissenhaft. Ich verlasse mich auf niemanden so, wie ich mich auf Sie verlasse, Fox. Aber bei Gott ... ein wenig Spaß wird Ihnen nicht schaden, oder wollen Sie sich bis an Ihr Lebensende anhören, dass Sie einen Stock in Ihrem Allerwertesten haben?«

Jeremiah hatte nichts gegen den Stock. Er bewahrte ihn davor, Dummheiten zu begehen und seinem irrationalen Ich freien Lauf zu lassen. Ja, er wusste, wie sich Spaß anfühlte, dennoch konnte er es nicht riskieren, aus seiner Rolle zu fallen. »Mir fehlt es an nichts.«

»Das ist das erste Mal, dass Sie mich anlügen.«

Seine Wangen wurden heiß und er blickte durch das Fenster in die Dunkelheit. »Warum tun Sie das, Mylord?«

»Weil man seinen Freund nicht hängen lässt.«

Obgleich Sheffield ihm immer wieder gesagt hatte, dass er ihn nicht nur als seinen Sekretär, sondern auch als seinen Freund sah, so hatte Jeremiah diese Bemerkung nie an sich herangelassen. Aber heute war er verwundbar … und Sheffield hatte diesen Umstand beinhart ausgenutzt.

»So und jetzt genug der Gefühlsduselei, wir sind da. Und lassen Sie, zum Teufel, Ihr Notizbuch in der Kutsche. Danken können Sie mir später.«

Die Kutsche kam zum Stehen, und der Verschlag wurde sogleich geöffnet, sodass Sheffield aussteigen konnte. Jeremiah nahm einen letzten tiefen Atemzug, ehe er seinem Herrn folgte. Ohne das Notizbuch.

Er würde ihm nicht danken, sondern ihn verfluchen, so viel wusste er jetzt schon.

4. Kapitel

Langsam glitten Ophelias Finger über die Tasten des Pianofortes und entlockten ihm einen zauberhaften Klang. Nur unterschwellig und im Hintergrund haltend, spielte sie ein paar ruhige Stücke. Ihre Stimme hatte sich zu ihrem Leidwesen nie wirklich zum Singen geeignet, eher verschreckte sie damit jegliche Zuhörer. Aus diesem Grund beschränkte sie sich allein aufs Spielen und hatte im Laufe der Jahre ein gewisses Talent dafür entwickelt.

Sie war auf Bitten Lady Waxfords hier, um beim Benefizball ihres Gatten ein wenig für Unterhaltung zu sorgen. Noch waren die versammelten Herrschaften vertieft in ihre Gespräche über die vergangenen Kriegsjahre. Erst später würde sie schnellere Musik spielen, um die Veteranen und ihre Damen zum Tanzen zu bewegen.

Ophelia selbst hegte nur wenig Interesse am Krieg. Er gehörte der Vergangenheit an und war so schrecklich, dass die Leute ihrer Meinung nach lieber darüber schweigen sollten, als darüber zu reden und ihre Siege zu feiern. Zuerst hatte sie Lady Waxfords Bitte ablehnen wollen, doch als sie von der Zusage eines gewissen Gentlemans hörte, änderte sie ihre Meinung. Auch wenn sie die Wette mit Susan verloren hatte, so war das Spiel noch lange nicht vorbei. Obwohl Noah zuerst darauf bestand, dass sie Zuhause blieb und bloß keinen Unfug anrichtete, hatte sie ihn schließlich doch noch überreden können. Immerhin wusste sie, wie leidenschaftlich sich die hier Anwesenden für die vom Schicksal gezeichneten Veteranen einsetzten. Und Noah konnte ihr schließlich nicht verbieten, etwas für einen guten Zweck zu tun.

Dass ihre Beweggründe eher eigennütziger Natur waren, behielt sie natürlich für sich.

So hatte sie sich schon ein wenig früher vor dem offiziellen Beginn der Veranstaltung gemeinsam mit ihrer Zofe Lydia auf den Weg gemacht, um den Klang des fremden Pianofortes zu testen. Es war ein exzellent gestimmtes Instrument. Obwohl bei den Waxfords niemand spielte, war weder eine Taste verklemmt noch gab das Pianoforte jaulende Laute von sich. Das beruhigte sie. Es wäre unschön geworden, hätten die schrägen Töne des Pianos ihren Auftritt ruiniert.

So konnte sie sich ganz aufs Spielen konzentrieren – und darauf, Lord Preston zu beeindrucken. Da Susans Ehemann, Lord Bisbourne, zum Leidwesen seiner Gattin heute lieber seiner Spielsucht frönte, hatte Ophelia den ganzen Abend Zeit, Samuel für sich zu gewinnen, ohne dass ihre Freundin ihr hineinredete.

Ein mit ausladenden, orangefarbenen Rüschen versehenes Kleid erschien neben dem Musikinstrument. Ohne von ihrem Spiel abzulassen, schenkte Ophelia ihrer Gastgeberin ein strahlendes Lächeln.

»Lady Ophelia, Sie spielen bezaubernd«, flötete Lady Waxford und nippte an ihrem Champagner. »Ich bin Ihnen sehr dankbar, dass Sie uns heute mit Ihrer Anwesenheit beehren.« Die lockigen Strähnen, die ihr ins Gesicht fielen, wirkten bereits ein wenig schlaff und eine deutliche Rötung färbte ihre pausbäckigen Wangen. Wie es aussah, war sie heute Abend dem Alkohol besonders zugeneigt.

»Ihr Schwager ist auch soeben eingetroffen, weswegen ich mir erlaubt habe, Ihre Zofe wieder heimzuschicken. Ich hoffe, das war auch in Ihrem Interesse.«

»Natürlich, Lady Waxford. Ich danke Ihnen.« Ophelia richtete ihre Aufmerksamkeit wieder auf die Tasten, doch aus irgendeinem Grund war das Gespräch für Ihre Ladyschaft noch nicht beendet.

»Kann ich etwas für Sie tun, Mylady?«, fragte Ophelia höflich.

Die Bewegungen ihrer Finger verlangsamten sich, das Stück neigte sich dem Ende.

»In der Tat«, entgegnete Lady Waxford und stürzte den letzten Rest ihres Champagners hinunter, als müsse sie sich Mut antrinken. Wenig damenhaft. »Ihr Schwager erschien in Begleitung eines gewissen Lord Hamington. Ein wahrlich stattlicher Gentleman. Jedoch habe ich noch nie zuvor von ihm gehört oder ihn gar bei Hofe gesehen. Sie wissen nicht zufällig etwas über ihn?«

Das Lied verklang. Ophelia ließ von dem Pianoforte ab und richtete sich auf, um von einem Diener eine Champagnerflöte entgegen zu nehmen. Sie brauchte dringend eine Pause, die sie allerdings lieber mit Häppchen als mit ihrer Gastgeberin verbringen wollte. Diese war bekannt dafür, sich auf jeden adeligen Junggesellen zu stürzen, in der Hoffnung, eine gute Partie für eine ihrer zwei Töchter zu erhaschen. Bisher erfolglos, sehr zum Leidwesen der Mädchen.

»Ich bin untröstlich, Lady Waxford. Ich erinnere mich nicht an einen Lord Hamington. Doch ich halte auch nicht nach, mit wem Lord Sheffield privat oder geschäftlich verkehrt. Seine Geschäftspartner sind mir unbekannt.« Abgesehen von Lord Preston, doch diesen Gedanken sprach sie nicht laut aus.

Augenblicklich huschte ihr Blick von einem Gentleman zum nächsten, doch noch war von Samuel nichts zu sehen. Sie nippte an ihrem Champagner, der ohne Zusatz von Rosensirup für ihren Geschmack zu bitter schmeckte. »Bitte entschuldigen Sie mich, ich benötige eine kleine Stärkung, bevor ich weiter spiele.« Noch ehe Lady Waxford zu einer Antwort ansetzen konnte, schlängelte sie sich zwischen den Gästen hindurch zum Buffet. Die Häppchen sahen wahrlich köstlich aus. Beherzt griff sie nach einem Stück Käse und biss genüsslich hinein.

»Ich gebe zu, ich war unsicher, als Alexandra mir versicherte, dass du das Pianoforte wie keine andere beherrschst.«

Ophelia schluckte den letzten Bissen hinunter und wandte sich lächelnd zu ihrem Schwager um. »Noah, du solltest die Käsehäppchen probieren, sie sind köstlich.«

Er erwiderte ihr Lächeln und die Haut um seine blauen Augen warf kleine Fältchen. »Das Kompliment ist ernst gemeint. Wieso ist das Piano in unserem Haus noch unberührt?«

»Der Klang einer Taste bescherte mir das größte Grauen.« Frech blinzelte sie ihm zu. »Dein Piano bedarf einiger Erneuerungen. Wahrscheinlich ist es besser, es einfach zu entsorgen und ein neues zu beschaffen. Möglicherweise spiele ich dir dann einmal ein Lied zu deinem Nachmittagstee.«

Überrascht zog Noah die Augenbrauen hoch. »Ich überhöre deine Bissigkeit und werde darüber nachdenken. Ich hatte keine Ahnung, in welchem Zustand dieses Instrument ist. Seit der …« Er räusperte sich verhalten. »Seit der ehemaligen Baroness hat es niemand mehr benutzt.«

Herrgott, von dieser Hinterhältigkeit in Person wollte Ophelia nichts mehr hören. Nie wieder. »Wer ist dein Begleiter, Noah?«, fragte sie stattdessen. »Wie ich hörte, hat Lady Waxford bereits ein Auge auf diesen mysteriösen Lord Hamington geworfen. Hoffentlich verschlingt sie ihn nicht, bevor er Fuß in London gefasst hat.«

Der Themenwechsel trug Früchte. Sogleich trat ein schelmisches Funkeln in Noahs Augen. »Joseph ist ein langjähriger Freund der Familie. Ich bin damals mit ihm aufgewachsen und habe meine Tage auf dem Land mit ihm verbracht.«

»Hm.« Die Antwort genügte Ophelia. Sie war nicht sonderlich interessiert an den Geschäftspartnern ihres Schwagers, schon gar nicht, wenn diese mehr Zeit auf ihren Landsitzen als in der Stadt verbrachten. »Entschuldige mich, meine Pause war lang genug. Es wird Zeit, ein bisschen Stimmung aufzubringen.« Sie tauschte ihre leere Champagnerflöte gegen eine gefüllte und stolzierte zurück zu ihrer Aufgabe des heutigen Abends. Dabei schaute sie sich weiterhin verstohlen nach einem gewissen Lord Preston um, sodass sie zu spät den Mann bemerkte, der wie aus dem Nichts vor ihr aufzutauchen schien. Sie prallte gegen eine harte Brust, taumelte erschrocken ein paar Schritte rückwärts und verschüttete ihren Champagner über einen feinen, mintgrünen Gehrock. Einzig seinem reflexartigen Griff nach ihren Armen war es zu verdanken, dass sie nicht auch noch stürzte.

»Verzeihen Sie, Mylord«, murmelte sie entsetzt. »Ich bin untröstlich, der gute Stoff!« Hässliche, dunkle Flecken breiteten sich darauf aus. Hitze stieg ihr in die Wangen. Wie konnte sie nur so ungeschickt sein! »Er ist ruiniert! Ich werde sogleich einen Diener bitten, Ihnen etwas Frisches zum Anziehen zur Verfügung zu stellen.«

»Ist schon gut, Mylady. Sie haben mich schließlich nicht mit Absicht mit Champagner begossen.«

Augenblicklich fuhr ihr Kopf nach oben. Ihre Augen verengten sich zu Schlitzen. Sie kannte diese Stimme, doch sie musste mehrmals hinschauen, um den Mann zu erkennen, der zu ihr gehörte.

»Mr. Fox?«

Er setzte ein freundliches Lächeln auf, das seine Augen nicht erreichte. Es wirkte erzwungen, als wolle er nicht, dass sie ihn vor aller Ohren bloßstellte.

»Heute Abend bin ich Lord Joseph Hamington«, stellte er richtig.

»Noahs mysteriöser Freund aus Kindertagen. Lady Waxford würde vor Enttäuschung in Ohnmacht fallen.« Ophelia hielt sich die Hand vor den Mund, um sich ein Kichern zu verkneifen. Das war nicht so leicht. Ein Sekretär gab sich für einen Lord aus und dann auch noch als ein Freund seines eigenen Arbeitgebers. Und die Gastgeberin schmiedete schon Hochzeitspläne. Wenn sie wüsste ...

»Sie sind ja doch für einen Spaß zu haben, Lord Hamington«, flüsterte sie amüsiert.

Mr. Fox' Miene nahm einen leidigen Ausdruck an. »Ich bitte Sie inständig, meine Verkleidung nicht auffliegen zu lassen. Lord Sheffield bestand auf meine Begleitung heute Abend.«

»Das sieht Noah ähnlich.« Sie schüttelte grinsend den Kopf, als sie aus dem Augenwinkel einen begehrten blonden Schopf ausmachte. Augenblicklich schlug ihr Herz schneller. »Keine Sorge, Hamington. Amüsieren Sie sich nur. Ihr kleines Geheimnis ist bei mir sicher, schließlich schulde ich Ihnen ohnehin noch etwas.« Sie wollte sich von ihm abwenden, hielt dann aber noch einmal inne. »Wenn Sie die Schultern ein wenig senken und Ihr Getränk nicht umklammern, als hinge Ihr Leben davon ab, ist diese Aufmachung undurchschaubar. Nur verhalten Sie sich nicht so steif wie ein Besenstiel, Sie sind schließlich ein Lord!«

»Ich bemühe mich, Ihre Ratschläge zu beherzigen, Mylady«, entgegnete er und presste die Lippen zu einer schmalen Linie zusammen. Ophelia zuckte mit den Achseln. Es war offensichtlich, dass Mr. Fox sich inmitten der Hautevolee unwohl fühlte. Doch es war nicht ihre Aufgabe, sich um ihn zu kümmern. Schließlich hatte sie etwas anderes vor. Entschlossen ließ sie ihn stehen und stolzierte in Richtung des Pianos.

»Lady Mainsfield, wie schön, Sie hier zu sehen«, erklang eine tiefe Stimme hinter ihr und jagte ihr einen wohligen Schauer über den Rücken. Ein Seufzen verkneifend wandte sie sich mit einem strahlenden Lächeln um.

»Lord Preston«, erwiderte sie scheinbar überrascht, »welch eine Freude.«

»Erlauben Sie mir, mich nach Ihrem Befinden zu erkundigen, Mylady?« Er räusperte sich und fügte mit gesenkter Lautstärke hinzu: »Verzeihen Sie mir meine Unpässlichkeit beim vergangenen Ball Ihres Schwagers. Mein Bekannter berichtete mir ausschweifend von seiner Pferdezucht und wollte mir doch tatsächlich einen seiner Hengste zu horrenden Konditionen aufschwatzen. Ich habe gekämpft, um seiner Aufmerksamkeit zu entkommen. Als ich schließlich Gelegenheit hatte, den Wintergarten aufzusuchen, waren Sie längst fort. Ich hoffe doch, Sie sind nicht übermäßig verärgert, Lady Ophelia, das würde ich mir nicht verzeihen.«

»Machen Sie sich keine Gedanken, Mylord«, scherzte sie. »Mir wurde im Wintergarten ein wenig kühl und ich wollte vermeiden, mir eine Erkältung zuzuziehen.« In Erinnerung an die katastrophale Nacht breitete sich die Röte auf ihren Wangen aus.

Unwillkürlich huschte ihr Blick zu der schmalen, hochgewachsenen Gestalt im mintgrünen Gehrock. Fox tupfte sich doch tatsächlich selbst mit einem Tuch die Champagnerflecken ab, während ein Diener um ihn herum scharwenzelte und ihm eifrig seine Dienste anbot, sich gar aufzudrängen schien. Sie konnte beinahe das unwirsche Knurren hören, das mit Sicherheit Fox' Kehle entwich, so entnervt wie er aussah. Ein Kichern brach aus ihr heraus und sie verbarg ihre Lippen hastig hinter ihrer Hand.

»Meine Entschuldigung scheint Sie zu amüsieren, Lady Mainsfield«, bemerkte Preston und krauste die Stirn. Augenblicklich verstummte Ophelia und zwang sich zu einer ernsten Miene. »Verzeihen Sie, ich wollte nicht unhöflich sein. Mein Amüsement hat nichts mit Ihnen zu tun. Lassen Sie mich Ihre Verwirrung beseitigen. Sehen Sie den Gentleman dort drüben?« Sie deutete auf Fox, der den Bediensteten nun mit einer forschen Armbewegung fortscheuchte. »Bei einem Zusammenstoß mit einer Dame ergoss sich der Inhalt des Champagnerglases über seine Kleidung. Das erinnerte mich an einen Moment in meiner Kindheit, als meine Zwillingsschwester mich auf unserem Landsitz in den hüfthohen Brunnen schubste. Ich war durchnässt bis auf die Knochen. Die Erinnerung brachte mich zum Lachen«, log sie, um ihr Verhalten zu erklären und gleichzeitig Lord Preston nicht vor den Kopf zu stoßen. Es funktionierte, denn ein Grinsen zeichnete sich auf Samuels Zügen ab.

»Ihre Schwester scheint mir sehr ungezogen gewesen zu sein.«

»Keineswegs, ich hatte es verdient, glauben Sie mir.« Sie strafte ihrem unschuldigen Lächeln mit einem koketten Augenaufschlag Lüge. Luftholend wollte sie zu einem weiteren Flirt ansetzen, als sie Lady Waxford auffordernd neben dem Piano stehen und mit den Händen wedeln sah. Enttäuscht fiel ihr ein, weshalb sie hier war. »Verzeihen Sie, Mylord, aber ich spiele heute Abend das Pianoforte. Genießen Sie die Veranstaltung.«

Er beugte sich zu ihr hinunter. Sein Atem streichelte die empfindliche Haut an ihrem Hals, als er hauchte: »Wenn Ihre zarten Finger diesen kalten Tasten eine klangvolle Melodie entlocken können, wüsste ich nur zu gern, was sie an anderen Stellen bewirken.«

Erschrocken sog sie die Luft ein. Normalerweise war sie nie um eine schlagfertige Antwort verlegen, doch seine Gelüste so offen vor ihr darzulegen war skandalös! Und gleichzeitig entfachte es eine Hitze in ihrem Unterleib, die sie nicht gewohnt war. Hart klopfte das Herz in ihrer Brust, Schweiß bildete sich auf ihren Handflächen. Oh, wie gern würde sie sich diesem stattlichen Mann einfach in die Arme werfen!

»Lady Mainsfield, spielen Sie ein weiteres Lied für uns?«, erklang Lady Waxfords auffordernde Stimme und riss Ophelia aus ihren Fantasien. Abrupt wandte sie sich von Preston ab und schwankte auf zittrigen Beinen zurück zu dem Instrument.

»Ich hoffe, Sie reservieren mir auf dem nächsten Ball einen Tanz, Mylady«, hörte sie Samuel noch sagen, doch sie fühlte sich außerstande, ihm zu antworten. Erst als sie am Piano Platz genommen hatte, wagte sie einen flüchtigen Blick in sein Gesicht. Doch anstatt empört über ihren unsittlichen Abgang zu sein, hatte sich ein freches Grinsen in seine Züge geschlichen. Dieser Mann wusste ganz genau, was für Gefühle er in ihr hervorrief. Und Ophelia war sich auf einmal nicht sicher, ob sie sich nicht doch auf zu dünnes Eis wagte.

Eine kühle Brise wehte Ophelia ins Gesicht. Sie schloss die Augen und genoss die Kälte auf ihrer Haut, die sich sogleich gerötet hatte, als sie ihren Schwestern von dem gestrigen Abend erzählte. Beim Gedanken an den stattlichen Samuel Preston hatte sie erneut eine Hitzewelle übermannt. Natürlich verschwieg sie dieses unbedeutende Detail in ihrem Bericht.

Ihre tiefsten Sehnsüchte waren nicht für die Ohren ihrer Schwestern bestimmt. Zwar vertraute sie ihnen, dass sie ein Geheimnis für sich behalten würden, doch Charlotte war an Prüderie nicht zu übertreffen und auch Alexandra zierte sich meist, offen über Männer zu reden. Einzig ihre Freundin Susan nahm selten ein Blatt vor den Mund, dafür war sie allerdings auch gegenüber allen anderen sehr redselig und tratschte für ihr Leben gern.

Nein, mit ihren Gefühlen musste sie allein zurechtkommen. Nach gestern bestand für sie kein Zweifel, dass Lord Preston sie ebenfalls begehrte, und Ophelia war sich sicher, dass er schon bald bei ihrem derzeitigen Vormund Noah um ihre Hand anhalten würde. Und wenn nicht, konnte sie immer noch nachhelfen. Natürlich scheute sie sich nicht vor einem Skandal – schließlich waren durch eben solche ihre Schwestern zu ihren Ehemännern gekommen und nun beide glücklich verheiratet – doch ein Artikel in der *Gazette* sorgte neben Aufsehen auch für Missbilligung.

»Ach, ich liebe den Herbst. Du nicht auch, Pheli?«, säuselte Alexandra zufrieden und hakte sich bei ihrer Zwillingsschwester unter, woraufhin Ophelia die Augen öffnete und ihren Blick über den Hyde Park schweifen ließ. Die Blätter der Bäume färbten sich bereits in den schillerndsten Farben: Gelb verlief in sanfte Orangetöne, manche waren von einem feurigen Rot und ab und zu mischte sich auch ein bräunliches, vertrocknetes Blatt dazwischen.

»Wenn der Himmel nicht so wolkenverhangen wäre und etwas mehr Sonnenlicht durchlassen würde, könnte ich mich mit dieser Jahreszeit anfreunden«, antwortete sie säuerlich. Alexandra verdrehte nur die Augen und winkte ein paar anderen Damen zu, die in einiger Entfernung den Nachmittag ebenfalls für einen Spaziergang durch den Park nutzten. Es amüsierte Ophelia immer wieder aufs Neue, dass ihr Zwilling so ganz anders war als sie. Wie zwei Seiten einer Medaille und dennoch unzertrennlich miteinander verbunden.

»Ich finde das Wetter herrlich«, mischte Charlotte sich ein und strich sich eine rotblonde Locke, die sich durch den Wind aus ihrer Frisur gelöst hatte, hinters Ohr. »Sieh nur, Ophelia, dort drüben sind Lord und Lady Bisbourne.«

Augenblicklich reckte sie ihren Hals und folgte mit den Augen ihrem Fingerzeig. Tatsächlich, Susan stolzierte an der Seite ihres Ehemannes den Weg entlang und betrachtete die Garderobe jeder vorbeikommenden Lady haargenau. Vermutlich sehnte sie bereits den nächsten Klatsch herbei. Als sie die Schwestern entdeckte, erhellte sich ihr Gesicht. Sie sprach ein paar Worte mit ihrem Gatten und als er zustimmend nickte und sich bereits einigen Gentlemen zuwandte, kam Susan auch schon auf das Trio zu.

»Wenn das nicht meine reizenden Mainsfield-Schwestern sind«, rief sie zur Begrüßung. »Liebste Ophelia, du musst mir alles von dem gestrigen Benefizball erzählen. Ich bedaure es sehr, dass mein Gemahl unpässlich war und wir nicht daran teilnehmen konnten. Du weißt, wie sehr ich Männer in Uniform verehre.« *Unpässlich* war das richtige Wort, um Lord Bisbournes Spielsucht zu verschönern. Sie hakte sich besitzergreifend bei Ophelia unter und vertrieb damit Alexandra von ihrer Seite. Schnaubend fiel diese mit Charlotte ein paar Schritte zurück.

»Der Abend hätte nur schöner sein können, wenn du mit mir dort gewesen wärst, liebste Freundin«, entgegnete Ophelia, nur allzu bewusst darüber, wie leicht sich Susan durch Komplimente geschmeichelt fühlte.

»Ach, das klingt nach einem bezaubernden Abend. Wie schade, dass ich ihn verpasst habe.« Sie seufzte theatralisch. »Übrigens schuldest du mir noch ein Paar Perlenohrringe.«

Ophelia runzelte die Stirn. »*Du* hast die Ohrringe deiner Großmutter verwettet, wenn ich mich recht entsinne.«

»Gewiss, aber soweit ich weiß, hast du es nicht geschafft, unseren lieben Lord Preston zu verführen. Somit habe ich gewonnen und bekomme etwas von dir. Ich nehme auch gerne das goldene Collier, das du zum Ball der…«

»Niemals«, unterbrach Ophelia sie harsch. »Das gehörte meiner Mutter, Gott hab sie selig. Du bekommst meine Perlenohrringe bei unserem nächsten Aufeinandertreffen. Sei jedoch gewarnt, das Spiel ist noch nicht vorbei.«

»Nicht?« Das Funkeln in Susans Augen bestätigte Ophelia darin, dass das Verhalten ihres Mannes langsam auch auf sie abfärbte. Ihre Freundin sagte selten Nein zu einer guten Wette.

Ophelia blickte sich verstohlen nach ungebetenen Zuhörern um, doch selbst ihre Schwestern waren weit genug entfernt, um nicht lauschen zu können. »Ich werde Lord Preston für mich gewinnen«, verriet sie mit gesenkter Stimme. »Koste es, was es wolle.«

»Und wenn ich ihn mir zuerst schnappe?« Die plötzliche Eiseskälte, die Susans Stimme mitschwang, ließ Ophelia verwirrt zur Seite schauen.

»Ich verstehe nicht ...«

»Ich will nicht schlecht über meinen Mann reden, Gott bewahre«, begann Susan im Plauderton, die eisige Kälte wie weggeblasen, »aber er ist derzeit den Großteil des Jahres geschäftlich in anderen Ländern unterwegs und bringt dennoch nichts weiter als Schulden mit nach Hause. Da reift in mir die Überlegung, mir einen wohlhabenden Liebhaber zuzulegen. Was meinst du, Ophelia? Wäre Lord Preston ein würdiger Kandidat?«

Zum zweiten Mal in kurzer Zeit verschlug es Ophelia die Sprache. Nein, sie konnte nicht glauben, dass ihre Freundin tatsächlich einen Liebhaber in Betracht zog. Sie wäre weiß Gott nicht die Erste, aber musste es ausgerechnet Lord Preston sein? *Ihr* Lord Preston?

Susan rümpfte die Nase, ehe sich ein missmutiger Ausdruck auf ihr Gesicht legte. »Mein Ehemann ist nicht nur der Spielsucht verfallen, sondern auch dem Alkohol«, erklärte sie weiter. »Folglich sucht er mich nachts bereits seit mehreren Monaten nicht mehr auf, sofern er denn überhaupt hier in London weilt.«

»Du meinst ...«

»Ich werde mein Bett teilen, mit wem auch immer ich will. Und Lord Preston steht ganz oben auf meiner Liste. Denkst du wirklich, dass ein Mann wie er noch nie einer Frau beiwohnte? Wie naiv du doch bist, kleine Ophelia.«

Ein Schauer lief Ophelia den Rücken hinunter und sie begann zu frösteln. Schuld daran war jedoch nicht die frische Herbstluft. »Samuel ist ein begehrter Junggeselle«, entfuhr es ihr schnippisch, während sie den Blick wieder starr nach vorn auf den Park richtete. »Du glaubst doch nicht ernsthaft, dass er eine verheiratete Frau einer ungebundenen vorzieht.«

Susan schnaubte. »Nun, vielleicht mag er aber lieber eine erfahrenere Lady als eine Jungfrau?« Ihr Griff verstärkte sich, und auch wenn Ophelia sich am liebsten von ihrer Freundin losreißen würde, so zwang sie sich äußerlich doch zur Ruhe. Es würde für Aufsehen sorgen, wenn sie und Susan sich öffentlich stritten. Bei Geld hörten Freundschaften bekanntlich auf, womöglich war es bei Männern ebenso der Fall. Höflich begrüßte sie im Vorbeigehen Lord und Lady Waxford, als Susan sich zu ihr beugte und flüsterte: »Wir werden ja sehen, wer von uns beiden am Ende Lord Prestons Bett anwärmt.«

5. Kapitel

Jeremiah versuchte, sich nicht ständig daran zu erinnern, wie grazil sich Ophelias Finger über die Tasten des Pianofortes bewegt hatten.

Er versuchte, nicht daran zu denken, wie es wohl wäre, eben jene Finger auf seiner Haut zu spüren.

Und erst recht sollte er jeden Gedanken an dieses einnehmende Lächeln in die letzte Ecke seines Kopfes verbannen.

Er war der Privatsekretär eines Lords.

Sie die Lady, deren Stammbaum weit zurückreichte.

Jeder frivole Gedanke war schlichtweg fehl am Platz und hatte in seinem Leben nichts zu suchen.

»Fox?«

Jeremiah zuckte zusammen, als er die Stimme Seiner Lordschaft vernahm. Er setzte eine neutrale Miene auf und hob den Kopf von den zahlreichen Einladungen, die sein Dienstgeber diese Woche erhalten hatte.

»Ja, Mylord?«

Sein Gegenüber hob eine Augenbraue. »Sie wirken mir in letzter Zeit zerstreut. Ist alles in bester Ordnung? Ich sage Ihnen schon die ganze Zeit, dass Sie sich ein wenig Erholung gönnen sollten.«

Jeremiah schüttelte entschieden den Kopf. »Das ist nicht vonnöten, Mylord. Meine Gedanken hingen lediglich an dem gestrigen Abend und daran, dass den Veteranen hoffentlich geholfen wird.« Das war immerhin nur eine halbe Lüge.

»Wie Sie meinen … sagen Sie, haben Sie eine Schwester?«

Himmel, heute würde er sämtliche Selbstbeherrschung aufbringen müssen, um nicht aus der Rolle zu fallen. »Nein.«

Ein tiefes Seufzen folgte. »Ich werde aus Ophelia nicht schlau, Fox. Auf der einen Seite wirkt sie so unschuldig, als könne sie kein Wässerchen trüben, auf der anderen werde ich das Gefühl nicht los, dass sie etwas ausheckt. Etwas Skandalöses.«

Es war Jeremiah die letzten Tage bereits aufgefallen, dass der Lord fahrig wirkte, wenn es um Ophelia ging. Natürlich, Lord Sheffield wollte die Zwillingsschwester seiner Gattin mit allen Mitteln beschützen, aber ein Wirbelwind wie sie war nicht einfach zu zähmen. Er sah das Feuer in ihren Augen, wenn sich ihre Blicke begegneten. Den unbändigen Willen, ihren Kopf durchzusetzen, ungeahnt der Konsequenzen, die folgen könnten. Und doch war ihr Herz so rein, dass sich sein eigenes zusammenzog. Oder besser gesagt, der Rest, der davon noch übrig war.

»Darf ich fragen, wie Sie auf diese Einschätzung kommen?« Jeremiah legte die Schreibfeder beiseite und sah dem Lord dabei zu, wie er sich ungalant in den Sheratonsessel plumpsen ließ, sodass die Flüssigkeit in seinem Glas gefährlich nahe an den Rand schwappte.

»Es ist so ein Gefühl, ich kann es Ihnen nicht erklären. Ihre älteste Schwester Charlotte hat mich bereits zu Anfang gewarnt, dass man Ophelia an der kurzen Leine halten muss, weil sie so ungestüm sei. Und dann verhält sie sich wieder wie eine Lady, als würde kein einziger frivoler Gedanke in ihrem Kopf Platz finden.«

»Gab es etwas Ausschlaggebendes für Ihre Bedenken?« Es wunderte Jeremiah, dass seine Stimme so ruhig war, brannte in seinem Inneren doch ein Feuer, wenn er an die unschuldig grünen Augen und das sanfte Lächeln dachte. Er war drauf und dran, sich in etwas zu verrennen, und doch konnte er nicht stehen bleiben.

»Sie hat ein Auge auf Preston geworfen, und ich bin mit mir uneins, ob es mir gefällt«, knurrte Sheffield, hob das Glas und führte es zu den Lippen. »Sicher, Samuel ist ein guter Geschäftspartner und sein Vermögen als zukünftiger Earl of Preston ist ebenfalls nicht zu verachten. Ich würde es sehr bedauern, wenn sie einander die Herzen brächen und ich ihn zum Duell fordern müsste. Davon abgesehen, dass es verboten ist.«

Mir gefällt es jedenfalls nicht, dachte Jeremiah. Aber das war keine Debatte, die er mit dem Lord zu führen hatte, immerhin ging es hier um eine Privatangelegenheit, in die er sich niemals einmischen würde. Deswegen setzte er jetzt alles daran, dieses Thema zu einem Ende zu bringen. »Wenn Sie meiner bescheidenen Meinung Gehör schenken wollen … ich glaube, Lady Mainsfield braucht einfach jemanden, der sie galant und doch mit starker Hand führen kann. Ich denke nicht, dass sie sich eingesperrt fühlen will, und man kann ihr doch den Glauben lassen, zumindest einen Teil ihres Lebens selbst bestimmen zu dürfen.«

Nachdem der Lord einen großzügigen Schluck genommen hatte, warf er Jeremiah einen bedeutungsschwangeren Blick zu. »Sie haben recht. Wenn sie wenigstens einen älteren Bruder hätte, der ihr die Leviten lesen könnte. Irgendein Familienmitglied, das sie respektieren würde.«

Sheffield hatte ihn noch nie *so* angesehen. Ein eiskalter Schauer jagte über Jeremiahs Rücken – er war sein Privatsekretär, nicht das Mädchen für alles.

»Ich bin mir sicher, dass Mylady auch Sie akzeptiert«, beeilte er sich zu sagen, wobei sich seine Stimme bereits überschlug.

Er zwinkerte ihm zu. »Sie sind wahrlich ein schlaues Köpfchen, Fox! Ich weiß schon, warum ich Sie eingestellt habe.«

»Wie meinen, Mylord?« Ein kaltes Gefühl schlich durch seinen Magen.

Schwungvoll stellte der Lord das Glas auf dem Schreibtisch ab und klatschte in die Hände. »Es ist eine perfekte Lösung, Fox. Niemand in diesen Kreisen kennt Sie, das ist der Vorteil daran, dass Sie wie ein Geist leben. Wir könnten Lord Joseph Hamington hin und wieder auferstehen lassen, wenn es vonnöten ist.«

Das gefiel Jeremiah nicht. Ganz und gar nicht. Er lebte nicht wie ein Geist, damit sich diesen Umstand dann jemand zunutze machen konnte. Ihm wurde heiß bei der Vorstellung, dass er auch nur den Hauch eines Risikos einging. Nicht er. »M-Mylord, ich denke nicht, dass das zielführend ist. Zumal ich nicht weiß, wie man sich galant in diesen Reihen bewegt.«

Eine Lüge.

Der Lord vollführte eine wegwerfende Handbewegung. »Ach papperlapapp, Sie haben sich gestern herausragend geschlagen, Fox! Als läge es Ihnen im Blut. Sie sagten letztens doch, dass Sie sich ein wenig aus Ihrem Schneckenhaus wagen wollen. Das wäre die ideale Gelegenheit … wenn ich Sie als entfernten Verwandten der Familie Mainsfield bezeichne, ist es ausreichend. Es wird kein Hahn nach Ihnen krähen, aber so könnte man Ophelia im Blick behalten, ohne dass sie sich übergangen fühlt. Selbstverständlich werden Sie gebührend für Ihren Einsatz belohnt. Große Ereignisse meiden wir ohnehin, sodass keine Gefahr besteht, dass jemand tief graben könnte, was diesen mysteriösen Lord Joseph Hamington anbelangt.«

Jeremiahs Herz schien sich angesichts dieser düsteren Aussichten zu überschlagen. »Aber, Mylord …«

»Überdenken Sie meinen Vorschlag. Natürlich werde ich Sie nicht zwingen, aber ich hoffe, dass wir Ophelia hiermit ein wenig im Zaum halten können. Sie mag Sie … das hat man gestern deutlich gemerkt.«

Jeremiah schluckte. Hitze kroch ihm über den Hals in seine Wangen, sein Puls schoss in die Höhe. Sie hatten über ihn gesprochen?

»Bei allem Respekt, aber das denke ich nicht, Mylord, immerhin bin ich Ihr Sekretär und uns trennen Welten.«

Wieder diese wegwerfende Handbewegung. »Glauben Sie mir, ich habe bemerkt, dass sie Ihnen durchaus Bewunderung entgegenbringt, während sie für mich nur Verachtung übrighat.«

Es wurmte Sheffield. Anders konnte es sich Jeremiah nicht erklären, dass ein verletzter Ausdruck auf seine Züge glitt.

»Ich will nicht, dass sie an einen Tunichtgut gelangt. Wie dem auch sei … lassen Sie sich meinen Vorschlag in Ruhe durch den Kopf gehen.«

»Das werde ich, Mylord.«

Wieder eine Lüge.

In Wahrheit würde Jeremiah alles daran setzen, diesen Vorschlag keine Sekunde in Erwägung zu ziehen. Das würde nicht nur seine geschützte Position in Gefahr bringen … sondern auch den Rest seines ohnehin vernarbten Herzens.

Jeremiah wusste nur einen einzigen Ausweg aus seiner miserablen Lage.

Er musste Ophelia davon überzeugen, auf ihren Schwager zu hören und ihn somit zu verschonen, ihren Aufpasser spielen zu müssen. Es musste etwas geben, das ihr Herz erweichen konnte … und wenn er dafür eine Arie schreiben musste. Keineswegs konnte er sich in die Hautevolee mischen, ohne dabei jeden Tag fürchten zu müssen, von seiner Vergangenheit eingeholt zu werden.

Es war später Nachmittag, als er sich auf den Weg in die Bibliothek machte. In der Hoffnung, dass sie sich heute auch wieder dort aufhielt, klopfte er gegen die wuchtige Eichenholztür.

»Herein?«, zwitscherte es durch die Tür, ein fragender Ausdruck lag in dem Wort. Natürlich … wer klopfte schon gegen eine Bibliothekstür? Jeremiah schüttelte ob seiner Verwirrtheit den Kopf und trat ein. Der Geruch nach altem Pergament, vermischt mit Leder und einer Note frisch gebrühtem schwarzen Tee drang zu ihm. Er vermittelte ihm sofort ein Gefühl der Geborgenheit, obgleich er sich hier lediglich als Gast auf Zeit sah. Wer wusste schon, wie lange der Lord seine Dienste noch benötigen würde … oder er selbst mit seinen Lügen leben konnte.

Jeremiah umrundete die erste Galerie mit den vielen Wälzern und ging auf die Sitzgruppe neben dem Kamin zu, in dem ein gemächliches Feuer vor sich hin prasselte. Ophelia trug ein bodenlanges, grünes Kleid, das ihre Augenfarbe noch deutlicher hervorstechen ließ. Ihre Haare waren zu einem lockeren Knoten gebunden, sodass sich einige Strähnen daraus gelöst hatten und sanft an ihren Schultern nach vorn fielen … wie ein Engel. Sie sah aus wie ein Engel.

»Mylady, verzeihen Sie die S-Störung«, begann er stotternd die Unterhaltung und verneigte sich tief.

»Ach Mr. Fox, ich bitte Sie, derlei Gepflogenheiten können Sie in meiner Gegenwart unterlassen. Oder soll ich Sie heute erneut Lord Hamington nennen?«

Angesichts des kecken Untertons hob Jeremiah wieder den Kopf und betete, dass man ihm seine Unsicherheit nicht ansah. Er wusste schlichtweg nicht, wie er mit Lady Ophelia umgehen sollte.

»D-Danke, Mylady, aber das wird nicht nötig sein. Hätten Sie einen Augenblick Ihrer kostbaren Zeit für mich?«

Ophelia schnalzte mit der Zunge und legte das Buch zur Seite, ehe sie nach der Teetasse griff. »Mr. Fox, immer so förmlich. Mein Schwager hat recht, Abwechslung würde Ihnen guttun. Wie kann ich Ihnen helfen?«

Sie deutete auf den Sessel ihr gegenüber, sodass Jeremiah sich ungelenk in Bewegung setzte und vor lauter Schwung beinahe die Sitzfläche verfehlte. Räuspernd richtete er seinen Oberkörper gerade und legte die Hände auf seinen Beinen ab. »Äh … es ist mir wahrlich unangenehm.«

»Sprechen Sie frei heraus.« Sie schenkte ihm dieses atemberaubende Lächeln, das seinen Verstand in höhere Sphären trieb. Wenn sie nur wüsste, wie sie auf ihn wirkte …

»Mr. Fox?«, hakte sie nach, als er immer noch schwieg. Sie setzte die Teetasse ab und wandte sich ihm mit einem fragenden Ausdruck auf ihrem Gesicht zu.

»Äh …«, fuhr er fort, »ich möchte nicht unhöflich erscheinen, Mylady.«

Wieder dieses Lächeln, das zarte Grübchen in ihre Wangen zeichnete. »Wie ich schon sagte, sprechen Sie frei von Ihrem Herzen.«

Und das tat er dann. Seine Zunge war schneller als sein Verstand. »Lord Preston ist ein notorischer Schwerenöter und Unhold. Ich fürchte um Ihren tadellosen Ruf.«

Die Stille, die sich zwischen sie senkte, ließ Jeremiah das Gesagte hinterfragen. Himmel, was hatte er sich nur dabei gedacht, seine Gedanken wie ein verliebter Grünschnabel von sich zu geben? Als er bereits zu einer Entschuldigung ansetzen wollte, hallte ihr glockenhelles Lachen durch die Bibliothek, gefolgt von einer einzelnen Träne, die sie sich von der Wange wischte. »Oh, der gestrige Abend ist wohl der Anstoß Ihres Erscheinens. Ich bin in der Tat geschmeichelt, dass Sie sich Sorgen um mich machen, aber seien Sie gewiss, es ist nicht nötig. Hat mein Schwager Sie armen Kerl auf mich angesetzt?«

Nun löste Frustration seine anfängliche Scham ab. Warum schien jeder hier zu denken, dass er keine eigenen Taten setzen konnte, auch wenn es sich nicht für einen Bediensteten gehörte? »Nicht ganz, Mylady.«

Ophelias Lachen verklang und sie schüttelte den Kopf. »Lord Joseph Hamington ... es würde mich nicht wundern, wenn er Sie mitgenommen hätte, damit Sie ein Auge auf mich haben. Sie müssen in einer furchtbaren Position sein, Mr. Fox.«

Jeremiah schluckte. Er wollte ihr Mitleid nicht. »Seine Lordschaft sorgt sich lediglich um Sie ... wie ich auch, da mir diese Familie sehr ans Herz gewachsen ist, wenn ich so offen sein darf.«

Der Schalk war aus ihren wunderschönen Augen verschwunden, stattdessen las er so etwas wie Verständnis darin.

»Was ist mit Ihrer eigenen Familie passiert?« Sie sprach so leise, dass er Mühe hatte, sie zu verstehen, aber ihre Worte trafen ihn wie ein Hammerschlag.

Tot, wollte er sagen, aber es entsprach erstens nicht der Wahrheit und zweitens würde er dieses Geheimnis mit ins Grab nehmen. Selbst wenn er gefoltert werden würde. »Meine Familie ist weit weg. Sie allerdings sind hier und natürlich stimme ich in die Sorgen Seiner Lordschaft ein.«

Nachdenklich fuhr sich Ophelia mit dem Finger über die volle Unterlippe. In seinem Schritt wurde es unangenehm eng. Bei Gott, er sehnte sich nach einem Kübel Eiswasser, um seine lästigen, völlig ungewohnten Gedanken endlich zum Schweigen zu bringen. In seiner Kehle setzte sich ein Kloß fest, als er die Lady beobachtete.

»Ich verstehe«, durchbrach sie schließlich sein Gedankenkarussell und legte die Hände im Schoß ab. Jeremiah schaffte es gerade noch, ein erleichtertes Aufatmen zu verhindern. Er hätte ihr nicht mehr lange dabei zusehen können … nicht, ohne sich vorzustellen, wie sich ihre Lippen unter *seinen* Fingern anfühlen würden.

»Machen Sie sich keine Gedanken, Mr. Fox. Ich schätze Ihre Sorge, aber eine Lady wie ich hat alles unter Kontrolle.«

Das hatte er damals auch gedacht … dass jemand wie er alles kontrollieren könnte, was seine eigenen Entscheidungen anbelangte. Aber er hatte sich geirrt und teuer bezahlen müssen. Lady Ophelia Mainsfield wollte er dasselbe Schicksal ersparen, während sie mit offenen Armen in ihr Verderben rannte.

Er stutzte. Rannte sie wirklich in diese Richtung? Oder war Lord Preston nur in seinen Augen ein Tunichtgut? Er sollte sich zusammennehmen. Wenn er ihr eine freudige Zukunft wünschte, durfte er ihr eine möglicherweise gute Partie mit einem Viscount nicht verderben. Aber es kursierten eben Gerüchte über Preston und seinen Hang zu schönen Frauen, Drinks und Kartenspielen. Wusste sie davon? Selbst wenn nicht, er hatte kein Recht, sich einzumischen.

Wie auch immer, es war nicht seine Aufgabe, sie zu beschützen. Allein der Gedanke daran stand ihm überhaupt nicht zu, nur deshalb zwang er sich dazu, seine persönlichen Beweggründe zur Seite zu schieben und das zu sein, was er eben war: der Privatsekretär Seiner Lordschaft.

»Wie Mylady meinen«, gab er schließlich nach und suchte in seinem Kopf bereits nach Worten, wie er seinem Arbeitgeber wohl mitteilen konnte, dass er keineswegs zu Joseph Hamington werden wollte.

Während sein Stolz in diesem Moment auf ihn einprügelte, erinnerte ihn sein Verstand jede Sekunde daran, dass es das Richtige war, wie ein Geist zu leben.

»Nun, es ist ohnehin an der Zeit, mich mit meiner Schwester im Gewächshaus zu treffen. Ich wünsche einen angenehmen Tag.«

Jeremiah schoss vom Sessel hoch und verneigte sich wieder vor ihr. Anstatt einfach davonzugehen, sah er auf dem Boden ihre Füße näher kommen ... und noch näher.

Er glaubte zu verbrennen, als sie seine Hand ergriff und leicht drückte. Träumte er? Langsam hob er den Kopf wieder an und begegnete ihrem Blick.

»Wie ich schon sagte, Mr. Fox, Sie müssen sich nicht vor mir verneigen, ich halte nichts von derartigen Gepflogenheiten, die mich auf ein Podest stellen und andere zu meinen Untertanen machen. Sie sind ein guter Mensch mit einem großen Herzen. Ich hoffe, mein Schwager weiß dies zu schätzen.«

Er wollte etwas sagen ... irgendetwas, aber sein Mund war wie zugenäht. Das Einzige, das er noch fühlte, war sein donnerndes Herz in seiner Brust und die plötzliche Kälte, als Ophelia ihre Hand wieder sinken ließ und davonging. Erst, als die Tür ins Schloss fiel, erlaubte er es sich, durchzuatmen.

Wann ... wann in Gottes Namen hatte er es zugelassen, dass diese Frau eine solche Wirkung auf ihn ausübte? Wann hatte ihn seine steife, langweilige Art im Stich gelassen, wenn er in ihrer Nähe war?

Er würde den Rat des Lords annehmen und heute ein gewisses Etablissement aufsuchen. Eine andere Lösung sah er derzeit nicht.

Auf dem Weg zurück in sein Arbeitszimmer vernahm er die Stimme des Lakaien, der täglich die Briefe vorbeibrachte. Anstatt geradeaus weiterzugehen, nahm er die Treppe nach unten und begrüßte den Jungen.

»Ein Haufen Briefe, wie immer«, zwitscherte er und Fox deutete dem

Butler mit einem Kopfnicken, dem Jungen ein paar Pennys zu geben.

»Wie immer«, bestätigte Jeremiah, verabschiedete sich von ihm und ging die Treppe wieder hinauf. Er folgte dem karminroten Läufer und blätterte währenddessen bereits durch die Briefe. Einladungen über Einladungen, gefolgt von Briefen der Geschäftspartner des Lords bis hin zu … Jeremiah stoppte abrupt ab, als er die krakelige Schrift vernahm, die überhaupt nicht zu den anderen passte.

Als er seinen Namen erkannte, setzte sein Herz einen Schlag aus. Er hatte nur ein einziges Mal Post bekommen, sonst nie. Ruckartig setzte er sich wieder in Bewegung und eilte durch den Flur zu seinem Arbeitszimmer. Schwungvoll stieß er die Tür auf und ließ sie sogleich wieder ins Schloss fallen, ehe er das Siegel zerbrach und das grobe Papier herausnahm.

Er kannte diese Schrift.

Er würde die dazugehörige Person niemals vergessen können.

»Martha«, flüsterte er und klappte den Brief auf, ehe er sich zittrig in den Sessel fallen ließ. Martha Bowater war die einzige Person auf dieser Welt, die jemals um ihn getrauert hatte. Ihr Leid, das ihr allein seinetwegen widerfahren war, hatte ihm damals das Herz zerrissen, weswegen er sie in sein Geheimnis eingeweiht hatte. Sie allein wusste, wer Jeremiah Anthony Fox wirklich war.

Die Buchstaben waren verwackelt, als hätte sie größte Mühe gehabt, Satz für Satz zu schreiben. Es stand nicht viel in diesem Brief – lediglich vier Zeilen, die die Narben seines Herzens aufbrechen ließen.

Dein Vater ist überraschend bei einem Unfall ums Leben gekommen. Ich dachte, das würdest du wissen wollen, auch wenn du dein Leben in Cornwall hinter dir gelassen hast.

Pass gut auf dich auf, mein herzensguter Junge.

In Liebe, Martha

In diesem Augenblick zerbrach Jeremiahs Welt in alle Einzelteile. Er wusste, dass er die Scherben niemals wieder zu einem Ganzen zusammensetzen konnte.

6. Kapitel

Am Abend fanden Noah, Alexandra und Ophelia sich zum Essen im Speisezimmer ein. Noahs Köchin leistete ganze Arbeit. Ihre Desserts konnten zwar nicht mit den wundervollen Butterküchlein von Mrs. Giggles, der Köchin von Heath und Charlotte, mithalten, doch sie vermochte es, den Rinderbraten perfekt zuzubereiten. Er war hauchzart und beinahe zerfloss er in Ophelias Mund, als sie einen letzten Bissen nahm und genüsslich die Augen schloss.

»Was haltet ihr von einem Besuch im Theater?«, fragte Noah die Schwestern und ließ sich von den Kartoffeln und Bohnen etwas nachgeben.

»Ich erinnere mich nur zu gut an das letzte Mal«, murmelte Alexandra nachdenklich, doch ihre Augen leuchteten. Ophelia wusste sofort, was ihrem Zwilling durch den Kopf ging. Erst im Sommer waren sie im Theatre Royal gewesen und Noah hatte eine unerfreuliche Begegnung mit Lady Ashton, seiner ersten Gattin, über sich ergehen lassen müssen. Zum Glück verweilte diese derzeit in Newgate für das, was sie Alexandra und noch einigen anderen angetan hatte. Dennoch liebte Alexandra das Theater und sämtliche andere Kunstveranstaltungen.

Ophelia beobachtete, wie Noah seinen Arm über den Tisch ausstreckte und Alexandras Hand drückte. Ein liebevolles Lächeln glitt dabei über seine Züge, und Ophelia seufzte innerlich. Egal, was ihr Schwager für sie vorgesehen hatte, wie oft er seinen Sekretär schickte, um ihr ins Gewissen zu reden, er liebte ihre Schwester aufrichtig und das war alles, was für sie zählte.

»Heath hat ein lukratives Geschäft abschließen können und uns für morgen Abend eingeladen, mit ihm darauf anzustoßen. Sein erster freier Abend seit Wochen. Charlotte hielt es für eine gute Idee, gemeinsam als Familie das Theater zu besuchen.« Noah zog seine Hand zurück und spießte die Bohnen mit der Gabel auf.

»Immerhin sollten wir es ausnutzen, wenn Heath die Loge schon für das ganze Jahr gemietet hat«, bemerkte Ophelia und grinste. »Was wäre das sonst für eine Verschwendung. Allerdings habe ich eine Bedingung.«

Noah zog eine Augenbraue hoch, als würde er das Schlimmste befürchten. »Die da wäre?«

»Niemand verrät mir vor Beginn des Stücks das Ende!« Ophelia hatte den beiden immer noch nicht verziehen, dass sie ihr bei Shakespeares *Hamlet* im Vorfeld den Tod ihrer Namensvetterin verraten hatten.

Ihr Schwager brach in schallendes Gelächter aus und auch Alexandra kicherte hinter vorgehaltener Hand.

»Keine Sorge«, meinte Noah. »Shakespeares *Ein Sommernachtstraum* ist meines Wissens nach eine Komödie. Es stirbt demnach niemand.«

»Gut.« Ophelia griff zufrieden nach ihrem Portwein. *Ein Sommernachtstraum* kannte sie. Vorsorglich hatte sie alle Werke von William Shakespeare gelesen, damit ihr niemand mehr überraschend das Ende preisgeben konnte. Grundsätzlich gefielen Komödien ihr auch besser als Tragödien. Das ganze Drama konnte doch kaum jemand aushalten. Zudem gab es in ihrem eigenen Leben bereits genug davon. Eines davon trug den Namen Susan Bisbourne. Der Besuch im Theater könnte eine gute Gelegenheit sein, sich Lord Preston unmerklich anzunähern und ihrer Freundin in ihrem Vorhaben zuvorzukommen. *Du wirst schon sehen, Susan*, dachte Ophelia und trank einen großen Schluck Rotwein.

Nach dem Frühstück schickte Ophelia sogleich ihre Zofe Lydia zu der begehrtesten Schneiderin in ganz London.

Mrs. Baring war ein Ausnahmetalent, jedes ihrer Kleider ein eigenes Meisterwerk. Schon vor ein paar Tagen hatte Ophelia bei ihr ein neues Kleid in Auftrag gegeben, ein sonnengelbes Gewand aus feinster Seide, welches nicht nur ihrem Teint, sondern vor allem ihren grünen Augen schmeichelte und mit ihrem blonden Haar harmonierte.

Ophelia hatte bei der Anprobe befürchtet, wie eine Süßspeise auszusehen. Doch Mrs. Baring hatte ihr versichert, sie gliche eher einem Frühlingsmorgen, der das Grau des Herbstes vertrieb. Sie vertraute auf das Wort der Schneiderin, die schon mehrfach ihre Ehrlichkeit bewiesen hatte. Niemals hätte sie ihr ein Kleid verkauft, das seiner Trägerin nicht schmeichelte, immerhin stand ihr guter Ruf auf dem Spiel. Und jeder wusste, dass ein hervorragender Ruf, war er noch so hart erarbeitet, innerhalb eines unbedachten Moments in sich zusammenfallen konnte wie ein wackeliges Haus aus aufeinandergetürmten Spielkarten. Weshalb es umso wichtiger war, sich angemessen zu präsentieren. Wenngleich Ophelia gerne an der Grenze zum Skandal entlangtänzelte. Und heute würde sie sie überschreiten.

Direkt vor den Augen der Öffentlichkeit und doch für alle unbemerkt. Es war die Aussicht auf einen Nervenkitzel, der sie dazu antrieb, an Susans Spiel teilzunehmen. Sie musste nur Lord Preston dazu bringen, sie zu küssen, und gleichzeitig darauf achten, dass man sie nicht erwischte. Sonst wäre der Skandal gegeben, der einzig und allein in einer sofortigen Verlobung münden würde. Ophelia schmunzelte. Eigentlich war es völlig irrelevant, ob man sie erwischte oder nicht. Sie würde Preston heiraten und Susan müsste sich einen neuen Liebhaber auswählen. Nichts schmeckte süßer als ein Sieg über ihre Freundin und sie brauchte die Gewissheit, dass sie es schaffen konnte. Dass sie in der Lage war, einen Mann für sich zu gewinnen, bevor sie als alte Jungfer endete und im schlimmsten Fall nehmen musste, wen man ihr vorsetzte. Zudem schätzte sie Preston und fühlte sogar eine gewisse Zuneigung zu ihm. Er war ein äußerst attraktiver Gentleman, den es zu bezirzen galt. Und im Zweifelsfall auch durchaus eine annehmbare Partie.

Sie lächelte. Hoffentlich wurde ihr Kleid noch heute fertiggestellt, damit sie es am Abend im Theater gleich ausführen konnte. Bis dahin würde sie die Zeit in der Bibliothek verbringen, die ihr in den letzten Wochen zu einem geliebten Rückzugsort geworden war. Noah war mit seinen Geschäften beschäftigt und Alexandra kümmerte sich um ihre Orchideensammlung, weswegen sie in Ruhe ihren Gedanken nachhängen und ihren Plan für den Abend vertiefen konnte.

Eine Stunde später kehrte ihre Zofe Lydia mit leeren Händen zurück, versicherte ihr jedoch, dass Mrs. Baring das Kleid rechtzeitig fertigstellen und sogleich mit einem Boten herbringen lassen würde. Die Schneiderin hielt Wort. Am späten Nachmittag wurde das Kleid geliefert und Lydia machte sich augenblicklich daran, ihre Herrin für den Theaterbesuch herzurichten.

Ophelia fühlte sich schön. Lächelnd betrachtete sie ihre hochgesteckte Frisur in einem Handspiegel, während Lydia ihr das goldene Collier ihrer Mutter anlegte. Kurz hielt Ophelia inne und dachte an ihre Eltern. Sie vermisste sie. Seit dem Tod von Lord und Lady Mainsfield waren bereits zehn Jahre vergangen. Eine lange Zeit, in der die Schwestern erst bei ihrem Onkel James gelebt hatten und nach dessen Tod in Heath' Obhut gekommen waren. Jetzt waren er und Charlotte bald ein Jahr verheiratet und selbst Alexandra, die wenige Minuten jünger war als ihre Zwillingsschwester, hatte mit Noah ihr Glück gefunden. Wehmut überkam Ophelia, als sie sich eingestehen musste, dass sie sich kaum noch an ihre Eltern erinnerte.

Sie straffte die Schultern und schüttelte die traurigen Gedanken ab, um sich wieder auf ihr Vorhaben zu fokussieren. Samuel Preston war die richtige Wahl für ihr kleines Abenteuer, das spürte sie tief in ihrem Inneren. Und heute Abend würde sie ihm einen Kuss stehlen.

Noah und Alexandra warteten bereits auf sie, als sie ihr Kleid raffte und die Treppe hinunterschritt.

»Oh, Pheli, du siehst wunderschön aus!«, bemerkte Alexandra sofort und bedachte ihren Zwilling mit einem sanften Lächeln.

»Wie ein Zitronenfalter auf einer Sommerwiese, würde Shakespeare sicherlich schreiben«, fügte Noah hinzu und grinste, als seine Frau ihm empört ihren Fächer gegen die Brust schlug.

»Du bist unmöglich!«, zischte sie, konnte sich aber ein kleines Kichern nicht verkneifen, als sie sich bei Ophelia unterhakte. Ophelia verdrehte nur die Augen, doch sie nahm es ihrem Schwager nicht übel. Ihm lag immer ein frecher Spruch auf den Lippen. Nicht, um sich über sie zu amüsieren, sondern weil es seinem Naturell entsprach.

Die Schwestern ließen sich von einem Lakaien in die Kutsche helfen und nahmen nebeneinander Platz, Noah gegenüber. Mit einem Ruckeln setzte sich das Gefährt in Bewegung. Während der Fahrt debattierten sie über *Ein Sommernachtstraum*, das Stück, das sie sich gedachten anzusehen.

»Ich stelle mir eine Blume, die von Amors Pfeil getroffen wurde und deren Saft einem Liebestrank gleichkommt, sehr nützlich vor«, verkündete Noah und ein schelmisches Leuchten blitzte in seinen Augen auf. »Es heißt, man brauche nur wenige Tropfen auf das Augenlid eines Schlafenden träufeln und derjenige verliebt sich beim Erwachen in das Wesen, welches er als erstes erblickt. Diese Blume würde das Werben um Frauen um ein Vielfaches vereinfachen.«

Alexandra errötete, überspielte ihre Verlegenheit jedoch mit einem Schnauben. »Als hättest du dir jemals Mühe bei einer Frau geben müssen.«

»Nun hör aber auf«, erwiderte Noah vergnügt. »Ich habe mir wahrlich Mühe gegeben, deine Ehre zu verteidigen, meine Liebe. Und war es nicht ebenfalls eine Blume, die dein Herz für mich erweichte?«

»Das stimmt«, gab seine Frau bereitwillig zu und lächelte selig.

»Ich denke«, mischte Ophelia sich ein, »das Stück ist ein Beweis dafür, was solch ein Zauber für ein Durcheinander anrichten kann. Stellt euch nur vor, Puck, der Diener des Elfenkönigs Oberon, hätte versehentlich Charlotte mit dem Trank beträufelt und ihr erster Blick hätte sich auf Noah gerichtet. Ich bin mir sicher, Heath und dir, liebste Schwester, hätte das nicht gefallen.« Obwohl Ophelia insgeheim zugeben musste, dass ein Liebestrank ihr Vorhaben um einiges erleichtern würde. Jedenfalls war sie sehr gespannt, wie die Schausteller Shakespeares Stück auf der Bühne umsetzten.

»Ich hätte nichts gegen Charlottes Aufmerksamkeit«, verkündete Noah und erntete einen weiteren gespielten Schlag seiner Frau, woraufhin er in Lachen ausbrach. Zufrieden lehnte Ophelia sich zurück und genoss die restliche Fahrt mit ihrer Familie. Es war sehr angenehm, dass im Privaten weder Heath und Noah noch sie und ihre Schwestern mit ihrer Meinung zurückhalten mussten. Sie war dankbar für die Offenheit, die zwischen ihnen herrschte und das Leben in der steifen Londoner Gesellschaft um einiges erträglicher gestaltete.

Als die Kutsche in die Drury Lane im Londoner West End einbog, kam endlich das Theatre Royal in Sichtweite. Das imposante Gebäude war erst vor wenigen Jahren nach einem Brand neu errichtet worden, dabei hatte man weniger auf Prunk und mehr auf eine moderne, geradlinige Fassade gesetzt. Das war sicherlich Geschmackssache, gefiel Ophelia aber ausgesprochen gut. Vor dem Eingang des Theaters herrschte bereits reges Treiben. Neben Adeligen besuchten auch Geschäftsleute, Aktionäre und Neureiche das Theater. Immerhin kam jeder hier her, der etwas auf sich hielt. Ein ewiges *Sehen* und *Gesehen werden*. Die Klatschkolumne würde morgen haarklein über jeden Fauxpas berichten, der sich heute Abend hier zutragen würde.

Als sie das Theater betraten, nahm ein Angestellter ihnen sogleich die Mäntel ab und ein weiterer begrüßte sie mit einer Auswahl an Erfrischungsgetränken. Ophelia nahm lächelnd ein Glas Champagner entgegen und ließ ihren Blick auf der Suche nach einem gewissen Lord unauffällig über die anwesenden Herrschaften schweifen. Zu ihrem Verdruss war es Susan, die sie als erstes erblickte. Schnell wandte sie sich Charlotte und Heath zu, die in diesem Moment zu ihnen traten, um sie zu begrüßen. Aus dem Augenwinkel bemerkte Ophelia, dass sich Susans Blick verfinsterte, doch sie hatte nicht die Lust, sich ihrer Freundin entgegenzustellen.

»Heath, Charlotte«, sagte sie und setzte ein strahlendes Lächeln auf. »Wie schön, euch beide hier zu sehen. Wie ich hörte, dürfen wir dich zu einem gelungenen Geschäftsabschluss beglückwünschen, liebster Schwager.«

Die Haut um seine nebelgrauen Augen legte sich in leichte Falten, als Heath ihr Lächeln erwiderte. »In der Tat, die Arbeit der letzten Wochen hat sich nun endlich bezahlt gemacht. Aber ich will euch nicht mit Einzelheiten langweilen, wir sind hier, um das Theater zu genießen.« Er beugte sich zu ihr vor und raunte verschwörerisch: »Und ich bin neugierig zu erfahren, was mir in den letzten Wochen entgangen ist. Ich schätze, wenn jemand etwas zu berichten hat, dann du, verehrte Schwägerin.«

Ungläubig zog sie die Augenbrauen hoch. »Heath Andrews, der Earl of Murray, interessiert sich tatsächlich für Tratsch?«, spottete sie.

Seufzend rieb er sich das Kinn. »Seit Wochen habe ich mich mit nichts anderem als Zahlen beschäftigt. Mir scheint, ich bin nicht auf dem neuesten Stand, was die Gesellschaft betrifft. Sämtliche Leute hier sind mir unbekannt, als wäre ich Jahre fort gewesen. Wer sind die ganzen jungen Gentlemen?«

Sie erkannte, in welche Richtung er das Gespräch lenken wollte, doch Ophelia lächelte nur und antwortete frech: »Ich bin mir sicher, Noah hat dich bereits über sämtliche potentielle Heiratskandidaten aufgeklärt.«

Ein Funkeln in seinen Augen bestätigte ihre Vermutung. Bevor sie eine weitere Bemerkung hinterhersetzen konnte, erklang der Gong, der den baldigen Beginn des Stücks verkündete. Sie überließen ihre geleerten Gläser den eifrig umherirrenden Angestellten und machten sich an den Aufstieg der Treppenstufen. Damit musste sie unweigerlich an Susan vorbei. Ophelia straffte die Schultern und ergriff mit einem gezwungenen Lächeln auf den Lippen die Hände ihrer Freundin.

»Liebste Susan«, sagte sie, »wie schön, dich zu sehen!«

Ihre Freundin erwiderte das Lächeln mit der gleichen geheuchelten Freude. »Ophelia, ich wünsche dir viel Vergnügen bei der Vorstellung.«

Als Ophelia an ihr vorbei schritt, ließ sie es sich nicht nehmen, sich noch einmal zu ihrer Freundin vorzubeugen. »Heute Abend komme ich dem Sieg unseres kleinen Spiels immer näher«, flüsterte sie, sodass nur Susan sie hören konnte. Ihre Augen weiteten sich, doch leider blieb Ophelia keine Zeit, das verdutzte Gesicht ihrer Freundin auszukosten.

Ihre Loge bestand aus insgesamt sechs weich gepolsterten Sesseln, jeweils drei davon standen in einer Reihe. Heath, Charlotte und Ophelia setzten sich auf die vorderen Plätze, Noah und Alexandra nahmen in der hinteren Reihe Platz. Die Logen befanden sich in einem Halbkreis um die mit einem roten Vorhang verhüllte Bühne und in der Mitte des Saals fand der niedere Adel seine Plätze. Ophelia beugte sich vor und warf einen Blick auf die Menschen um sich herum. Trotz der Fülle zuvor im Foyer war die Anzahl der Gäste überschaubar. Immer wieder blieben vereinzelte Plätze leer, auch einige Logen waren unbesetzt.

Ophelia griff nach der Lorgnette und betrachtete die gegenüberliegenden Ränge. Augenblicklich beschleunigte sich ihr Herzschlag vor Aufregung. Da war er. Lord Samuel Preston hatte das Antlitz von Adonis höchst persönlich. Seine blonden Haare waren wie immer mit Pomade zurückgestrichen, der Frack saß tadellos. Gerade führte er seine Mutter, die Countess of Preston, am Arm in seine Loge und half ihr, sich hinzusetzen. Die Ärmste litt schon seit einiger Zeit an Gicht. Angeblich trat die Entzündung insbesondere in ihren Kniegelenken auf, weswegen sie Treppenstufen nur beschwerlich und niemals ohne Beihilfe eines Gehstocks bestreiten konnte. Es wärmte Ophelia das Herz, wie fürsorglich sich Preston um seine Mutter kümmerte. Eine weitere Dame gesellte sich zu ihnen. Sie erkannte in ihr Samuels Tante, die wohl ihren Landsitz für ein paar Tage verlassen hatte und zu Besuch in London war.

»Träumst du etwa, Pheli?«, zischte Alexandra aus der hinteren Reihe und entwendete ihr das Opernglas. »Ah, wie ich sehe, hat ein ganz besonderer Gentleman deine Aufmerksamkeit erhascht.«

»Gib's wieder her!«, entrüstete sich Ophelia und holte sich die Lorgnette zurück. In diesem Moment öffnete sich der Bühnenvorhang und Stille legte sich über die Zuschauer. Ophelia lehnte sich entspannt in den Sessel und während die Schauspieler mit dem Stück begannen, hatte sie nur Augen für Samuel.

»Begleitest du uns nicht mit in den Erfrischungsbereich?«, fragte Charlotte, als der Gong die erste Pause einläutete.

»Nein, ich muss kurz die Damenräume aufsuchen, um mir die Nase zu pudern«, log Ophelia. »Wartet bitte nicht auf mich.«

Charlotte nickte zustimmend und folgte den Männern die Treppe hinunter. Alexandra dagegen zog misstrauisch eine Augenbraue hoch, doch Ophelia hielt ihrem prüfenden Blick mühelos stand. Ihre Zwillingsschwester war normalerweise die Einzige, die ihr eine Lüge an der Nasenspitze ansehen konnte. Seit sie jedoch verheiratet war, hatte ihre schwesterliche Beziehung ein wenig ihrer tiefgreifenden Verbundenheit eingebüßt.

»Ich komme gleich nach«, beteuerte Ophelia nachdrücklich und unterdrückte ein entnervtes Seufzen.

Die Züge ihres Zwillings wurden weicher. »Natürlich. Wir sehen uns dann später.« Dennoch teilte ihr Blick deutlich mit: *Stell ja nichts Dummes an.*

Als ihre Familie außer Sichtweite waren, hastete Ophelia den Gang entlang zu den gegenüberliegenden Logen. Sie versuchte, sich ihre Eile nicht anmerken zu lassen, doch wenn sie Samuel noch erwischen wollte, musste sie sich sputen. Zu ihrem Glück lagen die Räumlichkeiten für die Damen tatsächlich in dieser Richtung, sodass sich niemand über ihre dortige Anwesenheit wunderte. Kurz vor seiner Loge verlangsamte sie ihre Schritte und holte tief

Luft, um ihren Herzschlag zu beruhigen.

Dank der Beeinträchtigung Ihrer Ladyschaft, war die Familie noch nicht sehr weit gekommen. Lächelnd nickte sie den Damen zur Begrüßung zu und war froh, dass Lady Lohbridge, Samuels Tante, ihrer Schwester unterstützend die Hand bot. Ihr Puls raste, und für einen Augenblick stieg Panik in Ophelia auf. Nein, wie hatte sie nur so töricht sein können, Preston vor aller Augen zu bezirzen? Es waren zu viele Besucher in dem Gang, als dass sie ihn unbemerkt zurück in seine Loge hätte drängen können.

Beschämt senkte sie den Kopf, wollte gerade an Prestons Loge vorbeigehen und *wirklich* die Damenräume aufsuchen, als sich eine kräftige Hand um ihr Gelenk schloss und sie hinter einen Vorhang zog. Erschrocken japste sie nach Luft, als sie gegen einen gestählten Körper taumelte.

»Verzeihen Sie, Mylady«, raunte eine wohlige Stimme in ihr Ohr. »Sie sehen heute Abend wahrlich aus wie die Göttin der Schönheit Aphrodite selbst.«

Widerstandslos ließ sie Preston gewähren, schmolz bei dem Anblick des verwegenen Grinsens auf seinen verführerischen Lippen. »Was für eine freudige Überraschung, Sie zu sehen«, raunte er und beugte sich vor, um ihren Handrücken zu küssen. Selbst durch den Stoff ihrer Handschuhe spürte sie die Wärme seines Atems. Ein wohliger Schauer überkam sie und sie konnte nur mit Mühe ein Seufzen der Wonne verbergen. »Verzeihen Sie mein aufdringliches Verhalten.«

»Mylord«, begann sie leise und näherte sich ihrem Verehrer mutig. Jetzt oder nie. »Ich muss Ihnen etwas gestehen …«

»Das kann doch sicherlich noch einen Augenblick warten.« Sein Gesicht kam ihrem immer näher, sein Atem streifte ihre Wange. Sie müsste sich nur vorbeugen, um …

Zu ihrem eigenen Erstaunen wich sie plötzlich einen Schritt zurück. Ihre Augen weiteten sich und ihr wurde bewusst, in welch gefährlicher Situation sie sich befand. Ihr Blick glitt prüfend durch den Saal und unwillkürlich suchte sie Schutz in den Schatten seiner Loge. Sie wusste nur zu gut, dass die Wahrscheinlichkeit, von irgendjemandem in dem Saal mit einem Opernglas ins Visier genommen zu werden, groß war. Es gab immer Neugierige, die sich die Zeit damit vertrieben, andere in ihren Logen zu beobachten. Sie musste darauf hoffen, dass sich die meisten in den Erfrischungsbereich aufgemacht hatten.

»Bitte verstehen Sie mich nicht falsch, Lord Preston.« Ihre Stimme klang ungewohnt heiser. »Sie wecken in mir eine Leidenschaft, die ich zuvor selten verspürte. Glauben Sie mir, befänden wir uns an einem diskreteren Ort, würde ich nicht zögern, Ihrem ... Werben nachzugeben.« Erneut huschte ihr Blick umher, hektischer dieses Mal. »Aber wir befinden uns in einem öffentlichen Theater, Mylord. Die Gefahr, erwischt zu werden ...« Sie sprach den Gedanken nicht zu Ende und das war auch nicht nötig.

Es war absurd, bedachte man die Tatsache, dass sie selbst ursprünglich hergekommen war, um Preston zu verführen. Tief in ihrem Herzen wusste sie, dass diese Situation falsch war. Doch als seine starke Hand sanft über ihre Wange strich, legte sie den Kopf ein wenig schief, präsentierte ihm die zarte Haut an ihrem Hals. Ihr Blick heftete sich auf seine vollen Lippen.

»Bei Gott, Sie bringen mich um den Verstand«, flüsterte er und beugte sich zu ihr hinunter, um ihr entgegenzukommen. »Nur einen Kuss, mehr verlange ich nicht.«

Seine Hände umfassten ihre Arme und zogen sie ungebührlich nahe an seinen Körper, der vor Verlangen brannte. Das spürte sie selbst durch die vielen Lagen ihres Kleides. Und dann küsste er sie. Es war ein ungestümer, herrischer Kuss und zu Ophelias Entsetzen nur halb so romantisch, wie sie ihn sich ausgemalt hatte. Das ersehnte Kribbeln von Glücksgefühlen in ihrem Bauch blieb aus.

Plötzlich wurde der Vorhang der Loge aufgerissen und eine aufgebrachte Lady Lohbridge kam ins Sichtfeld. »Was geht hier vor sich?«

Sofort stieß Preston Ophelia von sich und stöhnte vor Verzweiflung. »Lady Mainsfield, wie können Sie es wagen, sich so hemmungslos an mich heranzuwerfen?«, rief er laut. »Sagte ich Ihnen nicht bereits, dass ich Ihre Avancen als schandhaft frivol erachte?«

Starr vor Entsetzen verschlug es Ophelia die Sprache. Ihr fiel nichts ein, was sie darauf hätte erwidern können, zu verletzend waren seine Worte und zu offensichtlich, wie naiv sie gewesen war. Preston hatte ihr sein Begehren gestanden, aber er liebte sie nicht genug, um eine Heirat zu riskieren. Sie war lediglich gut genug für eine Affäre.

Lady Lohbridge kochte vor Wut. Ihr fülliges Dekolleté war übersät mit roten Flecken und sie presste sich die Hand vor die Brust, als könne sie vor Entsetzen kaum atmen. »Ich hoffe, Sie haben eine gute Erklärung für Ihr abscheuliches Verhalten, Lady Mainsfield!«

Doch die blieb Ophelia ihr schuldig. Entsetzt blickte sie sich um und erkannte, dass Heath und Noah auf der anderen Seite unheilvoll die Augenbrauen zusammengezogen hatten. Nicht ein Schwager, sondern gleich beide waren Zeugen dieses Aufruhrs geworden. Nein, die Bezeichnung *Aufruhr* war, gelinde gesagt, untertrieben. *Skandal* traf es weitaus besser. Preston entzog sich mit seiner Anschuldigung geschickt der Situation und sie musste nun allein die Konsequenzen für ihr dämliches Handeln tragen. Sie würde nun auf ewig als leichte Dame gelten. Ihr Ruf war ruiniert. Doch was sie am meisten erzürnte, war das gehässige Grinsen auf Susans Lippen.

7. Kapitel

Ruiniert.

Obgleich Jeremiah nicht dazu neigte, Klatschblätter zu lesen, so sprang ihm die Überschrift heute förmlich ins Auge, als er die *Gazette* vom Stapel der Zeitungen hochhob.

Er warf einen Blick auf die Standuhr und runzelte die Stirn. Es war erst acht Uhr morgens, normalerweise standen die Herrschaften nicht vor zehn Uhr auf, aber das Gepolter im ersten Stock bildete er sich bestimmt nicht ein. Jeremiah hatte vorsorglich sämtliche Zeitungen, die Ophelia in Artikeln erwähnten, aus dem Speisesaal entfernen lassen.

Die Rose der Saison war verblüht.

Lord S. konnte sich gerade noch aus ihren Klauen retten.

Nur zwei der schmeichelhaften Aussagen, die über sie getroffen worden waren. Es musste ein Missverständnis sein. Ophelia neigte zwar zur Koketterie, aber er bezweifelte, dass sie eine bestimmte Grenze übertrat. Oder?

Jeremiah schluckte, als er die *Gazette* wieder auf den kleinen Stapel legte und diesen an den Rand des Schreibtisches schob.

Er hatte andere Sorgen. Ganz andere Sorgen. Nämlich, wie er mit diesem Brief umgehen sollte, der alles veränderte. Aber ehe er dazu kam, sich darüber Gedanken zu machen, wurde die Tür mir einer Wucht aufgerissen, dass er befürchtete, der Lord würde gleich mit ihr auf dem Boden liegen. Sheffield sah wütend aus … *sehr* wütend.

»Verflucht noch eins! Heilige Mutter Maria, was hat sie sich dabei gedacht? *Merde!*«

Jeremiah blinzelte mehrmals. Es war das erste Mal, dass er ein französisches Schimpfwort aus dem Mund seines Arbeitgebers hörte. Er schoss vom Sessel hoch, ging zur Tür, die gegen die Wand geknallt war, und schloss sie leise. Dass Sheffields Wutausbrüche bis in den Flur hallten, war bestimmt nicht Teil seines Planes.

»Sie können sich nicht vorstellen, was gestern Abend geschehen ist! Ich habe kaum ein Auge zugetan«, grollte der Baron und blieb abrupt vor dem Stapel der Zeitungen stehen. »Grundgütiger, es ist schon *gedruckt?*«

Er riss die *Gazette* nach oben, seine Augenbrauen kamen immer enger zusammen, als er den Blick über die Zeilen wandern ließ.

»Ich habe sie vorsorglich aus dem Speisesaal mitgenommen, Mylord«, sagte Jeremiah mit ruhiger Stimme, in der Hoffnung, den Lord damit aus seiner Rage zu reißen. So außer sich hatte er ihn noch nie erlebt.

Als Ausdruck seines unbändigen Zorns warf er die *Gazette* zurück auf den Stapel und stob zum Fenster, das er aufriss. Anscheinend brauchte er die frische, kühle Luft, um wieder Herr seiner Sinne zu werden.

Jeremiah wartete. Das tat er immer, wenn er das Gefühl hatte, sein Gegenüber brauchte dringend einen Moment Ruhe. Die Sekunden verstrichen und nach einer gefühlten Ewigkeit schloss der Baron das Fenster wieder und lehnte sich mit dem Rücken dagegen. Der Großteil seiner Wut war verflogen, stattdessen zeichnete sich echte Betroffenheit auf seinem Gesicht ab. »Sie ist ruiniert, Fox. Und damit hat sie nicht nur sich ins Abseits befördert, sondern auch die Familie. Der Skandal ist nicht aufzuhalten und Preston weigert sich, sie zu heiraten. Er behauptet steif und fest, sie habe sich an ihn gedrängt. *Gedrängt*, Fox!«

»Preston?«, brachte er leise über die Lippen. Natürlich … *Lord S* … Lord Samuel Preston. Bei Gott, er hatte mehr von Ophelia erwartet. Mehr Geschmack. Mehr Vernunft. Einfach mehr. »Dafür gibt es doch sicher eine Erklärung?«

»Sie behauptet, es begann mit einer dummen Wette unter Närrinnen, wer ihm zuerst einen Kuss stiehlt. Herrgott, Ophelia hat immer schon mit dem Feuer gespielt, aber noch nie so offensichtlich.«

Jeremiah ließ sich langsam in den Sessel sinken. Er durfte seine Wut nicht an die Oberfläche lassen. Erstens hatte er dazu kein Recht und zweitens war es eine Emotion, die in seinem Leben nichts zu suchen hatte. Er durfte nie vergessen, was er verlieren konnte. Und dennoch konnte er es nicht leugnen, dass die Wut in seinem Inneren brodelte. Allein der Gedanke, dass Ophelia sich an Prestons Hals geworfen hatte. Ihre Lippen auf seinen ...

Jeremiah ballte die Fäuste unter dem Tisch und zählte stumm bis zehn.

»Wir müssen sie aufs Land schaffen. Es bleibt ihr ohnehin nichts anderes übrig, als mit den Konsequenzen zu leben. Mit etwas Glück angelt sie sich einen Baron oder armen Schlucker.«

Ophelia und armer Schlucker hätte Jeremiah noch nie zuvor in einem Satz erwähnt. Sie war die Orchidee inmitten eines Haufens verwelkter Blumen. Diejenige, die nicht nur mit ihrer Schönheit und Eleganz herausstach, sondern mit ihrem großen Herzen, das sie vor der Welt verbarg. Zu seinem Verdruss gepaart mit einer Portion Naivität, die ihr gestern zum Verhängnis geworden war.

»Fox?«

»Ja?«

»Sie wissen, worum ich Sie bitten muss. Und Sie sind der Einzige, dem ich noch vertraue.«

Jeremiah schluckte. Nein, das würde er nicht tun. Das konnte er nicht tun. Hilflos blickte er auf den Stapel an Korrespondenz, der heute eingetroffen war. Er hatte Arbeit ... viel zu viel Arbeit, und abgesehen davon fühlte er sich im großen London sicherer als auf dem Land.

»Nein, Mylord, weiß ich nicht«, gab er mit ungewohnt fester Stimme zurück und hoffte, dass er ihm das nicht antun würde.

»Ich wünsche, dass Sie Ophelia auf meinen Landsitz begleiten. Selbstverständlich werden Sie gebührend dafür entlohnt und ebenso befördert.«

»Befördert?« Es musste sich um einen Albtraum handeln. Am liebsten würde er sich gegen die Wange klatschen, in der Hoffnung, endlich aufzuwachen.

»Wenn Sie sich der Rolle gewachsen fühlen, würde ich Sie gern als vorübergehenden Verwalter von Wintersberry Manor einstellen. Sie haben in den letzten Jahren bewiesen, dass ich mich auf Sie verlassen kann.«

»Verwalter?« Himmel, er brachte keinen geraden Satz zustande. Es war nicht so, dass er diese Beförderung nicht liebend gern annehmen würde, aber sie bedeutete zeitgleich, dass er sich nicht mehr in seinem Büro verschanzen konnte, sondern mit Leuten *reden* musste.

»Ich denke, dass Ophelia nach einem Jahr wieder nach London zurückkehren kann. Der Skandal wird sich bis dahin gelegt haben«, ging Sheffield nicht näher auf die Frage ein. »Ich muss diese Familie beschützen, das habe ich meiner Frau versprochen. Und Heath wird derselben Meinung sein, Ophelia auf das Land zu verschiffen. Ich brauche jemanden, der mir laufend Bericht erstattet. Selbstverständlich werden Sie mit mehr Rechten ausgestattet.«

Jeremiahs Herz machte einen Satz. »Wie meinen?«

Der grimmige Zug auf den Lippen des Lords verhieß nichts Gutes. »Ich gebe Ihnen die Befugnis, auf Ophelias Handeln reagieren zu dürfen. Wird sie aufmüpfig, haben Sie das Recht, sie in die Schranken zu weisen. Ich denke, dass Sie einen guten Einfluss für sie darstellen. Sie sind pflichtbewusst, korrekt und regelliebend. Das, was sie braucht.«

… *und ich begehre sie*, fügte er gedanklich hinzu. Bei der Vorstellung, mit ihr allein auf Wintersberry Manor zu leben, zog sich sein Herz zusammen. Wie lange konnte er sein Begehren hinter einer Mauer verbergen? Wie lange würde es ihm noch gelingen, der steife Sekretär zu bleiben, der äußerlich nicht auf sie reagierte?

»Damit kein weiteres Gerede aufkommt, halte ich es für sinnvoll, alsbald abzureisen. Am besten morgen noch. Und ein Gutes hat diese Angelegenheit, Sie müssen nicht mehr in die Rolle eines Lords schlüpfen.«

Jeremiah ließ sich tiefer in den Sessel sinken und konzentrierte sich auf seine Atmung. Das war definitiv keine Lösung. »Ich kann nicht«, platzte es aus ihm heraus und er erschrak über seinen plötzlichen Ausbruch. »Ich … Ich meine, ich glaube nicht, dass mir die Ehre zuteilwerden sollte, Verwalter zu sein und auf Lady Ophelia aufzupassen. Es gibt geeignetere Personen. Außerdem brauchen Sie mich hier in London, Sie bekommen immerhin einige Briefe.«

Das erste Mal, seit sein Arbeitgeber den Raum betreten hatte, lächelte er. »Sie unterschätzen sich, Fox, wie immer. Teilen Sie mir heute Abend Ihre Entscheidung mit. Ich hoffe, dass ich auf Sie zählen kann. Und was die Briefe angeht … die Einladungen werden ausbleiben, verlassen Sie sich darauf.«

Mit diesen Worten ließ er Jeremiah in seinem Arbeitszimmer zurück.

Es war später Nachmittag, als Jeremiah beschloss, sich auf die Suche nach Lady Ophelia zu machen. Er musste wissen, wie es um sie stand, erst recht, wenn er sie tatsächlich begleiten sollte. Nachdem er sie in der Bibliothek nicht angefunden hatte, fragte er den Butler, ob er über ihren Verbleib Bescheid wusste.

Auch der teilte ihm mit, dass er die Lady heute noch nicht gesehen habe.

Seufzend verließ er das Gewächshaus, nachdem er sie auch nicht bei den Orchideen angetroffen hatte. Er nahm den Kiesweg zum Hintereingang des Hauses, als er im Vorgehen einen blonden Schopf im Inneren des Pavillons erkannte. Jeremiah blieb stehen und lauschte. Neben dem Wind, der die Blätter zu Boden segeln ließ, vernahm er ein Schluchzen.

Obgleich Lady Ophelia selbst für ihren Zustand verantwortlich war, schaffte er es nicht, seinen Weg fortzusetzen und sie allein zu lassen. Er wollte nicht, dass sie litt.

Sein Verstand riet ihm, sie zu ignorieren, dennoch setzte er Fuß vor Fuß, bis er schließlich vor dem Pavillon zum Stehen kam. Ophelia saß mit einer Decke über ihren Schultern auf der hölzernen Bank und hatte das Gesicht tief in ihren Händen vergraben.

Bei diesem zerbrechlichen und ungewohnt verzweifelten Anblick zog sich sein Herz zusammen. Er sollte nichts fühlen, wenn er in ihrer Nähe war. Wo war seine Selbstbeherrschung? Wo war der Sekretär Jeremiah Fox, der alles ausblendete, das ihm zur Gefahr werden konnte?

»Mylady?« Er sprach schneller, als sein Hirn seine Zunge davon abhalten konnte.

Ophelia schrak hoch und blickte ihm aus verweinten Augen entgegen. Sichtlich ertappt griff sie rasch nach dem Taschentuch auf ihrem Schoß und tupfte sich die Wangen ab. Die Decke rutschte dabei von ihren Schultern. »Mr. Fox ... Sie scheinen es sich zur Aufgabe gemacht zu haben, mich zu erschrecken.«

Jeremiah senkte den Kopf. »Verzeihung, es stand mir nicht zu, Sie hier zu stören.«

»Schon in Ordnung. Ich wollte gerade gehen ... den Schlamassel kann ich ohnehin nicht mehr verbergen.« Sie stand von der Bank auf und geriet ins Wanken, sodass Jeremiah aus einem Reflex heraus nach vorn stob und sie an den Schultern festhielt. »Vorsicht, Mylady.«

Anstatt zurückzuschrecken oder ihn zu schelten, weil er sie berührte, sah sie ihn aus geröteten Augen an. Die Verzweiflung darin trieb Jeremiah an seine Grenzen. Bei Gott, er konnte kaum hinsehen. Diese Schmach hatte sie nicht verdient. Nicht sie.

»Ich bin eine Närrin«, hauchte sie. »Wie konnte ich nur so dumm sein?« Ihre Augen füllten sich wieder mit Tränen, ehe sie die Wangen hinabkullerten. Jeremiah griff nach dem Taschentuch, das sie in ihren zittrigen Fingern hielt, und tupfte ihr die Wangen ab. So vorsichtig, dass er sich nicht einmal sicher war, ob er ihre Haut berührte.

»Nicht weinen«, flüsterte er, »es wird sich alles wieder zum Guten wenden.« Und das kam ausgerechnet aus seinem Mund.

Ein bebendes Lächeln hob ihre Mundwinkel nach oben. »Dann glauben Sie wohl auch an Feen und Gnome. Die Gesellschaft ist gnadenlos, was Skandale anbelangt. Ich habe nicht nur meine Zukunft ruiniert, sondern den Namen Mainsfield durch den Schmutz gezogen. Wegen einer dämlichen Wette.«

»Wir sind Menschen, Mylady, manchmal neigen wir dazu, Dummes zu tun.«

Nicht nur manchmal, sondern oft, korrigierte er sich innerlich.

Es war dumm, sie so nahe bei sich zu haben.

Noch dümmer, zuzulassen, dass sie ihm ans Herz ging.

Und am dümmsten, dass er es tatsächlich in Erwägung zog, mit ihr aufs Land zu fahren.

»Sie nicht, Mr. Fox. Sie sind die Ausgeburt an Tugend. Haben Sie jemals einen Wutanfall?« Sie nahm das Taschentuch wieder an sich, dabei streiften ihre Finger über seine. Jeremiah schluckte und betete, dass sie ihm die Anspannung nicht ansah. Aber sie schien nicht einmal zu bemerken, was sie in ihm auslöste.

Ein winziger Teil von ihm ärgerte sich über diesen Umstand. Natürlich war es abwegig – der Sekretär hegte Avancen für eine Lady – dennoch traf es ihn, dass sie ihn lediglich für einen langweiligen Spießer hielt. Dabei war es genau diese Eigenschaft, die ihm tagtäglich dieses Leben ermöglichte.

»Wutanfälle verbessern die Situation nicht«, wich er ihrer Frage aus und trat einen langen Schritt zurück, sodass sich genügend Abstand zwischen ihnen befand.

»Mein Schwager hat bereits mit mir gesprochen. Er will mich nach Wintersberry Manor bringen. Nicht auf seinen malerischen Landsitz Rosewood Hall in Hampshire und in die Obhut meiner Tante Jane, nein. So weit in den Norden, dass er mich gleich nach Schottland hätte schicken können. Fernab von jeder Zivilisation.« Ein Teil ihrer Stärke war wieder in ihre Stimme zurückgekehrt, stellte er erleichtert fest. Er konnte mit der trotzigen Ophelia leichter umgehen als mit der verzweifelten.

»Der Norden hat auch seine Vorzüge.«

Ophelia gab ein Geräusch von sich, das sich nach einem ironischen Lachen anhörte. »Das sehen auch nur Sie so, Mr. Fox. Dort gibt es nichts … nur Schafe und die endlose Wildnis, in der man von einem Wolf gefressen wird.«

»Und den langweiligen Sekretär Seiner Lordschaft«, fügte er an.

Ophelia wandte ihm das Gesicht zu und runzelte die Stirn. »Sie kommen mit? Noah hat mir nichts davon erzählt.«

Wenn er zumindest einen Funken Freude erkennen würde … aber was hatte er erwartet?

»Ich muss Seiner Lordschaft bis heute Abend Bescheid geben, ob ich Sie begleite.«

»Aber Sie haben Ihr Leben doch hier in London? Das kann er nicht von Ihnen verlangen. Schlimm genug, dass er mich in die Wildnis schickt.«

Jeremiah zuckte unbeteiligt mit den Achseln. »Ich kann dem Norden mehr abgewinnen als Sie, Mylady. Zudem hoffe ich, dass es bei Ihnen nicht für Widerwillen sorgt, wenn ich Sie begleite.«

Jetzt schüttelte sie leicht den Kopf. »Widerwillen? Sie wissen, dass ich Ihre Gesellschaft schätze, Mr. Fox, auch wenn Sie die lästige Angewohnheit besitzen, zu ungünstigen Zeitpunkten zu erscheinen.« Röte zog sich über ihre Wangen. Jeremiah wusste sofort, worauf sie ansprach … der Abend, als er sie mit entblößten Schultern erwischte, als sie auf Preston gewartet hatte. Auf Preston. Jeremiah hielt sich davon ab, die Fäuste zu ballen. Er würde seine aufgestaute Wut irgendwo ablassen müssen, bevor er keine Kontrolle mehr über seine Zunge hatte.

»Ich versuche, mich zu bessern. Verzeihen Sie, dass ich Sie bei diesem privaten Moment gestört habe.« Er verneigte sich und wollte sich gerade umdrehen, als ihre Stimme ihn davon abhielt.

»Warum sind Sie so nett zu mir? Sie müssen mich für ein dummes Frauenzimmer halten.«

Ihre Blicke verwoben sich ineinander. Wenn er sie ansah, fühlte er sich kurz wie der Mann, der er einst gewesen war. Voller Vorfreude auf die Zukunft, humorvoll und offenherzig. »Nein, dafür halte ich

Sie nicht, Mylady. Es steht mir zudem nicht zu, über Sie zu urteilen.«

»Das beantwortet meine Frage nicht«, kam es leise zurück. Sie machte einen unsicheren Eindruck auf ihn, verschränkte die Finger an ihrer Körpermitte und hatte den Blick leicht gesenkt, als fürchtete sie seine Antwort ... seine Abweisung.

»Wollen Sie die Wahrheit hören?«

Sie zögerte nur kurz. »Das will ich.«

»Dann vergessen Sie für einen Moment, dass ich der Sekretär Seiner Lordschaft bin und Sie die Lady eines weitzurückreichenden Namens sind.«

Als ob sie die Veränderung in seiner Stimme bemerkt hätte, setzte sich die Unsicherheit auch in ihrem Blick fest. Obwohl er es nicht sollte, trat er einen Schritt auf sie zu, sodass er ihren blumigen Duft vernahm.

»Weil Sie anders sind, obwohl Sie es nicht sehen. Weil Sie ein großes Herz besitzen, obwohl Sie es vor der Welt verstecken. Weil Sie selbst mir, einem einfachen Sekretär Seiner Lordschaft, das Gefühl geben, Wertigkeit zu besitzen.«

Jeremiah konnte es nicht fassen, dass er es ausgesprochen hatte. Solche Worte konnten dazu führen, dass er alles verlor, selbst seinen guten Namen.

Ophelia sagte kein Wort, obwohl ihr Mund geöffnet war, als ob sie es versuchen würde. Dann tat sie etwas, mit dem er niemals gerechnet hatte. Sie überwand die kurze Distanz zwischen ihnen und schlang schluchzend die Arme um ihn. Es hatte nichts Erotisches an sich, nichts Verwerfliches. Es kam ihm eher vor, als würde das Schiff nach einem Sturm in den sicheren Hafen einlaufen.

Er versteifte sich und versuchte, sich auf seine Atmung zu konzentrieren, was ihm nur mäßig gelang. Ihren Körper so dicht an seinem zu spüren, raubte ihm den Verstand. Er klammerte sich an den letzten Funken Selbstbeherrschung und widerstand dem Drang, sein Gesicht gegen ihren Kopf zu legen und den Duft ihrer Haare in sich aufzusaugen.

»Danke«, hauchte sie, »danke.«

Sie löste sich wieder von ihm und schenkte ihm ein kleines Lächeln. »Verzeihen Sie meinen Überfall. Ich werde mich frisch machen gehen. Schlimm genug, dass Sie mich so gesehen haben.«

»N-Natürlich, Mylady.«

Sie nickte ihm zu, dann verließ sie den Pavillon mit schnellen Schritten, als würde sie vor dem Teufel fliehen. Jeremiah blieb mit einem rasenden Herzen zurück. Er widerstand dem Drang, seine Stirn gegen das kühle Holz des Pfeilers zu lehnen. Jede Stelle, die sie berührt hatte, brannte. Er wusste, dass es nur eine Antwort auf die Bitte Seiner Lordschaft gab.

Denn als sie ihre Arme um ihn gelegt hatte, war etwas geschehen, das er niemals für möglich gehalten hatte: Er fühlte sich wieder wie ein Mensch. Ein Mensch, der gerade zu einem Ganzen zusammengesetzt worden war.

8. Kapitel

Ophelias Laune hatte schon einmal bessere Zeiten gesehen. Sie war immer noch wütend.

Auf Susan, die sie mit Sicherheit an Lady Lohbridge verraten hatte.

Auf Samuel, der sie auf viele Weisen schamlos in Versuchung geführt hatte, doch sie nun von sich stieß, als wäre sie ein nerviges Kind.

Auf Noah und Heath, die sie fast ans äußerste Ende Englands verbannten.

Auf Alexandra und Charlotte, die nichts unternahmen, um ihre Ehemänner umzustimmen. Sie war sogar ein bisschen wütend auf Fox, der sie am vorherigen Abend in einem Moment der Schwäche gesehen hatte, auch wenn sie selbst wusste, wie lächerlich das klang. Doch insbesondere war sie wütend auf sich selbst.

Noch am Abend hatte Lydia die Lieblingskleider ihrer Herrin eingepackt und sämtliche Vorkehrungen für die Reise getroffen. Im gesamten Haus herrschte Aufregung, weshalb Ophelia sich nach dem Dinner in die Bibliothek zurückzog und niemanden mehr sehen wollte, geschweige denn sprechen. Sie hatte genug Vorwürfe über sich ergehen lassen müssen. Sicher, sie waren alle gerechtfertigt. Doch es machte den Skandal nicht ungeschehen, wenn ihr zum fünften Mal ihr Fehlverhalten vor Augen geführt wurde.

In der Nacht hatte sie kaum ein Auge zugetan, so erfüllt war sie von Reue und Gewissensbissen. Lydia und Fox mussten nur ihretwegen London verlassen und sie nach Yorkshire begleiten. Nach *Yorkshire*. Sie seufzte.

Noah hätte wahrlich keinen weiter entfernten Ort auswählen können. Warum musste er auch ausgerechnet dort noch ein kleines Landgut besitzen? Fernab von jeglicher Zivilisation. Aber vor allem von dem Gespött der Leute. Sie wusste, dass er es tat, um sie zu beschützen. Um sie vor den schändlichen Worten zu bewahren, die zweifelsfrei den Mündern der Tratschweiber entweichen und somit von den Klatschkolumnen abgedruckt werden würden. Da sie seit dem Vorfall im Theater keine Zeitung mehr im Haus zu Gesicht bekommen hatte, ging sie davon aus, dass sich die Aasgeier bereits auf das gefundene Fressen gestürzt hatten. Und noch mehr plagte sie das Gewissen. Noah brachte sie vor der Schlangengrube der Gesellschaft in Sicherheit. Doch er selbst und der Rest ihrer Familie würden ihr zum Opfer fallen. Und sie konnte nichts dagegen machen.

Gleich nach dem Frühstück war die Kutsche vorgefahren und von den Bediensteten des Hauses mit ihren wenigen Habseligkeiten beladen worden. Abgesehen von Kleidern und Schmuck hatte Ophelia kaum persönlichen Besitz, was sie nun mit Erleichterung erfüllte. Die Verabschiedung von ihrer Familie verlief weniger herzlich, als sie gehofft hatte. Daran war sie selbst jedoch nicht unschuldig und die Gemüter immer noch erhitzt. Steif umarmte sie ihre Schwester.

»Oh, Pheli«, flüsterte Alexandra und blinzelte eine Träne fort.

»Ich wünsche euch eine angenehme Reise«, sagte Noah. »Passen Sie mir gut auf die Mädchen auf, Fox.«

»Das werde ich, Mylord.« Der Sekretär nickte artig und bot Ophelia helfend die Hand. Dankbar ergriff sie diese und ein leichter Schauer jagte durch ihren Körper. Sie konnte dieses Gefühl nicht zuordnen, schob es aber auf die Abreise. Mit dem Betreten der Kutsche war ihr Schicksal endgültig besiegelt. Noah würde seine Meinung nicht mehr ändern.

Lydia setzte sich neben ihre Herrin und breitete eine wärmende Decke über ihren Beinen aus, während Fox ihnen gegenüber Platz nahm. Der Verschlag wurde geschlossen und die Kutsche machte sich auf den Weg in den Norden. In die Kälte und in die Einsamkeit.

Ophelia war froh, dass Fox zugesagt hatte, sie und Lydia zu begleiten. Zum einen schätzte sie seine Gesellschaft, zum anderen fühlte sie sich sicherer, wenn neben dem Kutscher ein weiterer Mann auf der langen Reise von bestimmt drei Tagen an ihrer Seite war. Zwar machte Fox mit seiner steifen Haltung nicht den Eindruck, als könne er einen Wegelagerer in die Flucht schlagen, dennoch fand Ophelia, dass seine hochgewachsene Gestalt durchaus Respekt einflößte. Ganz zu schweigen von seiner meist grimmigen Miene und den feinen Narben, die seine Wange zierten. Ophelia stutzte. Die Narben waren ihr vorher gar nicht aufgefallen. Wovon sie wohl stammen mochten? Sicherlich von einer Prügelei in seiner Jugend. Viele Männer besaßen eine gewalttätige Ader. Doch nicht jede Prügelei nahm ein glückliches Ende. Sie bemerkte, dass sie Fox zuvor nie wirklich angeschaut hatte. Natürlich hatte sie schon oft mit ihm gesprochen, aber sie hatte ihn nie wirklich *gesehen*. Nur wie eine Lady einen Angestellten ihres Schwagers, mit dem sie angenehme Unterhaltungen führen konnte, nicht wie ein Mensch einen anderen Menschen.

Sie beschloss, diesen Umstand augenblicklich zu ändern. Sie hatte sowieso nichts anderes zu tun. Wie Noah und Heath besaß auch er schwarze Haare, die er penibel mit Pomade zurückgekämmt hatte. Jede Strähne lag genau da, wo sie hingehörte. Sie hätte sich auch gewundert, wenn nur ein Haar es wagen würde, sich seiner Strenge zu widersetzen. Leichte Falten umrahmten seinen Mund und zerfurchten seine Stirn.

Im Gegensatz dazu war die Haut um seine Augen verhältnismäßig glatt, als hätte er bisher in seinem Leben nur wenig Grund zur Freude gehabt. Auch wenn er um einiges besonnener und reifer an Erfahrung wirkte als Noah, glaubte Ophelia nicht, dass er viel älter war als sein Dienstherr. Seine blauen Augen erinnerten sie an einen wolkenlosen Himmel im Sommer, auch wenn ihnen ein nachdenklicher Ausdruck anhing. Sogleich begann ihr Herz schneller zu schlagen und sie richtete den Blick aus dem Fenster, weil sie befürchtete, ihn sonst zu offensichtlich anzustarren.

Vielleicht verbarg sich hinter den Narben doch eine tiefere Bedeutung. Sie nahm sich vor, es herauszufinden. Immerhin würden sie die nächsten drei Tage gemeinsam in einer Kutsche verbringen und danach auf unabsehbare Zeit ihr Dasein auf einem trostlosen Landsitz fristen. Ihr würden sich bestimmt einige Möglichkeiten bieten, hinter das Geheimnis des wortkargen Sekretärs zu kommen.

Eine Weile hing sie einfach nur ihren Gedanken nach und blickte aus dem Fenster. Die Landschaft war in die warmen Farben des Herbstes getaucht. Die letzten Blätter an den Bäumen färbten sich in Rot-, Orange- und Gelbtöne und das Licht der Sonne brach sich in dem kleinen See, den sie soeben passierten, und brachte die spiegelglatte Oberfläche zum Glitzern. Dennoch vermisste sie schon jetzt die Hektik Londons. Die Stadt war einfach ihr Zuhause.

Nach einer kurzen Rast gegen Mittag, in der sie sich die Beine vertraten und mit ein paar Küchlein stärkten, die Noahs Köchin ihnen eingepackt hatte, bauschte der Wind auf. Auch der Himmel verdunkelte sich und kündigte einen nahenden Regenschauer an. Sie beschlossen, ihre Reise umgehend fortzusetzen, damit sie am frühen Abend bereits ein Gasthaus in der Nähe von Northampton erreichten.

Sie waren noch nicht lange unterwegs, als die ersten Regentropfen auf sie hinab fielen. Ophelia wandte sich von dem tristen Wetter ab und wickelte die Decke enger um ihre Beine. Es war ihr unbegreiflich, wie Fox bei diesem Geruckel auch nur eine Zeile lesen konnte, ohne von Übelkeit übermannt zu werden. Er tat es schon seit dem Vormittag und hatte das Buch nur während ihrer Pause zur Seite gelegt. Ein Blick auf ihre Zofe bestätigte ihr, dass Lydia eingeschlafen war. Sie nutzte diesen Umstand und räusperte sich leise.

»Lesen Sie wirklich, Mr. Fox, oder blättern Sie nur gelegentlich in den Seiten, um den Anschein zu wahren?« *Und sich nicht mit mir unterhalten zu müssen*, fügte sie in Gedanken hinzu.

Erschrocken zuckte er zusammen und hob den Kopf. »Wie meinen?«

Sie lächelte und deutete auf den schmalen Gegenstand in seinen Händen. »Was lesen Sie? Kenne ich den Autor?«

»Wohl kaum«, erwiderte er knapp und schlug das Büchlein zu. Er wich ihrem Blick aus und wenn Ophelia sich nicht täuschte, überzog sogar eine leichte Röte seine Wangen. Entweder sie hatte ihn verärgert oder er war ... verlegen?

»Zeigen Sie her.« Bevor er reagieren konnte, entwand sie ihm das Buch und schlug es auf. Fein säuberlich geschriebener Text offenbarte sich ihr, geradlinig und doch mit einem leichten Schwung am Ende der Wörter. Die Tinte war dunkel und kräftig, sicherlich erst vor wenigen Tagen getrocknet.

»Mylady, ich bitte Sie«, murmelte Fox, viel zu sehr um Anstand bemüht, um ihr sein Heiligtum wieder zu entreißen. Dennoch lag ein unmissverständliches Flehen in seinen Augen. Und sie begriff, dass es seine Worte waren.

Sofort schloss sie den Buchdeckel und reichte es ihm zurück. »Verzeihen Sie, das war unhöflich von mir. Diese Form der Kunst ist sehr persönlich, ich hätte mich nicht so aufdrängen sollen. Ich versichere Ihnen, ich habe kein einziges Wort gelesen, lediglich Ihre akkurate Handschrift bewundert.«

Er zog die Stirn kraus, nickte jedoch und nahm das Buch behutsam entgegen, bevor er es in seiner Jacke in Sicherheit brachte. Schweigend saßen sie einander gegenüber.

»Eigentlich ist es ungerecht«, sagte sie nach einer Weile der Stille, die nur gelegentlich von Lydias Seufzern im Schlaf unterbrochen wurde.

»Wie meinen Sie das?«, fragte Fox.

»Der Ausdruck von Kunst ist immer ein Einblick in die Seele des Künstlers. Ich kann mir nicht vorstellen, dass es eine Person gibt, die Kunst erschafft, *ohne* einen Teil ihres Inneren zu offenbaren. Und dennoch ...« Sie atmete tief durch und ließ den Blick auf die vorbeiziehende, trübe Landschaft fallen. »Wenn Sie schreiben, tun

Sie es für sich selbst. Sie erschaffen eine eigene Welt, die Ihnen ganz allein gehört. Verstehen Sie mich bitte nicht falsch, ich liebe es, am Pianoforte zu sitzen und zu spielen. Die Musik lässt einen für den Moment die Realität vergessen. Dennoch spiele ich immer nur nach den Noten anderer. Ich habe diese Kunst nie für mich allein.«

»Warum tun Sie es dann nicht? Komponieren Sie ein eigenes Stück.«

Überrascht wandte sie sich ihm wieder zu. »Sie meinen …?« Ein Glucksen stieg in ihr auf. Unsicher strich sie sich eine widerspenstige Strähne hinters Ohr. »Nein, ich glaube, das könnte ich nicht.«

Fox betrachtete sie nachdenklich und ein feines Lächeln umspielte seine Lippen. Nur kurz, bevor es verschwand und sein Gesicht wieder zu einer eisernen Maske erstarren ließ. »Sie werden es nie erfahren, wenn Sie es nicht versuchen.«

Ophelia wollte etwas erwidern, als die Kutsche ein Schlagloch erwischte und sie vor Schreck von ihrer Bank rutschte. Fox fing sie auf, bevor sie zu Boden ging, doch die arme Lydia hatte weniger Glück. Sofort war die Zofe hellwach, brachte sich verlegen zurück in Position und rieb sich die schmerzende Hüfte, an der sie mit Sicherheit einen blauen Fleck davontrug.

In diesem Moment brach der Himmel vollends auf. Dicke Regentropfen schlugen auf das Kutschendach und veranstalteten ein ohrenbetäubendes Konzert. Ophelia hatte Mitleid mit ihrem Kutscher. Auch wenn die aufziehende Kälte ihr in die Hände kroch, saßen sie hier im Trockenen, während Mr. Pack auf dem Kutschbock sicherlich bereits vollkommen durchnässt war. Hoffentlich erkältete er sich nicht. Sie hatte das Gefühl, als würden sie sich immer langsamer fortbewegen und nach einer halben Stunde blieb die Kutsche tatsächlich stehen.

»Wieso fahren wir nicht weiter?«, fragte Ophelia und Gänsehaut kroch ihre Arme hinauf. Wegelagerer würden ihnen wohl kaum bei diesem furchtbaren Wetter auflauern, oder?

Fox reckte sich, um die Klappe zum Kutscher zu öffnen. »Mr. Pack, ist alles in Ordnung?«

»Ich fürchte, wir stecken fest, Mr. Fox«, erklang die Antwort des älteren Mannes, der beinahe gegen den Regen anbrüllen musste, um gehört zu werden.

»Ich komme raus und helfe Ihnen«, beschloss Fox und knallte die Klappe zu.

»Sie werden sich die Kleidung ruinieren«, entfuhr es Ophelia und sie legte instinktiv ihre Hand auf seinen Arm, um ihn aufzuhalten. Kurz warf er einen Blick auf ihre Finger, so entsetzt, dass sie sie schnell zurückzog.

Er räusperte sich. »Wer, wenn nicht ich, könnte dem armen Mr. Pack helfen, Lady Ophelia? Ich würde die Nacht lieber in einem gemütlichen Gasthaus verbringen, als hier auf besseres Wetter zu warten. Bleiben Sie in der Kutsche, wir schaffen das schon.« Er öffnete den Verschlag und stieg aus. Eisiger Wind drang ins Innere, der die Frauen frösteln ließ. Zum Glück verschwand er augenblicklich, als sich die Tür wieder schloss.

Ein Rumpeln erklang, etwas schlug gegen das Holz der Kutsche. Ein Fluchen folgte, welches ganz schön laut ausgesprochen wurde, um selbst den Regen zu übertönen. Sie vermutete, dass es von Mr. Pack stammte. Mr. Fox nahm wohl kaum solche Worte in den Mund, die Vorstellung war zu absurd.

Ophelia klopfte gegen das Holz. »Ist alles in Ordnung?«, rief sie sorgenvoll.

Als niemand antwortete, öffnete sie das Fenster und beugte sich gerade so weit hinaus, dass sie nicht nass wurde. Augenblicklich wandte Fox' Gesicht sich ihr zu, dessen Haare ihm triefend in die Stirn fielen. »Eines der Hinterräder steckt in einer Schlammpfütze fest, Mylady«, erstattete er Bericht. »Wir sind noch knapp zwei Stunden von Northamptonshires Grenze und damit von einer Gaststätte entfernt. Ich werde die Kutsche wohl anschieben müssen.«

Und der Himmel machte keine Anstalten, seine Schleusen zu schließen. Es war also unausweichlich. Sie mussten das Gefährt wohl oder übel aus der Pfütze ziehen, wenn sie die Nacht nicht an dieser Stelle in der Wildnis verbringen wollten. Blieb nur zu hoffen, dass wenigstens die Achsen unversehrt geblieben waren.

Mehrere Minuten vergingen, ohne dass sich die Kutsche bewegte. Ophelia fasste einen Entschluss.

»Ich komme mit Ihnen, Mylady«, sagte Lydia, als hätte sie die Gedanken ihrer Herrin gehört.

»Unter gar keinen Umständen«, entgegnete diese entschieden. »Wir wissen beide, wie schnell du dich erkältest. Und ich möchte dich die nächsten Tage nicht pflegen müssen, immerhin brauche ich deine Unterstützung in Wintersberry Manor. Du kannst es dir nicht erlauben, krank zu werden.«

Lydia wurde blass um die Nase. Ophelia sah ihr an, dass sie widersprechen wollte, doch ein vielsagender Blick von ihr und die Zofe nickte artig. »Wie Sie wünschen, Mylady.«

Ophelia befreite sich von der wärmenden Decke, öffnete den Verschlag und stieg aus. Gleich mit dem ersten Schritt auf schlammiger Erde rutschte sie aus. Sie konnte sich gerade eben noch an dem Gefährt festhalten, bevor sie stürzte. Kalt biss ihr der Wind ins Gesicht. Regentropfen verfingen sich in ihren Wimpern und erschwerten ihr die ohnehin schon schlechte Sicht. Herrgott, das war aber auch ein furchtbares Wetter. Mit wenigen Schritten gelangte sie an die Rückseite der Kutsche.

»Mylady!«, entfuhr es Pack entsetzt, als er sie erblickte. »Sie können doch nicht …«

»Was ist los, Mr. Pack?«, erwiderte Ophelia und musste sogar ein wenig grinsen, obwohl ihr der Regen bereits unter den Mantel lief. »Haben Sie noch nie eine Frau mit anpacken sehen? Gehen Sie nach vorne zu Ihrem Pferd und ziehen Sie, während Mr. Fox und ich von hinten schieben.«

»A-aber …«

»Ich stimme dem Kutscher zu, Mylady«, mischte Fox sich ein. »Sie sollten nicht hier draußen sein.«

»Was wollen Sie tun, Mr. Fox?«, brüllte Ophelia ihm gegen den Wind zu. »Mich wie ein Sack Mehl zurück in die Kutsche bugsieren?

Denn glauben Sie mir, so schwer werde ich es Ihnen machen. Zudem bin ich bereits durchnässt und wäre Ihnen dankbar, wenn wir diesen Umstand nicht länger als nötig hinauszögern.«

»Sie haben die Lady gehört, Mr. Pack«, gab Fox schließlich nach. »Nun beeilen Sie sich schon!«

Gemeinsam gingen sie in Position. Als sie spürten, wie sich die Kutsche durch das Ziehen des Pferdes leicht bewegte, stemmten sie sich unter Aufbringung ihrer ganzen Kräfte gegen das Gefährt.

»Noch einmal!«, rief Fox und sie wiederholten ihr Vorgehen. Stück für Stück entkam das Rad dem gierigen Schlund der Schlammpfütze.

Plötzlich machte das Gefährt einen Satz nach vorn. Ophelia stolperte hinterher und landete der Länge nach im Dreck.

»Grundgütiger, Mylady!«, rief Fox und half ihr sogleich zurück in die Senkrechte, selbst bis zu den Knien im Schlamm steckend. »Haben Sie sich verletzt?«

Doch Ophelia antwortete nicht – sie lachte.

»M-Mylady.« Entsetzt starrte er sie an.

Aber Ophelia störte sich nicht daran. »Ist der Ruf erst ruiniert ...« Sie breitete die Arme aus und ließ den Regen den Schmutz von ihrer Kleidung waschen. Dabei lachte sie immer noch, bis etwas in ihrer Seite zu stechen begann. Japsend holte sie Luft und sah gerade noch, wie Fox den Kopf schüttelte, ein winziges Lächeln auf den Lippen. Sie würde es schon noch schaffen, ihm die Freude am Leben zurückzubringen. Jetzt aber ersehnte sie nichts mehr, als trockene Kleidung und ein wärmendes Bett.

9. Kapitel

Jeremiah hasste dieses Wetter. Er hasste diese Jahreszeit. Im Grunde hasste er gerade alles, das daran schuld war, in welchem Schlamassel er steckte.

Mit seiner Laune war es in den letzten Stunden drastisch bergab gegangen. Wenn Lord Sheffield nur wüsste, dass sich seine Schwägerin der Länge nach in den Dreck manövriert hatte – er würde ihn augenblicklich kastrieren lassen. Außerdem hielten sie gezwungenermaßen an einem Gasthof, der nicht auf Sheffields Liste gestanden hatte. Von außen wirkte das Gebäude ein wenig renovierungsbedürftig, aber ein Bett und eine warme Mahlzeit würde es wohl bieten können.

»Nun ziehen Sie nicht so ein langes Gesicht, Mr. Fox«, vernahm er Lady Ophelias Stimme, als sie in die herrlich warme Gaststube eintraten. Aber selbst die wohlige Wärme hob seine Stimmung nur minimal. Er wusste nicht einmal, wann er das letzte Mal derart schlecht gelaunt gewesen war. Grummelnd griff er an seinen Unterarm, an dem er sich beim Herausmanövrieren der Kutsche verletzt hatte. Es konnte nicht so schlimm sein, da es bereits zu bluten aufgehört hatte, aber es brannte höllisch.

Glücklicherweise war das *Foxhole Inn* nur zwei Meilen vom Unglücksort entfernt gewesen. Wer weiß, wie lange die Achse der Kutsche das Gewicht noch getragen hätte, nachdem sie im Schlamm versunken waren. Es wunderte ihn, dass sich Ophelia nicht über den Zustand des Gasthofes beschwert hatte, war sie doch anderes gewohnt.

»Ich ziehe kein langes Gesicht«, murmelte er und ging auf die Wirtin zu, die hinter dem Tresen soeben einen Krug mit schal riechendem Bier füllte.

»Guten Abend. Wir benötigen zwei Zimmer für eine Nacht.« Bei Gott, wie sehr er sich nach einem Bad sehnte. Zu dieser Jahreszeit war regnerisches Wetter mehr als ungemütlich.

»Zwei Zimmer?«, hakte sie mit hochgezogener Braue nach. »Ham wa nicht.«

Jeremiah riss die Augen auf. »Was bedeutet *ham wa nicht*? Es sind doch kaum Leute hier.«

Die zweite Augenbraue folgte. »Die anderen Gäste kommen noch. Wir haben ein großes Zimmer übrig, mehr können wir nicht bieten. Das nächste Gasthaus ist etwa zwanzig Meilen weiter nördlich, da müssen Se aber in de Nacht reiten.«

»Grundgütiger«, flüsterte er und schloss die Augen.

»Darf ich Se fragen, was so schlimm ist, mit seinem Weib in einem Zimmer zu schlafen?«

Bevor Jeremiah die Vermutung korrigieren konnte, hatte sich Ophelia neben ihn gestellt und sich der Wirtin zugewandt. Eilig legte sie ihm ihre Hand auf den unversehrten Unterarm und sandte ihm Schauer bis hinauf in den Nacken. Was in Gottes Namen tat sie hier?

»Gar nichts. Mein Mann ist nur etwas müde von der langen Reise. Wir nehmen das Zimmer. Ich hoffe, es ist Ihnen genehm, wenn meine Zofe einen warmen Platz bei den Bediensteten bekommt, Sie werden dafür selbstverständlich extra entlohnt.«

Sein Herz hörte einen Moment lang auf zu schlagen. War sie nun von allen guten Geistern verlassen? Das mit der Zofe konnte er ihr noch durchgehen lassen, aber nicht, dass sie sich hier als Ehepaar ausgaben und sich ein Zimmer teilen sollten. Hatte diese Welt denn keinen Funken Mitgefühl mehr für ihn übrig? »Mylady«, zischte er.

»Hab ich auch nie verstanden«, brummte die wohlgeformte Frau, »warum man in einer Ehe unter den feinen Leuten den Titel verwendet. Mein George ist einfach nur George. Manchmal nenne ich ihn auch Mistkerl oder Georgie Boy.«

Jeremiah schnappte nach Luft. »Ich bitte Sie! So können Sie doch nicht in Anwesenheit einer Dame sprechen!«

Die Wirtin lachte und entblößte dabei ihre braunen Zähne. »Mein Guter, ich habe noch ganz andere Namen für ihn. Die sind dann wahrlich nicht für die Ohren einer Lady bestimmt.« Sie sah zu Ophelia und wackelte dabei mit den Augenbrauen.

Jeremiah wurde ganz heiß. Wie sollte er Ophelia nur vor all diesen Menschen bewahren, die sie offenbar verderben wollten? Als er einen vorsichtigen Blick zu ihr warf, grinste sie allerdings bis über beide Ohren.

»Mir gefällt Ihr Humor, Miss. Wäre es möglich, ein Bad zu nehmen und das Essen auf dem Zimmer servieren zu lassen?«

Sie sprach so gelöst, so ganz anders als in London. Selbst ihre Haltung war nicht so verkrampft.

»Natürlich, werte Dame. Kanincheneintopf gibs heut. Und die Zofe kann in unserer Kammer schlafen, die steht leer.«

»Hervorragend. Ich danke Ihnen.«

Die Wirtin schob Jeremiah den Schlüssel hin, den letztendlich Ophelia ergriff, und deutete zur breiten Holztreppe, die in den ersten Stock führte. »Letztes Zimmer auf der rechten Seite.«

Ophelia nickte ihr dankbar zu, ließ seinen Unterarm los und wandte sich dann mit einem Zwinkern an ihn. »Komm, werter Gemahl. Wir haben eine anstrengende Reise hinter uns.«

Ihm blieb nichts anderes übrig, als wie ein Trottel hinter ihr herzudackeln, bis sie im Obergeschoss ankamen. Erst dann fand er seine Sprache wieder. »Mylady, das ziemt sich nicht. Wir können uns kein Zimmer teilen!«

Ophelia seufzte. »Die Alternative, Mr. Fox, ist, dass wir zwanzig Meilen weiter fahren, von Banditen überfallen werden oder uns bei diesem scheußlichen Wetter den Tod holen.«

»Aber ...«

»Abgesehen davon, dass uns hier niemand kennt, habe ich Ihnen die Sache mit dem Ruf schon erklärt.« Ophelia steckte den Schlüssel in die Vorrichtung und öffnete die Tür. Ihr entfuhr ein verzückter Laut, der sein Herz zum Stolpern brachte. »Sehen Sie, Mr. Fox, es gibt sogar ein Sofa. Sie müssen demnach nicht auf dem Boden schlafen.«

»Aber ...«, setzte er wieder an und verstummte erneut, als sie ihm einen entnervten Blick zu warf.

»Mr. Fox ... Jeremiah.« *Jeremiah*.

Konnte man das Atmen verlernen? Oder konnte sich die Zunge derart verknoten, dass man keinen Laut mehr hervorbrachte?

Ophelia rieb sich die Schläfen, sodass sie den Dreck aus ihren Haaren nun auch auf ihrem Gesicht verteilte. »Ich bin müde, durchnässt und schmutzig. Mein einziger Gedanke gilt einem Bad, gefolgt von einem warmen Bett. Wie Sie sehen, wurde das Kaminfeuer bereits entzündet und es ist mollig warm hier. Außerdem gibt es Paravents, die unsere beiden Bereiche voneinander trennen werden. Schlimmer als nach diesem Skandal kann es ohnehin nicht mehr für mich kommen.«

Wie abgeklärt sie sprach. Als würden sie diese Nacht nicht ein Zimmer teilen, sondern sich lediglich zum Nachmittagstee treffen. Es entging ihm nicht, dass sich im letzten Satz eine Spur Traurigkeit vermischt mit Resignation wiederfand.

Er wollte nicht, dass es ihr schlecht ging und sie mit ihren Gedanken ständig an diesem Skandal hing. In Wahrheit ertrug er es kaum, Schmerz auf ihren Zügen zu erkennen.

»Wie Mylady meinen«, gab er schließlich nach und blickte zum Sofa. Es sah ungewohnt bequem für dieses einfache Gasthaus aus. Generell war der Raum sehr großzügig bemessen. Ein großes, stabil wirkendes Bett bildete das Herzstück, gefolgt von einer Ecke, in der man sich notdürftig waschen konnte, und einem kleinen Tisch für die täglichen Speisen. Es roch nach Lavendel und altem Holz, ein wohltuender Geruch, der Jeremiah ein wenig an Zuhause erinnerte.

Zuhause.

Er schluckte, als er an den Brief dachte, den er geflissentlich ignorierte, als könnte er sich dadurch in Luft auflösen. Mit grimmiger Miene schälte er sich aus seiner Jacke und hing sie über den Stuhl, als er einen erstickten Aufschrei vernahm.

»Sie sind verletzt!«

Jeremiah blickte auf seinen Unterarm. Tatsächlich hatte sich ein größerer Fleck als angenommen auf seinem weißen Hemd ausgebreitet. Langsam ließ er sich auf dem Stuhl nieder und streifte den Stoff nach oben. Auf den ersten Blick erkannte er zwei Holzsplitter in einem etwa zwei Zoll langen Schnitt. Es war ihm im Eifer des Gefechts überhaupt nicht aufgefallen, dass er sich doch schwerer verletzt hatte, als er die Kutsche angeschoben hatte und dabei auf einem Holzanbau abgerutscht war.

»Nicht so schlimm«, brummte er, »vielleicht haben sie etwas zum Nähen hier. Alkohol definitiv.«

Entgegen seinen Erwartungen, dass eine Lady bei dem Anblick von Blut bestimmt in Ohnmacht fiel, kam Ophelia näher, beugte sich nach vorn und umfasste seinen Arm mit ihren filigranen Fingern. »Das gehört in der Tat genäht. Sie haben Glück, dass ich sehr belesen und wissbegierig bin. Nebenbei falle ich beim Anblick von Blut nicht in Ohnmacht.«

»Sie können mich doch nicht nähen!«, protestierte er.

Sie ließ seinen Arm los, sodass er endlich wieder durchatmen konnte. »Warum nicht?«

Jeremiah stöhnte auf. »Weil Sie eine Lady sind.«

Vehement verschränkte sie die Arme vor ihrem Oberkörper. Gerade sah sie überhaupt nicht aus wie eine Lady, wenn man ihr schmutziges Kleid, die zerstörte Frisur und das schlammbespritzte Gesicht in Augenschein nahm. So natürlich, so schön, dass er diesen Anblick selbst jenem in einem Ballkleid vorziehen würde. »Oh Verzeihung, ich wusste nicht, dass ich auch bei Ihnen nur dumm lächeln und hübsch aussehen soll«, schnarrte sie und schüttelte den Kopf. »Von Ihnen hätte ich mir solche Gedanken am wenigsten erwartet.«

»Nein, das meinte ich doch nicht!« Herrgott, sie raubte ihm noch den letzten Nerv. Bald würde es den zuvorkommenden Sekretär nicht mehr geben, wenn sie ihn weiter provozierte.

»Was dann? Das bin ich doch für alle. Lady Ophelia, die einstige Rose der Saison, die nun leider verblüht ist. Hübsch anzusehen ist sie demnach immer noch, aber ihr Können darf über Sticken und Piano spielen nicht hinausgehen, denn ...«

»Ruhe!«, platzte es aus ihm heraus und er erschrak im nächsten Moment über seine laute Stimme, die so gar nicht zu ihm passte. Dennoch war ihm der Geduldsfaden soeben gerissen und aus ihm sprach nicht mehr Jeremiah Fox, der langweilige Sekretär seiner Lordschaft, sondern jener Mann, der er einst gewesen war.

Ein Soldat.

Ein Mann mit Ehre.

Er stand auf, blieb dicht vor ihr stehen, sodass man es wahrlich als Affront ansehen konnte. Er wünschte, sie würde ihn nicht so anschauen ... nicht so fragend, während ihre Lippen leicht geöffnet waren.

»Sie sind mehr als nur ein einfältiges Dummerchen, immerhin wissen Sie genau, wie ich über Sie denke! In meinen Augen sind Sie der interessanteste Mensch, der mir jemals untergekommen ist, aber zu stur, um es zu erkennen. Sie verstecken sich hinter einer Fassade, Mylady, und hören Sie auf, mir zu unterstellen, Sie auf eine lächerliche Stufe zu degradieren.« Er holte tief Luft, obgleich er wusste, dass er jedes gottverdammte Wort bereuen würde. »Aber es ist jetzt meine Aufgabe, Sie zu beschützen, und genau das werde ich tun, auch wenn das bedeutet, vor Ihnen selbst.«

Er erwartete ein Donnerwetter, stattdessen schien sie ehrlich betroffen zu sein. »Sie sind wütend.«

»Ja, verdammt, ich *bin* wütend! Ich weiß, eine schier unmögliche Regung bei Mister Langweilig. Glauben Sie mir, ich kenne die Titel, die man mir im Haushalt gegeben hat.«

Ophelia trat einen Schritt zurück, als hätte sie Angst vor ihm, und er bereute augenblicklich, ihr so nah gekommen zu sein.

»Sie sind vieles, Jeremiah, aber bestimmt nicht langweilig. Glauben Sie mir, ich erkenne Schauspieler, wenn ich sie sehe. Ich lasse Nadel und Faden sowie eine Waschschüssel nach oben bringen.«

Mit diesen Worten drehte sie sich um und ging nach draußen.

Als er zurückblieb, fühlte er das schlechte Gewissen in jeder Pore seines Körpers. Er war zu weit gegangen und hätte beinahe seine Deckung aufgegeben.

Dummkopf!

Eine halbe Stunde später wurde die Tür wieder geöffnet und Jeremiah hob den Kopf. Er hatte vorgehabt, sich sogleich zu entschuldigen, aber Ophelia war nicht allein gekommen.

Zwei Mägde schleppten eine große Schüssel mit dampfendem Wasser mitsamt Handtüchern und einer kleinen Tasche in den Raum.

Sie meinte es wirklich ernst.

Ophelia griff nach einer Schürze auf dem Stapel und hing sie sich über. Anstatt sich zuerst ein Bad zu gönnen, so verdreckt wie sie war, wollte sie sich zuerst um seine Wunde kümmern. Himmel, sein schlechtes Gewissen wurde nur noch größer.

»Vielen Dank«, wandte sich Ophelia an die beiden Mägde und ließ ihnen zwei Münzen zukommen. Sie verließen mit strahlenden Augen den Raum, als hätten sie nie zuvor eine solch großzügige Gabe erhalten.

»Mr. Fox, Sie haben nun zwei Optionen: entweder Sie entledigen sich Ihres Hemdes oder ich schneide den Stoff bis zum Oberarm auf.« Sie sah ihn kein einziges Mal an, während sie die Schürze vor ihrer Körpermitte zuband. »Unglücklicherweise ist der nächste Arzt zwei Stunden entfernt, hat mir die Wirtin mitgeteilt, deshalb werden Sie mit mir Vorlieb nehmen müssen.« Ihre Stimme war so kalt wie die Temperaturen draußen. Als sie mit den Handtüchern zu ihm ging, würdigte sie ihn weiterhin keines Blickes, sondern breitete den Stoff auf dem Tisch aus, dann holte sie die Tasche und öffnete sie.

Jeremiah fühlte einen dicken Kloß in seinem Hals, als er die ganzen Nadeln und die große Pinzette sah.

»Wenn Sie vorher einen Drink wollen, lasse ich nach der Magd läuten.«

»Nein, danke«, brummte er und nahm die Schere in die Hand. Er kam nicht einmal dazu, sie zu sich zu ziehen, da spürte er schon ihre Hand auf seiner. Nicht sanft, sondern ungewohnt harsch.

»Ich erledige das.« Sie griff danach und machte sich an seinem Hemd zu schaffen. Erst, als sie an der Hälfte seines Oberarms ankam, und der Ärmel gespalten war, ließ sie wieder von ihm ab.

»Es tut mir leid«, brach es aus ihm heraus. »Ich hatte kein Recht, derart abfällig mit Ihnen zu sprechen.«

Sie schob einen weiteren Stuhl näher zum Tisch und ließ sich darauf nieder, ehe sie seinen Arm vor sich platzierte. Ihr Profil wirkte wie in Stein gemeißelt. »Kein Grund, sich zu entschuldigen.«

»Doch.«

»Nein. Sie haben mir kurz den Mr. Fox gezeigt, den Sie die ganze Zeit versteckt halten. Ich weiß nicht, wovor Sie davonlaufen, aber lassen Sie mich Ihnen einen Rat geben: es holt Sie irgendwann ein. Demnach wäre es besser, sich dem Übel zu stellen.«

Jeremiah schwieg. Diese Diskussion würde er mit einer Lady nicht führen. Seufzend griff sie schließlich nach einem Handtuch, tauchte es in das warme Wasser und säuberte seine Wunde. Er biss die Zähne zusammen, kein Laut drang über seine Lippen, auch dann nicht, als die Nadel das erste Mal das Fleisch durchstach.

»Warum wird Ihnen bei diesem Anblick nicht unwohl?«, durchbrach er die Stille, um von den Geräuschen des Nähens abzulenken.

Sie setzte zur zweiten Naht an. »Ich muss gestehen, dass ich vor Jahren kein Blut sehen konnte. Dann fand ich in der Bibliothek ein Lexikon über Medizin und die Wundheilung. Glauben Sie mir, manches ist sehr detailliert ausgeführt worden.«

»Das heißt, Sie nähen heute das erste Mal einen Menschen?«

Endlich lächelte sie, wenn auch nur kurz. »Ich habe sonst nur an den Polstern geübt, das ist korrekt.«

Er musste es ihr zugestehen, dass sie ihre Arbeit hervorragend machte. So akkurat, dass vermutlich nur eine dünne Narbe zurückbleiben würde. Dennoch bereute er es schon, den Drink ausgeschlagen zu haben. Es brannte höllisch.

Die Minuten kamen ihm vor wie Stunden, Schweißperlen traten ihm auf die Stirn, aber er wagte es nicht, einen Mucks von sich zu geben.

»Fertig«, schnaufte sie und legte die Nadel beiseite, ehe sie nach einem weiteren Tuch und der Braunflasche griff. »Ich muss die Wunde zum Abschluss reinigen, bevor ich sie verbinde.«

Dieses Mal konnte er ein leises Stöhnen nicht verhindern, als der Alkohol auf das Fleisch traf.

»Verzeihung«, flüsterte sie und beeilte sich bei ihrer Prozedur.

»Nichts zu verzeihen.«

Sterne tanzten vor seinen Augen und er fürchtete, sich bald nicht mehr auf dem Stuhl halten zu können. Er hatte heute kaum etwas gegessen und zu wenig getrunken, aber bei Gott, er würde sich nicht die Blöße geben, vor ihr in Ohnmacht zu fallen. Er schloss die Augen, fühlte den weichen Stoff des Verbandes an seinem Unterarm und ließ sie ihre Arbeit beenden.

»Ich überprüfe nur noch den Rest des Armes, dann sind Sie von mir befreit.«

Als sie an seiner Schulter ankam, verharrten ihre Finger an einer bestimmten Stelle. Jeremiah blinzelte gegen die Schmerzen an, sodass ihm zuerst nicht auffiel, wie ihr Blick starr wurde.

»Sie waren bei den Dragonern?«

Zuerst drang ihre Stimme nur wie durch einen Nebel zu ihm, dann realisierte er, was sie gesagt hatte.

Die Tätowierung. Das große D, das seine Zugehörigkeit zu dieser berittenen Kavallerie gekennzeichnet hatte. Was er und seine Kameraden damals im Krieg für einen guten Einfall gehalten hatten, bereute Fox heute zutiefst. Woher wusste sie, dass es damals ein Ritual unter den Soldaten gewesen war?

Jeremiah zog den Arm zurück und stand auf. »Das ist nicht von Relevanz.«

Er erwartete, dass sie weiter fragte, um ihre Neugierde zu stillen, wie ein ehemaliger Dragoner zu einem Sekretär wurde. Stattdessen tat sie etwas, das ihm beinah den Boden unter den Füßen wegzog.

»Ich weiß nicht, wer Sie wirklich sind und was Sie erleiden mussten. Ich kenne nur die Geschichten über den Krieg und maße mir nicht an zu sagen, ich wüsste, wie es dort zugegangen sein muss.« Sie brach kurz ab, dann sah sie ihm wieder in die Augen. So sanft, dass es ihm die Kehle zuschnürte. »Aber ich bin mir sicher, dass es Sie verändert und gezeichnet hat. Sie sind ein guter Mensch, Mr. Fox, und bei mir müssen Sie sich nicht als jemand anderes ausgeben. Ich weiß, wie es ist, hinter einer Fassade leben zu müssen.«

Er ertrug es kaum, wie sie mit ihm sprach. Als würde sie verstehen, wie es war, seine Dämonen mit sich zu tragen, dabei konnten ihre beiden Vergangenheiten unterschiedlicher nicht sein.

»Ich sehe nach der Kutsche und den Pferden, Sie können währenddessen in Ruhe ein Bad nehmen.« Er schlüpfte in seine verdreckte Jacke und schloss die Knöpfe nur halbherzig, während er zur Tür ging. Schneller, als er es tun sollte, aber er musste hier raus.

In Windeseile huschte er die Treppen hinunter und hinaus in die befreiende Kälte. Schwer atmend stützte er sich an der alten Eiche ab und starrte in den dunklen Himmel. Kein einziger Stern war zu sehen.

Die Dragoner hatten sein Leben gerettet, sie hatten ihm wieder eine Perspektive gegeben. Und ihm gleichzeitig alles genommen, wofür er zuvor gelebt hatte.

Sein Bruder war der größte Verlust davon gewesen.

10. Kapitel

Zu ihrem Glück hatte sich das Wetter bereits am Morgen nach ihrer Zuflucht im *Foxhole Inn* aufgeklärt und begleitete sie während ihrer weiteren Reise mit strahlendem Sonnenschein.

Mr. Pack hatte noch in der Nacht dafür gesorgt, dass die beschädigte Achse repariert wurde, sodass ihnen auch die Kutsche keine weiteren Probleme bereiten würde. Die Fahrt hätte sogar angenehm sein können, würde zwischen Ophelia und Mr. Fox nicht eine eisige Stimmung herrschen.

Er war in der Nacht wortlos ins Zimmer zurückgekehrt, hatte vorsichtig und darum bemüht, kein Geräusch zu verursachen, den Paravent in die Mitte des Raumes gezogen und sich auf dem Sofa schlafen gelegt. Kurz darauf hatte sie seinen ruhigen Atem vernommen, während sie selbst noch lange nicht an Schlaf denken konnte.

Ophelia war nicht wütend auf den Sekretär. Sie hatte in seiner Vergangenheit herumgestochert und anscheinend einen äußerst wunden Punkt getroffen, das tat ihr leid. Sie wusste, wie es sich anfühlte, das Leben einer anderen Person zu leben. Doch sie verstand nicht, wieso er sich ihr gegenüber so verschloss, hatte sie doch das Gefühl gehabt, dass sie einander näher gekommen waren. Dass sie sich verstanden und auf seltsame Weise das gleiche Schicksal teilten. Ja, wenn sie darüber nachdachte, könnte sie Jeremiah Fox sogar als Freund bezeichnen. Jemand, bei dem sie sich nicht zu verstellen brauchte, sondern einfach nur sie selbst sein konnte, ungeachtet der steifen Regeln, die die Gesellschaft ihnen aufzwang. Im Gegenzug erhoffte sie sich dasselbe von ihm. Doch seit er vor ihr aus dem Zimmer geflüchtet war, hatten sie kaum ein Wort miteinander gesprochen. Und Ophelia war nicht Willens, als Erste das Schweigen zu brechen.

Zwei Tage später erreichten sie Wintersberry Manor. Erleichtert seufzte sie auf, als Mr. Pack ihnen mitteilte, dass sie soeben die Grenze zu Noahs Landbesitz passiert hatten. Endlich fand die lange Fahrt ein Ende. Ophelia hatte nichts dagegen, eine Zeit lang still zu sitzen, doch nach drei Tagen in der Kutsche schmerzte ihr das Gesäß und ihre Beine fühlten sich seltsam steif an. Auch in Lydias Gesicht zeichnete sich Erleichterung ab, nur Mr. Fox behielt eisern seine unergründliche Miene bei.

Das Knirschen von Kies unter den Kutschenrädern verriet ihr, dass sie den Feldweg hinter sich gelassen hatten und sich dem Anwesen näherten. Ophelia wagte einen Blick aus dem Fenster und staunte. Wintersberry Manor war anders, als sie es angenommen hatte. In ihrer Vorstellung hatte sie ein winziges Landhaus erwartet, mitten im Wald. Gut für die Jagd, aber unheimlich, um darin zu wohnen. Ein Hexenhaus, gebaut aus dunkelgrauen Steinen und die Fenster verhangen mit düsteren Vorhängen. Ein Ort, an dem man sich selbst im Traum nicht wohlfühlen könnte und an dem sie dazu verdammt wäre, bei ständigem Regenfall bis zu Noahs und Heath' Absolution zu versauern. Nichts von alledem traf zu.

Es war, als wolle die Sonne sie an ihrem neuen Zuhause willkommen heißen. Das sanfte Licht der Abenddämmerung ließ die gefärbten Blätter des Efeus, der die helle Fassade fast vollständig überrankte, leuchten. Große, längliche Fenster waren gesäumt mit beigen Gardinen. Der Weg war bestreut mit weißem Kies und beschrieb einen Kreis vor den Treppenstufen, die zur einladenden Eingangstür hinaufführten. Das Anwesen war nicht ganz so prachtvoll wie Rosewood Hall, Noahs anderer Landsitz in Hampshire, doch es musste sich auch keineswegs verstecken.

Vor der Treppe wartete bereits ordentlich aufgereiht die Dienerschaft. Es war eine überschaubare Gruppe aus zwei Männern und vier Frauen, zu wenig, um das Haus ausreichend zu bewirtschaften. Ophelia vermutete, dass Noah lange nicht mehr hier verweilt hatte und somit die Beschäftigung von weiterem Personal nicht nötig gewesen war.

Das Gefährt hielt an und Mr. Pack sprang vom Kutschbock, um eilig den Verschlag zu öffnen. Der Mann, der sich an erster Stelle der Reihe befand und sich somit als Butler positionierte, trat einen Schritt vor und neigte das Haupt.

»Herzlich willkommen auf Wintersberry Manor, Lady Mainsfield«, begrüßte er sie und reichte ihr die Hand, um ihr beim Aussteigen zu helfen. »Ich hoffe, Sie hatten eine angenehme Reise. Mein Name ist Squirrel und ich bin der Butler dieses Hauses.«

»Ich danke Ihnen für den freundlichen Empfang, Mr. Squirrel.« Ophelia bemühte sich, das Grinsen, welches sich geradezu auf ihr Gesicht drängen wollte, zu verkneifen. Mr. Squirrel und Mr. Fox, das Eichhörnchen und der Fuchs. Sie war gespannt, welchen Tieren sie hier in der Einöde noch begegnen würde. Tatsächlich hatte Mr. Squirrel durchaus eine gewisse Ähnlichkeit zu einem Nager. Sein Gebiss war erstaunlich groß, weswegen er den Mund nicht ganz schloss, sondern die Lippen einen Spalt geöffnet hielt. Seine nussbraunen Augen wirkten freundlich und zu Ophelias Freude schien er nicht viele Jahre älter zu sein als sie selbst. Das war eine willkommene Abwechslung, waren alle Butler, die sie bisher kennenlernen durfte, schließlich schon weit in ihren Lebensjahren fortgeschritten.

Ihr fiel auf, dass seine Haare trotz Pomade ein wenig zerzaust und seine Wangen leicht gerötet waren, als hätte er sich beeilen müssen. Sicher war der Eilbote, den Noah sofort nach seinem Entschluss, sie in den Norden zu verbannen, losgeschickt hatte, erst kurz vor ihnen hier angekommen, um die Hausangestellten über ihre Ankunft zu unterrichten. Sie konnte sich gut vorstellen, wie alle nach der langen Abwesenheit des Lords in Hektik verfallen waren, um das Anwesen rechtzeitig herzurichten. Aus dem Augenwinkel bemerkte sie, wie sich eines der Dienstmädchen verlegen etwas Staub von ihrem dunklen Rock strich, was ihre Vermutung bestätigte.

»Ah, Mr. Fox«, wandte sich Squirrel an den Sekretär, der nun ebenfalls, gefolgt von Lydia, der Kutsche entstieg. »Ich freue mich, Sie als neuen Verwalter von Wintersberry Manor begrüßen zu dürfen.«

Überrascht zog Ophelia eine Augenbraue hoch. Noah hatte ihr gegenüber nichts davon erwähnt, dass er Fox zum Verwalter ernannt hatte. Augenblicklich überschlugen sich ihre Gedanken. Was hatte ihr Schwager seinem Sekretär noch für Aufgaben mitgegeben? Ihr wurde klar, dass sie nicht einmal wusste, weshalb Fox sie überhaupt in den Norden begleitet hatte. Sicherlich war er hier, um sie im Auge zu behalten. Das sah Noah und Heath ähnlich. Sie waren gut darin, Aufpasser für die Mainsfield-Schwestern zu bestimmen … Sogleich trübte sich ihre Stimmung und das Anwesen büßte etwas der willkommenen Wärme ein. Auch die Sonne schien den Umschwung ihrer Stimmung zu bemerken und sich lieber zurückziehen zu wollen, denn während sie vor der Treppe standen, verschwand sie immer weiter am Horizont.

Ophelia wischte die Gedanken mit einem Lächeln zur Seite. Sie musste einen guten Eindruck beim Personal hinterlassen, wenn sie wollte, dass die Angestellten sie mochten. Doch sie nahm sich vor, Fox noch heute Abend über das Vorhaben ihrer Schwäger auszuquetschen.

Ein zarter Laut zu ihren Füßen, lenkte sie für einen Moment ab. Eine hellbraune Katze stolzierte um ihre Beine herum und rieb sich genüsslich am Stoff ihres Kleides. Dabei miaute sie auffordernd.

»Nanu?«, entfuhr es Ophelia, doch bevor sie sich bücken und die Katze streicheln konnte, verscheuchte Squirrel sie mit einer wedelnden Bewegung seiner Hände.

»Fort mit dir, Honey«, zischte er. »Verzeihen Sie, Mylady. Die Katze ist eine Streunerin. Eines Tages tauchte sie hier auf und wollte uns seitdem nicht mehr verlassen.«

»Wie herrlich.« Ophelia blickte der Katze nach, bis sie unter einer Hecke verschwand. Sie beneidete das Tier. Es konnte kommen und gehen, wie und wohin es wollte, ohne irgendjemandem Rechenschaft schuldig zu sein.

»Wenn ich Ihnen vorstellen darf«, der Butler führte sie zu der älteren Dame, die an zweiter Stelle der Reihe auf sie wartete, »Mrs. Jones, die Haushälterin und gute Seele des Hauses.«

Die schmale Frau neigte den Kopf. »Willkommen, Mylady, Mr. Fox. Verzeihen Sie, wenn ich nicht in einen Knicks versinke. Ich bin nicht mehr die Jüngste und seitdem die Nächte wieder kühler werden, machen mir meine Knie zu schaffen.« Der stolze und beinahe schon herausfordernde Ausdruck in ihren Augen passte gut zu den streng an ihrem Hinterkopf zurückgebundenen, grauen Haaren. Durch die Frisur stachen ihre kantigen Wangenknochen hervor, die Lippen hatte sie zu einer schmalen Linie gepresst. Alles zusammen verlieh ihrem Gesicht ein herrisches Antlitz. Ophelia glaubte, eine Frau vor sich zu haben, die im Laufe ihres Lebens sicherlich schon einige Schicksalsschläge erlitten hatte und nicht mehr Willens war, sich einer jungen, naiven Lady zu beugen, nur weil sie Geld und einen Namen besaß.

Ophelia beschloss, ihre direkte Art zu respektieren. Die raue Gesinnung der einfachen Leute im Norden war ihr lieber als die Scheinheiligkeit des Adels in London.

»Dann sollten wir wohl nicht länger in der Kälte verweilen, Mrs. Jones«, antwortete sie und bemerkte, wie die angespannte Miene des Butlers Erleichterung wich. »Wenn Sie so freundlich wären, Mr. Squirrel? Ich bin von der langen Reise ziemlich erschöpft und würde mich gerne etwas frisch machen.«

»Selbstverständlich, Mylady«, erwiderte er und deutete ihnen, ihm ins Haus zu folgen. Er führte sie in einen offenen Eingangsbereich. Der Boden war überzogen mit breiten, dunklen Dielenbrettern und die Wände bestanden aus weißem Stein, rustikal, aber heimelig. Eine Holztreppe wand sich in einem Bogen ins obere Stockwerk. Rechts und links säumten den Fuß dieser Treppe große Vasen mit frischen Schnittblumen. Chrysanthemen, wenn Ophelia richtig vermutete. Doch da sie in Blumenkunde nur halb so gut bewandert war wie ihre Schwestern, würde sie lieber nicht darauf wetten. Grundsätzlich war ihr nach der Misere mit Susan und Lord Preston die Lust an Wettspielchen mehr als vergangen.

Sie ließ sich von Mrs. Jones ihre privaten Gemächer zeigen und atmete erleichtert auf, als sie die Tür hinter sich schloss und zum ersten Mal seit drei Tagen allein war. Kurz genoss sie die Stille und fragte sich, was Alexandra wohl gerade tat. Sicher vertrieb sie sich die Zeit bei ihren geliebten Orchideen. Sie nahm sich vor, gleich morgen früh einen Brief an ihre Zwillingsschwester zu schreiben. Doch heute war sie dafür zu müde. Nach dem Essen würde sie Fox zur Rede stellen und gleich darauf ins Bett fallen, um die Strapazen der Reise zu überwinden.

Nach einem einfachen, aber schmackhaften Dinner, schritt Ophelia durch die Flure des Anwesens auf der Suche nach Mr. Fox. Sie wusste von Mr. Squirrel, dass er sich als neuer Verwalter von Wintersberry Manor sogleich ins Arbeitszimmer zurückgezogen hatte. Angeblich, um sich einen ersten Überblick über das Anwesen samt der dazugehörigen Ländereien zu verschaffen. Ophelia war jedoch davon überzeugt, dass er ihr aus dem Weg ging. Kein anderer Grund fiel ihr ein, weswegen man sich nach so einer langen und kräftezehrenden Reise direkt in Arbeit stürzen musste. Schließlich hatte sich schon längere Zeit niemand mehr intensiv mit dem Landsitz beschäftigt, auf einen weiteren Tag kam es da sicher nicht an. Zudem erweckte keiner der Anwesenden den Eindruck, als stünde es schlecht um Noahs Besitz.

Ophelia fand das Arbeitszimmer schließlich in der oberen Etage, direkt gegenüber der Treppe. Kurz hielt sie inne, als sie spürte, wie ihr Herzschlag leicht stolperte. Seufzend rieb sie sich die müden Augen. Sie sollte dringend ins Bett, doch das Gespräch mit Fox wollte sie nicht länger hinauszögern. Es war besser, unangenehme Dinge gleich anzugehen, als sie ewig vor sich herzuschieben.

Sie hob die Hand und klopfte an. Ein mürrisches »Herein« erklang und sie atmete tief durch, bevor sie die Tür öffnete und eintrat.

Mit durchgedrücktem Rücken saß er hinter dem geradlinigen Schreibtisch und betrachtete einen Stapel Papier vor sich. Die Brille war ihm bis auf die Nasenspitze gerutscht, sodass es einem Wunder gleichkam, dass sie ihm nicht herunterfiel. Er hatte die Stirn gerunzelt, während er sich auf einem separaten Blatt Notizen machte.

»Wie ich sehe, sind Sie bereits fleißig, Mr. Fox.«

»Lady Ophelia.« Er blickte kurz auf, deutete auf den leeren Stuhl vor dem Tisch und schrieb den begonnenen Satz zu Ende. Ophelia setzte sich und beobachtete seine konzentrierten Bewegungen. Die schmalen, langen Finger hatten sich beinahe krampfhaft um den Federkiel gelegt, und dennoch schrieb er die Worte mit einer Sorgfalt, die beeindruckte. Die gleiche Handschrift wie jene, die sie in seinem Buch gesehen hatte. Kein Tropfen überflüssiger Tinte hatte sich auf dem Blatt verloren. Nicht einmal an seiner Haut färbte sich eine dunkle Stelle ab.

Unwillkürlich biss sie sich auf die Unterlippe. Seine Hände waren wirklich schön. Schlank und feingliedrig, die Finger eines echten Bürokraten. Dennoch wusste sie, dass er durchaus in der Lage war, zuzupacken. Das hatte er bereits mehr als einmal bewiesen. Immer dann, wenn sie schwach gewesen war, und er sie aufgefangen hatte. Wenn sich seine starken Arme um sie gelegt hatten, um sie zu halten … Auch wenn seine Muskeln unter seinen Hemden stets verborgen blieben und er auf den ersten Blick voll und ganz den Anschein eines Sekretärs erfüllte, so hatte sie bereits gespürt, wie kraftvoll sein Körper war. Gestählt von der Zeit im Krieg. Sie schluckte. Eine schreckliche Zeit, die sicherlich nicht spurlos an ihm vorbeigegangen war. Was mochte er getan haben, dass er sein wahres Ich mit allen Mitteln vor der Welt verborgen hielt? Wen hatte er verloren? Möglicherweise eine Frau, mit deren Tod auch sein Herz zerbrochen war? Ein schmerzhafter Stich fuhr ihr in die Brust. Die Vorstellung, dass Fox eine andere Frau begehrte, gefiel ihr nicht. Gleichzeitig fragte sie sich, warum sie sich darüber Gedanken machte. *Wir kennen uns doch kaum*, dachte sie. Dennoch bemerkte sie, wie sich eine ungewohnte Wärme in ihr ausbreitete und ihre Finger zu zittern begannen. Schnell versteckte sie die Hände in den Falten ihres Kleides. Was war nur los mit ihr? Bisher hatte die Nähe eines Mannes nur selten solch eine Reaktion in ihr hervorgerufen, und selbst bei Preston hatte sie es nicht in diesem Ausmaß gefühlt. Erneut glitt ihr Blick auf seine Hände und sie wünschte sich mit einer plötzlich aufwallenden Sehnsucht, er möge sie noch einmal berühren.

Sein Räuspern veranlasste Ophelia dazu, ihre Gedanken zur Seite zu schieben. Ertappt spürte sie die Schamesröte in ihre Wangen steigen.

»Wie kann ich Ihnen helfen, Mylady?«, fragte er, stützte die Unterarme auf der Tischplatte ab und verschränkte die Finger in einander.

Ihre Kehle war auf einmal wie ausgedörrt. Hastig befeuchtete sie sich die Lippen mit der Zunge und zwang sich zu einem Lächeln. »Wieso haben Sie mir nicht gesagt, dass Noah Sie zum neuen Verwalter von Wintersberry Manor ernannt hat?«

»Ich bin davon ausgegangen, Lord Sheffield hätte Sie diesbezüglich in Kenntnis gesetzt. Ich bedaure, dass ich mit meiner Annahme falsch lag.«

»Hat er Ihnen noch weitere Aufträge erteilt, von denen ich wissen sollte?«

Einen Moment lang sah er sie einfach nur an. Schließlich seufzte er, nahm die Brille von seiner Nase und legte sie auf den Papierstapel, bevor er sich mit Daumen und Zeigefinger über den Nasenrücken rieb. »Ich will ehrlich zu Ihnen sein, Mylady. Ihr Schwager bat mich, Sie im Auge zu behalten und Sie im Zweifelsfall in Ihre Schranken zu weisen, sollten Sie …«

»Sollte ich wieder einen Skandal provozieren, ist es das, was Sie sagen wollten, Mr. Fox?« Der eindringliche Blick aus seinen blauen Augen bescherte ihr eine Gänsehaut.

»Das war nicht ganz sein Wortlaut, aber ja. Lord Sheffield sorgt sich um Sie, auch wenn Sie es noch nicht sehen können. Und ich werde mein Bestes geben, auf Sie aufzupassen.«

Ophelia schüttelte den Kopf. Ein leises Lachen entwich ihr, das sich jedoch schnell in ein Schnauben wandelte. Doch gleichzeitig spürte sie, wie sich ihre Atmung beschleunigte.

»Heath war als Vormund dazu bestimmt, auf Charlotte zu achten. Noah wurde ausgewählt, um Alexandra ein Lehrer zu sein. Es hat ihnen beiden nicht gefallen, doch Sie wissen, wie die Geschichten ausgegangen sind. Meine Schwestern haben sich in ihre Aufpasser verliebt. Jetzt sind sie mit ihnen verheiratet. Was, Jeremiah, bedeutet das nun für uns?«

Er holte tief Luft, als wollte er etwas erwidern, doch kein Laut kam über seine Lippen. Stattdessen glitt sein Blick an ihr vorbei, als wäre hinter ihr an der Wand ein besonders interessanter Fleck zu sehen. Sie hatte geahnt, dass er ihr eine Antwort schuldig bleiben würde, auch wenn sie insgeheim gehofft hatte, wieder den Fox zu sehen, den er ihr in dem kurzen Moment im *Foxhole Inn* offenbart hatte. Nur für einen Moment, um sich Gewissheit zu schaffen, dass sie es sich nicht eingebildet hatte. Das würde ihr bei Gott ausreichen. Doch seine Miene blieb so starr wie eh und je.

Ophelia blinzelte, um die Tränen zu verdrängen, die ihr in die Augen steigen wollten, straffte die Schultern und erhob sich. Dabei schabte der Stuhl mit einem leisen Geräusch über die Dielen. Sie war hergekommen, um ihm mitzuteilen, dass sie keinen Aufpasser wünschte und sehr gut allein zurechtkam. Sie hatte ihn in seine Schranken weisen wollen, doch ihr eigensinniger Wille war wie fortgeblasen. Und mit ihm ihre Entschlossenheit.

Stattdessen fühlte sie sich seltsam klein, unsicher und hilflos. Mit der Situation und der Tatsache, dass sie nun für längere Zeit gemeinsam hier festsitzen würden, vollkommen überfordert. Sie sollte die Fortsetzung des Gesprächs doch auf einen anderen Tag verschieben, wenn sie wieder bei Sinnen war. Denn jetzt glaubte sie, seinem Blick nicht länger standhalten zu können, ohne sich in seine tröstende Umarmung zu flüchten, weil er ihr schon einmal das Gefühl von Sicherheit vermittelt hatte.

»Ich werde mich nun zu Bett begeben, Mr. Fox. Ich wünsche Ihnen eine angenehme Nacht.«

Sie wandte sich ab, hoffte noch auf eine Regung seinerseits. Doch er blieb still und sie verließ das Arbeitszimmer ohne ein weiteres Wort. Dafür jedoch mit einem Herzen, das in ihrer Brust auf einmal unendlich schwer wog.

11. Kapitel

Als Jeremiah am nächsten Morgen aufwachte, fühlte er sich wie ein alter Mann. Ein alter Mann mit entzündeten Gelenken, der nach einer durchzechten Nacht zu Fuß nach Hause hatte gehen müssen. Ohne seinen Stock.

Stöhnend rieb er sich den Nacken und streckte sich mehrmals. Es knackte unangenehm laut in seinem Genick. »Himmel, Mylord, was haben Sie mir nur aufgehalst?«, brummte er, stand auf und ging auf den Waschplatz zu. Er goss sich das eiskalte Wasser, das die Bediensteten sicherlich aus dem Bach fischten, in die Schüssel und spritzte es sich ins Gesicht.

Mittlerweile war er dankbar, dass sein Arbeitgeber ihm die Rolle des Verwalters übertragen hatte, immerhin war er die nächsten Wochen dann damit beschäftigt, die Bücher auf Vordermann zu bringen und den Pächtern Besuche abzustatten.

Er würde selbst das Laub im Wald einer gründlichen Inspektion unterziehen, nur um weit genug von Ophelia entfernt zu sein. In seinem Schritt begann es unangenehm zu ziehen, sodass Jeremiah ein weiteres Mal in das kalte Wasser griff und es sich gegen den Oberkörper spritzte.

»Himmelherrgott«, zischte er zwischen zusammengebissenen Zähnen und griff nach dem kleinen Handtuch. Ein Blick auf die Standuhr verriet ihm, dass es bereits neun Uhr war. Bei allen

Göttern, normalerweise war er um sieben hellwach. Was war nur los mit ihm?

Eilig ging er zu seinem Kleiderschrank, griff nach einem frischen Hemd und einer Hose, in die er ungelenk hineinschlüpfte. Als er den Stoff zu fest über den notdürftigen Verband an seinem Unterarm zog, verkniff er sich gerade noch ein lautes Stöhnen. Er biss die Zähne zusammen, versuchte, das stetige Pochen zu ignorieren, und zog sich weiter an.

Er hatte Ophelia keinen einzigen Blick mehr auf die Wunde werfen lassen, seit in jener Nacht die Pferde mit ihm durchgegangen waren.

Jeremiah schüttelte den Kopf, um die unliebsamen Gedanken zu verdrängen und schlüpfte in die ledernen Schuhe. Die Dienerschaft sollte nicht denken, dass er ein fauler Tunichtgut war, der für seine Bezahlung nichts tat. Er kämmte sich die Haare, zähmte seine wilden Locken mit ein wenig Pomade und putzte sich anschließend die Zähne.

Als er sein Schlafzimmer gerade verlassen wollte, vernahm er ein lautes Lachen von draußen. Er stutzte ob der unchristlichen Uhrzeit, kannte er es immerhin nicht, dass die Dienerschaft sich morgens derart laut amüsierte. Aber als er durch das leicht verdreckte Glas nach draußen blickte, entkam ihm ein entsetzter Laut.

Lady Ophelia *rannte* durch einen Blätterhaufen. Grundgütiger, war sie nun vollends dem Wahnsinn verfallen? Jauchzend nahm sie wieder Anlauf, schien sich überhaupt nicht darum zu scheren, dass ihr Kleid schmutzig wurde oder sie jemand sehen konnte.

Jeremiah ging näher zum Fenster, sodass er es beinahe mit der Stirn berührte, und beobachtete sie. Sie wirkte so gelöst, so befreit, als hätte man sie endlich von den Ketten gelassen. Und da verstand er, warum es ihr einerlei war, dass sie beim Kutschenmissgeschick in den Dreck gefallen war und nun durch Laubhaufen rannte. Es war vermutlich das erste Mal in ihrem Leben, dass sie frei war.

Wenn er sie dabei beobachtete, fühlte er einen solchen Frieden in sich, dass sich sein Herz zusammenzog.

Ophelia war seine Rettung und sein Untergang zugleich. Der egoistische Teil in ihm wollte sie für sich haben – so nah bei sich, dass er ihre Wärme spürte und jedes Glitzern in ihren Augen wahrnahm.

Als sie gestern angedeutet hatte, was mit den Aufpassern und ihren Schwestern geschehen war, hatte ihn nur noch ein Funken Willenskraft davon abgehalten, den Tisch zu umrunden und sie zu packen. Ihr zu zeigen, dass sie es schaffte, die Dunkelheit in ihm zu vertreiben und mit ihrem Licht zu füllen.

»Ophelia ... Pheli«, flüsterte er und beim vertrauten Klang dieses Namens brachte er nur ein langgezogenes Stöhnen zustande. Er verrannte sich in etwas. Ausgerechnet er, der langweilige, steife Sekretär, der stets darauf bedacht war, die Farce zu wahren.

Er zwang sich dazu, die Szenerie hinter sich zu lassen und sich ein Frühstück zu besorgen. Mehr als eine Tasse Tee und eine Scheibe Milchbrot würde er nicht hinunterbringen, aber er brauchte etwas zum Denken.

Nachdem er sich in der Küche gestärkt hatte, machte er sich auf den Weg in sein neues Arbeitszimmer. Wintersberry Manor war anders als die Herrenhäuser, die er sonst von innen gesehen hatte. Es wirkte heimeliger, dunkle Möbel herrschten vor, aber auf die ebenso dunklen Vorhänge hatte man verzichtet, sodass genügend Licht ins Innere der Räume drang. Der Geruch nach altem Holz, abgestandenem Zigarrenrauch und etwas Modrigem lag in der Luft, während er den Gang entlangschritt, in dem noch altmodische Öllampen vor sich hin flackerten. Selbst die Dienerschaft verhielt sich hier anders als in London. Die steifen Regeln waren um einiges abgemildert worden, so oft wie die Köchin mit ihm und den Küchenmädchen geschäkert hatte.

Dass das Fenster seines Arbeitszimmers ausgerechnet in den Garten zeigte, half ihm nicht wirklich dabei, sich auf seine Arbeit zu konzentrieren. Nicht, nachdem er Ophelias glockenhelles Lachen noch immer vernahm. Dieses Mal jedoch nicht, weil sie wie eine Wilde rannte, sondern sich köstlich mit dem Butler amüsierte.

Jeremiah kniff die Lippen zusammen, als er sah, wie köstlich. Bei Gott, er war eifersüchtig auf einen Butler.

Er brauchte Ruhe beim Arbeiten, so würde er sich nie konzentrieren können. Irgendwo zwischen London und dieser Einöde hatte er seine Geduld verloren. Mürrisch verließ er das Zimmer wieder und entkam dem Anwesen über den Hinterausgang, ehe er auf den Platz zusteuerte, auf dem Ophelia stand.

»Oh, Mr. Fox, ich wünsche einen angenehmen Morgen. Ich hoffe, Sie haben gut geschlafen.« Der Butler wandte sich ihm augenblicklich zu, als er näher kam. Zwanghaft Konversation zu betreiben, lag ihm nicht im Blut.

»Hervorragend, vielen Dank. Köstlicher Tee, den Sie hier trinken.«

»Mr. Fox«, kam es nun auch von Ophelia, und anstatt eines breiten Lächelns, hatte sie nur ein kurzes Nicken für ihn übrig. Ihre Mundwinkel bogen sich nicht einmal einen Hauch nach oben und in ihren Augen fehlte der übliche Glanz der Begeisterung. Zweifellos lag es an dem cremefarbenen Kleid, auf dem sich bräunliche Schlieren mit der Zusammenkunft des Laubes gebildet hatten.

»Fühlen Sie sich von uns gestört? Verzeihen Sie, wir werden unser Plauderstündchen an einen anderen Ort verlegen.«

War sie wütend auf ihn? Obgleich es ihn freuen sollte, dass sie ihn auf Abstand hielt, begann es ihn zu wurmen, dass sie den Butler mit einem solchen Lächeln bedachte, während sie für ihn nur eine grimmige Miene übrig hatte.

Reiß dich zusammen, du Dummkopf!

»Natürlich nicht, Mylady, ich wollte Ihnen beiden lediglich einen guten Morgen wünschen.« Er verschränkte die Hände hinter seinem Rücken und bemühte sich um einen halbwegs freundlichen Gesichtsausdruck.

»Nun, das haben Sie jetzt ja getan. Ich spreche gerade mit diesem charmanten Herrn darüber, wie man diesem Anwesen zu neuem Glanz verhelfen könnte.« Ihr Blick wandelte sich in etwas Träumerisches, als sie es näher begutachtete.

»Was auch immer Sie an diesem Haus verändern wollen, ich bin mir sicher, dass Ihr Schwager Ihr Engagement zu schätzen weiß«, sagte er steif und blickte die efeubewachsene Fassade empor.

»Immerhin jemand, der etwas an mir zu schätzen weiß. Ein wenig befremdlich, dass es ausgerechnet Noah ist.«

Jeremiah zuckte nicht einmal zusammen, obgleich ihre Stimme vor Kälte klirrte.

»Ich werde mir heute Abend Ihren Arm begutachten, es sei denn, Sie wollen auf einen Arzt warten. Ich hörte, er sei derzeit nur zwei Tagesritte entfernt.«

Jeremiah hatte es ihr verschwiegen, dass die Wunde unangenehm zu pochen begonnen hatte. Das Holz war verdreckt gewesen und es wunderte ihn nicht, dass selbst der ganze Alkohol nicht ausgereicht hatte, eine Wundinfektion zu verhindern. Durch das eigenständige Herumdoktern war es nicht besser geworden.

»Das ist nicht nötig, aber vielen Dank für Ihr Angebot, Mylady. Ich bin im Arbeitszimmer, wenn Sie mich brauchen.« Er wartete nicht einmal auf ihre Antwort, sondern ging über den mit Kies besäumten Weg zum Hintereingang des Gebäudes. Der alte Jeremiah Fox hätte dies nie getan, aber hier im Norden ging es darum, zu überleben. Und er war nicht bereit, sein Herz zu opfern.

Jeremiah hatte den ganzen Tag damit verbracht, über den alten Büchern zu brüten. Der letzte Verwalter hatte seine Arbeit mehr schlecht als recht erledigt, weshalb er noch etliche Tage brauchen würde, dieses Wirrwarr zu beseitigen. Die Sonne war bereits untergegangen, als er sich die Brille von der Nase schob und seine müden Augen rieb. Dann griff er nach der Tasse Tee und nahm einen Schluck, den er beinahe wieder ausgespuckt hätte.

Er war eiskalt. Aber immerhin hatte die Köchin, eine wahrlich freundliche Seele, ihm heute Nachmittag eine Kanne und Kekse gebracht, während sich Ophelia kein einziges Mal hatte blicken lassen.

Das monotone Ticken der Standuhr zerrte an seinen Nerven. Er klappte die Bücher nach der Reihe zu, stand auf und wollte sich gerade auf den Weg in seine Räumlichkeiten begeben, als es an der Tür klopfte.

»Herein.«

Er hätte mit vielen gerechnet, aber nicht mit Lady Ophelia, die einen hölzernen Koffer in der Hand hielt. »Mylady, was kann ich für Sie tun?«

Nicht einmal ein schmales Lächeln schenkte sie ihm, sodass sie ihn an eine Eiskönigin höchstpersönlich erinnerte. »Wie ich sagte, würde ich mir gern Ihren Arm ansehen. Es scheint, als ob er Ihnen Schmerzen bereiten würde.«

»Sie müssen sich keine Mühe machen.« Nein, er ertrug es nach diesem Tag einfach nicht, dass sie ihm noch nahe kam.

»Ich will meinem Schwager nicht erklären müssen, warum ich Schuld an Ihrem Tod trage und vor allem, dass ich ihn hätte verhindern können«, kam es spitz zurück. Sie stellte den Koffer neben der Ottomane ab, ehe sie ihn öffnete. »Wenn Sie nun bitte herkommen würden.«

Es würde ohnehin nicht lange dauern, aber er konnte einfach nicht. Es war das erste Mal in den ganzen Jahren, dass er einen Befehl – und das war es in seinen Augen – verweigerte.

»Ich würde zuerst gern ein Bad nehmen, Mylady, und meine Wunde kann ich wirklich selbst versorgen. Verschwenden Sie Ihre wertvolle Zeit nicht an mich.«

Ihre Bewegungen wurden langsamer, während sie sich an den Verschlüssen des Koffers zu schaffen machte. Obgleich sie den Kopf hob und ihn ansah, hatte er das Gefühl, dass sie durch ihn hindurchblickte. Dass er sie jetzt auf eine gewisse Art verletzt hatte, die für ihn keinen Sinn ergab.

Er war ein Nichts, ein Niemand, während sie eine Lady verkörperte. Kurz glaubte er, dass er Feuchtigkeit in ihren Augen vernahm, aber sie blinzelte sie so schnell weg, dass er es für einen Trugschluss hielt.

»Sie wollen meine Hilfe demnach nicht. Wie Sie wünschen.« Sie hievte den Koffer wieder nach oben, würdigte ihn keines weiteren Blickes, aber das Wort, das ihren Mund verließ, hörte selbst er noch: »Mistkerl.«

Nur das Donnern der Tür war lauter als das Dröhnen in seinem Kopf.

Mistkerl.

Er wusste nicht, ob er lachen oder empört sein sollte.

Der Mann aus seiner Vergangenheit, der in letzter Zeit viel zu oft an die Oberfläche drang, wollte ihr die Leviten lesen. Wollte sich daran erinnern, dass Lord Sheffield ihm genau jenes erlaubt hatte: Ophelia im Zaum zu halten, mit teils unschicklichen Methoden, immerhin war er trotz allem noch ein Sekretär.

Und bei Gott, sie hatte das Fass zum Überlaufen gebracht.

Nur Minuten später schoss er von seinem Sessel hoch, ignorierte den scharfen Schmerz in seinem Arm und verließ sein Arbeitszimmer. Sein Herz raste in seiner Brust, als er sich auf den Weg zu dem Ort machte, an dem er die Lady vermutete.

Schwungvoll öffnete er mit der unversehrten Hand die Tür zur Bibliothek und wurde von einem spitzen Schrei empfangen, gefolgt von einem dumpfen Bong, als der Wälzer zu Boden fiel.

»Sind Sie von allen guten Geistern verlassen? Wie können Sie mich derart zu Tode erschrecken?«, fauchte sie und die Wut, die sich bei ihrer vorherigen Begegnung bemerkbar gemacht hatte, schwang in ihren Worten mit.

Er schloss die Tür und atmete ein letztes Mal tief durch. »Hätte ich Sie zu Tode erschreckt, würden Sie jetzt anstelle des Buches auf dem Boden liegen. Mausetot. Für eine Tote haben Sie eine erstaunlich lebendige Erscheinung.«

Ob seines rauen Tons hob sie eine Braue, dann stieg sie von der kleinen Leiter hinab und kam auf ihn zu. »Haben Sie sich den Kopf angestoßen, Mr. Fox?«

»Oh, Sie können sich gewiss sein, dass in meinem Kopf völlige Klarheit herrscht. Sie sind zu weit gegangen, Lady Ophelia, und ich bin nur hier, um Ihnen mitzuteilen, dass ich ein solches Verhalten nicht dulden werde.«

Jetzt schien sie vollends verwirrt zu sein. Sie stemmte die Hände in die Hüften und neigte den Kopf leicht zur Seite. »Versuchen Sie mich gerade zu schelten?«

»Da ich die Erlaubnis dazu habe, sieht es wohl so aus. Sie können in diesem Haus tun und lassen, was immer Sie wollen, sofern es nicht in etwas Unschicklichem oder etwas Tödlichem ausartet, aber Sie werden mich in Ruhe meiner Arbeit nachkommen lassen. Ich dulde keine Provokation mir gegenüber, geschweige denn das Wort …«, er brach ab und erinnerte sich daran, in den letzten Jahren in Gegenwart einer anderen Person niemals ein Schimpfwort in den Mund genommen zu haben, aber gerade war er nicht Mr. Jeremiah Fox, sondern der Mann, der den Krieg überlebt hatte. »… das Wort Mistkerl. Haben wir uns verstanden?«

Die Stille, die sich über sie senkte, fühlte sich unangenehm an. Ihm wurde warm, sodass er das Bedürfnis hatte, sein Halstuch zu lockern, aber diese Schwäche würde er ihr niemals zeigen. Hart zu bleiben war die einzige Möglichkeit, sie auf Abstand zu halten.

»Sie sind nicht nur ein Mistkerl, Mr. Fox«, entgegnete sie betont ruhig, »sondern auch ein Lügner. Ich weiß, dass Sie etwas verheimlichen. Etwas vermutlich Prekäres, und dann wollen ausgerechnet Sie mir Vorschriften erteilen, wie ich mich zu verhalten habe.«

Ein Lügner. Auch so war er in den letzten Jahren von niemandem betitelt worden. Dabei war es die Wahrheit … die simple Wahrheit, vor der er sich versteckte.

Als sie noch näher kam, hielt er kurz den Atem an.

»Wer sind Sie wirklich, Mr. Fox? Wenn Sie mir die Antwort nicht geben wollen, dann hoffe ich, dass Sie wenigstens ehrlich zu sich selbst sein können. Aber tun Sie mir den Gefallen, und ersparen Sie mir diese Farce. Ich erkenne Leute, die eine Maske tragen.«

Er lachte kurz auf. »Ehrlichkeit … gut, wenn Sie diese Unterhaltung wirklich führen wollen, warum sind Sie dann nicht so ehrlich und geben zu, dass Sie sich mehr von diesem Preston erhofft haben, anstatt es auf eine simple Wette zu schieben?«

Ophelias Züge wurden ungewohnt hart. »Nehmen Sie das

zurück«, zischte sie. »*Das* ist eine Lüge.«

Er hob eine Augenbraue. »In den Zeitungen stand, dass Preston sich kaum zur Wehr setzen konnte. Nun, Lady Ophelia, wenn ich ein Lügner bin, sollten wenigstens Sie die Wahrheit vertreten.«

Sie trat einen Schritt auf ihn zu und drückte ihm den Zeigefinger gegen die Brust. »Maßen Sie sich nicht an, über mich zu urteilen. Ich hatte keine Gefühle für Lord Preston. Es war ein simples Spiel, das ich verloren habe und für das ich meinen Kopf hinhalten musste. Glauben Sie nicht, dass ich mir für meine eigene Dummheit in den Hintern beißen könnte? Aber soll ich Ihnen etwas sagen, Mr. Fox? Ich bin froh, dass es so gekommen ist.«

»Warum?«

Sie ließ die Hand sinken. »Weil ich zum ersten Mal in meinem Leben erfahren habe, wie es sich anfühlt, ohne Maske leben zu müssen. Ich bin geschnitten, das stimmt, aber ich bin frei. Ein Gefühl, das Sie vermutlich nie erfahren werden, weil Sie Ihre Lügen aufrechthalten müssen.«

Das saß so tief, dass er Mühe hatte, ruhig zu bleiben. »Sie haben keine Ahnung, wovon Sie reden.«

Ein trauriges Lachen folgte. »Sie sind nur beleidigt, weil ich Ihren empfindlichen Nerv erwischt habe. Überlegen Sie, wer Sie sein wollen, Jeremiah, sofern Sie bis dahin nicht von einer Wundinfektion dahingerafft wurden.«

Als sie sich an ihm vorbeischieben wollte, streckte er seinen Arm aus und umfasste ihr schmales Handgelenk. »Es reicht«, flüsterte er und neigte den Kopf, sodass er sie ansehen konnte. Die Selbstsicherheit verschwand aus ihrem Blick, stattdessen erkannte er dort eine stille Frage. *Wie weit würdest du gehen?*

»Was reicht?«, hauchte sie.

»Das hier ist kein Spiel, Ophelia.« Es war das erste Mal, dass er sie derart vertraut ansprach. Dass er sie nur bei ihrem Vornamen nannte. Eine Grenze war überschritten, und es gab kein Zurück mehr.

Sie blickte nach unten auf ihr Handgelenk, das er noch immer umfasst hielt. »Was ist es dann? Sag es mir.«

Als sie den Kopf wieder hob, jagte ein Schauer nach dem anderen über seinen Rücken.

In ihre grünen Augen zu sehen, gab ihm ein trügerisches Gefühl von Sicherheit und Hoffnung. Zwei Dinge, denen er sich nicht hingeben durfte.

Er ließ ihren Arm los, drehte sich um und hastete aus der Bibliothek.

Die Antwort blieb er ihr schuldig.

12. Kapitel

Wie konnte er es wagen? Sie so anzuherrschen und dieses, auf unerwartete Weise wundervolle Gefühl in ihr hervorzurufen, dass sie in ihm jemanden gefunden hatte, der sie wirklich verstand. Nur um sie dann, im alles entscheidenden Moment, einfach stehen zu lassen?

Er hatte sie von sich gestoßen wie die Wahrheit, die er unerbittlich abstritt. Weil sie ihm vor Augen führte, dass er sich nur zu Grunde richtete, wenn er sich weiter hinter einer Lüge versteckte. Einer Lüge, die offensichtlich bereits Risse bekam. Doch es konnte ihr einerlei sein. Sie war ihm weder eine Rechenschaft schuldig noch für sein Seelenheil verantwortlich. Fox war ein erwachsener Mann, der durchaus in der Lage war, eigene Entscheidungen zu treffen. Selbst wenn es die falschen waren. Doch Ophelia würde einen Teufel tun und weiterhin versuchen, ihn zu bekehren. Sie stieß ja doch nur auf Widerstand.

Wieso, in Gottes Namen, beschäftigte sie seine Zurückweisung dann so sehr?

Es dauerte eine Weile, bis sich ihr Verstand eingestand, was ihr Herz schon seit einiger Zeit wusste: Weil sie etwas für ihn empfand.

In dem kurzen, vertrauten Moment, in dem er alle Anstandsregel fallen gelassen und beinahe zärtlich ihren Namen genannt hatte, war es ihr klar geworden. Sie, Lady Ophelia Mainsfield, die Tochter einer adeligen Familie, begehrte keinen Lord, keinen gutaussehenden und adretten Mann wie Samuel Preston, für den sein Rang und Namen alles war, was zählte. Sie sehnte sich nach der Einfachheit im Leben. Nach einem Mann, der ihr ebenbürtig war und sie auch als gleichgestellt betrachtete. Für den allein sie von Bedeutung war. Sie sehnte sich nach einem Sekretär. Einem ganz bestimmten.

In der Nacht hatte sie kaum ein Auge zugetan. Stundenlang hatte sie sich von einer Seite auf die andere gewälzt, während ihre Gedanken einzig an der Frage hingen: Warum wollte Fox sich nicht helfen lassen? Er lehnte Unterstützung konsequent ab, völlig egal, ob es sich dabei um die Verarbeitung seiner vermutlich traumatischen Vergangenheit handelte oder die Verletzung an seinem Arm. Sie konnte sehen, dass er unter Schmerzen litt. Doch er musste die Hilfe auch zulassen.

Als die ersten Sonnenstrahlen sich einen Weg zwischen den dicken Vorhängen hindurch in ihr Zimmer bahnten, hielt Ophelia es keine Sekunde länger im Bett aus. Sie klingelte nach ihrer Zofe, auch wenn es für Leute wie sie eigentlich noch viel zu früh zum Aufstehen war. *Leute wie sie.* Ophelia schüttelte über ihren eigenen Gedanken den Kopf. Sie entschied selbst, wann sie gedachte, das Bett zu verlassen und den neuen Tag zu beginnen. Und zwar genau jetzt.

Sie war bereits in ein einfaches, taupefarbenes Hauskleid geschlüpft, als es wenige Augenblicke später an der Tür klopfte.

»Verzeihen Sie, Mylady«, sagte Lydia außer Atem und knickste artig. »Ich habe nicht so früh mit Ihnen gerechnet.« Ihrer Stimme hing ein nasaler Unterton an und Ophelia beäugte ihre Zofe kritisch. Lydias Augen waren glasig und ihre Nasenspitze verräterisch gerötet.

»Dachte ich es mir doch, du hast dich erkältet«, sprach Ophelia ihre Vorahnung aus. Lydia nickte beschämt.

»Wenn Sie möchten, hole ich eines der Dienstmädchen, das Ihnen beim Frisieren hilft.«

Ophelia seufzte. »Vielen Dank, aber das wird nicht nötig sein. Ich gedenke, das herrliche Wetter zu nutzen und einen ausgedehnten

Spaziergang zu machen. Für ein paar Schafe muss ich nicht herausgeputzt werden. Lass dir von der Köchin eine heiße Suppe bringen und leg dich wieder ins Bett.«

»Wenn Sie möchten, finde ich jemand anderen, der Sie begleitet.«

Unausgesprochen hing die Frage nach Mr. Fox im Raum, doch ihn wollte Ophelia am allerwenigsten um sich haben. Schon gar nicht, nachdem sie die halbe Nacht seinetwegen wachgelegen hatte. »Nein, schon gut. Ich werde die Einsamkeit in der Natur genießen. Und keine Sorge, ich bleibe ganz in der Nähe des Anwesens. Squirrel sagte, dass sich hinter dem Hügel ein See befindet. Den möchte ich mir gerne anschauen.« Sie setzte sich auf den kleinen Hocker vor dem Frisiertisch und begann, sich die Haare zu kämmen. Durch den Spiegel beobachtete sie, wie Lydia artig lächelte.

»Wie Sie wünschen, Mylady. Erlauben Sie mir jedoch bitte, Mrs. Jones über Ihren Spaziergang zu informieren, damit jemand in diesem Haus über Ihren Verbleib Bescheid weiß, wenn ich mich ein bisschen ausruhe.«

Ophelia stimmte bereitwillig zu, und während ihre Zofe den Raum verließ, flocht sie ihre Strähnen zu einem seitlichen Zopf. Kurz betrachtete sie ihr Werk. Nicht schön, aber zweckmäßig. Die Schafe würden sie wohl kaum für eine unordentliche Frisur tadeln. Beschwingt stand sie auf und schlüpfte in ihre festen Schuhe. Unten im Eingangsbereich wartete Lydia mit ihrem wärmenden Mantel auf sie. Ophelia ließ sich von ihr hineinhelfen, ermahnte ihre Zofe noch einmal, sich eine stärkende Suppe aus der Küche zu holen, dann trat sie nach draußen.

Eisiger Wind empfing sie. Tief atmete Ophelia ein und schloss die Augen. Hier auf dem Land war die Luft ganz anders als sie es aus London gewohnt war. Reiner, klarer, nicht so verseucht von dem Unrat in der Stadt. Ebenso war es um einiges stiller. Kein Hufgetrappel, kein Quietschen von alten Kutschenrädern, kein ständiges Getuschel. Nur den zwitschernden Gesang von ein paar Vögeln konnte sie aus den umstehenden Baumkronen vernehmen. Mit einem Lächeln auf den Lippen machte sie sich auf den Weg.

Eine Melodie aus ihren Kindertagen summend, erklomm sie weiter den Hügel. Oben auf thronte ein alter, knorriger Apfelbaum, dessen Äste sich unter dem Gewicht der vielen Früchte krümmten. Sie freute sich schon darauf, einen der Äpfel zu kosten. Ihr Atem beschleunigte sich aufgrund der Anstrengung. Für sie war es ungewohnt, längere Strecken zu Fuß zu gehen, insbesondere bergauf. Ein leichter Schweißfilm bildete sich in ihrem Nacken, doch zu ihrem eigenen Erstaunen war es ihr nicht unangenehm. Die Bewegung tat ihr gut und sie nahm sich vor, zukünftig öfter spazieren zu gehen, damit ihre Muskeln nicht verkümmerten. Das vom Morgentau noch feuchte Gras färbte den Saum ihres Rocks dunkel, doch auch das störte sie herzlich wenig.

Sie erreichte die Kuppel des Hügels und stützte sich keuchend an der Rinde des Apfelbaumes ab. Als sich ihr Atem wieder beruhigte, stieß sie einen Siegesschrei aus. Ein angenehmes Gefühl der Euphorie erfüllte sie und sie jauchzte noch einmal befreit auf. Wieso war sie nicht schon viel früher auf den Gedanken gekommen, die Stadt hinter sich zu lassen und Zuflucht auf dem Land zu suchen?

Zufrieden ließ sie ihren Blick schweifen. Die Aussicht war fantastisch. Weite Felder und Hügel, soweit das Auge reichte. Vereinzelt sah sie Obstbäume, ähnlich knorrig und schief gewachsen wie jener, neben dem sie stand. Weiter hinten konnte sie einen kleinen Laubwald ausmachen, dessen bunt gefärbte Blätter im Licht der Sonne leuchteten. Vielleicht war die herbstliche Jahreszeit doch gar nicht so unangenehm, wie sie sie bisher in London immer wahrgenommen hatte. Am Fuße des Hügels lag der kleine See, von dem Squirrel ihr berichtet hatte und der das erste Ziel ihres Spaziergangs war. Ein leises Blöken drang zu ihr und sie entdeckte in einiger Entfernung ein paar Schafe. Grinsend dachte sie an ihre Tante Jane, die Noah und Alexandra mit einer Schafsherde zur Vermählung überrascht hatte. Diese verrückte, alte Dame. Ophelia musste ihr dringend einen Brief schreiben, es war schon viel zu lange her, seit sie ihre Verwandte zuletzt gesehen hatte.

Für einen Moment hielt sie inne, um ihr Gesicht in die wärmenden

Sonnenstrahlen zu halten. Schließlich wandte sie sich dem Baum zu und pflückte einen der prallen Äpfel, die auf Kopfhöhe an einem Ast baumelten. Die rötlich gelbe Schale glänzte verführerisch im Licht und Ophelia merkte, dass sie heute gar nicht gefrühstückt hatte.

Schnell untersuchte sie die Schale nach Löchern, um nicht versehentlich in einen Wurm zu beißen. Sie war froh, dass ihr Onkel James sie und ihre Schwestern zwischen seinen Expeditionsreisen mit der Natur und deren Pflanzen und Früchten vertraut gemacht hatte. Zwar war Ophelia nicht viel davon im Gedächtnis geblieben, aber an die Sache mit den Würmern konnte sie sich noch erinnern. Sie hatte sich damals sehr über die Vorstellung geekelt. Vorsichtig nahm sie einen Bissen und schloss genüsslich die Augen. Sie würde Mrs. Jones auftragen, die Äpfel pflücken zu lassen. Sicherlich konnten die Dienstmädchen daraus Kuchen oder Kompott zubereiten. Es wäre ein Jammer, wenn sie herunterfielen und vergammelten.

Während sie kaute, schlenderte sie den Hügel hinab und steuerte den See an. Schilf wuchs entlang der Uferböschung und die Äste einer stämmigen Eiche hingen bis auf das Gewässer hinaus. Ophelia entdeckte einen Steg, der einige Fuß in den Weiher hineinragte, und daran gelegen ein kleines Holzboot. Je näher sie kam, desto matschiger wurde der Boden. Vermutlich stieg der Wasserspiegel bei langen Regenschauern stark an, sodass er das Ufer flutete. Zu ihrem Glück war es seit ihrer Ankunft in Wintersberry Manor trocken geblieben. Trotzdem würde sie sicherheitshalber Abstand zum See wahren. Zwar hatte Onkel James ihnen damals auch das Schwimmen beigebracht, doch er hatte ihnen auch eingebläut, sich von unbekannten Gewässern fernzuhalten.

Bei einem still daliegenden See bestand nicht die Gefahr, von einer Strömung mitgerissen zu werden, dennoch wollte Ophelia ihr Glück nicht herausfordern. Zuletzt war sie vor einigen Jahren in einem Teich in Hampshire baden gewesen, der ihr lediglich bis zur Hüfte gereicht hatte. Sie wusste nicht einmal, ob sie überhaupt noch schwimmen konnte.

Sie stapfte ein Stück am Ufer entlang, betrachtete das Glitzern des Sonnenlichts im Wasser. Zu ihren Füßen fand sie einen flachen Stein, den sie aufhob und schwungvoll über die Wasseroberfläche hüpfen ließ. Zweimal sprang er weiter, bevor er lautlos nach unten sank. Dieser Ort war ein wirklich hübsches Fleckchen Erde. Lächelnd wollte sie sich abwenden, um ihren Weg durch die Felder fortzusetzen, als ein Geräusch sie innehalten ließ.

Ein kläglicher Laut drang an ihre Ohren, ein Kreischen und doch eher vergleichbar mit einem gequälten Fiepen. Ophelia folgte den Tönen, hörte immer wieder ein Platschen und entdeckte hinter dem Schilf ein hellbraunes Fellknäuel. Honey! Die Katze musste von dem Ast der Eiche auf den großen Stein gesprungen und von dort aus in den See gerutscht sein. Ihre Tatzen krallten sich hilflos an etwas Moos fest, doch sie schaffte es nicht wieder auf den Stein hinauf, da er zu steil war.

Ohne zu zögern, wog Ophelia ihre Möglichkeiten ab. Sie könnte auf die Eiche klettern und versuchen, Honey über den langen Ast zu erreichen. Doch er wirkte nicht stabil genug, um ihr Gewicht tragen zu können. Es blieb ihr nur das Boot. Eilig lief sie über den Steg und stieg vorsichtig in das Gefährt, um nicht direkt zu kentern. Ein Paddel lag in ihm. Langsam setzte sie sich hinein, stieß sich kraftvoll vom Steg ab und tauchte das Paddel ins Wasser. In Schlangenlinien fuhr sie durch den See. Als Ophelia das Tier erreichte, bremste sie ab, beugte sich ein wenig vor und packte es im Nacken, um es ins Boot zu hieven. Triefend nass und zitternd rollte sich die Katze auf ihrem Schoß zusammen und krallte sich in den Stoff von Ophelias Kleid, als hätte sie Angst, erneut mit Wasser in Berührung zu kommen.

»Hast du etwa nach einem Fisch geangelt, du dummes Ding?« Sie lächelte und strich dem verängstigten Tier durch das hellbraune Fell. »Na komm schon, bringen wir dich an Land und zurück zum Anwesen. Mrs. Jones hat bestimmt etwas warme Milch für dich übrig.« Honeys hoffnungsvolles Miauen klang herzzerreißend.

Bedächtig steuerte Ophelia das Boot zurück zum Steg. Sie hatte ihn fast erreicht, als Honey plötzlich aufsprang und mit einem kraftvollen Satz auf den Brettern des Stegs landete. Ophelia machte vor Schreck eine unbedachte Bewegung, wodurch ihr das Paddel aus den Händen fiel. Es kam mit einem Platschen im Wasser auf und trieb davon, während das Boot zu schaukeln begann und sich vom erlösenden Ufer entfernte.

»Oh nein«, stieß Ophelia aus. Ihr Herz klopfte immer noch hart in ihrer Brust und ihre Finger klammerten sich rechts und links an der Kante fest. Das Schaukeln verursachte ihr Übelkeit. »Du dumme Katze! Hättest du nicht warten können, bis wir beide an Land sind?« Honey setzte sich hin und blickte neugierig zu ihr hinüber. Sie miaute leise.

»Wie wäre es, wenn du mich jetzt rettest?« Tief atmete Ophelia durch. Ihr blieb keine andere Möglichkeit, wenn sie hier draußen nicht versauern wollte. Entschlossen presste sie die Lippen aufeinander und beugte sich über den Rand des Bootes. Ihre Finger berührten die Blätter einer Seerose, doch es reichte nicht, um an das Paddel zu gelangen. Vorsichtig streckte sie sich noch ein wenig mehr … Das Boot begann erneut zu schaukeln. Ophelia versuchte, entgegenzusteuern, doch ihre Bewegungen machten es nur noch schlimmer. Sie verlor das Gleichgewicht und stürzte kopfüber in den See. *Verflucht, ist das Wasser kalt!*, schoss es ihr durch den Kopf. In Sekundenschnelle sog sich ihre Kleidung voll, wurde bleischwer und zog sie unerbittlich in Richtung Grund. Hektisch zerrte Ophelia an ihrem Mantel, in der Hoffnung, ihn loszuwerden, und strampelte gleichzeitig mit den Beinen, um sich oben zu halten. Immer wieder schluckte sie modriges Wasser, japste nach Luft und versank erneut unter der Oberfläche. Wenn sie sich nicht schnell von ihrem Mantel trennen konnte, würde sie jämmerlich ertrinken. Die Kälte tat ihr übriges. Das Wasser schlug erneut über ihr zusammen, doch ihr fehlte die Kraft, sich der Natur länger entgegenzusetzen. Sie hatte das Gefühl in ihren Gliedmaßen längst verloren, und langsam schlich sich die Dunkelheit in ihre Gedanken. Sie wollte nicht sterben! Nicht heute, nicht auf diese Weise. Dabei war es so einfach. Sie musste nur loslassen …

Auf einmal packte etwas ihre Handgelenke. Ein ungeheurer Ruck riss sie nach oben und sie fühlte sich schmerzhaft entzwei gerissen. Doch dieser Schmerz erweckte sie wieder zum Leben. Prustend stieß sie durch die Oberfläche. Ihre Lunge füllte sich gierig mit Sauerstoff und ihre Gedanken kehrten zu ihr zurück. Ihr Blick war verschwommen, doch sie spürte einen starken Arm, der sich um ihre Brust geschlungen hatte, damit sie nicht wieder unterging. Ophelia stieß mit dem Rücken gegen Widerstand. *Jemand ist gekommen, um mich zu retten,* war der einzige Gedanke, der sie vereinnahmte und ihr Kraft gab. Sie merkte, dass das Wasser flacher wurde und sie das Ufer erreichten. Der Arm um sie löste seinen Druck, sie hörte platschende Schritte und Hände griffen unter ihre Achseln, um sie das letzte Stück an Land zu ziehen. Der matschige Boden gab schmatzende Geräusche von sich und der kühle Wind ließ sie augenblicklich zittern. Das blonde Haar klebte ihr im Gesicht. Sie wischte es weg, um es nicht einzuatmen, und verteilte dabei den Schlamm auf ihren Wangen.

»Sie sollten es sich nicht zur Gewohnheit machen, im Dreck zu baden!«, herrschte eine wohlbekannte Stimme sie an. Vor Erleichterung stieg ein Schluchzen in ihr auf. Fox zog sie auf die zitternden Beine, hielt sie an den Schultern fest und starrte sie mit aufgerissenen Augen an. Sorge lag in seinem Blick und dämpfte seine harschen Worte ein. Das Haar fiel ihm ins Gesicht, dicke Tropfen kullerten seine Stirn hinunter und sammelten sich an seiner Nasenspitze. Seine Wangen waren vor Anstrengung gerötet. »Sie können von Glück sprechen, dass Mrs. Jones mich über den morastigen Boden rund um das Seeufer in Kenntnis gesetzt hat und ich es als meine Pflicht ansah, Ihnen umgehend zu folgen. Herrgott, was haben Sie sich dabei gedacht, allein durch unbekanntes Terrain zu laufen?«

Nichts. Sie hatte sich nichts dabei gedacht. Wie so oft. Doch Ophelia antwortete nicht. Ihr Herz klopfte so wild in ihrer Brust, dass sie kaum Luft bekam. Sie lebte! Und sie waren sich so nahe, dass sie sich nur ein wenig recken bräuchte, um ihn berühren zu können. Nur ein winziger Spalt trennte ihre vor Kälte zitternden Lippen voneinander. Sein Atem strich sanft über ihre Haut und sie spürte eine wohlige Wärme, die ihr Inneres zum Glühen brachte und die Kälte ihrer triefenden Kleidung vertrieb. Sie brauchte mehr von dieser Wärme, sonst würde sie erfrieren. Einen Moment zögerte sie noch, dann schob sie jegliche Gedanken beiseite und überbrückte den letzten Abstand zwischen ihnen. Ihre Lippen berührten die seinen.

Im ersten Augenblick versteifte er sich. Kurz flackerte Angst vor einer Zurückweisung in ihr auf, doch als er die Augen schloss und ihren Kuss mit einer plötzlichen Leidenschaft erwiderte, die sie nicht erwartet hatte, verrauchten die Zweifel und ihr wurde schwindelig.

Ein leises Keuchen entwich ihrer Kehle, doch sie wagte es nicht, sich von ihm zu trennen. Sie wollte sich nie wieder von ihm lösen, nur noch seine Nähe genießen. Seine Wärme in sich aufsaugen und seine Lippen auf ihren spüren.

Er platzierte eine Hand an ihrem Nacken, die andere an ihrer Taille und zog sie mit einer besitzergreifenden Bewegung an sich. Sie prallte gegen seinen harten Körper, krallte ihre eigenen Finger in sein nasses Hemd und hielt sich fest, während sie sich in dem Kuss verloren. Bei Gott, hätte sie geahnt, wie es sich anfühlen würde, von ihm berührt zu werden, hätte sie es viel früher gewagt. Ihr Herz flatterte vor Aufregung und würde Jeremiah sie nicht halten, hätten ihre Beine längst unter ihr nachgegeben, so zittrig fühlte sie sich. Und das nicht nur, weil sie seinetwegen knapp dem Tod entronnen war. Doch die Furcht wurde verdrängt von Hoffnung, ließ sie vergessen, was gerade passiert war.

»Ophelia«, flüsterte er, als er sich von ihr löste, um Atem zu schöpfen. Seine blauen Augen glänzten verräterisch. »Pheli … ich dachte …« Seine Stimme brach und er räusperte sich. »Ich dachte, ich würde dich verlieren.«

»Ich bin hier«, flüsterte sie und lächelte an seinem Mund. »Ich werde immer hier sein.«

Er stöhnte, versiegelte ihre Lippen erneut mit heißen Küssen, die ihr ein Kribbeln der Glückseligkeit im Unterleib entfachten. »Du ahnst nicht, wie lange ich diesen Moment herbeigesehnt habe.«

Eine Gänsehaut breitete sich auf ihren Armen aus. Nicht wegen der Kälte, sondern weil seine Worte etwas in ihr berührten. Er sehnte sich nach ihr. Wie schwer die vergangenen Wochen für ihn gewesen sein mussten, mochte sie sich nicht einmal vorstellen. So nah war sie ihm gewesen und doch in unerreichbarer Ferne. Es war falsch. Sie war eine Lady und er der Sekretär ihres Schwagers. Und doch hatte sich noch nie in ihrem Leben etwas so richtig angefühlt. Die Hautevolee würde sich über sie das Maul zerreißen, doch Ophelia war es gleichgültig. Für Jeremiah würde sie auch für immer hier in Yorkshire bleiben, nur um mit ihm zusammen zu sein. Mit dem einen Mann, der sie verstand und sie dennoch immer wieder zur Weißglut brachte.

Zärtlich strich sie ihm die nassen Strähnen aus dem Gesicht, als sie erschrocken zusammenzuckte. »Himmel, Jeremiah, du glühst ja richtig!«

»Nur die Anstrengung«, murmelte er und schloss die Augen, lehnte seine Stirn an ihre. Doch Ophelia glaubte ihm nicht. Ohne Vorwarnung schob sie den Ärmel an seinem verletzten Arm nach oben. Jeremiah stöhnte auf. Der Schmerz stand ihm deutlich ins Gesicht geschrieben. Und Ophelias Herz, hatte es zuvor noch heftig in ihrer Brust gepocht, setzte kurz aus. Die Haut um die Wunde herum war deutlich angeschwollen und hatte eine ungesunde Rötung angenommen. Der Arm war so heiß, dass sie ihn bei ihrer Berührung pochen spürte, und sie erkannte erste Anzeichen von Eiter. Das alles und das Fieber waren eindeutige Merkmale einer Wundinfektion.

»Du Narr«, zischte sie und spürte gleichzeitig, wie ihr die Tränen in die Augen schossen und ihr die Angst die Kehle zuschnürte. Hastig fischte sie Jeremiahs verdreckte Jacke vom Boden, die er vor seinem Sprung ins Wasser ausgezogen haben musste, und legte sie ihm um, in der Hoffnung, dass sie ihn wenigstens ein bisschen wärmte.

Dann zog sie sich seinen gesunden Arm über ihre Schultern, um ihn stützen zu können, wenn er taumelte.

»Ich bringe dich nach Hause.« *Und bete, dass ein Arzt dich retten kann.*

Sie würde es sich nie verzeihen, wenn sie ihn jetzt verlöre, nur weil sie sich nicht gegen seinen vermaledeiten Sturkopf durchgesetzt hatte.

13. Kapitel

Ich werde immer hier sein.

Jeremiah musste träumen. Anders konnte er es sich nicht erklären, dass er diesen Satz immer wieder hörte, als wollte ihm sein Gehirn einen Streich spielen.

Er fühlte sich so müde, konnte sich nur mit aller Anstrengung auf den Beinen halten, während Ophelia ihn nach Hause begleitete. Dass er Fieber bekommen hatte, war ihm heute Morgen aufgefallen, aber er hatte dem Ganzen nicht viel Bedeutung beigemessen.

Seine Beine fühlten sich an wie Plumpudding, und er hätte nicht gewusst, wie lange er noch hätte stehen können, als ihm endlich Personen entgegengelaufen kamen.

Jeremiah blinzelte gegen den Schleier an, kniff die Augen zusammen und öffnete sie wieder, als er plötzlich starke Arme an seiner Seite spürte.

»Bringen Sie ihn in seine Räumlichkeiten und setzen Sie alles daran, dass ein Arzt kommen kann«, vernahm er Ophelias aufgebrachte Stimme.

Pheli. Sein Sonnenstrahl in der gefühlt endlos andauernden Dunkelheit. Die Stimmen wurden leiser, dumpfer, seine Umgebung verschwommen. Aber anstatt erlösender Schwärze empfing ihn das pure Leid.

Die Dragoner waren für ihre Tapferkeit und ihren Mut bekannt. Es gab nur eine Sache, vor der sie sich fürchteten: Schande über ihre Einheit zu bringen. Einerlei, welche Schlacht sie miteinander ausfochten, sie blieben zusammen und zeigten dem Gegner, dass eine berittene Kavallerie oft unterschätzt wurde.

Am Höhepunkt der Schlacht jedoch erfuhr Jeremiah, dass man sich von Mut und Ehre nichts kaufen konnte, wenn man im Inbegriff war, alles zu verlieren.

Nicht sein eigenes Leben, sondern das einer Person, die man über alles liebte.

Jeremiah rutschte mit letzter Kraft aus dem Sattel, als er seinen Bruder auf den endlosen Weiten des Schlachtfeldes gefunden hatte. Blut tränkte den Boden, sodass er schmatzende Geräusche von sich gab, als er auf den Erstgeborenen zuging.

Godfrey lag auf dem Rücken, das Gesicht zu den dunklen Gewitterwolken gerichtet, die sich zu einer gewaltigen Macht auftürmten. Trotz seiner schweren Verletzung im Bauchbereich lag ein beinah friedlicher Ausdruck auf seinen dreckverschmierten Zügen. Als hätte er sich mit seinem Schicksal abgefunden.

»Godfrey!«, krächzte Jeremiah, ließ sich auf den Knien nieder und tastete vorsichtig die Wunde ab. Sein Bruder gab ein zischendes Geräusch von sich und schüttelte mühsam den Kopf. »Nicht.«

Jeremiahs Finger zitterten, als er sie wieder an Godfreys Körper legte. Nein, er würde ihn nicht sterben lassen. Er konnte ihn nicht sterben lassen.

»Du musst es nach Hause schaffen«, krächzte Godfrey, während Jeremiah seine Hand drückte. Blut floss zwischen ihren Fingern hindurch, tränkte die Ärmel seines Leinenhemdes.

Nein, nein, nein.

»Versprich es mir.« Drei Worte, die ihm den Boden unter den Füßen wegzogen. Als der Jüngere nichts erwiderte, setzte Godfrey seine letzte Kraft ein, um seine Hand so fest zu drücken, dass Jeremiah beinahe aufschrie.

»Das ist ein Befehl, kleiner Bruder!« Es waren seine letzten Worte an ihn, ehe er seine Augen für immer schloss.

Jeremiah schrie. Das war falsch. Das alles hier. Der Krieg, der Schmerz, der Tod. Er sollte an seines Bruders statt leblos auf der Erde liegen. Sein eigener blutleerer Körper sollte dort im Dreck verrotten. Er würde seinem Vater nicht unter die Augen treten und ihm verkünden, dass er versagt hatte. Dass es ihm nicht gelungen war, Godfrey zu beschützen und sein Versprechen ihm gegenüber zu halten.

Als Jeremiah die Augen öffnete, raste sein Herz in der Brust. Panisch tastete er an seinen Rippen entlang, stellte sich auf den Geruch von Blut und Tod ein, aber da war nichts.

Nur völlige Stille.

Er kam zu schnell in die Senkrechte, sodass eine Welle des Schwindels über ihn hereinbrach. Stöhnend schloss er die Augen und wartete einige Sekunden, ehe er sie erneut öffnete. Jeremiah war in seinem Zimmer. An seinem Unterarm prangte ein dicker Verband, und langsam kehrten die Erinnerungen zurück. Die Wunde, die schmerzhaft gepocht hatte. Ophelia, als sie drohte, im Wasser zu ertrinken. Völlige Dunkelheit.

Wie lange war er bewusstlos gewesen?

Niemals hätte er gedacht, dass ihn seine Vergangenheit derart intensiv in seinen Träumen heimsuchen könnte. Als wäre er gestorben, um wieder aufzuerstehen. Als hätte ihn sein Leben daran erinnert, dass er nicht davonlaufen konnte, selbst dann nicht, als er es hinter sich gelassen hatte, um ein einfaches Dasein zu führen.

Jeremiah blickte auf die Uhr neben seinem Nachtkästchen. Es begann bereits zu dämmern, die Sonne sandte ihre letzten warmen Strahlen in sein Zimmer und tauchte den Boden in einen warmen Ton.

Er musste wissen, wie es Ophelia ging und ob sie Verletzungen davongetragen hatte. Mit diesem Gedanken schob er die schrecklichen Erinnerungen beiseite und konzentrierte sich auf das, was er noch in der Hand hatte: sein Hier und Jetzt.

Er fühlte geradezu, wie die Kräfte zurückkehrten, als er die Decke zurückschlug und die Beine aus dem Bett baumeln ließ. Noch bevor er den Boden berühren konnte, vernahm er einen erstickten Aufschrei, gefolgt von klirrendem Geschirr. »Mr. Fox! Sie sollen sich nicht anstrengen! Wie lange sind Sie überhaupt schon wach?«

Jeremiah drehte den Kopf zur Seite und erblickte die Köchin im Türrahmen, die beinahe das Teeservice fallen gelassen hätte.

»Warum wundert es Sie, dass ich wach bin? Und wie lange war ich überhaupt weggetreten?«

»Einen ganzen Tag, Mr. Fox. Ihre Ladyschaft hat sich große Sorgen um Sie gemacht. Ich habe sie vor zwei Stunden überreden können, ein kleines Nickerchen zu machen, sonst wäre sie mir noch vom Sessel gefallen.«

Jeremiah blinzelte. »Sie war die ganze Zeit hier?« Er hatte also nicht geträumt … zumindest der Kuss war kein Traum gewesen. Zwischendrin hatten sich die dichten Wolken verzogen und er hatte gemeint, einen Körper an seinem zu spüren … Himmel, hatte Ophelia etwa bei ihm im Bett gelegen?

Die Köchin seufzte. »Die ganze Zeit. Das arme Ding hat sich solche Sorgen um Sie gemacht, dass ich dachte, sie bräuchte bald selbst einen Arzt. Mr. Fox«, beendete sie den Monolog tadelnd, »was haben Sie nur mit der Lady angestellt?«

Er spürte, wie ihm die Röte in die Wangen schoss, sodass er sich von der Dame abwandte und aufstand. Entgegen seinen Erwartungen, von einer erneuten Schwindelattacke heimgesucht zu werden, blieb er gerade stehen und genoss das Prickeln in seinen Beinen.

»Sie sollten sich noch schonen, Mr. Fox. Der Doktor hat Ihnen mehrmals Laudanum verabreichen müssen, weil Sie partout nicht stillhalten wollten. Sagen wir es so, eine Kuh hätte mit dieser Dosis stundenlang geschlafen, während Sie nur benebelt waren.«

Stirnrunzelnd beobachtete er die rundliche Dame dabei, wie sie den Kopf schüttelte und gar nicht mehr damit aufhören wollte. Er fühlte sich wie ein lausiger Schuljunge, der aufgrund seines mangelnden Benehmens getadelt wurde. *Er* hatte sich gewehrt?

Die Köchin stellte ihm das Tablett auf dem kleinen Tisch ab, und Jeremiah lief bei dem Anblick von Scones und clotted cream das Wasser im Mund zusammen. Er fühlte sich so ausgehungert wie ein Hafenarbeiter nach einem langen Arbeitstag.

»Ich sage Ihrer Ladyschaft, dass Sie wach sind.«

Jeremiah schüttelte den Kopf. »Lassen Sie sie schlafen. Ihren Erzählungen nach hat sie es bitter nötig.«

Die Köchin hob eine Augenbraue. »Es muss mir wohl entfallen sein, dass Ihre Befehle höher zu bewerten sind als jene Ihrer Ladyschaft, und glauben Sie mir, mein Guter: Sie wollen den Ton nicht gehört haben, als sie mir und jedem anderen hier auftrug, sie unverzüglich zu wecken, wenn Sie wach sind.«

Jeremiah schluckte. Nein, er konnte sich Ophelia bei weitem nicht als ein feuerspuckendes Ungeheuer vorstellen.

»Nun gut«, gab er schließlich nach, ging zum Tisch und griff beherzt nach einem Scone.

»Essen Sie nur. Sie müssen fast verhungert sein.« Sie tätschelte ihm liebevoll gegen den Rücken, ehe sie den Raum verließ.

Es tat gut, endlich wieder unter den Lebenden zu verweilen, obgleich ihm noch schummrig war. Nach zwei Bissen legte Jeremiah das Gebäck wieder zurück auf den Porzellanteller. Bei Gott, wie sollte er Ophelia gegenübertreten? Was sollte er ihr sagen? Und vor allem … wie sollte er sich verhalten?

Antworten auf diese Fragen bekam er nicht, als die Tür mit einer Wucht aufgerissen wurde, sodass er zusammenzuckte.

»Wieso bist du auf den Beinen anstatt im Bett zu liegen?«, brach es aus ihr heraus, während sie die Tür wieder schloss und auf ihn zu kam.

Selbst wenn er eine Erwiderung parat gehabt hätte, hätte ihm die Zunge den Dienst verweigert. Sie sah so perfekt unperfekt aus. Ihre Haare hatte sie zu einem lockeren Knoten im Nacken gebunden, sodass einzelne Strähnen an den Seiten herabhingen. Zwei Knöpfe ihres schlichten Tageskleides, in dem sie angesichts der ganzen Falten offenbar geschlafen hatte, waren offen und ein Ärmel weiter hinaufgekrempelt als der andere.

Sie war das völlige Gegenteil zur perfekten Lady, die sie auf den Ballabenden mimte, und doch hatte Jeremiah sie noch nie schöner gesehen.

»Du übernimmst dich. Warum hast du mich nicht rufen lassen?«, schimpfte sie weiter, fasste nach seinem Oberarm und wollte ihn zum Bett bugsieren, als er mit einem Mal wieder die Kontrolle über seinen Körper erlangte und sich versteifte.

»Ophelia«, brachte er schließlich in rauem Ton über die Lippen, um ihr Einhalt zu gebieten. Er wollte nicht wie ein gebrechlicher Greis behandelt werden ... im Grunde wollte er etwas völlig anderes, an das er nicht einmal denken sollte.

Stirnrunzelnd sah Ophelia an die Stelle, an der sie ihn festhielt, dann wieder nach oben, sodass sich ihre Blicke kreuzten.

Er fühlte das Feuer, das in jeden Winkel seines Körpers kroch. Das Kribbeln in seinem Nacken, als er sich ihrer Nähe nur zu deutlich bewusst wurde.

»Es geht mir gut«, flüsterte er, »es ging mir nie besser.« Er wusste nicht, warum er es tat. Er wusste nur, dass er es nicht tun sollte, aber scheinbar hatte das Opium, das man ihm bestimmt eingeflößt hatte, den Verstand vernebelt. Langsam hob er die Hand und legte Finger für Finger auf ihre Wange. Er hätte sie beinahe verloren. Niemals würde er vergessen, wie er sie im Wasser um ihr Leben hatte strampeln sehen. Nie würde er das Gefühl seines zusammenziehenden Herzens vergessen, als er gedacht hatte, sie zu verlieren.

Jeremiah fuhr mit dem Daumen über ihre Unterlippe, spürte den warmen, schneller werdenden Atem an seiner Haut.

»Ich dachte, ich würde dich in diesem Teich verlieren. Es war kein Traum, oder?«, fragte er leise, während sein Herz gegen den Brustkorb donnerte.

»Nein«, hauchte sie, »es war kein Traum. Du hast mir das Leben gerettet ... nur um kurz darauf beinahe von einer Wundinfektion dahingerafft zu werden. Wie konntest du nur so stur sein?«

Sie griff nach seiner Hand und schob sie nach unten, während sich ihr sanfter Blick in einen vorwurfsvollen wandelte. »Der Arzt musste die Wunde mehrmals säubern, bis er endlich zufrieden war. Du bist ein Narr, Jeremiah Fox. Ein Narr, der mir nicht nur den Schlaf geraubt hat ... sondern auch mein Herz.«

Nein, es war wirklich kein Traum gewesen. Er hatte sie geküsst, und spätestens in diesem Moment sein Herz völlig an sie verloren. Aber konnte er so selbstsüchtig sein und ihr das gestehen? Konnte er mit sich leben, wenn er Ophelias Ruf endgültig zerstörte? Um wirklich bei ihr sein zu können, müsste er wieder jemand anderes werden. Jemand, vor dem er schon seit einigen Jahren auf der Flucht war und sich fürchtete. Er wusste nicht, ob er die Kraft dazu aufbringen konnte. Wenn es nicht bereits zu spät war.

»Pheli«, raunte er und lehnte seine Stirn gegen ihre, »ich kann dir nichts bieten. Kein Leben in Luxus, keinen Titel. Die feine Gesellschaft wird dich ächten und …«

Ophelia hob die Hand und legte ihm einen Finger über die Lippen, sodass er verstummte. »Ich will kein Leben in Luxus, ich will nicht die Frau eines Titelträgers sein und die feine Gesellschaft ist mir einerlei. Es hat lange gedauert, es zu erkennen, aber alles, was ich will, steht soeben vor mir. Ich musste es fast verlieren, um mir dessen bewusst zu werden.« Mit diesen Worten ließ sie ihre Hand sinken und hielt seinem Blick tapfer stand.

Jeremiah sah ihr an, wie schwer es ihr fiel, ihr Herz auszuschütten. Er erkannte die Angst vor Zurückweisung in ihren Augen … und damit krachte der letzte Rest seines Widerstandes in sich zusammen.

»Bei allen Heiligen«, krächzte er, umfasste ihr Gesicht mit seinen Händen und beugte sich nach vorn, um sie zu küssen. Als ihre Lippen aufeinander trafen, fühlte er es wieder: das unverkennbare Gefühl des Angekommen seins. Sie drückte ihren Körper gegen seinen, kam ihm mit derselben Intensität entgegen, die ihn daran erinnerte, dass das Feuer unter ihrer Oberfläche lauerte.

Ihr Stöhnen verhallte in seinem Inneren, ihre leisen Seufzer waren Balsam für seine geschundene Seele. Sie war *sein*.

Vielleicht war es genau dieser Gedanke, gepaart mit einer ordentlichen Portion Laudanum, die ihn so schwindlig werden ließ, dass er sich kaum auf den Beinen halten konnte.

Gott, nicht jetzt.

Sie unterbrach ihren Kuss, als er einen heftigen Schwenker zur Seite machte, sodass sie ihn mit Müh und Not halten konnte.

»Es geht mir gut«, murmelte er und blinzelte gegen die vielen Punkte in seinem Blickfeld an.

»Lügner. Ich sagte doch bereits zu Beginn, dass du im Bett liegen solltest«, schimpfte sie und bugsierte ihn genau dorthin.

»Wir werden jetzt nicht aufhören, meine Liebe. Dafür habe ich zu lange auf dich verzichtet.« Selbst seine Stimme hörte sich meilenweit entfernt an.

Ophelia schnappte nach Luft. »Jeremiah! Solche Worte aus deinem Mund.«

Er brachte ein Grinsen zustande. Das Bett war in rettender Nähe, aber eine zarte Person wie sie konnte einen großen Kerl wie ihn nicht stützen, selbst wenn er nicht die Statur eines Adonis aufwies.

»Mir ist nur … ein wenig schwindlig.« Das waren seine letzten Worte, ehe er das erste Mal Bekanntschaft mit einem Bettpfosten schloss.

14. Kapitel

Seit dem Vorfall am See vor zwei Tagen hatte eine beharrliche Unruhe von Ophelia Besitz ergriffen. Der Brief, der an diesem Morgen aus London eingetroffen war, verschlimmerte diesen Zustand. Krampfhaft schlossen sich ihre Hände um das Pergament und zerknitterten es. Sie stand kurz davor, den Brief ins Feuer zu werfen. Zu sehen, wie die Flammen das Papier verschlangen, würde ihr Genugtuung schenken. Doch es konnte den Inhalt nicht ungeschehen machen. Immer wieder blickte sie auf die dunklen Buchstaben. Die strenge Handschrift zeugte von einem herrischen Charakter des Schreibers. Erneut glitt ihr Blick über die Zeilen, in der Hoffnung, sich verlesen zu haben. Doch es stand dort schwarz auf weiß.

Verehrte Lady Mainsfield,

voller Gram blicke ich auf den Moment zurück, in dem ich Sie in aller Öffentlichkeit von mir gewiesen habe. An jenem Abend haben Sie mich schlichtweg überrumpelt und ich bereue zutiefst, Ihnen diese Schande bereitet zu haben. Ich bin Ihrer Zuneigung und Liebe nicht würdig und nach tagelanger Überlegung scheint es nur einen Weg zu geben, meine Verfehlung wieder gutzumachen.

Wenn Sie diesen Brief erhalten, habe ich bereits bei Lord Sheffield vorgesprochen und befinde mich, mit seiner und Gottes Zustimmung, auf dem Weg zu Ihnen nach Yorkshire.

Ich bete, dass Sie mich trotz allem, was geschehen ist, mit offenen Armen empfangen werden.
Voller Hoffnung,
Samuel Scarborough, Viscount Preston.

Lord Preston kam, um ihr einen Antrag zu machen. Was sonst hatte er ihr Wichtiges mitzuteilen, dass er dafür persönlich anreisen musste? Es stand außer Frage, dass Noah zustimmen würde. Er hatte gar keine andere Wahl, wenn er seine Familie von der Schmach befreien wollte. Ophelia schluckte. Es hatte eine Zeit gegeben, in der sie mit solch einem Brief grinsend zu Susan gerannt wäre, um ihn ihr triumphierend unter die Nase zu halten. Sie, Ophelia Mainsfield, hatte es geschafft, sich einen stattlichen Lord zu angeln. Doch diese Zeit war vorbei. Ihre Sicht auf gewisse Dinge hatte sich geändert, sie hatte ihre Prioritäten neu sortiert. Sie hatte sich verändert. Und ihr Herz an einen anderen Mann verloren.

Achtlos ließ sie den Brief fallen und setzte sich an das Pianoforte, das sie im Salon entdeckt hatte. Ihre Finger kribbelten erwartungsvoll und sie gab dem Drang, zu spielen, nach. Eine Weile spielte sie eines ihrer Lieblingsstücke von Georg Friedrich Händel, das sie als eines der wenigsten auswendig aufführen konnte, so oft hatte sie es auf den Tasten bereits zum Leben erweckt. Und obwohl dieses Stück sie bisher immer verzaubern konnte, blieb die erhoffte Magie dieses Mal aus. Stattdessen schweiften ihre Gedanken zurück zu dem Ereignis vor zwei Tagen.

So kurz hatte sie vor ihrem Lebensende gestanden. Und so knapp war auch ihr Liebster dem Tod entronnen. Ihr Liebster … Verträumt wandte sie sich von dem Pianoforte ab und blickte durch das Fenster hinaus auf den Garten. Sie merkte kaum, wie ihre Finger vorsichtig ihre Lippen berührten, denen immer noch eine Erinnerung seines gestrigen Kusses nachhing. Mit jeder Stunde, die verging, wuchs die Entschlossenheit in ihr. Es war ihr einerlei, dass Lord Preston womöglich bereits auf dem Weg zu ihr war.

Sie würde, sofern er es auch wollte, bei Jeremiah bleiben. Das

Land bot ihnen ein gutes Zuhause, die nötige Ruhe und bewahrte sie vor dem Gespött der Londoner Gesellschaft, das unweigerlich bei solch einer Verbindung folgen würde. Ophelia gab nichts auf Spötteleien, doch ein Leben lang geschnitten zu werden, von den Leuten, die sich einst ihre Freunde nannten, würde selbst in ihr robustes Nervenkostüm Löcher schlagen. Und Jeremiah zu verlassen, nur um nach ihrer Zeit der Buße allein nach London zurückzukehren, stand für sie nicht zur Debatte. Wenn sie ihn nicht haben konnte, würde kein anderer Mann sie, Ophelia Mainsfield, sein Eigen nennen dürfen.

Sie lenkte ihre Aufmerksamkeit zurück auf das Musikinstrument. Es war ein Schmuckstück, sicherlich schon einige Jahrzehnte alt und lange Zeit nicht mehr benutzt worden. Doch zu ihrem Erstaunen war es in einem besseren Zustand gewesen als das Pianoforte in Noahs Stadthaus. Nach ihrer Entdeckung beauftragte sie Squirrel, sich darum zu kümmern, dass es für sie gestimmt wurde. Er war ihrer Bitte unverzüglich nachgekommen. Nach dem heutigen Frühstück hatte er sie in den Salon geführt und ihr das Instrument voller Stolz präsentiert. Einige Tasten wurden ausgetauscht und den Korpus hatte man so sorgfältig poliert, dass er an manchen Stellen glänzte. Seither saß Ophelia auf dem kleinen Hocker, die schmalen Finger auf den weißen Tasten. Doch bis auf das eine Stück des deutschen Komponisten Händel war kein weiterer Ton erklungen. Sie hatte während ihrer hektischen Abreise nicht daran gedacht, Notenblätter einzupacken, und wusste nun nicht, was sie spielen sollte.

Wieder glitt ihr Blick nach draußen. Es versprach ein angenehmer Herbsttag zu werden. Ein wenig windig, doch immer noch warm genug für einen Spaziergang. Vielleicht konnte sie mit der Kutsche ins Dorf fahren und ein paar Besorgungen erledigen? Sie brauchte nichts, doch die Beschäftigung würde ihr guttun.

Ein Lächeln schlich sich auf ihre Lippen, als sie daran dachte, wie sie Jeremiah während ihrer Reise nach Yorkshire das Buch entwendet hatte. Es lag nun auf seinem Nachttisch. Während er in seinem fieberhaften Traum weilte, hatte sie den gebundenen Stapel

Papier angestarrt. Die Verlockung, es aufzuschlagen und seine aufgeschriebenen Gedanken zu lesen, war groß gewesen. Doch sie hatte sich zurückgehalten. Es kam ihr falsch vor, ohne sein Wissen in seine Privatsphäre einzudringen. Sie musste sich wohl gedulden, bis er ihr diesen Schritt von sich aus entgegenging.

Eine leise Melodie erklang. Ophelia schreckte zusammen, als sie merkte, dass sie die Töne gespielt hatte. Ihre Finger hatten sich wie von selbst über die Tasten bewegt und Noten in einer ihr unbekannten Reihenfolge gespielt. Einfach so. Dabei spielte sie sonst immer nur nach den Vorgaben anderer.

Warum tust du es dann nicht? Komponiere ein eigenes Stück.

Jeremiahs Stimme war so deutlich zu hören, dass Ophelia glaubte, er stünde neben ihr. Doch sie war allein in dem großen Salon. Trotzdem sah sie seine blauen Augen vor sich, die Haut drum herum in Falten gelegt und ein herausforderndes Lächeln auf den Lippen. Die feinen Narben verblassten angesichts der strahlenden Freude in seinem Blick.

»Nein«, flüsterte sie und schüttelte den Kopf. »Das kann ich nicht.«

Bist du dir sicher?

Eine kühle Brise zog durch den Raum, brachte die Locken, die aus ihrer Hochsteckfrisur ragten, zum Schwingen. Ophelia schloss die Augen, konzentrierte sich auf das Gefühl des Windhauchs an der empfindlichen Stelle ihres Halses. Sie stellte sich vor, Jeremiah stünde dicht hinter ihr und würde sie dort berühren. Seine Lippen strichen sanft über die zarte Haut unterhalb ihres Ohrs. Liebevoll und doch besitzergreifend legten sich seine Arme um ihren Körper. Sie spürte seinen kräftigen Herzschlag gegen ihren Rücken pochen und ein wohliger Schauer brachte sie zum Seufzen. Langsam fuhren seine Hände hinab, streichelten über ihre Arme und hinterließen eine Gänsehaut. Seine Lippen liebkosten weiterhin ihren Hals, seine Zähne bissen ihr zärtlich ins Ohrläppchen. Die feinen Härchen stellten sich auf, während er mit seinen Fingern die ihren ergriff und sie zu den weißen Tasten führte.

Du wirst es nie erfahren, wenn du es nicht versuchst, Liebste.
Ophelia holte tief Luft. Mit ihm an ihrer Seite fühlte sie sich mutig. Stark. Wie sie selbst. Und dann wagte sie es.

Ohne die Lider zu öffnen, überließ sie ihren Fingern die Führung. Vollkommen in sich gekehrt, horchte sie allein auf die Melodie und versank in ihr. In diesem Augenblick verlor alle Scheinheiligkeit an Bedeutung. All die aufgesetzte Höflichkeit, jede gute Miene zum bösen Spiel. Lord Prestons angekündigter Besuch. Das alles war unwichtig. Es zählte nur der Moment. Jeremiah. Sie. Die Gefühle, die in ihnen brannten und zwischen ihnen Funken schlugen. Es bedurfte keiner Worte. Sie waren überflüssig und würden nie das ausdrücken können, was sie ihrem Liebsten sagen wollte. Doch die Musik tat es. Die Tasten waren ihre Lippen, die Klänge ihre Stimme, ihre Emotionen, ihre Seele.

Sie war frei.

Als die Musik endete, lauschte Ophelia dem Ton der letzten Note nach, bis sich völlige Stille über sie senkte. Ihr schneller Atem war das Einzige, das noch ein Geräusch verursachte.

»Mylady?«, erklang eine Stimme hinter ihr.

Schlagartig erwachte Ophelia aus ihrer Trance. Hitze schoss ihr sintflutartig in die Wangen und sie schämte sich, in diesem intimen Moment erwischt worden zu sein. Schnell versicherte sie sich, dass Jeremiah nicht wirklich hinter ihr stand und sie vor den Augen anderer unsittlich berührte. Auch wenn ihre Haut brannte wie Feuer und ihr Bauch ungewohnt kribbelte, war sie allein. Erleichtert und enttäuscht zugleich, straffte sie die Schultern und wandte sich ihrer Haushälterin zu.

»Mrs. Jones«, sagte sie und schloss den Deckel, um die sündhafte Verführung in Form der Tasten zu verbergen. »Haben Sie mich gesucht?«

»Ich hörte, Sie verlangten nach mir, Mylady.« Sie räusperte sich und stützte eine Hand ungelenk in die Hüfte.

»Natürlich.« Ophelia war in ihrem Rausch ganz entfallen, dass sie Squirrel gebeten hatte, Jones vor dem Nachmittagstee zu ihr zu schicken. »Bitte setzen Sie sich doch, Mrs. Jones«, bot Ophelia ihr an. »Sicher macht das Wetter Ihren Knien zu schaffen. Sie können mir auch im Sitzen bei meinem Anliegen zuhören.«

Unsicherheit flackerte in ihrem Blick und die rechte Augenbraue zuckte leicht. »Mylady, ich …«

»Bitte, Mrs. Jones, ich bestehe darauf.« Ophelia erkannte einen Hauch von Erleichterung, als sich die ältere Dame mit durchgestrecktem Rücken auf die äußerste Kante der Chaiselongue setzte. Abwartend bettete sie ihre Hände im Schoß und blickte ihrer Herrin offen entgegen.

»Mr. Fox wird sich noch ein paar Tage schonen müssen«, begann Ophelia. »Ich würde ihm dennoch gerne eine Freude bereiten, um ihn von seinem Kummer abzulenken. Gehe ich richtig in der Annahme, dass auch in Yorkshire alles für ein Erntedankfest vorbereitet wird?«

Die Haushälterin nickte. »In unserem Dorf findet das Fest in vier Tagen statt. Die meisten Zirkusartisten sind bereits angereist und bauen ihre Stände auf. Es wird eine kleine, beschauliche Zusammenkunft. Sicherlich nicht vergleichbar mit denen, wie sie in London stattfinden. Wünschen Sie und Mr. Fox das Fest zu besuchen, Mylady?«

Ophelia lächelte. »Ich wünsche, dass wir alle dieses Fest besuchen.«

Die Augen der Haushälterin weiteten sich überrascht und für einen Moment verschwand der herrische Ausdruck aus ihrem Gesicht. »Aber Mylady …« Sie verstummte, als Ophelia die Hand hob.

»Ich kann mir gut vorstellen, dass Sie sich alle auf dieses besondere Ereignis gefreut und nicht damit gerechnet haben, Besuch auf Wintersberry Manor zu empfangen. Ich möchte mich nicht aufdrängen, Mrs. Jones. Es steht natürlich jedem frei, diesem Fest beizuwohnen. Doch ich würde mich sehr freuen, wenn Sie und die anderen Bediensteten des Hauses Mr. Fox und mich begleiten würden.«

»Sehr wohl, Mylady. Ich werde diese erfreuliche Nachricht an die Bediensteten weitergeben. Sie werden diese großzügige Geste zu schätzen wissen. Kann ich sonst noch etwas für Sie tun?«

»In der Tat.« Ophelia erhob sich und Mrs. Jones tat es ihr gleich. »Richten Sie Mr. Squirrel aus, dass ich mich bis zum Abendessen in meine privaten Räume zurückziehe. Ich gedenke den Nachmittagstee dort einzunehmen und meiner Schwester und Tante Jane einen Brief zu schreiben.«

»Ich weiß nicht, ob ein Ausflug ins Dorf eine gute Idee ist«, brummte Jeremiah. Sein Gesicht trug immer noch eine kränkliche Blässe zur Schau, doch im Gegensatz zu den vergangenen Tagen wirkte er bereits erholter. Das Schlimmste war überstanden, die Wunde am Arm soweit verheilt, dass sie sich nicht mehr entzünden würde. Lediglich ein grün-bräunlicher Fleck oberhalb seiner Augenbraue zeugte noch von dem ungemütlichen Zusammenstoß mit dem Bettpfosten. Ophelia verkniff sich ein Kichern. Auch wenn sie in diesem Moment, in dem Jeremiah getaumelt war und sie ihn nicht mehr hatte halten können, vor Schock zu einer Salzsäule erstarrte, so amüsierte sie der Gedanke an diese Situation ein wenig. Ihr eigener blauer Fleck an ihrer Hüfte, als er sie anschließend mit seinem Gewicht unter sich begraben hatte, erinnerte sie jedoch mahnend daran, sich über Verletzungen nicht lustig zu machen. Jeremiahs Stirn hatte sich oft vor Sorge und Schmerzen gefurcht und die bereits vorhandenen Falten vertieft. Ophelia fand, dass es an der Zeit war, auch seine Lachfältchen entsprechend zu prägen.

»Papperlapapp«, entgegnete sie entschlossen. »Das Erntedankfest ist die richtige Gelegenheit, um Sie auf andere Gedanken zu bringen, Mr. Fox. Ein bisschen Unterhaltung in dieser Einöde kann schließlich nicht schaden. Ich sehe es als eine willkommene Abwechslung. Was ist mit dir, Lydia?« Verstohlen warf sie einen Blick auf ihre Zofe. Es kam ihr seltsam vor, Jeremiah nach allem, was sie erlebt hatten, so förmlich anzusprechen.

Lydia war nach zwei Tagen strenger Bettruhe und einer ordentlichen Portion Hühnersuppe der gutherzigen Köchin wieder vollkommen genesen und leistete ihrer Herrin und Mr. Fox als Anstandsdame Gesellschaft. Als die Kutsche über einen Ast rumpelte, hüpfte sie erschrocken hoch, fasste sich jedoch schnell wieder und lächelte. »Es ist mein erstes Erntedankfest außerhalb von London, Mylady. Ich freue mich, die ländlichen Traditionen kennenzulernen.«

Den Rest der Fahrt verbrachten sie in Schweigen. Der Weg vom Anwesen ins Dorf betrug eineinhalb Meilen. Ophelia hätte den Weg gerne mit einem Spaziergang verbunden, doch Jeremiahs immer noch angeschlagener Zustand und die bedrohlich grauen Wolken am Himmel hatten sie überzeugt, dass es sicherer war, die Kutsche zu nehmen.

Als das Gefährt hielt und sie nacheinander ausstiegen, empfing das Dorf sie mit einer aufgeheiterten Stimmung. Gelächter erklang von einer offensichtlich angeheiterten Gruppe Männer, Frauen plauderten über die Darbietungen der anwesenden Artisten. Kinder bahnten sich vor Freude kreischend einen Weg zwischen den Erwachsenen hindurch. Ophelia atmete tief ein und genoss den Geruch nach gebratenem Schwein, Whisky und Konfekt, gemischt mit einem Hauch anbahnender Regenluft. Sie lächelte. So fühlte sich ein normales Leben an.

»Wenn ich bitten darf, Mylady?«, murmelte Jeremiah und deutete auf den Marktplatz, auf dem sich die Menschen vor den Ständen drängten.

»Ich bin gespannt, was uns erwartet«, erwiderte sie und ging neben ihm auf die Menschentraube zu.

»Glaubst du, es war klug, das Personal mit auf das Fest einzuladen?«, raunte er, sodass nur sie ihn hören konnte.

Ophelia schnaubte. »Mein Ruf ist bereits ruiniert, falls du es vergessen hast. Schlimmer kann es wohl kaum werden und ehrlich gesagt, interessiert mich das Gerede auch nicht mehr. Nur meinetwegen müssen diese Leute sich um uns kümmern. Das ist das Mindeste, was ich tun kann.«

»Du hättest mich bei dieser Entscheidung mit einbeziehen können. Immerhin bin ich der neue Verwalter von Wintersberry Manor.«

»Solange du nicht vollständig gesund bist, verbiete ich dir, dich mit Geschäften auseinander zu setzen. Oh, sieh nur, ein Stand mit Süßwaren.« Sogleich zog sie Jeremiah zu einem der Verkaufswagen und betrachtete die Auslagen an verlockendem Konfekt.

»Probier'n Se unsre feinst'n Pralinen, Mylady«, sprach der Verkäufer sie an und reichte ihr eine Leckerei. Ophelia war erstaunt, dass man sie als Lady erkannte, hatte sie doch beim Ankleiden darauf geachtet, mit ihren feinen Stoffen nicht zu sehr zwischen den Dörflern aufzufallen. Anscheinend hatte die Absicht ihres Kommens längst die Runde gemacht. Dankend nahm Ophelia die Süßspeise entgegen. Aus dem Augenwinkel sah sie, dass ihr Begleiter sie aufmerksam beobachtete. Langsam führte sie die Praline zum Mund, biss ein Stück ab und ließ sich den Geschmack nach Orangen und Zimt auf der Zunge zergehen. Das Naschwerk war köstlich. Seufzend leckte sie sich über die Lippen. Als sie aufsah, nahm sein Blick sie sofort gefangen. Ein wohliges Kribbeln breitete sich in ihrem Unterleib aus und sie erinnerte sich an ihren Traum. Als er sie berührt hatte. Auf einmal gab es nur noch sie beide. Sämtliche Geräusche verloren an Intensität. Für sie gab es nur noch ihn.

»Die musst du kosten, Jeremiah«, flüsterte sie. Ohne nachzudenken reichte sie ihm die zweite Hälfte. Wie in Trance stellte sie sich vor, er würde den Mund öffnen und ihre Gabe mit seinen Lippen entgegennehmen. Zum Glück aller besann Jeremiah sich seines Standes, entwendete ihr die Süßspeise mit einer schnellen Bewegung. Seine Hand streifte kaum merklich ihre Finger, doch gleichzeitig schoss mit dieser kleinen Berührung ein Feuer durch ihren gesamten Körper. *Herr im Himmel!*

Augenblicklich wurde sie sich bewusst, dass sie sich inmitten der Öffentlichkeit befanden. Hitze flutete aus ihrem Unterleib direkt in ihre Wangen. Sie hatte nichts dagegen, ihre Zuneigung zu einem gewissen Verwalter zu zeigen, doch dieser ungeplante Austausch von Intimitäten ging doch ein Stück zu weit. Gott sei Dank konnte sie sich stets auf Jeremiahs besonnene Art verlassen. Ruckartig riss sie sich aus der Verbindung und wandte sich dem Händler zu. »Ich hätte gerne ein halbes Pfund Ihrer Köstlichkeiten, Mister.«

Zu ihrer Erleichterung ließ der Verkäufer den Anblick, den sie ihm unweigerlich geboten haben mussten, unkommentiert. Nur Lydia verbarg mit gesenkten Lidern und glühenden Wangen ein Grinsen. Ophelia würde ihre Zofe später ordentlich dafür zurechtweisen müssen, sie nicht von dieser Torheit abgehalten zu haben.

Während Lydia die Süßwaren für sie bezahlte und verstaute, zog Ophelia Jeremiah zur nächsten Attraktion. Sie wagte es nicht, ihm in die Augen zu sehen, aus Angst, sie könne erneut die Kontrolle verlieren. Mit aufsteigender Freude bemerkte sie jedoch, dass die Ablenkung funktionierte. Mit jedem Stand, den sie begutachteten, mit jedem Gespräch, das sie mit den Händlern führten, und mit jeder Darbietung, die Artisten zur Bühne brachten, verlor Jeremiah seine Anspannung. Zuerst nur verhalten, doch nach einer kurzen Zeit hörte sie ihn sogar herzhaft lachen. Und es war das schönste Geräusch, das sie seit langer Zeit vernommen hatte.

15. Kapitel

Die Erschöpfung des Ausfluges trug dazu bei, dass Jeremiah früher als gewohnt zu Bett ging. Er konnte sich kaum noch auf den Beinen halten, als er sich nach dem Dinner auszog und unter die Decke schlüpfte. Ophelia hatte mit einem unsicheren Lächeln an der Tür zu ihren Räumlichkeiten gewartet, aber Jeremiah hatte ihr nicht folgen können. Ein letzter Rest von Vernunft hielt ihn davon ab, ihr zu nahezukommen.

Er versuchte, ihren enttäuschten Ausdruck zu verdrängen, als die Dunkelheit ihn wie ein alter Freund überfiel. Aber in dieser Nacht wurde er von solch wüsten Albträumen heimgesucht, dass er glaubte, die Hölle erst jetzt wirklich kennenzulernen.

Sein Bruder, der in seinen Armen starb.

Martha, die ihn mit einem enttäuschten Blick bedachte.

Sein Vater, der bei einem Unfall ums Leben kam.

Schreiend wachte er auf und saß kerzengerade im Bett, sein Atem kam in schweren Stößen und Schweiß bedeckte seine Stirn. Er hielt sich die Hand an die Brust und zwang sich, gleichmäßig zu atmen.

Ein und aus, wieder und wieder.

Er musste den Brief nicht unter der Matratze hervorzerren, Jeremiah kannte ihn mittlerweile in- und auswendig.

Dein Vater ist überraschend bei einem Unfall ums Leben gekommen. Ich dachte, das würdest du wissen wollen, auch wenn du dein Leben in Cornwall hinter dir gelassen hast.

Pass gut auf dich auf, mein herzensguter Junge.

In Liebe, Martha

Er wusste, dass es an der Zeit war, sich seinen Dämonen zu stellen. Dass er nicht länger leugnen konnte, welche Last er mit sich trug. In den letzten Jahren hatte er sich als vieles bezeichnet, aber niemals als Feigling. Heute jedoch fand er diese Bezeichnung als höchst passend, denn genau das war er.

Anstatt Martha zu antworten und seinem Vater – Möge der Mistkerl in Frieden ruhen – die letzte Ehre zu erweisen, verkroch er sich im Norden Englands und hielt an seinem Leben als Jeremiah Fox fest.

Er starrte nach draußen in die Nacht, vernahm das Heulen des Windes und die Regentropfen, die gegen die Fensterscheibe klatschten, als würden sie ihm seine eigene Wut widerspiegeln.

Jeremiah musste Ophelia die Wahrheit erzählen, ihr die Chance geben, die Beine in die Hand zu nehmen und nach London zurückzulaufen. Er wusste nur noch nicht, wie …

Am darauffolgenden Tag wurde Jeremiah von einer Reihe an Emotionen geschüttelt. Wut, Hass und Trauer schienen präsenter denn je zu sein. Aber als er am Abend in seinem Arbeitszimmer saß und an Ophelia dachte, schoben sich die Gewitterwolken zur Seite und machten kurz etwas anderem Platz: Freude.

Eine Emotion, die Jeremiah schon lange nicht mehr in diesem Ausmaß erlebt hatte. Es gab durchaus Momente der Glücksgefühle in seinem Leben als Abtrünniger – beispielsweise, wenn sein Vorgesetzter ihn für seine tadellose Arbeit lobte. Aber es war nicht vergleichbar mit jenem Gefühl der Freude, das er verspürte, wenn er in Ophelias Nähe war.

Murrend ließ er den Federhalter sinken und starrte auf das leere Blatt Papier auf seinem Schreibtisch. In seinem Kopf hatte er den Satz zig Mal begonnen, aber einerlei, wie er es formulierte, es lief auf eines hinaus: es würde einen Skandal nach sich ziehen.
Ich liebe Ihren Schützling.
Ich muss Ihnen etwas Wichtiges mitteilen.
Sie können bereits Vorkehrungen treffen, mir den Kopf abhacken zu lassen.
Denn Jeremiah würde Lord Sheffield nicht nur den geforderten Lagebericht schicken, sondern ihm auch mitteilen, dass er tiefgehende Gefühle für seinen Schützling hegte. Er hatte keinen Zweifel daran, dass die Dienerschaft bereits mitbekommen hatte, was sich zwischen den beiden abspielte.
»Verflucht!« Mürrisch lockerte er sein Halstuch und nahm einen tiefen Atemzug. Er musste es von Ophelia selbst hören, musste sich überzeugen, dass sie seine Gefühle im selben Ausmaß erwiderte. Immerhin ging es hier nicht nur um ihre Gegenwart, sondern auch um ihre Zukunft, die an seiner Seite völlig anders aussehen würde, als es für sie geplant war. Jeremiah stand vom Sessel auf und beschloss, sogleich das Gespräch zu suchen.
Ein Blick auf die Standuhr verriet ihm, dass er das Dinner ohnehin längst versäumt hatte und Ophelia zu dieser Zeit vermutlich in ihrem Salon verweilte.
In den letzten beiden Tagen hatte sie sich abends nicht mehr in der Bibliothek, sondern bei ihrem Pianoforte aufgehalten, als würde ein Stück ihren gesamten Kopf beherrschen. Sie war glücklich, das sah er ihr deutlich an, aber die völlige Entspannung, die sie an den Tag legte, konnte er noch nicht mit ihr teilen. Nicht, bevor er sich ihrem Vormund gestellt hatte. Und darüber würde er heute mit ihr sprechen. Jeremiah hatte die letzten Tage gewartet, ob sie nach dem Kuss und seiner Rettung irgendetwas zu ihm sagen würde, das ihm die Entscheidung erleichterte. Aber trotz ihrer Leichtigkeit hatte er ihre Vorsicht gespürt, fast so, als hätte sie Angst davor, den endgültigen Schritt zu tun.
Er folgte den Klängen des Pianos, war völlig verzaubert von der

fröhlichen Melodie, die an seine Ohren drang. Leise drückte er die Tür nach innen und erblickte Ophelia, deren Finger in hastigen Bewegungen über die Tasten flogen. Sie wiegte ihren Kopf hin und her und summte leise zu dem Stück, das er noch nie zuvor gehört hatte. Völlig gebannt lauschte er der Melodie, vernahm die schwermütigen und die fröhlichen Noten, die zu einem Crescendo anschwollen. Er hatte noch nie zuvor etwas so Schönes gehört. Ihre Bewegungen wurden langsamer, die Finger verweilten etwas länger auf den Tasten und die Töne wurden leiser, bis sie das Stück schließlich zum Abschluss brachte. Sanft strich sie über die Tasten, als würde sie sie streicheln und jede gespielte Note einfangen wollen.

In diesem Augenblick wusste er, dass er sein Herz schon länger als gedacht an sie verloren hatte. Dass er sich wie ein schlecht gestimmtes Pianoforte dagegen gewehrt hatte, dass man ihm Töne der Hoffnung entlocken konnte.

Ophelia hatte ihn nicht nur aus seiner Dunkelheit gerettet, sie hatte ihm auch gezeigt, dass es für jeden Menschen ein Gegenstück gab, das bereit war, in die finstersten Ecken durchzudringen, um sie mit Licht zu erfüllen.

Und das war Ophelia für ihn: das Licht, das sich einen Weg durch seinen Selbsthass und die vielen Schuldgefühle gebahnt hatte. Das ihn daran erinnerte, wer er wirklich war: ein Mann aus Fleisch und Blut, der alles verloren hatte.

Seinen Bruder. Seine Ehre. Sich selbst.

Aber er war auch ein Mann, dem eine rettende Hand hingehalten worden war. *Ihre* Hand.

»Ich liebe dich«, brachte er flüsternd über die Lippen, obgleich er wusste, dass sie ihn nicht hören konnte. Dennoch zuckte sie zusammen und riss den Kopf zur Seite.

»Jeremiah! Du hast mich beinahe zu Tode erschreckt.« Ihr leicht vorwurfsvoller Ton riss ihn aus seinen Gedanken und er überbrückte die Distanz zwischen ihnen wortlos mit langen Schritten. Es war ihm einerlei, ob sie ihn für verrückt hielt, aber er war der Meinung, dass Taten oft mehr aussagten als Worte es jemals könnten.

Er nahm ihr Gesicht in seine Hände, beugte sich nach unten und verschloss ihren Mund mit seinem. Dieser Kuss hatte nichts mit den vorherigen gemein. Er ließ sie schmecken, wie sehr er sie brauchte, sie begehrte, sie in seinem Leben wollte. Ihre Weichheit bot einen starken Kontrast zu der Härte in seinem Inneren. In diesem Augenblick gab es keine Konventionen, keine Klatschbasen und keine Ängste vor der Zukunft. Nur sie beide. Zwei Menschen, die unterschiedlicher nicht sein konnten und sich dennoch an einer Wegkreuzung getroffen hatten.

Der eine gebeutelt vom Sturm.

Die andere auf der Suche nach sich selbst.

Als ihm schwindlig wurde, löste er sich von ihr und lehnte seine Stirn gegen ihre.

»W-Was … was ist los?«, hauchte sie und ihre Finger, die zuvor noch die Tasten gestreichelt hatten, fanden seine Wange. Er brachte nur so viel Abstand zwischen ihre Gesichter, dass er ihr in die Augen sehen konnte. Er wusste, dass der Zeitpunkt gekommen war, sich aus seiner Dunkelheit zu wagen und etwas zu riskieren.

»Du bist der Grund, warum ich jeden Tag mein Bestes geben will. Warum ich alles auf mich nehmen würde, um dir das Leben zu ermöglichen, das du dir wünschst. Ich weiß, dass ich dich nicht verdient habe, Pheli, aber der Egoist in mir hofft dennoch, dass es ein *Wir* geben kann … weil ich dich *liebe*.«

Es war das erste Mal in seinem Leben, dass er diese Worte so meinte, während er sie aussprach. Dass sich das Glück in jeder Faser seines Körpers ausbreitete und sich seine Mundwinkel zwanglos nach oben bogen. »Ich liebe dich, Lady Ophelia Mainsfield, den störrischen Wirbelwind, der sich gegen die strengen Regeln der Hautevolee auflehnte. Die starke Frau, die von der feinen Gesellschaft verstoßen wurde und in der Einöde ihren wahren Wert erkannt hat. Du bist so viel mehr als eine Ballschönheit, Pheli, du bist eine Frau mit einem unglaublich großen Herzen.«

Bei seinen letzten Worten lösten sich die Tränen aus ihren Augen, kullerten langsam über ihre Wangen. Mit zittrigen Fingern fuhr sie die Konturen seiner Wangenknochen nach, kam ihm wieder näher und strich mit ihren Lippen über seine. Eine Berührung, so sanft wie der Flügelschlag eines Schmetterlings.

»Mich hat noch nie jemand so glücklich gemacht wie du. Kein Ball, kein Fest, kein frevelhafter Adeliger. Ich hätte niemals gedacht, dass das scheinbar größte Unglück meines Lebens sich zu meinem wahren Glück entwickeln würde. Ich brauche diese Welt nicht, Jeremiah. Das Einzige, das ich brauche, bist du. Den Mann, den ich liebe.«

Sein Herz setzte einen Schlag aus. Von ihr zu hören, dass sie ihn liebte, wahrhaftig liebte, löste einen Sturm in ihm aus. Als würde sie seine Zerrissenheit spüren, lächelte sie an seinem Mund. »Ja, du steifer, unnahbarer Kerl, ich liebe dich. Und da du meinen Dickkopf ohnehin schon kennst, muss ich dir nicht sagen, dass ich jederzeit zu dir stehen werde. Egal, ob vor meinem Schwager oder meinen Schwestern.«

Sie können bereits Vorkehrungen treffen, mir den Kopf abhacken zu lassen. Der Satz erschien Jeremiah immer passender.

»Ich …«, setzte er an und brach wieder ab, als sich seine Kehle unnatürlich trocken anfühlte. »Ich muss Lord Sheffield schreiben. Doch ich wollte mich zuerst vergewissern, dass du diesen Schritt wirklich gehen willst.«

»Ohne zu zögern.« Sie schob ihn leicht an, sodass er einen Schritt nach hinten trat, und stand vom Hocker auf. Obwohl sie Schuhe mit Absätzen trug, überragte er sie noch einen ganzen Kopf. »Ich habe dich die letzten beiden Abende vermisst, Mr. Fox.«

Hitze schoss in seine Wangen. »Ich wollte dich nicht vom Klavier spielen abhalten. Du scheinst sehr in diesem Stück gefangen zu sein.«

»Ein Stück für dich«, flüsterte sie, »nur für dich.«

Die Atmosphäre zwischen ihnen veränderte sich, als sie ihm näherkam, sodass kein Blatt Papier mehr zwischen sie passte.

Zögerlich umfasste sie die Zipfel seines Hemdes und schob den Stoff über seinen Bauch nach oben.

»Pheli«, protestierte er heiser und griff nach ihrer Hand, um sie zu stoppen. Ihre Blicke trafen sich stumm, ihre Finger bewegten sich sanft unter seiner Hand, streichelten die vernarbte Haut seines Oberkörpers.

»Ich will dich berühren.« Ihre Stimme war so leise, dass sie in dem lauten Schlagen seines Herzens beinahe unterging.

Ihn berühren.

Himmel, er fühlte sich wie ein ahnungsloser Schuljunge, als er die Hand schließlich sinken und sie gewähren ließ. Fasziniert beobachtete er ihren Gesichtsausdruck, der von erstaunt zu leidenschaftlich wechselte. Sie nahm die Unterlippe zwischen ihre Zähne, während sie die Ansätze seiner Muskeln quälend langsam nachfuhr. Er rührte sich nicht, verharrte still auf dem Fleck, während sie ihn wie eine Landkarte erforschte.

Langsam legte sie beide Hände auf seinem Oberkörper ab und sah zu ihm hoch. Ihr Blick hatte sich verändert, war dunkler und begieriger geworden. »Liebe mich«, bat sie leise, stieg auf die Zehenspitzen und strich mit ihren Lippen über seine. »Liebe mich, Jeremiah.«

Grundgütiger, seine Gedanken gingen mit ihm durch, als sie einen Schritt nach hinten trat und die Schnürungen auf der Vorderseite löste. Quälend langsam, als wüsste sie, wie sehr es ihn plagte, zu widerstehen. Als sie an der unteren Öse angekommen war, klaffte das Kleid am Ausschnitt auf, sodass er den Ansatz ihrer Brustspitzen erkennen konnte.

»Bei allen Heiligen«, krächzte er, als sie wieder näherkam und ihm das Hemd über den Kopf zog. Er wusste, dass er verloren war. Er schob seinen lästigen Verstand zur Seite und konzentrierte sich auf das einzig Wichtige: die Frau, die er liebte. Und er würde ihr in jeder gemeinsamen Minute zeigen, wie sehr.

In dieser Nacht erfuhr er zum ersten Mal in seinem Leben, was Liebe *wirklich* bedeutete. Nicht nur gegenseitige Anziehung, nackte Körper und Lust. Ihre Liebe ging tiefer, traf sein Herz und ließ es nicht mehr los.

Er war bereit, Ophelia alles zu geben ... auch wenn dies bedeutete, die Dämonen der Vergangenheit wieder an die Oberfläche zu lassen.

16. Kapitel

Eine kühle Brise weckte Ophelia aus ihrem seligen Schlaf. Lächelnd suchte sie nach der Wärme, die sie in der vergangenen Nacht umhüllt und in ein Gefühl unbeschreiblicher Leidenschaft geführt hatte. Doch die ersehnte Nähe eines weiteren Körpers blieb ihr verwehrt. Gähnend tastete sie hinter sich und fand ihre Vermutung bestätigt. Die andere Betthälfte war leer. Kurz überkam sie ein Anflug von Wehmut. Wie gern wäre sie in Jeremiahs Armen erwacht. Sicherlich saß er bereits in seinem Arbeitszimmer und verfasste den Brief, nein, das Geständnis an ihren Schwager.

Schnell wischte sie den Gedanken beiseite und gab sich einen kurzen Moment den Erinnerungen hin. Ein Seufzen stahl sich von ihren Lippen, als sie sich Jeremiahs Berührungen ins Gedächtnis rief. Erneut umwehte sie ein kühler Hauch, fuhr sanft unter ihr dünnes Nachthemd und ließ sie erschaudern. Sie konnte beinahe noch spüren, wie seine schlanken Hände jeden Winkel ihres Körpers liebkosten, wie sein gestählter Bauch sich gegen ihre Weichheit presste und sie mit sich in den Abgrund zog, nur um sie kurz darauf in ungeahnte Höhen zu tragen. Ihr war nie bewusst gewesen, wie berauschend sich die Vereinigung zwischen Mann und Frau anfühlen konnte.

Herrgott, Charlotte würde sie für diesen unziemlichen Gedanken schelten! Aber er war lediglich in ihrem Kopf, niemand würde ihn hören. Und tief in ihrem Herzen wusste sie, dass es mit keinem anderen Mann so wundervoll verlaufen wäre, wie mit Jeremiah.

»Oh, Liebster, was machst du nur mit mir?« Kurz wälzte sie sich in dem Laken, drückte die Decke an ihre Nase und verlor sich in dem rauchigen Duft nach Wacholder. Jeremiahs Duft. Er haftete dem Stoff immer noch an und sie könnte den ganzen Tag hier liegen und ihn einatmen. Doch die Freude, ihn zu sehen, trieb sie schlussendlich aus der Liebeshöhle.

Leichtfüßig hüpfte sie aus dem Bett und klingelte nach ihrer Zofe. Sie fühlte sich, als würde sie über Federn laufen, unbeschwert und vollkommen mit Glück erfüllt. Selbst die grauen Wolken, die einen regenreichen Tag ankündigten, vermochten ihre gute Laune nicht zu trüben.

Während Lydia ihr beim Ankleiden half und ihre Locken zu einem strengen Knoten band, wippte Ophelias Fuß ungeduldig auf und ab. Sie wollte schnellstmöglich in die Nähe eines gewissen Sekretärs und hätte am liebsten leise die Melodie ihres selbstkomponierten Stücks gesummt. Fest presste sie die Lippen aufeinander, um keinen Laut von sich geben zu können. Es war bereits auffällig genug, dass sie trotz ihrer Situation hier in Yorkshire unverhofft guter Laune war. Lydia waren auf dem Erntedankfest die verheißungsvollen Blicke zwischen Ophelia und Jeremiah mit Sicherheit nicht entgangen. Es wäre ein leichtes für sie, die Fakten zusammenzuzählen. Und wenn ihre Zofe sich eine Liebschaft zwischen ihnen ausmalte, würde es sicherlich nicht lange dauern, bis die gesamte Dienerschaft davon erfuhr und schlussendlich auch ihr Schwager. Sie musste sich also beherrschen, wenn sie ihre Entscheidung Noah selbst mitteilen wollte.

Als sie fertig hergerichtet war, entließ sie Lydia und ging hinunter, um ein schnelles Frühstück zu sich zu nehmen. Auf dem Weg bemerkte sie einen hellbraunen Schwanz, der in Richtung Küche verschwand. Sie erwischte die Streunerin Honey, wie sie sich an den frisch gebackenen Butterküchlein zu schaffen machte, und scheuchte sie durch die Hintertür wieder hinaus. Auf die Katze war sie seit dem Bootsunglück nicht gut zu sprechen. Wenn das

Tier ins Haus wollte, musste es sich Ophelias Zuneigung verdienen. Solange hatte es hier drinnen nichts verloren, insbesondere nicht in der Küche.

Anschließend suchte Ophelia Jeremiah und fand ihn wie vermutet in seinem Arbeitszimmer vor. Vorsichtig, um ihn nicht zu erschrecken, klopfte sie an die angelehnte Tür und lächelte ihrem Liebsten entgegen. Seine Miene wirkte nur noch halb so verkniffen wie in den letzten Tagen, dennoch schien ihn immer noch etwas zu beschäftigen.

»Ophelia.« Er erwiderte ihr Lächeln und winkte sie herein. »Ich habe den Brief an Lord Sheffield soeben versiegelt und werde ihn noch heute dem Butler übergeben. Ich rechne mit seiner Antwort oder in diesem Fall vermutlich eher mit seinem persönlichen Erscheinen in frühestens einer Woche, sofern es seine Geschäfte zulassen.«

»Für Noah steht die Familie an erster Stelle«, sagte Ophelia, trat näher und lehnte sich lächelnd gegen den Schreibtisch. »Er würde selbst mit einem gebrochenen Bein hier auftauchen und uns die Hölle heiß machen. Es wäre nicht verwunderlich, wenn Heath in ein paar Tagen mit ihm auf unserer Türschwelle steht. Ihre Fürsorge macht meine Schwäger genauso liebenswert wie unausstehlich.«

»Und genau das bereitet mir Sorgen«, gestand Jeremiah und verzog das Gesicht. »Einem aufgebrachten Lord kann ich möglicherweise Stand halten. Mich jedoch zwei von dieser Sorte entgegenstellen zu müssen, verschafft mir keine guten Aussichten. Ich lebe gern hier auf dem Land, aber ich würde es begrüßen, die Sonnenaufgänge noch ein paar weitere Jahre erleben zu können.« Das Lächeln wich einem besorgten Blick und seine Stirn legte sich in tiefe Falten.

»Mach dir keine Sorgen.« Mit wenigen Schritten trat Ophelia um den Schreibtisch herum und umrahmte sein Gesicht mit ihren Händen. Da er immer noch saß, musste sie sich dieses Mal nicht recken. »Wir werden gemeinsam noch viele Sonnenaufgänge erleben, das verspreche ich dir. Wenn Noah und Heath meinen, dir den Kopf abreißen zu müssen, werde ich mich schützend vor dich stellen.«

»Was bin ich für ein Glückspilz, eine so kämpferische Frau wie dich gefunden zu haben, Pheli.« Er ergriff eine ihrer Hände, beugte sich zu ihr vor und drückte seine Lippen sanft auf ihren Handrücken. »Manchmal denke ich, du stehst mehr deinen Mann als ich.«

»Stört dich das? Ich kann auch –«

»Nein! Genau das liebe ich an dir. Ich weiß nur nicht, womit ich deine Zuneigung verdient habe.«

»Aber ich weiß es, und das ist alles, was zählt«, flüsterte sie.

»Was ist geschehen, Jeremiah? Ich sehe, dass dir etwas schwer auf dem Herzen lastet, und vermute, dass es nicht allein mit meinen Schwägern zu tun hat.«

»Ich …« Sein Adamsapfel hüpfte, als er schwer schluckte. »Da gibt es in der Tat eine Sache, die ich mit dir bereden möchte. Vielleicht solltest du dich lieber hinsetzen, meine Liebe. Vor ein paar Tagen …«

In diesem Moment klopfte es an der Tür. Jeremiah stockte und seufzte schließlich. »Herein.«

Ophelia trat ein paar Schritte zurück und nahm einen der herumliegenden Briefe in die Hand, um den Anschein einer geschäftlichen Unterredung zu erwecken. Der Butler trat ein und verbeugte sich. »Verzeihen Sie die Störung, Mylady, Mr. Fox. Eine gewisse Lady Allby ist soeben angereist. Auch wenn diese Dame ihren Besuch nicht angekündigt hat, habe ich mir erlaubt, ihr im Salon einen Tee servieren zu lassen.«

»Tante Jane ist hier?« Kurzfristig verschlug es Ophelia vor Überraschung die Sprache. Sie räusperte sich. »Vielen Dank, Squirrel, Sie haben genau richtig gehandelt. Richten Sie meiner Tante aus, dass ich mich sofort zu ihr geselle. Und servieren Sie auch ein paar der Butterküchlein.«

»Sehr gern, Mylady.« Er verneigte sich erneut und verließ das Arbeitszimmer.

Ophelia warf Jeremiah einen entschuldigenden Blick zu. »Meine Familie ist wirklich unberechenbar. Ich hätte nicht damit gerechnet, dass Jane in ihrem hohen Alter den weiten Weg von Hampshire nach Yorkshire auf sich nimmt, um mich zu besuchen. Ich werde mich um ihr Wohlergehen kümmern. Wir setzen unsere Unterhaltung heute Abend in Ruhe fort.«

Er nickte ergeben. »In Ordnung. Geh nur.«

Sie drückte aufmunternd seine Hand und verabschiedete sich mit einem schnellen Kuss auf die Wange, bevor sie dem Butler in die untere Etage folgte. Schon auf der Treppe hörte sie aufgebrachtes Stimmengewirr. Die Dienstmädchen eilten geschäftig durch das Anwesen und Mrs. Jones gab eifrig Anweisungen. Ihr strenger Blick beobachtete jeden einzelnen Handschlag. Der unerwartete Besuch versetzte den gesamten Haushalt in Aufregung. Ophelia verkniff sich ein Lachen. Jane hatte schon immer ein Faible für unerwartete Auftritte.

Als sie die Tür zum Salon öffnete, tönte ihr die energische Stimme der alten Lady bereits entgegen.

»Herrgott, diese Butterküchlein sind wirklich eine Schande! Sehen Sie nur, wie ramponiert sie aussehen. Als wäre jemand auf ihnen herumgelaufen! Sie können wohl kaum von mir erwarten, dass ich *das* esse.«

Ophelia kicherte. »Ich fürchte, unsere Katze hat es doch geschafft, sich an den Küchlein gütlich zu tun. Bringen Sie uns anstelle des Kuchens bitte ein paar Kekse, Squirrel.«

Der Butler verbeugte sich, umklammerte das Tablett voller Küchlein und hastete mit hochrotem Kopf aus dem Raum.

»Liebste Tante«, begrüßte Ophelia ihren Gast und ergriff dessen Hände. »Ich freue mich sehr, dich in Wintersberry Manor willkommen zu heißen. Hätte ich gewusst, dass du kommst, wäre der Empfang sicher anders verlaufen. Verzeih dieses Durcheinander. Was verschafft mir die Ehre deines unerwarteten Besuchs?«

Lady Jane Allby war keine Frau der Zurückhaltung. So hielt sie auch jetzt nicht mit ihrer Meinung hinterm Berg, sondern schnatterte wild drauf los. »Ich musste vor wenigen Tagen von meiner Freundin Lucinda Witmore erfahren, dass man dich bereits vor Wochen in Begleitung eines *Sekretärs* von London aufs Land versetzt hat. Kannst du dir mein Entsetzen vorstellen, als ich diesem Klatschweib nichts weiter entgegensetzen konnte? Wieso hat man mich nicht früher informiert?«

Ophelia atmete tief durch und ergriff ihre Tante am Arm. »Es lag nicht in unserer Absicht, dich zu übergehen, liebste Tante. Sicherlich ist es im Trubel der überstürzten Abreise untergegangen. Ist mein kürzlich versendeter Brief denn nicht bei dir angekommen?«

»Oh doch, meine Liebe. Allein aus gekränkter Eitelkeit hätte ich diese Reise wohl kaum auf mich genommen. Wir müssen uns dringend unterhalten.«

Ophelia hatte geahnt, dass ihre Tante sich aus dieser Angelegenheit nicht raushalten würde. Sie hatte es nicht gewagt, ihrer Zwillingsschwester ihre Gefühle für Jeremiah zu offenbaren, aus Angst, sie würde es Noah erzählen. Doch ihrer unkonventionellen Tante hatte sie sich anvertraut, in der Hoffnung auf Verständnis und Unterstützung. »Bitte setze dich, dann kann ich dir alles erklären. Du musst von der langen Reise ganz erschöpft sein. Möchtest du dich etwas frisch machen?«

Jane schnaubte. »Die Kutschfahrt war eine Qual und die Bewirtung in den Gasthäusern eine Zumutung. Doch ich nehme diesen Umstand gern in Kauf, um dich vor einem großen Fehler zu bewahren.« Mürrisch ließ sie sich zu der Chaiselongue führen und nahm unter einem leisen Ächzen Platz. Die unbequeme Fahrt hatte ihren Knochen sicher nicht gutgetan. Ihr etwas pummeliger Körper steckte in einem ausgefallen grünen Kleid, das durchaus schick anmutete, jedoch gewiss nicht komfortabel für eine solche Reise war. Einzelne Strähnen hatten sich aus ihrem strengen Dutt gelöst, die selbst die kostbare Spange nicht daran hindern konnte, ihr ins Gesicht zu fallen. Ihre Haare waren immer noch schlohweiß. Ophelia bewunderte sie dafür, dass sie ihr Alter mit Würde zur Schau trug und auf sämtliche Färbemittel in den Haaren verzichtete. Eine Seltenheit, waren Schönheit und Jugend doch das Einzige, das die meisten Frauen besaßen. Jedoch vermisste Ophelia den Schalk, der sonst immer in den braunen Augen ihrer Tante saß, nun aber einem Ausdruck von Sorge gewichen war.

Sie nahm ihr gegenüber Platz, griff nach der Teekanne und schenkte ihnen beiden ein. Eines der Dienstmädchen klopfte und brachte die gewünschten Kekse. Ophelia nippte an dem heißen Getränk und wartete, bis sie allein waren, bevor sie das Gespräch wieder aufnahm.

»Was meintest du damit, du möchtest mich vor einem großen Fehler bewahren? Ich denke, alle Fehler, die ich in meinem jugendlichen Leichtsinn begehen konnte, habe ich bereits erfolgreich abgearbeitet. Schau nicht so verdutzt, Tantchen. Ich bin mir meiner Neugier und den damit einhergehenden Verfehlungen durchaus bewusst. Falls du es bemerkt hast, die letzte Grenzüberschreitung ist der Grund für meine Verbannung nach Yorkshire.«

Jane trank mit ausgestrecktem Finger ihren Tee und zog eine Augenbraue hoch. »Wenn in deinem Kopf kein Unfug mehr vorherrscht, ist wahrlich ein Wunder geschehen.«

»Tante!« Ophelia verschluckte sich beinahe an ihrem Getränk.

»Sag, Kind, liebst du ihn wirklich?«

Ophelia war nicht überrascht, dass Jane sogleich auf den Inhalt ihres Briefes zu sprechen kam. »Meine Gefühle für ihn sind wahrhaftig. Ich habe es erst vor Kurzem begriffen.«

»Ich sehe es in deinen Augen.« Jane seufzte und stellte ihre Tasse zurück auf den Beistelltisch. »Wir haben an deinen Schwestern gesehen, was geschieht, wenn den Mainsfield-Töchtern ein Aufpasser an die Seite gestellt wird. Charlotte und Heath haben sich Hals über Kopf in einander verliebt. Bei Alexandra und Noah war es etwas komplizierter, aber dennoch vorhersehbar. Aber bei dir? Mir war immer bewusst, dass du ein besonderes Juwel bist. Ich habe große Hoffnungen in dich gesetzt, das gebe ich zu.« Sie strich sich eine weiße Strähne aus dem Gesicht und wirkte mit einem Mal müde, beinahe ausgelaugt. Als wäre sie von einem Moment auf den anderen um Jahre gealtert. Doch Ophelia klammerte sich an ihre Tasse und wagte es nicht, ihre Tante zu unterbrechen. Zu gespannt war sie auf den weiteren Fortgang dieses Monologs.

»Als ich deinen Brief bekam, musste ich natürlich sogleich Nachforschungen anstellen. Ich bin entsetzt, dass Noah dich in die Obhut dieses Sekretärs übergeben und nichts unternommen hat, um eine mögliche Annäherung zwischen euch zu verhindern.«

»Jeremiah ist ein guter und ehrenwerter Mann«, schoss es nun doch aus Ophelia heraus.

»Wenn er mit deinen Gefühlen spielt und dir die große Liebe verspricht, ist er ein Schwindler und Scharlatan!«

Erschrocken zuckte die Jüngere zusammen. Ihr Herz schlug ungewohnt schnell und sie presste sich die Hand auf die Brust. »Er trägt seine Dämonen mit sich herum, Narben aus dem Krieg, innerlich wie auch äußerlich. Doch niemand ist unfehlbar, Tante.« Ihre Stimme war leiser geworden, warnender. Sie würde sich ihre Liebe zu diesem Mann nicht verbieten lassen.

»Er hat dir etwas vorgespielt, mein liebes Kind. Ich mache dir keinen Vorwurf. Du hast dich in deiner Güte von diesem gebeutelten Mann blenden lassen.«

Und dann offenbarte Jane ihrer Nichte, was sie herausgefunden hatte.

»Nein!«, keuchte Ophelia. Ein plötzlicher Schwächeanfall suchte sie heim und sie ließ sich völlig entkräftet ins Polster sinken. Auf einmal fühlte sie sich, als wäre sie nun binnen Sekunden um Jahre gealtert. Kurz nahm sie sich Zeit, das Gehörte zu verarbeiten. Sie konnte, nein, *wollte* es nicht glauben. Ihr war bewusst, dass Jeremiah vor einem Ereignis aus seiner Vergangenheit floh. Sie hatte angenommen, die Zeit bei den Dragonern hätte ihm übel zugesetzt, die Erfahrungen des Krieges. »Das ist nicht wahr! Jeremiah würde nie … er ist der verantwortungsbewussteste Mensch, den ich kenne. Er würde seine Familie niemals hintergehen, indem er mit mir …«

Jane beugte sich vor, ergriff mit kalten Fingern ihre Hand und drückte sie liebevoll. »Es tut mir schrecklich leid.«

Ophelias Körper begann zu zittern und sie spürte, wie etwas in ihrer Brust zerbrach. Schmerz breitete sich aus und sie hatte das Gefühl, zu fallen. Doch was sie am meisten verletzte, war die

Tatsache, dass er sie belogen hatte. Die ganze Zeit über hatte er sich für jemand anderen ausgegeben. Für einen Mann ohne Familie, ohne Verpflichtungen, die über die eines Sekretärs hinausgingen. Liebte sie überhaupt den wahren Jeremiah? Oder war sie nur einer Fassade verfallen? Konnte sie überhaupt jemanden wahrhaft lieben, der einen wichtigen Bestandteil seiner Identität verleugnete? Oder war das hier alles nur ein grausames Spiel, um sie und Jeremiah auseinanderzubringen?

»Du weißt, dass wir dich nur beschützen wollen, Liebes«, murmelte Jane. »Ich bin froh, rechtzeitig gekommen zu sein, um dich vor dem größten Fehler deines Lebens zu bewahren.«

Ophelia schluchzte, als wundervolle und durch das neue Wissen zugleich schmerzhafte Erinnerungen an die vergangene Nacht sie übermannten. »Dafür ist es zu spät.« Sie musste mit Jeremiah sprechen. Musste von ihm hören, dass all das hier bloß ein unglückliches Missverständnis war. Schnell wischte sie sich mit der Hand die Tränen von ihren Wangen, straffte die Schultern und erhob sich. »Verzeih mir, liebste Tante, ich fühle mich unwohl und werde mich zurückziehen. Ich lasse dir von den Dienstmädchen ein Zimmer herrichten. Wenn du irgendetwas benötigst, brauchst du es nur aussprechen.«

Sie wandte sich ab und beeilte sich, dem erdrückenden Gefühl im Salon zu entkommen, als Jane sagte: »Ich habe Noah bereits vor meiner Abreise über meine Entdeckung und deine Zuneigung in Kenntnis gesetzt. Die Geschäfte verbieten es ihm, persönlich zu kommen, doch mit seinem Einverständnis wird Lord Preston morgen in Yorkshire eintreffen. Du solltest hören, was er vorzutragen hat.«

Lord Preston! Nachdem der Viscount nicht wie angekündigt angereist war, hatte Ophelia gehofft, Noah hätte ihn trotz aller Vernunft zum Teufel gejagt. Der Brief war in Vergessenheit geraten. *Herrgott, bleibt mir denn gar nichts erspart?*

Die Tür fiel hinter ihr ins Schloss und Ophelia hastete die Treppe in die obere Etage hinauf. Vor Jeremiahs Arbeitszimmer blieb sie stehen, die Hand erhoben. Das Herz schlug schmerzhaft in ihrer Brust, ihr Atem ging schnell. Sie wollte Antworten. Von ihm hören, dass alles ein Missverständnis war und Jane lediglich auf eine Lüge hereingefallen war. So musste es sein. Nichts anderes ergab einen Sinn.

Bevor sie es sich anders überlegen konnte, polterte sie schließlich ohne anzuklopfen in das Arbeitszimmer. Sie holte Luft, um ihre Wut hinauszubrüllen, ihn anzuschreien … doch das Zimmer war leer. Jeremiah war nicht hier. Schwer atmend stützte sie sich auf der Tischplatte des Schreibtisches ab und schloss die Augen. *Verflucht!* Niemand konnte ihr sagen, was wirklich der Wahrheit entsprach, abgesehen vom Beschuldigten selbst. Doch dieser war fort. Vermutlich hatte Jeremiah die Zeit genutzt, um Noahs Pächtern einen Besuch abzustatten. Ihr blieb nichts anderes übrig, als auf seine Rückkehr zu warten.

Vermutlich war es besser so. Sie war zu aufgewühlt für ein klärendes Gespräch und ihr Gemütszustand würde unweigerlich noch mehr Streit und Herzschmerz mit sich bringen.

Tief atmete sie durch. Mit gestrafften Schultern richtete sie sich auf und verließ das Zimmer, um sich in der Bibliothek abzulenken. Solange sie nicht wusste, ob es der Wahrheit entsprach, was Jane ihr erzählt hatte, hielt sie an ihrem Vertrauen zu Jeremiah fest. Und sie betete inständig, dass sie sich nicht derart in ihm getäuscht hatte.

Als Ophelia am nächsten Morgen erwachte, hatte sich ihr noch keine Gelegenheit geboten, mit Jeremiah zu sprechen. Sie hatte lange in der Bibliothek ausgeharrt, doch irgendwann waren ihr vor Müdigkeit die Augen zugefallen, weswegen sie beschlossen hatte, ins Bett zu gehen. Trotz aller Müdigkeit war ihr in der Nacht kein ruhiger Schlaf vergönnt gewesen. Immer wieder waren ihre Gedanken zu Janes Anschuldigung getrieben.

In der Hoffnung, nach dem Frühstück endlich mit Jeremiah sprechen zu können, verschluckte sie sich vor Eile beinahe an ihrem Tee. Sie war spät dran, sicherlich hatte Jeremiah sich bereits der Arbeit zugewandt. Ophelia machte sich hastig auf den Weg zu seinem Arbeitszimmer. Unter keinen Umständen wollte sie ihn erneut verpassen. Sie ertrug das erdrückende Gefühl, welches die angebliche Lüge in ihr hervorrief, nicht länger. Die Ungewissheit zwischen ihnen musste aus der Welt geschafft werden.

Sie erklomm gerade die erste Stufe der nach oben führenden Treppe, als Squirrel sie abfing.

»Mylady«, sagte er und reichte ihr eine kleine Karte auf einem Silbertablett. »Soeben war ein Bote hier und hat den Besuch eines Lord Prestons angekündigt. Dies ist seine Visitenkarte.«

Ophelia erbleichte. Schon wieder hatte sie ihn völlig vergessen! »Ich kenne Lord Preston. Wann gedenkt Seine Lordschaft vorzusprechen?«

»In einer halben Stunde.«

Schnell warf sie einen Blick auf ihr graues Hauskleid. Das war nicht genug Zeit, um sich umzuziehen und vorher noch mit Jeremiah zu sprechen. Wäre sie nur früher aufgestanden! »Ich empfange Lord Preston im Salon. Bitte schicken Sie umgehend Lydia in meine Gemächer.«

»Sehr wohl, Mylady.«

Auch wenn es sich nicht für eine Lady gehörte, stürmte sie beinahe die Treppe hinauf. Als sie an Jeremiahs Arbeitszimmer vorbeikam, zögerte sie einen Augenblick. Doch sie wusste, dass sie dieses Gespräch nicht im Vorbeigehen abhandeln konnte und wenn sie sich Preston nicht wie eine Bäuerin gegenüberstellen wollte, brauchte sie ein anderes Kleid.

Nur Wimpernschläge später trat Lydia an ihre Seite und verrichtete stumm ihre Arbeit. Der graue Stoff wurde durch einen farbenfrohen grünen ersetzt und die offenen Haare schnell zu einem strengen Knoten gebunden. Ophelia blickte in den Spiegel und straffte die Schultern. In diesem Kleid hatte sie das Auftreten einer Hausherrin und sie hoffte, dass es Preston zumindest ein wenig einschüchterte.

Kaum hatte sie sich auf der Chaiselongue niedergelassen, öffnete Jane die Tür und setzte sich wortlos neben sie. *Wunderbar*, dachte Ophelia und unterdrückte ein Seufzen. Auf der anderen Seite war sie froh, sich Preston nicht allein stellen zu müssen. Bevor sie sich bei Jane für ihren frühzeitigen Rückzug am vorherigen Abend entschuldigen konnte, trat Squirrel ein und kündigte das Eintreffen Seiner Lordschaft an. Ophelia erhob sich.

Lord Samuel Preston hatte sich in den letzten Wochen nicht verändert. Seine blonden Haare waren wie eh und je mit Pomade zurückgekämmt und sein Frack saß tadellos. Er war immer noch der charismatische junge Mann mit Vermögen. Doch irgendetwas war anders. Ophelia blinzelte. Sollte sie nicht eigentlich etwas fühlen? Wo blieb ihre Begeisterung von früher? Der begehrteste Junggeselle von ganz London kam, um ihr seine Aufwartung zu machen. Und nach seinen Angaben im Brief, würde er vermutlich um ihre Hand anhalten.

Doch Ophelia spürte ... nichts. Kein aufgeregtes Herzklopfen, keine im Bauch kribbelnde Freude. Seit dem Vorfall im Theater hatte seine Aura in ihren Augen an Glanz verloren und sie fragte sich, wie sie jemals für ihn hatte schwärmen können. Seine Nase wirkte im Gegensatz zu den schmalen Lippen plötzlich viel zu groß und unter seinen strahlenden Augen warf die Haut dunkle Schatten. Er war ohne Frage ein schöner Mann, doch in ihren Augen war er zu perfekt. Sogleich tauchte vor ihrem inneren Auge ein anderes Gesicht auf. Strenge Züge, besorgte Falten, Narben des Kriegs. Ihr Unterleib zog sich sehnsuchtsvoll zusammen. Sie räusperte sich und vertrieb Jeremiahs Antlitz aus ihren Gedanken. So sehr sie es sich auch wünschte, sie konnte keine Ablenkung gebrauchen.

»Lord Preston«, begrüßte sie ihn zwanghaft höflich und hielt ihm ihre behandschuhte Hand entgegen. »Ich hoffe sehr, Ihre Reise war nicht allzu beschwerlich.«

»Meine liebste Lady Mainsfield«, sagte er, hauchte einen Kuss auf ihren Handrücken und blickte ihr unverwandt in die Augen, »Sie sind noch schöner, als ich Sie zuletzt sah. Das Leben in Einsamkeit scheint Ihnen gutzutun. Und an Ihnen, Lady Allby«, wandte er sich an Jane, »scheint die Zeit spurlos vorbeizuziehen.«

Jane lächelte kühl. »Äußerst charmant, Lord Preston. Bitte, setzen Sie sich. Meine Nichte und ich sind sehr gespannt, den Grund für Ihre Anreise zu erfahren. Darf ich Ihnen einen Tee einschenken?«

Er nickte und nahm gegenüber den Damen im Sessel Platz. Ophelia ließ sich ebenfalls wieder in die Polster sinken und dann kamen die Gefühle. Jedoch keine schönen. Prestons verschlagenes Grinsen und der wissende Blick, mit dem er sie aus aufmerksamen Augen bedachte, sprachen Bände. Als wüsste er alles. Und plötzlich fürchtete sie sich vor dem, was kommen würde.

17. Kapitel

Jeremiah hätte niemals gedacht, dass er seine Position als Sekretär eines Tages hassen könnte. Aber diesen Mistkerl Preston gemeinsam mit Ophelia in einem Raum zu wissen, belastete seine Geduld bis aufs Äußerste. Am liebsten würde er die Treppe hinunterfliegen, nur um mit einem gewaltigen Krach im Raum zu landen und Preston die Augen auszupicken.

Unruhig ging er in seinem Arbeitszimmer auf und ab, blickte wieder und wieder auf die Uhr, bis er es schließlich nicht mehr aushielt. Er war kein Familienmitglied, aber immer noch Verwalter dieses Guts und bei Gott, er würde diesen Mistkerl in Sheffields Namen vor die Tür setzen.

Seine Beine flogen beinahe über den dunkelroten Läufer, als er sich auf den Weg zum Salon machte. Er kam nicht mehr dazu, die Tür zu öffnen. Mit einem selbstgefälligen Grinsen auf den Zügen erschien Preston im Türrahmen. Der Viscount hob eine Braue, als er Jeremiah sah und die Tür wieder hinter sich schloss.

»Mylord«, presste Jeremiah hervor und hielt seine Arme nah an seinem Körper, um keinen Fehler zu begehen, »ich wollte Sie gerade nach draußen bitten. Scheinbar haben Sie meine Gedanken gehört.«

Kurz flackerte so etwas wie Verwirrung in seinen Augen auf, dann präsentierte er ihm wieder sein schmieriges Grinsen. »Ein Bediensteter will mich zur Tür bitten?«

»Verwalter und Sekretär Seiner Lordschaft, Jeremiah Fox«, gab er ruhig zurück.

»Ah«, antwortete Preston, als ob ihm soeben ein Licht aufgegangen wäre, »hätte ich mir denken können. Wie es heißt, haben Sie ein Auge auf Sheffields Schützling geworfen. Sie strahlen es förmlich aus.«

Er verschränkte die Hände hinter seinem Rücken und kam näher, sodass sie nur mehr eine Armeslänge voneinander entfernt waren. Himmel, Jeremiah war ein friedliebender Mensch, aber soeben hatte er das Bedürfnis, sich mit diesem Kerl zu prügeln und ihn danach im Garten zu verscharren.

»Es muss schrecklich sein, *nichts* auszustrahlen, nicht wahr? Man hört Ihren Namen immer wieder in Verbindung mit schal schmeckendem Porridge. Nun, manchmal sind Gerüchte in der Tat wahr.«

Ein kurzes Zucken seines rechten Lids zeugte von seiner Empörung, dann fing er sich wieder. »Nun, dann werde ich auf unserer Hochzeit herrlich schmeckenden Porridge servieren lassen.«

»Ich gedenke nicht, Sie zu heiraten«, erwiderte Jeremiah trocken, »und nun entschuldigen Sie mich, Lady Mainsfield erwartet mich.«

Er wollte sich gerade an ihm vorbeidrängen, als Preston einen Arm ausstreckte und ihn wie eine Schranke daran hinderte, zu Ophelia zu gelangen.

»Sie gehört jetzt mir. Ich bewundere Sie ein Stück für Ihre Hartnäckigkeit, aber Sie glauben nicht allen Ernstes, dass Sie ihr jemals ebenbürtig sein könnten.« Er sprach ruhig und bedacht, als würde er jeden Dolchstoß, den er ihm in Form von Worten zukommen ließ, genießen.

Jeremiah rührte sich keinen Zoll, hielt seine Haltung aufrecht. Nein, er würde sich nicht mit Preston prügeln … und auch der Garten war zu schade für ihn.

»Denken Sie an meine Worte.« Dann ging der Lord, als hätte er ihm zum Abschied alles Gute gewünscht.

Nachdem Preston endlich das Haus verlassen hatte – hoffentlich, um in einem Gasthof zu übernachten, anstatt unter diesem Dach zu schlafen – war Jeremiah zuerst auf sein Zimmer zurückgekehrt und hatte sich kaltes Wasser ins Gesicht gespritzt.

Sie glauben nicht ernsthaft, dass Sie ihr jemals ebenbürtig sein könnten.

Preston wusste genau, in welche Wunde er den Dolch stoßen musste. Er gehörte zur Sorte, die ihn nicht mehr herauszog, sondern stecken ließ, um den Schmerz zu verstärken.

Ihr jemals ebenbürtig sein könnten.

Jeremiahs Beine zitterten, als er Minuten später wieder die Treppe nach unten in den Salon ging. Es war so still im Haus, dass man meinen könnte, es sei verlassen. Prestons Präsenz hing immer noch in der Eingangshalle, sein scharfer Rasierwasserduft schien sich in jeder Mauerkante festgesetzt zu haben.

Er wollte Ophelia, daran gab es keinen Zweifel. Warum so plötzlich, wollte Jeremiah zu diesem Zeitpunkt nicht hinterfragen. Er musste einfach nur sichergehen, dass es Pheli gut ging.

Obgleich seine Nerven zum Zerreißen angespannt waren, maßregelte er den brüllenden Dämon in seinem Inneren und klopfte gegen die Tür. Fester als beabsichtigt.

Erst nach einer Weile erklang ein dumpfes Herein, das Jeremiahs Herzschlag zum Stocken brachte. Selbst im Salon hing Prestons widerlicher Geruch, stellte er grummelnd fest, nachdem er eingetreten war und die Tür hinter sich geschlossen hatte.

Ophelia war allein. Sie stand ihm seitlich zugewandt am Fenster und hatte die Hände im Schoß verschränkt. So fest, dass sie leicht bebten. Ihre Miene war eingefroren, sie erwiderte nicht einmal seinen Blick, als er näherkam und neben dem Sofa stehen blieb. Irgendetwas an ihrer Haltung hielt ihn davon ab, näherzukommen. Sie strahlte förmlich aus, dass man sie in Ruhe lassen sollte.

»Was hat er getan?«, knurrte er und umklammerte die Lehne. Wut raste durch seine Adern, flutete seinen rationalen Teil, der Prestons Besuch einfach ignorieren wollte.

Noch immer hielt sie ihren Blick starr nach draußen gerichtet, obgleich es in der Dunkelheit nichts zu sehen gab. Erst dann wurde ihm bewusst, dass sie sich im Spiegelbild betrachtete. Als hätte sie die Befürchtung, eine fremde Frau starrte ihr entgegen.

»Er hat mich zur Vernunft gebracht.«

Nichts hätte ihn auf den unsichtbaren Faustschlag in seinen Magen vorbereiten können. Er grub seine Finger noch fester in den Stoff. »Was meinst du damit? Herrgott, Pheli, hat er dir gedroht oder weshalb strahlst du dieselbe Sanftheit wie jene eines Kaktus aus?«

Gut, ein schlechter Vergleich, aber normalerweise hätte sie dies zumindest zum Schmunzeln gebracht.

»Wir hatten eine schöne Zeit, du und ich«, ergriff sie wieder das Wort, eine ungewohnte Kälte schwang in ihrer Stimme mit, »aber es ändert nichts daran, dass ich Verantwortung übernehmen muss. Für mich und meine Familie, die nicht unter meiner Dummheit leiden sollte … und beinahe wieder unter meiner schier nicht enden wollenden Dummheit gelitten hätte.«

Sein Herz sank ihm in den Magen. Als er einen Schritt auf sie zuging, streckte sie den Arm von sich weg, ein deutliches Signal, dass er genau dort bleiben sollte, wo er war.

»Ich …«, setzte er an und schluckte den Kloß in seinem Hals hinunter, »ich weiß nicht, was du meinst. Was hat dieser Mistkerl dir versprochen?«

Ophelia reckte das Kinn leicht in die Höhe, während sie den Blick nach draußen in den Garten gerichtet hielt. Starr und dumpf, als würde sie alle Gefühle ausblenden. »Eine Ehe. Meine Chance auf Wiedergutmachung, nachdem ich meine Familie, die völlig unschuldig war, in diesen Skandal mithineingezogen habe.«

Jeremiah glaubte, dass ihm der Boden unter den Füßen weggezogen wurde. »Eine Ehe?«, flüsterte er. »Mit einem Mann wie ihm? Einem Mann, den du verabscheust, weil er dich getäuscht hat?«

Dieses Mal fand ihr Blick den seinen und nichts hätte ihn auf die Kälte vorbereiten können, die in ihren grünen Augen lauerte, bereit, zuzuschlagen, wenn es vonnöten war. »Du sprichst von Täuschung?«, fragte sie so leise, dass er es kaum verstand.

Gänsehaut zog sich über seine Arme. »Lord Preston hat mir ein winziges Detail verraten, das meine Sichtweise auf einige Dinge geändert hat. Tante Jane hatte es bereits angedeutet. Ich wollte es nicht glauben, doch dank Preston sehe ich die Dinge nun klar.«

»Was meinst du?«, knurrte er, Wut grub sich durch seine Eingeweide. Er hätte es ahnen müssen, dass dieser Mistkerl alles daran setzte, ihn in ein schlechtes Licht zu rücken. Aber er konnte doch nicht herausgefunden haben, dass ...?

»Ich werde Noah darüber informieren, dass du nicht nur mich, sondern auch ihn getäuscht hast.« Sie ging zum kleinen Beistelltisch und griff nach einem Stück Papier. »Lord Preston war beim Bischof und hat sich Notizen zu einem gewissen Jeremiah Fox gemacht. Die Geburtsurkunde bezeugt, dass du vor einunddreißig Jahren in Cornwall geboren wurdest, als Sohn eines Lehrers und einer Schneiderin. Nicht auffällig, würde ich meinen. Zweiteres jedoch hat mich in meiner Vermutung bestätigt, dass du mir etwas verheimlichst. Deine Heiratsurkunde.«

Ihm wurde eiskalt. Das konnte nicht wahr sein ... Preston hatte ihn durchforstet, um bessere Chancen bei Ophelia zu haben? Um sich bei Sheffield gutzustellen und damit zu erreichen, dass er als Held gefeiert wurde, weil er einen Schwindler aufdeckte?

Um kein Aufsehen zu erregen und für einen normalen Mann gehalten zu werden, hatte er sich als Familienvater ausgegeben. Verheiratet mit Mary-Ann Fox, die vor sechs Jahren einen Sohn zur Welt brachte.

Er hätte nie gedacht, dass das jemals ans Licht kommen könnte. Dass sich irgendjemand für seine Herkunft interessieren könnte.

»Jeremiah Fox, geboren in Cornwall, verheiratet mit Mary-Ann, euer Kind ist sechs Jahre alt. Wann wolltest du mir mitteilen, dass du Frau und Kind hast?«

»Ophelia, ich ...«

»Wann?«, spie sie aus, ihre Kiefermuskeln mahlten. »Du hast mich zu einer völligen Närrin gehalten. Mir weisgemacht, dir würde etwas an mir liegen. Ich hätte meine Familie beinahe erneut einem Skandal ausgesetzt, weil ich mich für Noahs Sekretär entschieden habe! Für einen Menschen, der mich belogen hat!«

Aus ihrem lauten Reden war ein Schreien geworden. Ihr Atem kam in schweren Stößen, untermalte die Röte auf ihrem Gesicht.

Jetzt … jetzt hatte er die Möglichkeit, ihr die Wahrheit zu sagen. Ihr zu erklären, wer er wirklich war und wohin das Leben ihn getrieben hatte. Dann wäre er der Mann, der als Sekretär gelebt hatte, weil er zu feig gewesen war, seine Pflicht anzunehmen. Der Mann, der Dokumente fälschen ließ, um sich eine zweite Identität aufzubauen. Der Mann, der zweifellos einen schrecklicheren Skandal hervorrufen würde als der Sekretär.

»Hast du nichts dazu zu sagen?«, fauchte sie, Tränen flossen an ihren Wangen hinab, die sie sich in einer unwirschen Bewegung wegwischte. »Keine weiteren Lügen, um mich zu beschwichtigen?«

Etwas in Jeremiah zerbrach. Er wusste, was er zu tun hatte – die ganze Schuld auf sich zu nehmen, um ihr das Leben zu geben, das sie verdient hatte. »Keine weiteren Lügen mehr«, flüsterte er.

Jetzt brach das Schluchzen endgültig aus ihrer Kehle. Sie taumelte zum Sheratonsessel und hielt sich daran fest, weinte so bitterlich, dass ihre Schultern bebten. Als ob sie gehofft hätte, dass es eine simple Erklärung für all das gab – dass es nur ein Missverständnis war, eine Lüge.

»Pheli«, krächzte er, und sein Körper setzte sich wie von selbst in Bewegung.

»Nein!«, schrie Ophelia voller Verzweiflung. »Fass mich nicht an!« Sie konnte seine Nähe offenbar nicht mehr ertragen. Der Damm ihrer Selbstbeherrschung brach krachend in sich zusammen und die Tränen quollen sintflutartig aus ihren Augen.

Schluchzend stieß sie ihn von sich, den Mann, den sie geglaubt hatte, zu kennen. Den Mann, den sie geglaubt hatte, zu lieben. Doch jetzt wusste sie, dass sein Leben nichts weiter als eine Lüge war. Eine Lüge, die er nicht aufklärte, um Schlimmeres zu verhindern.

Er hatte sich immer gefragt, wann die Vergangenheit ihn letztendlich einholen würde. Wann er sich ihr stellen musste, um Frieden zu finden.

Bei all den möglichen Szenarien war ihm jedoch nie in den Sinn gekommen, dass er damit seine große Liebe verlieren könnte. Die Frau, die ihm gezeigt hatte, dass es sich lohnte, für sein Glück zu kämpfen. Als Jeremiah am nächsten Morgen an Ophelias Tür klopfte, hatte er eine Entscheidung gefällt, die sein Leben für immer verändern würde. Er vernahm ein Rascheln aus dem Inneren, aber sie kam nicht, um ihm zu öffnen. Er lehnte sich mit der Stirn gegen das kühle Holz und atmete tief durch. »Ich weiß, dass es nichts gibt, was ich sagen könnte, um meinen Fehler rückgängig zu machen, aber bitte glaube mir eines: unsere gemeinsame Zeit hat eine größere Bedeutung für mich als du es annehmen magst ...«, er brach ab und schluckte den dicken Kloß in seinem Hals hinunter. »Ich war nicht bereit, dich zu verlieren. Es tut mir unendlich leid, dass ich dich derart verletzt habe. Ich werde mein Unrecht wieder gutmachen, und mich meinen Fehlern stellen.«

Jeremiah wartete noch einige Minuten, aber er vernahm kein Geräusch mehr aus dem Inneren. Es fühlte sich an, als würde sein Herz in alle Einzelteile zerbrechen, als er mit dem einzigen Gepäckstück, mit dem er gekommen war, über die Treppe nach unten schritt.

Als Jeremiah im Erdgeschoss ankam, wehte der Duft von frisch gebrühtem Kaffee zu ihm und er runzelte die Stirn. Er kannte niemanden, der dieses bittere Getränk um diese Zeit zu sich nahm. Das Klirren von Besteck drang aus dem Speisesaal und er setzte den Koffer ab, ehe er dem Geräusch folgte.

Jeremiah staunte nicht schlecht, als er Ophelias Tante am Tisch sitzen sah. Er hätte nicht gedacht, dass die ältere Dame bereits so früh munter war.

»Mr. Fox«, begrüßte sie ihn kühl und setzte die Tasse ab, ehe sie ihn mit ihren eisigen Augen bedachte. »Sie sehen reisefertig aus.«

»Das bin ich in der Tat, ich werde mich auf den Weg zu Lord Sheffield nach London machen.«

Als ob sie nicht mit einer solchen Antwort gerechnet hatte, hob sie eine dünn gezupfte Augenbraue. »Soso.« Es war deutlich herauszuhören, dass sie seine Anwesenheit nur mit größter Selbstbeherrschung duldete. Er konnte es ihr nicht einmal verübeln, hatte er Ophelia schließlich hintergangen.

»Bitte passen Sie gut auf Ihre Nichte auf. Sie werden mir nicht glauben, aber ich hatte nie vor, sie zu verletzen.«

Ein strenger Zug legte sich um ihren Mund. »Dieses Vorhaben hätten Sie überdenken sollen, bevor Sie ihr das Herz gestohlen haben. Ich werde Ophelia immer beschützen, komme, was wolle.«

Jeremiah lächelte müde. »Und ich bewundere Sie dafür. Das ist mehr, als ich mir von meiner Familie jemals erwarten konnte. Leben Sie wohl, Mylady.« Er neigte sein Haupt, dann verließ er den Raum und schnappte sich seinen Koffer, ehe er auf den Ausgang zusteuerte. Nicht einmal Squirrel schien sich von ihm verabschieden zu wollen, er konnte ihn nirgends ausmachen.

Als er eine halbe Stunde später in der Kutsche saß, die ihn zu seinem Henker nach London bringen sollte, fühlte er nichts anderes als unendliche Leere.

Er hatte diesen Landsitz als Mr. Jeremiah Fox betreten und als rückgratloser Feigling wieder verlassen.

18. Kapitel

Stumm starrte Ophelia in den Spiegel. Die junge Frau, die ihr entgegenblickte, wirkte kränklich. Die Augen vom Weinen gerötet, das Gesicht geschwollen und blass. Die blonden Haare fielen ihr stumpf bis auf das Nachthemd. Von Selbstbewusstsein und Lebensfreude fehlten jede Spur. Draußen war der Himmel aufgegangen und der Regen prasselte passend zu ihrer trübseligen Stimmung gegen die Fenster.

Sie hatte Lydia weggeschickt, als sie am Morgen gekommen war, um ihr beim Ankleiden und Frisieren zu helfen. Selbst Jane ließ sie nicht in ihr Zimmer, einerlei wie sehr sich die alte Lady bemühte, sie auf andere Gedanken zu bringen. Das Frühstück stand noch immer unberührt vor der Tür, doch Ophelia weigerte sich, auch nur einen Bissen zu sich zu nehmen, weil sie befürchtete, ihren Mageninhalt nicht für sich behalten zu können.

Sie fühlte sich elend. Ihr Brustkorb schmerzte, als wäre ihr das Herz herausgerissen worden. Ihre Beine zitterten und über allem schwebte das Gefühl, versagt zu haben. Das alles war nur geschehen, weil sie wieder einmal zu naiv gewesen war. Weil sie sich von der Sittsamkeit eines Sekretärs hatte blenden lassen. Skandale schienen sie förmlich anzuziehen. Dabei hatte sie sich zum ersten Mal in ihrem Leben wirklich wohlgefühlt. Glücklich. Angekommen. Mit der Hoffnung auf eine Zukunft, die sie nicht wie ein Korsett einengte, sondern ihr die Möglichkeit gab, sich wie eine Blume zu entfalten. Jetzt waren der Blume ihre Blühten entrissen und ihr Geist zurück in das gesellschaftliche Gefüge gezwängt worden.

Sie würde Lord Samuel Preston heiraten. Sie musste. Ihr Pflichtgefühl ihrer Familie gegenüber verbat ihr, auch nur eine andere Möglichkeit in Erwägung zu ziehen. Es war das einzig Sinnvolle, um sich selbst und ihre Familie vor einer weiteren, noch größeren Schande zu bewahren.

Preston war sicherlich bereits auf dem Weg zurück nach London. Er hatte nicht um ihre Hand angehalten, doch seine Absichten waren unmissverständlich gewesen. Ophelia, Lydia und Jane würden morgen ebenfalls nach Hause aufbrechen. Nach einer offiziellen Bekanntgabe der Verlobung, die vermutlich nicht lange auf sich warten ließ, würde ihr Schwager zeitnah den Erzbischof um eine Heiratserlaubnis ersuchen und in kürzester Zeit würde es keine Lady Ophelia Mainsfield mehr geben. Dann wäre sie die Viscountess Preston. Die Frau des Mannes, der sie öffentlich gedemütigt hatte und ihr nun eine Möglichkeit zur Wiedergutmachung bot.

Ophelia schluchzte. Wieso fühlte es sich so abgrundtief falsch an?

Es war ihr schleierhaft, warum Samuel sich ihr überhaupt als Ehemann anbot. Kein Adeliger, der nur ein bisschen Verstand besaß, war so selbstlos, eine gefallene Lady vor noch mehr Schmach zu bewahren. Und schon gar kein begehrter Junggeselle, bei dem die Matronen Schlange standen, um ihre Schützlinge mit ihm zu verkuppeln. Zu gern wüsste sie, welchen Vorteil er sich durch diese Verbindung versprach. Sicher, ihre Mitgift war ihrem Stand angemessen. Doch im Vergleich zu seinem Vermögen als Viscount und zukünftiger Earl of Preston war es lediglich eine bescheidene Summe. Dennoch würde sie gern glauben, dass er wahrhaftig Gefühle für sie entwickelt hatte, wie er es behauptete. Welchen Grund auch immer ihn dazu trieb, sie war nicht in der Position, dieses Angebot abzulehnen.

Ihr Blick glitt hinüber zum Fenster. Dicke Regentropfen schlugen gegen das Glas und liefen in langen Bahnen hinab, doch die Schauer ebbte bereits ab. Gleich würde sicherlich die Sonne durch die verhangenen Wolken brechen und die Regentropfen zum Glitzer bringen.

Unsere gemeinsame Zeit hat eine größere Bedeutung für mich als du es annehmen magst.

Jeremiahs Worte überkamen sie mit solcher Wucht, dass sie kurzzeitig vergaß zu atmen. Als er heute Morgen vor ihrer Tür gestanden hatte, hatte sie jedes Wort gehört. Sie war kurz davor gewesen, ihn reinzulassen. Ihre Hand hatte bereits auf dem Türgriff gelegen. Doch sie hatte sich nicht getraut. Es nicht gewagt, sich erneut der Hoffnung hinzugeben.

Ich werde mein Unrecht wieder gutmachen, und mich meinen Fehlern stellen.

Nein, auch da war es ihr nicht möglich gewesen, ihn anzusehen. Er hatte ihr eine Ehefrau und einen Sohn verschwiegen. Vor ihnen musste er nun Rechenschaft ablegen, doch bei ihr gab es nichts wieder gutzumachen. Sie war lediglich ein netter Zeitvertreib gewesen. Und selbst wenn Jeremiah wirklich etwas für sie empfand, war eine gemeinsame Zukunft unerreichbar. Ein gewöhnlicher Sekretär. Ein verheirateter Mann. Ein Vater. Was hatte sie sich nur dabei gedacht?

Ein zaghaftes Klopfen an der Tür riss sie aus ihren Gedanken.

»Mylady?«, erklang Lydias dumpfe Stimme durch das Holz. »Ich dachte, Sie möchten vielleicht einen stärkenden Tee zu sich nehmen?«

Ophelia seufzte. »Danke, Lydia. Komm herein.« Ein Tee war jetzt genau das Richtige.

Die Tür öffnete sich und ihre Zofe balancierte auf einem Silbertablett eine kleine Kanne, eine Tasse und zwei Stücke Butterküchlein. Als sie das Tablett abstellte, die Kanne hob und ihr einschenkte, stieg Ophelia die beruhigende Note von Jasmin in die Nase. Sie nahm das heiße Getränk entgegen und wärmte sich die Finger an dem schlichten Porzellan.

»Kann ich sonst noch etwas für Sie tun, Mylady?«, fragte Lydia und warf ihrer Herrin einen hoffnungsvollen Blick zu.

»Nein, Lydia. Bitte lass –«

»Ist meine Nichte endlich wieder ansprechbar?«

Erschrocken zuckte Ophelia zusammen und goss beinahe den heißen Tee über ihren Schoß, als niemand Geringeres als Lady Jane im Türrahmen erschien. Sie stützte sich auf einen Gehstock und atmete schwer. Vermutlich war sie eilig die Stufen hinauf gehastet, als sie Stimmen aus der oberen Etage vernommen hatte.

»Himmel, du siehst fürchterlich aus.«

»So fühle ich mich auch, Tante«, gab Ophelia kleinlaut zu.

Jane schnaubte, scheuchte Lydia mit einer wirschen Handbewegung zur Seite und ließ sich ihrer Nichte gegenüber auf das Bett fallen. »Jetzt hör mir gut zu, Kind«, sagte sie streng, zog eine Augenbraue hoch und ergriff ihre schlanke Hand. »Du bist eine Mainsfield! Und wir Mainsfield-Frauen weinen keinem Nichtsnutz von einem Mann hinterher. Niemals. Also setz dich gefälligst gerade hin und bewahre die Haltung, die einer Lady gebührt.«

Ophelia schniefte. Sie dachte an ihre Mutter, die immer ein Lächeln für ihre Töchter übrig gehabt hatte, einerlei in welch auswegloser Situation sie sich auch befand. An Charlotte, ihre älteste Schwester, die sich wie eine Löwin vor sie gestellt hatte, als Heath die Vormundschaft übertragen bekam und sie loswerden wollte. An ihre Zwillingsschwester Alexandra, die mutig Noahs erster Gemahlin die Stirn geboten hatte, um ihre Ehe zu retten. An Jane, die seit dem Tod ihres Gatten viele Jahre allein lebte und sich von niemandem etwas einreden ließ. Ihre Tante hatte recht. Ophelia war eine Mainsfield. Und es lag nicht in ihrem Naturell, sich zu verkriechen und zu trauern. Stattdessen richtete sie sich auf und trank einen Schluck Tee zur Beruhigung. Danach fühlte sie sich tatsächlich ein wenig besser. Ihr Blick glitt kurz zum Fenster und sie erkannte, dass es mit ihren Tränen auch aufgehört hatte zu regnen.

»Lydia, bring mir bitte meinen Mantel. Ich gedenke, einen ausgiebigen Spaziergang zu machen.«

»Das ist meine Ophelia.« Jane lächelte zufrieden. »Aber bevor du gehst, isst du mindestens die Butterküchlein.«

Eine halbe Stunde später stapfte Ophelia durch Pfützen und Matsch. Wind peitschte ihr entgegen, doch der Himmel blieb trocken. Es roch nach feuchter Erde und es dauerte nicht lange, bis sich der Saum ihres Kleids mit Schmutzwasser vollgesogen hatte.

Ophelia verschränkte im Gehen die Arme vor der Brust, um ihre Finger zu wärmen. Dennoch kam es ihr nicht in den Sinn, umzukehren. Sie brauchte die Bewegung und die kühle Luft, die ihre Wangen röteten und ihren Verstand klärten. Und auch wenn Lydia darauf bestanden hatte, sie zu begleiten, hatte Ophelia abgelehnt. Sie wollte nicht, dass sich ihre Zofe erneut erkältete. Dafür musste sie versprechen, nicht in die Nähe des Sees zu gehen. Und bei Gott, Ophelia dachte nicht im Traum daran, sich dem Gewässer zu nähern.

Schnaufend erklomm sie den Hügel, auf dem nach wie vor der knorrige Apfelbaum thronte. Die meisten Äpfel waren heruntergefallen und faulten auf der Wiese vor sich hin.

Es ist ein Jammer, dachte Ophelia traurig. In ihrer Sorge um Jeremiah hatte sie vergessen der Köchin aufzutragen, die Früchte zu pflücken und in Kompott zu verwandeln. *Vielleicht im nächsten Jahr.* Auch wenn sie bezweifelte, diesen wunderschönen Ort jemals wiederzusehen.

Ihr Blick glitt über die hügelige Landschaft. Sie versuchte, sich diese Aussicht einzuprägen, um sich später in traurigen Momenten an sie zu erinnern. Ihr Herz wurde schwer und sie wusste, dass sie diesen Ort vermissen würde. Sogar Squirrel und die steife Mrs. Jones würden ihr fehlen.

Als sie in einiger Entfernung den See entdeckte, stockte ihr der Atem. Andere Erinnerungen fluteten ihr Gedächtnis, welche, die so schmerzhaft schön waren, dass sie sie am liebsten vergessen würde. Nasse Kleidung. Sein Körper nah an ihrem. Ihr erster Kuss. Unwillkürlich hob sie die Hand und strich über ihre Lippen, als könnte sie seine Berührung immer noch auf ihnen spüren.

Nein, sie durfte nicht mehr in diese lächerliche Affäre hineininterpretieren als das, was sie schlussendlich gewesen war: eine Schwärmerei. Ein Zeitvertreib. Eine Lüge.

Warum fühlte es sich dann an, als wäre ihr das Herz herausgerissen worden?

Sie seufzte. Weil sie sich in einem kurzen, unbedachten Augenblick sicher gewesen war, es wäre echt.

»Miau.« Das Geräusch riss sie aus ihrer Starre. Sie löste ihren Blick von dem trügerisch friedlichen See und ließ ihn nach unten gleiten. Ein hellbraunes Fellknäuel strich schnurrend um ihre Beine.

»Ach, Honey«, murmelte Ophelia, bückte sich und nahm die Streunerin vorsichtig auf den Arm. Die Katze zuckte kurz zurück, doch als sie merkte, dass niemand sie vertreiben wollte, ließ sie es geschehen und duldete ebenfalls, dass Ophelia ihr durch das Fell streichelte.

»Ich bin immer noch wütend auf dich, damit das klar ist. Nur deinetwegen bin ich ins tiefe Wasser gefallen.«

Honey blickte vollkommen unschuldig aus bernsteinfarbenen Augen zu ihr hoch und schnurrte erneut, als Ophelia ihr die Brust kraulte. Der haarige Schwanz zuckte und kitzelte Ophelia an den Fingern. Ein zaghaftes Lächeln schlich sich auf ihre Lippen.

»Aber selbst dich werde ich vermissen. Wie gern wäre ich wie du. Eine Streunerin, der es frei steht zu gehen, wohin sie will.«

Ein Miauen war die Antwort, bevor Honey sich in ihren Armen drehte und zurück auf den Boden sprang. Sie strich noch einmal um ihre Beine, bevor sie hinter einem Laubhaufen verschwand.

»Ich werde den Dienstmädchen auftragen, dir immer etwas Futter rauszustellen.« Ophelia schloss die Augen und atmete tief durch. Es wurde Zeit, sich der Tatsache zu stellen, dass sie morgen bereits auf dem Weg nach London sein würde. Dass ihr Exil schneller als gedacht ein Ende gefunden hatte.

Als sich die Kutsche vor zwei Tagen in Bewegung gesetzt hatte, blickte Ophelia nicht zurück. Sie konnte es nicht. Zu schwer fiel ihr der Abschied von den Hausangestellten ihres Schwagers, die sie mit einer Herzlichkeit und Wärme in Wintersberry Manor empfangen und ihr den Norden zu einem zweiten Zuhause gemacht hatten. Und zu schwer lastete ihr Schicksal in London auf ihrem Gemüt.

Sie beobachtete auch nicht die vorbeiziehende Landschaft. Stattdessen wickelte sie sich enger in ihre Decke und fixierte stumm einen Punkt an der Kutschenwand, knapp über Janes Schulter. Die wenigen Unterhaltungen, die sie geführt hatten, waren belanglos gewesen und schnell zu einem Ende gekommen. Ophelia wusste auch nicht, worüber sie mit Jane oder Lydia hätte sprechen sollen. Sie sehnte sich nach Alexandra. Nur ihre Zwillingsschwester würde sie verstehen, dessen war sie sich sicher.

Als der Kutscher verkündete, dass sie soeben Northamptonshires Grenze überquert hatten und nicht mehr weit vom nächsten Gasthaus entfernt waren, seufzte Jane erleichtert auf. Die alte Lady rutschte schon seit einigen Stunden unruhig auf der Bank herum, als könnte sie keine bequeme Position finden. Ophelia konnte es ihr nicht verdenken. Selbst ihr schmerzte nach der langen Fahrt der Rücken. Zum Glück würde das Gasthaus, in dem sie diese Nacht nächtigten, das letzte sein, in das sie auf ihrer Reise einkehrten.

Zwei Stunden später hielt die Kutsche mit knarrenden Rädern an. Der Kutscher öffnete den Verschlag und half seiner Dienstherrin aus dem Gefährt heraus. Ophelia folgte und als sie den Namen des Gasthofes erkannte, wurde sie blass. Von allen Gasthäusern auf der Strecke, mussten sie ausgerechnet im *Foxhole Inn* landen.

Sie schluckte. Doch bevor sie Protest einlegen konnte, zeterte Jane bereits los.

»Ist das Ihr Ernst, Smith?«, fragte ihre Tante und funkelte ihren Kutscher an. »Der Zustand dieses Etablissements ist mehr als fragwürdig. Sehen Sie nur die heruntergekommene Fassade. Selbst mit schwachen Augen erkenne ich, dass auf dem Dach Schindeln fehlen.«

Unwillkürlich musste Ophelia lächeln, wusste sie nur zu gut, dass Janes Augen scharf wie die eines Adlers waren.

»Verzeihen Sie, Mylady«, entgegnete der Kutscher ohne eine Miene zu verziehen. Anscheinend war er Janes Temperament gewohnt. »Dieses Gasthaus hat als einziges noch zwei Zimmer für Sie und Lady Mainsfield frei.«

In Ophelia stieg das Bedürfnis auf, das Haus in Schutz zu nehmen. Sie verkniff sich ihre eigene Beschwerde aus persönlichen Gründen und führte die ältere Dame auf die Eingangstür zu.

»Wir haben auf unserer Hinfahrt auch hier übernachtet. Die Zimmer sind sauber, das Essen war bekömmlich und die Wirtin nimmt kein Blatt vor den Mund. Und sehnst du dich nicht nach einem wärmenden Feuer? Du wirst es mögen, Tantchen. Ich bin mir sicher, dass du auch hier ein paar Gäste findest, die mit dir eine Partie Bridge spielen.«

Janes Augen leuchteten, auch wenn sie ihre mürrische Miene aufrecht hielt. »Meinetwegen. Langsam ist mir alles recht, wenn ich mich nur endlich bequem hinsetzen kann.«

Sie betraten die Gaststube und wie beim ersten Mal schlug ihnen der Geruch nach schalem Bier und einem brennenden Kaminfeuer entgegen.

»Setz dich doch schon einmal an einen der Tische. Ich melde uns bei der Wirtin an«, sagte Ophelia großzügig und ließ ihre Tante in Lydias Obhut zurück.

Die dralle Wirtin lächelte breit und entblößte dabei ihre braunen Zähne. »Da brat mir einer 'nen Gaul. Se kenn ich doch.«

Ophelia nickte zustimmend und war überrascht, dass sie sich an sie erinnern konnte. »Meine Tante und ich benötigen zwei Zimmer für die Nacht. Und meine Zofe …«

»… kann wieder in der Kammer schlafen«, beendete die Wirtin den Satz. Sie hängte sich den löchrigen Lappen, mit dem sie zuvor einen Bierkrug trocken gewischt hatte, über die Schulter und blickte sich fragend um. »Wo ham Se Ihren Mann gelassen?«

Augenblicklich schoss Ophelia die Hitze in die Wangen und sie spürte, wie sich ihre Fingernägel in die Handballen bohrten. »Wir reisen allein«, entgegnete sie ausweichend.

»Hm.« Die Frau musterte sie aufmerksam. »Wissen Se, mein George ist auch ken einfacher Mann. Aber er ist einer von den Guten. Und auch wenn er mich oft in den Wahnsinn treibt, danke ich dem Allmächtigen jeden Abend, dass er mir den Mistkerl noch lange Zeit erhalten möge.«

»Würden Sie auch noch für ihn beten, wenn Ihr Mann Sie über seine Existenz belogen hätte?« Ohne es verhindern zu können, waren die Worte aus ihr herausgeplatzt. Erschrocken schlug sie sich die Hand vor den Mund. Doch die Wirtin schmunzelte nur.

»Ich würde ihn zum Teufel jagen«, sagte sie entschlossen, »aber die Tür für ihn immer einen Spalt offen lassen, wenn Se verstehen, was ich meine. Lassen Se sich von einer alten Frau einen Rat geben: Wenn Se einen guten Kerl erwischt haben, halten Se ihn fest. So einen finden Se nicht oft.« Die Wirtin griff in ein Fach unter dem Tresen und schob Ophelia zwei Schlüssel zu. »Die Treppe rauf, die ersten Zimmer auf der linken Seite. Es gibt Kanincheneintopf. Se sehen so aus, als könnten Se etwas im Magen vertragen.«

»Danke«, murmelte Ophelia, ergriff die Schlüssel und wandte sich gedankenversunken ihrer Tante zu.

War Jeremiah ein guter Mann? Noch vor wenigen Tagen hätte sie diese Frage ohne zu zögern bejaht. Jetzt wusste sie die Antwort nicht mehr. Vielleicht, wenn ihr Herz geheilt war … aber ob das jemals eintreten würde?

19. Kapitel

Als Jeremiah in London ankam, überlegte er sich Strategien, wie er seine Überlebenschance beim Treffen mit Sheffield erhöhen könnte. Er würde es ihm nicht einmal verübeln, wenn er Mordgedanken gegenüber seiner Person hegte … aber es gab eben einen Unterschied zwischen Mordgedanken und Mordabsichten.

Das Wetter schien sich seiner Laune angepasst zu haben, es regnete seit Stunden ununterbrochen und die Heftigkeit hatte zugenommen, je näher sie der Stadtgrenze gekommen waren.

Unschlüssig blieb Jeremiah in der Kutsche sitzen. Er hatte sich Worte zurechtgelegt, doch nichts würde sich an dem Umstand ändern, dass er gelogen hatte. Er, der stets korrekte Sekretär, der es sich nicht erlaubte, einen Fehler zu begehen, war zu einem Lügner geworden. Dieses Vergehen würde er nun ausbaden.

Er richtete sein schlichtes Sakko und wischte sich über den sichtbaren Teil des Hemdes, dessen weiß mittlerweile leicht gräulich war. Der Verschlag wurde geöffnet und das donnernde Prasseln des Regens nahm zu. Jeremiah wagte es nicht, einen Blick in das erste Obergeschoss zu werfen, in dem Sheffields Arbeitszimmer lag.

Der herbeigeeilte Lakai machte keine Anstalten, ihm einen Schirm zu reichen – vermutlich ein Befehl von oben – und so sah er sich gezwungen, die Treppen ohne Schutz zu erklimmen. Er biss die Zähne zusammen und gab sich größte Mühe, nicht zu laufen.

Zumindest kühlte der Regen sein erhitztes Gemüt ein wenig ab. Als der Butler öffnete, hatte er wie sonst nicht einmal ein kleines Lächeln für ihn übrig. Stattdessen wanderte sein Blick verdrossen an ihm hinauf und hinab, ehe er zur Seite trat und Jeremiah ins Warme ließ.

»Sie tropfen«, begrüßte er ihn trocken und deutete auf die Spur, die er mit sich zog.

Obwohl es nur wenige Yards von der Kutsche bis zum Eingangsportal gewesen waren, fühlten sich seine Haare wie frisch nach einem Bad an. Seine Schultern waren nass und seine Schuhe gaben quietschende Geräusche von sich. Es wunderte ihn nicht, dass bei seinem *Empfang* auf einen Lakaien mit Schirm verzichtet wurde. Die erste von vielen Strafen, die sich Sheffield für ihn überlegt haben musste.

»Ich bin nicht blind«, entgegnete Jeremiah ruhig, »und wie Sie sicherlich festgestellt haben, regnet es.«

»Hm ... Seine Lordschaft wartet im Arbeitszimmer auf Sie.«

Er machte Anstalten, vorauszugehen, sodass Jeremiah irritiert abwartete. »Ich kenne den Weg nach oben.«

Trotz seiner feindseligen Haltung ließ sich der Butler dazu herab, sich ihm zuzuwenden. »Wenn Sie so viele Kenntnisse besitzen ... hätten Sie sie besser in Yorkshire angewandt.«

Ein Seitenhieb, ein heftiger noch dazu. Schön, es hatte sich demnach bereits beim Personal herumgesprochen. Zähneknirschend folgte er dem alten Mann nach oben und wischte beim Gehen unauffällig seine Schuhe auf dem Läufer ab. Sheffield sollte nicht denken, dass eine Ente um ein Gespräch bat.

Der Butler klopfte an und wartete auf das grimmige *Herein*, das Jeremiahs Nackenhaare aufstellte. Gut, das würde ein harter Kampf werden.

So verdrossen, wie er ihn empfangen hatte, wandte der Butler sich auch wieder ab. Jeremiah trat durch die Tür und wartete auf den ersten Schlag mit einem beliebigen Gegenstand, der nicht kam. Stattdessen stand Sheffield am Fenster, hatte die Hände in den

Hosentaschen vergraben und starrte nach draußen. Lediglich seine steife Haltung zeugte von seinem Unmut.

»Mylord«, durchbrach Jeremiah die Stille. Das Schließen der Tür kam ihm wie ein Pistolenschuss vor.

»Ich hätte nicht mit Ihnen gerechnet, Fox.« Wenn er die Stimme des Butlers schon als kalt bezeichnet hatte, dann verglich er Sheffields mit einer arktischen Eisfläche. Er schluckte und straffte die Schultern. Nein, er würde sich ihm nicht wie ein Häufchen Elend entgegenstellen, sondern Stärke zeigen.

»Dachten Sie, ich mache mich einfach aus dem Staub?«

Als Sheffield sich umdrehte, zuckten seinen Kiefermuskeln. »Sind Sie hier, um sich zu erklären? Das können Sie sich sparen. Seien Sie froh, wenn ich Sie lebend aus meinem Stadthaus rauswerfen lasse.«

»Mylord …«

»Nein, gottverdammt!«, stieß er aus. »Ich will keine Ausreden hören, Fox, nicht von Ihnen! Ich habe Ihnen vertraut, Mann, und Sie haben nichts Besseres zu tun, als sich als verheirateter Mann und Vater an mein Mündel ranzumachen, das Sie beschützen sollten!«

Jeremiah hob die Hände in einer friedlichen Geste, immer noch voller Hoffnung, dass dieses Gespräch nicht in einer Rauferei endete. »Geben Sie mir eine Minute, mehr verlange ich nicht.«

Noah schnaubte. »Herrgott, Fox! Dass ich es von meinem Personal lesen muss, was sich dort oben zugetragen hat, ist für mich schlimmer als dieser Skandal. Sie haben mich hintergangen.«

»Das stimmt und ich verstehe Ihre Wut.«

Sheffield drückte sich vom Fensterrahmen weg und kam auf ihn zu. Obgleich Jeremiah damit rechnete, dass es spätestens jetzt schlecht für ihn aussah, blieb sein Arbeitgeber bei der Hälfte des Weges stehen. Das wütende Zucken seiner Unterlippe war nichts im Vergleich zu dem mörderischen Blick, den er ihm zuwarf. »Sie verstehen sie?«, fragte er ungemütlich leise. »Das glaube ich kaum, Mr. Fox, Vater und Ehemann. Warum? Warum haben Sie das getan?«

Jeremiah dachte an Martha, an ihren Brief und daran, was er

zurückgelassen hatte. Wie sehr er darauf bedacht war, sich ein neues Leben aufzubauen. Aber er hätte niemals gedacht, dass ihm die Liebe zu einer Frau zum Verhängnis werden würde. Er hätte sich als jemand beschrieben, der sich seinen Problemen stellte, anstatt vor ihnen davonzulaufen.

»Ich bin Ihnen mehr schuldig, als ich jemals zurückzahlen könnte«, erwiderte er ruhig, »und ich werde die volle Verantwortung für mein Handeln übernehmen. All das ändert jedoch nichts daran, dass ich Ophelia aufrichtig liebe… und dazu ein verdammter Dummkopf bin.«

»Bei letzterem stimme ich Ihnen vollkommen zu, aber bei der Liebe…«, spie Sheffield aus. »Lieben Sie sie etwa so, wie Ihre Frau und Ihr Kind? Sagen Sie mir nur einen Grund, warum ich Sie nicht aus dem Fenster werfen sollte!«

Bevor sich Sheffield vollends seiner Wut hingeben konnte, beschloss Jeremiah alles auf eine Karte zu setzen. Er schuldete ihm die Wahrheit, immerhin hatte er ihn bei sich aufgenommen und an ihn geglaubt. Auf dem Weg nach London war sich Jeremiah einer Tatsache bewusst geworden: weglaufen war keine Option mehr. Nicht nach dem ganzen Schaden, den er angerichtet hatte. Martha ignoriert, Menschen hinters Licht geführt.

»Weil mein Leben als Jeremiah Fox eine Lüge ist. Eine neue Identität, wenn man es so sagen will.« Er ließ den Satz wirken, wartete auf die Reaktion seines Gegenübers, die zuerst lediglich aus einem Stirnrunzeln bestand.

»Was meinen Sie damit?«

Es gab kein Zurück mehr, und doch fühlte sich dieses Geständnis so erleichternd an. Als würde die Last, die er seit Jahren mit sich trug, hinabfallen. »Dass ich Jeremiah Fox mühsam aufgebaut habe, um meinem früheren Leben entgehen zu können.«

»Sie haben einen Namen *erfunden*? Eine neue Identität? Wer in Gottes Namen sind Sie dann? Ein Schwerverbrecher?«

Bevor Sheffield auf die Idee kam, zu einer Pistole zu greifen, die in der ersten Schublade versteckt war, gab Jeremiah ihm das, was er wollte: den letzten Rest, den er noch für sich behalten hatte.

»Mein Name war … ist Lord Alexander Gabriel Shelton, achter Earl of Lytton.« Es auszusprechen unterstrich die Endgültigkeit. Er gab Sheffield keine Chance, nachzufragen, sondern erzählte die Geschichte von vorn. Dass er seine Familie stolz machen wollte und seinem Bruder in den Krieg gefolgt war. Über die Zeit bei den Dragonern und den Tod des zukünftigen Earls. Darüber, dass er sich danach selbst verloren hatte und in sich eine Schande sah, die nicht mit den Auswirkungen des Krieges zurechtkam. Albträume, Unmengen an Whisky und Wutausbrüche. »Der zukünftige achte Earl of Lytton trat sein Erbe nicht an. Offiziell betrat er ein Schiff nach Amerika und kehrte seiner Heimat den Rücken. An jenem Tag wurde aus dem Erbe eines weit zurückreichenden Titels ein einfacher Mann ohne Herkunft. Ein Mann ohne Ehre, der seinem sterbenden Bruder aus Scham den Befehl verweigert hatte. Ich kehrte nicht zurück, um meiner Familie die Schande meiner Schwäche zu ersparen. Ebenso wenig klärte ich den Umstand, als verschwunden zu gelten, auf. Ich wollte nicht leben, aber ich hatte auch Angst vorm Sterben«, flüsterte er. »So entstand Jeremiah Fox, Vater und Ehemann, der sich von einfachen Schreibposten zu Ihrem Sekretär hochgearbeitet hat. Sie können mich für meine Lügen hassen, Mylord, aber alles, was ich Ophelia entgegenbrachte, war echt.«

Noah wankte zum Schreibtisch und hielt sich daran fest, sein Mund stand weit offen. Jeremiah sah es förmlich in seinem Kopf rattern. Wie er versuchte, die einzelnen Stücke zusammenzusetzen, in der Hoffnung, dass sie ein Ganzes ergaben. Geduldig, aber mit einem unangenehmen Gefühl im Magen, wartete Jeremiah auf das Urteil seines Gegenübers.

»Die Einladungen von Lord Gregory Lytton … Sie haben mich immer mit einer Vehemenz davon überzeugt, nicht teilzunehmen.«

Jeremiah wagte es kaum, zu atmen.

»Ich habe mich oft gefragt, weshalb Sie mich Jahr für Jahr von Lord Gregory Lyttons illustren Jagdgesellschaften fernhalten wollen, haben Sie sich doch sonst auch nicht gegen solche Veranstaltungen ausgesprochen«, setzte Sheffield in einem viel zu ruhigen Ton fort, obgleich es in seinen Augen glühte. Könnten sie Feuer spucken, wäre Jeremiah nun ein kleiner Haufen Asche, auf dem Sheffield vermutlich noch herumtreten würde.

»Ich dachte, Sie wären solchen Feiern einfach abgeneigt, weil Lytton dafür bekannt war, leichte Damen einzuladen, sodass die Situation schnell ins Frivole überging. Immerhin waren Sie ein korrekter Mensch, der Gleichheit für jeden forderte, so kam es mir zumindest vor. Nun sehe ich alles aus einem anderen Blickwinkel.«

Sheffield ging zum kleinen Sofa und stützte sich auf der abgenutzten Lehne ab. Der einzige Gegenstand, der zwischen ihnen verweilte und ihn wahrscheinlich davon abhielt, sich sogleich auf ihn zu stürzen. »Sie verstehen sicher, dass ich nach Ihrer gewaltigen Täuschung mehr brauche als nur Ihr Wort, um Ihnen Glauben zu schenken.«

Jeremiah nickte. »Ich wäre sogar enttäuscht, wenn Sie nicht nach mehr Beweisen verlangen würden. Ich muss Sie bitten, Martha Bowater zu kontaktieren. Sie war meine Amme und lebt immer noch auf dem Landsitz meines Vaters in Cornwall. Sie ist die einzige Person, die von meinem neuen Leben wusste und mir erst vor Kurzem von Lord Lyttons Ableben berichtete. Sie kann Ihnen sämtliche Dokumente, die meine Herkunft belegen, zukommen lassen. Korrekt ausgestellte Urkunden, keine Fälschungen. Ich liefere Ihnen jeden Beweis, den Sie brauchen.«

Aber der Baron war noch nicht fertig. »Lord Gregory Lytton war also Ihr Vater. Darum verstehe ich es sehr gut, warum Sie ihm ausweichen wollten. Ich würde behaupten, ein Elternteil würde Sie selbst verkleidet erkennen.«

Jeremiah versuchte sich an einem müden Lächeln, das ihm sichtlich misslang. »Er ist als Vater zwar nie für uns da gewesen, aber die Möglichkeit, dass er mich erkennt, bestand. Das konnte ich nicht riskieren.«

»Sie haben mich belogen. Uns alle. Ich habe Ihnen vertraut, Fox ... nein, verzeihen Sie, Lord Lytton. Mein Fehler.« Seine zuvor ruhige

Stimme war in ein Knurren übergegangen. »Warum wollen Sie den Titel dann jetzt annehmen, Lytton? Herrgott, das hört sich sogar in meinen Ohren falsch an.«

Genau wie für Jeremiah. Aber er war lange genug davongelaufen, es war an der Zeit, sich des Erbes anzunehmen, er hatte schließlich nichts mehr zu verlieren.

»Warum?«, wiederholte Sheffield seine Frage, dieses Mal vehementer.

Und Jeremiahs Geduldsfaden riss. Er spürte, wie die Wut in seinem Magen nach oben kroch, wie sie sich durch seine Arme bis in die Fingerspitzen ausbreitete. Der Groll, der sich die letzten Jahre angesammelt hatte, wollte ihn verlassen, also tat Jeremiah einmal das, was er immer vermieden hatte: er ließ sich von seinen Emotionen leiten.

»Weil ich Ophelia liebe, Herrgott!«, brüllte er und fuchtelte mit den Händen. »Denken Sie allen Ernstes, dieser Firlefanz und der Titel bedeuten mir nur einen Funken? Dass ich dieses verfluchte Erbe gern annehme? Ich wollte mit diesem Leben nichts mehr zu tun haben, es störte mich keineswegs, ein einfacher Mann ohne Titel und gefüllte Schmuckschatullen zu sein. Ich war als Jeremiah reich, Sheffield. Ich hatte Leute um mich, denen ich etwas bedeutet habe. Die mir das Gefühl gaben, ein Mensch zu sein. Ich pfeife auf diesen Wohlstand als Earl«, spie er aus und ging zum Sideboard, ohne Sheffield um Erlaubnis zu fragen. »Ich pfeife auf den Titel, die Blutlinie und mein Erbe, für das ich nicht auserwählt war! Und dennoch muss ich es annehmen, weil ich mir genügend Fehler erlaubt und in meiner Feigheit gebadet habe. Ich habe das Versprechen an meinen Bruder, den Titel anzunehmen, gebrochen. Einem sterbenden Mann seinen letzten Wunsch nicht erfüllt … glauben Sie mir, ich bin auch ohne Ihr Urteil über meine Person gestraft, denn ob Sie es wahrhaben wollen oder nicht, ich konnte mich nie lange im Spiegel ansehen.«

Eine Weile herrschte Schweigen. Jeremiah goss den torfigen Whisky in zwei Gläser und verschloss die Karaffe wieder. Etwas leiser fuhr er fort: »Ich werde nur aus einem Grund in dieses Leben zurückkehren: um Verantwortung zu übernehmen und meinem Bruder die Ehre zu erweisen, die er verdient hat. Und ... weil ich nicht bereit bin, Ophelia endgültig aufzugeben, es sei denn, sie will es so. Ich wollte ihr etwas bieten, Sheffield. Sie sollte nicht mit einem armen Schlucker vermählt sein, sondern mit einem Lord, der sie vor den Grausamkeiten des ton beschützen kann.«

Ein verächtlicher Laut war die Antwort. »Wenn ich eines über die störrischen Mainsfield-Schwestern gelernt habe, dann, dass sie gut auf sich selbst aufpassen können.« Sheffield trippelte mit den Fingern gegen die gepolsterte Lehne. »Ich hätte nie gedacht, dass ich das eines Tages über Ophelia sagen würde, aber ich denke, es ist ihr einerlei, ob Sie ein armer Schlucker oder ein vermögender König sind.«

»Ihr vielleicht«, gab er zurück, »mir aber nicht. Und jetzt hat sie sich für Preston entschieden.«

Als der Baron den Sessel umrundete, spannte sich Jeremiah an. Himmel, es würde doch nicht auf eine Prügelei hinauslaufen? Er verhielt sich völlig ruhig, ließ ihn jedoch nicht aus den Augen, während er näherkam. Erleichterung durchflutete Jeremiah, als Sheffield lediglich nach dem Whiskyglas griff. Er nahm einen langen Schluck, verzog das Gesicht und sah dann zu ihm. »Ich nehme an, Sie haben Ophelia nicht die Wahrheit gesagt. Warum?«

Jeremiah starrte in die goldene Flüssigkeit. »Weil ich in ihren Augen gesehen habe, wie sehr sie mich für meine Lüge hasst. Selbst wenn ich die Sache mit dem Ehemann und dem Kind widerlegen kann ... es ändert nichts daran, dass ich nicht ehrlich war. Und wenn herauskommt, dass der Erbe eines weitreichenden Titels unter falschem Namen als Sekretär gearbeitet hat, zieht das einen Skandal mit sich. Das hat weder sie noch die ganze Familie verdient.«

Sheffield gab ein Schnauben von sich. »Deswegen überlassen Sie Preston das Feld? Weil Sie Ophelia nicht noch mehr verletzen wollen als ohnehin schon? Bei aller Liebe, Sie sind in der Tat ein Narr.«

Jeremiah stellte das Glas auf dem Beistelltisch ab und funkelte Sheffield an. »Dann teilen wir uns wohl eine Eigenschaft, nicht wahr? Oder warum wollen Sie Ophelia mit einem Mitgiftjäger verheiraten?«

Noah lachte auf. »Preston? Ein Mitgiftjäger? Sie vergessen wohl, dass er mein Geschäftspartner ist.«

»Und in sämtlichen Etablissements verschuldet.«

Sein Gegenüber kniff die Augen zusammen. »Was reden Sie da?«

»Ich war lange genug Sekretär, und die Bediensteten tratschen untereinander schlimmer als Fischweiber. Fragen Sie gern im *Brooks's* nach. Preston ist ein heuchlerischer Mistkerl.«

Unsicherheit zeichnete sich auf Sheffields Gesicht ab. »Das ist eine harte Anschuldigung. Und selbst wenn Preston Schulden hat, die Mitgift für Ophelia ist nicht so hoch, als dass sich eine Heirat lohnen würde.«

»Aber er heiratet in eine wohlhabende Familie ein, und sein Vater sitzt ihm im Nacken. Denken Sie, es war Zufall, dass er plötzlich doch zu Ophelia stand und die weite Reise in den Norden auf sich genommen hat?«

Oh, er konnte es förmlich in Sheffields Kopf rattern hören.

»Preston hat gefragt, ob ich einen Besuch erlaube. Seine Absichten klangen ehrenhaft.« Obwohl er seinen Geschäftspartner immer noch zu verteidigen versuchte, wurden seine Argumente schwächer, die Zweifel nagten an ihm. »Nun gut, ich werde dem nachgehen. Kommen Sie mit, es gibt viel zu tun.« Er stellte das Glas mit einem dumpfen Geräusch ab und deutete mit dem Kopf zur Tür.

Jeremiah hob eine Braue. »Was meinen Sie damit?«

Es war das erste Mal, seit er diesen Raum betreten hatte, dass Sheffield einen neutralen Gesichtsausdruck aufgesetzt hatte.

»Dafür danken, dass ich Ihnen nicht sogleich den Kopf abgerissen habe, können Sie mir später. Zuerst ist die leidige Sache mit Preston an der Reihe.«

»Wie … Preston ist Ihr Geschäftspartner. Und warum lassen Sie mich nicht hochkant aus Ihrem Stadthaus werfen? Immerhin habe ich auch Sie hintergangen.«

Der Lord rollte mit den Augen. »Sie haben mir die Wahrheit gesagt, das rechne ich Ihnen hoch an, waren Sie doch so bemüht, sie zu verbergen. Sie hatten Gründe für eine neue Identität, auch wenn es mir schleierhaft ist, warum man ausgerechnet zu einem Sekretär wird, wenn einem die Türen in alle Richtungen offenstehen, aber wie dem auch sei ... wenn Sie Ophelia wirklich lieben, dann helfe ich Ihnen dabei, dass Sie eine Chance bekommen, mit ihr zu reden.«

Jeremiah blinzelte ihm ungläubig entgegen. »Warum?«

»Herrgott, seit wann stellen Sie so viele Fragen? Glauben Sie ernsthaft, dass Ophelia Preston liebt? Er war eine Wette für sie, mehr nicht. Und selbst wenn Sie nach Australien verschwunden wären, hätte ich es niemals zugelassen, dass eine Mainsfield gegen ihren Willen verheiratet wird. Das würde mir meine Frau nie verzeihen.«

»Aber es ändert nichts daran, dass er Ihr Geschäftspartner ist und Sie ihm Ophelias Hand versprochen haben.«

Er schüttelte den Kopf. »Habe ich nicht. Ich habe ihm erlaubt, ihr den Hof zu machen, was angesichts des vorangegangenen Skandals schon eine Schwierigkeit darstellt. Ophelia darf letztendlich selbst entscheiden, ob sie der Verlobung zustimmt, oder nicht.«

»Sie hätten mich in dem Glauben gehen gelassen, dass Ophelia keine Wahl hat?«, brach es aus Jeremiah heraus. »Und jetzt ändern Sie nur Ihre Meinung, weil ich ein Lord bin?«

»Da kennen Sie mich schlechter als gedacht, Fox. Verzeihung, Lytton. Was auch immer. Es ist mir einerlei, ob Sie ein Lord oder ein Sekretär sind. Ich hatte eine immense Wut auf Sie, das muss ich gestehen, und da ich der festen Überzeugung war, dass Sie Vater und Ehemann sind, sah ich ohnehin keinen anderen Ausgang. Allerdings haben Sie nach Ihrem Geständnis die Chance, Ihren Mist wieder gutzumachen.«

»Aber ... sie hasst mich, Sheffield! Und ich kann nicht ... ich will nicht, dass sie sich nur für mich entscheidet, weil ich jemand anderes bin.«

»Sie sollten froh sein, wenn sie sich für Sie entscheidet, *obwohl* Sie jemand anderes sind. Und jetzt kommen Sie mit, oder wollen Sie hier Wurzeln schlagen?« Ein verwegenes Grinsen huschte kurz über sein Gesicht. »Ist es seltsam, wenn ich Sie gerade aus Gewohnheit darauf hinweisen wollte, dass Sie Ihren vermaledeiten Notizblock gefälligst hier lassen?«

Jeremiah blinzelte überrascht und schob seine Brille nach oben. »Wohin gehen wir überhaupt?«

Sheffield gab ein Brummen von sich. »Ich will wissen, ob Ihre Anschuldigungen wirklich stimmen. Denn das würde bedeuten, dass Preston mich übers Ohr hauen wollte. Sein erster und letzter Fehler.«

20. Kapitel

»Pheliii.«

Der Schrei schien durch das gesamte Haus zu hallen und ließ Ophelias Herz augenblicklich schneller schlagen. Hastig eilte sie die letzten Stufen bis zur Eingangstür von Noahs Stadthaus hinauf und ignorierte die entsetzten Blicke der Nachbarn, die für einen Ausflug zu ihren Kutschen gingen. Sollten sie doch denken, was sie wollten.

Kaum war Ophelia ins Innere des Hauses getreten, fiel ihr Alexandra so schwungvoll um den Hals, dass sie ein paar Schritte zurückweichen musste.

»Oh Lexi«, schluchzte sie trocken und vergrub ihr Gesicht in den dunklen Haaren ihrer Schwester. Als sie ihren vertrauten blumigen Geruch vernahm, atmete sie erleichtert auf. Erst jetzt spürte sie, wie sehr sie ihren Zwilling vermisst hatte. Wie sehr auf eine ungewohnte Art ein Teil von ihr selbst gefehlt hatte.

»Gott sei Dank, du bist wohlbehalten angekommen!« Alexandra löste sich von ihr und betrachtete sie prüfend. »In den letzten Tagen haben uns vermehrt Geschichten über Wegelagerer erreicht, die wahllos Kutschen auf der Strecke von hier bis Northampton überfallen. Ich habe mir schreckliche Sorgen um euch gemacht.«

Ophelia lachte. »Keine Sorge, Jane hätte sie mit ihrem ständigen Gefluche mühelos in die Flucht geschlagen.«

»Sei nicht so frech, Ophelia!«, entgegnete Jane tadelnd, als sie ebenfalls ins Haus trat und dem Butler ihren Mantel überreichte. »Dein loses Mundwerk konnte dir der Norden wohl nicht austreiben. Aber ich sehne ein gut gepolstertes Sofa durchaus herbei, das gebe ich zu.«

Alexandra lachte. »Welch ein Glück, dass wir im Besitz solcher Möbelstücke sind, liebste Tante.« Sie umarmte sie herzlich und hieß auch sie willkommen. »Im Salon habe ich uns bereits Tee und Gebäck servieren lassen. Kommt, ihr wollt euch sicher aufwärmen.

»Geht nur, Mädchen«, meinte Jane und rieb sich ihren Rücken. »Ich würde mich gern etwas ausruhen. So langsam machen sich meine alten Knochen bemerkbar.«

Während Jane die Treppen hochstieg, machten es sich die Zwillinge im Salon gemütlich. Ophelia biss herzhaft in einen Keks und seufzte zufrieden. Als kurz darauf der Tee ihr Inneres wärmte, könnte ihr Glück kaum vollkommener sein. Sie war wieder zu Hause. Bei Lexi und ihrer Familie.

»Ich habe euch schrecklich vermisst«, gestand sie und Alexandra drückte lächelnd ihre Hand.

»Du hast mir auch gefehlt.«

»Wie geht es deinen Orchideen?«

Lexi lachte. »Nun, sie gedeihen prächtig. Seit deiner Abreise brauchten sie einen möglichen Absturz nicht mehr befürchten.«

»Mir ist ein Mal ein Topf runtergefallen. Ein Mal!«

»Und beinahe ein zweites Mal, wenn Fox dir nicht zur Hilfe geeilt wäre.«

Ophelia verschluckte sich an ihrem Tee und räusperte sich. Sofort biss Alexandra sich beschämt auf die Unterlippe. »Es tut mir leid, das war unbedacht von mir.«

»Nein, schon gut.« Ophelia winkte ab. Auch wenn es schmerzte, so konnte sie unmöglich von ihrer Schwester verlangen, seinen Namen nicht mehr zu nennen.

»Möchtest du darüber sprechen?«

»Gib mir noch etwas Zeit, die ganze Sache zu verarbeiten.«

»Es ist nur, weil …«, sie stockte.

»Weil was, Lexi?«

»Er ist noch hier.«

»Er … er ist noch hier?«, wiederholte Ophelia und spürte, wie ihr die Stimme versagte.

»Ja. Noah und er haben gestern lange miteinander gesprochen. Mein Mann gibt sich seither sehr geheimnisvoll, kein Sterbenswort hat er mir verraten.«

»Er hat ihn nicht rausgeworfen?« Ophelia schluckte. Sie hatte gehofft, Jeremiah wäre lediglich gekommen, um zu kündigen und seine Sachen zu packen. Und bei Noahs Temperament hätte sie damit gerechnet, dass er ihn hochkant vor die Tür setzen würde.

Lexi schüttelte den Kopf. »Er war sehr wütend auf Fox. Fast so sehr wie Heath, als Noah öffentlich meine Ehre verteidigt hat, falls du dich daran erinnerst. Aber irgendetwas ist in diesem Arbeitszimmer geschehen.« Sie beugte sich vor und senkte die Stimme, als befürchtete sie, belauscht zu werden. »Sie sind rausspaziert, als wären sie alte Freunde und haben den Abend sogar im *Brooks's* verbracht. Ist das zu glauben?«

Ophelias Herz wurde schwer. Wie konnte Noah sich mit Jeremiah verbrüdern, wo er sie doch alle wissentlich hinters Licht geführt hatte?

»Aber ich habe auch eine gute Nachricht«, versuchte Lexi, ihre Schwester aufzumuntern. »Morgen Abend geben wir einen Empfang zu deiner Rückkehr. Charlotte und Heath werden auch da sein. Ich dachte, du freust dich, nach der Zeit in Einsamkeit wieder unter Menschen zu kommen.«

Ophelia nickte und lächelte, obwohl sie am liebsten heulen würde. Sie war in Yorkshire zu keiner Zeit einsam gewesen, doch das behielt sie lieber für sich. »Das ist sehr aufmerksam von dir, Lexi.« Auch wenn sie nicht die geringste Lust verspürte, der Gesellschaft nach ihrem Aufenthalt im Exil wieder vorgeführt zu werden. Sie war noch nicht bereit, sich der Schlangengrube zu stellen.

»Es ist noch genug Zeit, die Veranstaltung abzusagen, Pheli.«

Braune Augen blickten ihr sorgenvoll entgegen und Ophelia zwang sich zu einem Lächeln.

»Nein, ist schon gut. Ihr habt die Einladungen bereits versendet und Zusagen erhalten. Jetzt abzusagen würde keinen guten Eindruck hinterlassen. Und wir wissen beide, wie sehr unsere Familie bereits für Aufregung gesorgt hat. Ein bisschen Ablenkung kann ich gut gebrauchen. Ich freue mich auf den Empfang.«

Alexandra legte einen Arm um ihre Schulter und drückte sie an sich. »Ich bin froh, dass du wieder hier bist. Ohne dich ist es schrecklich langweilig.«

»Ich bin auch froh«, sagte Ophelia, auch wenn es sich anfühlte, als wäre ihr Herz in Yorkshire geblieben.

Ophelia befürchtete, Noahs Stadthaus würde jeden Moment aus allen Nähten platzen, so viele Lords und Ladys trafen am folgenden Abend zu ihrem Empfang ein. Verwundert und mit einer Champagnerflöte bewaffnet, schritt sie durch den Salon und erwiderte die Willkommensgrüße ihrer Gäste mit einem Lächeln. Zu ihrem Verdruss war ihr der Großteil der Anwesenden nicht näher bekannt. *Was machten sie alle hier?* Die meisten waren sicher nicht allein ihretwegen der Einladung gefolgt.

»Lady Mainsfield, wie schön, dass Sie wieder in London sind«, sagte Lady Waxford. »Ich hoffe, Sie setzen sich nachher noch ans Pianoforte und erfreuen uns mit einem klangvollen Stück.«

Erleichtert, wenigstens ein bekanntes Gesicht zu sehen, wandte Ophelia sich der älteren Lady zu. »Ich danke Ihnen, Lady Waxford. Wenn Lord Sheffield sein Piano in der Zwischenzeit stimmen ließ, würde ich gern spielen. Ansonsten möchte ich Ihnen diese Qual nicht zumuten. Wie geht es Ihnen und Ihrer Familie? Ich hoffe, es sind alle wohlauf?«

»Den Mädchen geht es prächtig. Meine Edith wird schon bald heiraten und für meine Jüngste ist auch ein Ehemann in Aussicht.«

Ophelia lächelte ob der strahlenden Augen und vor Freude geröteten Wangen der alten Lady. Sie konnte ihr ansehen, wie glücklich und ehrleichtert sie war, dass sich die Mühe, ihre Töchter unter die Haube zu bringen, nun rentierte. »Dann möchte ich Ihnen meine herzlichsten Glückwünsche aussprechen, Lady Waxford.«

»Wie ich hörte, sind Sie ebenfalls nicht länger auf dem Heiratsmarkt verfügbar.« Die Lady zwinkerte und Ophelia zog überrascht die Augenbrauen hoch. Woher wusste sie von ihrer Absicht, Preston zu ehelichen? Er hatte noch nicht um ihre Hand angehalten und somit war eine Verlobung noch nicht offiziell verkündet worden. Bevor sie Lady Waxford fragen konnte, was sie meinte, trat Susan Bisbourne neben sie und ergriff sie herrisch am Arm.

»Lady Waxford, Sie entschuldigen, ich muss Lady Mainsfield kurz entführen.«

Mit schnellen Schritten lotste Susan ihre Freundin durch die Menge. »Ich muss schon sagen«, zischte sie, sodass nur Ophelia sie verstehen konnte. »Ich hätte nie gedacht, dass du am Ende doch noch unsere Wette gewinnst.«

Verdattert stolperte Ophelia hinter ihr her und verschüttete beinahe ihren Champagner. »Ich weiß nicht, wovon du sprichst, Susan.«

Susan hielt abrupt hinter einer Topfpalme und fuhr zu ihr herum. »Spiel nicht die Unschuldige, das gelang dir noch nie besonders glaubwürdig. Wie hast du es geschafft, Preston nach dem Skandal im Theater doch noch an dich zu binden? Erpresst du ihn? Erwartest du sein Kind?«

»Was? Nein, ich ...«

»Oh, Pheli, du kannst es einfach nicht lassen. Immer musst du dir das Beste von allem unter den Nagel reißen. Du hast keine Ahnung, was es heißt, für sein Glück kämpfen zu müssen. Seit du fort warst, hatte ich so gute Aussichten bei ihm, doch dann verlässt Preston ohne ein Wort die Stadt und reist nach Yorkshire. Ich hätte eure Schäkereien schon viel früher unterbinden müssen.«

Ophelia schnappte nach Luft. »Bist du eifersüchtig auf mich?«

Susan schnaubte abfällig. »Du warst immer schon die Beliebteste von uns allen. Gesegnet mit unausstehlicher Schönheit, einem frechen, aber liebenswürdigen Mundwerk und dem Talent, jeden Mann mit einem Augenaufschlag deiner langen Wimpern um den Finger zu wickeln.«

»Du hast im Theater dafür gesorgt, dass Preston und ich entdeckt werden«, sprach Ophelia aus, was sie schon längere Zeit vermutet hatte.

»Ich wollte, dass du endlich erfährst, wie es sich anfühlt, wenn man nicht mehr im Mittelpunkt steht. Wenn sich jeder hinter deinem Rücken den Mund über dich zerreißt«, fauchte Susan.

Ophelia schüttelte entsetzt den Kopf. »Ich habe nie ein schlechtes Wort über dich oder deinen Mann verloren, Susan. Nicht über eure allgemein bekannte Wettsucht oder über Lord Bisbournes Trinkerei. Du warst meine Freundin und ich habe dich immer verteidigt. Aber weißt du was? Damit ist nun Schluss. Denn Freundinnen schicken sich nicht gegenseitig ins Exil. Lebe wohl, Susan.«

Sie wandte sich ab, bevor Susan noch etwas erwidern konnte, und tauschte ihre leere Champagnerflöte gegen eine gefüllte. Ihr schwirrte der Kopf und sie musste sich kurz an einem der Fensterrahmen abstützen, um wieder klar denken zu können. Was war nur los an diesem Abend? Wieso waren so viele Mitglieder des *ton* anwesend und woher wussten alle von ihr und Preston? Noah hatte mit ziemlicher Sicherheit zu niemandem ein Wort darüber verloren. Tante Jane tratschte zwar überaus gern, aber nicht wenn es um familiäre Angelegenheiten ging. Doch Samuel … Übelkeit stieg in ihr auf und sie beschloss, sich kurz in ihre Räumlichkeiten zurückzuziehen, um wieder zur Besinnung zu kommen. Sie wollte gerade den Salon verlassen, als eine ihr gut bekannte Stimme um Ruhe bat.

»Ladys und Gentlemen, wenn ich kurz um Ihre Aufmerksamkeit bitten dürfte.« Preston verschaffte sich Gehör, indem er mit einem Silberlöffel behutsam gegen sein Whiskyglas schlug. »Auch wenn dies nicht mein Haus ist, bedanke ich mir herzlich für Ihr zahlreiches Erscheinen. Ich weiß, warum Sie alle hier sind und verspreche Ihnen, dass jetzt der Moment gekommen ist, auf den Sie alle hin gefiebert haben.«

Vereinzeltes Lachen erklang, doch Ophelia gefror das Blut in den Adern. Er hatte doch nicht ... Er würde doch nicht ... vor so vielen Zuschauern ... *Oh Gott!*

»Wie Sie sicherlich bereits mitgekommen haben«, fuhr Preston fort, »habe ich mein Herz an die bezaubernde Lady Mainsfield verloren.« Sogleich richtete sich sein Blick und sämtlich andere auf sie. Ophelia erstarrte, während Preston mit großen Schritten auf sie zukam und ihre Hand ergriff.

»Liebste Ophelia, dieser Abend gehört allein Ihnen. Ich möchte Ihnen sagen, wie sehr Sie mein Herz berührt haben. Und ich hoffe, Sie schenken meinem Werben Gehör und werden meine Ehefrau.«

Ophelia spürte, wie ihr sämtliche Farbe aus dem Gesicht wich und sie wünschte sich nichts sehnlicher, als zu der Art von Frauen zu gehören, die in solchen Situationen einfach in Ohnmacht fielen. Sie überlegte sogar ernsthaft, einen Schwächeanfall vorzutäuschen, nur um diesem Moment entgehen zu können. Doch was würde es ändern? Sie würde Preston heiraten, um ihre Ehre und die ihrer Familie wiederherzustellen. Was machte es für einen Unterschied, wenn er in aller Öffentlichkeit um ihre Hand anhielt?

Für sie machte es einen gewaltigen Unterschied. Denn damit nahm er ihr jede letzte Möglichkeit, seinen Antrag doch noch abzulehnen. Ihr Brustkorb schnürte sich zu und sie hatte das Gefühl, keine Luft mehr zu bekommen. Preston nahm ihr die Freiheit, selbst über ihr Schicksal zu bestimmen.

Panisch glitt ihr Blick durch die Menge. In den Mienen um sie herum spiegelten sich Überraschung, Freude, Neugier, doch von niemandem konnte sie Hilfe erwarten. Lexi und Charlotte lächelten aufmunternd, aber die Sorge stand ihnen deutlich ins Gesicht geschrieben. Ophelia hatte keine Wahl. Sie musste der Verlobung zustimmen, wenn sie wollte, dass ihr Name morgen mit einer erfreulichen Schlagzeile in der *Gazette* auftauchte.

»Ich hoffe, dass sie es nicht tut.«

Ophelia keuchte erschrocken auf. Sie kannte die Stimme nur zu gut. Ein Schauer jagte ihr über den Rücken und gleichzeitig pochte das Herz schmerzhaft in ihrer Brust. Sie hatte Hilfe ersucht. Aber nicht von ihm. Wie konnte er es wagen? Wie konnte er sich als Angestellter gegenüber dem *ton* derart zu Wort melden und ihr die Chance auf eine sorgenfreie Zukunft verbauen? Wut stieg in ihr auf. Er rettete sie vor einer Zwangsentscheidung und nahm ihr gleichzeitig selbst die Wahl. *Dazu hatte er verdammt nochmal kein Recht!*

Preston zog empört die Augenbrauen hoch und rümpfte die Nase. »Falls Sie es nicht wussten, Sie haben hier nichts zu suchen, Fox«, zischte er.

Jeremiah ignorierte ihn und trat ein paar Schritte vor. Er sah gut aus. Der Frack, den sicherlich Noah in Auftrag gegeben hatte, saß tadellos und er machte eher den Anschein eines Lords, als eines Bürgerlichen.

»Die meisten von Ihnen kennen mich als Lord Sheffields Sekretär, Jeremiah Fox.«

»Augenblick, Sie haben sich auf dem Benefizball der Waxfords als Lord Hamington ausgegeben!«, rief jemand. In dem aufkommenden Gemurmel konnte Ophelia nicht sagen, wer Jeremiah entlarvt hatte. Es spielte auch keine Rolle.

Fox nickte andächtig. »Das habe ich und ich entschuldige mich aufrichtig, Ihnen allen die Wahrheit über mich verschwiegen zu haben.«

»Die kennen wir ja jetzt«, höhnte Preston. »Ein Sekretär, der sich als Adeligen ausgegeben hat. Sie sollten sich schämen.«

Jeremiah hob die Hand. »Ich meinte, die ganze Wahrheit.«

Was tat er denn da? Erschrocken sah Ophelia zu Lexi, die genauso ahnungslos wie sie mit dem Kopf schüttelte. Noah neben ihr lächelte jedoch grimmig. War das sein Plan? Steckten die beiden unter einer Decke, um sie und Preston auseinanderzubringen? Heath war jedenfalls nicht eingeweiht, denn seine Züge wurden immer finsterer.

Sie wandte sich zurück zu Jeremiah und bereute es sofort. Sein Blick nahm sie augenblicklich gefangen und es schien, als würde er die nächsten Worte nur zu ihr sprechen wollen.

»Mein Name ist Lord Alexander Gabriel Shelton und ich bin der achte Earl of Lytton. Nach meinen Dienstjahren im Krieg und dem Verlust meines Bruders, wollte ich kein Lord mehr sein. Jeremiah Fox, der Ehemann, Vater und Sekretär, ist nichts weiter als eine Erfindung, um meine wahre Identität vor Ihnen allen zu verbergen. Doch ich habe gelernt, dass ich Verantwortung übernehmen muss, wenn ich den Menschen, die ich liebe, gerecht werden will.«

Das Blau seiner Iriden vertiefte sich, als er immer noch Blickkontakt hielt. Ophelias Mund fühlte sich auf einmal trocken an. Sie wusste nicht, was sie denken sollte. Jeremiah hatte sie belogen, allerdings nicht auf die Art, die sie geglaubt hatte. Er war weder Ehemann noch Vater. Er war ein verdammter Lord!

Für einen kurzen Moment war sie sich unsicher, ob sie vor Erleichterung lachen oder vor Entsetzen weinen sollte. Erst als Charlotte und Alexandra an ihre Seite traten und liebevoll ihre Arme ergriffen, bemerkte sie, wie sehr sie zitterte. Es war zu viel. All das hier war zu viel auf einmal. Susans Anschuldigungen, Prestons öffentlicher Antrag, Jeremiahs, nein, Alexanders Geständnis. *Oh Gott, er war ein Lord!*

Prestons Lachen riss sie zurück in die Wirklichkeit.

»Netter Versuch, das muss ich zugeben, Fox. Doch ein Sekretär bleibt immer nur ein Sekretär. Da wird es Ihnen auch nicht helfen, die Identität eines verschollenen Lords anzunehmen. Lord Sheffield«, er wandte sich Noah zu, »Sie glauben diese absurde Geschichte doch nicht etwa?«

»Lord Lytton hat sich mir zur Genüge ausgewiesen und es gibt eine Person, die seine Identität zusätzlich bestätigen kann.«

»Sicherlich ist diese Person gekauft! Ich empfehle Ihnen dringend, sich einen neuen Angestellten zu suchen, dem Sie vertrauen können und der nicht nur hinter dem Geld Ihres Mündels her ist.«

Noahs Miene erschien Ophelia kälter als eine Eisscholle. »Es amüsiert mich, dass Sie das sagen, Preston«, erwiderte er. »Mein Angestellter hat mir erst gestern mit derselben Begründung dazu geraten, mir einen neuen Geschäftspartner zu suchen.«

Schlagartig senkte sich eine gespenstische Stille über den Salon. Ophelia hörte ihr eigenes Blut in den Ohren rauschen. *Lieber Gott, bitte lass das nicht wirklich passieren. Bitte lass Preston nicht nur hinter meinem Vermögen her sein ...*

»Sie glauben eher Ihrem Sekretär als mir?«, fragte Preston fassungslos.

»Ich glaube Fakten, Samuel. Und Ihre Schulden im *Brooks's* und anderen Clubs sprechen für sich. Ich möchte Sie freundlich bitten, von Ihren Absichten meiner Schwägerin gegenüber Abstand zu nehmen und mein Haus unverzüglich zu verlassen.«

Gemurmel wurde laut, die Gäste tuschelten und machten sich nicht einmal die Mühe, es zu verbergen. Jeder von ihnen war glücklich, Zeuge dieses Skandals geworden zu sein, der morgen mit aller Wahrscheinlichkeit auf der Titelseite der *Gazette* zu lesen sein würde. Der Mitgiftjäger und der falsche Sekretär. Und zwischen ihnen die berüchtigte Lady Ophelia Mainsfield.

Mit hochrotem Kopf gab Preston sich geschlagen und stapfte davon. Doch von alldem bekam Ophelia kaum etwas mit. Sie war wie erstarrt und glaubte, zu träumen.

»Oh, Pheli, ich hatte keine Ahnung«, flüsterte Lexi und strich ihr liebevoll über den Arm. »Komm, Charlotte und ich begleiten dich zu deinem Zimmer. Noah und Heath werden dich bei den Gästen entschuldigen.«

Widerstandslos ließ Ophelia sich fortführen. Sie kämpfte lediglich darum, nicht vor den Augen aller die Fassung zu verlieren. Das konnte nur ein Albtraum sein, zu absurd war dieser Moment.

»Sollen wir ihn fortschicken?«, fragte Charlotte plötzlich und erst da richtete Ophelia ihren Blick nach vorn. Sie hatten den Salon bereits verlassen. Vor der Treppe, die in die obere Etage führte, wartete Jeremiah auf sie. Augenblicklich beschleunigte sich ihr Herzschlag.

»Nein«, murmelte sie. »Lasst mich kurz mit ihm sprechen.«

Ihre Schwestern nickten, fielen ein paar Schritte zurück und gewährten ihnen ein wenig Privatsphäre.

Mit weichen Knien trat Ophelia vor Jeremiah. Er war ihr so nah, dass sie den Duft seines Rasierwassers riechen konnte. Wacholder. Sie schloss die Augen, um sich zu sammeln. Nichts wünschte sie sich sehnlicher, als ihm in die Arme zu fallen. Es würde ihr sogar schon reichen, ihn einfach nur berühren zu können. Seine warme Haut unter ihren Händen zu spüren. Doch stattdessen faltete sie die Finger vor ihrer Mitte ineinander. Sie durfte nicht schwach werden. Nicht nach dem, was geschehen war.

»Du hast mich belogen«, flüsterte sie und zwang sich, ihm in die Augen zu blicken. »Schon wieder.«

Er nickte und sein Anblick zerriss Ophelia erneut das Herz. »Ich weiß. Und es gibt nichts, was ich mehr bedaure. Doch meine Gefühle für dich waren von Anfang an echt.« Er verschränkte die Arme hinter seinem Rücken und räusperte sich. »In zwei Tagen werde ich abreisen und meine Rolle als Earl of Lytton einnehmen, wie ich es längst hätte tun sollen. Und ich verspreche dir, dass du mich nie wiedersehen wirst. Sollte wider Erwarten jemals der Zeitpunkt kommen, an dem du mir verzeihen kannst, stehen meine Türen für dich immer offen.«

Ophelia schluckte. »Und wenn dieser Zeitpunkt niemals kommen wird?«

Sie beobachtete, wie er kurz an ihr vorbei sah und blinzelte, ehe er die Schultern straffte und mit fester Stimme sagte: »Dann werde ich als einsamer Mann sterben. Jedoch mit der Gewissheit, die wahre Liebe gefunden zu haben, wenn auch nur für einen kurzen Moment. Dieses Glück erfahren nicht viele Menschen und ich danke dir dafür, Ophelia.«

Ein Schauer lief ihren Rücken hinab, als er ihren Namen aussprach. Das Herz in ihrer Brust wurde immer schwerer und es kostete sie unglaublich viel Kraft, standhaft zu bleiben. Sie hatte sich in einen einfachen Sekretär verliebt, der sich als Lord entpuppte. Doch wie konnte sie sich sicher sein, dass er als Lord immer noch derselbe einfache und gutherzige Mann war?

»Ich … ich brauche Zeit.« Die Worte kamen ihr kaum über die Lippen.

Er lächelte. Es war ein zaghaftes, hoffnungsloses Lächeln. »Ich werde immer auf dich warten.« Er hob die Hand, als wolle er ihr über die Wange streichen, doch auf halbem Weg hielt er inne. »Gute Nacht, Ophelia.« Ohne sie zu berühren, neigte er den Kopf und ging.

Ophelia blickte ihm nach und sie wünschte, er hätte es getan. Sie berührt und die Diskrepanz zwischen ihnen zerstört. Eine Träne lief ihre Wange hinunter und sie hielt sich die Hand vor den Mund, um nicht laut zu schluchzen.

»Guten Nacht … Alexander.«

21. Kapitel

Hier in diesem Pavillon hatte alles begonnen. Es war der erste Ort gewesen, an dem er zumindest wenige Minuten zur Ruhe hatte kommen können. Vertieft in Verse, schriftstellerische Werke und seine träumerischen Gedanken an Ophelia. Damals hatte er schnell gewusst, dass es bei ihr über Schwärmerei hinausging. Eine gefährliche Erkenntnis, die den Stein seiner Vergangenheit zum Rollen gebracht hatte.

Es war kurz vor Mitternacht, als Jeremiah auf der schmalen Holzbank saß und dem Plätschern des Brunnens lauschte.

Alexander ... wie lange würde es dauern, bis er sich wieder an diesen Namen gewöhnte? Er würde sein Leben als Sekretär vermissen, auch wenn er wusste, dass es an der Zeit war, sein Versprechen einzulösen und das Erbe anzunehmen.

Schritte auf dem Kies brachten ihn dazu, den Kopf zu heben. Er hielt den Atem an, als er Ophelia erkannte. Nicht so selbstsicher wie sonst, sondern auf eine irritierende Weise unsicher. Sie hatte die Finger vor ihrer Taille ineinander verschlungen, als sie sich ihm näherte.

Jeremiah stand auf, nahm die zwei Stufen aus dem Pavillon und stellte sich auf den Kiesweg. Ophelia blieb mit einem unangenehmen Sicherheitsabstand stehen, nicht der Hauch eines Lächelns zierte ihr Gesicht. Immerhin war sie doch nicht schlafen gegangen, sondern schien sich mit dieser Situation auseinandersetzen zu wollen.

»Lord Alexander Gabriel Shelton«, flüsterte sie, »ich habe mit vielem gerechnet, als du in den Raum geplatzt bist, nicht jedoch, dass du den Leuten, und vor allem mir, eine vollkommen andere Identität offenbarst.«

Jeremiah schluckte den Kloß in seinem Hals hinunter. »Ich hatte Gründe, es zu verheimlichen, und glaube mir, ich wollte es weiterhin tun. Aber das war meine einzige und letzte Chance, dir deutlich zu machen, wie wichtig du mir bist. Ich war bereit, alles auf den Tisch zu legen, und ich werde jetzt mit den Konsequenzen leben, wie auch immer deine Entscheidung ausfällt.«

Für eine Weile war das Rascheln des Laubes das einzige Geräusch, das den Garten erfüllte. Die Gesellschaft hatte sich längst aufgelöst und Jeremiah zweifelte nicht daran, dass die Klatschblätter morgen voll vom heutigen Abend waren.

Als er etwas sagen wollte, nur um diese drückende Stille zu durchbrechen, kam sie ihm zuvor.

»Warum hast du mir nichts gesagt?«, fragte sie kühl. »Immerhin hättest du mir damit die Chance gegeben, eine Entscheidung zu fällen.«

Jeremiah starrte auf seine Finger. »Ich war mir nicht sicher, ob ich als Lord Lytton zurückkehre. Und du solltest dich nicht gezwungen fühlen, mich zu wählen, nur weil ich jetzt ein anderer Mensch bin. Ich habe dich von Anfang an belogen, das war schlimm genug für mich. Ich konnte nicht auch noch verlangen, dass du akzeptierst, wer ich wirklich bin.«

Erneut schwebte die Stille wie ein Damoklesschwert über ihnen. Jeremiah wusste, dass ihm nur diese eine Möglichkeit blieb, Ophelia für sich zu gewinnen. Denn er war nicht bereit, die Liebe seines Lebens einfach so gehen zu lassen.

»Ich wollte dir die Chance auf ein normales Leben in der Hautevolee nicht nehmen. Denn selbst wenn du dich jetzt für mich entscheidest, ein Skandal wird nicht ausbleiben. Ich habe vorgegeben, jemand zu sein, der ich nicht bin. Die Leute werden sich das Maul über mich zerreißen.«

Ophelia atmete tief ein und wieder aus. Obgleich er Angst vor ihrer Reaktion, und vor allem der endgültigen Zurückweisung hatte, hob er den Kopf und sah sie an. Ihr Profil wurde von einer der Lampen im Garten erleuchtet. Er entdeckte eine einzelne Träne, die ihre Wange hinabwanderte, ihr einziges äußerliches Zugeständnis, wie sie sich fühlte. Nur mit größter Selbstbeherrschung widerstand er dem Drang, sie von ihrer Haut zu wischen.

»Hättest du mich Preston heiraten lassen?«

Eine Fangfrage. Und einerlei, wie lange er überlegen würde, seine Antwort könnte immer falsch aufgefasst werden. »Wenn es dich glücklich gemacht hätte, ja. Es stand und steht mir nicht zu, deine Entscheidungen infrage zu stellen. Aber wenn ich nur ein wenig gemerkt hätte, dass deine Gefühle für mich nicht verschwunden sind, dann hätte ich um dich gekämpft.«

Als sie seinen Blick erwiderte, hielt er kurz die Luft an. Sie war so bezaubernd. In der Zeit in Yorkshire hatte sich etwas in ihr verändert. Ophelia war reifer und besonnener geworden, ihre Prioritäten und die Sicht zum Leben hatten sich geändert. »Ich werde dir jetzt eine Frage stellen und ich erwarte mir eine ehrliche Antwort.«

Natürlich konnte er ihr das Misstrauen ihm gegenüber nicht verübeln, und dennoch traf es ihn, dass sie ihn darauf hinweisen musste. »Ich verspreche es dir.«

»Als du mir gesagt hast, dass du mich liebst. ... war das gelogen oder die Wahrheit?«

»Es war das Ernstgemeinteste, das mir jemals über die Lippen gekommen ist. Ich liebe dich, Ophelia, und dich zu verlieren, wird mich zerstören, aber ich weiß, dass ich es nicht anders verdient habe. Ich ließ dich im Glauben, ein verheirateter Familienvater zu sein, aber ... ich ... du hast mir vermittelt, dass Preston der Richtige für dich ist.«

»Weil du mir das Herz gebrochen hast!«, platzte es wütend aus ihr heraus, sodass er verstummte. »Du hast es nicht nur gebrochen, sondern auch darauf herumgetrampelt, nachdem wir ...«, sie brach ab und räusperte sich, »nachdem wir eine Nacht miteinander verbracht haben. Die Ehe mit Preston erschien mir als der einzige Ausweg, mich meinem Fehler zu stellen und die Konsequenzen für mein Handeln zu tragen.«

Die Erkenntnis erschütterte ihn. »Demnach hat dich die Verzweiflung in seine Arme getrieben?« Fahrig raufte er sich die Haare. Wie hatte er es nicht sehen können? Leise fuhr er fort: »Ich bin ein Narr. Hätte ich mich nicht dauernd vor der Wahrheit versteckt, wäre es mir vielleicht aufgefallen, welchen Fehler ich begangen habe.«

»In der Tat, du bist wahrhaftig ein Narr«, murmelte Ophelia, »wenn du nicht verstehst, wie sehr ich mich nach dir verzehre. Ich hätte mich immer für dich entschieden, einerlei ob du nun ein Sekretär oder ein Lord oder der König persönlich bist. Selbst als ich erfuhr, dass du eine Ehefrau und ein Kind haben solltest, habe ich dich verteidigt, denn ich wollte es bis zuletzt nicht glauben. Doch als du nicht widersprochen hast ...« Sie starrte blinzelnd zum Dach des Pavillons, ehe sie mit zitternder Stimme fortfuhr. »Zu wissen, dass du nicht frei bist, hat mich innerlich zerbrochen. Die Gewissheit, niemals zu dir gehören zu können ...« Sie schluchzte. »Ich habe mich noch nie so verletzt gefühlt.«

Jeremiah schluckte seine eigenen Tränen hinunter. Es gab keine Worte, um die Gefühle, die für diese wundervolle Frau in seinem Herzen tobten, auch nur annähernd zu beschreiben.

»Von ihrer eigenen Freundin schikaniert«, flüsterte sie. »Von der Hautevolee als leichte Dame abgestempelt. Von Noahs Sekretär als Zeitvertreib benutzt worden. Mit den ersten beiden Punkten hätte ich leben können. Doch nach dem, was geschehen war, ist Preston der einzige Ausweg gewesen, den du mir gelassen hast.«

»Oh Gott, ich flehe dich an«, brach es aus Jeremiah hervor. Mit wenigen Schritten war er bei ihr, ergriff ihre Hände und führte sie an seine bebenden Lippen. »Nichts auf dieser Welt kann das Unrecht gutmachen, das ich dir angetan habe. So oft habe ich versucht, dir die Wahrheit zu sagen. Aber meine eigene Feigheit hat mich wie auch nach dem Tod meines Bruders dazu getrieben, mich weiterhin hinter dieser Lüge zu verstecken. Doch damit ist jetzt Schluss. Sämtliche Karten sind offengelegt und ich bin nicht länger ein Gefangener meiner eigenen Vergangenheit. Das habe ich allein dir zu verdanken.« Er hielt inne, betrachtete ihr tränennasses Gesicht und wünschte, er könnte auf ewig in diesen grünen Augen versinken. Neuer Mut erfasste ihn und er ergriff die Chance, weil er wusste, dass sie seine letzte war. Sanft fuhren seine Daumen über ihre Wangen, wischten die Spuren ihrer Trauer fort. »Ich liebe dich, Ophelia Mainsfield, mehr als mein eigenes Leben. Du warst zu keiner Sekunde nur eine Affäre, sondern die Frau, die ich bis an mein Lebensende an meiner Seite wissen möchte. Und ich schwöre dir auf Mrs. Giggles einzigartige Butterküchlein, dass niemals wieder ein Wort der Lüge meinen Mund verlassen wird.«

Sie schloss die Lider, lehnte sich gegen seine Hand – und lächelte.

»Nun, wenn du sogar auf die Butterküchlein schwörst, wie kann ich dir länger widerstehen?«

Als sie die Augen wieder öffnete und er das wundervolle Funkeln in ihnen ausmachte, ging für Jeremiah die Sonne auf. Er atmete tief durch und es fühlte sich an, als würde eine schwere Last von seinem Herzen lautstark zu Boden krachen.

»Keine Lügen mehr«, flüsterte Ophelia und drückte ihren weichen Körper gegen seinen.

Jeremiah erwiderte ihr Lächeln. »Nie wieder.«

Noch nie war ihm ein Versprechen so leicht über die Lippen gekommen, wie dieses. Vermutlich weil er genau wusste, dass er alles dafür tun würde, es zu halten. Ophelia zu halten.

Sie stellte sich auf die Zehenspitzen, um ihn zu küssen. Und als ihre Münder sehnsuchtsvoll aufeinander trafen, spürte Jeremiah deutlich, dass er endlich seinen Frieden gefunden hatte.

Zwei Wochen später …

Jeremiah wurde zunehmend unruhiger, als die Kutsche sich seinem Landsitz näherte. Ophelia schob die Hand über seine und drückte sie leicht. »Wir schaffen das. Gemeinsam.«

Er schluckte den Kloß in seinem Hals hinunter und hielt den Blick nach draußen gerichtet. »Ich war so viele Jahre weg. Vielleicht finde ich mich niemals mehr in die Rolle eines Adeligen ein.«

»Und selbst wenn … ich wäre keineswegs unglücklich, wenn wir dem *bon ton* den Rücken kehren und hier unser gemütliches Leben führen«, erwiderte sie sanft, beugte sich zu ihm und gab ihm einen Kuss auf die Wange. Ihre weichen Lippen und ihr blumiger Luft beruhigten sein aufgewühltes Inneres zumindest ein bisschen. »Mein Ehemann«, fügte sie selig an.

Der Gedanke an die hastige Eheschließung, damit nicht viel Gerede aufkommen konnte, lenkte ihn tatsächlich von seiner Unruhe ab. Seine Frau … er konnte es immer noch nicht glauben, dass sie jetzt zu ihm gehörte.

»Es wird dauern, bis ich mich an diese Anrede gewöhnt habe«, feixte er.

Ophelia zog eine Augenbraue in die Höhe. »Wirklich? Die liebe Wirtin aus dem Foxhole Inn würde dich jetzt fragen: *Sind Se schon so alt, dass Ihr Hirn eingerostet ist?*«

Dass Ophelia sich dabei sogar bemühte, die Stimme der Frau zu imitieren, brachte ihn zum Lachen. »Vielleicht sollten wir ihr in den nächsten Wochen einen Besuch abstatten. Immerhin brauchen wir dann nicht zu berichten, dass wir nicht verheiratet sind.«

Als die Kutsche um die letzte Kurve fuhr, war die Nervosität wieder da.

Er war wieder zu Hause.

So viele Jahre hatte er sich geweigert, einen Fuß auf dieses Grundstück zu setzen. Die georgianische Fassade war mittlerweile zu einem großen Teil von Efeu überwuchert. Die Säulen, die das Cornice-Gesims des Eingangsportals hielten, strahlten ihm hellgrau entgegen, es bedurfte dringend neuer Farbe. Sein Vater hatte es über die Jahre tatsächlich geschafft, dass dieses Anwesen immer mehr verkam, aber Jeremiah war sich sicher, dass ein paar Monate Arbeit ausreichend waren, um es wieder in altem Glanz erstrahlen zu lassen.

Die Kutsche war kaum zum Stehen gekommen, als er eine Person bemerkte, die die breite Freilufttreppe hinabrannte.

»Martha«, flüsterte er, und auch Ophelia sah nun nach draußen.

Er wartete nicht, bis der Verschlag von einem Lakaien geöffnet wurde, sondern erledigte diese Aufgabe selbst. Frischer Herbstwind, der den Geruch nach Laub und Moos mit sich trug, erfasste ihn, als er ausstieg. Er kam der älteren Dame mit langen Schritten entgegen, wehrte sich nicht gegen den Stich in seinem Herzen, als er ihren überwältigten Gesichtsausdruck bemerkte.

Keine Sekunde später lag sie in seinen Armen. Die Frau, die ihm deutlich gemacht hatte, was er wert war. Dass nicht ein Titel über die Wertigkeit eines Menschen entschied, sondern jene Eigenschaften, die im Herzen verborgen waren. Die Frau, die ihn geliebt und aufgezogen hatte wie ihr eigenes Kind und ihn vor den Ausbrüchen seines Vaters stets in Schutz genommen hatte.

»Martha«, flüsterte er erneut, und sein Magen krampfte sich zusammen, als er ihr Schluchzen vernahm.

»Du bist wieder hier, mein Junge«, flüsterte sie gegen den Stoff seines Sakkos, »du bist endlich wieder hier. Zuhause.«

Jeremiah schloss die Augen, strich Martha über den Rücken und atmete ihren vertrauten Duft nach Kräutern und Lavendel ein. Zuhause … es hatte lange gedauert, bis er die wahre Bedeutung dieses Wortes erkannte.

Zuhause war nicht einfach ein Haus, ein Anwesen, Besitz. Das Gefühl von Zuhause entstand im Herzen, aufgebaut auf jenen Menschen, die das Leben lebenswert machten.

»Ich bin wieder hier«, bestätigte er rau, löste sich von Martha und sah in ihre verweinten Augen. »Und nicht allein. Darf ich dir Lady Ophelia Lytton, meine Frau, vorstellen?«

Marthas Blick wanderte über seine Schulter nach hinten, ihre Augen wurden groß wie Untertassen. »Wie bezaubernd.«

Jeremiah nickte Ophelia zu, sodass sie sich in Bewegung setzte. Vorsichtig, als würde das riesige Gut Ehrfurcht in ihr hervorrufen. Das Lächeln, das er so an ihr liebte, bog ihre Mundwinkel nach oben, als sie näherkam. Martha trat einen Schritt zurück und knickste tief. »Mylady. Es ist mir eine Freude, Sie kennenzulernen.«

»Oh, bitte, verzichten wir auf die Förmlichkeiten«, beeilte sich Ophelia zu sagen und legte eine Hand auf Marthas zarte Schulter, »immerhin haben Sie einen besonderen Platz in Alexanders Herzen. Sie sind seine Familie.«

Ihre Augen wurden wieder feucht. »D-Danke, Mylady.« Dann wandte sie sich an ihn. »Ich werde sogleich ein paar Happen herrichten lassen. Ihr müsst völlig ausgehungert sein.«

Jeremiah ließ sie gewähren, als sie sich mit einem letzten breiten Lächeln umdrehte, ihre Röcke hob und beinahe ins Haus rannte.

»Sie ist ein besonderer Mensch«, sagte Ophelia und blickte ihr hinterher.

»Das ist sie«, bestätigte er, »ohne sie wäre ich heute nicht der Mann, zu dem ich geworden bin.« Er ergriff ihre Hand, zog ihren Körper zu sich, bis kein Blatt Papier mehr zwischen sie passte. »Und ohne dich ebenso wenig. Du hast mein Leben nicht nur verändert, du hast es gerettet, Pheli. Ich liebe dich.«

Er strich ihr eine blonde Locke aus der Stirn und fixierte sie hinter ihrem Ohr.

Ophelia griff nach oben und legte ihre Hand an seine Wange. Warm und weich, sodass er leise aufseufzte. »Ich kann es kaum erwarten, dass du mir zeigst, wie sehr du mich liebst, Mr. Fox.«

Ihr verführerischer Unterton ließ seinen Mund trocken werden. »Wirklich?« Er beugte sich mit einem verschmitzten Grinsen zu ihr und strich mit seinen Lippen über ihre. »Keine Sorge, meine Teuerste, wir haben hier alle Zeit der Welt.«

»Das bezweifle ich«, erwiderte sie leise. »Es wird nicht lange dauern, bis der ganze Mainsfield-Clan mitsamt Tante Jane hier ankommen wird, um sich davon zu überzeugen, dass es mir an nichts mangelt.«

»Und natürlich wirst du ihnen ausführlich berichten, wie sehr deine Bedürfnisse befriedigt werden.«

Ophelia schnappte nach Luft. »Mr. Fox, ich muss schon sagen. Wann haben Sie begonnen zu kokettieren?« Gespielt entrüstet tippte sie ihm mit dem Zeigefinger gegen die Brust.

»Zurück zu deinen Bedürfnissen. Ich glaube, ich weiß genau, wo ich anfangen werde, meine störrische Ehefrau.«

Ophelias Augen funkelten, eine sanfte Röte legte sich auf ihre Wangen. »Tust du das?«

»Wie du sicherlich weißt, bin ich als Sekretär sehr belesen, und es gibt Werke in Sheffields Sammlung, die … nun ja, nicht für Damenaugen bestimmt sind.« Wie sehr er es genoss, sie zu triezen. Entgegen seinen Erwartungen ähnelte ihre Gesichtsfarbe jedoch nicht jener eines reifen Apfels.

»Du meinst doch nicht etwa *Die Sünden von Indien*?«, fragte sie scheinheilig, und dieses Mal war er es, der nach Luft japste. »Ophelia!«

Sie zuckte unschuldig mit den Schultern. »Wie du sicherlich weißt, bin ich als Lady sehr belesen.« Mit einem Lächeln auf den Lippen wandte sie sich dem Gebäude zu und atmete tief durch. »Bist du bereit, dein altes Heim zu betreten?«

Jeremiah hatte sich diese Frage oft gestellt: Was es wohl in ihm auslösen würde, wieder über die Schwelle zu treten. Seltsamerweise fühlte er eine irritierende Ruhe in sich. Er sah zu seiner Frau und genoss die Wärme, die sich in seinem Magen ausbreitete. »Mein altes Heim mit einer neuen Frau.«

Er bot ihr den Arm dar, sodass sie sich bei ihm einhaken konnte. »Wir schaffen das«, sagte sie leise. »Gemeinsam. Und selbst wenn du weiterhin Jeremiah genannt werden willst, werden wir auch das bewerkstelligen können.«

Er war unendlich dankbar für diese Stütze, die das Leben ihm vor die Füße hatte stolpern lassen. »Mir gefällt Jeremiah Fox immer noch gut, aber es ist an der Zeit, ihn in der Vergangenheit zu lassen.«

Sie verstärkte den Griff an seinem Unterarm. »Dann würde ich wohl sagen, dem Earl of Lytton ist es gestattet, seiner Frau das neue Zuhause zu zeigen.«

Er neigte sich zu ihr und brachte seine Lippen an ihr Ohr. »Jeden einzelnen Raum.«

Ophelia hatte ihm eines deutlich gemacht: Dieser eine Tag, der das gesamte Leben ändern konnte, begann an jedem Morgen mit dem Aufwachen.

Veränderungen waren mitunter schmerzhaft. Aber der Schmerz, von seiner eigenen Vergangenheit in den Klauen gehalten zu werden, war stärker.

Er hatte sich dafür entschieden, Jeremiah Fox hinter sich zu lassen und um jene Frau zu kämpfen, die ihm das Wichtigste vor Augen geführt hatte: Nicht die Zeit heilte alle Wunden, sondern die Liebe.

Epilog

*Hampshire auf Lady Janes Landsitz,
einen Monat später ...*

»Bevor wir das Kartenspiel beginnen, meine Liebe, möchte ich dich noch auf den Verlust deines Wetteinsatzes hinweisen«, bemerkte Lady Jane mit einem hämischen Grinsen in Richtung ihrer Freundin Eleanore. »Immerhin hatte ich recht damit, dass alle drei Mädchen binnen eines Jahres verheiratet sind. Das wird ein teurer Spaß für dich.«

Eleanore rümpfte die Nase. »Im Grunde hast du mit gezinkten Karten gespielt. Zumindest bei Ophelia hast du dich eingemischt.«

»Hätte ich mich nicht eingemischt, wäre sie vermutlich mit einem Sekretär nach Gretna Green geflüchtet«, zeterte Jane und mischte die Karten. Sie liebte dieses Geräusch, gefolgt von einem aufregenden Prickeln in ihrem Nacken. Die Kartenpartien mit Eleanore hielten immer Überraschungen bereit.

»Worum spielen wir heute, nachdem du erneut einen Hengst an mich verloren hast?«, warf Jane in den Raum und gab ihr die ersten drei Karten. »Die Damen, die ich verheiraten muss, sind mir schließlich ausgegangen.«

»Was nicht bedeutet, dass du nicht auf einen Kindersegen wetten kannst«, hielt Eleanore dagegen und hob ihr Blatt auf, ehe sie das Gesicht verzog.

Sie musste dringend lernen, ihre Emotionen im Griff zu behalten.

»Das dauert mir zu lange. Wir spielen um etwas, das die jeweils andere heute einlösen muss. Hast du einen Vorschlag?«, zwitscherte Jane und griff nach ihren eigenen Karten, die sie wie einen Fächer aufklappte.

»Himmelherrgott, du willst mir wohl den letzten Penny aus der Tasche ziehen«, stöhnte ihre Freundin und tippte sich gegen das Kinn. »Der Zuchthengst fällt weg, wie wäre es stattdessen mit einem anderen Einsatz? Die Verliererin lädt zu einem Winterball ein.«

Jane hob eine Augenbraue. »Ein Winterball? Meine Gute, sind wir nicht schon zu alt für so etwas?«

Eleanore vollführte eine wegwerfende Handbewegung. »Ach papperlapapp. Du solltest die Vorteile daran sehen: bringst du die Familie hier zusammen, dauert es bestimmt nicht lange, bis der nächste Nachwuchs angekündigt wird. Vielleicht solltest du die Gästezimmer von Alexandra und Ophelia nicht ausreichend beheizen lassen, sodass sie gezwungen sind, sich an ihre Männer zu …«

»Eleanore!«, unterbrach sie ihre Freundin gespielt empört. »Solch frivole Gedanken bin ich von dir nicht gewohnt.«

»Das Alter lehrt uns, mit unziemlichen Methoden zu kämpfen. Nun, bist du feig oder mutig?«

Jane rollte mit den Augen. »Ein Winterball? Du liebe Güte, einen solchen Aufwand in unserem Alter, aber nun gut, immerhin besteht die Chance, dass du die Gastgeberin spielen musst.«

Eleanore grinste boshaft. »Wir werden sehen, meine Liebe, wir werden sehen. Nachdem Charlotte bereits bald mit einem Erben gesegnet sein wird, dürfen Alexandra und Ophelia ruhig nachziehen.«

Als die Partie begann, stellte sich Jane bereits vor, wie Eleanore mit ihrem vergoldeten Gehstock den Ball eröffnen würde. Zu ihrem Verdruss musste sie jedoch feststellen, dass es nach vier Partien bei einem Unentschieden stand. Die jetzige würde alles entscheiden.

»Du hast dich wahrlich verbessert«, konstatierte Jane und beobachtete jede Regung auf dem Gesicht ihrer Freundin. Als sie auf ihre Unterlippe biss, wusste Jane, dass sie diese Partie für sich entscheiden würde. Eleanore war zu leicht durchschaubar.

»Nun, offenbare deine Karten, meine Liebe, und erspare dir einen langen Leidensweg.«

Als Eleanore ihr Blatt jedoch offenlegte, war Janes Zunge wie verknotet. Sie hatte gewonnen. Ihre Freundin hatte sie besiegt.

»A-aber«, stammelte sie und schüttelte den Kopf. »Du hattest deine Mimik nicht unter Kontrolle.«

Eleanore klatschte in die Hände. »Ich habe von der Besten gelernt, zu bluffen, wenn die Karten ausgeteilt werden.«

Jane konnte es nicht fassen, dass sie auf ihren eigenen Trick hineingefallen war.

Ihre Freundin rührte Milch in den Tee und griff nach einem Zimtplätzchen. »Hm, ich denke, diese Köstlichkeiten könntest du auf dem Ball auch anbieten.«

Und obwohl sie verloren hatte, sah Jane keinen Weltuntergang darin, denn immerhin hatte sie ihre Mädchen wieder bei sich. Und das würden sie immer bleiben: ihre Mädchen.

Charlotte, die mit ihrem Vormund Heath ihre große Liebe gefunden hatte.

Alexandra, die stets unabhängig bleiben wollte und dann ihr Herz an den Mann verlor, den Heath ihr als Aufpasser vorgesetzt hatte.

Und schließlich Ophelia, die der Gesellschaft den Rücken gekehrt hatte und nun mit Jeremiah – Alexander – auf einem stattlichen Landsitz lebte. Bälle waren durch Dorffeste ersetzt worden, sie fand sich öfter im örtlichen Waisenhaus wieder als beim Nachmittagstee und gab keinen Deut auf die Meinung der anderen. Ophelia, ihr Sorgenkind, war mit einem mehr oder weniger einfachen Mann, der so viel Schreckliches erlebt hatte, glücklich geworden.

Alles in einem schloss Jane diese Reise mit einem Resümee ab: ein Aufpasser war gefährliches Terrain für unverheiratete Damen.

Danksagung

Mit der Geschichte um Ophelia und Jeremiah geht die Mainsfield-Trilogie jetzt zu Ende. Mit einem lachenden und einem weinenden Auge haben wir uns von unseren Protagonist:innen verabschiedet.

Wir möchten uns von Herzen für die Unterstützung unserer treuen Leser:innen bedanken. Nur durch euch ist es uns möglich, das zu tun, was wir so lieben.

Als Holly Adams haben wir uns etwas geschaffen, auf das wir stolz sind. Holly hat unsere Freundschaft noch mehr gestärkt, denn gemeinsam an Büchern zu schreiben braucht nicht nur Disziplin und Toleranz, sondern vor allem ein Miteinander.

Wir werden weiterhin als Dreamteam bestehen bleiben … und so viel können wir schon sagen: es wird auch in den nächsten Büchern wieder humorvoll zugehen.

Alles Liebe
Eure Holly Adams

Besucht uns gern auf Instagram:
www.instagram.com/hollyadams.regency